KB192640

일제 강점기 한·중 지식 교류의 실천적 사례

김광주(金光洲) 문예평론집 (중문편)

이 저서는 2017년 대한민국 교육부와 한국연구재단의 지원을 받아 수행된 연구임(NRF-2017S1A6A3A01079180)

지식인문학 자료 총서1

일제 강점기 한·중 지식 교류의 실천적 사례

김광주(金光洲) 문예평론집 (중문편)

김광주 지음

김철·장경도·김교령 엮음

경인문화사

아들의 말

1910년과 1948년

나의 선친 김광주(金光洲)는 1910년 경술(庚戌)생이고, 나 김훈(金薰)은 1948년 무자(戊子)생이다. 김광주는 조선이 망해서 없어지던 해에 태어났고, 김훈은 망한 나라를 다시 추슬러서 정부를 수립하던 해에 태어났다. 1910년과 1948년, 이 두 개의 숫자로 표시되는 시대는 아버지와 나의 생애에서 원죄의 운명과도 같은 굴레를 씌었고, 아버지와 나는 여기에서 달아날 수 없었다.

아버지는 점령당한 한반도에서 태어나서 자랐고, 19세 무렵에 중국으로 가서 청년기를 보냈고, 해방 후 한국으로 돌아와서 나를 낳았고 6.25 전쟁, 이승만, 박정희의 시대를 살았다. 내가 3살 때 6.25 전쟁이 터졌다. 나는 엄마 등에 업혀 부산으로 피난 갔다. 나는 피난지에서 유소년기를 보내고 서울로 와서 이승만, 박정희, 전두환… 이후의 시대를 살고 있다.

단국대학교 일본 연구소가 펴내는 《김광주 작품집 3권》은 김광주가 중국에서 유랑하던 시절에 쓴 글이다. 그는 국한문 혼용체의 한글이나 중국어로 썼다. 그의 글은 시, 소설, 평론, 수필, 번역에 이르기까지 범위가 넓었다. 중국어로 쓴 글은 상해에서 발행되던 중국 언론매체들에 실렸고 한글로 쓴 글은 국내로 보내져 여러 매체에 실렸다. 그가 남긴 글들은 계통이 산만하고 여기저기 흩어져있었고 분량이 적지 않았다. 산동대 김철 교수와 단국대 김경남 교수가 이 어수선한 자료들을 수집해 책으로 묶어서 멸실될 처지를 면하게 되니, 아들 된 나는 스스로의 불민을 통감할 뿐이다.

4

여기에 실리는 김광주의 글을 평가하고 자리매김하는 일은 그 아들이 할 일은 아니다. 이 책의 원고를 읽으면서 나는 다만 1930년대의 상해와, 북경에서 이 글을 쓰던 시절의 내 아버지, 그 나라 없는 유랑 청년의 슬픔과 고통을 생각했다. 양육강식만이 인간세의 원리로 작동하는 시대의 그 거대한 세계악(世界惡) 속에서 이 기댈 곳 없고 디딜 곳 없는 청년의 앞을 가로 막고있던 절망의 절벽을 나는 생각했다.

김광주는 1973년 63세로 세상을 떠났다. 그 아들인 나는 2020년에 살아서 72살이 되었다. 나는 이제 아버지보다 훨씬 더 늙어서 아버지가 내 동생처럼 느껴진다. 늙어갈수록 아버지의 청춘은 더욱 아프게 내 앞으로 다가온다.

아버지의 글 중에서도 나를 슬프게 하는 글은 그가 상해 시절을 회상하는 대목들이다. 그 청년은 망해버린 조국을 그리워했고 항일 투쟁을 주제로 하는 연극을 만들어서 동포들 앞에서 공연했다. 그리고 그 청년은 조국을 향한 그리움이 너무나 괴로워서 그 그리움의 굴레를 벗어던지려 했는데, 굴레는 벗어지지 않았다.

그는 글을 써서 이 세계의 야만에 대항하려는 꿈을 끼웠고, 동료들과 함께 등사기를 밀어서 문예동인지를 만들어 발걸음으로 배달했고, 원고료 수입으로 생활을 이어가는 실천가였지만, 거대한 악을 완성해가는 세계의 현실 앞에서 글쓰기의 무력함을 통감하고 있었다. 그는 무장 투쟁에 목숨을 바치는 혁명가들 앞에서 문학이네 예술이네 하면서 자기도취에 빠진 무리들을 혐오했는데, 그가 혐오한 대상에는 자기 자신도 포함되어 있었다. 그는 세계에 대한 절망과 문예를 향한 열정 사이에서 자기분열되어 있었다. 당대의 시간과 공간 속에서 김광주는 끝끝내 몸 둘 곳 없었다.

그의 사상적 귀의처는 아나키즘이었는데, 이것은 자연스럽고 불가피해 보인다. 그는 아나키스트 청년단체에 가입해서 제국주의의 야만성을 규탄하는 격문을 썼다. 나는 이 격문을 읽은 적이 없지만, 격문을 쓰던 때가 그 청년의 가장 행복한 시간이 아니었던가 싶다. 정화암, 백정기, 이하유, 이을규, 이정규는 그가 가장 존경했던 아나키스트의 선배들이었다. 나는 이 아나키스트 선배의 무덤 가까운 자리에 내 아버지를 묻었다. (경기도 양주시 장흥면 신세계 공원묘지) 아버지를 묻던 날은 추웠다. 땅이 얼어서 곡괭이를 튕겨냈다. 모닥불로 한나절 땅을 녹이고 나서야 팔 수가 있었다. 관이 내려갈 때 내 여동생들은 울었고 나는 울지 않았다. 눈이 쓰라렸는데 눈물은 나오지 않았다. 아버지의 직업은 소설가이거나 신문기자였다. 나 또한 젊어서 신문기자를 하다가 지금은 소설을 써서 생계를 도모하고 있다. 아버지는 이승만 시대에 기자를 했고 나는 박정희, 전두환의 시대에 기자를 했다. 박정희 긴급조치 아래서 기자를 할 때, 나는 상해 시절, 이승만 시절의 내 아버지를 생각했다. 인간이 인간을 연민할 뿐, 역사는 인간을 연민하지 않는다. 혈육의 인연은 슬프고 모진 것인데, 역사는 이 인연에 대해도 무정하다. 이 글의 사사로움을 나는 부끄럽게 여긴다.

2020년 봄에
김훈

한국현대문학사에서 비주류작가로 분류되어 한동안 잊혀져왔던 작가 김광주(1910~1973)가 학계에서 본격적으로 주목받기 시작한 시점은 2000년대 후반부터다. 초기 학계의 관심은 김광주의 30년대 중국배경의 작품들에 쏠리다가 관련 중국 자료들이 속속 발굴되면서 점차 중국문학 관련과 중국 현대문학 번역 소개, 그리고 김광주와 영화 관련에 대한 관심으로 바뀌어 현재까지 그 발굴과 연구가 계속 이어지고 있다. 특히 최근 한국학계에서는 김광주의 중국경력과 중국에서의 문필활동에 대해 새로운 인식을 갖게 되면서 한·중 현대문학 교류사와 한국 외국문학 번역사에서 차지하는 그의 위상을 재평가해야 한다는 목소리가 날로 높아가고 있다. 이런 맥락에서 볼 때, 본 자료집의 출간은 시기적으로도 나름의 의의가 있지 않을까 생각한다.

1920년대 말, 20살 미만의 나이에 중국 상해에 유학 왔던 김광주는 그때부터 1945년 '8.15해방'을 맞아 귀국할 때까지 장장 14년(중도에 2년 남짓한 기간 국내에 머물렀던 적이 있음, 편자 주) 남짓한 세월을 중국에서 보냈다. 초기 김광주는 상해를 중심으로 활동하다가 중일전쟁이 발발한 후, 상해를 떠나 북경·길림 등 지역을 전전하면서 파란 많은 이국생활을 경험하게 된다. 총체적으로 볼 때, 그의 중국생활에서 가장 의미가 있었던 시기는 상해시절이 아닌가 싶다. 이 시기 김광주는 중국 현대문학 작품과 비평 문장들을 광범위하게 탐독했을 뿐만 아니라 그것들을 국내에 번역 소개하는 한편 또 자신의 중국 경험을 바탕으로 다수의 중국 배경의 소설들을 창작함으로써 중국의 현대문학을 조선에 번역소개·전파하고 조선 현대문학의 내연과 외연을 확장하는데 적지 않은 역할을 했다. 특기할 것은 이방인인 김광주가 상해시절 중국 상해 지역의 여러 신문과 문예잡지들에 다량의 외국문학과 영화 관련 소개 문장 및 문예평론 문장들을 중국어로 번역·게재함으로써 중국문단과 영화계, 그리고 일반 독자들이 서구문화 문학과 영화 예술을 만나고 이해할 수 있는 교량적 역할을 했다는 점이다. 이런 측면에서 볼 때 김광주가 나름의 열망과 실천으로 이룩한 성과들은 동아시아 3국의 문학과 영화예술 교류사에는 물론 동서양 간의 문학예술 교류사에도 의미가 있는 기여가 된다고 본다. 다만 아쉬운 것은 이처럼 소중한 자료들이 오랜 세월동안 중국 내 각 도서관들의 깊숙한 곳에서 잠든 채 세상에 알려져 있지 않았다는 점이다. 편자가 본 자료집의 출간을 고집하고 오늘까지 많은 열정을 쏟아온 것도 그러한 아쉬움을 조금이나마 달래보려는 작은 소망 때문이다.

본 자료집은 김광주가 상해 시절 중국의 각 신문과 잡지에 중국어로 발표했던 문학 또는 영화와 관련 문장들을 단행본으로 묶은 것이다. 당시 김광주는 상해 지역의 『신보(晨報)』와 『민보(民報)』, 『대미만보(大美晚報)』, 『대만보(大晚報)』 등 신문들과 기타 지역의 『무한일보(武漢日報)』, 『양춘소보(陽春小報)』, 『익세보(益世報)』 등 신문들의 문예란, 그리고 『서북풍(西北風)』을 비롯한 『문예전영(文藝電影)』, 『제일선(第一線)』 등과 같은 잡지들에 문학과 영화와 관련한 중국어문장(번역문장 포함)들을 대량 발표하였다. 현재까지 추적한 자료에 따르면 첫 중국어문장이 발표된 1934년 5월을 기점으로 하여 1937년 말 상해를 탈출하기까지 이 사이에 창작했거나 번역하여 게재한 중국어 문장들이 약 140편에 달한다. 여기에는 서양(러시아 포함)문학과 서양영화와 관련한 문장이 있는가 하면 일본과 한국, 중국 등 동아시아 3국의 영화나 문학과 관련한 글들도 있다. 특히 영화 같은 경우에는 영화 비평이나 영화 소개에 대한 것들 외에도 영화 산업이나 영화감독, 또는 영화 촬영 기교 같은 것에 대한 소개문장들도 있어 내용이 자못 다양하다.

다음, 형식적 측면에서 보면 평론 문장과 소개성 문장이 주를 이루고 있는 외에 수필 형식의 문장들도 있다. 그리고 번역 문장이 주를 이룬 가운데 스스로 창작한 문장들도 일부 있어 김광주의 문학 또는 문예관의 실질을 살펴보는데 적지 않은 도움이 될 수 있을 것으로 본다.

본 자료집은 시간의 촉박으로 일부 번역 자료들의 원천정보에 대한 추적이 철저하게 이루어지지 못한 점과 부분적 자료들의 누락가능성, 그리고 자료성격의 복잡성과 편집경험의 부족 등으로 인한 분류의 불합리성 등 문제들이 없지 않을 줄로 안다. 그럼에도 불구하고 이 같이 부족한 자료집을 서둘러 내는 이유는 관련한 소중한 자료들이 세월과 더불어 점차 퇴색되거나 자칫 사라져 갈 수 있다(물론 전자파일로 옮겨 놓았거나 마이크로필름으로 된 자료들이 있음, 편자 주)는 우려감 때문이다. 그리고 이외 후학들의 연구에 하루 빨리 새로운 자료를 제공해 주는 게 바람직하다는 판단도 편자가 본 자료집의 출간을 서두르게 된 이유 중의 하나라고 할 수 있겠다.

편자가 상해시절 김광주의 중국어 문필 활동에 대해 관심을 가진 것은 2005년 처음으로 김광주 관련 논문을 발표하면서부터이다. 그때 한국의 강릉원주대학교 국어국문과 최병우 교수께서 제공해 준 김광주의 회억록『상해시절 회상기(上海時節回想記)』(上·下, 1965.12, 1966.1)이 편자에게 많은 계발을 주었다. 그래서 나는 늘 최병우 교수님을 고맙게 생각한다. 그것을 계기로 시작된 김광주의 중국 관련 자료에 대한 수집은 2013년에 이르러서야 본격적인 작업이 시작되었다. 방학 때마다 제자들과 함께 상해, 남경(南京), 무한(武漢)을 중심으로 북경, 제남(濟南), 길림(吉林), 장춘(長春) 등 국내 여러 도서관들을 누비면서 자료들을 수집하던 시절이 어제 같은데 벌써 7년 전의 일이 되었다. 두발로 열심히

뛴 덕분에 김광주와 관련한 새로운 자료들이 하나 둘 발굴되기 시작하였고 또 그렇게 수집된 자료들이 현재의 자료집으로 만들어진 것이다. 2018년 말 본 자료집의 저본이 만들어지기까지 많은 소중한 시간과 정력을 쏟아 열심히 도와준 장경도(莊慶濤) 군과 김교령(金嬌玲), 황효영(黃曉瑩), 주혜민(朱慧敏) 등 제자들에게 늘 고마울 따름이다. 특히 오랜 시간 자료수집과 입력을 도와준 장경도 군과 올해 연초 갑작스레 터진 코로나 19 사태로 모든 게 불편한 상황에서 출판사와의 연락을 전담해 주고 출판사에 들어간 원고를 처음부터 마지막까지 꼼꼼히 검열해준 박사생 김교령(한국성균관대 연수 중임)에게 감사하다. 그리고 막바지 단계에 연구비 때문에 고민하던 편자에게 소중한 연구비를 지원해준 대한민국 한국학중앙연구원 해외연구지원팀(2017- 2018)에도 깊이 감사를 드린다.

본 자료집의 출간은 단국대학교 일본연구소 HK+ 사업단의 전폭적인 지지와 배려로 이루어졌다. 자료제작비부터 출판비에 이르기까지 아낌없는 지원을 준 단국대 일본연구소 HK+ 사업단과 본 사업단 관계자 여러분들께 진심으로 감사를 드린다.

이제 편자의 자그마한 노력과 여러 분들의 관심과 지지에 힘입어 80년 남짓이 국내 여러 도서관들에 잠들어 있던 소중한 자료들이 드디어 독자들과 만나게 된다는 생각에 큰 위안을 느낀다. 더구나 이 같은 결실이 향후 한·중 문예 교류와 발전에 의미 있는 기여가 될 수 있지 않을까 하는 생각에 가슴 뿌듯함도 느낀다.

끝으로 본 자료집의 출간을 위해 최대한의 배려와 도움을 주신 경인문화사 한정희 사장님과 편집을 맡아 여러 모로 노고를 아끼시지 않은 김지선 편집장님과 한주연 편집자, 그리고 기타 편집진 여러분들께 깊이 감사를 드림과 아울러 이번 자료집을 만드는 과정에 원본 자료의 인쇄상태가 좋지 못해 무척이나 애를 먹던 편자에게 직접 양질의 원본 자료를 보내주고 빠진 자료들까지 제공해준 최세훈 교수(中國文化大學)께 진심으로 감사를 드린다. 또한 본 자료집의 출간을 처음부터 지켜봐주시고 성원해 주신 유가족 대표이자 김광주 선생의 아들인 김훈 작가님께도 깊이 감사를 드린다. 나의 보잘 것 없는 이 성과가 국내외 여러 관련 연구자들과 후학들의 연구에 작은 도움이나마 될 수 있다면 더 이상 바랄 것이 없다.

편자로부터

林語山莊 서재에서

2020년 7월 15일

편집설명

1. 수록 문장의 시간범위와 내용
   1) 본 자료집에 수록된 자료들은 1934년부터 1937년 연말까지 중국의 여러 잡지와 신문에 게재된 김광주의 중국어 평론 문장들이다.
   2) 내용은 전부 서양과 동아시아 3국의 현대문학, 또는 영화와 관련한 내용들이다.
   3) 내용분류에서 게재된 신문들의 문예란과는 상관없이 무릇 문학이나 희곡과 관련 문장은 전부 문학편에 수록하고 기타 영화와 관련한 문장은 전부 영화편에 수록하였다.
   4) 자료가 게재된 모든 문예란의 명칭은 신문명칭의 뒤에 적는 것을 원칙으로 했다.
   5) 극소수의 〈獨白〉과 같은 수필은 순수 문학평론은 아니지만 넓은 의미에서의 문학이자 사료적 가치가 있는 글이라는 점에서 문학편에 수록했다.
   6) 극소수의 〈送舊迎新〉, 〈春宵散筆〉 등과 같은 수필은 전문적인 영화평론은 아니지만 영화 관련의 문제를 논의한 수필이란 점에서 '영화편'에 수록하였다.

2. 목차와 목차제목, 문장배열 순서
   1) 본 자료집은 원칙상 문학과 관련한 문장들은 앞쪽에 배정하고 영화와 관련한 문장들은 그 뒤에 배정하였다. 그리고 문

12

장배열순서는 게재 또는 발표시간순서에 따랐다.

2) 본 문예평론집의 ‘문학편’에서는 ‘金光洲’나 ‘光洲’로 발표한 문장이 대부분이고 일부만 ‘波君’ 또는 ‘淡如’ 등으로 발표한 문장들이기 때문에 특별히 분류하지 않고 통틀어 시간순서대로 배열했다. 그러나 ‘영화편’에서는 주로 ‘金光洲’나 ‘光洲’, 그리고 ‘波君’, 또는 ‘淡如’ 등 필명으로 발표한 문장들이기 때문에 ‘필명 김광주 자료’(기타 ‘光洲’, ‘金洲’, ‘洲’ 등 포함)와 ‘필명 파군 자료’, ‘필명 담여 자료’으로 나누어 배열하였다.

3) 대부분 자료들이 신문이나 잡지에 몇 번에 나뉘어 연재되어 있는 관계로 같은 제목 하에 ‘상·하’나 ‘상·중·하’ 또는 순번 ‘1, 2, 3 ……’ 등으로 되어 있는 경우가 적지 않다. 이런 것들은 그 뒤에 ‘상·하’나 ‘상·중·하’ 또는 ‘1, 2, 3 ……’ 등으로 표기되어 있다 하더라도 본 목차에서는 전부 삭제하고 제목만 남기는 것을 원칙으로 하였다.

4) 목차의 제목은 간결하게 하는 것을 전제로 하고 중심이 되는 큰 제목과 부제목/소제목만을 남겨두는 것을 원칙으로 하였다. 그러나 일부 중요하지 않다고 판단되는 부제목에 한해서는 전부 생략하는 것을 원칙으로 삼았다.

3. 매체명, 저자명, 필명 그리고 게재 날짜

1) 본 자료집에 수록한 관련 문장들이 게재된 신문명이나 잡지명, 그리고 그 구체적인 날짜, 필명 같은 것들은 독자들이 열람하는데 불편이 없도록 하기 위해 전부 문장의 맨 마지막에 ‘( )’ 안에 수록하였다.

2) 당시 김광주는 자신의 본명인 ‘김광주(金光洲)’ 외에 ‘파군(波君)’, 또는 ‘담여(淡如)’, ‘김주(金洲)’, ‘광주(光洲)’, ‘주(洲)’ 등

과 같은 여러 가지 필명을 사용하였다. 본 자료집은 김광주의 이름으로 발표한 문장들에 한해서는 그 성명을 밝히지 않는 것을 원칙으로 하고 필명으로 발표한 문장들에 한하여서만 문장의 마지막에 상응한 필명이 김광주임을 밝혀놓았다.

4. 수록 문자와 관련 기술적 처리
   1) 본 자료집은 자료의 사료적 가치를 살리고자 30년대 중국어 번체자를 전부 그대로 옮겨놓았다.
   2) 문장 중의 이체자(異體字)사용이나 구두점 찍기, 외국어(영문 및 기타 언어) 표기 등은 모두 원문의 것을 그대로 따랐으나 문장부호만은 한국 독자들의 상황을 고려하여 일부 바꾸었다. 예를 들면 작품명은 '「 」' 홑낫표로 작품집이나 잡지, 신문명칭은 '『 』'겹낫표로 하는 것을 원칙으로 하였다.
   3) 간혹 퇴색되었거나 인쇄질 때문에 판독이 불가능한 글자들은 '□'자로 대체하여 표시해 놓았다. 동시에 이외 일부 독자들이 이해하기 어려운 단어나 문구에 한해서는 적절한 선에서 간단한 각주를 달아놓았다.

5. 기타
   1) 여러 신문이나 잡지에 중복 게재된 문장들에 한해서는 그중 하나만 선택하여 수록하는 것을 원칙으로 하였다.
   2) 본 자료집에서 중국문화대학 최세훈 교수가 제공한 자료들에 한해서는 각주를 달아놓았다.

문학「文學」

영화「電影」

−필명 김광주 자료「筆名金光洲資料」

金光洲 文藝評論集

文學

英國文壇的純文學問題(上)

在日本文壇上, 提起了純文學問題是已經很久了。最近在英國文壇也相當的重視着這「純種文學是什麼?」的問題, 他們所說「純文學」－Pure Literature是好像用日語直譯英語般表現的, 事實也很有興趣的。對於通俗小說, 大眾小說, 乃至普羅文學的純文學。我想此語當然是日本國產的語句, 若不是時, 說不定就是Pure Literature的譯語吧。在我所曉得的範圍內, 如上面所述, 「純文學」這個問題, 在英國文壇的問題化, 還是比較最近的事, 當然, 比日本落後。如美國, 一點也還不成問題；尤其在法國德國更沒有這個問題的問題化的消息, 那麼, 是不是日本文壇的純文學問題和英國文壇的Pure Literature問題, 偶然同一時期, 在東方西方一同出現的問題呢? 可是, 英國的純文學派作家是比日本純文學派作家在經濟方面, 不感到壓迫的。因為雖然說日本是英語普遍的國家, 但是, 他們所有着日本比不上的廣大的讀者層, 除了英語普遍的國家以外, 就是歐洲大陸的到處, 也都有他們的多數親近於英語的讀者們。并且他們持着發表優秀的作品時, 立刻被外國語翻譯的優越的地位的緣故。所以英國文壇的這個問題, 雖然無疑的是一個純文學問題, 然而在日本文壇的「純文學作品的發表機會多或少」等事, 在那兒是不成什麼問題的。「純文學是什麼?」這種關於作品自身的本質的檢討, 才是他們中心問題的核心了。

英國文壇在歐洲大戰之後, 也是極其平穩的, 雖然所謂代表的作家們, 在文壇上割據着但文壇上的基調却是塗在適當於稱呼「常識國」等國名的平淡的色調。由此, 若一個作家有代表的作家的Letter(稱號), 就祇加他比從前的好不好的極其Conventional(習慣)的批評而已。勿論文壇或一般讀者, 誰都滿足他了。那時的代表作家們就是托馬斯·哈地(Thomas Hardy), 佐治·莫亞(George Moore), 阿諾爾德·班納特(Arnold Bennett), 魯特雅德·克拍爾林(Rudyard Kipling)。韋爾斯(HG Wells)約翰·高爾斯華綏(Tohn Golsworthy), 約錫夫·昆拉德(Toseph Conrad)等人物。其中到現在還生存的只有韋爾斯·克拍爾林爾人。然而韋爾斯最近從本格的創作中, 轉向到社會學的文化史的著述或空想的問題小說方面去, 而克拍爾林雖然有時寫些短篇, 但幾乎不多寫在文壇上可為問題的作品了。

所以, 一九二〇年以前的英國文壇的代表的作家是弄的差不多全部清算了, 文壇是可算是進入另一個完全新的Generanation(世紀)了。對於這新的Generanation。給與英國文壇上好像從來沒有經驗過的特異影響的人, 是羅蘭斯(D. H Lawrence), 詹士·約斯(James Joyce)阿爾都斯·哈克斯里(Aldous Haxley)三位作家, 就是由他們三位作家所惹起的影響, 才進一步引起近來的英國文壇的純文學問題。

依哈萊德·尼高爾遜(Hareld Nicholson), 約翰·斯特拉采(John. stratcher) 看來, 英國文壇的主潮是能由以上三位作家代表的。據說如果要親近英國現代的純文學的話, 可以除去另外的作家, 但非讀這些作家的作品不可。尼高爾遜和斯特拉采的這般決定的斷案, 好像是把純文學問題更進一步問題化似的。可是實際上, 這三位作家的在一九二〇年英國文壇上不曾見過的大膽率直的暴露的作風和收容普萊伊德(Phroed)心理學的近代的心理描寫與悲劇的人生觀, 是給與着英國青年作家羣以強烈而深刻的影響的。

(『晨報·晨曦』, 中華民國二十三年六月十三日 星期三, 中山雅夫 著 金光洲 譯。)

英國文壇的純文學問題(中)

羅蘭西是在一九三〇年春間死了, 這是人人都知道的。然而一九二〇年以來－他發表了「戀愛中的女人」(Women In Love)以來, 在英國文壇裏的潛勢力是非常宏壯的。而他死了之後, 「羅蘭西研究」更盛況起來了。就是這件事, 已比何種都更能夠證明那潛勢力了。原來他是一個坑夫的兒子, 他的頭腦裏至死的一天, 也沒有離開過階級問題。他是站在這個階級的立場上, 冷靜而沒有一點畏怯的暴露出靡爛的英國有閑階級的生活, 同時在另一方面, 創造出他的獨自的新世界和新人物來。取汲性問題的他的態度也可算是對英國傳統的偽善的紳士態度, 冷酷而熾烈的挑戰, 他的作品所獲得的讀者, 大部分都是年青的知識階級份子。

約斯的特異作風, 大半是通過了「烏裏斯士」(Ulyses)等作品, 在日本的文壇

上也已經認知了的。這些都可以看作在根本上完全打破一九二○年以前的英國文壇的傳統的作品。「凝視着自己而寫就行了。勿論那是如何的頹廢的生活，如何的瞬間的事情，把映在自己的心境的一切現象寫出來就行了。」他的這樣的一種新自然主義的主張是含有對於腐心Story的變化的構成，而作品裏盲目的寫了與自己的個性完全沒有關係的另一個性格的英國從前小說作法的甚大的叛逆之意。

在這裏，英國青年作家羣，可以說再發見一個新文學的指導者了。然而約斯尤其是他的作品「烏裏斯士」(Ulyses)獲得的讀者層祇[1]是如羅蘭斯一樣，或是比他更加局限的少數的知識階級份子們。哈克斯裏的作品是比羅蘭斯或約斯有一點明朗性，他是比羅蘭斯和約斯更一層博學，在作品的到處有機智亦有諷刺。他是不縛束於英國作家中普遍的地方色彩，而以全歐洲的文化爲背景。雖然他是這樣，但多數角度之下，他祇很大膽的描寫着資本主義社會的頹廢和卑猥的一面。他的作品一看很朦朧似的，但在反面卻是有錐端似的銳利的地方。

很率直的接受的這三位作家的影響的青年作家羣，與這些青年作家羣一樣觀察着的批評家羣，都說：這三位作家的深刻的人生描寫，就是形成英國現文壇的中心勢力的力量。然而，對這樣的觀察，在另一個方面，卻生出了，「這樣陰慘憂鬱而頹廢的情景，能算是人生之全部麼？只是取材於這些個別情景的作品，才可以算純文學作品麼?」的疑問。至少，這三位作家的作品，不合於通俗的批評家或讀者的心理是很明確的事了。

在這時期，忽然舉揚了一種新的旗幟的是披裏士利(JB Priestley)。他的處女作品「好同伴」(Good Companion)是受了讀書界稀有的歡迎，而成爲了文壇的嬌子，而且這并不是通俗的歡迎。當然「好同伴」(Good Companion)也并不是平凡的通俗小說，勿論性格描寫或構想，說這作品是一篇整個的藝術的作品也并不是甚麼過言了。但他的最大特色是全篇裏奔流着一種明朗而愉快的色調，和由上面的色調，作品的處處加插了機智和諧謔。至少，我們讀了這篇作品時，可以看到的人生是極其明朗而愉快的。而且作者披裏士利是曾經寫過終於約翰，美

---

1) 표준 중국어 '只'의 異體字임.

裏德斯(John Meledes)的名論文的有學者的氣味的人, 依據這披裏士利的出現, 對約斯·哈克斯裏, 羅蘭斯等覺到厭倦的一部分作家和批評家們, 主張起來:「這裏也有純文學, 有比較更好一層的純文學」勿論貴族的生活, 勞動者的生活都有喜悅的, 因爲英國人大都是沒有經驗過如羅蘭斯的作品中人物所有的苦惱的罷, 於是他們說:「這樣的把苦惱看作人生的全部的態度, 是粉飾眞實的人生」

所謂純文學派, 他們對這主張, 即刻返應起來了。「披裏士利的觀念是一個通俗人的觀念, 并且他們不過是粉飾人生好像是愉快似的罷了, 到底是在呼吸着如今日的充滿陰慘和苦惱的時代, 怎麼能描寫好像那樣愉快似的呢!」云云。然而這問題是如許多的文學上的論爭一樣, 畢竟要依據今後出現的作品自身, 才能決定勝敗之大勢罷。對這個問題, 守執着中立的立場的囂支華爾波爾(Hugh Walpole)對於這論爭說了如下的批評:

(『晨報·晨曦』, 中華民國二十三年六月十四日 星期四, 中山雅夫 著 金光洲 譯。)

英國文壇的純文學問題(下)

「平心而論, 我們不可否認羅蘭斯·約斯, 哈克斯里的作品裏含有優秀的純文學的價值, 在事實上, 自敍傳的創作比描寫與作者沒有何等的關係的性格的小說, 或以故事之骨子爲重視的小說類, 更近代的。可是同時, 憂鬱的小說比明朗的小說容易寫得多, 怪異的人間的性格比描寫平凡的性格的人間更爲容易, 這是寫過小說的人, 誰都周知的事。而且在今後的時代, 不可不認定依羅蘭斯, 約斯等描寫的性的自由和率直的觀念了。尤其是現代的心理學與現代人的生活是不能應許把性的問題, 如從前一秘密的隱藏於生活之一隅了。雖然這問題是這樣可是除了性之間中題以外, 還有另外的人間生活也是事實。對於這一點, 查爾斯·寞根(Charles Morgan)曾寫過對人間的精神生活的特異的作品, 例如,「映射」,「泉」等, 他在這些作品中, 收獲了可驚嘆的成功, 這不得不說是一個偉大的事。總而言之, 今後的創作是除了站在Story和性格的創作上, 還要新的經驗, 這不妨叫「新浪漫派」。例如, 飛利斯班里(Phylice Banly)的「遺產」(Inheritance), 路易斯·戈爾登(Lewis Golding)的「麥拿里」(Magnolia Street)[2], 法蘭西斯·拔特·楊格(Francis Brett Young)的「水下的屋」(The House Under The Water)等作品是多分的受着羅蘭斯和約斯的影響, 而一方面向新的境地更進一步的進展……」(完)

（原文：月刊雜誌「新潮」四月號自一一六頁至一一九頁）[3]

(『晨報·晨曦』, 中華民國二十三年六月十五日 星期五, 中山雅夫 著 金光洲 譯。)

一九三四年度諾貝爾文學獎金獲得者
比雷臺諾與他的藝術(上)
介紹「鐵力」影片之原作者在戲曲上的成就

一九三四年度的諾貝爾文學獎金是已決定了給興在義大利負有盛名的劇作家兼小說家「魯伊基·比雷臺諾」了。義大利的作家曾經領受過這獎金的, 已有詩人「卡爾脫基」女士與女作家「第黎大」兩人, 「比雷臺諾」這次是義大利第三次獲得了這世界的榮譽哩。

他是在一八六七年六月二十八日產生於Sicil島的girptnti。二一歲的時候來到羅馬讀書, 後來再進德國的「報恩」大學研究哲學。不久又回到羅馬在女子師範學校教書。這樣的在教育界服務了近三十個年頭。

他在十九歲時的初期的詩作已獲得「約翰白安·坡比尼」的讚美小說的創作是以後才開始的。他的初期的小說是屬於Sicily的先輩作家「維爾卡」的田園文學的同一系統。在小說創作的進展上, 他漸漸地開拓了自己獨特的境地。他就成就了站在一個人生的苦惱者的場合上, 探求人類生活的一種作風。他是在自己的作品裏面描寫了人類生活的矛盾與愚昧, 并且這種矛盾與愚昧裏面含蓄了冷情的嘲笑和諷刺。可是他的這種「人道主義」并不是從現實與理想的哲學的

---

2) 路易斯·戈爾登(1895-1958)은 영국의 유명작가로서 영문 이름은 'Golding Louis'이다. 정확한 작품명은 'Magonlia Street'임.
3) 「新潮」월간은 1904년 5월에 창간된 일본문학계에서 역사가 가장 오랜 잡지임.

對照裏面顯出來的, 而是由赤裸裸的人生與包括着人類生活的幻想的一種被誇張了的二元論中顯出來的。

他是個多產作家, 有二十餘部短篇小說集與長篇小說「逝去的派斯卡爾」,「電願技師・雪拉比諾」,「克爾粵的手記簿」,「一零・一萬」等幾篇, 但使他受世界作家的認定的却不是小說, 而是戲曲。他自四十七歲起開始於戲曲的寫作, 在一九一三年發表處女戲曲作品「醫師的責任」之後, 繼續的創作了「不然的話」(這篇後來改題爲「他人的理」),「是的! 假使那麼想的話」等幾篇。但是因爲他的作品有過分的論理與主智的傾向, 却獲不到觀衆的歡迎。在一九一八年公演了「可是不成問題」。一九一九年公演了「人生與野獸與美德」, 一九二〇年公演了「威爾利夫人。一個人與兩個人」等幾篇作品。并且他的戲曲作品中最有名的「找着作者的六個登臺人物」是在一九二一年公演的。雖然這篇戲曲是使「比雷臺諾」獲得了一個世界作家的地位的名作, 但在義大利公演的時候是沒有何等的影響。後來在巴黎公演的時候才得到了觀衆們的熱烈的歡迎, 到了這個時候義大利的批評家們才啓蒙了這篇戲曲的真正的價值。後來繼續這個作品, 在一九二二年發表了他的傑作悲劇「嚴利克四世」, 又在一九二四年公演了一篇「各人各說」。除此之外, 他的作品還有「地阿那輿鬥脫」,「新殖民地」,「山中的巨人族」等許多獨幕劇。

他在一九二五年, 在「墨索裏尼」的幹旋之下, 組織一個戲劇團體名爲「劇團藝術座」, 巡迴了歐洲與南部美洲等各地。這個「藝術座」在一九二八年是解散了。從這時起, 他的人生觀漸漸地呈現了「法西斯蒂主義」的立場, 在「墨索里尼」麾下的「國立翰林院」佔領一個重要的角色, 併且在「墨索里尼」的後援之下, 現在羅馬建設者4)「普羅加利亞」大劇院。到了這個大劇院落成的時候,「比雷臺諾」被舉爲這劇院的戲劇部的領導者是無疑的了。

雖然「比雷臺諾」是寫了許多小說, 但他的人生觀或對於人間性的追求方法的充分的表現是却不在小說作品裏面, 而是在戲曲作品裏面。這或許是因爲他是在一個作家達到圓熟之域的初老時期寫起戲劇的關係, 所以他的全體思想的

---

4) '占'의 이체자(異體字).

集成是在戲曲方面流露出來的吧。(未完)

(『晨報·每日電影』，中華民國二十三年十二月四日 星期二，波君。)

一九三四年度諾貝爾文學獎金獲得者
比雷臺諾與他的藝術(下)
介紹「鐵力」影片之原作者在戲曲上的成就

「比雷臺諾」的思想與他的戲劇作品裏面一貫的奔流着的特性就是對於人生的明確的認識與對於神秘的迅速的感受了。看了「比雷臺諾」的戲劇的人，無論那一個人，不僅是真拿一種的驚異的眼光併且是從他的戲劇裏面，能夠感覺到瞬間的奔流出來的人生意識的一個大的泉源。「比雷臺諾」是曾經對於他的一個客人說過了這樣的話：

「我以爲宇宙是一個無慈悲的運動的大江，我們人生是應該做個小的紙船玩具，併且使它浮在這大江的水面，那個大江就是戲劇，浮在江上的遭難的船的每一個碎片都是一個戲曲作品，可是爲了戲曲的場面或性格的現實化，并不是我們一定要從實際生活裏面找出了它。它雖然是從實際生活裏面尋出一個好的場面和性格，但我們不能不使它拿到我們的想像裏面再甦生着的。這種想像的材料就是有着極大的現實性格的了。」

這樣，追求着一個有永遠性的現實性，就是在「比雷臺諾」的全體戲劇裏面奔流着的特徵，并且有着普通人的眼光找不到的一種獨特的特徵。

爲了理解和觀察「比雷臺諾」的戲劇的捷徑，我們要瞭解他的戲劇裏面的根本思想是最要緊的了。

「比雷臺諾」是這樣的主張着：

「我們拿什麼可以區別出人生與其他自然界的生物呢？那就是人生以外的生物只有很單純的生活，但人生是不僅僅的生活着，併且能夠感覺到我們自己生命，這一點就是人生與其他自然界的生物的差異點，即是人生有着能夠感覺到自己的生活與生命的力量，換句話說，人生是含着本能和理性兩種元素。至

於其他的生物, 只隨着他們的本能去生活就夠了, 但人生是除了由本能就是純粹的生存性而所起的生活以外, 還有着由他們的理性而所發生的, 道德, 社會, 思想, 智[5]識等等的特殊的生活形式, 因着這些生活形式的制裁, 人生是不得不苦悶與煩惱, 併且在這苦悶與煩惱的結果, 人類生活裏面是繼續不絕的發生着喜劇與悲劇」

「比雷臺諾」的戲曲作品的大部分, 尤其是「找着作者的六個登臺人物」與「敢利克四世」等幾篇都是依照上面的二元論的思想爲根基而寫出來的作品。

依據「比雷臺諾」的說法, 這個世界上的一切苦悶與煩惱只有到了死滅的時候才能脫離。併且一切的存在, 每一個都有它自己一個絕對的境地, 所以不能彼此瞭解的某一個人認爲是真實的事情。而另外一個人會是認爲虛僞的。一個人笑着的時候, 另外一個人會是哭着的。「比雷臺諾」的「人道主義」都是以這種絕對的人生的對照, 爲它的背景而所起的, 「各人各說」一篇是他的這種思想傾向的最好的一個例子了。

然而, 他的這種思想的傾向, 我們只在他的許多作品當中反映着一種歐戰以後的一種絕望的精神狀態的幾篇裏面可以發現的, 到了最近, 從他的思想帶了一種「法西斯蒂」主義的傾向之後, 他的對於不能救出的苦悶與煩惱, 在人生方面是轉換着母性愛, 在一個國民方面, 轉換着對於國土的新希望, 是我們很容易窺見的他的思想的變化了。他的作品「新殖民地」是一篇表現着這種新傾向的作品, 併且他的目前尚無解決的思想傾向的許多作品當中, 呈現出一種新的光明的作品了。(完)

(『晨報·每日電影』, 中華民國二十三年十二月五日 星期三, 波君。)

---

5) '知'의 오기임.

朝鮮文壇的最近狀況

不論在那一個時代, 那一種民族, 如果想要理解別的民族的生活習慣及感情的時候, 那就非得借助於藝術之一的文學的力量不可。中國的文壇上, 對於歷史地理及其他種種民族環境上比任何一國有着更密切關係的鄰邦朝鮮文壇, 直到現在, 還不曾見有何等的研究和介紹。這不是很遺憾的事嗎?

而所以這樣, 第一個根本原因, 當然是朝鮮文學現在還沒有達到世界文學的水準, 所以他們的作品沒有傳播到國外的力量, 並且具有言語與文字上的隔閡, 不容易被異國人瞭解的緣故。其次, 中國的文人們, 只是對於朝鮮的社會真相及社會運動民族運動加以注意却把能夠表現一個民族的赤裸裸的感情的文學忽略了, 這也許可說是原因之一吧。

可是, 在中國大概也有一部分人, 理解朝鮮民族的特殊環境和朝鮮文人在極度的經濟與思想重壓下出版不自由的苦衷, 我對於這方面不願多講。這裏僅簡單介紹最近朝鮮文壇的一般狀況。不過因爲篇幅有限, 對於許多作家和他們的作品不能做詳細的檢討和介紹, 還望讀者原諒。假使將來有機會的話, 我當再做較細的報告。

＊　　　　＊　　　　＊

當我們概括的觀察朝鮮文壇諸作家在思想上的傾向的時候, 可以舉出微弱的民族主義, 封建的人道主義, 個人的心理主義, 以及對於逃避現實的感傷主義等等。至於同情與社會新興勢力積極的轉向左翼圈內的所謂"同路人"的傾向, 則因爲在不良環境之下, 目前還不能有露骨的表現。

這裏面, 微弱的民族主義與封建的人道主義的傾向。可說是朝鮮既成作家們的第一個特色。這方面的代表作家有"李光洙"(春園), 他不僅是現在的朝鮮文壇上最負時譽的老作家, 併且對於朝鮮的新文學的樹立, 有很大的貢獻。最然最近沒有新作品發表, 但他的過去的作品裏, 如「無情」,「再生」,「麻衣太子」,「李舜臣」和「女人的一生」等長篇小說都很能表現出朝鮮民族的生活與感情。除了他以外, 既成作家中, 還有藝術至上主義的短篇作家"金東仁"(近來聽說他也有轉向民族主義的傾向), 作品上富有着宗教氣味及戀愛色調的"方仁根"(他

的近作有「放浪的歌人」,「魔都的香炎」等長篇), 通俗戀愛小說家"崔獨鵑"(象德)以及"玄鎮健"(憑虛)(近作有長篇的「赤道」)及「廉想涉」等。至於詩人, 屬於藝術派的有"金億"(岸曙), "盧子泳"(春城)等, 屬於民主派的有"金東煥"(巴人)(他的代表詩集有『國境之夜』)及"李殷相", "朱耀翰"(他的詩集有『美麗的早晨』)等。

簡單說一句, 朝鮮的既成作家, 他們大部分都是在民族主義或藝術至上主義和人道主義的範圍內兜圈子, 沒有任何能潑剌的作品貢獻給最近的文壇。

其次朝鮮文壇上使我們注目的是青年作家們的活躍。雖然他們受着各方面的打擊, 不容易寫出什麼傑作, 但我們不能否認在困難的環境底下繼續不斷的掙紮着的他們的努力。

在小說方面, 不論是質或量, 都比較豐富的作家, 我們可以舉出"李無影", 他是一個被一般人稱爲有"同路人"傾向的作家, 但他的作品的立場卻是一個徹底6)的知由主義者。他的作品已有「吳道令」,「叛逆」,「脫出」,「展開了的翼」,「母與子」(戲曲),「山莊小話」等多數短篇。在一九三四年度他又發表了「蒼白的知識份子」,「B女的素描」,「龍子小傳」,「牛心」等幾篇優秀的短篇小說。

還有"李琪7)永"(民村), 他是一個"朝鮮無產者藝術同盟"裏面最有力量的作家, 他的作品的長處, 是沒有空虛勉強的思想插入以及平易的筆致。已發表的作品有短篇小說集『村民』以及長篇「現代風景」,「故鄉」等。屬於這一派的小說家還有"宋影", "金南天", "李北鳴", "韓雪野", 評論方面有"朴英熙", "金基鎮"(八峰)等。在最近又傳出了這一派的作家二十餘人發生他們的戲劇團體"新建設"的秘密結社事件, 都被捕於監獄裏。這可以說是一九三四年的朝鮮新興文壇的不可輕視的重要事情。

在這裏還有一位引人注目的作家就是"張赫宙", 他的短篇已被譯成中文在『文學』雜誌上登載過了。如一般人所周知, 他不僅是朝鮮文壇的一個優秀的作家, 並且在日本文壇上也繼續發表着描寫朝鮮農村現實的作品。他的作品我們常常可以在日文雜誌『改造』及其他文藝雜誌上見到。我在這裏不再作無謂的

---

6) '徹底'는 표준 중국어 '彻底'와 같은 의미임.
7) '箕'의 잘못된 표기임.

介紹。

除了他們以外還有許多作家, 但因篇幅所限, 這裏只能舉出他們的名字。小說方面有"俞鎭午"(玄民), "韓仁澤", "片石村", "嚴興燮", "崔孤嶽", "安必承", "李石薰", "鄭鎭石", "李泰俊", "朴泰遠", 戲曲方面有"柳致真", "蔡萬植", 詩人方面有"金海剛", "趙碧岩", "金起林", "金朝奎", "辛夕汀", "鄭汁鎔", "柳致環", "趙靈山"等。在這裏面"金起林"的詩是完全屬於藝術至上主義的技巧派的作品, 其他的"趙碧岩", "趙靈出", "金海剛"等諸人的詩却是竭力要表現朝鮮現實的苦悶與壓迫。

＊　　　　　　＊　　　　　　＊

在最近的朝鮮文壇上, 使我們不能掩沒的是女作家的抬頭。第一值得舉出的女作家就是"朴花城"女士, 她自從在一九三二年發表了她的處女作以後, 繼續創作長篇小說"白花"及許多短篇小說, 近作有「崖」, 「洪水前後」等。此外, 又有"崔貞熙"女士(她的作品有一篇長篇小說「多難譜」及幾部短篇小說), "姜敬愛"女士(近作有長篇「鹽」, 「人間問題」等), "張德祚"女士(專寫短篇), "白信愛"女士及朝鮮文壇上唯一的女詩人"毛允淑"女士(雲嶺), 在一九三四年她出版了一本詩集名爲『光明的地域』, 是她的處女詩集, 同時也是朝鮮女流詩壇所公認的珍貴的詩集。她的詩是屬於傷感的浪漫主義及支配着不明確的民族意識的作品。在過去也曾活躍過的女詩人及文人"金一葉"女士, "金彈實"女士, 她們因爲有了家庭及其他環境的關係, 中止執筆工作, 那是很可惜的一件事。還有一位很有前途的女作家"宋桂月"女士, 她只發表了兩三個短篇之後很不幸的與世永別了。

＊　　　　　　＊　　　　　　＊

至於朝鮮的文藝評論界, 第一顯著呈現的就是文閥的野心與擁護自[8]派藝術家的最卑劣的傾向。但這並不是朝鮮文壇獨有的劣根性。凡是缺乏道德與社會文化建設觀念的國民, 都是有着這種通病。近來他們也對於這個問題上已經有所醒悟, 在各方面吶喊着文藝評論該走的路, 然而現在的評論界還是免不了混

---

8) '左派'란 의미임.

亂的狀態。在這樣無秩序的狀態下，比較拿真摯的態度而從事於這工作的評論家我且介紹於下。屬於左派的有"白鐵"，"林和"，"安含光"，"韓雪野"，"金基鎮"，"朴英熙"，"俞鎮午"等數人。這幾個人可以算朝鮮評論界的主要人物，其餘的恕我不提了。

寫了介紹在一九三四年發表於朝鮮文藝評論界的諸文學理論，我在下面列舉他的題目與作者的重要部分。

「最近文藝理論的展開與它的傾向」	(朴英熙)
「創作上的精神生理學的法則」	(咸大勳)
「張赫宙氏的文學行程」	(俞鎮午)
「非常時世界文壇的動向」	(李軒求)
「一九三三年的朝鮮文學之諸傾向」	(林和)
「對抗評論的單純化」	(安含光)

     *   *   *

最後，在現今的朝鮮文壇上佔領着相當的勢力的一派就是"海外文學派"，這個名詞在朝鮮文壇上好像是個嶄新的名稱，但在事實上，不過是指着專門介紹批評及翻譯外國文學的海外文學研究者而定的名詞。這一派曾在朝鮮文壇上和普羅作家等發生了極複雜的不相容的論戰，但無論他們的論爭如何，一個文化程度幼稚的民族，爲了它文化發達的真正營養，需要優秀的國外作品的移植與介紹是誰不會否認的吧。

說起這一派，德國文學方面有"徐恒錫"，"曹希淳"，"金晉燮"，俄國文學方面有"咸大勳"，英國文學方面有"鄭寅燮"，"張起梯"，法國文學方面有"李軒求"與中國文學方面有"丁東來"，"李慶孫"，"金台俊"，"梁白華"(建植)，尤其在這裏所要注意的是上面的中國文學研究者。"李慶孫"在最近並沒有翻譯的工作，但在過去介紹了"魯迅"以及魏金枝的"奶媽"等作品，"丁東來"的中國文學研究中，最值得一讀的是「魯迅論」，此外他又不斷的介紹過中國文壇的一般動向及各作家的創作。

     *   *   *

如在前面所聲明，本文並不是某一部作品的評論，也不是整個作家的評論，不

過是在簡單的介紹朝鮮文壇的近況的意圖之下寫出來的一個散漫的outline而已。

末了, 我就在這裏希望着朝鮮的社會能夠給作家們以某一程度的經濟生活的安定與獲得出版和言論自由, 並且所發表的創作能夠廣播到世界文壇, 同時希望中國與朝鮮兩國的文藝人們, 能彼此對於鄰邦文壇有極度的聯絡研究和介紹。

(『文藝電影』 第一卷 第四期, 民國廿四年三月一日)

義大利著名作家(一九三四年諾貝爾文學獎獲得者)
比蘭臺羅氏談電影文學與戲劇

「你下一次預備寫什麼? 是否戲曲?」對於一個法國雜誌記者的這樣的訊問, 一九三四年度諾貝爾文學獎的獲得者義大利作家比蘭臺羅氏便答覆他說:

「我預備寫一篇小說, 因爲我現在所考慮的材料, 是很適當於小說的。」

「那麼, 你是不是隨着作品的內容而改變它的表現形式?」

「當然, 適當於小說的材料是不能隨便改爲戲曲的, 每一種藝術作品的內容, 大部分都是彼此相反的。」

「最近有沒有寫了短篇小說?」

「寫了許多, 恰有三百六十五篇。算起來不是在一年之中每天寫了一篇嗎? 所謂短篇小說這個表現形式比較廣義的小說很近似於戲曲的形式。尤其是在它的綜合性的形式上兩者是頗爲一致的。你或許也想到吧! 沙士比亞的許多戲曲, 多半是從義大利的短篇小說裏找出來的材料與形式。」

「那麼, 你以爲電影藝術是怎樣? 你已經發表了那麼許多的富有戲劇性的深刻的小說, 爲什麼到了現在還沒有一部的電影化?」

「我的小說很不容易被電影化的。不過我好像還記得我的小說中只有一部是由葛布泰嘉寶搬到銀幕上的。(譯者按：即「As You Desire Me」)她的表演相當不錯。我想現在的電影的大部份差不多都是戲曲的膠片化, 可說是一種戲劇的拙劣的Copy, 電影決不是戲劇的模仿, 兩者是根本不相同的藝術。即使是一篇戲劇的電影化, 但他既已成爲一種電影藝術, 則非完全脫離戲劇藝術性不可。我

以爲倘若電影像其他的各種藝術一樣能夠獲得一種能夠保持着它自己的可能性的法則的話, 他是比任何藝術更能發揮他的特殊的能力的。可是, 到了現在我還沒有看過覺得十分滿意的影片呢」

「那麼, 能夠使你滿足的影片到底是那一種?」

「還是音樂電影好, 電影的最適當的要素, 我以爲決不在文學上。電影很容易使文學平凡化。一般的人們, 大都以爲不論任何文學作品都可以電影化, 其實, 最大的根本錯誤就在這種認識不足上了, 無論如何, 電影藝術的最重大的形式是 Suggestion(暗示或諷示)。由此我們可以說與電影最接近的藝術形式便是音樂。我想假使在將來我有機會能夠碰到瞭解我的意見的導演, 那麼我就願意同他電影化着 Beethoven 的着名交響曲「Eroica」(「埃魯依卡」)。我一聽這個歌曲, 耳朵裏便浮映着一羣壯嚴的大軍的行進。我說電影在將來恐怕要成爲音樂藝術的一種視覺的言語吧。這個理由也就在上面所說的音樂的獨特的魅力裏。這樣, 假若電影能夠成爲音樂藝術的視覺的言語, 那麼我們可以推想它有着能夠奪回無聲電影時代的普通性的非常的可能性。但現在的電影是尚未達到這個領域。現在的電影多半是以一般通俗羣衆爲重大目標, 而且這一類的羣衆沒有低級的趣味性便不能使他們滿意的。我所最怕的一點就是被這種通俗性包圍。所以我覺得通俗性已侵害了自己, 便得自己努力把它打破。我很喜歡旅行, 而時常來往着兩大陸之間, 亦因爲我的這種厭惡通俗性的關係……」(以上抄自雜誌「Living Age」)

上面的引用或許有人要說是冗長無益的文字吧。可是我以爲這些談話裏面多少地包含着對於電影所含蓄的文學性的問題的一種解決上的參考。Living Age 這部雜誌在去年曾搜集登載過歐美各國的文學界的巨人們對於電影的觀賞問題的意見以及批判。據他們的意見來說世界文學界的巨人裏面意外的很多對於現代的電影不抱着何等興趣的人, 尤其是德國的著名劇作家哈發特孟(Hauptman Gerhart)及一九二九年的諾貝爾文學獎的獲得者妥馬斯滿(Manm Thomas)兩人。對於電影, 他們一致發表了極其冷淡的意見和批評。在有聲電影剛出現的時代, 比蘭臺羅亦曾發表了強調着無聲電影的優越性的批評。這樣的事實, 對於文學與電影藝術的個性問題, 使我們引起不少的考慮與興趣。假使我們站在像比蘭臺羅在上面的談話裏所決定的那樣認爲文學和戲曲是與電影完全不同的兩種

對立的藝術, 那麼這是另外的一個問題, 這裏不必多說。可是在實際上, 現在的
一般人的意識都認爲電影的構成及它的技術很容易攝取文學作品中的文學性與
戲曲的本質而把它能夠消化地表現於銀幕上, 然而這不能不說是太過分的信念。
譬如說, 美國的著名批評家卡爾・萬・特連曾在他的「將來的文學論」裏面, 強調
了機械文學時代的萬能性, 同時說過這樣的話:「我們在電影藝術裏面能夠找
得出戲曲的未會有過的新奇性, 同時可以說Camera與戲曲及戲院的對立, 等於
現代的印刷文化與木刻書籍的對立」云云。

　　「在將來的社會, 電影能夠把文學及戲劇等一切綜合一致而在某種程度上可
以抹消從前的文學或戲劇所占的地位」, 這樣的一種恐慌論的主張在十年以前早
已風靡了歐美各國。然而在現在回顧它, 我們容易知道這種豫言不過是過於焦
急的判斷。而祇9)是陶醉在機械藝術的新奇的發展性裏所說出的一種過重的評
價而已, 雖然電影的觀眾一天比一天增加起來, 同時文學作品的讀者與戲劇的
觀眾却反比例地減少下去, 但這并不是由兩者在它的本質上的優劣比較所起的
現象, 是完全由客觀的機能而起的現像。誰也知道電影與文學兩者各有其不同
的兩種本質。不論電影的機械性與構成力怎樣進展, 在它以文學或戲曲爲主題
的時期內, 是絕對不能掠奪文學或戲曲所具有的藝術性的領域的。

*　　　　　　*　　　　　　*

　　第一, 假使我們站在擁護文學作品的立場上說, 會得知道文學是具有着無限
的時間性與空間性。電影無論在這兩者中之任何一方面比文學受着多分的拘束。
譬如說, 電影雖然有着能夠把數千頁的小說在幾個小時內完成的機械的tempo,
但還稱tempo在另外一方面的意義上, 不妨說是一種抹消了千頁的作品裏所含
蓄着的豐富的想像力與技巧美的結果。電影無疑的有着機械藝術中的極其重要
的要求－就是montage的技術, 但是無論怎樣巧妙的運用這種技術, 它還是一種
機械藝術上之技術, 而不是使優秀的文學作品的藝術美的全部壓縮到一種小型
裏去的表現技術。

　　第二, 我們不能拿一篇優秀的文學作品與它的電影化的作品來比較它的根

---

9) 표준 중국어로는 '只'자임. 이하 같음.

本價值, 因爲這兩者是有着各種完全不同的價值, 同時某一種文學上的傑作是決不能容納作家以外的人的改作, 所以拿某一種文學作品來把它改正或減縮而成就的電影, 在藝術的本質上已經是一個完全獨立的作品。文學作品完全是屬於作家一個人的藝術, 不過電影那樣可以把它改爲劇本或是複製的。

*　　　　　　*　　　　　　*

其次, 假使我們站在擁護戲劇者的立場上說, 亦可以得到同樣的見解, 現在我們把電影藝術與戲劇藝術的表演的效果比較起來, 便知道舞臺演員們實際對觀衆們演出的那樣生動的演技, 比與在不一定要意識着觀衆的那種佈景裏面的電影演員的表演, 的確有效果上的優越性。前者是很自然的, 生動的, 後者是只意識着膠片而作出來的技巧。

*　　　　　　*　　　　　　*

然而, 我們在這裏不能否認文學或戲劇是因爲依賴着生動的人生的要素而可以說是一種手工業的藝術, 但電影藝術比這種手工業的藝術特別多社會性, 同時它是從現代發展到將來的社會的一種新時代的文化。可是我們更要清楚的認識的就是這個電影藝術所含有的大衆性, 這種大衆性雖然是電影藝術的一種優秀的特徵, 但在另一方面我們却也可以說電影藝術的一種缺陷亦就是這個大衆性。

我們不必觀察美國電影界的爲了滿足低級趣味而製作出來的許多富有企業性的作品, 只看在所稱「大衆文化」這個美名之下汎濫着的各種通俗化且亂雜化的專以低級大衆爲目標的各種文化, 就能知道電影的所稱大衆性所具有的長短了。換句話說, 電影一面有着比任何藝術更強烈的大衆把握的力量, 但一面却不能生產出能夠打破從前的低級的通俗性的偉大的作品。那麼我們怎樣克服這種矛盾而打開一條新的藝術之路呢? 我以爲這是一個現代的電影藝術家須要考慮的極其重要的問題啊。(完)

（『晨報·每日電影』, 中華民國二十四年六月十日 星期一, 淡如。）

最近的日本文壇

(日本通訊)

最近日本文壇的混亂狀態裏, 使我們值得注目的就是所謂「文藝復興運動」或是「純文學運動」的問題. 在去年三月間, 有着7年歷史的「日本無產階級藝術同盟」(Nippon Proleta Artista Federatio)因着社會的客觀情勢及作家的主觀因素聲明瞭解決以後, 文藝復興運動的新勢力便在這個時候抬頭了. 他們的企圖就是清算太偏重於文學的功利性, 政治性以及含有宣傳性的從前的日本階級文學, 而使已被喪失的文學的藝術性復活. 由此我們可以知道這個運動是有着歷史價值的, 它是對抗着從前的階級文學而另樹着的一種新的旗幟.

提起了這個新問題, 銳敏的日本Journalism便掀起了空前的大波紋. 富有慕倣性的出版界也就利用了這個機會, 刊行了「文藝」, 「文學界」, 「行動」等等新的純文學雜誌而企劃了營業上的利益, 并且在這場合, 上至所謂文壇的前輩作家下及其他的新進作家, 誰都免不了流入到這個漩渦裏. 他們都拿着所謂文學的純粹性唱附了全文壇.

可是, 到了現在我們回顧這個運動的成績, 亦不能給我們何種圓滿的結果, 雖然它使一般社會引起了關於文學純粹性的一種新的興論與意見以及使一般青年們提高了他們的文字情熱, 但因着他們的思想的不澈底10)與自我批判的缺乏, 只在Journaism時旁邊徘徊了一會兒, 却不能在日本文學史上留下了何等偉大的痕跡. 雖然這一階段裏的作家亦有幾個是努力向上爬着的. 例如:「林房雄」,「宇野浩二」等. 但他們在這一階段裏對於創作上活躍的過程中, 除了表示了個人方面的新的進步以外, 也沒有其他的供獻了. 併且其他的許多作家的作品裏面也沒有能夠代表着這個運動而且能夠把握了純文學問題的核心的偉大作品.

其次, 又有一件值得我們一提的就是從一九三四年後半期提倡到現在的「能動精神文學」這個運動的提倡者的重要人物是作家「舟橋聖一」與評論者「阿部知二」等. 「舟橋聖一」會在他的「能動精神文學」的理論裏面說過如下面的話

---

10) '澈底'는 표준 중국어 '徹底'와 같은 의미임. 이하 같음.

：「……最近日本的文藝界正陷在時代的不安與生活的懷疑圈裏。我們處在這樣的時代環境裏, 對抗這種惡魔而要進一步的去建設進步的近代主義意識性的文學, 新自由主義, 新浪漫主義以及寫實主義等的新的創作精神……一個新的時代來到了我們的眼前, 我們是需要清算頹廢的近代主義的傾向, 同時我們在這種頹廢的近代主義的崩壞過程中要樹立一種新的意識力……」云云。

由此我們能夠窺見他們的這種「能動精神」的提倡就是對抗舊的藝術致上主義的文學精神。換句話說, 他們的主張的要領是提高人生的意識力和自由, 而使人們超越自己的弱點, 達到克服自己的境地。雖然這一派裏的人們各人有着各樣的見解, 但他們所一致的同點就是要握住人生的唯物意識的發展, 而把它插入文學的新創作裏去。

這運動所準備汲取的思想的方向, 因爲它還在發展的伊始, 尚不能整個兒的觀窺它的金豹, 所以在現在還是一個啞謎。這等待着作者在將來再來檢討吧。

(『晨報·每日電影』, 中華民國二十四年九月二十日 星期五, 波君。)

法國寫實主義之巨匠

巴爾紮克與他的文藝思想

如一般人所週知, 巴爾紮克(Honoré de Balzac一七九九~一八五〇)是個在法國的浪漫主義文學最隆盛的時代, 以寫實主義的傾向和精密而且富有迫眞力的描寫, 造成[11]了自然主義文學的根源的作家。到了寫實主義達到頂點的現代, 許多人很賞識地稱他爲寫實主義的鼻祖。可是這種說法未免有些漠然的地方吧。我們進一步詳細一點觀察他的作品及文藝思想, 便容易知道他的寫實主義比福勞貝爾(Gustave Faubert)或是左拉(Emile Zola)等的定型的寫實主義有着顯然不同的地方。他的所謂「寫實」不僅自然原來的姿態的充實的描寫, 而是一種好像用擴大鏡眺望世界一般的被擴大了的自然。我們不應該陶醉於「寫

---

11) '造就'와 같은 의미임.

實主義」這個流行的字句裏而誇大了對於他的評價。然而, 在眞實的意義上, 我們不能不承認巴爾紮克的藝術裏所含蓄着的超越了平凡的日常生活的自然的活躍和興味的充溢。我們在這樣簡單的篇幅裏不用舉例, 在某種程度內也能夠推知他所呈示給我們的世界差不多是已經超越了普通生活的一種特殊的世界。換句話說, 他是創造出了比我們現實生活更來得矛盾而且複雜的生活和人生。他在他的小說裏汲取的性格, 普通稱有兩千多種類。在這千態萬象的人物的性格裏, 我們值得注意的他的特色, 便是每一個人物差不多都是富有偉大的性格和一種天才的素質, 同時, 支配每一個人物的靈魂的根本精神都是以堅強的意志和實踐爲出發點, 他所處理的人的行動必定有某種精神的基礎。這樣看來, 我們可以說巴爾紮克是把行動從屬於觀念的最初的小說家。

他所素描的許多小說的對象, 均爲當代的法國社會的現象。他一面描刻出了一般歷史家們所忘却的民間風俗的歷史。同時, 在另外一方面, 他是以情熱認爲人間性的全部而站在這個立場上, 以一種歷史家一般的態度和意義來解釋了日常的事實和個人的行爲以及它的原則與原因等等的事實。「以情熱作爲根本要素, 蒐集事實而去描寫它的自然的姿態就夠了。」這就是巴爾紮克在文學創作上的基本態度了。這種, 他的情熱的底層含蓄着決定那個行爲的要素, 即是「意志」凡一個人終有着一定分量的精力, 雖然這精力的分量各人各異, 但是我們在行爲和情熱的對照上能夠判定出人們使用精力的方法來。這便是巴爾紮克的所謂「意志的哲學」, 同時是他的文藝思想的第一個原素。

他總稱自己的小說爲「人生喜劇」。再大別爲「風俗的研究」, 「哲學的研究」以及「解剖的研究」等三部。第一, 他在「風俗的研究」中, 是以一切的社會現象的結果爲主題而去表現了細膩的人生心理的歷史和社會的歷史。以這樣的社會現象的結果的研究爲基礎, 他進一步在第二部作品「哲學的研究」裏, 嘗試了人生的各種感情以及原來姿態的原因的追求。他對於人生的態度就是先求結果而後探求它的原因的。探求了在這種結果以後, 便嘗試了「解剖的研究」。這就是他的探求一切事物的基本原則的最後的態度。

總括的說, 所謂的「風俗」在他的思想中, 不過是人生的衣服, 而且他所認眞追求的人生的本身也不過是思想的外衣。正因爲這種思想, 他的作品的根底裏,

都蘊藏着某種思想。勿論怎樣微小的一朵花在他的思想中也是以一種偉大的思想爲根底的貴重的生命了。由此, 他對於宇宙的一切事物肯定了它的特殊的精神。他說：「宇宙是一個一個微小的事物綜合而成的, 所以這個世界裏是沒有可認爲秘密的。」可是, 巴爾紮克幷不是一個樂天主義者, 也不是一個厭世主義者, 他是拿冷靜而且嚴肅的態度來認識了世界上的一切事物的缺陷和美德。以不偏不黨的眼光去觀察及解剖世界上的一切的部分, 這就是他的文藝思想和創造態度上與衆不同的另一個特殊的地方。

(『晨報·晨曦』, 中華民國二十四年九月二十五日 星期三)

「欽差大臣」
戈果理與他的藝術

我們知道俄國的著名作家普希金(Alexander Sergieyitch PuShkin)是個俄國國民文學的提倡者。可是我們說起俄國的國民文學, 便不能不想起完成普希金的理論一貫的作家戈果理(Nlkolai Gogoli ——一八〇九一八五二)。[12] 在他的作品的各種傾向當中, 第一使我們值得注目的即是在文學與實際生活間造成了從前的俄國文學所不會有過的密接關係的功跡。實在, 在某種意義上, 我們可以無躊躇地說, 戈果理以前的俄國文學的重要潮流, 不外是讚美着理想而輕視了現實生活的一種浪漫主義的傾向。對於這樣的非現實的文學, 揚起了一個熱烈的叛旗而以站在一個自然主義者的立場上去描寫了當代俄國社會的實際生活。同時在一個社會的嚴格的客觀者的態度下, 解剖了當時的陳舊而且頹廢了的俄國社會的眞理的便是戈果理。就在這樣的意義上, 我們不能不承認戈果理是個俄國文學上的自然主義和寫實主義的開拓者了。

他尚未到二十歲的時候, 對於人生的愚癡性與弱點已經把住了相當銳利的觀察力。可是剛進入於俄國文壇的時候, 他卻以一種富於獨特的humour性和諷

---

12) 표준 중국어로 표기로는 '果戈里'임. 이하 같음.

刺性的筆致驚動了全文壇。這humour性和諷刺性便是代表着他的初期作品的一個最大的特色。他在初期裏很喜歡以自己的身邊的雜事以及見聞的事實作題材去創作了許多長篇小說。在這樣的創作態度之下，他認真追求的是一貫的現實生活的實際化，這一時期中的他的作品以「大衣」爲最著名。這篇長篇小說，被一般人稱爲最巧妙地表現了俄國的近代情緒的傑作，在事實上我們也不能不承認它是樹立了近代俄國自然主義文學的根源的一篇有着重大意義的作品吧。

　　然而，使戈果理博得了世界的文名的作品，却是喜劇，「欽差大臣」，和長篇小說「死去了的靈魂」兩篇著作。前一篇「欽差大臣」即「檢察官」一上海的「業餘劇人」最近將把它公演。如關心於文學的一般人都承認，「欽差大臣」在富於機智的諷刺這一點上，是有着優秀的價值的近代文學作品中的名作，這是一篇描寫了當時的吹牛拍馬的地方官吏們的充滿了阿諂，盲從，嫉妬以及腐敗的私生活。據說當時的俄國很不歡迎他的這類冷酷的批判的作品，甚至於有一部份的人們還非難他。可是，觀賞了這篇喜劇的公演，雖然，那是他們自己的生活的深刻的暴露，但是因爲作者諷刺性的巧妙，他們終禁不住地發笑了。簡單說一句，這是在世界喜劇文學作品中一篇最痛快的名作戲曲。總而言之，戈果理是個在許多俄國著名作家當中，有着獨特的構思和以實際生活爲根底的具有機智而且帶着諷刺的筆致的作家。雖然，我們在他的作品裏還能看得出有些理想主義的氣味，但是，無論如何，總不能否認他在俄國國民文學的建立上有着不可磨滅的功跡。正在這樣的意義上，我們以一種特別的興趣來優待着他的着名作品「欽差大臣」在中國的演出，也許他能夠給中國的新的劇壇以深刻的感銘吧！

　　　　(『晨報·晨曦』，中華民國二十四年九月二十八日　星期六)

高爾基與他的小說

　　高爾基的許多小說當中以貧窮與放浪爲主題的作品爲最多。自然，它所汲取的內容，大部分都是現實生活，尤其是下層社會的暗黑面。這可說他的從幼時經驗過的放浪和貧窮生活所致。可是在這種暗黑面的暴露的根底裏，却蘊藏

着高度的理想以及思想的感情。這種感情的流露便使我們在他的小說裏發現出偉大的個性的讚美和強烈的生命的躍動來。我們把高爾基的小說和俄國的先輩作家們比較起來，就很容易知道他的小說的與衆不同的特徵。譬如說，杜思退益夫斯基的特徵是他的作品裏所充滿着的那種愛他主義的傾向。都介湟夫的特徵便是他所描寫的人物均爲富於社會改造的理想，而缺乏實行的力量這一點，柴霍甫只喜歡處理住在嘲笑和諷刺中的，一種厭世的人們的生活。然而，我們在高爾基的許多小說裏看到的大概都是富有着實行的突進的性格的人物，同時這種性格的人物的盡心追求着的是「反抗」的精神，實在，我們不妨說高爾基的小說的偉大的地方亦就在這個「反抗」精神上。併且這種反抗精神是以高度的理想和社會改進的熱烈寄情熱爲根本而排斥着俗世的小滿足和小感情。換句話說，杜思退益夫斯基和都介湟夫他們在小說裏面取汲的人物，很多是悲嘆着自己的命運而抱着一種近於空想的理想的人，是沒有「愛」便連一天也過不下去的人們。高爾基所最嫌惡而極度地排斥着的就是這種性格的人物。

我們再進一步，嚴格一點來觀察，在另外一種意義上或許可以說高爾基所取汲的人物的所謂這種「反抗」精神，是一種典型化了的千篇一律的性格吧。不錯，高爾基的小說中的人物的確是免不了，太單純而沒有變化。然而，我們不能不承認他的小說中的「反抗」精神的表現非但是限於小說構成上的性格表現，就是對於俄國的小說傳統的一個熱烈的反逆，亦是，對於近代俄國社會有着非常重大的意義。

高爾基所處在的當代的俄國社會有了一個特殊的階級即是所謂知識階級。他們知識階級雖然對於現實社會的缺陷有着明確的認識，亦能夠意識着他們的理想很清楚。但是缺乏能夠實行這種認識和思想的力量。和他們對立的另外一個階級便是勞動階級，他們是根本不知道他們的悲慘的生活的由來究竟在那邊，而祇悲歎着自己的命運的不幸。實在，高爾基的小說在這樣的特殊的社會狀態裏，能夠給他們以鼓舞和鞭撻。同時使他們認識他們的行爲的倫理的價值了。

其次，使我們值得注目的高爾基的小說另外一個特徵，便在它的自然描寫的超羣不凡的地方。他對於自然的神秘的而且奧妙的現象和人生的感情間

的交涉的把握, 有着獨特的手段. 自然在他的小說中, 有時候好像是偉大的慈母, 有時候是可成爲作者的回憶的暗示, 同時亦可以成爲自己的活動以及理想的象徵.

(『晨報·晨曦』, 中華民國二十四年十月二十一日 星期一)

托爾斯泰的藝術與思想
寫在他的二十五週忌之前(上)

下個月正是俄國的世界的文豪兼思想家托爾斯泰(Count Lyov Nikoaieyitch Tolstoi)的二十五週忌, 據各方面傳來的消息說, 蘇聯爲了記[13]念這個世界藝術上的巨人. 同時追慕他的在文化上的偉大的業跡[14]. 將蒐集一切關於他的藝術作品, 以及他的作品的世界各國語的譯本而開「托爾斯泰紀念祭」. 在這個時候, 簡單地追憶他的藝術和思想, 也不能說是完全沒有意義的吧.

如一般人所週知, 托爾斯泰是一個藝術家, 同時亦是個宗教思想家, 由此我們對於他的藝術及思想可以分爲兩方面去考察. 就是 : 作爲一個藝術家, 他表現了他的肉體方面的問題, 在一個思想家的身分上, 却表現了他的精神方面的問題. 換句話說. 他對於「肉」的描寫, 有着任何俄國的著名作家亦比不上的特殊才能. 他在許多著名作品中, 一貫地表現出來的不外是從這種人生的本能的「肉」方面來的, 自由而且大膽的生命力的盛烈的活動. 在某種意義上, 我們不妨說, 對於「肉慾」的苦悶和矛盾就是他的許多作品勿論多少所共有着一個根本問題, 亦是托爾斯泰在他的全生涯中終不能解決的最大的苦悶吧. 他最率直地而且真摯地取汲了這種人生的肉慾上的, 本能的苦悶和矛盾的第一步傑作即是「哥薩克人」. 他在這部作品裏描寫在二十歲左右的時代, 逃出無意義的生活和原始的哥薩克人過幸福的素樸的生活得事實, 而拼命的想從「性」的本能的苦惱逃出, 去追求一個美滿的自然的愛.

---

13) '紀'의 오기임. 정확한 표현으로 '紀念'임.
14) 정확한 표현으로는 '業績'임.

然而, 他對於這種人生的「性」的本能的矛盾的追求, 越深刻, 便越強烈地感到了求靈魂上的解決的精神方面的問題。他在「哥薩克人」裏面所描寫的那樣美麗而且富於人類愛的世界, 却使我們不感覺到「靈」與「肉」在人生的本能上的矛盾。

在思想方面, 一般人常識地稱他爲一個人道主義的作家。「人道主義」這句話, 在認定托爾斯泰的思想上, 當然極其妥當的一句。可是, 在他的思想傾向中, 我們第一值得注目的却是他的愛國主義。實在他的人道主義或是博愛主義, 大都以這個愛國思想爲基本而出發的。表現了這種愛國思想的第一部作品便是以「克利美亞」爲背景的「雪巴斯特鮑利」。他的愛國精神, 達到了他的極點, 自然提倡了「非戰論」, 同時更進一步, 他不能祇滿足於一個藝術家的身分上。雖然, 他對於藝術的像, 宗教家乃至教育家一般的見解和態度, 或許可以說, 在當今二十世紀的時代不過是一種陳舊的思想是我們所不能贊同的地方, 但是我們無論如何不能否認, 使他企圖着去打倒了俄國當代的專門供奉貴族階級的娛樂藝術, 而樹立了民衆藝術的根基的原動力是他的愛國主義和博愛的宗教精神吧。

(『晨報·晨曦』, 中華民國二十四年十月二十三日 星期三)

托爾斯泰的藝術與思想
寫在他的二十五周忌之前(下)

我們若說屠格涅夫是個徹頭徹尾的藝術家, 那麼托爾斯泰就是個很富有着實踐慾的思想家, 因此比藝術更重視着思想的實踐。他以爲小說, 不是一個男子的可以終生從事的工作。實在, 在成爲一個小說家以前, 他是一個熱烈的社會改革家。雖然他的所謂「無抵抗主義」或是「同胞主義」不過是他個人的一種理想, 但是我們也不可完全湮沒爲了自己的理想的實現, 而抛棄了一切地位和財產的他的偉大的精神。

至於作品方面, 「戰爭與和平」這部長篇小說, 非但是他一個人的精心傑作, 就是俄國的近代方面, 亦可算是一部貴重的收穫。他在這部作品裏脫離了一個平凡的歷史家的公式化的觀察, 而站在一個社會人的立場上, 拿一種特殊的見解

來解剖了從一八〇五年到一八一二年間的「拿巴倫」侵略時代的俄國社會相,
更進一步說明瞭個人的精神對於戰爭有着多麼重大的關係.「戰爭與和平」, 如它
的題目已經告訴我們的確是一篇戰爭小說, 可是, 他在這種戰爭的描寫中. 却
一時亦忘不掉對於和平的熱烈的讚美. 依在這篇作品裏表現着的托爾斯泰的人
生觀說, 人生的一切野心和功利以及英雄的事業, 在這個無邊天空之下是多麼
渺小的東西啊!

「安娜, 迦來尼娜」如被一般稱爲他的代表的傑作, 是他的藝術達到了最成熟
的境地的作品. 以他自己的實際的經驗爲根據, 去描寫了當代俄國的貴族社會
的生活狀態, 以及田園生活. 同時借主人公的戀愛來說明瞭所謂「神」的法則的
神聖而不可侵犯. 不過, 托爾斯泰的這種宗教意識已經是時代落伍的東西, 這
我們前面已經說過了.

除了取得兩性問題與結婚問題的「克列裘·蘇拿她」和關於宗教的許多著
作以外, 他的另一部傑作, 即是被一般人稱爲「藝術聖書」的「復活」. 這一篇可
說是用了藝術的形式集中了托爾斯泰的思想和精神以及宗教的, 對於社會組織
的缺陷的一種強烈的批判. 要而言之, 托爾斯泰的作品的最大的特徵即是從
「肉」的描寫達到「靈」去的表現方法.

最後, 我把俄國象徵主義的建設者「美列却高夫斯基」(Domitri MerejKov-
sky)曾在批評托爾斯泰的文章裏面說過的話來做個結束,「托爾斯泰是個靈的生
活的最優秀的描寫者. 對於「肉」的「靈」方面, 對於「靈」的「肉」方面, 他是從這
兩方面描寫了動物和神間的激烈的戰爭的神秘的境地.」(完)

(『晨報·晨曦』, 中華民國二十四年十月二十四日 星期四)

杜格涅夫的人生觀與藝術(上)

無論東西古今, 藝術家總在他的藝術作品裏, 反映着他們對於人生的態度
以及見解. 這并不怎麼時髦的話, 而是沒有人不知道的平凡的事實. 可是, 人生
觀這一個簡單的句子, 我們嚴格一點說, 却能支配一個藝術家的全貌. 任何一

種藝術作品, 既不能離開人生而獨存, 那末15), 一個藝術家觀察人生的態度和見解支配着他的藝術和思想就是很自然的。誰敢否認藝術是作者的人生觀的反映這事實, 至於在作品中最明確的反映出自己的人生觀的著名作家, 我們不能不舉出俄國的小說家杜格涅夫(Ivan Sergeoievitch Turgeneff一一八一八一一八八三)16)來。

在他的許多小說當中「信」和「浮斯德」兩篇。便是使我們最容易窺知他的人生觀的作品。他曾在「浮斯德」裏說過了這樣的話:「人生決不是遊戲。更不是一種安慰的存在。同時生活亦不是人生的利用品。人生是深而重的苦惱與勞動。工作一永遠的工作! 人生的秘義就在這裏了」。又在「信」裏面寫到:「人生總不能欺騙受着極其微少的天賦物, 而很滿足地利用着這個天賦物的人們」。這兩段話很明瞭地給我們說明杜格涅夫對於人生的兩種基本態度。併且由於這樣的人生觀杜格涅夫終免不了的做了一個缺乏實際的才能, 而像女人一般溫厚篤實的貴公子。

可是, 表現在作品中的人生觀中, 比前面的態度更來得明顯的便是他的厭世的態度。他大約在一八六〇年頃便引起了這種厭世的思想。這就是被後世稱爲「杜格涅夫的虛無主義」(Nihilism)的根源思想。表現了這種虛無主義的人生觀的作品當中, 值得舉出的即是「前夜」和「父與子」以及「滿足」和「散文詩」等四部著作。尤其是前者兩部非但是這種人生觀的最露骨的表現, 而且是代表着杜格涅夫的全作品的面貌。他曾在「父與子」裏面說過:「我不屈服於一切的權威。同時勿論任何種的論說, 在自己沒有檢查以前是不能承認的。」再進一步, 我們想起「父與子」中的主人公, 「巴沙羅夫」的態度, 更明白杜格涅夫對於人生的態度。「巴沙羅夫」, 他是個除了自然科學所教示的法則以外, 不相信這個地球上的一切的人。他不承認一切的事物的價值, 更不承認以往的俄國社會的信仰和理想的一切。是一個極端的偶像破壞者。(未完)

(『晨報·晨曦』, 中華民國二十四年十月二十九日 星期二)

---

15) "那末"은 표준 중국어의 "那麼"와 같음.
16) 표준 중국어로 표기로는 '屠格涅夫'임. 이하 같음.

杜格涅夫的人生觀與藝術(下)

在「前夜」裏面說得更厲害:「我們是否有着生存的權利? 我們存在着的這個事實, 已經成爲了一件罪惡。我們對於這個罪惡應該受某種刑罰才對吧」。要而言之, 杜格涅夫的這種態度, 在所謂現代的社會的意識下, 極端的說, 那就不過是一種貴公子階級的妄想吧。當然, 他的否認了一切的道德。否認了一切的理想的人生觀, 我們所不能贊同。同時不會否認這種虛無主義所具有着的一面的害毒。不過, 我們亦不能祇以輕率的觀念去決斷他的一切, 并且, 在另外一種意義上杜格涅夫的這種虛無主義代表着當代Suradu民族的時代的憂鬱和苦悶呢!

他雖然臨於自然的偉大而且永遠的神秘, 不能不感覺到沉鬱和獨寂, 尤其是至於晚年感到了極端的恐怖, 但是, 在一個作家的身分上, 他却是對於時代的新思潮有了非常銳敏的感覺和把握。實在, 在一面的意義上, 他的作品對於當代的俄國社會的進展和時代思潮的形成上所貢獻的地方也不能算是少的了。

他所描寫的小說, 很多以極其單純的日常生活爲內容。併且對於取汲的人物, 他撤頭撤尾的取着一個客觀者的態度而不喜歡用深刻的心理描寫。換句話說, 他臨於小說的寫作, 比內面的現象更重視着外面的描寫。我們當讀他的作品的時候, 好像感到讀通俗小說一般的不大深刻的感銘, 亦就這種關係所致的吧。可是, 他對於自然的描寫, 尤其是對於自然的淳樸的愛, 近代俄國作家幾無其正。讀過他的「獵人日記」的人勿論誰, 都一致承認這一點的吧。

他的作品的另一個比衆不同的特殊風格便是作品中所取汲的男女主人公的截然不同的性格。譬如說, 他所取理的女性例如「廖沙」, 「娜姹沙」, 「威拉」, 「愛列娜」等均爲富於愛情和純潔性的在俗世裏發揮着一種異彩的高貴而且美麗的存在。反之, 他所描寫的男性, 大都是比女性有着更薄弱的意志以及膚淺的感情的。簡單一句, 杜格涅夫是個住在悲哀和厭世裏的具有着獨特的情調和思索的小說家, 同時亦是一個哲學的散文詩人了。(完)

(『晨報‧晨曦』, 中華民國二十四年十月三十日 星期三)

蘇聯詩人座談會與高爾基
蘇聯文壇動向之一

高爾基在蘇聯現文壇的地位。在某種意義上說, 似乎是一個偶像, 不用說一般年青的人們都是崇拜他, 實在他的一舉手一動足都影響於全文壇。可是, 這種現象, 我們想到他那熱心的新人指導能力以及處在病軀老境却爲了文壇時常提起討論着新的問題的他的情熱的時候, 便不能說是偶然的事吧, 他爲了蘇聯的新文學的貢獻與努力確是有着使我們佩服的地方。

據說「蘇聯作家同盟」莫斯科支部的青年詩人們, 已在本年七月裏爲了確立他們的組機和活動以及指導新進的詩人們, 聘請文壇老匠高爾基開一個詩人座談會討議了他們的根本方策, 在這個座談會席上, 高爾基所述的對於最近的蘇聯文學的意見, 使我們能夠窺知他們的文壇動向的一部分。他說:「我近來拿一種特別的注意, 讀了在各地方出版的文學刊物, 許多青年們當中, 確是有富於天稟的人們, 可是他們的作品, 大部份都是免不了無味枯燥, 而且缺乏於作家的獨特的個性的表現, 這樣的事實, 很清楚的給我們證明以他們的文學的教養的不充分, 刊物的編輯者和作者們都須要知道給讀者們以這種作品是有害而無益的。」

蘇聯的文壇到了最近, 要努力克服他們的偏派傾黨的公式的主張, 而爲了文化遺產的繼承起見, 非常的努力着古典文學的真摯的研究和新的批判。這是關心於世界文壇動向的人們都承認的事實。比駕說, 他們盛烈的準備着「托爾斯泰二十五週年紀念會」的消息和關於杜思退益夫斯基的全集和批判刊物的出版以及普希金, 尼克拉蘇夫, 列爾蒙特夫等十九世紀的著名詩人們的詩集的出版等的事實都能證明這蘇聯文壇的這種傾向。高爾基的上面的所述不外是爲了新的文學的建立, 須要依據古典文學的真摯的研究和新的批判爾涵養文學的教養的意思吧!

高爾基在這座談會, 更進一步, 關於文學的各方面的實際問題尤其是詩的問題發表了他的獨特的意見, 他指摘[17]了蘇聯文學的脫離了現實的事實。這樣的說:「在蘇聯的現實中, 我們時常碰見多麼值得注意的事實呢! 有着多麼值

得注目的人物呢? 然而, 文學却很不注意這種事實而祇彷徨着現實的周圍, 他們對於新的題材的發現和探求, 太朦朧了, 太沒有勇氣了。」

最後, 他關於農民和文學的的問題發表了如下面的見解, 我以爲有不少使我們值得一聽的地方。

「農民們的新的發現, 便在於自然的鬥爭和風俗、習慣、宗教等在農民生活中的朦朧性的克服上。我們將要編纂的「蘇聯的農村歷史」亦在這樣的意義上, 對於農民的教育不可不貢獻真正的意義和使命了。我們須要依據革命以前的可怕的農村狀態的正確的描寫和究明, 給民衆以農村所經過的苦難的歷史。從前的蘇聯的詩歌, 對於農村的貢獻太微弱了。

這種農村歷史的編纂, 絕不僅僅有裨於讀歷史的人們, 就是它更進一步能給編纂這歷史的作家們以豐富的內容和文學上的進展。我們若果[18]不瞭解農村和農民以及他們所經過的歷史和從前的農民社會的生活狀態和感情, 便不能描刻出富於藝術價值的偉大的農民文學作品是無疑的。農村的素材在他的形象化上, 需要與一般的文學不同的特殊的表現手法。我們非熱心的去研究鄉土藝術以及一般的民間傳說不可。這類鄉土藝術和一般民間的傳說的大膽地利用便是我們的作家和詩人的偉大的勝利吧了。」

除了此外, 高爾基所提起了的許多問題當中較爲重要者尚有依據作曲家和詩人們的協力去從事於爲了集團的新的歌謠的製作問題和批評在詩的發展上的不可忽視的重要性等問題。據說, 蘇聯的青年詩人們, 將要又開第二次座談會, 這使我們引起着一種特別的興趣和期待了。(完)

(『晨報·晨曦』, 中華民國二十四年十月三十一日 星期四)

---

17) 한국어 '지적'을 의미함. 한국식 중국어 표현임.
18) 중국어 '如果'와 같은 의미임. 이하 같음.

弱小民族的文學近況

無論任何一國, 一個弱少民族的社會, 它的政治的動向及社會狀態等, 時常被先進的國家注目。可是, 在他們的文學方面, 却被人等閒觀。當然, 他們弱少民族的社會, 因於他們的特殊環境以及在政治上的種種原因, 各種的文化上的進展落後於先進的諸國是很自然的現象。不過, 他們像處在社會上的特殊環境一樣, 在文學方面亦有着在先進諸國的文學作品中找不到的特質以及傾向。這一點是我們所不會否認的地方吧。在這樣的意義之下, 我以爲簡單的觀察他們弱小民族在文學上的動向亦有些某種的意義了。爲了敘述的便利起見, 先把他們的文學分爲南部歐洲和北部歐洲兩方面。

第一, 在南部歐洲方面, 使他們值得注目的是西班牙的文學活動。勿論據任何方面的消息說, 他們的最近的文學活動比從前的獨裁政治時代, 確是呈現着更進一步的向上。他們的代表作家, 我們可以舉出坡粵‧巴魯牙(Pro Baroya)。他們的近作中較爲優秀的作品有「Siluetas Rom'anticas[19]」和「Los Visionarios」兩篇小說, 前後兩者均爲取材於西班牙的現社會相, 尤其後者因於他的優秀的農民生活的描寫和對於貴族階級的痛快的諷刺受了非常的歡迎。此外尚有, 澳拿木諾(Don Manuel Unamuno)和埃利沙貝特‧摩爾德爾(Elizabeth Mulder)等兩位作家, 前者是一貫的發表世界主義的作品而表現着超越了國境的人類愛, 後者爲西班牙文壇的唯一的女流寫實主義作家。總之, 他們的文學作品裏流露着的思想的根本, 以時代的苦悶和對於不公平的政治的詛咒和諷刺爲最重要的了。

其次, 在北部歐洲方面, 文學活動較爲盛烈的地方, 可以舉出丁抹和挪威, 丁抹的作家中, 第一個人物便是剛那爾‧剛那爾遜(Gunnar Gunnarsson), 他最近發表了以自國的小島生活主題的十二篇的歷史小說而表現了對於故鄉的熱烈的留念心以及小島生活的淳樸的情緒。挪威是在弱小民族當中, 可算是文學活動最盛烈的國家除了許多先輩作家以外, 到了最近出名的青年作家中, 有以小

---

19) 프랑스어를 참고로 한 표기임. 정확한 영문표기는 'Siluetas Romanticas'임.

島生活中的戀愛爲主題的小說「The First Spring」的作者, 克列斯特門‧高特門德遜(Krestman Gudmudsson)和描寫了北極生活的「狼」(wolf)的作者美克開兒‧普思弗斯(Mikkel Fonhus)以及亞克尼斯‧魯列里(Agnes Rothry)等幾人。簡單地說, 他們北部歐洲的作家們的特色, 即是對於鄉土的熱烈的愛和險峻的北極探險生活的讚美吧了。

除了上面所舉的諸國以外, 墨西哥的文學運動亦有使我們不能忽視的地方。墨西哥, 他們的國度, 原來在政治上與西班牙有着不可分離的密接的關係。自然, 他們的文學亦是以取理着政治問題的革命文學爲重要潮流。在他們的文壇上, 時常引起着各種問題的革命文學的中心作家即是穆諾恩斯(Rafael Munos)。他的近作中值得注意的有「兄弟」一篇, 這也是取汲了戰爭與思想的小說。此外, 這屬於一派的作家尚有「The Mascot Of Pancho」的作者魯弗列特(Herman Robleto)和「我不會忘掉」(Recuerdo Que)的作者粵爾基蘇(Eranilsso Uruquizo)以及「我的將軍」的作者潘特斯(Gregorio Lopez Fuentes)等三人。他們的作品所共通的特色是西班牙的傳統的脫離和對於鄉土的世界主義者的情熱。

最後, 在東方, 我們應該說到朝鮮的文壇。他們的古代文學可以說是不少的受了中國文學的影響而在現代的新文學方面就是受了日本文學的影響。他們開始了新文學運動以後, 已有了十幾年的歷史, 不過到了現在還看不見何等世界文壇的偉大的進展。這當然有着他們的特殊的原因和理由, 然而, 我在這裏不必說到這個地方, 祇舉出, 「李無影」, 「俞鎮午」, 「李箕永」等較爲活躍着的作家的名字而做這篇短文的結束吧。

(『晨報‧晨曦』, 中華民國二十四年十一月八日 星期五)

-尖端文學思潮介紹-
行動主義文學與它的特質(上)

歐洲大戰以後的世界文學的情勢, 由於不可避免的政治的趨勢和條件, 產生了三個特殊的基本陣營, 即是蘇聯的共產主義文學和德國的Nazism文學以及

義大利的法西斯主義文學。隨着文學對於政治的條件的這種集團主義的成就,自然站在資本主義的自由主義的立場的文學者們亦無法避免了這個迫切的環境而轉換於這三個陣營裏,或是被失掉了他們的存在性。處在這樣的情勢底下,不能不彷徨而動搖的是中間階級即是知識階級。由此,便產出了世界知識階級的空前未曾有的不安和動搖的時代。他們有時候,到過去的傳統和歷史裏去探求了他們的出路,有時候盡心的追求着杜格涅夫的虛無主義,亦有時候拿信仰的精神來試解決自己的難境,可是他們終找不出何等圓滿的方法來了。在這裏,他們不問國度的大小以及民族之別,都在憂鬱和消極裏動搖着,不安和失望以及悲觀的荒野中彷徨着。在這樣的知識份子們的危機中,爲了給他們指示以一種新的方向而出現的可說是法國的羅蒙 · 貝爾浪 · 第斯所提倡的行動的Humanisme (Humanisme de laetien)即行動主義。實在,到了現在,這個行動主義在文藝思潮上所佔的勢力,不僅在發源國的法國風靡着,就在其他的世界各國的文壇上亦都引起着各方面的特別的關心和興味。當然我們也不會否認文學上的某種新的主義的提倡,勿論多少皆是含有着附和雷同的性質以及偏於流行和好奇心的傾向,然而,我們不能祇申着這樣的理由完全拋棄它的另一面的考察價值了。

在行動主義文學運動勃興的以前—即自從歐洲大戰以後。直到最近的法國文壇,它的主流傾向不外是Dadaismus和民衆主義以及超現實主義(Surrealisme)等三種思潮。尤其是超現實主義文藝思潮幾乎支配了法國的全文壇。在這樣錯綜的文壇裏,貝爾浪 · 第斯却固守而不動了一個澈頭澈尾的自由主義者的立場。他承認了右傾思想的論理與意識的可能性以及它在法國現階段上的重要性,可是在另外一面,他批判法國的著名作家安特殊 · 吉德的轉向左翼運動寫一種作家的自由和發展的束縛。給與這樣的自由主義者以行動主義運動的動機,實爲二月六日的法西斯蒂的動亂。他在這個騷亂的時期裏,奮然地拋棄了他的從前的自由主義者的立場,而爲了文學運動的實踐,提倡了運動的Humanisme。這個運動的提倡,不僅僅被愛着法國的自由主義傳統的青年們受歡迎,就是對於從前的民衆主義乃至超現實主義的文學舉揚了一個熱烈的反旗。在這個意義上,我們可以說,文學上的行動主義即是從前的法國文壇的各種浪漫蒂克的傾向和絕望的傾向的一種新的反動運動。

「人性的體性是在它的行動的每一個moment中躍動着的心理狀態裏, 最具體地的表現出來……」這便是貝爾浪·第斯提倡行動主義的哲學的根據。由此, 我們至少能夠理解行動主義是在它的第一個本質的意義上對抗於從前的文學的「知」和「情」兩方面的偏重傾向而且以「行動」認爲人生的生活和思想的最重要的表現樣式。換句話說, 行動主義文學, 主張着依據像從前的古典主義。浪漫主義以及自然主義等所取的表現方法, 是不能夠充分地表現出追求文學和哲學的對象以及人性的全體的狀態來。人生的每一種思想和生活意識, 均爲表現在他的行動的角度上。更進一步, 它在它的結局上, 反抗於超現實主義的態度, 和厭世主義以及現實逃避的觀念。這個主義的抬頭被有着覺醒的一般法國青年歡迎的緣故亦就在這個地方吧, 那麼行動主義在文學的創作上所取的內容或是表現形式的特質如何? 這有我們加以明確瞭解的必要的地方。我們在下面, 概括的列舉它的幾種特質吧。

(『晨報·晨曦』, 中華民國二十四年十一月十日 星期日)

-尖端文學思潮介紹-
行動主義文學與它的特質(下)

(一) 行動主義文學是由於機械和肉體兩方面的新的發見, 去表現作用於這個新的發見的個人的感性以及理智的慾望的狀態。同時, 更進一步, 由於運動狀態的明確的表現, 啟示着近代的人間性的進展, 自然, 它是一種現代主義(modernism)。

(二) 行動主義是, 在它的文學的表現上, 因爲企圖着人格全體的表現。所以不敢機械的公式論乃至決定論的宇宙觀和人生觀, 他是根據於每一個人的全體的humanity。由此, 反對於從前的古典主義乃至自然主義以及心理主義等的文學形式所取理的某種感情的一面的表現和它的觀念化及公式化。

(三) 因爲行動主義文學是以每一個人的全體的humanity爲出發點, 自然免

不了某種程度的個人主義的傾向, 可是這種個人主義的意識不可像從前的個人主義那樣忘掉社會的全體的組織意識。它是被統一了的, 而且能夠創造出自己的新局面的「能動」地的自我意識的個人主義。

(四) 行動主義文學是超現實主義文學的反動運動。由此, 它雖然認定理智為精神生活上不可輕視的要素, 但是反對於主智主義。同時, 在精神的取的行動中, 發見出理智的發生和發展來。

(五) 行動主義是給於每一個行動的moment中的原始性和純粹性以重大的價值。由此, 在文學的表現上, 它重視着在某一個行動的moment中的統一性的直接的感受, 自然, 它的作品的構成決不是概念地的被樣式化了的某種意義的順序的發展, 而是在每一個moment中, 被構成出來的新的創造的展期。同時, 在它的本質上, 排斥着表現和敍述的冗長而重視着它的單純化。

(六) 行動文義文學是重視着創造的製作精神。所以, 反對於沒有實踐的文學上的消極的態和遊戲的創作精神。

這樣看來, 行動主義文學, 這個新的提倡, 似乎是某一特定的文學上的黨派的主張, 或是文學表現上的某種形式的改革運動, 然而, 它在現代的世界文藝思潮上的意義決不是這樣狹窄的。要而言之, 我們須要清楚的認識。行動主義不僅是文學上的內容和形式的革命, 或是二十世紀文藝思潮中的一種流行傾向, 就是給予陷在絕望和懷疑中的知識階級以一種新的方向的時代產物。同時, 亦是法國新自由主義文學的值得注目的發展了。(完)

(『晨報·晨曦』, 中華民國二十四年十一月十三日 星期三)

蘇聯的民族文學運動

蘇聯的「作家同盟」, 自從去年開了全國作家大會以來, 他們拿一種從前的蘇聯文壇所找不到的, 特別的關心來努力於民族文學的新的建設。尤其是, 他們在本年三月中, 已經開過一次「作家同盟」的總委員會, 併且在這個集會席上,

新設了「作家同盟」的民族文學部而決定蒐集合各聯邦的民族的傳說和民謠以及各共和國的民族文學的研究和翻譯，及介紹等等。

爲了這個目的的成就，網羅了各方面的民族文學研究的專門家和民族作家以及詩人等。組織了所謂「文學旅行隊」。這個運動的提倡者就是蘇聯文壇的老匠高爾基。他們的這種工作，被一般的人們稱爲「蘇聯民族文學運動的旅行制度」。我們在這裏不問它的名稱怎樣，可以推知他們研究民族的固有的生活感情和社會狀態的變遷等的實際的態度，以及蘇聯民族文學乃至報告文學的一個新的發現階段。

那麼，他們的這種文學上的旅行工作，在實際上對於民族文學有着怎樣有益的結果呢？我們在下面試看這旅行隊的一員，詩人西門·契克芳的旅行印象記中之一節吧，他說：「我爲‘作家同盟’的民族文學部的一員，巡訪了各地方，我在每一個地方的工場裏，可以窺知勞動者和他們的生產狀態，以及一般大衆在文化上的水準和程度。他們給我的教訓不僅僅是這一點。實在，我實際地接觸了他們才比從前更深刻的知道了他們的可怕的現實生活。我碰見了許多地方的新進作家們和一般勞動者們。他們對於我們的文學和它的歷史，都有着相當的關心和興味。這一點是我所意想不到的地方。我在這裏才能明確地認識了勞動者。他們是個真正的愛着文學的人同時亦是真正的尊重着文學的人。我在這一次旅行中，得到了許多的貴重的資料，我想以這種資料爲基礎，除了印象記以外，將另外出版一部詩集，同時，在這部詩集裏，我要描刻出他們對於生活的熱心的鬥爭和情感……」云云。

雖然他的這種說法，與我們的社會的情勢，有着截然不同的地方，然而，這簡單的幾句話至少能夠使我們推測蘇聯的文壇，他們繼續不斷的努力着民族共和國的新的文學的建設的事實以及蘇聯文壇的一個新的動向。

(『晨報·域外文学』，中華民國二十四年十一月二十日 星期三)

最近德國文學的特殊性
介紹Nazis文壇的重要作家及其他(上)

自從Nazis掌握了德國的政權以後, 隨着政治上的變革, 德國的文學亦陷入了在德國文學史上未曾有的特殊境遇裏. 當然, 文學上的思潮絕不是一個固定的東西, 而是由於繼續不斷地文學思潮的鬥爭, 能夠打破陳腐的既成文學, 亦能夠樹立新的文學思潮, 這是東西古今的文學思潮的變遷歷史給我們證明着的事實. 然而, 因於政權的變革, 跟隨它而取着一種集團主義的方向的最近的Nazis文壇, 它的各種文學上的變革, 及情勢, 我很大膽的說, 難爲承認某種新的文學思潮的革命, 更不容易承認文學的本格的向上或是發展. 換句話說, 我們在這篇簡單的介紹文章的開始, 須要清楚的認識繼承着德國文學史的許多正統的現代作家們被逐放到國外去了的事實.

那麼, 究竟那一方面的作家們, 代表着最近德國文學的本格的方向呢? 這問題還是我們暫時不必提起好, 因爲無論任何一國, 它的文學上的思潮, 不是一朝一夕中被決定的, 而是, 長久的文學史和文學的不斷的發展過程給我們以最明顯的證明的前提. 因此, 我們在這篇短文裏, 以在上面所述的極其概念的敘述爲一種的前提, 祇簡單地來談談最近德國文學的幾種特殊性和幾位較爲重要的作家吧.

我們若果承認德國的各種文化運動的集權傾向和Nazis讚美的傾向. 便能夠常識地瞭解, 德國文學的崇拜英雄主義的傾向. 實在, 在某種意義上說, 我們不防認英雄主義爲最近德國文學的代表的傾向. 然而, 這種德國文學的崇拜英雄的傾向, 其實并不是何等新近的特殊產物. 我們已經在過去的德國的文學傳統裏, 亦看見過了這種傾向. 換句話說, 因於自然主義文學思潮的風靡, 一時被等閑觀了的德國文學的英雄主義, 隨着Nazis時代的出現, 再佔領了它在德國文學上的傳統地的地位. 雖然, 我說它是一種德國文學的傳統地的傾向, 可是最近的Nazis文學的英雄崇拜的傾向, 比過去的傳統的思想有着截然不同的地方. 這一點, 有我們加以某種程度的理解的必要. 它決不是像過去一般, 一種漠然的英雄崇拜的觀念, 而是他們的所謂新時代的英雄, 以德國所固有的土和血

爲根據的英雄，德國的文學所承認的英雄是能夠把德國的民族愛和名譽以及忠誠發揮到新的階段裏去的一種新的創造者。同時，最敬仰着德國的現實生活的人。若離開了德國的社會現實，他們的英雄是已經不能存在的了。然而，也曾有人說，德國文學的英雄主義雖說有着多分的現實性，但結局是不過純粹的文學的一種墮落的現象吧。這種說法亦有相當的道理，不過，我們在這裏祇認識文學或是其他的一切藝術在它的本質上終免不了政治社會的某種程度的影響的歷史事實就夠了。

(『晨報·晨曦』，中華民國二十四年十一月二十一日 星期四)

最近德國文學的特殊性

介紹Nazis文壇的重要作家及其他(中)

其次，比在前面所述的英雄主義的傾向，更來得露骨的便是尊重信仰的精神。它幾乎成爲了最近的德國文學的最大的共通的表現。當然，他們所尊重的信仰的目標不外是，德國之神，由此，我們也不防承認這是一種宗教上的態度吧。可是，他們的信仰却不僅僅是某種宗教地的信仰，而在某種意義上就可以說，德國文學史上的過去的浪漫主義派和民族的信仰心的復活。因爲他們是爲了德國國民的重大的服務愛着「生命」的偉力，同時，爲了創造新的「生命」及新的國民生活，重視着「死」的價值。我將在下面引用的一段話是德國現文壇的中堅作家維爾·維斯貝爾(一八八二年一)對於德國的最近文學的理論中之一節。我以爲它能夠使我們窺見德國文學的重視信仰精神的要點。

我們所信仰的「神」，便是德國的全體國民，……我們決不僅僅爲了個人去追求「神」的救助。因爲，我們對於德國國民的救濟，即是我們個人的救濟了。我們跟着國民全體的不可避免的命運，一致陷入了絕望的深淵裏，更投落於被「神」拋棄了的地獄中。所以，我們是爲了國民全體的復活，大家一致奮鬥着的，併且，我們希望，跟國民一起得到比一切的理性更來得高尚的神的和平。

由此看來，我們在最低的限度內，能夠知道他們在文學上所表現出來的信

仰的思想和態度。像前面的英雄主義的精神一樣, 亦以熱烈地愛着母國和母國的民族的一種民族愛的敬虔的精神爲它的出發點的事實。要而言之, 最近的德國文學所一貫追求着的目標不外是過去的德國的傳統的尊重和富於英雄精神和國民的信仰精神的文學以及能夠使民族的現實生活向上的一種Nazis國民文學的樹立吧了。

　　至於德國文壇的作家方面, 我們可以把他們分爲三種流派, 即是純粹的Nazis文學作家和殘留作家以及國外逐放作家的一羣。第一, 守着Nazis精神的作家中, 較爲重要的有普利德利比·高黎世(一八八O年－)他的近代小說有「冬天」一篇, 魯抛爾夫·平亭(一八六七年－), 埃爾維思·高爾丁哈埃爾(一八七八年－)漢斯·卡露莎(一八七八年－), 漢斯古令穆(一八七五年－被一般稱爲他的近作中的名作小說有一篇「沒有地方的國民」)以及德國現文壇的唯一的女流作家伊娜·沙伊黛爾(一八八五年－)等幾人。如已在上面所述, 他們在作品裏心地追求而且表現着的, 即是對於德國國家和德國國民以及傳統的德國精神的永遠不朽性的讚美。歐洲大戰給他們的民族的打擊實在是太深刻了。參加了大戰以後, 他們明確的認識了「祖國愛」的偉大的力量, 他們決不能盲目於大戰以後的悲慘的國家狀態, 離開了「祖國愛」, 他們的文學便隨它而失掉它的存在價值的。雖然, 最近的Nazis文學, 在某種意義上可以說一種文學對於政治勢力的從屬以及固定化的現象, 而難爲文學運動的本質的進展。然而, 無論如何, 對於「祖國愛」的熱烈的表現和讚美, 不僅是Nazis作家們共通的特質, 也是世界文學運動上的一種特殊的時代的產物了。

　　從寫作的傾向方面說, 除了一部分的新古典主義作家(如漢斯·弗蘭克)和表現主義作家(如馬克斯·梅爾)以外, 上面所舉的作家, 大都是屬於新浪漫主義。(未完)

　　　　　　　(『晨報·晨曦』, 中華民國二十四年十一月二十二日 星期五)

最近德國文學的特殊性
介紹Nazis文壇的重要作家及其他(下)

　　就殘留作家們說, 他們不外是存在於中間的特殊的一羣, 他們不投於Nazis文學的陣營裏, 亦不想反對Nazis文學而離開本國的。即是殘留於本國的即成作家羣的一派, 這一派的代表人物, 有哥爾哈爾特·哈普特滿和托馬斯·滿兩人。他們一派中除了哈普特滿一個人在「新評論」(Die neue Rundschau)雜誌中發表着專以農村爲題材的幾篇短篇小說以外, 沒有何等可觀的作品行動。不過是彷徨在近代心理主義的文學圈裏的一羣, 尤其是, 後者托馬斯·滿, 據最近的消息說, 已經對於Nazis政府表示了某種程度的妥協態度。他的近作小說有一篇「年青的耀雪夫」亦是全屬於心理主義的作品。

　　最後, 讓我簡單的介紹被逐放了的作家們在國外的文學近況吧。他們的文學活動的中心地, 除了巴黎和莫西科以外, 最盛烈的地方是荷蘭的Amsterdam和捷克斯拉夫的Prague兩個地方。Prague地方的作家們當中, 重要的人物有世契亞斯, 古拉夫, 海爾貝爾以及捷克斯拉夫的國民革命詩人華依斯卡夫等幾人, 雖然他們的唯一的純文學雜誌「新德國雜誌」(Neue deutsche Blatter)在表面上以超越了政黨性的自由主義爲目標, 但是, 在作品的實際傾向上, 有着濃厚的左翼文學的寫實主義的色調。Amsterdam的一派是以月刊雜誌「集團」(Die Sammlung)爲中心, 集合於反Nazis的旗幟下的文學乃至政治的立場和見解不同的自由主義者的一羣。這一羣的作家裏面, 有華沙滿和哈恩利比·滿以及德符令等幾人。他們除了出版雜誌以外, 也繼續不斷的從事於文學書籍的刊行。綜合的說, 這兩個地方的作家們雖然尚未彷徨在一種漠然的自由主義乃至心理主義的追求中, 但是, 在一面, 爲了樹立超越了國境的廣汎[20]的社會文學, 一直努力着的傾向可以說他們所共有着的特色吧。

　　總括的說, 我們若果承認純粹的Nazis文學爲最近德國文學的代表者, 那麼, 最近的德國文學拼命的排斥着的就是心理主義, 自由主義, 馬克思主義以

---

20) '汎'는 표준 중국어 '泛'의 이체자임.

及一切的個人主義, 而是盡心的追求着國民主義, 傳統尊重, 英雄崇拜以及新浪漫主義的文學了。(完)

（『晨報·晨曦』, 中華民國二十四年十一月二十四日 星期日）

歐洲文壇近況

法國：偵探小說的流行

在最近的法國文壇上, 值得注目的現象就是偵探小說的流行。不用說許多偵探小說家們的激烈的作品行動, 連純文藝派的作家們都不少的發表着這類的作品。併且他們所寫的偵探小說, 比這方面的專門作家們, 亦沒有太多的遜色。它旨在於獲得一類讀者的力量。同時一面能發揮着文學的本質的藝術性。在許多這類的作品當中, 博得了最大的歡迎的作品, 便是屬於「卡特力」教派的作家喬爾裘·貝爾那諾斯的「某一類犯罪」, 是一篇全幅裏充滿着惡魔的感情的殘忍的殺人小說。因於作者在這種殺人事件裏暗示着的宗教上的問題的特殊性, 這篇小說, 被最近的法國文壇認爲最富於特徵的探偵小說。

德國：逐放作家們的作品與新詩集

在德國的文壇, 除了屬於Nazis政權下的國粹主義的文學家們以外, 使我們引起特別的注目的是被本國逐放了的捷克斯拉夫地方的社會民主主義作家們。據說他們, 最近出版了一部「逐放文學者的選詩集」。被選集的作品當中, 有貝爾特·符萊特, 華德·梅令, 亞爾普列德·開爾等著名詩人的作品。全集裏流露着鬥爭, 抗議的吶喊以及一種暗鬱的傾向。

此外, 又有一部值得注目的逐放作家的作品, 即是名作家海恩利比·滿的新作小說「亨利四世之青年時代」。作者拿一種獨特的富於情熱的描寫和筆調來, 表現出來了在歐羅巴的歷史當中最多變動的亨利四世的青年時代的富於殺戮和陰謀的社會相。

（『晨報·域外文學』, 中華民國二十四年十二月四日 星期三, 波君。）

文學青年擁護論
−「文學青年」是否是象牙塔中的彷徨者?

說起來, 文學青年這一句, 許多人很常識地以爲那是輕蔑那些讚美着文學的青年們的流行的述語。尤其是, 若對於所謂大作家或是小說家乃至詩人們說一句「文學青年」, 便至少傷害他們的感情是無疑的。看他們的態度, 「文學青年」這一句對他們似乎是很不名譽的寫實。其實, 我們在眞摯的態度下, 去考慮「文學青年」的時候, 它却含有着不可忽略的重要的意義。

無論任何時代, 任何社會, 文學總是青年的。最愛着文學的是青年, 對於文學抱着最熱烈的情感的人, 亦是青年。在某種意義上說, 若是沒有「文學青年」─愛着文學的知識階級的青年們, 那麼, 一個作家或是一個詩人, 不論他們的作品怎樣偉大, 怎樣寫有價值, 決不能存在於社會。沒有讀者的藝術品, 不能單獨的存在, 這是太平凡的事實了。當然, 我們知道文學作品的讀者階級不一定祇限於「文學青年」, 但是無論任何國家, 他們的文學家的作品被「文學青年」們受着最大的注意與開心是不會否認的事實吧。這樣, 對於一個社會的文學的發展和文學家們有着不可分離的密接的關係的「文學青年」, 爲什麼却被社會的一般人們以及所謂作家們輕蔑呢? 這不能不說是有我們加以考慮的必要的一種有趣味的問題。

我們知道「文學青年」時代是像處女們的空想時代一般甜密的。他們對於文學抱着一種漠然的情熱和讚美而彷徨在自己小主觀的世界和桃花色的象牙塔裏。除了文學以外, 他們不重視其他的一切社會現象。尤其是他們追求小說一般的浪漫蒂克的事實來要解決人生和生活, 探求着詩一般的神秘的世界。這樣看來, 「文學青年」時代確是充滿着幻想的, 充滿着甜密的夢想的。同時, 社會的許多志在文學的青年們被一般人輕蔑的根本原素, 也就在他們的這種對於人生觀的感情浪漫蒂克的觀點以及受着某種附和雷同性的支配的一點上。

那末, 「文學青年」或者「文學青年」時代是否總免不了一種象牙塔的存在價值? 我們該要考慮的地方亦就是這個地方了。我們離開在上面所說的極其表面地的見解, 更進一步嚴格地說, 「文學青年」時代, 實在支配一個作家在將來的

文學工作的基礎時代。不問東西古今的著名作家，那有一個人不經過了「文學青年」時代，一鳴而震動了世界文壇的呢? 我們也不妨說他們不過是這許多「文學青年」們當中的極少數的勝利者了吧。「文學青年」無疑是被社會的人們輕視。尤其是所謂文壇的大作家們的輕視更來得厲害。可是，無論期間的長短，凡是一個作家對於人生的態度和見解以及社會與藝術的觀察的基礎，總在這一時期裏變成他的出發點的。假使，一個作家祇因於「文學青年」這一句概念地見解以及實事上的地位與派別的有無，不管他們的態度怎樣的真摯，去輕蔑他們，我敢說他是一個失掉了「文學青年」的時代的真摯性與樸淳性的不幸的人。在現階段的中國真正經驗了賣文生活的悲哀的人，恐怕不能不留戀着充滿着情熱的「青年文學」時代吧。賣文這現社會制度中無法避免的藝術的商品化，多麼使人浪費着貴重的時間和勞力啊。

然而，「文學青年」處在社會上的本質的意義，絕不僅在這些淳樸性或是對於文學的盲目的情熱上，而在新的世界的發見和新的精神的創造上。若祇由於「文學青年」這一句時髦語，不問他的文學上的素質怎樣，陶醉在某種虛榮心裏，去追求像戀愛小說一般的甜密的世界的話，那就不過是桃紅色的象牙塔裏的彷徨者了。勿論任何文學社會，從「文學青年」的一羣中，可以產生出偉大的作家來。但是他們所不可缺的即是對於社會和人生的堅固不動的見解和時代思潮的明確的認識以及新的感覺力的把握。

最後一句，文學總是由於新時代的「文學青年」羣被支持，同時依靠他們才能發展到新的階段裏去的。使「文學青年」們的前途向上，提高他們到新的水準線上，我以爲這一點亦是先輩作家們所不可輕視的文學上的責任。因爲文學－藝術不是自我陶醉的象牙塔中的主人公了。

(『晨報·晨曦』，中華民國二十四年十二月六日 星期五)

最近英國文壇的傳記文學

依據羅蘭斯(D‧H‧Lawrence)和哈克斯萊(Aldous Huxley)以及喬依斯(James Joyce)等三位作家，以新的心理主義乃至現實主義為標榜的所謂純文學(pure litrature)渲染了一時以後英國文壇到了最近又提起了文壇乃至文學上的新的傾向來，使我們引起着一種有趣味的關心和注目。那即是傳記文學的新的抬頭了。

說起來英國文壇的傳記文學，他們的國度，原來是比任何國家，最富有着卓越的傳記的。尤其是到了二十世紀以後，他們在文學上重視傳記的傾向更加濃厚起來了。這種對於傳記嘗試了新時代的解釋的第一個人物我們可以舉出利頓‧斯特萊紀來。雖然，在十九世紀以後，已有了像希黎亞‧貝維克那樣優秀的傳記作家，但他對於傳記的認識和批判以及在文學上的取用總超不了它在歷史上的關心乃至重要性。除了他一個人之外，也有了許多的傳記作家們已經主張過傳記決不都是某種娛樂性的讀物，而是富有於能夠給我們某種必要的知識的力量。然而他們，無論關於傳記文學的理論或是實際作品等任何方面，都遠不及利頓‧斯特萊紀的了。實在，利頓‧斯特萊紀是個英國傳記文學的新的領域的開拓者。他的名著「維克特利亞時代」的人物不僅是把傳記文學提高到優秀的文學水準上去，就是開拓了英國傳記文學該走的本格的一條路。換句話說，由於斯特萊紀一派的傳記文學作家們的活躍已經喪失了生命的英國的傳記，再獲得了在新時代的文學上的特殊的價值。

這樣，依據斯特萊紀一派樹立了它的萌芽時期的英國傳記文學，最近，又由於一位新的傳記作家T‧E‧羅蘭斯(T‧E‧Lawyence)的出現和他的著作「沙漠上的叛逆」的出版，引起了英國文壇的從前所沒有的文壇上的關心和讀者方面的注目。如已在上面所寫，僅是與心理主義作家羅蘭斯同姓，在亞拉比亞的沙漠上過了長久的軍人生活。他可以說是最適當於傳記文學的寫作和現代的情勢的人物。

然而，勿論怎樣賦予特有的新奇性的文學作品，若沒有在社會上的特殊的存在性與讀書大眾間的銜接的關係，就不能充分的發揮它的勢力是很自然地事實。那末，最近的英國的傳記文學的隆盛在社會上的接受上究竟有為怎樣的特

殊性呢？我們為傳記文學的隆盛的根本原因，不妨舉出英國的所謂的文學的真實性的喪失以及社會情勢上的英雄崇拜的傾向。說到純文學的真實性的喪失，有些唐突的地方，同時，也許有人說藝術－文學不是一張的像片，內容上的真實性云云是不對的吧。然而，這種是非不是這篇短文的目的。要而言之，勿論文學上的理論怎樣，傳記文學在最近的英國讀者階級被歡迎的第一個理由是在它所梳理的內容和人物比其他的小說有着真實性的一點上。換句話說，傳記文學所取理的內容和人物等都容易使讀者大眾相信的緣故了。

其次，至於英雄崇拜的傾向，可以說是英國的一種時代性的要求。他們對於英雄抱着極大地好奇心和興味，然而這不是像過去的時代一般的對於偉人生活的某種茫然的好奇心，更不是憧憬着某種安逸的生活的自我陶醉。對於這樣的讀書大眾新的傳記文學是能夠給予了他們所崇拜的英雄的真正無為的姿態。傳記文學在英國文學上的新的使命和形式亦就在這裏吧。若使讀者們祇讀英雄的傳記，那就與過去的所謂的英雄傳記毫無差異，但是在最近的英國文壇隆盛着的傳記文學是可以說往昔的英雄的傳記和新時代的文學兩者的折中式的文學形式。總之，我們在最低的限度內，不妨說最近的英國文壇的新的傳記文學被厭惡於沒有文化的純小說的讀者們和喜歡諷刺和戲謔的大眾們受着極大地支持是毫無意義的事實了。隨着這種傳記文學的隆盛，一面氾濫着所謂「自傳式」的小說和自敘傳的小說的事實也是在最近的英國文壇上，值得注目的自然地現象。最後我引用比上面所說的T・E・羅蘭斯有着另外一面的特殊風格的新傳記作家弗儂利普・開德拉的一句話來作這篇文章的結束吧。

傳記文學好像是一種肖像畫一樣的。沒有藝術的筆調和風格就不能寫成真的傳記作品了。

（『晨報・域外文學』，中華民國二十四年十二月十一日 星期三，波君。）

福勞貝爾 : 主觀·個性

現在來談福勞貝爾(一八二一一一八八0一)[21]與他的藝術好像太落後於時代了, 不是有許多人認爲自然主義文學已經過時了的陳腐的藝術思潮了嗎? 不過, 我們在文學思潮的廣泛的意義上考慮的時候, 便不能不說自然主義是近代文藝思潮當中的一個最值得研究和討論的中心思潮。然而, 我首先聲明這一篇簡單的文章並不是對於自然主義文學的研究, 亦不是某種的討論。我只要依據在最近讀了他的「鮑華麗夫人」(madame Bovory)以後得到的讀後感以及他的傳記的一部, 來談談他的藝術和文藝思潮的大槪的輪廓吧。

如對於世界文學作品的名著稍爲涉獵過的人所周知, 「鮑華麗夫人」這長篇小說非但可算是福勞貝爾一個人的精心傑作, 就是能夠代表着世界自然主義文學的名著。

然而, 這一篇小說, 我們要是只看它的故事的構成和人物的取汲, 那就不能算是何等特別值得驚異的作品, 不只有一部分的讀者們認爲它不過是一篇世俗小說的構成嗎? 不錯, 福勞貝爾在這篇小說裏所取汲的人物的故事的展開以及故事的趣味性等都遠不及十九世紀的許多著名作家了。他沒有給我們看了何等偉大而高尚的人物, 或是神出鬼沒的故事, 也找不到許多著名作家們作爲招牌的那種虛名無實的所謂高度的理想的插入。他祇拿一個很普通的農村婦女來作爲作品的主人公而很詳細的描寫了她的平凡的環境和生活而已。

可是, 我們讀了他的小說以後, 更進一步精密的想到她的作品的特色的時候, 除了讚美福勞貝爾的一部分的人物時常所說的那種表現形式的簡單明瞭和觀察的銳利和人物的性格的特殊的魅力以外, 首先看得出的便是作者的主觀的克服了吧。雖然作品的到處都充滿着作者個人的意識, 但是在作品的表現上是我們却找不到作者的自己的露骨的主觀或是某種論理的結論。或許有人說這亦不過是過去的自然主義文學所取的最普通的信念吧。當然, 我們亦早就知

---

21) 표준 중국어표기로는 '福樓拜'(Flaubert)임. 이하 같음.

道了自然主義文學所最忌避的是某種作者的主觀的結論的插入, 而不是我個人什麼新的發見。然而, 我們在最低的限度內, 可以無躊躇的說, 福勞貝爾是個最富於理智的作家。他是好像自然地神一般, 給我們提起以人類社會中的各種現象的原因和結果的法則, 但是絕不是下一個決定地的結論的嚴肅而且冷情的作家。對他, 小說是一個活着的歷史, 他所描寫的「鮑華麗夫人」不僅是第二帝政時代中的一個有閑夫人的歷史地的典型人物, 亦可算是當我們談到文學作品所取汲的人物的時候, 不可忽視的特殊的類型的人物了吧。

其次, 在福勞貝爾的文學思想乃至創作的態度上, 是我們值得考慮而且有加以清楚的認識的必要的地方即是他的感傷主義的極端嫌忌以及對於宇宙的一切的個性的尊重。從另外一種的意義上說, 我們或許不防認爲他是一個逃避了現實的藝術至上主義者。因爲他對於宇宙的一切事物雖然把住了每一個事物的特殊的現象和個性, 但是在一個作家的批判現實的態度上卻沒有了像左拉或是巴爾紮克那樣的意識地的批判的顯示。不錯, 他確是不喜歡肯定現實的一個浪漫主義者, 同時亦有着不少的虛無主義的傾向, 然而他比任何著名作家, 更嫌惡了低級的感傷主義。

至於, 事物和人物的個性的重視, 幾乎是福勞貝爾的嚴格的表現理論和創作態度中的代表地的見解。雖然乘着馬克思主義文學的風靡, 所謂這藝術上的「個性」的重要性一時不僅是被輕視, 似乎是完全被忘掉了的, 但是「個性」在文學作品中所佔的重要性, 我以爲無論任何新奇的文學主張的來臨, 決不能被輕視的問題。我的這樣說法, 也許有人說不過是一種讚美着「個性」的一個藝術至上主義者的口吻。然而我很大膽地說, 馬克思主義文學的固定化的原素中的一部分亦不是在這個「個性」的忘却上的嗎! 勿論如何, 福勞貝爾對於他的後輩莫泊桑(Guy de Mapassant, 一八五零 ――一八九三)所啟示創作理論中的「個性」的重視, 非但是文學表現上的一種可佩服的信念, 倂且可以說, 爲一個作家的創作態度上也是值得尊敬的了。

「一朵樹木, 一個動物, 都有着他的特殊的個性和特徵, 這個世界裏, 不會有兩個完全相同的同種類的事物的。我們當描寫一朵樹木或是一個動物的時候, 該要精密的觀察它之後, 便要發見它比它的同種類不同的獨特的個性和性質。我

們所要表現的事物, 勿論如何一種, 都有着表現它的唯一的名詞和給它以某種運動的唯一的動詞以及決定它的性質的唯一而且獨特的形容詞。我們不能不拼命地索求出這表現上的各種特殊的言句來。絕不可以祇滿足於平凡的類似言句的發見上了。」

作者個人的感傷地的小主觀的克服和特殊的個性的明確的把握, 以及當於迫真力的語句的發見, 這便是福勞貝爾在他的寫作上, 像生命一般重視的要素了。我們若把法國的近代小說分爲四大範圍而左拉的「實驗小說」(Romain experimental)爲第二期, 莫泊桑的富於確實性和明確的論理性的小說爲第三期。羅滿.羅蘭(Romain Roll and)和巴爾比又斯(Henri Balbusse)的新興階級文學爲第四期, 那末就不能不舉福勞貝爾爲代表着法國近代文學史的第一期的自然主義文學的鼻祖了。

(『晨報·晨曦』, 中華民國二十四年十二月十一日 星期三)

最近法國文學的法西斯主義傾向(上)

法國的文壇, 雖然到了最近除了依據安特·吉德的轉向左翼和安利·巴爾比又斯的階級文學等給與世界文壇以一種值得注目的驚異和開心的事實以外, 羅蒙·貝爾浪·蒂斯一派的行動主義文學的新的提倡。實在拿一種能夠給與知識階級以行動和新奇性的特殊的勢力, 一時是風靡了世界各國的文壇, 但是我們離開這些某一局部的潮流乃至勢力, 而在概括地的親點上瞥見到最近的法國文學的潮流的時候, 便不能不說造成他們的文學潮流的一貫的傾向却是法西斯主義思潮了。那末, 法國文學的這種法西斯主義傾向, 在社會的意義或是文學潮流上, 有着怎樣的特殊乃至關係。我們現在來談談它的變遷過程和最近的動向, 以及作家, 也不能說是全無意義的事吧。

法國, 他們的國度, 在國民思想或是文學傳統上, 原來標榜着自由主義的國家。自然勿論過去和現在自由主義最濃厚的表現在文學上的也不妨以法國爲第一吧。很長久的時期, 他們不知道了戰爭和反亂或是暴動對於他國的這些複雜

的社會現象, 他們祇取了隔岸觀火的態度。所謂從事於生活和社會的反映的文學的人們, 也跟隨着這種安逸和平和以及某種自由的社會相, 除了極少數的急進的知識份子的一羣以外, 大部分都是專爲了所謂社交界的明星和高貴的婦女們, 執筆來給與了他們以反映着這種社會現象的自我陶醉的小說和詩。

　　然而, 法國亦不能例外於世界所共通的社會情勢的變遷了。隨着資本主義的文化的沒落和崩塌, 文學的領域裏, 自然, 產生了支援着處在沒落途中的資本主義的立場和轉向於法西斯主義的兩大分野來了。安特來・吉德的轉向左翼的事實。在某種意義上說, 也不外是法國知識份子在這一時期中的苦悶和彷徨以及動搖的最明確的說明吧。

　　處在這樣左右兩難的社會情勢之下, 最早拋棄了他們的從前的文學態度而轉向到法西斯主義的圈內去了的作家當中在代表人物我們可以舉出新感覺派作家波爾・摩蘭(Paul Morand－一八八八－), 劇作家兼小說家琴・紀羅德(Jean Giraudouz－一八八二－), 在現代的法國詩壇負有着世界的盛名的詩人波爾・華萊魔(Paul Vaiery－一八七一－)以及被稱爲法國現代文壇中堅作家的安特萊・摩羅華(Andre Maurois－一八八五－)等幾人。這一派的作家, 原來是法國有閑階級的最充實的代言者。勿論小說或詩等任何一種他的文學盡心地追求着的即是甜蜜而且浪漫蒂克的戀愛和新奇的旅行以及所謂的純粹的藝術的思索等等。一變社會的原始勢力, 跟隨它而改變他們的文學上的態度是無足怪奇的自然現象吧了。在最近發表的摩關的「美麗的法國」(France Sentimental)和「天使合戰」(Combats avecleganges)等幾部著作, 就可算是這一派轉向法西斯主義以後的代表的作品了。(未完)

(『晨報・晨曦』, 中華民國二十四年十二月十四日 星期六)

最近法國文學的法西斯主義傾向(下)

　　其次, 我們該要說到的便是法國文學的法西斯主義的潮流對於小市民的個人主義作家羣的影響和動向。最近三十餘年民間的法國的社會, 在另外一種的

意義上我們可以說依小市民們被支配了的。換句話說，小市民階級在法國就是掌握了社會方面的種種勢力的中心階級。由此，迎合於這小市民的生活感情以及反映着他們的社會思想的小市民的個人主義作家羣的文學，在某個程度內，能夠最明顯的反映出來了法國小市民社會的各種形態和意識是沒有疑意的事實。雖然這一羣的個人主義作家裏也有各人不同的見解乃至意識。可是概括的說，他們總站在一個無政府主義乃至人道主義者的立場上。去擁護了個人，以個人認爲人生的最高度的存在和價值了。他們爲了小市民的價值和生存的擁護，詛咒了戰爭。

可是，他們亦隨着不幸的社會情勢的必然的來臨和小地主和商人等小市民階級的動搖和彷徨終無法避免了文學上的兩種陣營的分立。第一羣就是拋棄了從前的狹窄的個人主義思想，認識了追求個人的利慾和享樂的錯誤，把他們的人生觀點轉向於廣大的社會裏去的所謂「社會派」的作家們屬於這一派的重要人們，例如戰爭小說家裘亞梅爾(G·Duhamel——一八八四一)和裘爾·羅滿(Jules Romains)等幾人，雖然很熱烈地反抗着暴力的支配和戰爭，可是他們的所謂轉向以後的新的社會文學，還是不能完全清算了擁護小市民階級的觀念和態度。尤其是他們在另外一面隱然的捧着法西斯主義。這不能不說是最近法國文學的一種畸形的現象。另外的一派則是在現在的法國文壇上最有勢力的法西斯主義的作家羣。這一羣可說是各樣各色的文學家轉向聚合而成的雜色軍。例如，法西斯主義的刊物「Pam Pblet」的編輯者坡埃爾·德美尼克(Pierre Dominique)和評論雜誌「La Lutte」的顧問貝爾特蘭·德·裘符尼爾(Bert rand de Jouvenel)，尼采主義者德劉·羅·魯雪兒(Drieu la Roche Ile)以及從前很熱烈地反對着資產階級的貝爾(E·Berl)等都是屬於這類傾向的人物。

要而言之，我們雖然不能承認文學尊捧着某種固定化的政治上的主義而從事它的宣傳上工作的現象爲一種文學的本格地的准展和向上。同時法國文學的這種法西斯主義文學的潮流，在現在還沒有何等值得注目的基本理論或是行動等的確定的方向。可是這種文學潮流的變遷和轉向，我們亦不會否認法國的社會思潮乃至政治動向最露骨地表現在文學潮流上的現象吧。(完)

(『晨報·晨曦』，中華民國二十四年十二月十五日 星期日)

超現實派·僧院派·浪漫派·以及其他

超現實派幾乎被外國的一般人們認爲現代法國文壇的主要傾向。然而, 這却不過是一部分年輕的詩人們的一種新的嘗試。尤其是到了最近, 這一派的文學活動除了高克多和雪高夫以及斯保粵等幾人的作品以外, 幾乎完全消滅了。在文學史的觀點上說, 這一派即是從歐洲大戰以後的所謂「Dadaismug」和立體派進化來的一種詩派。更進一步具體地的說, 是一種給予處在歐洲大戰以後的經濟上的混亂的旋渦中追求新社會的基礎精神的人們以建設的意志和冷却的行爲以及破壞的情感的文學運動。自從他們在一九二四年出版了雜誌「超現實派革命」(Le Renolo tisnsnrraliste)以後, 世人對於這一派的見解各異不同的了。

雖然, 我們在這樣簡單的篇幅裏無論如何是不能充分地論及這一派的理論根據。但是法國文壇的超現實派的文學運動不外是以立體派的鼻祖亞鮑黎乃爾的超現實見解和沙爾蒙的Cubism以及安德列·符魯頓的所謂「心裏的自動的表現」(Centomatisme Pgychigne)理論爲出發點的由於歐洲大陸產生出來的思想和文學上的一些畸形的產物。亦可說是一種過渡時期的時代產物。

至於僧院派, 就是集中在「馬爾諾」河邊的古寺裏的詩人們, 例如裴爾·老滿喬爾裘·第亞米爾, 羅勒·亞爾高士等識人的在文學活動的公同工作。他們的主張的要點, 便是要把宇宙的一切森羅萬象在所謂的「合體」(nuanin)的角度上把握它的。也不妨說人道主義的一種新的進展。但是, 這一派的文學活動, 無論詩或是戲劇以及小說等任何方面, 均陷在衰退的狀態裏, 祇有維爾杜捷克一個人還活躍着的。

最後的浪漫派文學運動亦到了最近, 因着羅蒙·貝爾浪·第斯的行動主義文學的抬頭失掉了它在法國文壇上的時代的意義。但是由對於古典派的反動而勃起的這一派的文學潮流。到了現在還是依然地奔流在法國現代文學思潮的不可推測的深遠的根底中。雖然浪漫主義的時代早就過去了, 但是他們對於古典派的熱烈的攻擊和自然與人生的表現方法以及象徵的紆說法(Perikhrase)的反對等等都形成着法國現代文學的一貌。然而, 因於浪漫派的勢力, 一時被忘掉了的古典派的文學, 亦到了最近再漸漸的抬頭起來了。這也是在最近的法國文

壇上, 値得注目的特殊現象。浪漫主義的餘派與新近抬頭的行動主義文學思潮的交流裏面。在作品的內容上却追求着古典而去企劃古典文學的新的復活。這種現象既是最近法國文學的綜觀的傾向吧。

(『晨報·晨曦』, 中華民國二十四年十二月二十日 星期五)

希臘文化運動底新革命

　　現代的希臘, 不喜歡被外國稱爲「Balkan」民族, 而受特殊的待遇。他們不禁自認爲一個古代文化的繼承者, 併且在文化的各方面, 要脫離在幾世紀間所受的土耳其文化的傳統的勢力和影響, 而去努力於他們所特有的。西洋的獨特性的發現和創造。在這樣的立場之下, 現代的希臘, 他們對於歐洲各國的現代文學, 下着嚴格的批評, 同時, 撬取着它的優秀的文學價値。在這新的文化運動當中, 首先使我們値得注意的就是他們的民族語的建立運動。

　　我們知道, 希臘的新的文學, 已在十九世紀的前半期, 由於抒情詩人卡兒保羅和蘇魯穆斯等兩人打開了新的局面。雖然當時這兩位詩人起初把他們的新的民族語用在小說或詩歌上的時候, 像「巴西利亞地斯」一般的所謂希臘的一悲劇詩人一派, 熱烈地反對了這種新的民族語在文學上的採用。但是到了現今, 這民族語的建立運動, 非但開拓了相當的新境地, 更進一步佔領了希臘現代文學的本格的表現形式, 用這種新的民族語獲得了新的成功的文學作品, 我們可以舉出普利西卡的詩集「旅行」(一八八八年發表)。這部著作不僅是在民族語的建立的意義上一部劃時代的作品, 也可算是給予了希臘的現代文學以一種現實的革命的詩集。實在, 受了法國浪漫的影響的現代希臘的文學乃至美文學, 在它的表現形式和用語上, 能轉向於整個的民族語來的, 最大的功跡, 我們不能不歸於詩人普利西卡。

　　這種文學上的表現形式和用言的革命, 影響於跟它有着不可分離的密接的關係的戲劇, 運動是很自然的現像。換句話說, 希臘的現代戲劇的所謂「純正悲劇」的傾向, 亦由於這種文化上的變革, 才能找到重視着特殊的民族感情和民

族生活的, 民族本位的新的途程. 在這一時期裏, 我們值得舉出的戲曲界的開拓者便是詩人克雪諾波兒羅斯和劇作家美拉斯以及在希臘的新劇運動上, 有着不可磨滅的功跡的女優高特波麗女士. 克雪諾波兒羅斯的喜劇和美拉斯的許多戲曲是爲打開了希臘現代的戲劇文學的一個新方向的同一時代的作品. 尤其是至於女優高特波麗女士. 她不僅是有着特殊的演技的女優, 併且是在世界大戰以後, 自己來辦一個劇場, 打開了希臘現代戲劇的喜劇和社會的新方面的女流劇人. 要而言之. 希臘自從在一九三〇年, 繼承了從前的「王家劇場」, 建設了「國民劇場」以後, 由於詩人克特巴厘斯和會經不少的受了德國戲劇藝術的影響的著名戲劇批評家波兒利特斯以及優秀的舞臺導演論德利斯等幾人幾乎完全脫離了希臘戲劇的古典的傳統而樹立了現代的戲劇藝術的新的形式和技術.

(『晨報·晨曦』, 中華民國二十四年十二月二十二日 星期日, 波君。)

論高爾斯華綏

　　高爾斯華綏在創作上, 比許多英國的近代劇作家不同的最大的特徵便是他的那種典型的寫實主義的筆調和手法. 我們無論怎樣非難他在劇作上的所謂英國紳士的態度的流露. 他總不失爲世界創作家中的一個獨特的人物. 這決不是以「諾貝爾獎金的獲得者」爲前提條件而說的漠然的贊辭. 對於都會生活和社會相的各方面, 他的那種現實把握的明確性, 實在像一個清明的鏡子一般反映出來了社會的, 沒有偽善的沒有誇張的, 真正的姿態. 高爾斯華綏在他的戲曲中, 盡心地追求着的藝術表現上的第一個生命線, 也就在這種社會的真正的姿態的寫實的表現上. 我們若想到他所處理的許多劇中人物的性格的特異和正確, 便不能不承認這一點. 由此, 他所處理的劇中人物的性格, 我們可以說不是依據作者個人的主觀或者人生見解去任意的構成出來的一種虛飾的性格. 而是由於徹頭徹尾的公平無私的冷靜的觀點, 表現出來的個性和性格. 我們祇看他的代表的名作戲曲「法網」(Justice)也在某種程度內能夠瞭解的. 他

不像蕭伯納那樣對於自己所嫌忌的一部分的人們表示作者個人的熱情的反抗和攻擊。同時，他雖然在劇作中喜歡汲取社會和家庭以及結婚等的許多問題。但他卻是不喜歡像蕭伯納一般借了某一種特殊的人物的口吻來宣傳自己的思想或主義。一個劇作家的這種寫作的態度，我們從另外一種意義上，或許可以說那是極其消極的態度，同時高爾斯華綏所以被一部分的人們認爲祇提出某種社會問題而沒有何等的結論或是解決的。一個理想主義的劇作家，也不外是因於這一點吧。其實，他的這種不提起何等結論的冷情的態度，不僅是一個藝術家對於現實的，理智的觀察上有着重要性，而且是劇作家高爾斯華綏的第二個特色了。不錯，他的許多戲曲，差不多都是沒有最後解決，可是我們進一步，理智的觀察他的戲曲的時候，沒有解決的劇本構成中，卻蘊藏着能夠暗示解決的自然的力量。

(『晨報·晨曦』，中華民國二十四年十二月二十五日 星期三)

蕭伯納簡論

「合理的人們是要把自己適應於社會。反之，非合理的人們是要把社會適應於自己。由此，宇宙上的一切的進化均依據不合理的人們而造成的。」

這一句話就是發表了那篇富於哲學性的戲曲「人與超人」(man and super-man)以後一時引起了世界戲曲界的特別的關心和注目的蕭伯納的名言。雖然這是一句及其簡單的話，但是我們在這個簡單的句子裏面卻能夠窺見蕭伯納對於社會和人生的根本思想的一部分。他是在近代的許多英國劇作家當中，對於社會現實的不合意的地方，加以最痛快辛辣的批評的人。他的過去的許多代表作品，例如「聖約翰」(Saint John)，「惡魔之弟子」(The Devils, Disciple)等，在某種意義上，我們不妨說是一種批評的思想取了戲曲的表現形式的作品。他的戲曲的第一個特徵便是對於現代社會生活的敏銳的而且理智的洞察，和一點沒有客氣的暴露、解剖、以及諷刺。戲曲藝術的第一個生命是否不外於某種思想的宣傳？雖然這不是在這裏所要討論的問題，但是在蕭伯納，藝術的

表現就是思想的實踐。若離開現社會的民衆和爲了人生的意義, 他的藝術的價值亦跟隨它而消滅的。

Art of Life－這個是劇作家蕭伯納的基本信念了吧。從純粹的思想方面說, 他是一個偶像破壞主義者(iconoclast), 爲了建立生活革命的數的理想, 我們應該首先破壞一切的因襲和權利以及傳統。這就是蕭伯納在劇作上要實行的根本思想。被稱爲他的作品的最大的特色的所謂諷刺中, 使我們引起着最大的興趣的便是他對於戰爭和英雄的那種沒有忌憚的諷刺。他說："拿破崙幷不是英雄, 更不是天才而不過是一個戰術家, 知道了演算法的一個巧妙的計算家。"

(『晨報·晨曦』, 中華民國二十四年十二月二十七日 星期五)

獨白

「人生是萬物中的靈長！」說的真不錯。可是這個最大的事物, 最可憐的動物, 至死的那一天也不能真正的見識自己的容貌的美醜呢！ 如果宇宙上的一切人們, 冷情而且明確的知道他們的醜的樣子, 那麼世界上的鏡子商和照相師都是不能不餓死了吧！ 征服了自然的, 偉大的人類！ 征服了地球的, 聰明的人類！ 陶醉於映在鏡子裏的自己的容貌, 而安慰自己的可愛的女人喲！ 至死的那一瞬間, 也併不能瞭解自己的真正的姿態的人生喲！ 聰明的動物喲！ 可愛的egoist呩！

宇宙上的男女老少所渴求着的這「幸福」, 究竟在地球的那一邊？ 誰看見了它的真正的姿態？ 戀愛？ 名聲？ 金錢？「幸福」－這宇宙上的最大的疑問！ 漂泊在無邊天空上的一片的浮雲喲！ 誰能夠得到它呢？ 可是, 聰明的人類, 每一個人都是爲了探求「幸福」, 笑着、哭着！ 爲了追求它作出複雜多難的悲劇來, 作出要笑而不能笑的喜劇來！「幸福」這偉大的宇宙上的詐欺師喲！

"我死也不會離開你"－可愛的女性們的處世術！ 戀愛的貴重的公式！ 戀愛！ 偉大的egoist的人生的赤裸裸的表現！ 要把一朵美麗的野薔薇花插於自己的花瓶裏而不能達到目的便哭不止的可憐的裝飾主義者喲！ 失戀者喲！ 廣漠的野原中很多同樣的薔薇花, 何必你一定要那一朵呢？ 可愛的egoist喲！ 離開了我的女

人吁! 你不也是一個egoist嗎? 戀愛! 會說話的一個可愛的鳥兒! 誰知道要飛到那裏去? 可愛的女人的心! 一個鳥兒!

可是我的女王! 可是我的太陽!……醜惡的人生心理喲!

「假如你離開我, 我就把你刺死, 或者我自己自殺」－可是他和她還活在這個世界上呢? 自殺! 這偉大的戀愛的武器喲! 自殺! 這偉大的利己主義的避難處! 來吧! 我願你來刺死我! 我也是一個醜惡的人生呢。

(『晨報·晨曦』, 中華民國二十四年十二月二十九日 星期日)

一年來的歐洲文壇動向㈠
英國

在英國的文壇, 這一年中雖然有了像普依利福·享遠遜的「文藝論」一般的馬克思主義乃至社會主義的階級文學的批判以及新的提倡, 但是文壇的主流思潮依舊是依據羅蘭斯(D·H·Lawrence)和哈克斯萊(Aldous Huxley)以及喬依斯(James Joyce)爲中心的標榜着純粹文學的心理主義, 被支配了的。英國文壇的這一派的心理主義的勢力, 它的黃金時代已屬於一九三四年, 而是在這一年他們的文學活動, 不妨說已踏進了衰退的地步裏。然而, 我們在這裏該要知道英國文學的特殊的文學, 他們的現代文學, 無論任何部門, 大部分都是取着與所謂馬克思主義乃至共產主義的社會文學沒有關係的特殊的傾向而前進着的。要而言之, 這一派的心理主義不僅在他們的本國內佔[22])着文壇上的優越的地位, 而且對於世界各國的文壇, 也提了文學的另一個新的方向和新的問題。喬依斯的心理描寫的卓越的手法和哈克斯萊的獨特的諷刺, 仍舊是保持了一九三五年度英國文壇的特殊的一面。總之, 我們若承認以安德萊·紀德爲中心的最近法國文壇的文學運動是一種世界精神文學的代表者, 那末喬依斯一派的文學行動則是代表着世界技術文學的特殊的文學領域了。

---

22) 표준 중국어 '占'의 이체자임.

此外, 在這一年的英國文壇, 我們要特記的另外一種動向, 便是「Oxford」一派的青年詩人們的活動和傳記文學的新的抬頭. 所謂「Oxford」派, 則是代表着英國式的階級文學的革命詩人們. 他們的一派自從一九三二年和一九三三年兩年間刊行合作詩集「New Signature」和「New Country」等. 去佔領了英國文壇的特殊的地步以後, 直到最近, 由於批評家馬依開爾·勞巴特(Michael Roberts)以及新進詩人們例如, 斯第潘·斯潘達(stepben spender), 西席地魯依斯(Cecil D·Lewis), 粤典(W·H·orden)等的加入, 更堅固的築成了他們的文學陣營. 然而, 如在上面所說, 英國的文學是由於特殊的傳統被支配着的. 難說, 他們的一派被稱為代表着最近的英國社會主義文學的一羣, 但在實際上, 他們却不是專捧着蘇聯的公式化的階級文學, 而是多分的有着近似於法國的超現實主義的(Surerealisme)傾向. 他們在文學表現的形式上, 最重視着諷刺的價值, 反對於共產主義的漠然的宣傳, 更反對於文學家化為政治行動的指導者那種的態度和立場. 所以稱他們英國式的階級文學羣, 也是在這種與一般式的階級文學不同的他們的基本態度和見解上了. 勿論如何, 這一派青年作家羣在一九三六年的活動, 確使我們抱着特別的關心和期待的.

在這樣的文壇情勢裏, 另外一面又抬頭了新的傳記文學. 這也使我們感到不少的興趣的現象. 這種傳記文學的抬頭, 照上面所說的文學思潮來看, 也許可以說那不過是一種對於心理主義文學的反動運動吧. 然而, 比任何國家富有着優秀的傳記和史記的英國, 到了現在要嘗試傳記的新時代的解釋. 同時在文學的價值上, 將下新的批判, 這確有一面的價值的文學工作. 我們若承認文學不能祇依賴一部分的知識階級而被支配的平凡的基本事實, 那末, 便不會否認英國傳記作家方面的新人T·E·羅蘭斯(T·E·Lawrence)的近著「沙漠上的叛逆」所具有着的英國文壇上的特殊的存在性以及獲得讀書大衆的力量吧. 要而言之, 傳記文學的抬頭, 是一種最近英國文壇的特殊的產物了. (未完)

(『晨報·晨曦』, 中華民國二十四年十二月三十日 星期一)

一年來的歐洲文壇動向(二)
法國

　　一九三五年的法國文壇的主流思潮, 我們可以說是開動了一時的行動主義文學思潮和法西斯主義文學思潮。

　　關於被稱爲一種特殊的時代產物的行動主義文學思潮, 各國的文壇已經有了各不相同的見解和批判乃至移植。我們在這樣簡單的篇幅裏, 雖然用不着再來提起它的理論的根據或者發展過程等的問題, 然而, 我們在最低的限度內, 不妨承認這一個進步的文學運動是對抗世界文學的法西斯主義傾向的法國知識階級的新的吶喊。

　　在另外一種的意義上, 或許有人指摘出這一派的作家羣在作品的實際行動上的無力以及他們的理論不合於實際社會生活的地方吧。這也是很有理由的觀察。因爲這一派的作家們當中, 除了發表「無法人」(Les vilents)的貝爾浪・第斯和發表「侮辱時代」(Le temps duM'Pris[23])的馬爾路兩人以外, 其他的許多作家都沒有什麼作品, 尤其是這一派的代表作家, 轉向以後的安德來・紀德在這一年幾乎沒有發表作品。關於這點, 紀德曾在某一個雜誌社的座談席上, 說過了這樣的一句話:「我併不是不願意寫作, 可是一碰到某種要求, 我的思想和考究力便不能維持它的真摯性。」我們在這簡單的一句話裏面, 却能窺知在過去是專寫着個人問題和個人心理解剖的一個作家轉向於社會的觀點以後的赤裸裸的創作態度的告白。無論如何, 我們在現在, 對於這一派的文學運動下一個決定的結論是太焦急的態度了。因爲他們的文學運動, 從思潮上的理論或是作品的實際工作等任何方面說, 現在還是處在一個過渡時期。代表着法國知識階級的這一派, 在將來, 用怎麼的現實把握的方法和作品的表現來完成他們的文學運動的時代的使命。這是在一九三六年, 使我們抱着一種特別的開心和興味的一件事。

　　至於法西斯主義文學, 因爲在現在還沒有怎樣值得我們注意的明確的理論,

---

23) 프랑스어로서 'Le temps du mépris'가 정확한 표기임.

我們或許可以說它不過是由於不可避免的時代和社會的情勢, 轉向到某特種定的旗幟之下去了的, 藝術至上主義者乃至小市民階級的文學家們的極其微弱的文學運動吧。可是, 就實際的現象說, 給與紀德一派的文學運動以一種最大的威脅的, 却是這法西斯主義的勢力行動主義文學和法西斯的文學兩者, 究竟那一種能夠佔[24]領文學史上的重要的一頁, 同時能開拓文學的本格的途程, 這將是一九三六年的主要的文學的現象吧。

除了這種文學的思潮的對立的現象以外, 在這一年的法國文壇上, 我們所不可輕視的另一個現象就是新進作家們的抬頭。在新進作家們當中, 值得舉出的人有描寫了孤兒的現命和生活的「亞利亞斯」(Alias)的作者摩利斯·薩叔(一九〇六年-)擅長於農村生活描寫的農村出身的作家弗蘭蘇亞·巴爾符爾斯(一九〇〇年-)描寫了家庭破產的「往昔」(La Belle Luictte)的作者安利·卡萊(一九三〇年)以及新進詩人俘克·巴倫(一九〇五年-)等幾人。這幾個人的抬頭可以說是最近法國文壇的一種新的收穫, 同時是一九三六年的希望和曙光的一部。(未完)

(『晨報·晨曦』, 中華民國二十五年一月五日 星期日)

一年來的歐洲文壇動向(三)
德國

無論文化運動的任何部門, 最受着政治勢力的支配的國家便是最近的德國。一時引起了世界文化界的重要關心的Nazis對於文化運動的彈壓以及猶太人逐放等等的事實, 我們已經聽得厭倦了。換句話說, 這一年的德國文壇, 若離開Nazis的政治的勢力和跟隨它而自然發生的政治上的追從, 是不能單獨地論及的。由此, 我們不妨說, 這一年的德國文學也是在以德國的民族和政治為本位的所謂「Nazis文學」這特殊的領域之下, 謀劃了它的復興和發展。雖然在這一年內

---

24) '占'의 이체자.

他們的文學運動還是脫不了創始時期的範圍, 同時, 我們也不能對它下一個嚴格的規定, 但是專捧着Nazis的政權的這一派的文學運動, 多少阻礙了文學在世界思潮上的發展和向上, 這是我們很容易推測到的事實。

　無論如何, 最近的德國文學的特殊性和使命, 便在英雄主義和鬥爭精神的鼓吹上。這種鬥爭精神和英雄主義在文學上的反映, 也許有人說是對於祇擅長於理論提起和討論, 而缺乏於實行性的他們的社會民主主義時代的反動吧。當然, 這也是有着另一面的重要性的見解。然而, 我們無論從任何方面說, 從不會否認德國的文學雖說對於Nazis政權下的民衆指導和民族精神的鼓吹上有着不可淹沒的貢獻, 但在文學的藝術的觀點上却無法避免了敗北之勢的事實。

　若果25)我們以這樣的事實爲前提的條件, 去瞥見這一年的德國文壇, 那麼就不能不舉出以符龍古一派爲中心的文藝復興運動爲這一年中的最大的動力。符龍古是個在最近發表了描寫一個英雄的生涯的傳說長篇小說「大航海」而熱心的主張并宣傳着他們的文化和歷史的優越性的作家。我們也不能不承認這一派的作家羣企劃民族文化的復興, 去探求着北部德國在歷史上有價值的優秀的傳說的工作, 在現階段的德國有着不可忽視的時間性和價值。然而, 這種國粹主義的文學活動是否能夠充實的繼承德國的比任何民族沒有遜色的文學傳統而給與它以偉大的發展? 這也是一種不能下決定的判斷的疑問了。

　至於作家方面, 在這一年中, 是活躍的人物, 我們可以舉出海爾滿·叔特契滿和鮑爾普甘·梅爾萊魯兩人來。前者是獲得了一九三五年度的「哥德文學獎賞」的代表着德國現文壇的國民文學的人物。可是, 說他是一個文學作家, 不如說是一個歷史家了。他從前是專門研究史學的, 自然他的小說也以歷史的探求和追求爲重要題材。這類的作家被選爲德國文學界的第一個人物, 這也可以說最近德國的特殊的政治和社會情勢所致的。若說前者是德國的先輩大家的代表人物。那末後者梅爾萊魯則是德國新興文壇的代表人物了。他是以「戰亡者的信」和「青年時代之招呼」等兩篇抒情詩, 獲得了一九三五年度的德國「國家文學獎賞」的青年詩人。對於抒情詩的熾烈的關心和復活, 這也是這一年的德國文壇的重要

---

25) '若果'는 표준 중국어 '如果'에 해당함.

動向中的一個. 總之, 「以德國的國民和Nazis社會的生活爲本位文學建設」一這一句雖然是極其概念的, 但却能表現着尚處在建設的途中的最近的德國文學.

(『晨報·晨曦』, 中華民國二十五年一月七日 星期二)

一年來的歐洲文壇動向(四)
蘇聯

「……現實主義是蘇聯的一切的藝術批判文學批評的基本方法. 由此, 我們向一般的藝術家要求發展着的蘇聯之現實的, 歷史的, 而且具體的表現. 同時, 非在社會主義的基本精神之下, 拿現實的藝術表現的真實性和歷史的具體性來把從事於勞動的人們的思想改造不可. 蘇聯的藝術, 除了單純的藝術的使命以外, 須要和這種改造和教育的任務結合……」

這是蘇聯的作家藩約羅夫曾在巴黎的「文化擁護國際作家會議」的席上, 說過了的對於蘇聯文學的現階段的得到了要點的說明. 同時, 也可算是在一九三四年十月中舉行的「蘇聯作家第一回全體大會」的重要綱領之一部. 當然, 我們不待他的這種說明, 祇依據蘇聯文化在現階段中之諸般情勢, 也能夠很常識地瞭解, 他們的一切的藝術和文學, 祇有這樣一種基本方法. 那就是以社會主義的精神和立場爲第一個必須條件的. 「現實主義」的一條路, 在這樣的前提的條件之下, 我們很容易知道一九三五年的蘇聯文壇也在這種「現實主義」的基本潮流之下企劃它的進展和發展的現象. 那麼, 這「現實主義」在這一年究竟顯示了怎樣的向上和發展. 如其他的蘇聯的各種文化運動一樣, 這「現實主義」也不僅是蘇聯一國的特殊文學思潮, 實爲世界各國的文壇所直面着的一種共通的關心和問題的焦點.

然而, 我們嚴格一點說, 這一年的蘇聯的「現實主義」文學思潮, 還是不能打開了何等偉大的新的局面, 而尚在過程時期裏彷徨着. 我的這種說法, 或許有人說是一種反動者的態度吧. 可是, 事實終止於事實上, 同時我們絕不可漠然的抱着好像現階段的蘇聯的現實主義文學已經達到了完成的地步一般的見

解。當然, 我們也承認, 他們自從一九三二年解消了「蘇聯無產階級藝術同盟」(Russian Proletarian Artists Federation)以後直到現在的兩三年中, 對於他們的文學運動繼續不絕地展開了像高爾基的「文學論」一般的堅實的文學理論。然而就實際上的結果說, 他們在這一年中, 還是不能完全克服他們的文學的主張對於社會現實和藝術原則上的許多矛盾和缺陷。

在這樣的情勢之下, 使我們值得注目的是他們在一九三五年三月中所開的「第二回蘇聯全體作家會議」了。他們在這個會議席上決議的具體案例如:十九世紀和二十世紀的文學史的編成, 新進作家們的擁護和指導, 批評家的集團組成, 對於古典和民間傳承文學的新的解釋和研究等等的許多問題, 是否能夠展開蘇聯文學的一個新的階段? 這是在一九三六年度使我們引起着極大的關心和注目的地方了。

(『晨報·晨曦』, 中華民國二十五年一月八日 星期三)

中國文壇的統一戰線26)

作者是朝鮮現文壇最有威權的批評家, 被推爲理解我邦文學最深者。本文能把中國最近產生的國防文學運動, 作一整體的批判, 允稱難得的佳作。原作刊於文學案內本年十一月號。(譯者附記)

(一) 國難藝術的發生

在今日的中國, 橫擺在全民族面前的只有自救和任其滅亡這兩條路。

當這民族的也即是全國家的危急存亡之秋, 假如承認藝術是一種反映和表現社會時代與國家的最銳敏的形式, 那末這種藝術是要用何種形態和怎樣的方法, 總能在這非常時的民衆中, 實踐它巨大的使命呢?

---

26) 본 문장은 일본잡지『文學案內』(1936년 11월호)에 실렸던 문장을 중국어로 옮긴 것임.

雖然藝術家有不能舍筆桿27)走入戰馬的弱點, 他們是被置在社會特殊地位的一羣, 但是作爲社會, 時代和人類的歷史探討, 與明白地檢查人類的生活和指摘其善惡的這新世紀的藝術家, 特別是作爲處在弱小民族的境地底中國藝術家, 應該要取着何種行動和態度, 才是正確呢?

中國的'非常時藝術'或'國難藝術'發生的根本動機, 和其特殊性在這兒, 是應該正確地決定它的出發點的. 不消說在這大陸中, 軟粉紅色與象牙塔的藝術之夢, 已經破得很久了. 即社會的和階級的藝術, 它的可誇的全盛期也已過去了. 但是, 今日的新的歷史階段, 已向中國的青年藝術家們, 提示出民族和國家所未曾經驗的重大問題, 而要求他們的確定的態度和行動.

我們回溯中國的文壇以及藝苑各部門過去的足跡, 在那兒有陷於標語口號和當派性而漠然謳歌社會主義的和階級的正義感的藝術運動, 有以幾個政客作爲中心而讚揚獨裁政權的顛倒時代的藝術運動, 又有集在探求民族的更生和出發的旗幟下而高唱民族主義藝術的運動.

但是在這直面的非常時的重大意義照映的下面, 這一切的主張, 都不過是一種本國文壇或本國各種藝苑內部的派系運動, 換言之, 即不過是一種由於藝術的觀點相異爲起因的部分運動而已.

(二) 聯合起來的高叫

然而一九三六年的內外各部的情勢, 使他們再不能自由地從事這藝苑內部分的派系的藝術運動了.

於是, 最近的中國藝苑裏, 就不得不迫切地高呼出"非常時文學"、"國防文學"、"國防電影"、"國防詩歌"、"國防音樂"這各種口號了. 這現象對於站在第三者立場的異國人, 與其說是提供一種新的興味的事實, 不如說可以明白地窺見這些處在這國家的民族的危機之下的青年藝術家們迫不得已而作這大團結底心境.

---

27) '桿'의 이체자임.

這種運動從文壇正面表現出來總是幾月間的事情。現在從鼎先生(按即郭沫若先生的筆名)的「作家們聯合起來」〈文中摘錄〉節於下。原文表發在作為文藝雜誌的代表的『文學』第六卷第三號論壇裏。

在這個苦難的時代，在這個存亡危急的開頭，還有什麼不可解釋的怨恨能把我們的前進作家們彼此分化，甚至成為敵體，互相仇視呢?"

站在一條線上的，大家聯合起來，一同走向前去吧!

"在這苦難的時代，在這存亡危急的開頭，有什麼個人的嫌隙芥蒂可容存在呢?"

放大了眼光，敞開了胸懷，堅定了意志，手牽着手，一起走向前吧!

凡是同道的人，便不容個人之間有任何嫌隙芥蒂。拋棄了一切的偏狹與成見，放下了感情的有色眼鏡，嚴格地辨別敵與友，謹慎的施予愛和憎。

同道的愛，非同道的憎，憎愛原是容易分明的。

愛憎決非個人的愛憎，乃是由正義感出發的愛憎。

老朽的，腐化的，當然無可救藥了;已經賣身投靠的，當然無可救藥了。除此以外，只要還有一分得救希望的便都該救他。

為叢驅雀，驅之於敵人的營幕中，是最不智的辦法。在這個苦難的時代，在這個危急存亡的開頭，除非是良心已經滅絕，誰不勃勃的起而應此時代的感召呢!

凡具有正義感的，凡對民族的危機有深切感覺的，凡對時代呼召有迅速感應的，便都是同道的人，便該站在一條線上，為民族，為文化而努力，而奮鬥。

站在一條線上聯合起來，一同走向前去!

分化是敵人最兇狠最有效的武器。

為什麼要把這武器授予他們呢?

個人間的小小嫌隙，在這大時代壓榨之下都應渙然冰釋。感情上的小小芥蒂是不應該影響一個前進的作家，使他忘記友和敵的分別的。

凡是有希望的偉大作家，都具有極廣博的胸襟，可以盡量寬容和諒解他的同道者，即使同道者犯了大錯誤，也只應給以勸導，給以良善的批判，不應便施嚴厲的抨擊。……」

應該一致加以抨擊的，只有出賣民族的猶大們，和無可救藥的廢物們。

此文是高叫作家們一致團結具體表現中最有力的一篇。它把提倡作家聯合的根本意義, 簡單而扼要地說明瞭。他高喊捨棄去新舊文學的對立, 和一切部分的派系的目的；爲着挽救民族淪亡的共同目標, 在文學領域內大團結起來, 迅速進行一切救亡的工作。

(三) 文學的聯合陣營

但是, 在藝術家們捨棄去各自相異的個人立場和藝術觀點, 而把各派系的大規模的陣營內, 他們所持的目的, 果能圓滿地實現嗎? 這還是一個疑問呢? 在另一方面, 還有一些作家提出反對的意見, 甚至謂這不過是使藝術家的純粹性喪失而形成一種雜色軍隊而已。

現在已有作爲青年作家和新進理論家的何家槐, 在最近創刊的文學界中, 刊了一篇「文藝界聯合問題秘見」, 熱烈地把這種意見的荒謬指摘出來, 并說明文學家聯合的現階段的意義和重大性。

文中的大意是在現在我們所唱道的文藝界聯合陣營, 正恰和文學上的民族點名(National Rollcall)相同, 這種目的是把正義感的各部門的作家們喚醒, 一齊加入抗×和反漢奸的救亡運動, 所以規模越大越好, 併不是少數進步作家的小集團而已……在目前, 對於統一戰線發生種種疑惑的人也有, 謂這是使文學運動退步, 相同於解除自身的武裝, 放棄自身的目的和立場。他們認這種運動做社交式的虛僞……但是這看法無疑地是站在一種宗派的觀點上。它的來源第一是不能理解目前的新形勢；第二是不知把社會科學活用, 始終眷戀着死去的教條；第三是小市民階級根性在其中作怪之故。(節錄大意)。

從上而所引的文中, 已可見出其要點了, 由我們第三者的客觀立場看起來, 這裏所提出的民族和愛過的旗幟, 是不該和陳舊的民族主義文學運動看做一起的。只要把這不忘民衆的文學作家大同盟, 與只偏派地擁護某一種政權的主張, 在這中國現階段特殊情勢下面對比起來, 就可知道它們兩者所持着的意義和使命完全不同了。(邱譯)(下期續完)

(『西北風』第十三期, 中華民國廿五十二月五日)

最近의 英國文壇

與新興文學派(上)

　　講起最近的英國文壇, 他的主要文學潮流, 我們可以分爲三個階級。第一,
就是以勞倫斯(D·H lawrence)和赫克斯萊(Aldous Huxley)及喬伊斯(James Joyce)
等三位作家爲代表的標榜着新的心理主義乃至現實主義的所謂「純粹文學」派。
第二, 便是由世界的政治與社會情勢所起的法西斯主義文學派。這一派的中堅
人物是評論家, 劉易士(P·W Lewis)和馬利(T·M Mary)兩人。他們一派是竭力
地肯定着戰爭, 同時對於左翼文學加以激烈的攻擊, 讚美希特拉[28])的政權併預
祝着他的成功。可是, 我們再進一步, 就現在的英國文壇的情勢, 較爲嚴格一點
說, 這兩派的文學運動, 勿論任何一種, 早已都喪失了能夠使我們引起興奮的
可能性。不錯! 心理主義一派, 不只是在英國文壇, 而是喧嚷於全世界的文壇,
亦已經給我們看過了像勞倫斯和赫克斯萊的許多作品那樣地富有價值而貴重
的藝術品。然而, 勞倫斯在一九三0年逝世於法國南部以後, 這一派的文學運動,
便喪失了個領袖, 同時無法避免地踏進了萎枯不振的途徑中。就法西斯文學派
說, 雖然那無疑是由社會和政治的熱情而起的各國文壇所共通的一種必然的時
代產物, 但是我們若站在文學本質的意義上去考慮的時候, 便不曾否認那種情
勢不過是文學站在政治上的畸型發展, 算不了什麼名譽的阿諛, 而決不是文學健
全的本格的進展吧-。尤其是已在前面所提的英國法西斯文學派的代表人品劉易
士-他的思想的焦點是非常朦朧, 使我們難爲把住他的統一的思想。換一句話
說, 就是含有着很大的矛盾。舉一個具體的例子來說, 他在他的處女創作「希特
拉傳記」中, 這樣主張者:「共產主義是把世界的一切看做黑暗……希特拉主義
者的夢是含有着極其重要的古典性。同時, 充滿着充分地餘裕和豐富性。共產
主義, 已陷入了悲慘的命運, 而且法西斯主義是正處在黃金時代」可是, 他又在
他的另外一部著書「沒有藝術的人們」(Man Without Art)中, 是這樣地說着:
「人類的生活, 已停止了。我們非有大無畏的劃一時代的勇躍不可。天才的作家

---

28) 표준 중국어로 표기로는 '希特勒'임. 이하 같음.

們亦都陷入時代的危機. 他們非站在公平而無私的立場不可. ……此外, 侵淩着藝術的人們的還有經濟的唯物論, 數學的神祕主義, 道德的功利主義, 經濟恐慌的怒潮, 和平的國際主義以及愛國的民族主義等等」云云.

這樣, 在不健全的法西斯主義文學的抬頭和心理主義文學已呈現了衰落的文壇情勢中使我們值得期望的另外一派便是站在和這兩派完全不同立場上的新興文學派. 這一派是以社會意識的堅實的把握爲藝術工作的根據, 而要建設國際上的國民文學的詩人羣. 司蒂芬·斯平達(Stephen Spender), 奧迪(W·H Orden), 西席爾·劉易士(Cecil D·Lewis)等三位詩人便是這一派的代表人物. 他們都是很富於修養的青年. 對於階級社會有着相當銳利的觀察. 實在, 他們不只是代表着現代的英國詩壇而且代表着現代英國思想界的進步了的一面. 可是, 我們在這裏須要清楚的瞭解他們雖說以社會主義爲他們的出發點但是決不專捧着蘇聯的公式化了的馬克思主義文字, 而取着近似於法國的超現實主義(Surerealisme)29)的傾向. 他們在文學表現的形式上最重視着諷刺的價值, 反對共產主義文學的漠然的宣傳, 更反對文學家化爲政治行動的指導者. 一般的人們, 稱他們是「英國式的階級文學羣」, 這也是因爲他們有了這種和一般概念化了的階級文學家不同的態度和見解的緣故吧了.

現在讓我把斯平達, 奧迪, 劉易士分別的來介紹一下. 斯平達, 不只是現代英國新興文學派的中堅詩人, 并且是一個已經國際化的人物. 他至今還只有二十六歲的青年詩人. 當然囉, 英國的文壇對他的將來的期望也是很大的. 我們先看他的藝術的出發點, 便容易知道他也有點被伊裏亞德(T·S Elliot)所影響的地方. 例如, 很喜歡暴露出現實社會的種種醜態. 更喜歡從失業羣衆的生活裏面找出題材. 這種和伊裏亞德相同的傾向, 在他的詩的作品裏明顯地看得出的. 不過, 他比伊裏亞德有着顯然不同的特徵. 那就是題材表現的明瞭性. 在他的許多詩作中, 代表的佳作, 我無躊躇地舉出「維也納」(Vienna). 他在這篇詩作中, 極力地想把社會的心裏一急科學的眼光來, 解剖現代人類在精神上的痛苦狀態. 同時, 更想發見這種精神的病態在社會和政治上鎖不可分離的密接的聯

---

29) 정확한 영문표기는 'Surrealism'임.

繫。勿論從詩的本質或技巧任何一方面來說，這篇作品無疑是最近的英國詩壇所難得到的貴重的收穫。尤其是他那全詩的内容充滿着獨特的音樂的Rhythm 使我們在現代的英國詩壇裏不容易找到能夠和他平肩的第二個人物。

（『大晚報・火炬』（第五版），中華民國念六年一月十四日 星期四）

最近的英國文壇

與新興文學派(下)

　　如一般人所周知，「維也納」在歐洲繼承着最大而且最久的文化傳統。那地方我們不妨說是被一政權所彈壓了的許多社會主義者的唯一的避難處。他們在那裏僅僅追求着他們在精神和生活上的微弱的喘息。斯平達在這篇詩作中，就以這都市爲中心，而去分析併且批判了他們的被敗北了的生活狀態。同時，由於他所獨特的階級的觀察和見解的表現，能夠暗示出了歐洲的文化以及人類在精神生活上的危機了。我們容易推測到要是取汲這種題材，便感覺到不容易克服偏重於標語口號的形式。但是，斯平達終能完全脫離了這種形式上的桎梏，而獲得了相當有價值的藝術的效果。這是我們值得注目的第一點。這詩作，他取用了四部章回體的形式。第一章是以人類和文化的存亡興敗和生死的冥想爲重要部份，併且有着比其他各章最富於詩的音樂的效果。在第二章裏，他把失業羣衆和執政者對照地批判現代的社會生活。第三章是以社會主義者的動向和他們的敗北爲表現的中心。第四章即是作者自己對於這種動向的卓殊的批判和分析。雖然他是很關心於社會現實的詩人，但是在另外一方面，他熱烈地主張着人類的内在心理的重大價值。這是我們值得注目的另外一點。他曾在他的一九三五年度的作品「破滅的要素」(Destructive Elements)中，說過了如下面的一段話：

　　「若果我們承認曾羅列太利亞比人類社會的一切階級處在較優越的地位，而祇有他們的革命，才算是世界歷史的唯一的未來，那麼，我的座位一個藝術家，將變成一個盲目的人了。藝術家的任務，始終是在人類價值的主張上。所謂

革命也就靠着人類價值的如何, 而去肯定它的成功的程度了……」云云。

總之, 斯平達是抱着真摯的態度, 想去克服人類在生活上的内在和外表的矛盾, 而要明白地調查并且加以批判的藝術家了。

其次, 奧迪也是尚未滿三十歲的青年詩人。自從在一九三0年發表了「奧迪詩集」以後, 用他的卓越的精神分析和構想加以心裏上的豐富的經驗以及具有諷刺性的創作力等許多比衆不同的特徵, 便築成了在英國詩壇上不可動搖的地位了。他的詩歌的顯著的另外一種特徵, 是對於疾病的心理學上的理論和他自己的信念的奧妙的結合。正因爲這個緣故, 我們在他的詩作中, 常見「疾病」,「看護婦」,「殘疾人」等等的生活描寫和心理解剖。他曾經自己想自己提起過這樣的疑問:

「在找不到一個健康人的現代英國社會裏, 我們應該怎樣去觀察及批判它呢?」

他是不斷地凝視着害了病的英國社會, 同時, 由於他的明確而且銳敏的頭腦, 給我們暗示以人類處在這種不安的社會上所須要的行動和生活的態度以及精神。

我們還記得詩集「鄉間的慧星」(Country Comets), 在一九二八年的英國文壇上, 引起了讀者們空前未有的熱烈歡迎和注目的事實。這部詩集的作者就是西席爾·劉易士。他的代表作又有一部叫做「磁力山」(Magnetic mountain)的詩集。他在在這部詩作中, 以磁力山象徵他所理想的社會, 而高聲地吶喊着發見了希望的人們光明和歡喜。同時, 被英國詩壇充分地認定了他在詩作上的拔羣非凡的才能。在最近, 我們在London Mureury雜誌上, 也能夠時常看見想「一部合奏曲」(An ensemble)一般富有價值的他的作品了。(完)

(『大晚報·火炬』(第五版), 中華民國念六年一月十七日 星期日)

給志在文學的青年

對立志於文學的青年們, 我常說這樣的話: 你有過去世界上其他也不曾有過知識嗎? 你有經驗嗎? 你能覺得自己的感覺力嗎? 如果你保持着這樣東西的

話,-那麼,-你就把它表現出來吧! 在不論怎樣亂爆的形式寫出來吧! 那是沒有關係的。因爲它可以成爲文學哩!

可是, 要是你沒有這種知識、經驗和感覺的話, 請你不要立志於文學這東西上吧! 爲什麼呢? 因爲這世界是從幾千年以來, 已經如山一樣積蓄着優秀的古典了。只看到這一類的東西也會給我們以很大的知識和認識之故。把我們一生的時間, 傾注於這些也還是不夠的。

對這許多優秀的古典, 再加上些一步也脫不了範圍的沒有用的東西, 是不過在人生長增加些紙屑。祇使人生浪費他們的貴重的時間而已。

如果小說家們的心理是正當, 他們不能不說這樣的話吧:

「假使你有功夫讀我的小說。請你還是讀我所敬服的大作家的作品吧! 因爲那不僅是爲你自己, 并且爲人生全體有益的地方多得很哩」。

但是, 如果你不論怎樣的微少, 保持着過去的世界上, 誰也不曾保持過的東西的話, 你可以很得意的這樣宣言:

「雖然我所有的東西可算是微少的, 也可算是說不出來的微弱的, 但這是過去的世界上, 那一個人也不曾表現過的。所以, 勿論我所有的是怎樣的微少微弱, 我也可以說: '我也願意加上一個(十)標在這個世界裏'的一句話。同時, 我信我是能夠受許諾對於願這個世界裏的一個藝術家的坐席的要求」。

但, 話雖如此, 我們怎樣判斷這種「自己所有的東西是曾經很多在這個世界裏? 或是不曾表現過的東西?」的問題呢? 這是不容易想得到的難事。這句話的意思是: 我們以廣大的眼光看來, 這個世界裏, 沒有完全新的東西。Solomon曾經說過: 「天下沒有新的東西啊!」這一句不僅是可以說對歷史和人物等方面, 併且對人間的頭腦產物的思想藝術方面也一點不錯的話。

人間的獨創力是有限制的, 併且勿論怎樣大偉大不出名的天才, 祇要的緻密分析他的事業時, 出乎意料, 也是很多受古人之影響, 而他不得不嘆恨自己添加的東西非常少吧。

倘以自己的觀察而說起來時, 可以說這些東西都是獨創的。是自己一個人的獨特的思念, 而能盟誓於神明的事。若詳細的分析到它的無意識狀態時, 則不可不覺到那些思念。是不知不覺中從社會裏蓄積的知識受示唆。而蒙他的

恩惠的。

大哲學家Kant Inmnuel也在他的著作裏曾經說過：「自古以來的人生的悟性，是已經想到了一切的事，完全新的問題是不能存在的。」

像他一類的博學謙虛的人，當然到這些事。所以想用無用的理論來說：「除我以外誰也沒有知道這種事」等等的自滿的井底蛙輩是不必多說了，那祇是沒有用處的垃圾桶裏的破紙片罷了。

這樣看來，雖然「獨創」這個事情好像是非常難事。但是在這裏轉變視野，從另一個方面看來，這世界裏的事物，都是不曾有過兩個完全一樣的，同時沒有一個不是獨自存在的東西。

譬如：這樣說着話的我這個人，也是自世界開闢以來，不曾存在過的一個蠢東西，我的前面再沒有我，我的後面也再沒有我。

當然，誰也都知道，我這所謂唯一的存在是很愚笨的。但是勿論怎樣說，從宇宙開闢以來，只除我之外，不會產生出過像現在在這裏一樣的我是一個事實。這並不是我個人的自誇，就是這個世界裏的貧賤的人，誰也都是開闢以來的獨自的人物。所以現看在着這一篇文章的讀者們，也可以在同樣的意味之下，不妨每一個人都自負自己是天下唯一的人物。

既是說他那存在是唯一的東西時，無疑的說到從那存在裏面發生出來的思想和感情，也必有獨特之處的。這樣的說法好像是個沒用的理論，但原則上說，是沒有錯誤的理論。勿論怎麼樣的人，不曾有過兩個人完全相同之方法而想到的，也不曾有過兩個人用完全相同方法感覺的。不過是因爲我們的感受力很愚鈍之故，不能感到那是差異點而已。

換句話說，雖然1+1=2是勿論AB兩個人，都一樣承認的萬人共通的判斷。而Kant Inmnuel也好像是這樣主張的。但是，我們把這個問題，在實際的現實的視野裏看起來的時候，我們忘不掉的是，A感到的1+1=2與B的1+1=2完全是形成不同的內容。

從這樣極端之處考察起來，在前面已經述過的我的主張－「在這個世界裏，不論誰也不會以完全相同之方法而想」的這一話句話是當然很容易認識得到的。

略言之，從這樣的根據觀察起來，勿論誰，每一個人都保持着他的獨特的東

西. 併且能使把那種自己的獨特的所有物寫出來的時候, 他就可以成爲一個藝術家, 誰也都有能夠成爲藝術家的能力的, 而且在根本上這是一個真理.

自從人間生活開始以來, 併不就是發生藝術家這一類的特別種類的. 勿論誰都有着把自己的悲哀來唱歌的權利和能力之賦興, 具備着把自己現在在眼前看見的東西, 明確的, 有趣味的傳達別人的慾望和才能. 不過是, 有些人保持得很豐富有些人保持得很貧弱的差別而已. 不論豐富貧弱, 他們的確具備着這種力量和才能是無疑的的.

因此, 許多人處在如青年一樣的感情奔放的時期, 很易於發生"我不是有着藝術家的素質的疑惑." 併且從冷靜的第三者接受到"你是這樣素質很貧弱的, 所以不要立志於這樣一類的事吧." 的忠告時, 說:「你是什麼也不曉得的蠢東西! 你不能瞭解我啊!」而且感覺到悲憤慷慨, 也是實際怪不得的事.

勿論怎樣微少, 怎樣貧弱, 那無疑的是一個純真的藝術家的衝動, 所以, 在自覺到這一點之範圍内, 對於要加一種衝動上的妨害的人, 感到敵意是當然的.

可是, 這個問題, 在廣大的立場上考察, 他們自己保持着的這些所謂純真的藝術的衝動. 像他們一樣, 另外的幾千幾萬的許多人, 也是保持着的. 假使許多人都立志於藝術家的話, 這個地球究竟是成了什麼樣子了呢? 誰去耕種造絲呢?

換言之, 這就是不關那是如何純真的, 我們只根據我們的主觀的藝術的衝動, 不能夠舉出叫他是一個藝術家的、職業人的意思來.

雖然, 這個世界裏, 很多受了父母兄弟之對於文學的迫害, 而能克服這種難關, 成了一個盛名的藝術家的美談. 但是我們在成佩這種事之先, 不得不想, 一方面也有很多不受父母兄弟之勸告, 偏要立志於文士, 而結果弄錯了自己一生的犧牲者.

近來, "要文學"的喊聲極熱烈起來了, 那樣認爲從事於文學是非常特殊而尊貴般的錯覺, 是不是已很普遍化於青年男女之間呢? 這是我所憂慮的.

雖然, 不用說, 文學決不是比別的事賤劣的事, 但也沒有什麼特別的尊貴, 也沒有權利去輕視另外的職業人的. 抱着好像只有從事於文學的人, 才能夠理解人生, 不從事於文學的人是不必說起般的見解的人, 是最愚劣的人. 從抱着"藝術至上主義"的人, 至第一流的作家, 無論在怎樣的意識上, 他們每個人都

很理解人生的。但誰都恐怕沒有把自己的文學來看做非常超越的東西，也沒有輕視百姓和商人吧。但不僧不俗，只在"文學"的外面浮動着的中間人物，他們對於文學的見解，在這裏用不着多說了。這種人口嘴裏叫着的只是"文學"兩個字，却說着不信仰文學的人，不從事於文學的人，是不能夠存在人間的那樣的話，來把人家寶貴的兒女們的心蠱惑。

故此，我以爲立志於文學的青年們，應當在真實的態度下決定自己的覺悟之先，不要盲從於太主觀的内部情熱，併且對於自己的才質，要深深的、客觀的判斷一下。反省自己是不是只浮動在漠然的"文學"的喊叫裏。如果在這裏斷定自己的决心怎也不動搖的覺悟，能和從勿論餓死父母兄弟或一切朋友的嫌棄之下，閉目不問的突進自己的這一條路。併且，更要緊的是，對這裏發生來的一切責任應該自己負擔，勿論在如何的不遇的環境底下慘敗，也不怨望別人和社會的覺悟。

(『第一線』，第1卷第2期，1935年10月1日，杉山平助 著 金光洲 譯。)

勞倫斯與他的色情主義文學
英國心理主義文學小考之(一)

如一般人皆共知，世界大戰是在人類的歷史上，惹起了最大的變動，同時，也給予了世界的文化和知識階級以空前的打擊和衝動。英國的作家們，也是不能例外的。這悲慘痛切的人類史上極大的突變的災害，這給他們的，就是「摧毁」和「幻滅」的悲哀。這份悲哀，不但使他們過去的一切文化，國勢的存在，以及生產的機能等，引起了極大的變化，而且那些感情靈敏的青年作家們，對於戰爭的根本意義，也沒有一個人不抱有莫大的懷疑的，就是他們的宗教思想也無法避免的動搖起來了，甚至於他們對於近代的一切文明形態，亦都發生了懷疑了。

就在這種的文化上的打擊和精神上的懷疑之中，他們便想借文學的力量：去分析近代社會的文明形態，同時，加以新的批判：而暴露出近代資本主義的無能力和它的淺薄性。例如：赫克斯裏、采斯太登、蕭伯納、埃利奧特、高爾夫

夫、米德爾登、馬利等等的作家群，都是有着道德傾向的。

　　換一句話說，這一派的作家，是要拋棄已被動着的歷史和文化上的傳統：而無論在政治或社會以及文學等任何一方面，都要建設一個新的時代。在這個意義上，不妨說他們是反逆了十九世紀的一切文化：而從一切的陳腐的傳統裏解放出來：去築成了英國文學上的「個人的寫實主義」和所謂「純粹文學」的新的城堡。

　　這樣，二十世紀的英國文學，是以世界大戰爲一個境界線：而顯然的分離了兩種不同的時代了。前一個時代，可以說是：「社會的寫實主義」時代，而後一個時代，即是「個人的寫實主義」時代了。個人的寫實主義時代，在這一期中，我們不可忘掉的是普魯依德的精神分析學。當他們親自體驗了世界大戰的痛苦的青年文學家們，他們對於外面的世界確抱着懷疑，而去重視了個人的內面的世界時候，這給予他們最大的原動力的，那便是普魯依德的精神分析學了。

　　概括的說一句，英國文壇的心理主義派的文學運動，在一時風靡了全世界的文壇以後，他們的黃金時代已過去了，但是世界大戰以後的英國文壇，一直到現在，它的文壇潮流仍舊是依這一派所支配的。自然，我們談到二十世紀的英國文壇的流派或重要人物的時候，也不得不從他們寫起。如已在上面所述，他們一派是因於傳統的拋棄和思想解放，在文學創作的表現上，各人有各人的獨特自由地的色彩和各人不同的特殊風格。雖然他們的藝術的出發點和時代的環境相同，可是因爲個性的尊重和人類的內面心理的重視，每一個作家都有着截然不同的特徵。這是值得我們注目的地方。

　　在這一派的多數作家當中，首先使我們值得注目的人物，便是勞倫斯，雖然他在一九三0年二月二日，在法國南部逝世了以後，已過了他的六周忌，但是他給予現代英國文壇的功績，是永遠不會泯滅的。他的著作時代是以互於世界大戰的前後的那個時代，但是他的作品代表着世界大戰以後的世界文學。我們若先在社會和政治的立場上去考慮他，那他是沒有何等偉大思想的，不過，他却站在一個詩人和藝術家的立場上去批判了政治和經濟。同時，他也以個性的擁護爲唯一武器而對抗了現實的社會。凡是一個人受了外界的幹擾，很容易陷於憎爲和虛僞以及卑俗的感情裏的。可是，勞倫斯是清算了這種頹廢的傾向，而

發現了他最獨特的色情的神秘主義。他的所以被一部分的人們容易認識爲無甚可取的一個色情主義的作家，亦就基於遠一點了。不錯! 他的確是一個人主義的作家，也不妨說是色情主義的作家。但是他對於英國社會的現實，絕不是盲目的人。我們會在他的許多詩集裏看到的，他對於俗物主義和黃金萬能主義以及機械萬能主義的激烈地排斥，尤其是他的詩集『機械的勝利』裏所充滿的勞動者們對於工業萬能主義的要求，都能夠證明的。這部詩集以外，讓我們更明確地窺見到他的另外一部作品，便是「沒有意義的幻想」。這部作品非但是勞倫斯對於社會假設的新理想的表現，實爲對於近代英國文化的大膽的批判。他在這部作品中，變量地主張着：「新世紀的人生，非清算所謂[自我]那樣錯誤了的意識概念；而在原始的、無意義的狀態中，被生長不可。」他的寫作上的色情主義，也是以這種對於原始生活的熱烈的憧憬爲出發點的。他所渴望着的新的社會是尊重個性的社會。他是輕蔑着社會主義的公式化和現代人類機械化，以及保守主義的社會。同時，昇華着外界的一切價值，更反抗集團勢力，而極度地主張着一個人的個性。這樣看了，他的思想的根本有着的anarchist的思想相同的地方。

至於他的小說，最濃厚的表現力他的特性的作品，就是他的最後的長篇小說，「一切特人夫人的愛人」一九二六年作。如一般人所共知的，這篇小說因爲標榜着色情主義，受了各方面的極大的誤解。可是，這篇小說在歷史文學上的本質的意義和趣味，決不僅在於輕薄的色情主義上，而是在於給予色情主義以人類生活中的最重要的地位性，它的價值，就是把「性態」這人生的一種本能漸次地接近到個人的實際生活中去。這被一般人所認爲惡魔似的「色情」，在勞倫斯的文學作品中，却能夠發現出它的重大的存在的理由和價值。這就因爲勞倫斯的「切特利夫人的愛人」裏，以沒有虛僞的赤裸裸地色情主義，找出了證明我們生活的第一要素的貴重的方法來了。

總而言之，勞倫斯是一位對於現代社會一切過激性的抉擇，勇敢地死守了我們的「人類性」和「個性」的最初的富於情感的藝術家。他又是像托爾斯泰，和盧梭以及安斯太益夫斯基等過去的偉大藝術家一樣的主張了「原始生活」的複歸和人類的原始性的復活。同時，站在這些過去的藝術家更加來得周密的角

度之下，拋棄了公式化了的概念論；而拿一種特殊的現代的熱情來；提倡了「性生活」在人類生活上的必然裏，我們在「切特利夫人的愛人」中看見過他對於「性」的問題的大膽的解釋，他的確是一個現代的異端者。他不論這對於任何階級、任何職業、任何勢力，他是不會阿媚的。

現代的英國文壇的青年作家們，沒有一個不受勞倫斯的思想和藝術的影響，這倒並不是過言。

(『武漢日報·鸚鵡洲』，中華民國廿六年五月八日 星期六)

埃利奧特與他的詩歌
英國心理主義文學小考之(二)

說起來現代的英國詩歌文學，它在最近十餘年來，呈現了極其複雜的變遷過程。簡單地包括來說，就是他從主情主義時代，經過了主智主義時代，而正進展到新的理想主義的領域中來了。就在這個進展的過程時期中，比任何一切詩人都活躍的詩人，那就是埃利奧特(T·S·Elliot)了。

他是以英國的傳統爲神，站在一個古典主義者的立場上，排擊者詩歌上的感情的濫用。在個人的生活上說，他無疑是一種變態的人。在他的詩歌中流露着的各種變態的靈感，也就是由於這種變態生活所起的，他主張着：「詩歌是逃避卑俗的感情，因此，感情在詩歌上，那是沒有何等重大意義的。」在他的最近的著作當中，值得我們一讀的就是詩集『荒廢國土』(The Waste Land)。他在這部詩集裏，用了現代社會的醜惡性和「伊和莎伯次」時代的淳樸性的對比方法，來讚美一種古代的原始的風景。當然，像他這樣的詩作態度，不妨說是落後於時代的逃避現實的藝術。可是，我們當論及埃利奧特的藝術的時候，值得提起的並不是這一點，而是他獻給了英國社會的新的戀愛觀的價值和特殊性。

他在他的許多詩作中，拿一種淡雅清爽的筆調來描刻出了上流社會的女性們；由於性的不滿；和生活的絕望；而淪落爲賣笑婦的過程，他又寫出勞動階級的女性們，因爲過分的勞動；和無法避免的貧困；而敢行墮胎的事實，以及

那些找不到真實的戀愛；便產生出各種本能上的苦悶和罪惡的社會情勢。就在這一點上說，我們就不能完全否認埃利奧特的詩歌所含蓄着的時代性和社會性了。

「雖說他的戀愛觀是新的，但是他的洞察社會生活的態度的本質的描繪，不過是絕望和憂鬱性的反映而已。」

也許有人如上述的抹殺了他的藝術的時代姓。當然，這種說法併非完全沒有理由的，我們也能明白地承認這一點。不過，誰敢否定這種絕望和憂鬱，就是現代英國誰會的不可隱蔽的赤裸裸的事實呢？

總而言之，現代的英國詩壇，消滅了「形象主義」(imagism)一派和側重於空想而專以詩的新奇性和獵奇性爲生命的都市的頹廢派之後，由於埃利奧特的出現，才能打動了寂寞的空氣。同時，埃利奧特給予英國現代文學以一種古典主義的新的解釋，而且X在古典主義和新興文學之間，作出了一種新的聯絡關係的功績，這是在英國的現代文學史中，永遠不可磨滅的。(完)

(『武漢日報·鸚鵡洲』第三期，中華民國廿六年六月五日 星期六)

赫克斯萊與喬伊斯
英國心理主義文學小考之(三)

在最近的英國文壇上，受了勞倫斯(D·H·Lawrence)的影響的許多青年作家當中，赫克斯萊(Aldons Huxley)和喬伊斯(James Joyce)，爲最出名的作家。他們均爲代表着現代英國的知識階級的人物。富於各方面的教養。勞倫斯和赫克斯萊，這兩位屬於同一派的作家，我們試把他們倆在藝術上的特徵比較一下，便可知這赫克斯萊於社會和人生的理智的力量；我們已在他的代表的小說「Point Counter Point」裏看出了他那種人生的理智的表現，不只是赫克斯萊的個人在藝術的表現上起了特殊的風格。而且是成了現代英國文學的新的面目了。

不論描寫人生的喜劇或悲劇，以及諷刺劇，他是不會忘却人生的理性的。尤其是他那心理把握的正確和說明的密緻以及奇跡的自然性；諧慮的靈妙等等，

在現在的英國文壇上是不容易找得出能夠比得上他的第二個人物來的。

他是喜歡描寫知識份子在生活上的虛偽性, 同時, 一點不客氣地暴露了他們的意識上的幻滅和懷疑以及否定等等的精神。所謂英國青年們的「紳士式」的現代生活和虛偽的文化機構, 在赫克斯萊富有諷刺性的銳利的而且健全的筆調之下, 是不能隱蔽着他們的弱點和愚庸性的。像勞倫斯一樣, 他對於現代科學的進步也抱着極大的懷疑。同時, 竭力地反對着現代的機械文明所波及人類生活上的侵略和壓迫。在思想方面, 他原來是被稱爲個人主義的心理主義的作家, 我們再「巴黎國際作家大會」, 對於「法西斯主義」文學, 發表了熱烈地反對意見的事實, 便更明白地知道他是反抗着某種權利以及抹殺人類個性的集團勢力了。

除了勞倫斯和赫克斯萊等兩位作家以外, 在最近的英國小說界, 值得我們研究的作家, 還有喬伊斯。他是在一九二二年, 由巴黎的「奧第恩」街的一個小書店, 問世了他的處女作「烏利西斯」(Ulyses)以後, 因於表現技術的新奇性; 和作品構成的複雜性; 以及書中人物的象徵性; 和作家的情熱的豐富性等, 這些個都是他比衆不同的特徵, 所以他不只在本國一國內引起了注意, 就是對於世界各國的文壇, 也都引起了空前的注意和轟動。這只是要關心於世界文學的動向的人們; 誰都會知道的事實。

這篇「烏利西斯」, 如一般的人們認爲英國心理主義文學派的最大的收穫, 自然, 作者是以最高度的知識階級爲目標而寫成的。可是, 我們以最嚴格而且冷靜的態度來說、這篇小說的長處和特徵, 在它的反面, 亦形成着它的短處和弱點。

一般大衆的讀者, 不論他是那一國的人, 或者是有着怎樣豐富的文學修養的人, 若他沒有專門的研究或一種參考書, 那就不能十二分地瞭解這篇小說的核心和真意。這是讀過「烏利西斯」的人們(不論他是讀了那一國的譯本)誰都不會否認的事實。就因爲有了這種意義, 所以這篇作品就不免有一種自我陶醉的藝術作品之嫌。我敢問, 無論是那一國的知識份子, 究竟有幾百個人能夠充分地瞭解它那複雜的文章! 有幾百個人能夠把握了作者所意圖了表現的焦點? 那一個人能夠斷定的說他是明確地檢討了這作品的真正的價值? 這不能不說是一種的疑問。

可是, 在另外一個方面, 我們讀過「烏利西斯」以後, 比任何都首先得到的印

像, 那就是作者喬伊斯的不怕一切的毫無忌憚寫實的眼光。在寫實的寫作態度這一點上, 他無疑的開拓了現代文學的一種新的境地。蘇聯的作家們在他們的「蘇聯全體作家大會」的第一次席上, 也嚴格地檢討了「烏利西斯」的寫實主義問題。這個事實, 至少能夠給我們證明以這篇作品所帶有着的獨特的主智主義的寫實主義傾向。簡單地說一句, 他的寫作的特徵, 第一點是特別關心而使用着俗語, 第二點是言語的滑稽的誤用和它的順序的換掉, 第三點即是獨特的新語的創造和作品的音律性的巧妙等等。

無論他的小說獲得讀者的普遍性怎樣微弱, 我們若承認法國的安德萊, 紀德的文學爲現代精神文學的最高峰, 那末, 就不能不承認喬伊斯的文學爲代表着現代的世界技術派的文學。據說最近的喬伊斯, 雖處在失明的老境, 但爲了他的最後的長篇小說「Work in Progress」的寫作, 忙得不顧寢食, 這是使我們值得佩服的地方了。(完)

(『武漢日報·鸚鵡洲』第三期, 中華民國廿六年六月二十二日 星期三)

杜思退益夫斯基小論

杜思退益夫斯基(Fecdor Dostoievsky一八二一～一八八一)[30]是自從發表了他的處女作「貧窮的人們」以後便開始了他創作生活的。他的初期作品有「九封信的小說」,「二重人格」,「過去的人的故事」以及「他人的妻」等幾部。可是杜思退益夫斯基, 在這一時期裏却不能充分地發揮了他在俄國小說上的特色。使他獲得了世界文壇上的名望的作品是他經過了西伯利亞流刑以後發表的「死人之家」,「罪與罰」,「白癡」以及「被虐待了的人們」等四篇小說。他在這四篇小說中, 一貫的表現出來了一種宗教的愛和從前的俄國文學所沒有的深刻的描寫。發表:「卡羅馬蘇夫弟兄」以後, 他便獲得了世界文學史上的永遠不朽的名聲。

他所喜歡取汲的小說的主人公的性格, 我們可以大別爲兩種。一種則是渴

---

30) 표준 중국어로는 '陀思妥耶夫斯基'임.

望着「人類愛」的人們，另外一種卽是希求着神的愛的人們。我們亦不妨說人類對於愛的痛苦和煩悶的描寫和表現就是杜思退益夫斯基的對於小說創作的基本態度。我們若是站在表面上觀察一生涯，那就不過是一種物質上的苦痛。然而，他在心理的內部爲了神與惡魔的戰鬥而受了不少的痛苦，要愛人類而不能愛人類的苦悶，要崇信神而不能崇信的苦痛，他所描寫的小說中的人物，大都藏蓄着這種苦悶和痛苦。實在我們不能不說他的藝術上的偉大思想，就是以這種葛藤和矛盾爲出發點而成就了的。他的心理中一直有了偉大聖人的心，另外一面也有了大罪人的醜惡而且殘酷的心。

他熱烈的愛着人類的所謂「愛他思想」，是因爲對於人生的本能的追求和深刻的理解而發生的。由此，我們可以說他的小說畢竟是爲了這種苦悶和矛盾的調和與融合的熱烈的努力。他越感到人生的痛苦和矛盾越深刻地留戀了這人生。在結局，他所達到的結論就是「自己犧牲」的一路。同時，他以爲「自己犧牲」的愛他主義決不是一種消極的卑劣的態度。由此，他在獻身的眞摯的態度之下，徹底地究明瞭人類的一切痛苦，所以他的描寫的特別深刻，也就在他對於人生的這種態度上。

換句話說，他是個在俄國的許多作家當中，比任何人更有着犧牲的精神的人。他的人格裏面同時有着兩種極端矛盾的傾向卽是「天使之心」和「惡魔之心」，在宗教的追求上，俄國的許多作家中間，沒有一個人能比得上他，同時陷在無信仰的一點上的亦沒有人能夠匹敵他的了。可是他的無信仰的思想卻不是由於反宗教的態度而起，反而是由着[31]對於宗教的熱烈的追求的結果而得到的矛盾。簡單一句，他是個最殘酷而且冷淸的人，亦是一個最多情而且博愛的人。實在，杜思退益夫斯基的小說，是在世界文學作品中，最充分地表現了對於賤民和犯罪者的不偏的愛的。

(『晨報‧晨曦』, 中華民國二十四年十月十九日 星期六)

---

31) 표준 중국어 '由于'의 잘못된 용법임.

金光洲 文藝評論集

電影

筆名金光州資料

筆名波君資料

筆名淡如資料

一個異國的讀者對於影評的意見

影評汎濫時代

對於電影批評的正當的認識

編者按：此文系一高麗朋友所寫, 寄「每日電影」發表者。文中所謂「藝術的良心」云云, 非編者所敢贊同；惟該文有若干處, 正可爲某一部分影評人作針砭, 爰爲刊載。

每天看報, 總可以看到兩三篇電影的批評, 以年計至少有一千篇以上, 那是無疑的。這樣的現象當然可以說爲了電影的向上和發展而可慶祝的事情。但我在這裏大膽的提言, 這許多的電影批評當中, 在真正的意義上爲了電影而寫的文章究竟有幾篇呢? 併且拿着眞正的藝術的良心的批評家究竟有幾個人呢? 當然, 這許多的批評家們並不全部失掉他們的良心的, 而且可以說也有幾個以眞摯的態度來論說電影的批評家的。但我們觀眾目前中國電影批評界的時候, 很容易看出電影批評的商品化和沒權威。

勿論那一個人, 都有對於藝術品的鑑賞和批判的自由及權利。在這樣的意義上, 不妨說這世界裏面的人, 誰都有成爲批評家的可能性。但所謂批評家的特殊的存在與一般的人們的區別處是在於強烈的藝術的良心和能夠成爲大眾的代辯者的銳敏的觀察力的如何而區別的。藝術品的製作－尤其是藝術批評, 比世界上的任何事業更是需要良心的。這不過是極其平凡的一種常識。雖然一個批評家是當然要對於社會的現實的把握和藝術自身的深遠的研究, 可是最重要的是表現批評家的人格的藝術的良心。

我們每天看報紙的電影欄的時候, 發生這樣的疑問：這批評是爲了電影藝術的真正的發展和出路而寫的嗎? 不然是爲了稿費而寫的嗎? 或是爲了補報紙的空白而寫的嗎? 如果一個藝術批評家由朋友的關係或物質的條件或自派擁護的野心而喪失了良心的話, 那種人的批評當然是失掉它的權威, 併且不過是欺騙大眾的罪惡的作品而已。對於這一點, 我在這裏不必拿每一個實例做具

體的說明, 因爲每一個人反省着自己起稿的動機和態度時, 自然會明瞭的。

　在如今日一切的生存競爭都激烈起來和離開經濟的條稿不能想到藝術品的製作的時候, 一切的藝術也是不得不商品化的, 但在原則上, 這決不是藝術本來的意義。雖然藝術家不能離開物質生活而生存和電影也是不可輕視商品價值的, 可是藝術是有藝術本身的存在權和意義, 併且與商品非嚴格的區別不可。

　平心而觀察中國目前的電影界的時候, 我們很容易感覺到不斷的製作出來的作品都不過是爲了資本家的營利慾的一種商品。對於拿這樣的商品價值爲本位的電影, 一天寫數十篇的批評, 這就是電影批評家的認識錯誤。批評家對勿論那一種作品都有批評的自由和權利, 但在另一方面, 有選擇出真正爲民衆而反映現實社會的藝術作品的義務。如果那是眞正的藝術作品的話, 不妨寫幾千幾萬篇的批評和讚辭, 但是批評家非有抹殺無價値的作品的權威不可。爲了稿費, 爲了補充報紙的空白, 勿論作品是怎樣, 不得不寫批評, 這的確是電影批評的商品化了。電影批評家是應該把電影從商品化裏救出來, 同時非努力自己的評文不商品化不可。一個月只寫一篇也好, 假使它是失不掉良心而維持批評的權威的話, 就比幾千篇的批評更有價值些。在這樣的意義下, 我提倡離開營利主義的眞實的電影人們的研究團體的出現。在中國電影界, 從來沒有過一個Scenario writer的團體, 也沒有過導演或研究者的團體。假使在眞正的意義上, 電影人離開營利而拿真摯的態度站在研究的立場上結合起來的話, 必能夠製作出優秀的藝術的電影作品和對於這種優秀的電影的正當的批評, 這樣才可以把電影批評從Journalism裏面救出來。這決不是一種空想, 依努力如何, 拿作品的實質而無疑的能夠與資本家去對抗的。

　其次, 電影批評家的重要的問題, 就是電影藝術的技術把握。勿論那一種的藝術作品, 只依內容或形式的一部, 不能成爲完全的作品。併且只依形式或技巧, 也是不能成爲優秀的作品, 內容和形式的統一和調和的優劣, 就是決定那作品的優劣性。我並不輕視內容而只主張形式或技巧, 但電影藝術是向一切的藝術的尖端走, 併且含有複雜性, 所以比其他的藝術要特別的技術。當然沒有不瞭解「電影藝術學」而寫電影批評的人吧!? 可是只拿關於電影的一般的觀察力, 還是不能說他是一個電影批評家。只羅列Story montage, climax編劇, 導演等術

語, 併且漠然的說某一個作品的一部分好不好, 這種批評不能算它是一個電影批評。雖然那可說是一般觀眾的印象的意見, 但不能說整個的電影批評。不知道montage是依怎樣的方法做出來, 而還是montage云云, 這不能不說是一種的確的笑話。

在這個意義上, 以後的電影批評家是應該澈底的把握着電影藝術的本質, 同時非把握着關於電影的專門的知識和研究不可。連電影藝術在社會上的本質的意義和它的藝術上的本來的意義都不瞭解, 怎麼能夠替大眾批評電影呢! 不把握着電影所需要的藝術的技術的知識, 怎麼能夠指示導演或演員或其他的電影人的應走方向呢!

總而言之, 以後的電影批評家是由藝術的良心而非選擇出能夠影響於社會的現實生活的偉大作品不可。在一天寫幾十篇幾百篇, 那是批評家的自由, 但要努力抹殺商品化的無價值的作品, 同時非對抗電影批評的商品化, 而清算爲了補報紙空白而亂寫欺騙大眾的電影批評不可。多量的產生並不一定是表示藝術作品的向上和發展的意義。

最後的簡單的幾句: 就是批評家應提倡着爲了對抗電影的商品化的電影人們, 在研究的態度上結合起來而有團體的出現。併且指示他們應走的一條路。這不能不說是電影批評家在目前重要的任務。(完)

(『晨報・每日電影』, 中華民國二十三年七月二十五日 星期三)

電影劇本論(一)

譯者前言

對於俄國優秀的導演家PUAOVKIN的在電影界上的名聲或地位, 在現在已經不必介紹的, 曾經他所製作的許多作品, 能夠證明他是把握着一種獨特的手法的導演家; 這一篇文章是他的電影理論上的名著『電影劇本與電影導演』中的一節, 爲了電影劇本的正當的認識, 有許多點可供參考。(本文依日譯而重譯, 茲

謹聲明)－譯者

序言

　　提出於電影製作公司的普通的電影劇本是以某一種特殊的性質而爲特徵. 差不多都是表現一種內容幼稚的敍述, 而且一看他們電影劇本的作者大部分都是一方面用文學的手法, 另一方面而只掛念着故事的事件的關係, 倂且他們完全輕視着『他們所提供的材料是對於電影的取汲的主題上有着怎樣程度的興趣呢』的問題. 材料的特殊的電影的取汲問題是極其重要的. 一切的藝術是有着很效果地表現內容的它自身的特殊的方法. 這種事實當然至於電影也是一種的眞實. 不了解導演上的工作(即電影的攝影與編輯的手法)而製作劇本, 這是好像對於法蘭西人給與機械的逐一句的翻譯的俄國詩似的愚笨的事. 假如要給法蘭西人在正的印象, 非知道法蘭西韻文形式的特徵而把那篇詩再改寫不可. 爲了寫適當於電影化的電影劇本, 我們應該了解從跟銀幕能夠給與觀衆某一種衝動力的方法. (未完)

(『民報·影譚』, 中華民國廿三年八月廿一日 星期二, **PUDOVKIN**原 著 金洲 譯述.)

電影劇本論(二)

　　這種見解是常常碰到「劇本家是只給故事的全般的最初的輪廓就夠了, 細密的電影的Adaptation(適應)工作都是導演的工作」的問題. 這完全是一種錯誤. 勿論在那一種的藝術, 不能把它的「構成」分割做互相獨立的階段, 這一點我們要留意的. 一種作品以實實的將來爲熟考, 這種事實裏面含着的極其全般的接近也是以對於可能的特殊性與它的細部分的注意爲前提. 考慮主題的時候, 雖然很漠然而且不明瞭, 但想那個劇的取汲是不可避的事實. 從這裏, 劇本家雖然不計入關於「攝影什麼呢?」「用怎樣的的方法去攝影呢?」「編輯什麼呢?」或「用怎麼的方法去編輯呢?」等等問題的細密的指示, 但關於導演的種種工作上的可能性的劇本家的知識與考慮是能夠給與提供導演所使用的材料的可能性, 倂且給與導演爲充分表現地電影的創作可能性吧. 但在普通的場合, 結果是完全相

反的一在普通的場合, 劇本作家最初接近於他的工作的時候, 勿論他處在怎樣好的場合上, 假使他處在的場合與電影的Adaptation沒有興趣的話, 他是提供出難為克服的障礙物。

這一篇的研究的目的是在於把『劇本製作的基礎的原理是什麼呢?』的問題同導演的工作的基本名的原理做一種關聯的敘述。關於特別的電影的這種考察是先除去, 劇本作家是獨特地站在全般的構成的領域, 是正對於支配着其他的綜合藝術的創作的諸法則的。電影劇本是不妨依靠戲曲的樣式而構成, 而且在那樣場合大概是服從規定劇的構成的法則吧。在另一個場合是接近於小說也好, 由此它的構成是依其他的法則而為條件吧。但這種問題是在這一篇小著裏而是不過取汲一部分, 所以對於這種問題抱着特別的興趣的讀者是不得不依專門的著作而研究。

二、攝影劇本的意義。

如一般人所知道, 製作出來的電影是由以一定的順序而互相連續的斷片的全系列而成立的。觀察動作的展開的時候, 觀眾是最先移到甲的地方再次移到乙的地方。不僅是這一點, 並且觀對於一種故事的事情, 有時候是只對於一個演員也不受全體的指示而依靠向着那個場面或身體的各種部分的Camera而連續的授指示。電影的此種構成即把材料在各要素上分析, 然後從這種要素裏, 建築出電影的完全體, 這就是叫做『構成編輯』。關於這點, 是預備在這篇小輪的第二部份加詳細檢討。以這個準備, 在這裏有敘述電影製作的這種基本的方法的事實的必要。(未完)

(『民報‧影譚』, 中華民國廿三年八月廿二日 星期三, 普特符金 著 金洲 譯述。)

電影劇本論(三)

攝影電影的時候, 導演是不能取最初的場而開始, 好像依着劇本的順序而取順次的進行到最後的場面似的連續的進行方法。那個理由是很簡單的。論證

的便宜上，在這裏假定建築某一種重要的佈景，在這個佈景裏要展開的場面，擴滿着Scenario全體的場合是常常產生的事－但假使導演在這佈景裏，攝影了某一種場面之後，因爲Story的展開，他想繼續的要攝影其次的場面的話，那麼，最先構造的佈景是不能破壞而且漸次建築新的佈景成爲必要，這樣的結果，先用的佈景是不能破壞並且電影全體的佈景是必然的堆積起來吧。這樣的工作是從簡單的技術上的理由來看，還是不可實行的了。由此勿論導演或演員，在攝影的實際過程上差不多都是失掉了連續性的可能性。但同時這種連續性是勿論怎樣很重要的並且喪失連續性同時我們失掉工作的統一性和他的樣式及他的效果。所以在首先詳細的吟味Scenario是成爲不可避的重要了。

在依電影的Plan(計劃)而很注意地取汲各斷片的場合，或在心裏的確的描刻着一種Screen Image(銀幕心象)而同時追求Scenario的故事發展及各人物行動的發展的全避程而要它的明白的決定的場合，就是這樣的場合，導演是才能夠拿自信而做自己的工作並且能夠獲得有意義的結果了。

在紙面上做這種準備的工作的時候，非創造決定一切的藝術作品的價值的條件的樣式和統一不可，遠景攝影，擴大摘出，俯瞰攝影和其他一切的Camera位置－fade-in, fode-out, 移動，對於前行及後續的Celluoad斷片的某一種畫面的關係等等一切的技術上的手法，包括或強調某一種場面的內容的一切的手段，這種都是在那時候，應該精細的考慮的。不然的話，在從劇本裏隨便摘出某一個場面來攝影的時候，發生出不可回收的失敗，也說不一定的了。所以劇本的這種精細的「在作業上的」－已經準備了攝影之後的－形態是，關於每一個斷片，勿論它是怎樣微小，都具備着它的實現上須要的引用了一切的技術上的手法的詳細的敘述。

當然，對劇本家要求依着這樣的形式而寫作品，是說不一定與向劇本家要求他或爲一個導演的結果似的不適當的要求，但這種劇本的工作應該要完全的實行並且假使他不能提供完成了攝影準備的完璧的劇本，但只在於對這種理想的形態，勿論多少，對於提供接近的材料的程度上，電影劇本家不是導演家要克服的障礙物，並且劇本家是對導演供給一種刺戟的。Senario的完成的方法在技術上越完全，劇本家是就像在心裏描刻一樣，形成出來的映像着在Screen上面的

機會是愈多起來的。(未完)

(『民報·影譚』, 中華民國廿三年八月廿三日 星期四, 普特符金 著 金洲 譯述。)

電影劇本論(四)

三、電影劇本的構成

把劇本作家的工作, 從它的一般的地方漸次地考察到特殊的地方的時候, 就是所謂在一聯的段階上分割而考察的時候, 可以得到如下而舉出的大體的綱目的。

(一) 主題

(二) 故事的骨子(處理)(原著者注－爲了這一篇著述做簡單一點的目的, 我把這兩件事結在一起了, 但在技術上這是不正確的)

(三) 故事的骨子的電影地完成(電影的描出)

當然, 這種分類表是依靠已經完成的電影的分析的結果而能夠得到的。在上面已經說過, 電影創作的過程是取另外的順序也是可以做得到的。每一個場面是在生成的過程上可以想像, 同時可以發見它的位置。話雖是如此, 但劇本製作的某一種終局的吟味還是非把這種三階段隨它的順序而考察不可。勿論甚麼時候, 我們不會忘掉的地方就是電影是在它的構成(繼續的Celluloid斷片的迅速地轉換)的性質上, 從觀衆方面, 受着要特別的注意集中的要求。導演與劇本家是拿自己的手腕很專制地引導下去觀衆的注意。觀衆是僅僅看導演所指示的地方, 而且對於各省或疑問及批判, 他們是沒有故慮的餘裕的, 由此觀衆對於在構成的明瞭性或潑刺性上面的極其小部份的錯誤也是認爲它是不爽快的混亂或無味乾燥的沒有效果的空隙。所以每一個問題勿論在工作的時間的怎樣的瞬間襲來自己。(未完)

(『民報·影譚』, 中華民國廿三年八月廿四日 星期五, 普特符金 著 金洲 譯述。)

電影劇本論(五)

劇本家是在解決這種問題的時候應該注意要獲得最大的單純性和明瞭性。這一點就是要留意的。爲了說明的便宜，把在上面不過敘述了輪廓的分類表的每一個要點，在這裏各各分開而順次地論下去罷。因爲在各種材料選擇與應用及取汲它的各樣的手法上，要設定依電影而給與我們的種種特殊的要件。

四、主題

主題是藝術以前的一種概念。要而言之，人間的觀念是勿論那一種，都可以使用爲一種的主題，而且電影是與其他的各種藝術同樣，在主題的選擇上，不可設定某一種制限的。不過我們能提起疑問的問題是主題是不是對於觀衆有着價值的呢？或者沒有用處的呢？併且這個問題是純粹的社會學上的問題，它的解決本來是不在這篇小論的範圍內。但在於主題的選擇上，有一種附與條件的一種形式上的必要條件，雖然那不過是依着電影的今日的狀態而起因的。而且對於這一點是須要說明的。電影還是歷史不久的併且它的手法的量也是不豐富。由此我們只好離開這些制限所不賦與的法則上的恒久性和不易性而指摘一時的制限了。

第一，對於主題的規模不得不敘述。從前是一般地流行着選擇出包含着時間地或空間地非常擴汛的材料的主題的傾向，併且在某一部分，到現在還是存在這種傾向。爲一種實例我們可以舉出一篇美國的電影『IntaIeronce』(D・W・Griffith的導演作品United Artists公司出品──一九一六年)。這篇電影的主題是可以如下而說出來：「亘在一切的時代和一切國民間，自古以來有一種Intolerance (頑迷)，它是足跡裏面曳摺着殺戮與血潮而闊步着的。」這是包含着茫大的擴張性的主題。這一篇的主題是擴張而互在「一切的時代」與「一切的國民」間，這種事實就是表示着材料的非常的廣汛性。所以那個結果是極其特質地的。因這些材料僅僅是壓縮在十二本的片子裏面，所以作品是成爲了非常操急而粗淡厭倦的東西，併且這一點就是減殺了電影的效果。其次，因爲故事的事件太多的緣故，導演是不能接觸到各種細密的部分而無法把主題不得不在全般上形成，所以在作品的深刻味與形成方法的淺薄性上，發生出很顯著的齟齬

了。不過以現代爲舞台的部分是比較有些劇的集中而作出來必要的效果地印象了。對於這種無法可避的作品的淺薄性，我們應該特別地去注意是很重要的。到現在電影藝術還是處在幼稚的狀態裏而且能夠包擁這種廣汎的材料的可能性是沒有的。

我們應該注意優秀的電影，大部分都是依極其單純的主題與比較不複雜的故事爲它的特徵的。B'ela B'alaz's在他的著書『視覺的人間』(Der Sichtbare Mensch)裏曾經述過：文學作品搬上銀幕來電影化的大部分陷了失敗的原因可說是從事於這種工作的劇本家勉強地努力把太豐富的材料要透入電影的狹隘的分野的緣故，這是很正確的觀察了。(未完)

（『民報·影譚』，中華民國廿三年八月廿五日 星期六，普特符金 著 金洲 譯述。）

電影劇本論(六)

電影是比任何在最先依film的規定的長短而受制限的。過七千米突1)的電影是很容易惹起不必要的疲勞。當然，把長篇電影分爲數篇的連續作品而發賣的方法也有的。但這種方法不過是限在某一種特殊的電影方可能的。冒險電影一類就是這種電影，而且這種電影的內容是注重主人公的經歷裏面所起的一聯特別的偶發事件而成立，所以事件互相間沒有緊密而關聯，併且往往每一個事件不過是包含着獨立的興趣，由此雖然本來是要構成一種的故事，但可以分爲數個的episode而指示給觀衆。在這樣場合，觀衆雖然沒有第一篇精細地了解，但在印象上甚麼也不失掉而能夠看得出第二篇。觀客是從首先的字幕推測第一篇。episode與episode的關係是依觀衆的好奇心的硬新的利用而可以設定着的。譬如說，在第一篇的末端，主人公是陷落到難爲脫出的境遇，但那是到第二篇的發端，方得到解決。可是至於有着更深刻的內容的電影，它的內容的價值不過是在於爲全體作品而作出來的印象裏面，所以當然不可做，好像給每一

---

1) '米突'은 민국시기에 통용되었던 길이 단위로서 표준 중국어로는 '米'로 표시됨.

個星期一篇觀衆們看似的兩部分的分割。

電影技術家是爲了很效果地表現出某一種的概念, 比小說家或劇曲作家更一層必要多量的材料, 但電影的長短制限的影響是依着這件事實再爲增大的, 雖然一個語句裏面也常常包含着多分的心像的複雜物, 但有着這種推論地意義的視覺地映像是很少的。

在這裏, 假使依視覺的映像而要給與有效果的印像的話, 電影技術家是不得不做詳細的描寫。所以恐怕說不一定制限主題的規模的必要性是暫時的, 但我反覆的說。我們假使考慮現在的電影描寫手段的數目的時候, 上面的問題是一種不可避免的事了。

可是, 還有一件必要的事就是依電影的Spectacle的基礎的性質自身而受特徵的東西(恐怕那是永久地存在着罷)－換句話說那就是明瞭性的必要性。在要解決製作電影的過程中遭遇的一切的問題的時候, 須要絕對的明瞭性, 這是與在上面所述一樣。而且這種事件當然在主題的取汲上也是適當的。假使爲劇本的背面骨子面應該有用的根本的構想很漠然併且不明確的話, 那種劇本是明顯的處在失敗的命運上了。(未完)

(『民報・影譚』, 中華民國廿三年八月廿六日 星期日, 普特符金 著 金洲 譯述。)

電影劇本論(七)

在檢查文字的描寫(劇本)的場合, 對於一種暗示爲止的地方或不明瞭的地方還是可以很注意的研究解決而讀下去, 但這樣的劇本移植於銀幕上, 成爲閃燦而混沌的東西的了。

在這裏舉一個實例來看, 有一個劇本作家關於俄國革命前時代的一個工廠勞働者的生活的已經完成的一篇劇本, 寄給我們的身邊來了。這個劇本是以一個主人公就是一個勞働者爲中心而寫出來的。併且隨着故事的進行, 那個主人公是與許多人物接觸下去了－有時候是成爲敵, 有時候是成爲同僚。敵人是對於那個主人公加上了危害, 同僚是救出他了。在劇本的前部分, 主人公爲粗笨

粗暴的人間而描寫的, 但至於終末, 那個主人公是拿着減實地階級意識的勞働者了。這一篇劇本是故事的骨子的進展也很流利併且以自然主義的環境地色調而描寫的, 所以無疑地含着能夠證明這個劇本作家的觀察力和知識的有興趣而有生命性的材料, 但這篇劇本畢竟是受輕視與拋棄了。一聯的生活的斷片即不過是依時間的順序而結合的一聯的邂逅和遭遇是不過Episode的集積而已。為着總括敘述上的一切事件的意義的根本構想的主題, 在這篇劇本裏面是很缺乏的。由此, 每一個性格是沒有什麼意義了。主人公或包圍他的各種的人物的動作是像走着窗戶外面的通行人的動作一樣, 混沌而且太偶然的了。

可是, 這個作家是精細地檢討了自己的劇本併且隨着賦與的注意而改作這篇作品了。(未完)

(『民報·影譚』, 中華民國廿三年八月廿七日 星期一, 普特符金 著 金洲 譯述。)

電影劇本論(八)

他是明瞭地形成主題之後, 受那明瞭地主題的引導, 同時注意周到地再構成主人公的進路了。他是拿如下面的構想來做他的基礎了。『單單地有着革命的傾向還是不大充分的, 假使為行動的根據而要用。那麼, 一個人非把握着適當地組織的意識』不可正在這裏, 從前不過是一個狂暴地勞働者的主人公, 這次是改作而成為熱狂地無政府主義者了。由此主人公的敵人是成為站在一種明瞭的戰線併且主人公與敵人, 主人公在未來的與同僚的接解等, 獲得明白的目的和意義了。用不到的複雜性是消失了, 而且修正的劇本是改新了它的面目而成為完全可以受了解的統一體了。

上面不過是對於構想的說明, 但這不妨叫做主題。明瞭的表示這種主題, 這就是必然地組織作品全體, 而且很明顯地成為產生出有效果的作品的結果。在這樣的原則上, 我要提起讀者們的注意。把主題明瞭而正確地表示吧－不然的話, 那作品是恐怕不可獲得對於一切的藝術作品給與一種條件的本質的意義與統一罷。支配着主題的選擇的制限是除了上面所說之外也有的, 但那種制限是勿

論那一個都與劇的處理有關聯的。如已經所述, 創作過程決不是依着分類表的順序而起來的。主題的玫慮是含着考慮故事的骨子與它的處理的意義。

五、主題在劇中的處理

劇作家在他工作的最初階段, 已經拿着應該要盛在未來的創作的範圍內地的一種規定的材料的。這種材料是依靠知識與經驗, 併且還依靠想像而提給劇作家。(未完)

(『民報·影譚』, 中華民國廿三年八月廿八日 星期二, 普特符金 著 金洲 譯述。)

電影劇本論(九)

劇作家是不得不爲這種對於素材的選擇給與一種條件的基本地構想而樹立主題之後, 要開始材料的蒐集。在這裏, 才可以導入劇中的人物, 樹立人物的相互關係, 決定在故事的展開上的人物的各種意義, 併且在最後能夠表示爲了互在劇本全體裏面的一切的材料分配的一種一定的比率了。

臨於深入所謂「主題在劇中的處理」, 劇作家是可以接觸到創作的各種要件。主題是在定義上藝術以前的一種要素, 但在與它完全同樣的程度上, 劇的故事的製作是依靠那個藝術特有的聯貫的要素而受條件的決定。

在最初, 我們接近到極其全般的局面而去決定劇的製作的性質罷。在計畫未來的作品的場合, 作家是樹立對於「主題的明示」上重要而且擴在於準備中的作品全體的所謂聯貫的「要點」; 但屬於這一類有各樣的人物的特徵的要素, 結合這種人物的各樣事件的性質, 對於Crescendo(漸次的強音)及Diminuendo(漸次的弱音)的要素的意義, 附與一種條件的種種細密的部分等等。而且有時候爲了這些事件的勢力與表現而選擇出來的每一個Event屬於這一類的場合亦有的。

至於劇作家的工作, 也是確切地起於同樣的過程, 抽象地去考察劇的故事是不可能的。好像在故事的發端部, 主人公是一個無政府主義者, 其次努力着革命的運動當中, 碰到了種種的失敗了之後, 成爲一個意識地Communist似的混亂的

計劃是不可能的。這種Scheme是使主題一點也不能發展, 併且使我們一點都不會接近本質地處理。(未完)

(『民報·影譚』, 中華民國廿三年八月三十日 星期四, 普特符金 著 金洲 譯述。)

電影劇本論(十)

我們不可不知覺不僅是「起來怎樣的事」, 併且「那件事是怎樣起來的呢」等的諸問題。就是應該要在劇的動作的製作裏, 已經知覺到它的形態。單單地想像在主人公的世界觀裏面發生的一種變革, 那是與從劇本裏創造一個頂點的事, 相距得很遠的了。

劇作家是在還沒有發見到所給於觀衆的一定的具體形式的影響的時候, 只依着所謂變革的一種抽象的想像, 我們不能說他有着創作的價值, 併且這件事是對於劇的構造沒有何等的爲「要點」的用處, 然而這種「要點」是很切要的, 即這種「要點」是可以樹立一種穩固的骨格；假如劇本的展開中的某一種重要的階段受着不注意和抽象的處理, 給我們開除很容易發生的沒有生命的危險性。臨於最後的電影的完成之際, 假使等閒視這些要素, 我們恐怕會發生出不適當於造形的處理的非表現的材料罷；進一步成爲全體構成的破壞的罷。

小說作家是把這種「要點」依靠文字的敘述去表現, 戲曲作家是把它依靠很廣汎的對話而表現出來的, 但電影劇作家是非依靠造形的(在外形上表現地的)「映像」而考慮事物不可。劇作家是應該很電影地的去訓練他的構想。就是非修育依着銀幕上自然現出來的一聯的「映像」(Screm Image)而想像在自己的頭腦裏浮映出來的一切的事物的習慣不可。再者, 劇作家是務必學習這種「映像」的支配, 併且從在自己的頭腦裏面描刻的「映像」裏, 選擇出最明瞭而最新鮮潑刺的方法了。像小說家支配他的「用語」, 戲曲作家支配他的「對話」一樣, 電影劇本作家是應該要知道支配他的「映像」的方法。(未完)

(『民報·影譚』, 中華民國廿三年八月三十一日 星期五, 普特符金 著 金洲 譯述。)

電影劇本論(十一)

處理動作的明瞭和潑剌性是直接地依存於主題的明瞭的形成上。爲了明白起見, 舉出[星期六的晚上]的題目之下公演的一部美國電影來談談罷;雖然那部電影很幼稚, 沒有什麼特殊的價值, 但提供了很明瞭的主題的輪廓和簡單而明確地處理了劇的動作等, 確還可稱卓越。「不同階級的人類, 雖是互相結婚但不能有幸福的。」這就是這作品的主題。至於它的故事的構成是這樣的:

有一個汽車夫, 因爲他與每天坐自己的汽車的富人的姑娘陷在戀愛的緣故, 拒絕了某一個洗衣服的女子的好意。但還有一個有錢的人, 他的年青的兒子是偶然地看見那個年青的洗衣服的女人, 於是他也就同她結婚了。汽車夫的狹窄而不舒服的屋詹[2]下的房子, 從豪莊的邸宅來的那個小姐, 當然想那不過是狗房子了。勞動了一天而回家, 很想吃一些自製的東西, 那是汽車夫的當然的願望, 但老婆是連燒火的方法和料理家具的處理方法都不知道;在這樣事實裏, 丈夫的願望是與不可克服的障礙衝突了。火是太熱, 土器是使老婆的兩手污穢, 煮了一半的菜是滿溢地散在床上的。有一天汽車夫的友朋找他來想很愉快地過一晚, 但這兩朋友在嬌養慣了的貴婦人的眼光裏來看, 舉動是非常的亂暴, 所以老婆是表示很不滿意, 一種示威似的步調和舉動打那屋子出外, 忽然神經質地哭起來了。

另一方面, 那個洗衣女子在富人的家庭裏, 也決不是幸福地過日子的。被驕傲的用人們包圍着, 併且她是漸次地陷進了不可意料的困惑裏。她看見侍女們給她吃驚而怪異地穿脫衣服, 她覺得穿長袖子的衣服不合式併且難看得很。在晚餐會裏, 她不過是成爲一種笑話的材料而使丈夫和丈夫的親戚們厭倦的。汽車夫和那個洗衣女人是往往碰到, 因爲他們倆都失望的時候, 所以他們的心裏, 互相甦起一種往昔的感情, 是很明瞭的。由此, 這兩對夫婦是互相離開, 交換似的在新的幸福之下再結合。(未完)

(『民報·影譚』, 中華民國廿三年九月一日 星期六, 普特符金 著 金洲 譯述)

---

2) '詹'은 '簷'자의 잘못된 표기임.

電影劇本論(十二)

洗衣女人是在汽車人的廚房裏是很滿意的, 那富人的新老婆是盡力的穿着美麗的衣裳, 跳起foxtiot來了。

這個故事, 同主題一樣, 雖很幼稚的, 可是我們並不是不能看做這劇在充分的明瞭的構造上是非常成功的作品。一切細密的部份很適當的配置着, 併且直接地關聯着一貫的構想。只讀了內容的表面地描寫(Sketch), 我們能夠感覺到充滿着潑刺地外形地表現的一種心象(Image)的了。廚房, 汽車夫的朋友, 華麗的衣裳, 這些在劇本的展開中的一切的本質地要素是依賴一種明瞭的造形地的材料決定着它的特徵的。

再舉一個相反的實例, 我拿每天送來的許多劇本裏面的一部來, 再記錄它的故事在下面:

「有一個人叫做尼高夫, 他的一家都處在極其困窮的環境。父親和妹妹拿它謝都是找不到工夫, 無論到什麼地方誰都拒絕他們。正在這個時候, 安屠萊找他們一家來, 他們以安慰的話, 想鼓起落膽着的拿它謝的勇氣。父親畢竟是絕望而和一個會與發生糾紛的Contractor(稽核員)去提起和解, 所以那個稽核員要求同他的姑娘結婚、拿它爲一種條件承諾了互相的和解……」

這是沒有電影的色彩的, 在描寫上是不可救的一個劇本的典型的實例, 除了面會和對話以外什麼也沒有的。「往往安屠萊找一家來」, 「說安慰的話助長他們的元氣」, 或是「勿論到什麼地方受拒絕」等等, 這種表現定全缺少了表現故事的製作與劇本在將來應該獲得的電影形態裏面的結合關係。

這種事僅僅是爲字幕的材料而有一些用處, 決不是爲畫面的材料而有用處的, 「往往」這語句就是數次的意思。安屠萊找他們來四五次這一點是恐怕連劇作者自己也知道極其愚笨的罷。「勿論到什麼地方受拒絕」這種表現方法可說與前者同樣的一切學問事業要分工, 分工即是表示專一, 我想專一才是合理的努力; 因為人的力量究竟有限. 不過我希望「編導」的還是「編導」下去。

看「編導」的情勢, 一天緊是一天, 昨日見報上有人嚷看明年該屬什麼年, 我想告他不必擔憂, 理論, 一定逃不掉什麼「年」。在電影方面, 我想一定可以來一

個「編導年」的吧? 「電影編導年」萬歲!

(『民報·影譚』, 中華民國廿三年九月二日 星期日, 普特符金 著 金洲 譯述。)

電影劇本論(十三)

在這裏並不是敘述着對於語句用法的理論。重要點在於我們要清楚的覺悟到, 不要寫些在劇本準備的全般的處理的時候所不能描寫的事物, 或不必要的東西。把表現[赤貧]的場面的性質, 外形地表現出, 併且要發見對於安屠萊與拿它謝的關係給一種特徵(並不是說話)的動作－這一點就是這種「要點」所賦與的地方。造型形態的製作是關於次階段的, 可說這些能委託於導演, 但我對於這種議論再強調一下而已。爲了逃避以後的在處理時候發生出一種沒生命的間隙的可能性, 臨於開始全般的工作的時候, 眼前要想起一種可能的造型形態, 這是切記的事。例如「往往」這句話, 完全不必要的併且不能夠造型的表現出來的語句。

由在上面所述, 我們已經證實了, 在最後我們爲着自己的表現形式而不得不使它成爲有用的造型的材料, 常決定了自己該走的進路, 這是電影劇作家牢記的地方。那麼, 現在再移到所謂劇的故事的全體集中的問題罷。

Romance, 小說或戲劇的構成的規定上, 是有一聯的標準。這種標準都是與劇本的製作有着很密接的關係；可是精確地記述這些標準, 那恐怕在本文的狹小的範圍中是不可能的。僅僅關於電影劇本的全般地構成的問題當中的一個問題, 不得不敘述的了。我們在從事於劇的處理工作的時候, 非考慮劇的故事裏面的各樣的緊張性的程度不可。

這種緊張性畢竟是使觀衆要以一種強制地的興奮而追求電影的某一個部份, 併且不得不把它反映到觀衆的心裏。這種興奮不僅是依存於劇的境遇, 併且純粹地依賴外部的手法也是可能而夠去強調它的。劇的力學的諸要素的漸次的緊張性, 依人物的迅速而且很働能地(energytic)活動而構成的場面的導入, 或是羣衆場面的導入等等, 這些都是支配着觀衆心理的興奮的增加。所以我們

臨於電影劇本的構成, 應該習得使觀衆依着展開着的劇的故事而漸次地移心奪目, 併且至於終末, 能夠給他們最效果地刺戟的構成方法。但有許多劇本都在這緊張性的拙劣的構成上失敗了。

舉實例, 我們可把一部俄國電影[The adventure of Mr West](章斯德先生的冒險)引來。最先的三本是, 漸次地逗吸我們的興趣。(未完)

(『民報·影譚』, 中華民國廿三年九月四日 星期二, 普特符金 著 金洲 譯述。)

電影劇本論(十三)[3]

一個美國藉的客人章斯德先生, 和一個跟他一起到莫斯科的牧夫, 漸次地進入極其複雜而混亂的困境裏面, 然後從這種困難的環境裏解脫出來。看着他們的流利的動作和本質的展開, 我們的興趣是漸次地增加起來。就是最初部份的幾本充滿着很Dynarric的構成, 我們也可很舒服地看它, 刺戟性也是一樣地增高起來, 很夠抓住觀衆的心理。可是在第三本末端, 這個牧夫的冒險達到了意想不到的結果, 所以在後面觀衆是經驗得自然的反動, 雖然導演的手法很卓越, 還是要使我們減少興味的。加之末了的幾本是拿着全體的故事當中最貧弱的材料(彷徨着莫斯科的沒有人的街上或各方面的工場)的部份, 把這部電影的好的印象完全傷害了, 再也不能夠給與觀衆比較充分的滿足的了。

反之, 爲把增加劇的故事中的緊張性的要素很正確地調節的一種有趣味的實例, 我們不妨舉出美國聞名的導演D.W.Griffith的作品。他是創造了一種電影的終結的型, 這是依據他的名字要特別的區別, 到了現在還有許多後繼者在使用着。再拿在前面已經引用過的電影Intorelerance的來看看罷。有一個年青的勞働者, 因爲受了參加罷工的嫌疑失職之後到紐約來了, 接着去加入某一個強盜團, 但一碰到戀慕着的姑娘, 却又盡力的想找到正當的職業, 然而強盜團裏面的惡漢們不肯使這個青年平和地過日子。正因爲這惡漢們是把這青年陷進

---

3) 잘못된 순번임. 순서로 말하면 '第十四'가 맞음.

了一個殺人事件的圈裏去, 畢竟這青年是被拘在獄中了。因爲提出來種種對於裁判官或陪審員一點也沒有疑心的餘地的證據, 這青年終於受到死刑的宣告。到了作品的臨末, 青年的愛人偶然地發見了那個殺人事件的眞犯人; 但她的丈夫是已經受着死刑的準備了, 拿着能夠制止這死刑的權利的人, 只有縣長而已。可是正在這個時候, 那個縣長是坐特別快車離開了那個地方。(未完)

(『民報·影譚』, 中華民國廿三年九月五日 星期三, 普特符金 著 金洲 譯述。)

電影劇本論(十五)

所以, 爲了救出主人公的狂人般的追跡繼續地起來了。那個姑娘是坐比賽用的汽車去追特別快車, 這個汽車裏面的主人是已經很清楚的悟解了人的貴重的生命, 就是依靠着自己的操縱汽車的速力上。在獄房裏面, 那個青年處在死刑的切迫而且受着塗油式. 汽車是快要追到特別快車。在另一方面快要完成了死刑的準備, 正把絞首索捲在主人公的頸部, 就在那個刹那, 他的老婆畢究因了拼命的努力才得到了縣長的赦免狀來到了。

場面的迅速的轉換, 幕進着的機械與要死刑無罪的人的有組織的準備的對照的轉換－他們是不是趕得上? 這種漸次地高調起來的觀衆的關心－這些雖然是勉强的强調起那刺激的程度, 但在作品的終局, 獲得電影完結上的成功了。在D.W.Griffith的這種手法裏面, 我們可以看得出劇的故事的內部的內容與外部的效果(Dynamic的緊張性)的卓越的用法的一致結合。

爲一種依着正當的對照的强調的範例, 我們能夠去使用他的電影。很明瞭地表現出來各種人物的行動的線, 連續地敍述出來與作品中的人物相關的一切重要的事情, 再在最後(但我們並不可輕視它的), 正當地考慮出劇的故事的緊張性, 而且構成把這個緊張性漸次地强調起來, 達到劇的Climax完了。成電影劇本的故事的方法－這是在結局單單它自身也有相當的價值的處理, 併且在演出方面, 對於導演用處多得很。這樣的處理方法果然是依賴着文學的文章構成方法而寫出來的, 但我們不妨說這種主題的處理能夠提供電影劇本的分幕方法(The libretto of The scenasis)罷。

在構成劇的故事的時候, 假使考慮了我在前面已經述過的關於造形的材料的指示的話, 那麼, 這種處置就可換作適合於易製的一種Script了。

電影劇作家的其次的階段是關於劇的本質的電影地的精密的調查。電影劇本是應該分割着很多的部, 部再分割成許多的卷, 卷又分爲許多場面, 場面再分爲構成畫面斷片的許多鏡頭。一本是不可超過一定的長短的－它的平均的長短是自九百呎乃至一千二百呎。電影很普通是以六本乃至八本而成爲一篇的。所以如果電影劇本作家要把特殊的電影的處理去佈施於自己的作品裏面, 最先不得不習得能夠感覺到作品的長短的方法。爲了它的正確的觀感, 他應該去考慮如下的種種事實。就是膠片在標準速度的映寫機在一秒鐘通過一呎, 由此, 一本是用不到十五分就經過下去, 全部膠片的通過是大概要一時半鐘。把一本的內容的每一個場面, 像銀幕上的表現一樣描刻着自己的頭腦裏, 然後考慮每一個場面所要的時間, 才能計算出爲內容所需要的電影全體的數量。

有聯貫的一本, 它的各部份, 倂且每一個場面的分割, 在這種基本的豫備的程度上製作出來的電影劇本是具備着如下面的體裁。(未完)

(『民報·影譚』, 中華民國廿三年九月六日 星期四, 普特符金 著 金洲 譯述。)

電影劇本論(十六)

第一景:
場面－個平民的馬車在爛泥中徐徐地過鄉下的小道來, 好像是很不舒服而且悲苦似的。那包着頭巾的駛者, 正催促着疲倦的馬。還有一個人在馬車的轉角, 爲了防止烈風, 想把自己的身體不用舊的軍人外衣包着。有一個走路的人, 走向馬車的附近休息而很疑惑地站着。駛者是向着他回過頭來。

字幕－「離那亞平(地名)還有多少里路?」

走路的人用手指着回答。馬車開始轉動着。走路的人望着遠去的馬車, 接着再走動。

第二景：

場面－平民的小屋子，在轉角的長凳子上，橫臥着一個穿着襤褸的老頭子。老頭子很悲酸地呼吸了口氣。而那老婆在爐邊像是很忙的工作着。併且敲着鍋子而響起很擾亂的音響。病人是很痛苦似地轉側着。向老婆說。

字幕「好像是有人敲門的聲音?」

老婆向窗戶走，望着外面。

字幕－「你常想着的緣故。米洛尼采! 這是吹風打窗戶的聲音!」

這樣寫出來的電影劇本，劃分着每一個場面的，併且還附有字幕的，才是電影的精勘的第一階段。但這是與在上面所說的，已經有了充分的準備馬上可去攝製的劇本，還是相離得很遠着的。

那賦與場面特殊的細部，還是依賴着「陷入於爛泥中間而……」「走路的人，想把自己的身體用軍人外衣包着」，「烈風」等等的文學上的形式而強調着的。這一點請讀者們應該特別注意的。

如果這些細密的部份，依照它的描寫一樣，寫場面全體的攝影時的事象而受介紹的話，那就一個也達不到觀眾的眼光裏了。

電影並不僅是使觀眾注意「不好的天氣」，「馬車上的兩個人」等等，好像是我們在文學的創作上，應常把每一個細部個別的去描寫一樣；當然電影也有把細部漸次地表現，而且能夠使觀眾去注意爛泥，風，駛者等等的每一細部的，這是本質地併且極其有效果的手法。這種手法就是叫做構成的編輯。這種手法的某一部分是依某一種劇本作家的一個場面裏插入特寫的方法(例如：祭日的鄉下的小路。充滿着勇氣的百姓們的一羣。在中央青年黨員講演(Close-up)，再來新的羣眾。在鄉下的牧師們裏面聽出來一種憤慨的喊聲似的。)而使用着。(未完)

(『民報·影譚』，中華民國廿三年九月八日 星期六，普特符金 著 金洲 譯述。)

電影劇本論(十七)

這種Close-up(特寫)的插入不如是放棄－這些與構成的編輯沒有多大的關係。「插入」或「Cut-in」等的用語是錯誤的表現, 併且誤解了電影的技術的手法的陳腐的遺產物了。

原來屬於這篇文章裏所引用的電影的細部是不可插入場面裏去的, 場面是應該由這些這些細部而被構成着的。依據上面, 關於造型的材料的基礎的種類與選擇, 已經有了重要的說明, 所以我想下回是爲了從銀幕很效果地去影響於觀衆的一種基礎的手法, 再講一講編輯方面。

六、結論

電影劇作家, 如果要把自己的概念從銀幕傳達給觀衆的, 在可能程度内應該把自己的作品努力地去接近於最後階段的「攝影劇本」。換句話說, 電影劇作家除非充分地去一考慮使導演在他的製作中能夠去使用一切的特殊手法, 併且應該發見有一部份的新的材料不可。

電影劇作家該是周到地去注意觀察各方面的電影, 而且看了這些電影之後, 一方面去努力表現各樣各種的部份的編輯的構成; 同時在另一方面, 試一試這些各部份的實際的表現。依藉這種對於他人的作品的注意的觀察力, 才能夠獲得到電影上所須要的一種經驗。在下面我拿一篇構成編輯而且只在可以攝影的程度上已經完成了諸種準備的電影劇本的一部份來作爲例子罷。

字幕－「鎮壓了勞動者的暴動!」

1 緩慢地Fade-in－地面上散亂着空的火藥桶和Rifle銃(小銃)。

2 緩慢地Panoramic－通過去鏡頭前面的一條防塞, 那上面的四面八方, 臥着勞動者的屍骸。

3 防塞的一隅, 勞動者的屍體。有一個女人, 頭向後倒, 倒在那屍體旁邊。斷了的旗竿上, 飄搖着破碎的旗幅。－(Mix)。

4 特寫－頭向後倒的女人, 女人的眼睛凝視着鏡頭。－(Mix)

5 破碎的旗幅, 被風吹得飄搖。緩慢地(淡出)。

上面不過是很緩慢和莊重的展開下去的一部份的舉例。爲了強調緩慢性使用了Mix的方法, 但用Panoramic的方法也是可以收得同樣的效果, 倂且Fade的方法是各部份分割爲一種獨立的Anotif(素材)。

在下面舉一種含蓄着編輯上的迅速的速度的極其Dynamic的例罷。

1 從一面的轉角, 勞働者的一羣急跑着, 他們向鏡頭跑來。還有許多羣衆在他們前面走過去。

2 有一個勞働者, 跳過一個大鐵挺而跑着。他是忽然停站起來, 喊叫着字幕－「把第一工場救出來吧!」

3 第二個勞働者攀上起重機。

4 浮上的蒸氣, 不絕地鳴着警戒危險的汽笛聲。

5 在起重機上的勞働者身體向前傾而向下瞧。

6 奔着的勞働者的羣衆(俯瞰攝影)。

7 在起重機上的那個勞働者, 拼命的喊叫着。
字幕(大字)－「把第一工場救出來吧」!

8 奔着的羣衆, 停了一會兒再奔起來。(俯瞰)。

9 有一個女人被奔着的羣衆中的一個部隊推倒在地上。

10 倒在地上的女人, 自己站起來, 搖搖擺擺地抬頭起來。(特寫)。

11 急奔着的羣衆。(未完)

(『民報·影譚』, 中華民國廿三年九月九日 星期日, 普特符金 著 金洲 譯述。)

電影劇本論(十八)

在上面所示的是一種極其迅速地場面轉換的斷片編輯方法。依賴着這種斷片的Rhythm創作出所預期的刺戟性了。字幕的大小的漸次地增大是強調着漸次地增加起那恐慌性的。

當然, 這種形式的電影劇本是須要徹底而極其特殊的訓練。然而我在這裏反覆地說:在可能的程度內, 劇作家要接近到技術方面的正確的形態的努力。有

了這種努力才使他成爲能夠提供在一般的處理的場合獲得電影製作上有用的材料的作家了,

電影劇本是只在那個劇作家引導着特殊的手法上的知識的場合, 只在爲獲得一種效果的武器而了解那種手法的用法的場合, 就是在這樣場合, 方能夠成爲完美的。不然, 電影劇本的百分之九十是恐怕免不了不委託於專門家的處理生硬的材料吧!(完)

―譯自「映畫藝術研究」第九輯。

(『民報・影譚』, 中華民國廿三年九月十日 星期一, 普特符金 著 金洲 譯述。)

朝鮮影藝運動史(一)

序言

中國的同志們, 多次付託我介紹朝鮮的電影藝術運動, 但我沒有勇氣去執筆了。這原因是筆者對於電影藝術運動沒有什麼深遠的研究, 併且朝鮮的電影藝術運動是貧弱的, 朝鮮文化運動當中處在最沉滯狀態裏的, 所以對於電影藝術的工作方面, 勿論過去或現在, 沒有敢發表於中國的報紙。

但中國方面日常持着特別的關心, 雖然它是一個弱小民族但比任何國更諒解着朝鮮民族, 所以我在這裏無躊躇的試一篇簡單的介紹朝鮮的電影藝術運動, 當然是無甚可取的, 但是我們應該去研究列強諸國的巨大的藝術運動, 同時如果要瞭解一個弱小民族的社會的處境和民族的感情的時候, 不能輕視它的藝術運動的過程及動向。那就是因爲藝術是一個民族及一個社會的(或是全人類的)反映併且一個民族的生活與感情的赤裸裸的表現, 這不過是關心於藝術運動的一般人的極其平凡的一種常識而已。

換句話說, 一個弱小民族的藝術運動, 多麼的落後他國, 在怎樣的社會條件底下前進着, 又與社會相表現着若何的反映, 我想這種問題, 對於一個文化社會的人併不是一種完全無意義的事罷。下面就是朝鮮電影藝術運動的簡略的史的考察,

運動的變遷的過程

因爲材料不充分的關係和朝鮮的電影人是處在種種特殊的環境裏的緣故，他們的電影藝術運動也是很散漫的，所以一時無法去指摘出他們在這運動上的業跡，在這裏只依據一九三三年「朝鮮日報」所登載的「朝鮮映畫史」一文爲參考材料，簡略的列舉他們的運動的過去情勢及一般作品罷。

(一九二二年至一九二五年)

(一) 遞信局的宣傳電影「月下的盟誓」出現了。朝鮮人最初的電影製作，尹白南導演，李月華女士主演。

（『晨報·每日電影』，中華民國二十三年九月五日 星期三）

朝鮮影藝運動史(二)

(二) 創立「東亞文化協會」，製作了「春香傳」，「悲戀的曲」，「興/夫奴而夫」等。

(三) 劇院「團成社」裏創設「映畫制作所」，朴晶鉉，金永煥等製作了「薔花紅蓮傳」。

(四) 在朝鮮釜山，創立「朝鮮Cinema社」，尹白南，安鐘和，李月華女士等發表了「海的悲曲」，「神的粧」，「雲英傳」，「村中的豪傑」等數篇。

(五) 尹白南離開了「朝鮮Cinema社」之後，設立了他個人的映畫製作所，與李慶孫，羅雲奎，南宮雲，朱仁奎，朱三孫及金漢淑女士等發表了「沈清傳」，「開拓者」等作品。

(六) 依李弼雨，姜弘植，金素然，金潤澤[4]等諸人的「高麗映畫製作所」出現，發表了「雙玉淚」，「蒙痛九裏」，「再話」等。

(七) 日本人經營的「德永映畫製作所」出現，製作了「紅戀悲戀」，「不忘曲」。

(八) 尹白南個人映畫製作所和高麗映畫製作所的主要份子合作起來，創設

---

4) 정확한 이름은 '金澤潤'이다.

「雞林映畫社」, 發表了「長恨夢」, 「山寨主」。

(九) 羅雲奎, 朱三孫等脫退「雞林映畫社」在「德永配給所」製作了「籠中鳥」。

(十) 羅雲奎, 金昌善, 南宮雲, 李圭高等創立「朝鮮Cinema Production」發表了「哀梨嶺」, 「金魚」, 「失掉了兩角的黃牛」, 「風雲兒」, 「野鼠」等數篇。

(十一) 南宮雲, 李圭高, 朱仁奎等與沈勳, 姜弘植等發表了「黎明」。

(十二) 金鐵山創設「極東映畫社」, 南宮雲, 李弼雨, 黃雲等製作了「尋樂園的人們」。

(一九二五年－一九二六年)

(一) 「極東映畫社」製作了「怪人的正體」。

(二) 「金澤潤映畫社」製作了「黑與白」。

(三) 「團成映畫社」製作了「二八青春」。

(四) 鄭起[5]鐸, 李慶孫, 申一仙女士等製作了「鳳凰的冕旒冠」。

(五) 李源鎔, 李慶善, 卜惠淑女士, 金蓮寶女士等在「金剛畫社」, 發表了「落花流水」。

(一九二七年－一九二九年)

(一) 李慶孫, 金乙漢, 安鐘和, 金永八, 韓昌爕等創立了「朝鮮映畫藝術協會」。

(二) 李益相, 李瑞求, 崔獨鵑等諸文人們組織了「讚映會」。

(三) 「朝鮮無產者藝術同盟會」會員, 李鐘鳴, 尹基鼎, 林和, 金幽影等參加「朝鮮映畫藝術協會」, 而製作了「流浪」, 這可算是朝鮮最初的階級電話作品。

(四) 羅雲奎創立了他個人的電影製作所, 與尹逢春, 李慶善, 朱三孫, 李創用, 李明雨等發表了「玉女」, 「尋愛」, 「男人」, 「啞贊三龍」。

(五) 「平壤映畫社」出現了。李慶孫, 鄭起鐸, 金一松女士, 韓昌爕等製作了「椿姬」。

(六) 電影雜誌「文藝與映畫」創刊。

---

5) '基'의 오기임. 이하 같음.

(七) 林和, 南宮雲, 金幽影, 孫勇進等組織：Seoul Khno(京城電影社)而發表了「昏街」。

(八) 「南鄉映畫社」創設, 姜湖, 閔又洋, 等發表了「暗路」。

(九) 沈薰, 韓雪野, 林和等的電影理論方面的筆戰猛烈地出現了。

(十) 「新興映畫藝術家同盟」創立了。在這同盟裏, 林和, 金幽影, 徐光雲, 朴完植等新的影人們, 積極地來研究新興電影製作的理論和技術。

(十一) 「金剛映畫社」發表了「鐘聲」。

(十二) 「曙光」,「金剛」兩電影社合同而發表了「三友人」。

(『晨報・毎日電影』, 中華民國二十三年九月六日 星期四)

朝鮮影藝運動史(三)

(十三) 李慶孫創設他個人的電影製作所, 發表了「淑英娘子傳」。

(十四) 「大陸映畫社」出現, 製作了「中國街的秘密」與「我的朋友」。

(十五) 「中央映畫社」發表了「約婚」。

(十六) 羅雲奎, 李明雨, 朴晶鉉等組織「圓方角社」而製作了「哀梨嶺後篇」及「鐵人道」。

(十七) 尹白南, 安鐘和等創立了「朝鮮文化映畫協會」而培養了電影研究生。

(十八) 崔南周創立「朝鮮映畫社」發表了「賣花人」。

(十九) 李圭高, 李鐘權組織「亞星映畫社」, 發表了「悔心曲」。

(二十) 李瑞求, 李慶善, 孫勇進, 李明雨, 咸春霞等發表了「僧房悲曲」。

(一九三〇年－一九三二年)

(一) 電影嘗試「大衆映畫」,「映畫時代」,「大衆運動」等創映。

(二) 尹基鼎, 林和, 姜湖, 金幽影等的左傾電影理論激烈起來了。

(三) 「X映畫社」出現, 安鐘和, 尹逢春, 咸春霞等製作了「唱歌的時節」。

(四) 羅雄, 金永煥, 金靜淑女士等發表了「青春之歌」。

(五) 「朝鮮無產者藝術同盟」裏, 新設了電影部。

(六) 「新興映畫藝術家同盟」聲明了解消。

(七) 安夕影, 金幽影, 李孝石, 徐光霽等創立了「朝鮮電影資本家協會」。

(八) 「大東映畫社」發表了「賊」。

(九) 「朝鮮無產者藝術同盟」統制之下, 出現了「青服khno」。

(十) 「緣星映畫社」創立, 李雲芳, 朴齊影, 徐月影, 金蓮實女士等發表了「與海鬥爭的人們」。

(十一) Seoul khno發表了「火輪」。

(十二) 「青服khno」製作了「地下村」。

(十三) 「X映畫社」發表了「大墳墓」。

(十四) 「大京映畫社」出現, 李慶善, 朴齊行, 沈影等發表了「守一與順愛」。

(十五) 在上海, 全昌根, 李慶孫, 韓昌燮, 黃允祥, 宋仁吉, 朴齊彩等發表了「揚子江」。

(十六) 羅雲奎, 在「遠山映畫社」發表了「金剛恨」。

(十七) 李慶善, 金鮮英女士, 金素英女士, 朴齊行, 金尚鎮, 李雲芳等, 在「新興映畫製作所」發表了「放亞打令」。

(十八) 「素人映畫社」的黃雲, 朱仁奎等發表了「沒有法子的人們」。

(十九) 在「流星映畫社」, 李信雄, 孫勇進, 林雲鶴, 尹逢春, 等製作了「開化黨」。

(二十) 在「日本帝國Kinema」研究而歸來的導演李圭煥與羅雲奎合設「流新Kinema」發表了「無主之船」。

(一九三三年)

(一) 「朝鮮無產者藝術聯盟」的統制之下, 創立了「東方khno」。

(二) 在「朝鮮映畫藝術協會」, 李雲芳, 李信雄, 孫勇進, 李慶善, 沈影, 徐月影, 朴齊行, 金蓮實女士, 金鮮英女士等發表了「可愛的犧牲」。

(三) 在「大邱映畫社」, 羅雲奎, 金蓮實女士, 李信雄, 孫勇進等製作了「鐘路」。

(未完)

(『晨報』, 中華民國二十三年九月七日 星期五)

朝鮮影藝運動史(四)

三、關於幾篇重要作品及其他

在上面所說的概括的順序敘述裏面，我們很容易窺見朝鮮的電影藝術的程度的貧弱。可是作品雖然不過幾百篇，但與比較朝鮮的其他部門的文化運動的時候，在量的方面，這些作品也決不算少了。因篇數的限制，(關於這許多作品的每一個故事的內容或技術方面及作品的影藝等諸問題，不能作詳細的檢討及批評。)我在這裏不過是簡單的介紹幾篇比較重要些的作品，倂且想論及朝鮮電影藝術的現在狀況面貌。

爲了敘述的便利，以「哀梨嶺」一片爲中心，分前後兩期而寫的。在前期值得舉出的作品是有「春香傳」，「悲戀的曲」，「薔花紅蓮傳」，「海的悲曲」等數篇。然而這幾篇作品所說大都是不過朝鮮電影藝術運動的創始期的習作的作品。在這一時期，一般觀衆是除了對於電影的一種好奇心以外沒有何等的理解力，倂且電影製作人他們自身也沒有電影在社會上的價值的正當的瞭解和技巧的把握。這時期的朝鮮電影製作人們僅僅是由很漠然而且沒有消化外來文化的一種好奇心而去從事電影製作。這也許不是一種過錯罷。正因爲這個緣故，作品裏作所表現的意識也不過是很朦朧的反封建的傾向與幼稚的自由戀愛的提倡罷了。

這一期的作品中，「春香傳」是屬於朝鮮古代文學作品的一篇。有許多人說：中國有「紅樓夢」，朝鮮有「春香傳」。這一篇就是描寫朝鮮封建時代的一個妓女的女兒的一片丹心，永古不滅的戀情，但這作品在電影上的價值是沒有什麼可論的了。

事實雖然如此，但至少移植了電影藝術的新形態，我們不能完全輕視這創始時期的諸電影人們的功績了。

後來，在這創始時期得到的對於電影的一般社會人和電影人的關心與情熱是出現了漸漸地進步，同時在一方面進展到第二期的習作時代了。這一時期可以說是朝鮮電影藝術運動的長成期。「開拓者」，「長恨夢」，「雙玉淚」，「山寨王」，「紅蓮其續」，「不忘曲」等數篇，都可算是這時期的比較優秀的作品。

「開拓者」是朝鮮現代小說作家的第一人李光洙所寫的小說。從前期把現代文藝作品整個的搬到銀幕上來電影化是以這個爲嚆矢。但這篇作品在小說的本身上，不過是描寫了一個女性的爲了自由戀愛而自殺去表現一種戀愛至上主義的傾向而已。由此這篇小說雖然一時受了抱着封建思想的盲目的反抗和漠然來讚美自由主義的當時代的青年們的狂熱的歡迎，但至於電影化的作品，勿論故事或技巧那一方面都免不了失敗的。這原因可說是電影從業員的技術磨練的不足。

要而言之，在這第二個時期，還是，除了千篇一律的自由戀愛失敗與反封建意識的很畸形的表現之外，勿論技巧方面或內容方面都處在很幼稚的程度了。這可以說，陷在外來思潮的畸型的吸收裏的當代朝鮮社會狀態的一種反映。

在這時期，把握比較優秀的表現方法而出現的作品就是「籠中鳥」了。這篇作品的故事亦是到無甚可取的青春男女的戀愛的苦悶裏去取題材的，併且作品裏充滿着的是一個女性對於頑固的父母的反抗與灰色的消沉。這裏有些模倣日本電影的地方，但對於觀眾給與一種特別的興趣了，雖然作品意識上是沒有什麼值得注意的，併且它的在藝術作品上的程度也幼稚些，然而爲喚醒觀眾的對於朝鮮電影作品的關心與興趣！不妨說這作品是獲得了相當的效果。

(『晨報‧每日電影』，中華民國二十三年九月八日 星期六)

朝鮮影藝運動史(五)

三、關於幾篇重要作品及其他

勿論中國或日本，在他們的電影運動的創始時期，因爲感染於舶來文化的華麗性併且崇尚「西洋風」的緣故，輕視了他們自己的電影作品而陶醉於外國作品。這是誰都不會否認的事實，同樣在朝鮮也有我們很容易看得出一般觀眾有重視歐美各國的作品輕視自國作品的傾向了。

在這樣的過程時期，打破了這種偏曲的見解而且呈現了朝鮮電影的健全的

進步的作品的就是「哀梨嶺」。這一篇作品是獲得了朝鮮電影史上最大的盛行價值, 併且介紹到日本電影界去的。勿論作品的內容或技巧及意識的各方面, 不妨說占領了從前的朝鮮電影界不曾有過的優秀的地位。這篇作品是描寫了由現實的壓迫與苦痛而發狂的一位狂人的偏面生涯, 併且是一篇很濃厚地充滿朝鮮鄉土色調的, 在某一種程度上很努力地去計劃了朝鮮現實社會狀態的表現。雖然有許多地方的表現意識是很漠然而且很朦朧的, 但可以說這篇是表現了朝鮮民眾一般的階級意識。至於這篇作品的出現, 朝鮮的觀眾們才感覺到自國電影的藝術的感興與必要性了。

拿「哀梨嶺」一篇的發表楔機, 好像雨後春筍似的的繼續的出現了「金魚」, 「失掉了兩角的黃牛」, 「風雲兒」, 「野鼠」等數篇, 這時期可說是朝鮮電影藝術的萌芽期的黃金時代了。然而這許多作品, 勿論技巧或內容, 大部份都是不能超過「哀梨嶺」所獲得的水準範圍的了。

在這時期的前後, 在電影界的另一方面, 呈現了新興電影藝術運動的萌芽, 屬於這一類作品, 有「流浪」, 「昏街」, 「暗路」, 「火輪」, 等幾篇。但這些作品都是陷進了新興藝術的難免的階級意識的勉強的注入與輕視藝術的價值的新興級藝術很容易陷落的諸缺點裏面, 所以獲不到何等偉大的成功。

打開了這樣極其沉滯與混亂的電影界而出現的作品就是排擊了都市的虛榮的文化爲題材的「無主之船」。這篇作品所獲得的重要地方是電影的技術的把握與故事的單純化, 並且在這篇作品裏面, 我們可以看得到從前的朝鮮電影作品裏所不曾有過的新的導演的手法與編輯手法及優秀的攝影技術。這一篇是曾經輸出到日本電影界, 雖然因爲種種環境的不利不能公開的映出, 但日本的導演除鈴木重吉外多數的重要電影人們都在日文報上發表了讚美這作品的文字。

當然這作品也並不是表現在帝國主義壓迫之下的朝鮮民眾的全部的生活感情的偉大的作品, 可是在某一種程度上具備着電影的藝術的完美的形態, 這一點就是使我們值得注意的。

最近的作品, 我們可以舉出「可愛的犧牲」與「鐘路」兩篇, 但不過因爲導演的未成熟的手法及其他種種檢閱制度的威脅, 使我們對於這作品不能認爲滿意。

到了一九三四年, 朝鮮的電影界是完全陷入了沉滯狀態裏, 在幾個月以前,

據說現代作家李無影的小說「轉着地軸的人們」的有聲電影化，但到現在還沒有完成的消息。那時期朝鮮的電影藝術運動爲什麼不可避免這樣的沉滯狀態呢？舉出它的重要的沉滯原因如下：

(『晨報·每日電影』, 中華民國二十三年九月九日　星期日)

朝鮮影藝運動史(六)

(一) 經濟的限制。

　　電影藝術的製作是比任何種藝術運動更須要經濟的力量, 這是不用多說的。勿論把握着怎樣優秀的技術的導演或演員, 如果沒有經濟的基礎, 當然不能獲得製作上的完美的效果。朝鮮的電影人們比世界的那[6]一國的藝術家, 更是處在經濟的苦境。據說曾經視察了朝鮮電影界的日本某導演說過：「處在這樣爲苦境並且拿這樣的不充分的設備, 却繼續不斷的製作出品。我不禁表示同情, 同時我們日本的電影人感到慚愧的了。」這决不是值得朝鮮電影人自矜的地方, 不過爲了敍述經濟的原因而引用罷了。我在這裏不願多講, 只吶喊着如下面的兩句罷。

　　—給與朝鮮的電影人一個設備完善的攝影場!

　　—給與朝鮮的電影人一個完全的Camera!

(二) 檢查制度的苛酷。

　　那一國都有檢查制度的, 但朝鮮的電影檢查制度的苛酷是局外人所不能推測的。假使一個作品背離了帝國主義下的殖民地政策, 那作品是不能不受檢查員的殘忍的無理的Dut, 所以往往有攝影前的作品與檢查後的作品比較起來, 變成兩種完全不同的作品, 甚至有時候花費了莫大的經濟力和努力而結果不能公演的。「怎樣才可巧妙的避免這苛酷的檢查制度, 並且充分地表現出所計劃的

---

6) '哪'의 오기임.

思想和意識呢?」這問題就是使朝鮮的電影人們要費最大的苦心的, 然而這問題是依朝鮮社會的根本的改革與民族的環境的革新而才可以避免的疑問了。

(三) 一般觀衆的電影理解力的幼稚。

朝鮮的文化發達是很畸形的。在一方面有向時代的尖端走着的新青年, 但在另一方面, 到現在還有陳腐的封建思想的殘餘勢力留存着, 併且他們持着一種錯誤的觀念以爲電影人都是可笑的狂人, 這種觀念當然相當的阻礙了朝鮮的電影運動的發展, 朝鮮的電影人就應該去打倒這些陳腐的觀念的!

(四) 電影人自身的修養問題。

有許多人想藝術家尤其是電影藝術家是沒有藝術的天才做不成的。這種說法也有一部份不能不肯定的地方, 但無論那一國, 那一個民族, 他們的藝術的建設並不是僅依着幾個天才的閃爍的影星的一時的力量而得到的, 電影人自己的不斷的自我檢討與百折不屈的忍耐及技術的徹底的研究, 這樣朝鮮的電影人才纔能夠期待進展到完美的藝術運動的區域裏了。

重要電影人介紹

尹白南 – 朝鮮最初的電影導演, 除了電影運動以外, 朝鮮的話劇運動上, 也貢獻了相當的功績, 不過很遺憾的他所發表的作品, 大部份都是不能使我們滿意, 據說最近離開了多難的電影界與劇界, 傾注全精力於無線電播音劇方面與創作通俗小說方面。

李慶孫 – 說起朝鮮的導演, 比任何人不能忘掉的人就是他, 自少年時進入電影界以來, 除了發「沈清傳」, 「淑英娘子傳」, 「鳳凰的冤旖冠」, 「椿姬」等數篇以外, 曾在中國製作了「揚子江」。以我個人的意見來說在他的作品中比較成功的作品是「沈清傳」與「椿姬」兩篇。許多人以爲這兩篇不過是低級的戀愛作品, 但在這作品裏面我們可以窺見相當洗練的技術和他的美麗的藝術手腕。至於他的缺點是詩的浪漫性與統制性的缺乏。最近他在遐邐的流浪中, 我們等待他的姿態再出現於朝鮮導演界。

金幽影 – 新進的導演, 他的作品有「淚流」, 「昏街」, 「火輪」等三篇, 他的作

品中很喜歡用所謂俄國式的montage, 但我們在他的作品裏找不出何等優秀的技巧, 不過在朝鮮的左傾電影運動中卻不可除開他這一個人。

李奎煥－在「日本新興Cineme」的導演鈴木重吉的門下研究了多年的導演術。他的歸國第一次作品就是就是上面介紹的「無主之船」, 關於這篇作品在這裏不必反覆的說。他是很年青的併且持着比任何人更強烈的藝術化的情熱, 所以一般人覺得他的前途是光明的。

(『晨報·每日電影』, 中華民國二十三年九月十日 星期一)

朝鮮影藝運動史(七)(續完)

全昌根, 他曾在上海, 主演了一篇「揚子江」, 他的表現演技同樣也是單方面他寶貴的地方, 現在專注於中國的電影運動與藝術方面。

羅雲奎是朝鮮電影明星中最負有盛響的演員, 「哀梨嶺」就是他的方式, 但他的口徵是傳統的出色的純情表現, 作品裏面有許多出現「馬賽克」的地方, 這樣的不說是一個藝術家家的不美的點。

李慶善, 他是一個最出眾的富有神秘性的反派演員, 他的作品中最得意的是「守一與順愛」,「僧房悲曲」等, 最近聽到他發展到中國電影界的消息。

姜弘植曾在他所主演的作品「黎明」裏, 表演了男性的力的突出, 現今在「戲國所劇社」裏活躍着。

南宮雲(金兒鎖), 有着現代男性美的左傾電影人, 在戲劇方面也是一個相當享有盛名的演出家。

申一仙女士, 有些人說：中國有蝴蝶, 朝鮮有申一仙。最初在「哀梨嶺」裏扮了一位農村的姑娘之後, 占領了後來未曾有過的女優的地位。陸續的出演「鳳凰的冕旒冠」,「怪人的正體」等幾篇之後, 脫離了跟着從事家庭生活, 但不久就發生了破裂, 最近又脫離家庭, 在電影界努力着的。

金蓮實女士, 現今朝鮮電影界裏最活躍着的一個女明星, 出演了「風雲兒」發揮獨特的演技之後, 得到了非常的聲名, 朝鮮的電影作品, 沒有一篇沒有她

出演, 她的得意的出演作品是「順愛與守一」,「鐘聲」,「僧房悲曲」等數篇, 最近她又出演「金剛映畫社」的「青春的十字街頭」。

文藝峯女士, 她的特點就是淳樸的處女美與富有天眞性的演技。她的成功的作品就是「無主之船」。

朝鮮的電影人並不僅是這幾個人, 上面介紹的不過比較重要而且在過去與現在的電影界裏比較活躍的人物。因爲篇幅的限制不能作詳細的介紹, 在這裏只單舉出其他的電影人的名字。

導演方面還有安鍾和, 洪開明, 金尚鎭等數人。演員方面有鄭起鐸(雖然他現今在中國的, 電影界活躍着, 但我們不能不算他是一個朝鮮的電影人), 羅雄, 李錦龍, 朱仁圭, 李圭高, 徐月影, 沈影, 黃允祥等, 女明星方面有金靜淑女士, 金玉女士, 金素英女士等。攝影師方面有孫勇進, 李明雨, 李信雄, 韓昌燮, 李創用等諸人。

結論

我在這裏重複的說, 如果要理解一個民族與他的民族的社會狀態或生活感情的時候, 非準備着藝術的力量不可。雖然一般的人重視着一個民族的社會運動及政治運動的動向, 反輕視着那民族的藝術運動, 這不能不說是一種錯誤的觀念, 而且電影藝術比任何的藝術含蓄着特殊的感銘的表現形態與強大的煽動性, 也是不可淹沒的事實。

從上面看來, 朝鮮的電影藝術運動好像是沒有什麼可論的價值, 也沒有一篇作品值得介紹到中國去。所以很難得到他們的運動的各方面的同情, 然而到了現在我們還是聽到「朝鮮也有電影嗎」? 云云的質問。筆者對於這點實在是很遺憾的, 這話絕不是以我個人的民族的自矜心來說的, 是平心的客觀的說出罷了。

中國與朝鮮的電影界, 不能互相理解彼此的電影運動的第一個原因, 當然是因爲過去或現在彼此沒有交換過作品的緣故。(雖然中國的作品介紹到朝鮮去的也有, 但那不過是「三國志」,「太湖傳7)」等幾篇屬於很久以前的作品。)

---

7) 여기 '太湖傳'은 중국의 고전 '水滸傳'을 가리킴.

所以最後的簡單的幾句, 就是希望在將來中國與朝鮮的電影界, 作品的交換盛行起來, 併且依靠它我們彼此去認識互相的社會環境與共同的民衆的壓迫狀態。有人也許說這是一種不可實現的空想, 但是我想假使中國的電影作品, 運到朝鮮去的話, 受朝鮮青年們的熱烈的歡迎是無疑的, 至於作品的優劣恐怕是第四個問題吧。(完)

(『晨報·每日電影』, 中華民國二十三年九月十一日 星期二)

新電影的傾向(上)

年年歲歲轉變着的所謂電影的傾向, 是意外的很多受着偶然性支配的。關於傾向這一句也有各種各樣的見解, 所以不能概括的說, 但在我個人的意見上是這樣的。譬如說在Nazis的德國電影界, 使德國的社會黨的青年們臨戰初製作無數的Nazis電影。但是我却當然不能做它是關於全世界的電影界的一個傾向。併且不願看做它是在德國一國裏頭的珍奇的傾向。那不過是出現於表面的電影內容的一種形態。換句話說, 就是一種的外面的條件, 併且可以說那是量的問題, 與質的問題沒有多大的關係。

在這裏, 我的意見上的所謂的傾向是從電影的內部出現的新動向。當然, 我在這裏把Nazis的電影, 不認爲它是一種傾向, 可是那只是對於電影一方面的說法, 而關於其他的藝術是不接觸的。那麼爲什麼要這樣的聲明呢? 我對這一點有些理由。那就是電影的現在的階段, 必須要這樣的Hanilicap(優劣平等的條件)的緣故。雖然這不過是說得濫而且舊的事, 但電影尤其是成爲有聲電影以後的一種電影還沒有經過一種藝術的達到青年期的期限。併且它的形式還沒有具備, 「用怎樣的方法去描寫怎樣的東西呢?」的問題也還沒有決定。所以爲題材而給與的故事也脫不了不完全的領域。併且對這不完全的領域而論說它的是非優劣, 那是一種滑稽。電影到現在也是從小說戲曲方面去取得題材的。這事實也許不能斷言是一種簡單的商業主義。

在這裏我再回到最初的問題, 我說電影的新傾向是很多依據於偶然性的。這

種說法的理由是這樣的：關於電影的形式的擴張和補充就是目前的急務。對這點可以容許一切的探求。所以在現在從各方面都研究着電影的技術，到現在與電影間義語的聲片，也是在它的本身上。不過是那種研究的一種表現。再者，立體電影、色彩電影等的出現，也決不是一種的空想。換句話說，在電影界裏面，發生某一種新的技術，而且電影製作者是採用它製作出新的電影。這是一種電影的發達階段，但不能說那是一種電影的傾向。電影製作人－即電影責任者的電影導演是很多的。在這些電影導演當中，也許有幾個製作比較優秀的電影的人物吧? 而且因爲他們是每一個人製作個人的電影，所以他們的製作方法也是特殊的。從他們這種電影製作上的特殊方法，發見它自身的特殊美的時候，一般人們是爭先模倣它，而且假使對這樣的特殊的美受暗示而要把電影進入另一個新變的方向的時候，在這裏電影的新傾向就會發生出來的。這是不是一種的偶然性?

電影當然是近代文明所產的東西，在這樣場合，在現在流行着的電影是不是果然正當的反映着近代社會呢? 這問題還是一個疑問呢! 在另一個反對方面，電影所影響於社會的力量是不妨相當的大口口評價的。雖然這種現象，一看是很可怪的，但我們看現在的電影的狀態－尤其是那新傾向的發生和它的經路的時候，是我們可以肯定的現象吧。即電影的傾向可說是與實生活能游離的，這種說法，當然並不在Paradox(逆說)的趣味上說的，反之我想說現在的電影的新傾向之前，對這點考慮一下，是比較能夠好好兒了解的。所以我要述及這裏，併且不妨說如下面的話：

假使在這裏有一個優秀的電影導演家正製作電影，而且他處在爲一個社會人能夠最大的發揮自己的狀態的時候，他所製作電影是依據它的本質上的新奇性而能夠助成一個新的傾向，併且這種新的傾向是與社會上的一般生活可取同一步趨而進行的了。(未完)

('晨報·每日電影』, 中華民國二十三年九月二十二日 星期六, 飯島正原 著 金光洲 譯述.)

新電影的傾向(中)

嚴格的說, 電影的傾向是相當的強制的東西, 而且是流露出來的自由的傾向。那麼, 所謂傾向這個問題是更進一步成爲難解的東西了。所以在下面我將要舉出的幾個傾向, 請讀者們要如上面所說的意義上去考慮。

第一, 頗爲明瞭的現象是電影在音樂上的失敗回收了。在發生聲片的當初, 音樂正如洪水一樣, 來侵入了電影裏面, 因太過分而沒有確定的見解的音樂電影的流行是濃縮了自己的命運。後來, 音樂在電影裏面差不多完全是消滅了。但歐洲的電影方面裏有幾個例外的, 歐洲電影決不放棄了音樂, 就是歐洲的最優秀的電影多半都是音樂的電影, 這是能夠說明那種例外的。即看Welheling‧Teiller的作品「3 Gasoline Boys」, (羅勒‧克萊爾)的「巴黎屋簷下」, 乃至「巴黎祭」等諸作品和Elié Challer的作品, 我們很容易瞭解的。

在另一方面, 這兩三年間的美國電影裏, 差不多都是沒有音樂, 但到了一九三三年春間, 發表四十二號街而獲得了很大的成功之後, 音樂電影的製作, 再漸漸熱烈起來了。我們就看自一九三三年至三四年的各公司的新年計劃的時候, 可以知道每一個公司都是發表了三四篇的音樂的大作品。怎樣的動機只是四十二號街所引起的影響。在現在我所有過的「四十二號街」以後的音樂電影(多半是Revue電影), 不過是兩三篇, 但在我所看過的範圍內, 沒有一篇能夠比得上「四十二號街」的作品。「四十二號街」, 實在是比較優秀的作品。

本來, 在上面所舉的作品以前製作出來的歐洲電影的諸作品一例如: 在上面所說音樂的電影或美國埃第康泰的作品中的幾篇, 和劉別謙‧麥穆林導演的Operette(歌劇)電影裏面, 我們可以找出優秀的音樂表現。而且從這種電影的蓄積轉移到「四十二號街」一類的大眾電影方面的行徑也可以肯定的。可是假使依據「四十二號街」這篇作品而捲來了現在的音樂電影的隆盛的話, 「四十二號街」的意義是頗爲重大的。

換而言之, 這種傾向在大眾和商業方面成功之後, 方成爲壓倒的勢力了。優秀的電影的影響和它所發生的傾向及途徑裏面也有它的必然性, 這是我們不能忘記的。

發表了「四十二號街」之後，成爲此篇電影的領導者的華納公司陸續的發表了「歌舞昇平」「華淸春暖」等作品。這一類的作品還有派拉蒙公司的：「Too Much Harmony」，埃第康泰的「羅宮綺夢」等不勝枚擧的。這種傾向是可以說今後也繼續下去吧，幷且這種電影的傾向是有它本身上的意義。這就是因爲這次隆盛起來的音樂電影實行着從來的電影裏面不曾看過的優秀的電影上的音樂爲理的緣故，而且可以說再淸楚的考察起來「音樂是處在電影上的怎樣的位置呢?」的問題的一種證據。

　　譬如說關於埃第康泰的作品「羅宮綺夢」的音樂和舞蹈的剪接者和技術管理人的辛苦的經驗話。曾經在美國的某雜誌上登載過，依照他的這篇經驗話，他在最先僅收了音樂，後來再實行音樂和動作的結合，而研究Montage了。即他違反了所謂「音樂是單只附佐着電影的場面」的舊方法。在實際上，一般人一面研究着這種問題，另一面在理解方面，音樂和電影的關係，也是相當有機的結合起來了。在英國出版的Cinema Quarterly(電影季刊)雜誌上，最近策劃的多這種論文的登載。

(『晨報·每日電影』，中華民國二十三年九月二十四日 星期一，飯島正原 著 金光洲 譯述。)

新電影的傾向(下)

　　電影技術的新發見是產生一種新傾向的母胎，這是在上面已經說過了。把這種新發見技術最效果的使用而製作電影的優秀的描寫方法進一步作出來表現的東西的方向轉換，換句話說：作出來一種傾向的。如：在拉斯基的作品「權勢與榮譽」裏面，使用的「敍述法」(Narratage)的技術也，可以說，有能夠作出一種傾向的可能性。這種證據至少也在一二篇電影裏面已經表現出來了。「敍述法」的名詞作爲一種用語法而相對Montage作出來的新術語吧，這就是一種的narrate的方法，這種方法是把電影的故事的發展，在重要的地方，要強調起來的時候很要緊的方法，即捨棄不必要的部分而只剩下要強調的東西。傳記的電影是在運用故事的便利上。勿論怎樣，隨作品的順序而不得不攝影出不必要的場

面, 但依據「敘述法」這方法的時候, 不必攝取那種不必要的場面了。並且一種一生的episode(插話)也不必用年代記錄的方法來描寫, 把重要的故事隨時隨地極有效果的指摘出來, 而且故事的意思和主人公的心理也能很清楚的描寫出來。

那麼, 在實際上要怎樣的運用呢?「敘述法」這方法是在電影裏面, 做一個說話的責任者而把主人公或副主人公的行動, 從側面說明的方法。再明白點說, 就是插入於電影裏面, 正如日本電影節裏面的說明者一樣的責任, 但這些人物假使與書間分離也是沒有關係的。至於他須要的東西, 只是聲音－即說明, 並且日本電影院裏面的說明者是在外部的人物。但「敘述法」是成爲表現技術的一部份, 而且假使「敘述法」單單是這樣的東西, 那不過是一種的技術而已, 但在銀幕上面描寫出來的電影的內容也是依照這方法蒙着變化的。傳統的電影的新表現, 就在這裏發生出來了。

「權勢與名譽」是這一類的作品的最初的一篇, 而且繼續這作品, 我們可以舉出來Buckley Square這是進入同樣的方向獲了成功的, 幷且是拉司基的作品, 這一點是要請讀者們注意的。

在美國, 這種傳記電影, 開拓着一種新的境地, 一面在英國也使口的電影進一步走上了新的境地。這就是由Alexander Korda的作品,「英宮艷史」:所發生出來的現象。科大的史劇是得着從前的德國作品的暗示, 而且在另一方面, 再經過電影的鍛練而達到的吧? 尤其是這種史劇, 對於每一個場面的對照的方面, 給與一種新的解釋。這種現像是不是偶然接近着美國的新傳記劇嗎?

這種偶然性, 合致於一個人的傾向是無疑的吧。

科大是已經與小範朋克結合而最近演出的貝格那女士所主演的「凱塞玲女皇」這種新的技術的發見和它的利用, 那當然是很適宜於個人方面的, 所以爲了這種個人方面的現象成爲一個大的傾向, 製片者的頭腦是有着相當的關係, 在這裏, 在現在的電影界的問題下, 製片者的的位置是應該要非常高一點的評價。這是處在比較不利的事情事業條件上的美國的電影公司, 在最近特別感覺到的事。華納公司的電影是站在歌劇電影的最先鋒, 這也是該電影公司的製片者肯定這種作品的緣故了。

在上面所述的, 拉司基願來是派拉蒙公司的主腦人物中之著名的製片家。艾

第康泰的作品和柯爾門的電影裏面的蘇繆爾高爾溫也是一個有着最熟練的技巧的製片家，是一般人所周知的事了。

最近，歐洲的電影界有與斯司公司新結合的最出名的製片家伊立支簡曼爾。他是釀成烏發公司今日的人事業之力士。此外，各國也都採取着「製片家監製制度」了。

想起所謂這種製片家在電影上的位置，我們不可以說他是對於電影導演的品性更高的個性嗎!? 那是極具複雜，同時充滿着熟慮的個性! 而且如果不久電影的傾向是在於這種階段生產出來的話，那種傾向是比較有社會性而能夠接近於實際生活吧! 我在這裏，發見着一種新的傾向。一面對於這種傾向是所謂非偶然性的更進一步的現象，這點，我是抱着甚大的興趣的。(完)

(原文見月刊雜誌「新潮」四月號)

(『晨報·每日電影』，中華民國二十三年九月二十五日 星期二，飯島正原 著 金光洲 譯述.)

聲片中的韻律問題(一)

音響引入電影，聲片佔了優勢以來，可嘆的是無論在西歐或在蘇聯，導演突然失掉了他們曾在默片的最後的數年間所造成的那種強有力的韻律的感覺。在今日，要看到電影具有銳利的戲劇的韻律，如戰艦波特姆金中的哦迭賽的石階的場面內，或原是機械的膠片的記錄終於成為一種創作的手段的那初期的老片[Intolerance]中的某種插話內所見，幾乎是不可能的事。最近的聲片的大部分，以題材的極緩慢的展開與漫冗的對話為特徵。少數導演對於當然可以視覺的地表演的事件也使用對話來說明。這樣發達着的聲片樣式是完全以非電影的方法引用着從演劇來的諸要素的。演劇有着它自身的技術，它為了不能迅速地繼續着表現視覺的變化而依賴着說白的力量，但電影是基於把種種的視覺的印象，在跟被記錄的實際材料內容相異的空間及時間，加以表現的可能性上的。

我不信這種手法的變化表示着觀眾的趣味的變化，我以着懲結是在導演們躊躇着作音響的實驗，尤其躊躇着應用Montage在音帶上。

很多人以爲, 電影引用了音響, 默片的發展的途上所樹立的那種Montage手法非全部放棄不可。鏡頭的流暢的轉換的構成的編輯的發達, 使默片上光耀的豐富的視覺的形態的完成成爲可能, 人的眼睛是能夠很容易的而且即席的感知一聯的視覺的鏡頭的內容的, 但如他們所指摘的那樣, 耳朵却不能以跟眼同樣的速度辨出音響的變換的意味。從而, 變化的音響的韻律比起變化的影像的韻律來, 不得不緩慢得多多。只限於短的影像的連續與使同這些影像純粹在自然的關係上一致了的同等短的音響效果的系列相結合的場合, 他們說的話是不錯的。把愛森斯坦的「波特姆金」的石階的部分的那些短的鏡頭－射擊的兵士們, 哭叫的婦人, 嚎淘着的孩子們－和使同這些鏡頭照應的音響斷片相組合, 恐怕是不可能的事。所以, 就主張非拉長各個鏡頭而減殺視覺形態的豐富性不可。主張默片的迅速的Montage非讓位於從更加固定的距離, 以比較固定的卡麥拉位置記錄的呆板的場面不可, 構成須由對白連結, 不能由動力的地編輯了的影像連結。我認爲這方法是消極的, 不使電影進步, 却使之退步, 事實是再度使電影倒退至那適有演劇的材料的單純的照相的記錄這幼稚的地位。我以爲, 跟某個音响照應的影像最先出現的場合不必要就是那音的的開始, 那影像終了時也不必要將那音卡脫。音响, 會話, 音樂的各種音帶, 在影像成爲短的鏡頭的系列出現消滅的時候, 不妨不受任何制限的展開又相反, 長時間的影像出現着的當兒的, 音帶也不妨獨立地以它自身的韻律變化。我相信只有取這個方向, 電影才能從演劇的模倣得到自由, 且能超過演劇的諸限界進行。演劇是永遠依對白的優越性, 通過裝飾與道具固定成一種重要的位置, 不論動作或觀客的注意都定全跟演員依存着, 以及宇宙的廣的大球體縮小至沒有第四壁的單一的空間等事作爲限制的。

(『民報·影譚』, 中華民國念三年十月一日 星期一, 普特符金 著 金光洲·犁者 合譯)

聲片中的韻律問題(二)

　　在我的脫走者中的最重要的問題之一是由羣集場面－集會及示威行列等等－而起的。第一，羣衆原已不是單純的量的集積，而以後也恐怕決不僅僅是會，乃是特別的質，對於這事的理解是必要的。羣衆是個人的集合Collection，跟個人的總數Sum完全不同。每個集團或自羣Group，羣成自個人。這些個人被一種感情和思想統一着，而就在這樣的場合，個人的集團是這世上最偉大的力量。羣的內部。趨向統一的爭鬥的過程。直接提供明顯的劇的材料，又個人的特徵的強調，在有生命的集團的創造的完成上也是必要的部分。由特攝的編輯被節約的這個質的地變化的個人的集團的創造方法，是應該怎樣成立的呢？我以前看了某個德國片子，其中有表現着丹東向巴黎市民講話的地方，他站在窓子附近，而允許我們知道的關於他的聽衆的一切事情是聽衆的集體的呼聲，好像傳統的「Voice Off」似的。電影中這樣的場面除了拙劣的演劇的照相以外我不見有其他意義了。

　　在「脫走者」的第一卷，我處理着三個人物相互說話的集會場面，每個人使他們的聽衆起種種的反應。每個人跟其他的二個人對立着。有時羣衆的一員打斷他們的說話，有時羣衆中的二三個人在一瞬間交相議論。這場面的全體，非跟羣衆的動搖一起波動不可，非表出對立的意志的爭鬥不可，爲完成這些目的，我是跟剪接影像完全同樣的把音自由地剪接了的。我使用了三個完全不同的要素。第一是演說。第二是插入的音響特寫－羣衆的一個一個的說話，文章的斷片，第三是，音量變化着的，而且可脫離任何影像獨立的錄音的羣衆的全般的騷音。

　　我把這些要素，努力依Montage的規則構成。舉個例子，我籍音帶，插入音響特寫代替中途被打斷的演說，又攪入從羣衆來的騷音潮流代替那插入的斷片，於再來講演者的聲音，就這樣的把各種音一個一個加以剪接。又被結合的影像有時比被結合的音響斷片要短得多。有時却比二個音響斷片還要長－例如演說者與插入的音響斷片－這樣我就把聽衆的各個人的反應繁多地表示着。在某個場合，我把全般的羣衆的騷音剪入文章中去，而我由於調整這樣剪接的各種

音響, 發見了創造一種明瞭的一定的, 近似音樂的韻律的可能性。即是, 由短的斷片發展增大, 終於到達情緒效果的頂點, 像海波似的澎[8]脹的韻律。

我主張, 假若導演承認這個把音帶在某個特定的構成中的調整原理, 那麼對於把音帶剪接的事就無所用其恐懼了。如果他們關於應該走的路爲明瞭的觀念所引導, 各樣的音響就得跟影像完全同樣的依Montage相互組合。請囘想導演不敢把銀幕上客觀的運動「卡脫」的電影初期的事, 又格蘭菲士的特攝的引用被許多人誤解, 認爲是不自然的難於容受的方法的事吧; 那時的觀衆甚至叫出「他們的腳在那兒呢?」

剪接, 是把電影從機械的過程轉向創造的過程的最初的發展。「卡脫」這用語即在聲片出現的今日, 也還是保持着同樣的支配的地位。我相信, 聲片怕要比默片更進一層的接近眞正的音樂的韻律。而這韻律不僅僅由於銀幕上的藝術家及客體的運動, 更進一步－這是我們今日應加最重大的考慮之點－非也從音響的正確的剪接, 以及那音響斷片跟影像的明瞭的對位的配置出發不可。

(『民報·影譚』, 中華民國念三年十月二日 星期二, 普特符金 著 金光洲·犁者 合譯。)

聲片中的韻律問題(三)

以適於聲片的優秀的韻律, 我爲「脫走者」中的勞働節的示威的進行作了特殊的音樂的構成。幾萬人成羣的集合在街上, 空中充滿着多數人組成的樂隊的反響的旋律, 這使羣衆極度的亢奮。在收集音響的工作中, 歌聲, 手風琴的旋律, 汽車聲, 無線電的騷響, 吶喊聲, 金石聲的斷片及飛機的強有力的鳴聲, 悠忽侵入擁擠。不用說, 這樣的音樂場面想在攝影所中用樂隊等效果來創作, 恐怕是極愚蠢的。

爲把這集團的音響, 那繁雜的複合體的巨大的全貌的眞實的印象給與觀衆, 我是把實際的材料錄音了的。我用每年五月及十一月舉行的莫斯科的示威

---

8) '膨'자의 오기임.

行列, 蒐集了爲他的未來的Montage所必要的種種音響. 恰和默片中的遠攝和
特寫一樣, 我記錄了音量變化的種種的音樂及音斷片, 從樂隊移到羣衆的騒音,
從萬歲的呼聲移到飛機的迴轉的旋葉聲, 到無線電放送的口號, 我們的歌聲的
斷片. 其次輪到的工作是爲創作數百米達的韻律的構成而編輯幾千米達[9]的
音響. 我嘗試了把這些斷片恰像組成一個樂隊的個個樂器似的加以運用, 我錄
音了二個進行的樂隊, 而爲作從甲移行到乙的橋樑, 在那二者之間揷入了羣衆
的吶喊聲成迴轉的旋葉聲等某種支配的音響. 我努力把這些已經具有其自身
的音樂的韻律的斷片移至新的Montage, Over-Rhythm上去.

跟這音響一起出現的攝像, 是以跟音響仿佛的正確性編輯着的, 那微笑的
勞働者, 愉快地進行的少年們, 英俊的水兵及跟他們戲謔的娘兒們. 但, 影像的
這個系列, 不過是作成全體的構成的, 韻律線之一而已. 音樂決不是伴奏, 而是
對位法的個別的要素. 音響, 影像, 都是保持着它自身的路線的.

聲片中的韻律的設定的更純粹的例子, 恐怕發生在「脫走者」的另一部分
—那是描寫造船廠的部分. 這裏我再使用了自然的音响, 即笨重的鐵槌, 在各
樣不同的平面工作小的騒音, 汽笛音, 下降的鐵索的猛烈的漸增的强音. 這一
切的音响我是在造船廠旁邊攝取的. 於是以各樣的長短我把這些音在編輯桌
上組織起來, 這些音爲我盡着作成音樂的樂譜的任務. 作爲這船塢的場面的終
曲, 音响依精細的節略逐漸的昇至强大的雄壯的頂點的時候, 我把影像中汽船
半表徵的地加速度的地擴大.

不使用實際的聲音以外的音, 這是因爲我抱着這個見解：音跟視覺的材料
同樣, 在它那聯合上非具豐富性不可, 而這豐富性在模造的音是不可能的. 我
以爲, 音响上的遠近法不能用人工來設定. 例如, 遠方的汽笛的音的實際的效
果, 在密閉的攝影所, 比較的靠近馬克洛風的地方, 是不能獲得的. 在攝影所中
由弱音獲得的「遠方的」音, 決不能創造跟在戶外距隔半哩錄音了的高的爆音有
同樣效果的現實性. 爲了製作在「脫走者」開始的汽笛音的交响樂, 我是在列寧
格納港內使相隔一哩半的六隻汽船發放汽笛. 這些汽船依照指定的計劃放了汽

---

9) '米達'은 한국어발음 '미터'의 중국어 표기이며 민국시기에는 '米突'로 통용되기도 했음.

笛音, 且爲了要靜寂我們在夜裏做了這工作。

完成了「脫走者」的今日, 我確信着有聲電影無疑的是未來的藝術。有聲電影不是以音樂爲中心的Orche stre的創造, 又也不是爲演員這因素所支配的演劇的創造物, 又也不是類似歌劇的東西, 那是這各個的, 又且是一切的要素的綜合－聽覺的, 視覺的, 哲學的要素。那是我們把這世界, 在那一切的線與影上, 移植到新的藝術形態的契機。有聲電影現在已經完成, 今後且將取一切舊藝術而代之, 這是因爲, 聲片是我們藉此可表現今日與明日的優秀的手段。(完)
(『民報·影譚』, 中華民國念三年十月三日 星期三, 普特符金 著 金光洲·犁者 合譯。)

日本電影史概觀(一)

一、時代的分割

爲了要把握日本電影史的概觀, 最重要的是它的時代分割的問題。對於日本電影史的編纂者, 最初碰到的第一個問題, 也是這一點。它與歐美各國的電影史比較起來, 那是最容易瞭解的, 歐美各國的影史是有幾種便利的地方, 那就是他們的歷史是依西曆的年號而被統一的, 併且依着某一個年號裏面起來的事件和事件的結合而能夠去尋求它的過程。

譬如說: 分割線愛自初期的電影機械發明時期, 「至全歐洲大戰勃發時」, 「歐洲大戰中」, 「自大戰至有聲電影出現的時期」, 「自其後再到現在」四個時期, 也沒有何等的不方便, 但日本的歷史, 自古以來, 不能輕視當代的施政者與支配階級, 就是施政者與支配階級爲重心的才能成立的了。勿論怎樣的事件, 假使離開了它的背景的特權階級的時代, 那麼就使我們不能想起它了。例如「藤原時代」, 或「德川時代」等等。

這種日本歷史的習慣是在不知不覺中潛入於一般人, 因爲歷史上的事情是隨着施政者的交替, 而被變換了的概念了。先想施政者, 後考慮□□事件, 在這樣傳統的習慣底下, 編纂日本電影史, 是與歐美各國的場合, 有些相關的條件。

雖然從前的日本文學史, 也有「平安朝文學」, 「江互文學」等確然的區別, 但

至於電影「大正」時代的電影與「昭和」時代的電影兩者間，是沒有明確的區別。然而日本人在長久的歷史的習慣性是有着在這兩者中非設定某一種長期不可滿足的願望。如果可能的話，要「明治」時代的電影和「大正」與「昭和」時代的電影等有明確的區別，這不曉得是什麼緣故，但我想有了這樣的區別才可以使我們滿足的。

因而，在日本電影史編纂者的場合，發生出調節這種時代和事件的結合問題的苦心。加之，我想如果一個歷史家對於讀者表示討好，作「黎明時期」，「革新時期」等等表示某種特徵的名稱。是比較所謂第一期或第二期等的區別方法，好得多吧。考慮着這些條件，同時去編纂歷史，也是要費相對的苦心的事。

從前的日本電影的時代分劃的方法是很少的，雖然它種類是很多，但不過只包含「明治」與「大正」兩個時代，至於「昭和」時代是沒有說及的。從前的時代分劃的方法上，加設所謂「明治時代」的一時代，是沒有人敢持異論，可是至於「大正」時代的分劃，各人有各種的見解。例如，「大正」前期與後期的分劃方法，又設前後的分劃方法等等。併且請讀者們去了解這「大正時代」的時是震期的分劃，在日本電影史的編纂上，實在要費最大的苦心的了。

「昭和」時代是現在我們的時代，它的變化更多，而且從年數上看，也是比較短的。因而把它分劃幾個時期是很不容易的。我想爲了便利見，把它當作一個時代也沒有多大的關係。可是「大正」時代，勿論內在或外在，在十五年裏面都是有着非常的變化，因此，假使，把它作一個明顯的區劃而去說明，是日本電影史的頂難的問題。

日本的電影史，在將來也可以作得出「將電影輸入期至大震災時期」，「自大震災時期時至有聲電影的勃興時期」，「自有聲電影的勃興時期至現在」等的極其廣泛而便利的分劃方法吧？我也很想依着那樣的分劃方法而去作歷史的構成。但只依着現在的短的歷史是不能夠去採用那樣的廣汎的方法的。因爲這個緣故，雖說不定是有陷入過分的細密的地方，但我曾經把從「明治」二十九年的電影泊来於日本的那一年到現在的大約四十年，分五個時期，而且比較精緻地敍述過，每一個時期的特徵了。在下面再舉出幾個五個時期。

第一期　創始時期(自明治二十九年至四十五年)

第二期　過渡時期(自大正元年至八年)

第三期　黎明時期(自大正九年至十二年大震災時)

第四期　革新時期(自大正十二年大震災時至十五年)

第五期　進展時期(自昭和元年至七年)

我曾在「電影發達史」(「世界映畫藝術發達史」中的日本篇-譯者注)裏面, 是採用了在上面一樣的分劃方法。第一期就是「明治」時代, 第二期與第三, 第四期是「大正」時代, 併且第五期就是該當「昭和」時代的前期。然而在這裏, 把「昭和」時代的七個年再放到現在是比較妥當的吧。那麼, 在下面要各時代的out-line極其簡單的說述下去吧。不過如在上面所說, 叫我介紹的受最短的篇幅限制上, 寫前後四十年的長久的歷史的敘述, 是一種無禮的要求。併且勿論怎樣, 要這樣的收得滿足的結果是不可能的, 對於這一點要請讀者們原諒一下吧。

(『晨報·每日電影』, 中華民國二十三年十月十六日 星期二, 金光洲 譯。)

日本電影史概觀(二)

二、創始時期

距今天約四十年以前, 在我都還沒生出來的時候, 就是「明治」二十九年二月所謂電影這種怪物起頭渡來於日本了。又在三十年一月左右, 兩個法國的攝影機Cinematograph與兩個美國Edison的攝影機Vitascope輸來到本。

到現在想起它, 那個時候攝影機恐怕是好像一種古色蒼然的玩具似的東西吧。但在四十年以前的時候, 那時攝影機已成爲一種驚異的目標了, 而且據一般人都現着詠歎的樣子。最長也不過五十時的Film就成爲一種共演的電影而在「明治」三十年三月出現到街頭。

這種攝影機當中的一個-當然是cinematograph, 但這攝影是由「橫田永之助」的使用, 成爲後來大「日話電影公司」社長的基礎了。所以不得不說那攝影機是有些不可忘掉的地方的東西。頭一次出現到街頭來的電影, 也是以「動的像片」, 「自動的幻影」, 「活動寫真」等等的各種各樣的名稱而喚叫它, 而且這許

多的名稱當中, 就是「活動寫眞」這個名詞成爲被一般人膾炙在口中的了。

　　雖然從西洋來的電影, 是無疑的被認爲可珍貴的, 但還是不能滿足它, 如果可能的話, 他們很想試作一篇攝影日本的風景與事物的東西。這樣的要求, 就集合幾個人做出了更進一步的工作試驗了。到了「明治」三十年的春期攝影了「燕治郎」、「福助」等的「石橋」的某一部份的場面, 這也許在當時代是一種猛烈的進展了。然而據說那個時候雖然對電影的意志是很熱烈, 但很難得到它的好結果。最初作出來好像水蒸氣般的跳舞似的性其朦朧的片子, 所以我們可以聯想到那時候的攝影或洗印方面, 大概還有着許多缺點吧。

　　這樣的情形, 由「柴田常吉」與「溪野四郎」兩個人的努力, 竟達到完成的領域了。雖然他們的片子不過是「銀座」的街頭或「淺草」的商鋪的寫實風景, 但我想他們兩個人的功績, 在電影史上是不會否認的。其他的人受了他們的刺激, 一點點作出電影攝影方面的實際工作, 在「明治」三十七年七月, 遂設立了日本最初的攝影場「吉澤攝影所」, 到了四十年七月設立了「橫田攝影所」, "M Party", 「福寶堂攝影所」等四個攝影場。

　　隨着這種攝影場的設立, 還有一件不得不說及的是當時代的外國電影的狀態。要而言之, 在「明治」的末期, 外國電影也是才具備着劇的內容, 併且漸漸地成爲有長的尺數的東西。在「明治」四十年左右, 隨着對於寫着的像片感覺到不滿足的觀衆的要求, 才產生所謂日本的「劇映戲」了。

　　在這裏應該有明瞭一點的區別的說明, 所謂「劇映畫」是實寫或摸寫舞臺戲劇的電影, 並不是到了後年被提倡的近代的「映畫劇」。雖然這種「映畫劇」暫時是獲得了相當的好評, 然而那個時候的演員大概是舞臺的演員, 併且因「明治」四十四年的規定, 舞臺演員是不能站在Camera方面, 又隨着那個時候的戰後的不景氣, 勿論那一個攝影場都是陷入到經濟的恐慌裏。後來想出一個救濟的方策, 形成了在上面所說的四個公司的合同, 因而產生出世俗稱爲所謂「日本活動寫眞株式會社」了。

　　　　　（『晨報・每日電影』, 中華民國二十三年十月十七日 星期三, 金光洲 譯。）

日本電影史概觀(三)

三、過渡時期(第二期)

「日活公司」是在「大正」元年九月創立的, 它就是日本最初的大公司. 併且從創立了「日活公司」的「大正」初年到創立了「松竹公司」和「大活公司」的「大正」八年, 這個時候我想稱爲第二期或過渡時期, 是比較妥當的. 在日本設立了「松竹公司」, 是同「日活公司」一樣, 在各方面的意義上, 這是一個重大的事件. 所以拿「松竹公司」勃興的那個年春假這一個時代的開始期, 是很要緊的吧. 併且, 這種時代的嚴密的分劃, 在這裏是不成問題了.

「日活公司」在這個時代在「向島」與「京都」兩個地方有兩個攝影場. 「向島攝影場」繼續到「大正」十二年的大震災時, 是一般人所共知的事. 但這個時代的初期——就是從「大正」元年到「大正」六年間的作品, 大部分都是還沒有脫離舞臺劇的氣味的所謂「新派悲劇」, 且在作品裏面插入電影說明者的說明和低級而亂錐的音樂. 它不過是舞臺劇的一種代替的使用物罷了. 併且不可避免拙劣的批評. 「京都攝影場」的作品, 我們到現在想起了它, 就追想到一種懷古的「尾上松之助」的片子. 導演是「牧野省三」, 這一期的作品裏大都是勇敢大膽的神秘不可思議的英雄豪傑與魔術師等爲題材的片子, 至於它的單純的內容與超人間的速度, 却反使當代的低級觀衆們滿意了. 除了這些, 在另一個方面, 所謂當代的「連鎖劇」也是出現了.

在這裏反抗了那種依着對白的存在而繼續畸形發展着的「新派劇」, 「舊劇映畫」, 和變態的介在物的「連鎖劇」而出現了要試用「畫面」和字幕的純粹的「映畫劇」的表現運動. 這種所謂的純粹映畫劇的勃興運動不僅是這一個時期的重要的事件, 併且在日本電影史上也是一個重大的事件了.

促進了這個運動的勃興的重要原因的第一個, 我們不能不舉出當代的美國電影的影響. 這種美國的電影當中尤其要注意的是軟性電影的影響, 併且這種片子的甜密性與romanticism是使那時候的觀衆們熱狂的. 這些作品裏面有「南方的判事」, 「毒流」等的傑作. 「毒流」這一篇是被一般人稱爲使日本創作出所謂「映畫藝術」, 併且在分劃時期上也有些重要性的作品. 依照着上面的

話, 我們可以瞭解這一個時代是漸漸的拋棄所謂「活動寫眞」而改進到所謂「映畫藝術」這新的名詞裏面去追求着他們的新方向的一個轉換時期。

對於美國電影的陶醉性是不久被日本電影採取了它的形式與手法的原因, 併且更成爲使有努力心的電影人開始「純粹映畫劇」的製作的原因了。

那麼, 對於這純粹映畫勃興運動有貢獻的人是誰呢! 那就是「井上正夫」, 「田中榮三」, 「歸山敎正」, 「枝正義郎」等幾個人, 尤其是「井上」, 他在建設這純粹映畫運動的萌芽期中, 有不少的功績。「田中」是在「向島攝影場」的「新派劇」正陷入不可避免的停頓的時候, 依新的手法與技巧, 製作出「Redemtion」(木乃伊)和「金色夜叉」等而獲得了相當的好評。

「歸山」是在大正七年五月, 組織了在當時是很新鮮的名稱的所謂「映畫藝術協會」, 併且吶喊着「電影說明的對白的廢止」, 「女演員的採用」, 「字幕的使用」, 「演出法的改革」等等。實在他是爲了純粹的電影運動而起來的人, 他的第一次作品「生的耀輝」是在它的手法上得到非常新奇的成功。

「歸山」這一派人的運動是非常熱烈, 但他們的作品是缺乏藝術的氣氛, 同時也不多盛行價值, 所以他們的團體是得不到偉大的成功, 不久就解消了。可是他們的眞摯的熱力, 對於沉滯着的日本的電影界, 種下了一種不可磨滅的淸晰的示範, 併且引起電影革新的烽火而釀成將來的黎明時機的導火線, 這一點的功績是從歷史上永久的不能掩沒的。(未完)

(『晨報·每日電影』, 中華民國二十三年十月十八日 星期四, 金光洲 譯。)

日本電影史槪觀(四)
四、黎明時期(第三期)

從「大正」九年到大震災的四年間, 即所謂日本電影運動的黎明時期是處在相當破難的情勢的時代。在「大正」九年, 如上面所說, 已設立了「松竹」和「大活」兩個影片公司。「大活公司」是專請小說家「穀崎潤一郎」爲文藝部顧問, 「Thomas栗原」爲導演而使他們實行着最嶄新的「映畫劇」的製作了。

他們的劃一時代的作品「Amateur Club」與其他的四五篇, 在當時代却是可算理想主義, 所以在經濟方面受了打擊, 到了「大正」十年的秋期, 就陷入了不得不中止製作的悲運裏。可是在這一個時期。他們在「映畫劇」的演戲上得到的功績有我們所不能完全淹沒的地方。尤其是「栗原」在導演上或攝影上的一種嶄新的手法是對後期的日本電影供獻了許多的教示。

如在前面所說,「松竹影片公司」的誕生是在以後的日本電影史上有着重大的意義,「松竹Kinema・研究所」的事情。這研究所是「小山內薰」為所長,「村田實」,「牛原虛彥」,「島津保次郎」,「北村小松」,「鈴木传明」,「伊藤大輔」等諸人集在了他的門下, 他們「研究所」的重要工作就是比較有名的「路上的靈魂」的製作, 併且拿這篇作品的成績與製作上與製作上的意義來看, 我們可以推想「大活公司」的工作與這研究所的工作是繼承了從前的「歸山」一派在純粹映畫劇運動上的失敗, 充分的發揮了後繼者的任務, 在這一點上面是有不少功績, 而且雖然這兩個團體的存在是往後不久就消失了。它們在日本, 不過是一短時期的存在但對於整個的樹立所謂「純粹映畫劇」, 這個指標是一個紀念塔而使日本的電影漸漸的去向上了, 就在這一點上面。他們已留下「使我們永久不能忘掉的功績」。

在所謂「第一期映畫劇時代」, 就是從「大正」九年的後半期到十年的一年間, 除了以前的「大活」,「松竹」兩影片公司以外,「日活」公司的「向島第三部攝影所」,「映畫劇藝術協會」,「國活公司」等也都製作了「純粹映畫劇」的作品, 但這一個時代的結果是用不了一年就壞滅。那壞滅是由於電影說明人們與電影企業界的反對。要而言之, 當時的一般人們還未達到能夠認識「映畫劇」的水準是可想而知了。可是為這時期的遺產而留下的最要注意的是採用了女演員的現象。

依着第一期「映畫劇」時代的壞滅, 電影界方向暫時是逆轉了, 但在這個逆轉時期,「松竹」公司製作了新的「新派劇」, 就是「映話劇的新派」而與觀眾們的感傷的程度結合起來, 同時採用了女演員, 煽動了電影界Sonsaun, 不久就獲得霸者的地位了。

在這個時期,「蒲田攝影場」編劇的主幹人員「伊藤大輔」的活躍, 我們到現在是遺忘不掉的。「日活」公司是在「松竹」公司的這種影響之下, 漸次的陷入崩

壞的當中。但到了「大正」十一年的後半期, 從前的所謂「新派劇」也漸次的表示轉向「映畫劇」的傾向, 而且由「田中榮三」, 「鈴木謙作」, 「溝口健二」等幾個人, 開拓了革新的路。又在「大正」十二年, 他們的運動的方向用急速的轉變而取得了積極的方針。爲了要挽回「松竹」公司被壓倒的舊勢力, 繼續的發表了比較優秀的作品, 但到了同年的九月遭遇大震災, 乘着這機會, 阻止了「向島攝影所」轉移到「京都」來, 再產出了一個轉變時期。

在這一個時代, 還有一件該要注意的是由從前的「松之助」的電影受阻礙的「時代劇」(日本舊劇)的方向, 依「牧野省三」, 「野村芳亭」等幾個人, 方釀成了新的「時代社映畫」的萌芽。(未完)

(『晨報·每日電影』, 中華民國二十三年十月二十二日 星期一, 金光洲 譯。)

日本電影史概觀(五)

五、革新時期(第四期)

這個革新時期是依「大正」十二年九月的大震災爲轉機而出現的。「關東」地方的大震災實在是給與電影界極大的影響。尤其是它給與「東京」地方的攝影場的損害, 併且使「日活」公司轉移到「京都」, 使「松竹」公司再設立「下加茂」攝影場, 同時助長了「帝國Kinema」, 「Makino公司」, 「東亞」公司等的在[關西]方面的電影製作事業。

其次, 一個劇一時代的現象, 就是從前的「扮女」的演員的完全消滅。同時, 從前的所謂「新派」, 「舊劇」這一類也成爲了差不多完全消滅的狀態, 所以這個大震災, 在革新日本的古電影上, 反供獻了偉大的任務。

更可以以這個大震災爲轉換, 確立了外國電影的自有輸入制度, 成爲使自作之從事於外國電影的輸入與分配的「日活」和「松竹」兩公司去廢止外國作品的輸入工作而專心的去努力自己公司的製作的時機了。到了現在, 我們想起這一個時代, 還有不少懷古的感念。優秀的外國無聲電影的傑作品, 繼續的輸進來, 併且勿論在內容或技巧方面, 對於日本電影都有不少的影響了。

由此, 震災後的這一個時期的日本電影是大部分都清算了過去的情形, 而且成就了各方面的革新。在[現代劇]方面, 也有發表出可劇一時代的名作品, 新的「劇時代」也是漸漸的繼承前時代而走上確立的一路了。

至於現代劇的電影作品, 使我們要注意的是拿比較優秀的純粹文藝作品來做原作的所謂「文藝映書」, (例如:「松竹」公司的「作茶的家」,「女難」,「嬰兒殺戮」,「日活」公司的[清作的老婆],「澄子與母親」,「日輪」,「陸上的人魚」,「帝國Kinema」的「酒中日記」,「衣笠」, 作品[瘋的一頁] 等等幾篇)。其次還有依據Origiiral Story的所謂[純粹映書] 作品的出現, (例如「日活]公司的[街頭的魔術師],「大地是微笑着」,「紙人形的春嘯」,「松竹」公司「一個女人的故事」,「交化病」等等), 其他就是「小唄映書」(流行歌或民謠爲主題的作品——譯者註)的盛烈的流行。

這個時代的代表導演, 我們可以舉出「村田寶」,「溝口健工」,「阿部豐」,「島津保次郎」,「牛原虛彥」,「池田義信」,「伊藤大輔」,「衣笠貞之助」等幾個人。

「時代劇映書」(日本舊劇電影)是方脫出了從前的舊劇電影的範圍而且踏進新的「時代劇映畫」的領域了。依着「池田富保」而作出的後期[松之肋]的電影與「阪東妻三郎」等的表現虛無傾向的作品得到了好評, 又出現了「衣笠」的充滿着野心的幾篇作品, 這些都是能夠充分的暗示下一期的進展的了。

六、進展時期(第五期)

寫到這裏已經滿了預定的篇幅, 併且關於[昭和]改元爲第五期的所謂這進站時期, 是最近的目前的事情而且不待我們敘述讀者們已經很明瞭的了解的吧。在這樣簡單地篇幅裏想寫這一個時期的情勢, 是不容易的。例如假使要轉移眼光到電影企業界的猛烈的變遷或許多小電影公司的興亡的話, 我們無法避免極其複雜的種種情勢了。

可是, 在這裏不得不有省略各種的複雜的情勢, 只單說及下面的三個現象吧。那就是在這一個時代產生出來的「傾向電影的勃興」,「Nonsense電影的抬頭」, 與「有聲電影的勃興」等等。

依日本電影史的順序的考察, 我以爲自「明治」時代和「大正」末年的時代是

「昭和」時代的一種準備時代。我日本的電影是到了「昭和」時期, 方具備了日本電影的特殊個性。到了「昭和」時代之後的急迫的財會現象是最初產出「傾向電影」(就是左傾作品——譯者註)。這種「傾向電影」的製作時间是「昭和」四年與五年, 橫在電影界的全般, 以猛烈的勢力而流行了。

當然, 這些電影不過是商業上的普羅電影作品, 但我想這兩年間的現象是在歷史上使我們值得非常注意的.其次, 與這些「傾向電影」對立的勢力之下抬頭起來的「Nonsense電影」(這種作品, 大部分是在「蒲田」攝影所的作品上現出來的傾向併且在其他的「時代劇」上, 也可以找到幾種)是比「傾向電影」的壽命長些。然而雖是這兩種電影處在對踱的位置, 但為這一種被壓迫的時代的產物, 我們不妨提高它的評價。

以我個人的意見來說, 對於從這兩種電影的微妙的結合點裏出發而舉揚呱呱之聲的「小市民電影」。我們更要熱心的.但在另一個反對方面考察.這些「小市民電影」是一種敗北的電影併且有着一種極其寂寞的藝術的潤光了.在這一時代的諸情勢中, 我特別地去指摘出這一點。

至於有聲電影, 「Madam與老婆」一篇爲一個轉機, 從「昭和」七年隆盛起來了。到了現在, 日本的電影界, 也除了邁進到有聲電影方面的方法以外, 沒有別的路走吧.到現在雖然是成功了完全可以聽出來的有聲電影的製作, 然而把電影再處理到更一層優秀的程度的導演是很少的, 這是不會否認的事實。對於這一點我們還要期待着將來。(完)

(『晨報·每日電影』, 中華民國二十三年十月二十三日 星期二, 金光洲 譯。)

「悽10)紅慘綠」座談會
日本影壇之推薦(一)

(伊藤) 如一般所週知, 這篇電影的原作是繼承「西線無戰事」的風靡了歐洲讀書界的小說, 但作品却不大通俗的。

---

10) '淒'의 오기. 원래 명칭은 '淒紅慘綠'이다.

(岸) 你們的這種小說的電影化, 是怎樣的?

(北村) 在各方面的意義上, 很不容易的罷, 假使要撤底的表現出原作的主題, 那是很討厭的事, 反之輕率的扱取它, 也不成東西……

(藝間) 完全的表現出原作上面所取汲的主題是很不容易的, 但在電影方面是差一點。

(伊藤) 如果我們要表現出小說原來的意義, 除了技術問題以外, 不得不去考慮電影的檢閱問題。這是很討厭的。可是在電影上看它的原作, 我們可以了解這一篇小說並不是通俗的。

(大黑) 北村! 你看怎麼樣?

(北村) 很有趣味的一篇, 比含有神奇性的片子很有趣味的。

(岸) 美國片子當中是一篇很珍貴的。

(北村) 是不錯。

(岡田) 我也很喜歡這篇。

(北村) 看着這篇作品, 我們感覺到好像聽着自己的身邊的事情似的感興。

(北村) 想到那一點, 有些可怕的地方。

(伊藤) 對於「薪給生活階級」的人們, 這篇電影是不是有點安慰性?

(北村) 我看……

(北村) 有一點可考慮的地方, 但說不定薪給生活者他們可以碰到像這片子的最後那樣好的結果。

(石濱) 但, 薪給生活者他們不大高興考慮這種意思, 就那樣行了罷。對於作品的最終部, 也他們不過是那樣想。

(伊藤) 一般的看起來, 這問題是怎樣?

(北村) 決不是難解的, 因爲與自己的生活有密接的關係, 他們也很容易會了解罷?

(伊藤) 這篇作品的製作態度是怎樣?

(岡田) 在美國電影當中是很不錯了的。

(岸) 「環球」公司的副主任是很聰明的。

(岡村) 聽說在小說方面是更詳細的表現出了小孩子們的長咸經路, 小孩子

們長大起來做德國式的太陽浴等等。

(北村) 故事的背景不是美國, 這是不是德國的原作的關係?

(岡村) 是原作始終是德國寫它的背景了。

(北村) 那個戀愛場面是很好的: 尤其是「野宴」的場面!

(伊藤) 但這個場面是在檢閱方面有點問題。

(北村) 野原間的戀愛描寫的實在不錯。

(藤浦) 巧妙得很, 一點也感不到厭倦。

(岡田) 實在是好, 併且看檢閱方面, 因爲他們倆結婚, 所以沒有甚麼問題罷。

(北村) 但我看太多戲謔性。

(伊藤) 導演原來是富有浪漫主義色彩的導演, 但在這一篇看不見他是那種
傾向。

(岸) 也說不定, 反之, 在某一點, 因爲有照常的甜密性所以作品是比較好
一點吧。

(伊藤) 一言以蔽之, 到底這篇的導演包才琪的手法是好的。

(岸) 那 一方面的作品他也合作, 這一點可說是偉大的。

(大黑) 「A Farewell to Arms」以來的他的作品當中是最優秀的一篇。

(岡田) 在許多地方我們可以看得出他的特異的手法。

(大黑) 他是很喜歡屋頂裏面或小屋子的。在「七重天」, 「青空天國」等作品
裏面都有這種屋頂裏面或屋子的場面, 在這種地方演出同樣的戲,
這也是他的特殊的一風格。

(『晨報·每日電影』, 中華民國二十三年十月二十日 星期六, 金光洲 譯。)

「悽紅慘綠」座談會
日本影壇之推薦(二)

(藤浦) 實在, 那個屋頂裏面的場面是同「七重天」差不多, 我想到了屋頂裏
面的場面之後, 這篇作品是更成Romantic了。

(北村) 題名的「Little Man」是有怎樣的意思?

(北村) 對於小孩子作的意思吧! 因爲對小孩子那樣說的。

(岸) 那是含着一種不可避免的命運的意思，『生出來是生出來了，可是……』似的。

(石濱) 「第三階級」，這個日本譯名是怎樣?

(伊藤) 太頻繁了。

(石濱) 否，我看不是那樣頻繁不頻繁的問題，把這篇作品裏所取汲的階級稱爲「第三階級」是有點不適當的地方。

(伊藤) 沒有甚麼特別的深遠的意思吧。不過如果題目不好，電影的出路方面就困難一點，所以，不管譯名與原名的差異的吧。

(藤浦) 作品的前部實在不錯。

(北村) 普萊特高拉所扮的那個男子的取汲手法也很有趣味，併且失不掉了觀衆的一貫的興趣。

(藤浦) 兩個人在屋頂裏面聽那個懷古的華爾斯曲的時候，我想再多一點給他們聽的出，也就是那樣一點。

(岸) 在這樣場面，聽出他們頭一次碰到的時候的那個「華爾斯」，是想不到的手法。

(石濱) 因爲作品裏面的人物都是善人，恐怕薪給生活者們是很歡迎這篇作品吧。

(藤浦) 是，對於不願深刻的去考慮的人們是很好的一篇。

(北村) 假使叫做他是一個「義賊」，那有多奇怪，但那個奇妙的男子的出現是很有興趣了。

(岡田) 在最後，受了請客的男子忽然看不見，我實在有些掛念，但到了送錢來的時候才放心了。

(北村) 這不過是極具平凡的手法，但很不錯。

(藤浦) 取汲那個男子的手法，假使再明確點的話，我想那個人物也很有意思併且會更有興趣。

(伊藤) 導演的演技指導的方法是怎樣?

(岸) 我想使演員們多演點戲就更好，在這篇作品裏，導演恐怕使演員們

要演一種德國電影式的戲了罷, F來階段的場面的音樂的使用方法
裏, 也有點這種氣味。

(北村) romance裏面的演員們也有興趣。

(大黑) 岡田! 你看Margaret Sullavan是怎樣?

(岡田) 很好。

(大黑) 有點日本式的情趣。

(伊藤) 聽說她不高興做人工的化妝, 在這篇裏也不大化妝的。

(岡田) 但在Lovescene中的那個特寫是漂亮極了。

(大黑) 她是比從前的作品「昨日」, 在開末拉方面, 很見自然了。

(伊藤) 她好像是只爲了作鮑才琪的作品出現的女演員。

(伊藤) 陶克拉斯蒙高美裏是怎麼樣?

(岸) 比「小婦人」裏面的演技好得多了。

(岡田) 他是富有樸素性的演員。很好!

(岸) 這一次的他的出演很有努力。

(岡田) 笑的時候的他的牙齒是很美麗的。

(伊藤) Sullavan這種女人是被畫家們所歡迎的女人。

(伊藤) 克拉英哈脫那個米店的老爺的姑娘, 她是怎麼樣?

(北村) 也是很好, 那樣的戲也是不能隨便作的。

(伊藤) 我是很喜歡她, 她尤其是在戲劇方面有相當的名聲的。

(北村) 女人乘着「玩弄木馬」的那個場面也是不錯,

(岡田) 我也感覺到一種特別的興趣!

(大黑) 向兩個人借房子的老爺的取汲手法也好, 尤其是對於馬的感情和
親密的人情等, 很富有感傷性。

(藤浦) 我想這種電影對於薪給生活者一定很受歡迎。

(北村) 從來沒有的一種特別的歡迎吧!

(北村) 並且很Romantic的地方也有不少的興趣。

(岡田) 看了這影片, 我是感覺到不少的悲哀了。(完)

(『晨報·每日電影』, 中華民國二十三年十月二十一日 星期日, 金光洲 譯。)

德國影壇最近動向

法西斯蒂與德國電影(一)

　　這一年間的德國電影界的政治中的動向－就是包括着Nazis電影的急劇的產生與成長的全歷史。Nazis以他的國家權力的掌握法(Cowpd Etit),掌握政權。這是去年一月的事,到了今年八月,因Hindenburg老將軍的死,無論在聲譽或是實力方面,希特拉成爲「第三國家」的独裁者而且這政治的變化,僅僅經過了一年有半的短時間而成立的,當然,在它的電影史上這種變化的時間是變短了。

　　德國電影,在Nazis的霸權確立的以前已經製就了「流血着的德國(Hultendes Deutschland)與其他的種種宣傳電影,而且極重視着電影上的政治宣傳(Propaganda),但他以具體的組織的形式而表示出對於這種電影的宣傳的重視性,是到了今年四月一日的國民教化宣傳省」(Ministeriumi for volkautklaring and Propaganda)的設立才開始的。在這裏便開始了德國電影的一個「新時代」－(雖然這「新時代」與人類的歷史逆行着是一般所週知的事)。這個「新時代」是依着「希特拉」與「克脱比爾」的指導,充分的開始着自己的道路,而且在這年間已經達到了他們該到的地方,那就是德國電影的徹底的政治化與藝術的頹廢時期,併且對於眞正的藝術與藝術家是一種不幸的開始了。

　　德國電影的政治上工作的主體是在上面所述的國民教化宣傳性上,而爲它的中樞者實行着主要的任務的人。就是「耀燮·克脱比爾斯」,確立他的電影政策,具備着這種政策的具體方法,那是在去年六年十四日「宣傳省」專設置了「聯邦電影會議」(Reichs film kammer)以來的事。後來,這個「電影會議」是受了組織上的改變,成爲「聯邦文化協會」(Reich kultur kammer)的一個構成份子。從屬於這個「文化協會」了。可是在Nazia政府的電影統制機關的意義上是沒有一點的改變,而且後來這個「電影協會」成爲了德國電影的監視機關與參謀本部。Nazis因爲德國電影的政治的側面的觀察,那就是這個「聯邦電影會議」的一年中活躍的事業的探究了。

　　今年六月十四日,正是這個電影會議的創設的一間紀念日,在那一天「電影會議」的議長「莎伊耶門」博士。對於「克脱比爾斯」提出了過去一年間的他們的

事業的報告書。據說這個報告書裏面的大意是「在德國電影界，這一年正是一個可驚嘆的建設與進展的時期，併且是未曾有過的一個歷史的飛躍時期」云云。但我們不能率直的承認這種報告書，如果我們站在旁觀的立場，用冷靜的頭腦科學的方法，去檢討它，那麼我們就得到「這一年是德國電影的頹廢時代」的結論。(未完)

(『晨報·每日電影』，中華民國二十三年十月二十四日 星期三)

德國影壇最近動向
法西斯蒂與德國電影(二)

爲了德國電影政策的參謀本部，設立了這個「聯邦電影會議」，同時，該會議所施行的事業中最顯着的是Film Kredit bank的創立。這是對於從前銀行企業或金融家被輕視着的從前的電影企業家們。實行着金融而且援助和促進他們的製作的目的而創設出來的，併且他們的未來的目標是在小資本家個人的製作者的支持上。政府方面雖是這樣的宣傳着，但實際的成績是怎樣的呢？

試看「電影會議」的報告書，他們在這一年中對於四十四篇的長篇電影與一百多篇的文化電影的製作，已經很踴躍的投資着，他們的貸付錢總額達於五百五十萬克的巨額。其中，一百七十五萬克是已在期限以內返還了，併且所賒三百七十五萬克，也可以照預定的傳聞是一般的無疑的推測。所以可說這些銀行家是充分的收獲了他們所期待的效果。這就是那報告書的大體的意義。當然，假使看電影完全是一種企業或營利組織，那麼我們就在這裏能夠看得出那個銀行的任務的良好性，然而這種現像是不是在事實上對於德國影壇有害的呢？這單依據上面的數據，我們是不能明白了解的了。

其次，繼承這個Fllm Kradit bank而出現的政策是Nazis的所謂「階級的建設」(Standischer Aulban)，把它進一步具體的說明，那就是Spio的改造與Dacho的解體。換句話說，對於從前的民間電影家的集合體－Spio。政府方面派遣代表者，使這個集合體改變半官僚化的組機體，而且放在政府的直接統制之下了。又無

理的去解散從前的德國電影藝術家與技術家的互助集合體－Dacho, 使他們的會員強迫的加入Nazis系的組織, 併且使全德國的電影從業員, 強迫的聚在N.S.B.O.K.F.D.K.D.A.F等的納粹社會主義的勞動集合與文化團體裏了。這種現象必然的發生了反Nazis系的藝術家與技術家的國外排斥。

同時, 還有一件使我們不能輕視的政治的事件是Contingent法的改革。這Contingent法是爲了防止外國電影尤其是美國電影的侵入而計劃自國電影的發達, 從大戰以後在德國實行着的一種外國電影輸入的許可制度, 在去年七月一日以來, Nazis是把它修正併且作出與從前的法則在基本精神上完全不同的一種法案, 爲了施行自己的國內政策的一種手段, 就利用着它了。

至於新法的重視點, 從「德國的外國電影排斥」的從前的目標改移到「德國電影界的外國人的排斥」。當然, 他所期望的本來的意思是猶太人的排斥, 併且依着這個Contingent法, 德國電影界的排外主義與AntiSemitism(反猶太主義)的行動是變本加厲的了。

可是在實際上, 對於電影的Nazis化的具備的統制方法是到了今年二月十六日發佈了「電影法」。(Lichtspielgesetz)以後才完成的。那是支配着在德國公映的一切電影的一種鐵則－它的內容就是對於電影檢閱與違反者的處罰法則。這個法則與以前的法則特別差異的地方, 就是新設定的「預備檢閱」(Vorprufung), 要而言之, 在德國國內製作的電影是在它的實際的攝影前, 它的電影劇本先要提出於「電影會議」而受他們的審查, 通過了這個審查之後方能開始他們的製片工作。

這種電影的審查員特別由政府任命的官吏, 也就是「聯邦電影劇本官」(Reichs film dramaturg), 他檢閱着劇本並且提出它與Nazia的政治的主題適合或不適合, 與政治的主張逆行的作品, 在製片之前, 先把它禁止了。「禁止已經製作出的片子, 那是太來不及的, 在製作之前先防止它是很必要的, 檢閱制度不僅是監視着電影的公映, 並且對於它的製作方面也要監視。」這就是「新電影法」的主張, 到了現在這種「新電影法」是在事實上已經很嚴重的實行着了。(未完)

(『晨報·每日電影』, 中華民國二十三年十月二十五日 星期四)

德國影壇最近動向
法西斯蒂與德國電影(續完)

上面所說的就是Nazis政府在這一年間所實施的政策的大綱。它的外在雖是各種各樣的, 但至於它的結果, 他們的政策是歸結到他們的唯一的至上目的－德國電影的徹底的Nazia化。「聯邦電影會議」的設立與「新電影」法的實施, 當然是以電影企業的Nazia支配的直接強化爲目的, 併且電影從業員的組織的改變與contingent法案的改訂不過是民族至上的國粹主義的一種具體化。那是很明瞭的事實, 至於在上面所述的Film kredit bank的創立, Nazis拿「電影企業的金融」或「中小資本的製片商的互助」等美名來作自己的招牌, 但在事實上是要把Nazis的政治的統制, 從最有效最經濟的側面, 波及到一切電影企業的各細小部份, 這樣的去觀察, 他的金融方策就很容易理解的了。

以這樣的政治的工作, Nazis是計劃了德國電影的國粹主義的發揚, 但獲得了怎樣的結果呢? 成功呢抑是失敗呢?

把德國的電影, 完全做Nazis的宣傳機關, 如果電影的目的僅僅是在這一點的話, 那麼這種政治的工作是十分成功了, 可是同時他們要發揚電影的藝術水準, 那麼我們不得不說那種政策是失敗了的。

德國電影, 在某一個時期, 完全成爲Nazis化, (例如「希特拉少年Quex」, 「突擊隊員Brand」「Hans westman」, 「倦怠的勝利」(Der sieg dos Glaubens)等作品。) 併且優秀的宣傳電影所必具備的資格的「藝術的優秀性」是完全喪失了。上面所提到的那一種也好, 只攝影「突擊隊員」或「法西斯黨員」的行進, 讓觀衆們聽一聽「希特拉」的講演, 給他們看「哈甘克羅伊脫」的特寫, 那麼就能夠製作出可受好評的電影, 實在德國的電影界有時候是處在這樣的狀態裏了。

然而, 那是不能永遠的繼續下去的, 在這裏Nazia也感覺出電影並不是政治, 所以他想把太政治化與非藝術化的電影勉強的去努力蘇醒它。因之他們試行着「製作Nazis的宣傳電影的權利只可以對與國粹社會黨的宣傳部或受着宣傳部的囑託的電影公司, 一般的民間公司是不可作這種電影」等的法規, 併且禁止着「哈甘克羅伊脫」的標記和旗號在電影上的濫用, 但電影藝術的根本問題却一

點也不在這種地方。

Nazis的世界觀是必然的使德國電影失掉它的藝術的進步性。併且在排除進步的藝術家的意義上，雖僅僅三四種的新法規，德國的電影是不能進展的。

這種鐵一般的事實，單看在這一年內他們所製作出的作品的每一個例子裏，就可以使他們一目瞭然的，併且除了「派夫斯特」，「治粵特馬克」，「比倫哈蘭特」，「拉昂」以外的一流電影藝術家的離開自國，事實裏面，也可以使我們肯定的。到了現在，歐洲的電影藝術的中心，便離開了德國，轉移着的法國。爲了阻礙這種急激的顛沛狀態，Nazis是考慮着這方面的一切的方法，已在五月一日的「國民勞動祭」，決定了對於優秀的電影的「國民賞」(Nationalpreis)的制度，這可說是一種明瞭的現象。(第一回「國民賞」的受領者是「高斯特夫‧威特基」)。

可是Nazis的這種方法是好像在有毒的地面上種植草花而從它的上面給與肥料似的方法。爲了要使德國電影的健全而有強力的發展。無論怎樣，非把它脫離Nazis的支配不可。併且Nazis對於電影越施行保護與振興政治的工作越使德國電影陷入萎頓沉滯的苦境，在這裏，Nazis對於電影發生出進退惟谷的窘狀了。

(『晨報‧每日電影』，中華民國二十三年十月二十七日　星期六)

最近之英國影壇

〔一〕 概論

英國的電影，在世界電影界所占的地位，最近忽然擴大起來了。無聲電影時代的英國電影(除了在世界大戰以前的英國成爲世界電影市場的中心地的時代以外)，差不多沒有一部作品是可觀的。當然在過去他們的電影製作也是很盛烈的，可是我們找不到在外國能夠受賞讚的有價值的英國作品罷了。這決不是一種過言。他在有聲電影發生以後的英國影壇是忽然開始了他們的盛烈活動。除了德國以外，在歐洲最早轉換到有聲電影的國家就是英國。尤其是在最近由「范朋克」與「亞力山大‧科大」(Alexander korda)創立了倫敦影片公司，他們的

處女作品「英宮豔史」的發表是忽然使全世界的視聽集中於倫敦了。除此之外，「高蒙不列顛」公司和「不列顛國際影片公司」等大公司的電影是已經在美國方面開拓着他們的作品的出路。由他們這樣的活躍，我們可說英國的電影也是漸漸的佔領了全世界影壇的相當地位。在過去一年間英國各攝影場是獲得從來沒有看到的景氣了。

這種景氣獲得的第一個原因，實在是依着倫敦影片公司的作品「英宮豔史」所獲得的英國電影的作品價值了。「英宮豔史」這篇作品是在美國引起了非常的激動，併且是在它的藝術的價值方面說，這篇作品的主演者「却爾斯勞頓」，受了美國影藝學院的一九三三年的榮譽獎章，這「榮譽獎章」並不是一定有絕對的信用性，但對於這一部作品我們也不妨信任它。

假使說倫敦影片公司是由「英宮豔史」這部作品成爲在全世界上負有盛名的公司的話，那麼在另一方面，「高蒙公司」是依着「I Was A Spy」(維特・士維爾)(Victor Savile)導演，「康拉特・菲依特」，「馬第萊茵・卡來兒」主演)而出名，併且「British And Dominions公司」，是由「Bitter Sweet」(「諾愛爾・卡華德」原作，「哈巴特・詭爾卡克士」導演，「安娜・尼克爾」，「歸爾蘭・克拉比」主演)而獲得了國際上的地位。

「倫敦影片公司」是拿作品的實質代表着英國電影界，在另一個相反的方面，「高蒙公司」是在作品的數量上領導着英國的電影界。「Shepherds Bush公司」，與「Arlington」的「G・B攝影場」是不斷的製作着新的作品。其次「British and dominions公司」與「不列顛國際影片公司」也是在數量方面製作了不少的新作品。併且「不列顛獅子公司」也在作品的數量方面是一個重要的公司。

從前的英國電影界是根據「Quarter System」(即外片輸入率佔四分之一)統制了外國電影的輸入而樹立了使本國電影發達的政策，但到了現在，他們本國電影的盛行勢力是發展到不顧這種外國電影輸入的「Quarter System」的程度了。對於英國電影的這樣的勢力與發展是有許多的理由。第一，是像「英宮豔史」這種優秀的作品的出現，還有一件是有聲電影發生以後的英語的問題。即是因爲言語上的關係除了英國以外的歐洲各國的電影不能很自由的去發揮它們的勢力。這也是對於英國電影的發展一個重要的原因，併且在這裏英國的電影

界是的確的建樹了對於他們自國民衆的英國電影的優越的地位了。

可是英國電影的最有力量的魔力, 恐怕是在演員的優秀性罷。在現今美國的影壇上活躍着的演員中間是有許多英國籍的演員。「却爾斯‧勞頓」就是這種演員的最適當的例子。其次在這裏試舉出最近在英國電影界活躍着的重要演員如下面；

男演員方面有「爵克‧哈巴特」,「却爾斯‧勞頓」,「爵克‧普喀郎」,「頓‧萃爾斯」,「拉魯普‧玲」,「雪尼‧哈華特」,「高頓‧哈加」等。女演員方面有「馬第麟‧卡路兒」「濟西‧馬西烏斯」,「伊伯玲‧萊依」,「西雪利‧高特尼基」等。

在英國電影界製作出來的電影作品的大體上的傾向, 我們可以舉出史劇與歌舞電影及喜劇的流行。史劇電影是由「英宮豔史」開拓了它的發展的第一步驟。對於歌舞電影的流行,「Bitter Sweet」無疑的是助成了這一類作品的流行傾向吧。然而在另一方面, 我們不得不說這種製作力的增大是影戲院的增加爲它的背景才成就的。依照最近的統計對於三千人的住宅區每天具有六百至九百的觀衆坐在大影戲院裏。假使這樣長久下去的話, 有點「人滿」的憂慮, 所以統轄着英國影戲院的公司當中最有力的「高蒙」Associate British Ficture等兩個公司是停止了屬於他們的影戲院的增設。

併且最近的英國電影界在世界上的一大特徵是多數的一業餘製片廠的存在與電影刊物的出版。在各地方都有電影研究團體的創設更出版着「Close-up」(現□停刊),「Cinema Quarterly」,「Film Art」等的電影研究雜誌。這樣的事實使我們想起前幾年的法國電影界有不少的興趣的地方。總括的說, 英國的電影界是在最近使我們預想一種猛烈的活躍的了。(未完)

(『晨報‧每日電影』, 中華民國二十三年十一月七日 星期三, 金光洲 譯。)

最近之英國影壇

(二) 關於導演

在最近英國電影介紹到東方來的作品很多, 在這許多作品的導演裏面, 尤其是「Magic night」與「Bitter Sweet」的導演者「哈巴特·詭爾卡克士」,「羅馬快車」的導演者「華德·福特」,「I was a spy」的導演者「維特·士維爾」,「英宮豔史」的導演者「亞力山大·科大」和在無聲電影時代已經爲我們熟悉的「亞爾普萊特·喜崔高克」五個人可算是在英國電影裏該要特別注意的重要人物吧。

在英國電影的新傾向裏面, 歌舞電影的流行當然是使我們不能輕視的事實, 加之尤其是爲一種有趣味的事實, 在最近如上面所舉出的「惠爾卡克士」,「福特」,「士維爾」,「喜崔卡克」等重要導演們也都開始了這種歌舞電影的製作。「惠爾卡克士」製作着「婆漢迷女郎」。「士維爾」製作着「常青」,「福特」製作着「朱慶喬」,「喜崔卡克士」製作着「維也納之華爾滋」等等, 並且「喜崔卡克士」曾在一九三三年-三四年的冬季的「電影季刊」上, 發表了他對於歌舞電影的長文理論, 在這篇文章裏面他寫了在「維也納之華爾滋」的製作中, 正像場面的影像的「cut」同樣研究出了音樂的「cut」的自己的經驗。這一部作品是以他的名著「藍色的但腦河」的製作過程做它的題材的。

(三) 歌舞電影

因爲在英國的電影界裏主要的電影人們都對於歌舞電影的製作傾注着他們的全力量, 所以在英國的電影界裏氾濫着歌舞影片這是一種極其自然的現象了。我在下面試舉出在英國的電影界自去年秋期以至現在所製作出的作品中間使我們值得注意的幾部重要作品。

㊀「Rad Wagon」「坡烏爾·修泰因」導演,「却爾斯·華亞福特」,「拉喀爾·特萊斯」,「葛萊它·呢先」,「頓·亞爾普亞拉特」主演, 這是一篇取材於馬戲團的生活的作品。

㊀「Aunt Sally」-「泰依嘸·好依蘭」導演,「西雪利·高特尼基」,「雪嚴·哈

亞第」,「普愛利斯·克萊亞」主演。這是一篇歌舞喜劇(Musical Comedg)。

㈢「Waltzs Fromi Venna」－「亞蘭普萊特·喜崔高克」導演,「濟西·馬西烏斯」,「普韋·高嘸頓」,「愛特蒙特·克烏園」,「愛士蒙特·那依特」,「法蘭克·普烏斯發」主演。

㈣「Night Club Queen」－「白納特·法好斯」導演,「美莉·克萊呀」,「魯依斯·開遜」,「濟因·卡」主演。這是一篇以跳舞場爲背景的探偵劇。

㈤「Hearts in Waltz Time」－「卡兒美納·卡兒納」導演,「卡兒·普利特遜」,「法蘭雪斯·娣」,「烏斯卡·亞特沙」主演。

㈥「Evevgveen」－「維特·士維爾」導演,「濟西·馬西烏斯」,「蕭悠惠·逸」,「比第·巴爾福亞」,「巴莉·馬克開依」主演。

㈦「Over The Garden Wall」「約翰·都美利以」導演,「普比·哈烏士」,「媽麗安·馬許」,「白特·比兒嘸亞」主演。

㈧「Mnsie Hall」「約翰·巴克斯特」導演,「喬治·卡納以」,「馬克·第兒利」,「忿·畢爾特」,「惠萊娜·畢克福特」主演。描寫了「Mnsie Hall」內部的作品。

㈨「chu chin chow」「華特·福特」[11]導演,「靡利特·高爾特納」, 黃柳霜,「約翰·開哩克」主演。它是著名的musical comedy的電影化的作品。

除了在上面所列舉的幾篇以外, 在將來要發表的作品裏面我們可以舉得出不列顚國際電影公司的作品「Radioparade of 1934」「GB公司」的作品「A Song for you」(開甫諾主演),「A, B, F, D公司」的作品「Sing as we go」等幾篇。

(『晨報·每日電影』, 中華民國二十三年十一月九日 星期五, 金光洲 譯。)

---

11) 표준 중국어표기로는 '沃爾特·福德'임.

最近之英國影壇

(四) 史劇電影

由「亞力山大·科大」的「英宮豔史」代表的英國電影界的史劇電影的傾向是再依着其後的他們的努力而不斷的繼續下去的。「英宮豔史」的在電影藝術上的成功不僅是英國, 在美國也引起「古裝電影」Costume Pieture的流行。依據這一點, 我們可以窺見他們在史劇電影製作上所獲得的成功的程度了。「亞力山大·科大」發表了「英宮豔史」以後又續攝「唐瑛之私生活」「The Private Life of Don Jauh」。併且對於史劇電影方面的「倫敦影片公司」的作品。我們可以舉得出比「亞力山大·科大」的作品更早已發表的「凱塞玲女皇」(「愛利沙比特·貝格那」主演,「坡烏爾·善那」導演)這部作品當然可算是一篇史劇電影的傑作。

「唐瑛[12]之私生活」的劇本是「普萊特力克·郎士第逸」與「拉沙·比魯烏」兩個人合作的。(「比魯烏」就是「英宮豔史」的作者)。主演演員是「范朋克」,「馬亞爾·烏微郎」。[13]「趙應·卡特那」,「比呢他·休麼」,「比呢·白英斯」等的同一流的明星, 這作品也許是比「英宮豔史」沒有甚麼遜色的吧。「倫敦影片公司」是再製作着「烏爾沙依」夫人的名作小說「The Scarlet Piniperrel」。這也當然是一部史劇電影, 與歌舞電影一樣, 我在下面試舉出最近的英國史劇電影的重要作品。

「Dick Turbin」—「約翰·士它福特」與「維特·哈嘸比利」導演,「維特·馬克萊克萊因」主演

「The wandering Jew」—「馬烏利士·愛爾符愛」導演,「康拉特·華依特」主演。

「The Queens Affair」(中譯「嫦娥愛少年」)—「哈巴特·詭爾卡克士」導演,「安娜·尼克爾」。「普噓蘭·克拉維」主演。

除了上面所舉的幾部之外還有一部「Neu Gwyn」(「哈巴特·詭爾卡克士」導演,「安娜·尼克爾」主演)。

關於英國電影界的最近的狀況, 除了在上面所述的以外, 還有一件使我們

---

12) '瓊'은 '瑛'의 오타임. 정확한 중국어명칭은 '唐瑛之私生活'이다.
13) 표준 중국어명칭은 '梅(曼)爾·奧勃朗'임.

值得注意的是英國的電影人參加到英國的電影界這事件了。例如「亞力山大·科大」,「范朋克」,「小范朋克」,「貝格那」,「此認那」,「坡烏爾·修泰因」,「美恩第斯」,「華依特」,「蕭特馬克」,「魯以士馬以爾士頓」,「比烏魯」,「卡爾魯烏納」,「魯蘭特·白郎」等人都是,從美國來的演員也不少。那末,這種情勢,在某一方面的意義上,不妨說英國的電影界是由外國的從業員所成立的。但無論如何,在英國已經建立了一個電影的新中心地是我們該要慶賀的事實。(完)

(『晨報·每日電影』, 中華民國二十三年十一月十二日 星期一, 金光洲 譯。)

美國電影企業剖視(一)

我們概括的觀察最近三年間的美國電影事業界的時候, 很容易知道他們在數字上是依然處在無法避免的損害的狀態。試舉出與電影事業有關係的七十七公司的損益統計如下面:

一九三一年	二一、四五九、〇五八金圓(益)
一九三二年	四一、三六四、一四九金圓(損)
一九三三年	一九、五八九、三九三金圓(損)

這個統計裏面的損失, 大部分是影片商與電影製片公司及影片支配公司所負擔的, 倂且純粹的電影製片公司與影片支配公司是在一九三三年取得了不少的利益。這種公司方面的損益統計是如下面 A製作與支配公司,

一九三一年	一五、一五四、二四一金圓(益)
一九三二年	二六、〇二二、三二八金圓(損)
一九三三年	一九、五八九、三九三金圓(損)

B製片公司

一九三一年	四〇七、九七〇金圓(益)
一九三二年	一、〇六六、〇六九金圓(損)
一九三三年	五三、一八一金圓(益)

C電影支配公司

一九三一年	八四二、二三四金圓(益)
一九三二年	二九三、五四一金圓(損)
一九三三年	一〇七、六七八金圓(益)
D影片商	
一九三一年	五、〇五四、六一一金圓(益)
一九三二年	一三、九七九、二一〇金圓(損)
一九三三年	一〇、二六八、八九一金圓(損)

在這樣的情勢裏，由去年四月的羅斯福大總統的就任，六月的產業復興政策的設立，十月的通貨膨脹(inflation)政策的積極的實施，今一月末的「本位貨幣改鑄法」實行等的推移，一般的經濟界呈現年了活躍的狀態，所以電影界全般也受了它的好影響漸漸的表示着景氣恢復的狀況。因而在今年上半期的後半部各公司都是恢復着損害，但「電影清潔軍」(Legion of Decency)的同盟排斥運動(boycott)忽然意外的擴大而強烈化起來，美國的電影事業界是受着非常的打擊，併且依目前的美國電影事業界的各方面的狀況，我們可以推想今年也是不能期望他們電影界全般的好景氣是一種妥當的觀察吧。

在最近的美國電影界，最重大的事件就是政府方面的干涉。即是電影事業界也成了不能不受「產業復興法」(N·A·R)的採用。「產業復興發」是以美國合眾國的國家經濟建設爲目標，羅斯福總統所提案的一種非常時的政策，這個政策是在去年六月十三日，S·約翰遜將軍得了議會的推舉被任命復興局長官時所施行的政策，併且爲電影，劇藝表演(Performance)，無線電等娛樂機構部門的專任統制官，在六月十六日「沙而·S·魯見普拉特」由大總統被任命了。「魯見普拉特」的對於電影事業統制的具體的出現是以八月八日的紐約「審查會」爲開始的。開了「審查會」以來經過了許多曲折，在十一月二十三日，電影條例才得到大總統的承認。這個電影條例是像其他各方面的大產業的條例一樣，一種政府的產業統制權的支配力量，併且在某一方面可說是一種保護政策，但我們不妨認它是一種政府方面的大干涉。

（『晨報·每日電影』，中華民國二十三年十一月十四日 星期三）

美國電影企業剖視(二)

可是陷在無法避免虧損的狀態裏的電影界, 不得不贊成這個「產業復興法」的電影統制制度。這個「產業復興法」是有「企業聯合」的公認, 勞動陸體的團體交涉權的承認等與從前的資本主義統制相反的地方, 倂且在理論上說是促進電影事業, 但在實際上它能够得到利益嗎? 這在現在還是一個疑問。這個「電影條例」是相當龐大的文字, 無論怎樣在這篇幅裏要揭示它的全文是不可能的, 所以我在下面只單試舉出它的主要綱目。

緒言

第一章 定義

第二章 統制(這是規定條例執行官的權利的法則)

第三章 總則(這是雇主與被雇人的權利及義務的概括的規定)

第四章 勞働規定

(A) 關於製片的規定。

(一) 勞働時間。(二) 最低酬金。(三) 關於「臨時雇員」(Extra)的規定。(四) 關於自由契約演員的規定。(五) 例外規定。(六) 少年勞動。

(B) 關於影片支配的規定。

(一)勞動時間。(二) 最低酬金。(三) 少年勞動。

(C) 關於影片商的規定。

(一)演員以外的從業員。(二) 在Vaudevile(小規模的滑稽歌劇)與影戲院的實演裏表演出的演員

第五章 關於不公正的手段的處分。

(A) 總則。(B) 製片者。(C) 製片與影片支配者。(D) 影片支配者。(E) 影片商。(F) 影片支配與影片商。(這是舉出該受處罰的諸般不公平的業務而警戒它的規則)。

第六章 一、間隔與區劃的選定委員。

(這是設置在各地方, 由電影支配者, 影片商, 影戲院主等而所成立的委員會, 對于電影的公映, 講求它的時間與區劃的分別問題及其他由各地方的事情

差異而發生出的影片商上的機會均等政策, 就是這委員們的任務)。

二、難題審議委員。

(這也是設置在各地方, 正像依着電影條例的規定而去執行的一種電影關係的民事裁判法庭似的機關。與前者同樣, 這些委員也是由條例執行官被任命的)

第七章 關於事業政策的總則。

(這是指示在電影製作與廣告宣傳的時候, 須要嚴守的道德的基準的規則)

第八章 關於其他雜務的規定。

第九章 關於委任與修正的規定。

(『晨報·每日電影』, 中華民國二十三年十一月十五日 星期四)

美國電影企業剖視(三)

實行了這個「電影條例」之後, 如果能夠完全的統制電影事業的話, 那麼電影事業界的損害的驅逐也可說有點可能性吧。但依據在最近「沙雨, 魯見普拉特」所提起的報告書說, 我們可以知道在實際上是沒有何等可觀的成績, 併且要改革的不完善的制度也還不少。「魯見普拉特」對於大總統已經提起了這個「電影條例」的有效期限的延長, 在這種事實裏面, 我們是很容易了解這「條例」的效果及程度。

又「魯見普拉特」發覺電影事業不能獲得利益的最大原因, 舉出了電影人的酬金的過分。一個電影明星是與作品的Sensation的程度有着密接的關係, 併且假使他所表演的電影作品, 能够得到好的成績的時候, 要拿巨額的酬金是當然的。對於這一點, 「魯見普拉特」也是有着清楚的認識。但他所排斥的地方就是電影製作的首腦人們的法外的收入。即是在一九三三年的各公司的臨時雇用的演員二八七, 六六一人, 他們的酬金總額是二、七五六、六四三金圓攝影場的技術員是一九、三六三人, 他們的酬金九七四七、一三金圓, 音樂師九、五三八人, 得了三、七一二、四七七金圓的酬金。

在另外一個方面, 製片的指揮者是二八九人, 酬金六、七九九、一五七金圓,

攝影導演是三七〇人, 酬金達到六、九八八、九三金圓的巨額了。又在首腦部中, 得了最大的金額是二七三、五九六弗, 最高級的導演是一五〇、〇〇〇金圓, 最高級的顧問是一七九、五九九金圓, 在演員方面, 出演了一篇作品得到三一五、〇〇〇金圓是最高級的, 其次有每星期的酬金一〇、〇〇〇金圓的, 但這在實際的收入上, 一年不過是二九六。二五〇金圓。「魯見普拉特」說是依據上面的數額, 能夠明白的證明酬金太大的事實。全體收入的四分之一爲充做酬金, 那當然使製片商獲不到電影事業的利益, 這就是「魯見普拉特」的排斥這種不合邏輯的收入的理由。

還有一件問題就是, 大公司所提倡的「五本以上的長篇電影(Feature)的兩篇同時公映的禁止了, 因爲獨立製片商方面的反對這個問題是還沒有得到圓滿的解決, 併且「環球公司」雖然是一個大公司但在經濟形態上處在與獨立製片業者有不大差異的難境所以「環球公司」的主人「卡爾萊嘸來」也是反駁了這個長篇電影的兩篇同時公映的禁止案」而且參加獨立製片業者方面去的趨勢。在不久以前, 對於這種大公司方面受益而小公司方面却受不到何等利益的「電影條例」, 獨立製片業者們的不滿是盛烈起來了, 但這種不滿與反對, 使他們不能茫然的去積極的適用這個「N‧R‧A的電影條例」, 到了現在, 這個「長篇電影的兩篇同時公映的禁止」的問題是有將成美國電影界的癌腫之憂慮。

(『晨報‧每日電影』, 中華民國二十三年十一月十六日 星期五)

美國電影企業剖視(四)

在最近, 美國的電影企業又碰到了一大患難, 表顯出極度的狼狽了。那就是「電影清潔運動軍」的對於不道德電影的同盟排斥運動了。關於美國電影的卑猥性與不道德獎勵的諸般傾向, 在個人方面或紐約社交界的名流「粵加斯特‧白薩蒙特」夫人所主宰的「電影檢討會」等, 早已指摘出了美國電影的不道德性的傾向, 但爲這個電影清潔運動的表面化的第一步驟是羅馬天主教團體受了他們的教皇馬克‧尼克拉斯的依托提倡這個運動爲開始, 因爲他們受了對於信徒

們勸誘了加入「電影淨化十字軍」的同盟以來, 新舊各教派與許多婦女團體也贊助了他們的運動。因此, 到了五、六月的時候在美國的全土上, 這個不道德電影排斥運動盛烈起來了。這所謂「電影十字軍」是為了守護青年的生活。家庭生活, 國家, 宗教等等, 共同宣誓了不看有不道德性的電影, 並且把這宗旨宣傳於友人與鄰人們而勸誘他們的贊成為重要的任務, 他們是沒有供給金錢的義務, 此外又規定了不必開什麼集會, 只須從鄰人到鄰人, 從聖壇到信徒們, 這樣的去勸誘一般人的規則。由他們的這個運動, 直接的受了很大的影響的是影片商, 他們畢竟是陷入了無法可避免停業與閉院的悲運裏了。

在這樣的情勢裏, 電影製作者與影片支配者的協會是不得不高呼了「在今年七月十五日演出以前的, 不論它是那一種電影, 在不得已的場合, 雖然破壞契約但廢除它也可以」的聲明。

這個所謂「電影淨化十字軍」的運動是以一切的宗教團體做他們的背景, 加之婦女們也拼命的在幕後活動着。他們的宗旨不能說是不對的, 所以電影企業者也無法反對它了。因之, 他們都聲明了不再作有不道德性的電影, 併且從七月一日起, 拿已在一九三〇年所採擇的「電影製作典範」為參考, 以慎重的態度去從事電影的新製作, 畢竟是製作出能夠使「電影淨化十字軍」滿足的作品了。還有依着「電影製作典範」而製作出來的作品的檢閱權和推寫着能夠誇張的優秀的作品的任務的人就是「約瑟・I・白令」。「白令」是從去年十一月一日為駐在着「好萊塢」的「電影製作者與電影支配者的協會」的總裁「烏衣爾・H・海依斯」的補助人, 總轄着攝影場一般的公務人員。據說「白令」不僅是依照「電影製作典範」去檢閱製作出來的各種新片子, 併且決定了依據這個「典範」去校閱未攝影的電影劇本, 因此在七月十五日以後演出的美國電影裏面該當是找不到不道德性, 然而從前讚美着有不道德性的電影的美國的觀眾們, 對於「電影淨化十字軍」所滿足的這種所謂有道德性的電影, 那能感覺到滿足呢? 這不能不說是一種營業上的損失。併且恐怕我們不能期待着有比從前更良好的盛行成績吧。

依着這一次的「電影淨化十字軍」, 美國的電影企業界所蒙受的影響不僅是如在上面所示的簡單的數量上的問題, 除了這個數量上的損害以外, 我們不可否認其他各方面的無形的影響。即從來不大重視着電影的一般人們也漸漸的感

覺到了這些電影的不道德性, 僅在這一點上面觀察也暴露了不少電影企業者的
信用失墜的事實了。(完)

(『晨報·每日電影』, 中華民國二十三年十一月十七日 星期六)

法國影壇現勢

(一) 製片公司

我們可以說最近的法國電影界, 是處在許多小製片公司的羣雄割據的狀態
裏。極端言之, 每一個星期裏可以建立出許多新的電影公司, 但同時也潰滅着
許多舊的電影公司。在某一種意義上, 這種小製片公司的繼續不絕的勃興和割
據, 我們可以算做它對於電影界貢獻着一種嶄新的潮流和傾向, 但在另一方面,
我們不妨說這種傾向是充分的證明着粗製濫造的不完善的小公司是散漫的,
沒有意識的, 更是沒有力量的。

依據一九三三年的統計來看, 在同年的法國影壇的新製片公司有二二八個,
它的資本金額是七〇·二五九·〇〇〇佛郎, 同時內中十九個製片公司是增加
着他們的資本漸漸的達到三·四三〇·〇〇〇佛郎了。可是, 在同年, 却潰滅了
五十八個製片公司, 併且這些潰滅的公司資本總額是二三·一二五·〇〇〇佛
郎, 因此同年的法國各製片公司的資本增加的總額達到五〇·五六四·〇〇〇
佛郎, 但與一九三二年和一九三一年的增加額比較起來, 在增加率上呈現着減
少了的, 即是在一九三二年有五二·四七五·〇〇〇佛郎的增加, 在一九三一
年有八二·〇六七·〇〇〇佛郎的增加。然而我看這種資本增加或減少的現象,
可說是由各公司的費用的節減而起來的。

在法國的電影界, 比較規模大的製片公司就是「百代公司」與「G·F·F·A公
司」(「高蒙·佛蘭西, 電影公司」)。除了這兩個大公司以外, 沒有可舉出的了。併
且上面的兩個大公司的電影製作率也是比他國爲底的。在下面試舉出一九三
三年度的法國重要製片公司的作品數額。

「百代」公司(Patlhe Natan) 　　　　　　　　　一六

「粵特穌」公司	八
「G·F·F·A」公司	一一
「派拉蒙」公司	二五
「爵克·阿伊克」公司	九
「C·U·C」公司	六
脫別斯」(Tobis)公司	二

(但是，現在，「爵克·阿伊克」與「粵特穌」兩個公司是消滅了，併且，「派拉蒙」公司是在一九三三年因了事業的不振而暫時停止的工作，到了最近才再度的開始了他們的製片的工作。)

(二) 作品的數量

那麼，最近的法國電影界製作了幾篇作品呢?「馬蘭雪爾·高蘭·路巴爾」氏在「弗蘭西電影」雜誌上，關於出現於電影市場的各年度的法國電影的片數，曾經報告了數字上的統計。

一九二八年	九四篇
一九二九年	五二篇
一九三〇年	九四篇
一九三一年	一三九篇
一九三二年	一五七篇
一九三四年	一五三篇

但據說在一九三四年，法國電影界將要製作的作品，在實際上不過是九十五篇，尤其是依據某法國電影批評家的評論，我們很容易看得出在一九三四年的法國電影作品的篇數的減少是值得非常注目的，可是惟其這樣才可以改良着作品的粗製濫造，向着產生優秀的作品的路上走着，所以這種製片的數量上的減少，並不一定使我們失望的了。

(『晨報·每日電影』，中華民國二十三年十一月二十二日 星期四)

法國影壇現勢

(三) 影院影

依據一九三三年十二月的統計, 法國影戲院的總數如下面:

法國國境內	四、五八五
阿菲利加北部	二四〇
(合計)	四、八二五

在上面的影戲院中具備着有聲電影的公映設備的戲院數如下面:

法國國境內	二、五三七
阿菲利加北部	一四七
(合計)	二、六八四

又在另外一方面, 試舉出法國國境內的有聲電影公映設備的增加數如下面 (下面的數目就是具備有聲電影的公映設備的戲院)

一九三〇年三月	二八〇
一九三〇年十二月	四九〇
一九三一年六月	六九三
一九三一年十二月	一、二一五
一九三二年六月	一、七九七
一九三三年十二月	二、五三七
一九三四年三月	三、一一四

加之, 我們不絕的可以聽到在法國有聲電影占領了電影界的重要勢力以來, 許多戲劇院, 繼續的轉變成影戲院的消息, 尤其是在一九三三年內巴黎有十五個戲劇院變成影戲院了, 但是在另一方面, 我們又可以聽到有七個影戲院再恢復到戲劇院了。勿論那一種的轉變, 很容易使我們認識因了戲劇院或music hall 的營業不振, 它們都是呈現着轉變到電影院去的傾向是無疑的罷了。

(四) 影戲院的進益

在法國雖然有電影院的增加的傾向, 但在電影企業的基礎上並不是表示着比其他的企業有更良好的業績. 在巴黎各電影院的進益, 統計如下。(以佛郎[14]為統計的單位)

一九二六年	一四五、九九四、九五九
一九二七年	一七七、六五五、八九五
一九二八年	二〇四、〇二三、五七〇
一九二九年	二三〇、一八七、四六一
一九三〇年	三〇八、一九七、〇一一
一九三一年	三六〇、九〇〇、〇〇〇
一九三二年	三五九、三二八、七四六
一九三三年	三三八、二五八、四 〇

在這裏, 我們不能輕視的就是自三三年以來影戲院的進益雖然是減少了但是影戲院的課稅比其他的戲劇院, music hall, 馬戲團, 音樂會等所負的課稅較高, 在一九三三年, 由電影公映所得的進益占領了音樂會, 馬戲團等各種集會的總進益的百分之五十九, 併且所納的稅金達到進益總額的百分之七、八十, 由此在最近的法國電影企業者們的最大的呼聲就是這個稅率減低的問題了. (未完)

(『晨報・每日電影』, 中華民國二十三年十一月二十五日 星期日)

法國影壇現勢
(五) 外國電影的輸入限制

當然減低電影企業的稅率, 對於法國的電影企業者之爲一種最大的幫助是無疑的, 但法國的電影作品的產量的缺少也可說是法國電影界的主要的沉滯的

---

14) 프랑스의 통화기준단위 '프랑'을 중국어로 표기한 것임. 표준 중국어로는 '法郎'임.

原因. 所以爲獎勵自國的電影製作起見, 關於外國電影的輸入規定了一種限制. 即是依據一九三四年七月至十二月間該要實施的法令, 在法國境內公演的外國電影的特殊片數是以九十四張爲限! 幷且對於這種外國電影的特許上規定了每一篇作品都必須有明確的聲明和記錄, 它是外國電影的超特作品, 加之演出於這種作品上的每一個演員與錄音方面的從業員的名字也要記入, 這種片子是只在法國領土內才可以公演的, (這種規定恐怕是對於外國電影的超特作品的製作者, 使自國的演員作爲他山之助所實施的法令吧)受有外國電影特許公映的戲院在「Siene‧州」只有五個, 在其他地方只有十個.(在現在的巴黎, 專公映這種外國電影的超特作品的影戲院大約有三十幾個, 幷且據說它們在去年所得到的進益總額達到五0.000.000佛朗左右了.)

〔六〕 失業者保證問題

其次, 我們對於法國的電影界該要注目的事情不僅是因着外國電影的氾濫使法國的各影戲院的進益被外國人侵占了去的這一件事實, 並且關於電影的實際的製作方面也受了外國人在法國電影界的霸占使自國人陷入失業的狀態裏的事實, 在這裏爲敍述詳細起見, 試舉出關於法國電影界的從業員方面在今年三月的統計如下面 : (下面的統計中間的最前的數目是法國自國的電影從業員, 其次是失了業的法國電影從業員, 再次的數目, 就是正在從業於法國電影界的外國從業員.)

導演	三八	二一	八
攝影師	九五	四七	二六
副導演	八五	五四	三〇
錄音員	二一	一八	五
編劇員	二七	八	一五
置景員	三九	一〇	六

在上面所舉的數目的統計裏面, 我們很容易了解因着外國的從業員使法國的電影從業員的失業問題達於相當嚴重的狀態裏. 「假使這樣長久下去的話, 永

遠不會救出電影界的失業從業員! 趕快去救出自國的電影從業人員呀!」在這種的意義之下, 產生了今年五月二日的自國電影從業員的失業救濟, 電影從業員團體在街頭上作了他們的示威行進, 同時, 在另一方面, 對法國勞働部長, 提起了所謂「電影從業員保護案」, 在目前這個保護案還沒得到圓滿的答覆, 在下面試舉出它的重要綱目,

(一) 在法國從業於電影製作的外國人對於下面的七個部門的每一個部門, 不可超過法國電影從業員人數的五分之一, 那七個部門就是導演, 攝影師, 置景師, 副導演, 錄音師, 剪輯員, 音樂擔任者等等。

(二) 在外國的電影從業員要參加或演出於法國的電影製作的場合, 對於每一篇電影須要法國的「勞働許認證明」。

(三) 但「勞働許認證明」是除了無論電影製作的某一部門, 法國人佔據實際從業員人數的十分之二以上的時候以外不能給與外國人的。(未完)

(『晨報·每日電影』, 中華民國二十三年十一月二十六日 星期一)

法國影壇現勢
(七) 和外國的共同製作

設在法國的美國電影公司, 我們可以舉出,「聯美公司」,「福克司公司」,「哥倫比亞公司」,「米高梅公司」,「派拉蒙公司」,「雷電華公司」,「環球公司」,「華納公司」等八個公司, 併且勿論那一個公司, 都是同它們在美國本地一樣受着「美國電影協會」的支配(這個協會的代表者是「哈羅爾特·史密斯」), 而且它們都在法國各自製作着特種的片子, 它們的作品數量占領着法國的輸入電影的百分之七十三。

可是上面的八個公司中, 只有「派拉蒙公司」與「福斯公司」兩者, 除了在法國的特殊片子以外, 更製作着送到自國的片子。「派拉蒙公司」雖然是在去年爲了事業沈滯暫停了製片工作, 但在最近又開始了它的活動。在另一方面,「福斯公司」對於法國的電影界已經提供了「愛立比·鮑靡」與「普列特·巴斯克」的兩

篇作品, 而且我們不會否認這兩篇作品影響於法國電影界的偉大的力量。又「環球公司」是有時候實行着法國電影的分賣事業, 這也是在這一國裏面具有必然性的事實了。

上面所述的就是法國電影界與美國電影界的互相交涉, 但與德國方面還有「脫飛斯公司」對於法國電影界不絕的提供着相當的作品, 併且「A‧C‧E公司」也輸入着德國「烏髮公司」的法語片子, 這也是使我們注目的事實。

除了上述之外, 法國的電影界是在最近實行與捷克斯拉維亞, 匈加利, 義大利等諸國的共同製片工作, 以這種協同製片工作去努力企劃自國有聲電影的隆盛與增加, 不然的話, 因爲資本不大充足的關係, 法國電影界是不能單獨的企劃電影事業的進展和隆盛罷了。

最後, 還有使我們要注意的事實是最近的法國電影界提起了與蘇聯電影的接近, 「法國電影」雜誌站在這個運動的先鋒地位, 從而它是在國粹的旗幟之下活動着的這個雜誌開始了蘇聯電影與自國作品的交涉和接近工作, 這種事實與現在的俄法兩國在政治上的關係對照起來, 也使我們感覺到不少的興趣了!

其次, 七個小製片家-「阿基阿爾」, 「普黎」, 「敢第拉」, 「關爾黎」, 「烏爾比特取」, 「哥米克」, 「那爾巴斯」等團結起來而且成就了電影製作的共同戰線, 他們在彼此協同和相議之後, 才決定了他們在電影製作上的攝影場的借用問題及技術的合作問題, 併且以這種協同工作節省着每一個人的個人方面的薪金, 假使這樣的方法去製作電影的時候, 聽說是對於每一篇作品能够低十萬佛元的製作費用了。

(『晨報‧每日電影』, 中華民國二十三年十一月二十七日　星期二)

法國影壇現勢
(八) 作品的傾向

那麼, 法國的電影界是製作出那一種的作品呢? 併且它的傾向是怎樣呢? 要而言之, 法國電影的主要潮流是文藝電影, 就是戲劇與小說電影化了。依着特

編的電影故事而製作的作品是比這種戲曲或小說之電影化的作品爲少, 在法國的電影作品裏面, 我們很不容易找得到有社會意義或國家政策觀念等的作品, 所以法國電影界的基本問題就是「赤裸裸的人生生活中捕捉」了。

依據去年秋季的統計, 發生了有聲電影以來, 在法國的電影界所製作的作品當中, 一百七十一篇是戲曲的電影化, 一百篇是小說的電影化, 而由特編的電影故事攝製的作品却只有一百十三篇, 它的詳細的內容如次。

(一) 以一八七〇年以前的事情爲題材的作品。

戲劇的電影化	一三
小說的電影化	一六
由特編的電影故事而製作的作品	四

(二) 以一八七〇年至一九三四年的事情爲題材的作品。

★戲曲的電影化

Van devile(小規模的滑稽歌劇)	一六
軍隊用的(Vaudevile)	九
喜劇電影	二〇
富有戲劇性的作品	一六
歌舞電影	四

★小說的電影化－

文藝作品與風俗小說等	一七
(Melodrama)與偵探小說等	四

(三) 以戰爭(一九一四－一九一八)爲題材的作品

★戲曲的電影化	三
★小說的電影化	一
★由特編的電影故事而製作的作品	一

(四) 以一九一八年以後的事情爲題材的作品

★戲曲的電影化

(Vaudevile)	八
軍隊用(Vaudevile)	一

(『晨報·每日電影』，中華民國二十三年十一月二十八日 星期三)

羅勒·克萊爾
電影巨人研究之一

在世界的許多影藝人裏面，「羅勒·克雷爾」(Rene Clair)是我所最崇拜的一個人，併且我以爲在將來的電影藝術界能夠成爲最優秀的製片家也就是「羅勒·克雷爾」。

可是有許多人認爲「羅勒·克雷爾」的作品是電影藝術裏面的某一條路，而且難說它是電影藝術的本格的方向。我是很擔憂這種人們的狹窄而錯誤的藝術觀本格的有聲電影到底是怎樣的東西呢? 以我個人的意見來說，優秀的電影是不論它所採用的形式怎樣，都是優秀的藝術作品。站在狹窄陳腐的藝術觀上說

出頑固無比的理論去批評電影作品, 這不能不說在某一部分的影評人的旗幟下樹立了一種牢固的癌腫的根基。

「羅勒‧克雷爾」還是一個年青的藝術家, 一看他的容貌, 我們能夠感覺到受了纖細的段煉的一種理智的閃光, 他的瀟灑的全身裏面充滿着湧躍的熱情和藝術的意志與欲望, 這種意志與欲望是再被他的理智受着充分的試煉。那就是無窮的企念與對於自己的一種明徹之練磨。

有些人是認得「羅勒‧克雷爾」的「法蘭西」式的明晰性, 另外一部分的人們是對於他的「法蘭西」式的脆弱性, 表示着某種的可惜。但是我們可以看得出所謂脆弱性的是隨着他的年紀, 漸漸的呈現着消滅的傾向。他所發表的作品充分的證明着這種傾向。

「羅勒‧克雷爾」是對於電影藝術, 最早試作了藉銀幕的力量的純粹藝術的創造, 可是他漸漸的認識了藝術的創造是受多方面的制裁, 在這裏, 他是從Dilettante的藝術家裏面, 發見了一個爲社會服務的藝術家的長成和進展。至於最近的「羅勒‧克雷爾」, 有着柔美的詩人的心理, 併有着憎惡, 現代的社會構造的一種戰士的心理。

「羅勒‧克雷爾」是會做出真正的藝術的電影作品的人, 併且可說他是已經使電影從其他的藝術的從屬部份解放出來的一個急先鋒。(那就是他在一九二四年由「摩卡比卡」的劇本所製作的一篇「Entraete」)尤其是他在有聲電影佔領了聲響以來, 對抗着電影的戲劇模倣性而奮鬥着的。他與擁護電影戲劇化的「馬爾雪爾‧伯尼粵爾」意見不相容的原因也就在這一點了。

舉一個實例來說。至於「羅勒‧克雷爾」所發表的作品, 劇本裏的對話是他自己所寫的, 他的這種劇本裏的對話併不是文字的對話, 也不是有戲劇性的對話, 那就是爲了電影本身的對話, 我所說的所謂「爲了電影的對話」當然是含有着在文藝上的意義同時有着電影的使用法。

我已在上面說了羅勒‧克雷爾是爲了電影自體在藝術上的獨立而奮鬥着的, 但他不僅是把自己的藝術的理論藉着電影的形式而表現出, 併且他在文藝上面也是很熾烈的把它表現出來了。在法國的電影史裏面, 爲了電影在藝術上的獨立而最早努力的文筆上的戰士是「魯依‧第利約克」, 其他還有「阿貝爾‧甘

斯」與「摩爾雪爾·黎爾比愛」, 而且轉移了時代, 到了現在, 「羅勒·克雷爾」每逢機會的時候吐着熱火般的電影藝術理論。

在下面所舉出的是「羅勒·克雷爾」已經所發表的作品。(不依據演出的年度, 依據作品的製作年度而列舉)。

(一) 一九二三年 Paris gui dort

(二) 一九二四年 Entr acte

(三) 一九二五年 Le Fantome du moulin rouge

(四) 同年 Le Voyage Imaginaire

(五) 一九二六年 Le proiede vent

(六) 一九二七年 Le chapeau de paille d'ltalie

(七) 一九二八年 Les Deux timides

(八) 一九三〇年 Sous les toits de paris(巴黎屋檐下)

(九) 一九三一年 Le Million(百萬金)

(十) 一九三二年 A Nous la liberte

(十一) 一九三二年 14 Juillet

(十二) 一九三四年 Le Derniey milliardaire

在上面的許多作品裏面除了二, 五, 六, 七, 九等幾篇以外, 大部分都是他自己的原作與編劇, 併且「羅勒克萊爾」有一篇創作的小說。Adams, 這本書是在一九二六年在巴黎的「貝爾那爾·克拉特雪爾」書店出版了。

(『晨報·每日電影』, 中華民國二十三年十二月三日 星期一)

「雷雨」我評

昨天各報的批評, 對於「雷雨」差不多是一致推薦的, 而金光洲先生這篇批評, 却嚴格地說了一些別人所沒有說的話, 我們並無成見, 所以也一併揭載在這裏,

－編者附識

這篇作品的原作者是十九世記的一個俄國戲曲作家, 雖然在那個時代他有着相當的聲譽, 並且這篇戲曲在舞臺上也獲得過熱狂的歡迎; 但, 在現在的蘇俄, 他的這片戲曲搬到銀幕上來, 却一點也找不出時代性, 而使我們感覺到一種莫明其妙了。在何種的理由和意義之下, 把這篇戲曲編成電影的呢? 這個就是無論誰看了這部片子要發出的第一個問題了: 可是在這樣簡單的篇幅裏面是不能詳細的評論它, 而且對於這個問題也不能使我感覺到大的興奮。劇情的內容是這樣的: 一個無知而純貞的女性「卡特利娜」出嫁之後, 陷入不義的戀愛, 結局是不能不投身於「伏爾加」河裏去了, 這樣的一個女性的由不義的戀愛而發生的一個單純的悲劇的描寫就是這影片的故事。雖然故事的單純並不決定電影作品的優劣性, 但, 這影片的故事的展開使我們不能不有一種倦怠感。這是看了這影片的人誰都不會否認的吧。因爲作品的主人公「卡特利娜」是一個無知的女性, 我們不必拿主人公的不義的行動來作重大的問題, 我們不能輕視的就是使她引到這樣的悲劇的結果的那個時代的社會的缺陷和作者是用怎樣的手法去表現這個問題的呢? 但我們在寫篇作品裏却找不到它的回答的! 在背景或衣裝與其他許多部分我們可以看得出這戲曲的電影化是相當的重視着原作的精神, 但因爲是失掉了表現的焦點, 對於上面的問題, 使人不容易了接它的明確的時代的背景和矛盾, 缺陷等。這不能不說是這篇戲曲的電影化的第一個失敗原因了。

　　在作品裏, 大部分人物都是代表着當時代的俄國中產階級的典型的人物 : 女主人公[卡特利娜]不僅是一個無知而純眞的女性而且還帶着宗教的迷信的觀念, 無論什麼事情都依賴着宗教的魔力: 所以在作品的末部, 她站在教堂的祭壇上, 對於公衆聲明了她自己的罪過, 但她終不會享到了人類的幸福: 結局是依賴着神的保佑的一個懦弱的她也因了她一時的錯誤而不能不離開這現實的罪惡世界了。

　　對於這一點或許是我們可以找出這篇作品含着些攻擊宗教的意義, 然而用這種方法去批判宗教是太過於觀念, 並且這不過是極其甜蜜, 溫柔的方法而已。難道現階段的蘇俄還需要這樣的宗教批判的手段嗎?

　　至於導演, 也找不出什麼特殊的手法, 但這種作品所須要的一種沉重的調

子，一貫的直到作品的最後，在這一點我們可以窺見導演的手法上有着相當的成功，此外，還有一種不能淹沒的地方是作品全體裏面奔流着的質素性就是對於人物取汲與畫面構成上沒有虛飾的表現，這點是值得我們學習的。

演員的大部分都不是純粹的電影演員，而是戲劇界的演員們，在這一篇的銀幕上雖然是不大露漏出戲劇演員們的一種帶着舞台表現性的勉強支持的表演，但是也沒有什麼可以特別的去舉出的優越的演技與表情。當然，我們也不能說他們是失敗。

除了幾個場面的Love-scene以外，對於Camera的技巧方面也沒有何等獨特的技術的嘗試，但大體上說，這篇作品的攝影是有着相當的成功，尤其是有幾個場面是在我們的眼前展開着一種好像抒情詩般悅目的畫面。

(『晨報·每日電影』，中華民國二十三年十二月八日 星期六)

德國的電影檢查(一)

一，電影檢查的法理的根據

德國電影檢查的現在的形態是歐洲大戰以後的一種現象。大戰前，檢查影片單只是各州的問題也就是警務上的問題吧了，到了大戰後，却曾經確立了一般的無檢查法則，而電影也就暫時避免了檢查制度；但，終於又為了不檢查而發生了許多意外的弊病，於是又恢復了檢查制度。依據一九二〇年五月十二日的「德國電影法」(Reichs-lichtspielgesetz)，電影檢查是採取着現在的國家檢查形式而施行着的。

檢查的法理的根據是存在於電影的特殊而強烈的效果上。反對電影檢查的一派是這樣主張着：每天的報紙上公然的發表着關於犯罪，殘暴，背德等諸行為的消息併且無制限地去傳播於一般的讀者群，各方面的言論的機關也不服從檢查的限制，在這樣的出版與言論的自由時代，電影之偏要受到國家的檢查的限制是不公正的。

關於電影檢查的這種批判可說是的確的把握着當時的問題的核心，併且要

把這個時代的檢查法在本質上去作緩和的要求；可是這種批判不能說是爲了一般檢查制度的完全廢止的一種理論的根據。電影是比較印刷的新聞報告或言論機關，在本質上惹起着更强烈的效果的，併且依着他的廣泛的傳播性與偉大的暗示力，影響於公共的秩序與善良的風俗一種有毒質的結果是必須使我們要清楚地認識的。

因之，我們應該注意的是在電影界不能夠贊成電影檢查制度的完全廢止。因爲電影檢查制度的全廢，結果將使製作着有文化價値的優秀的製片家陷入與利用着大衆的低級的本能而製作着煽動偏頗殘酷的犯罪及紊亂風俗的作品的罪惡的製片家們的競爭裏面。併且假使完全廢止國家的電影檢查制度的話，那麼就再發生對於電影企業沒有何等實益的由警察去管理各州的檢查制度吧。爲什麼呢，因爲依着各州的情勢的程度與指揮而去改變片子，在技術方面，是不可能的。就依據檢查制度，務須防止在上面所述的有毒質的片子的出現與它對於觀衆的惡影響。

在這裏我們試看檢查的主要任務的時候，我們容易了解檢察官廳脫離這個電影向上的目的的範圍而設立着阻礙電影製作的基準。這樣的方法，不論那一種都不能不說是不正當的，因爲電影是一種藝術的表現，凡是一種的藝術的形成不傷害國家的本質與文化上的利益的時候，是不可加以國家的壓迫，這對於電影藝術，也是在原則上該要通融的。併且對於瑣碎的事情應當是拿廣大一點的眼光來看，這樣才說它是正常的檢查。電影界的大衆是要求着把握現代與現代的社會問題的電影，檢查官應不能不去考慮這個大衆的意思。不然的話，製作者將因着對於檢查的過分的壓制，而發生出選擇着完全背離現代的材料的危險性。更危險的是對於檢品官廳的這樣積極的干涉于[15]製片家的顧慮，將影響於每一篇電影作民的形成和使作品陷入於無味乾燥的了，檢查假使能夠警戒定型化的話，那就，能夠避免對於電影製作的妨害性。

至於法律上的民事刑事等各種管轄區的裁定或是判決命令，不能不以既成的確定的法律解釋，併且爲了法律的安全性把那個判決命令，依照裁判的保證

---

15) '於'의 오기임.

去統一他的管轄是很有必要的, 但在檢查行爲的場合是完全相反的, 這確就是檢查行爲與判決行爲的基本的相反着了。檢查官廳的檢查的物件決不是像民事與刑事等裁判官的判決雙面所存在的那種客觀的事實, 是要服從於考慮着波及於大眾的電影的影響 － 就是考慮着那些社會的狀態和情勢的有活動性的判斷的純粹的主觀的要件。關於檢查官廳的裁定的場合所發生的問題是行政上的基準而不是裁判上的基準。那些基準, 在每一個場合併不是根據法律的規定, 而依據職業上的裁量而決定的。所以, 電影檢查所的第一個任務不能不說是避免成見的法定的原則了, 因爲電影與它所影響於大眾的多般性是不容許把某一個場合的裁定推移到另外一個場合的裁定上。

在檢查的領域裏, 統一的裁定和細密的法則的確立自然是不可能的, 併且在另一方面, 電影製作家是不能預測着自己的片子能否得到檢查官廳的許可或不許可的。對於自己的作品的檢查的這種不確定的條件在電影的廣大的製作費用的數額上不能不說是很可憂慮的事實, 那是不待言而可知的了。如果檢查官廳隨意應着製作者的希望的去檢查電影劇本併且負責指摘出製作者須要考慮的地方的義務, 那麼我們就在這裏可以發見上面所述的憂慮性的救濟方法了。(未完)

(『晨報·每日電影』, 中華民國二十三年十二月十一日星期二, 金光洲 譯。)

德國的電影檢查(二)

二, 電影檢閱官廳

「德國電影檢查所」(Filmprufstelle)的設立是在一九二〇年五月十二日的「電影法」上, 有着它的法律上的根據; 但這個法律是依着一九二二年十二月二十三日與一九三一年三月三十一日的法律及一九三一年十月十六日的第三次緊急命令而被修正了。爲了「電影法」, 在一九二〇年六月六月十六日公佈了施行規則。

對於檢查所的地方官廳的職權的範圍是依據「普羅士」(Prussia)政府的一

九二三年三月一日的施行命令而被決定的, 此外又爲了「柏林」與(Miinchen)的電影檢查所, 在一九三〇年五月十七日由內務大臣, 發佈了一種特別的職務命令.

根據「電影法」, 電影檢查所是該要設在有電影企業的各地方的都市. 現在, 這樣的檢查所是(依據施行規則的「C」條的第三項)設在「柏林」(柏林電影檢查所)與Munehen(Munehen電影檢查所)兩個地方.「柏林電影檢查所」是以北部德國的各地方爲它的管轄範圍,「Munchen電影檢查所」是以南部德國的各地方爲它的管轄區域, 各電影檢查所的管轄權是以自國的作品製作公司爲它的基準, 至於外國作品是以在德國的有電影支配權者所住在的地方爲它的基準.

反之, 檢查所的管轄範圍的劃分, 並不含着何等的檢查效力的劃分的意義, 檢查所的裁定却是它在檢查所的管轄範圍內實行的時候是對於全德國的勿論那一個地方都有它的勢力的了.

檢查所的官吏是由內務大臣任命的, 倂且依着常任委員長與三年爲任期的四個臨時委員而組成的. 對於每一個檢查委員會的委員的分配是由檢察所的所長根據委員名簿依着順序而指派的. 委員是從與檢查有着利害關係的或是有着特別的關心的人們裏面選任出來的. 這許多委員多半是爲着國民的幸福與民衆教化及靑年的福利起見, 從有特別的經驗的人們裏面選擇出, 其他剩餘部分是從電影企業者與精通于藝術和文學的領域的人們裏面選擇出的. 除了從電影企業者裏面所選擇的人們之外, 其餘的委員是不論在商業方面或職業方面, 與電影企業不能有着一種的關係.

至於爲了年少者而製作的電影的檢查, 依據實行規則, 以自十八歲至二十歲的未成年者爲它的標準. 這種年齡的標準是適應着年少者的幸福的檢查委員的提議, 由檢查所被選定的. 在這裏我們能夠明明的推想到這種年齡的標準是在「怎樣的電影才適當於十八歲以下的年幼者呢」的問題的判定上有着相當的用處了. 可是這裏有一種誤謬, 那就是適當於年少者的電影作品的許可制限大部分都是由教育的理論而成立的, 所以在每一個場合的制定倂不是站在年少者的立場上而成立的, 而是在已成熟的成人的立場上, 不能不判定一篇電影作品的對於年少者的適當或不適當爲它的許可問題. 因之, 把年少者看做一個專門家而使它們在同一的立場上去設定檢閱制度是不能說同一目的的方法了.

但對於年少者的電影的檢查問題, 專門家的干涉在檢查的方法上是有必要性的, 關於專門家的干涉(依據施行規則的「D條」第三項)在法律上規定了如下面。

　　「委員長對於專門家或是檢查官廳的代表者(例如在發生出傷害着德國與外國的關係的場合, 就是那外國官廳的代表者)可以要求他們的意見。」(未完)

　　　　(『晨報·每日電影』, 中華民國二十三年十二月十二日 星期三, 金光洲 譯。)

德國的電影檢查(三)

二, 電影檢閱官廳

　　在實際上, 極端的施行着專門家的干涉的場合是很多的。對於許多問題例如宗教的性質問題等, 專門家的意見是時常成爲檢查所的作品判定的第一標準。檢查所是不得不使他們的電影判定從對於一般大衆就是一般觀客的電影的推定的效力裏面脫離出。併且在另一方面對於專門家的意見應該要有相當的注意, 因爲專門家的意見是很容易陷入一面性的危險。專門家的過分的干涉是使檢查所的電影判定在不正當的見地上實行, 就是他們不是依據對於大衆的電影的效果而實行着, 併且檢查所愈以專門家的意見爲他們的根據, 將發生出從固定化的某一面的見解去判定的不好的結果。在將來檢查所是必要與過分的專門家的干涉絕緣的了。不然的話, 申着不正當的禁止命令, 漸漸的發生出使電影作品陷入到一種過分的干涉的危險裏去了。

　　爲一種「訴訟裁決機關」(Beschwerbeinstanz), 除了檢查所以外還有「柏林」的「高級電影檢閱所」(Filmoberpriifstelle), 它的構成是以檢查所的構成爲標準, 它是對於全國有統一權的, 併且它有除了判決對於檢查所的裁定聲明異議以外, 又有裁決着全國或規定地域的公映的許可或不許可的地方官廳或內務大臣的職務。

　　其次屬於「中央教育局」(Zentralinstitut fiir Evziehung und unterricht)的「電影科」(Bildstelle)裏面, 還有「電影委員會」(Filmkammern), 它的任務是藝術的電影與民衆教化的電影及教育電影的認定。這個「電影委員會」的設立併不是像

檢查所那樣的爲着防止電影危險性, 而是在文化上有着相當的價值電影的獎勵裏面作爲它的根據的。對於「電影委員會」的法律上的根據是在一九二六年六月十二日所頒佈的關於「娛樂稅」的聯邦參議院的規定的第二編第九條上我們可以找得出的。把電影認爲在藝術與民衆教化上有價值的時候, 娛樂稅是可以輕減的, 由此稅率的輕減當然是使德國電影的藝術的水準高揚。「電影委員會」由五個人而構成的就是一個委員長與四個委員, 委員應該精通電影法併且是電影企業的代表者或自治團體裏面的「電影通」的代表者。委員長和委員是由「普羅士」的文部大臣而被任命。「委員會」是除了普通的構成所謂「小委員會」(Kleine Kammer)以外, 在特別的場合裏有以八個委員而構成的「大委員會」(Grosse Kammer), 這個「大委員會」是一種訴訟裁決機關。依據需要制定的問題, 委員是分爲三種:

一、藝術電影的審查委員,
二、民衆教化電影的審查委員,
三、教育電影的審查委員。

提出於「電影委員會」的提案裏面, 需要明瞭的區別出民衆教化與教育等那作品所屬的種類, 這幾種名稱的併合也當然可以的,「電影委員會」是以提案與所要求的名稱的種類爲他們的區別作品的性質與程度的標準, 併且在「委員會」裏面, 專門家也有着相當的任務。

(『晨報·每日電影』, 中華民國二十三年十二月十三日 星期四, 金光洲 譯。)

德國的電影檢查(四)
三, 檢查的程式

電影的某一部分或全部的禁止是只在「檢查所」的構成職員(一個裁判長與四個裁判員)全部參加的時候才可以裁決的。反之電影的許可是在裁判員們拋棄他們的裁決權的時候, 單只依一個裁判長也可以通過的, (電影法第十一條、第二項), 在實際上, 我們不能反對依據一個委員長而所執行的電影許可吧。因

爲裁判員是受到裁判長的許可之後, 才能夠執行對於判決的通告, 併且在這樣的場合是不能不認定裁判員們的異議權。 電影檢查的第一個程式是由聲請而開始。 所謂聲請權利云者, 乃是國內電影是由自國電影的製作者聲請, 在外國電影方面由德國的享有電影分賣權者聲請, 在電影分賣權者過於多數的時候, 當然他們的每一個人都分享着聲請的權力。

在這裏爲了聲請規定「聲請書」的程式。「聲請書」上面是須要記入如下面的各種事項。

(一) 製作公司的名稱, (至於外國電影需要, 需要記入它的分賣公司的名稱)

(二) 製作公司的所在地, (至於外國電影需要記入分賣公司的住址)

(三) 電影裏面的字幕(字幕當然是並受檢查的),

(四) 要作成關於篇類, 本數等的明確而詳細的說明書, 併且在檢查以前, 爲了給與電影檢查所一種電影內容的概觀和作就作品內容的公文程式, 須要添加詳細的「內容說明表」及精密的「dialogue表」, 因爲「dialogue」與無聲電影的字幕, 都應該服從檢查的緣故。 在電影裏面藉着文字來表現的一切的部份, 例如信, 報紙上面的短片消息等也該要記錄「dialogue表」裏面。 至於具有說明的電影, 它的說明也要改變自國文字才能夠提出檢查所的, 併且在電影製作者對於地方官廳有着不滿意的時候是廣告也要添加在這聲請書上面的。 電影廣告的許可制度有兩種一種是檢查所的全國通用的許可還有一種是地方官廳的許可在這兩種中, 聲請者是有着隨便選擇一種的權利, 至於地方官廳的許可電影廣告是考慮了那個地方的地理上的狀態與社會情勢之後才能夠被決定的。 此外關於電影的自國作品或外國作品的分別須要內務大臣的證明。 如果對於適於年少者的片子的決會須要許可的話, 聲請書裏面要寫入該旨, 併且電影製作者是對於他們所聲請的片子的尺數不能不受檢查所的拘束, 又假使那篇作品到了後來, 有着書面的長短或改變的時候是另外要受新的檢查了。 電影檢查的通常程式是在檢查所的全體裁判員的面前舉行的, 但裁判長是在至少有兩個裁判員沒有異議的時候, 才能夠單獨的行使電影的許可命令。

檢查所的審議是不能公開的, 但聲請人或聲請人的代理人是可以參加的, 內中聲請人是當然要出席這個審查會議. 電影專門家的加入是依着裁判長的職權裁定的, 然而如已在上面所述這個所謂裁判長的職權是很多濫用的傾向. 但, 聲請者是爲了自己方面的利益也不妨聘請電影專門家代理出席.

審查會議是依着裁判長而進行, 至於因着裁判長或裁判員有不公正的判定的憂慮, 聲請者不能不從協議裏面脫離出的場合, 「電影法」是與「中央教育局電影科的電影裁判會的執務規定相反, 沒有何等的補救方法. 在執務規定上是爲了由不公正的判定而發生的問題和的原因記載着如下面的三要件.

(一) 對於要受審查的電影須要與電影裁判會的協力工作.

(二) 裁判員與電影製作者有利害關係的場合須依法回避.

(三) 審查的結果當過慮到經濟上的利益問題.

在上面所舉出的三個要件是勿論如何的理由上, 一定要除斥的在另一方面, 聲請在裁判不公平的場合是有着聲請回避的權利, 但這種聲請回避的權力對於裁判長卻不能承認它. 倂且, 這種聲請回避的權利是依據「電影法」的規定, 對於檢查所也可以通用. 可是聲請人對於檢查所的裁判長卻不能只因着不公平而聲請回避. 這是「電影法」的例外規定.

關於電影作品的全部, 或某一部分被檢查所剪去的時候, 檢查所依據這樣的判定, 送達給聲請人說明理由的「種一判決書」, 許多的時候則發給許可證; 這種證明書是在公映的時候須要提示.

電影公映的禁止, 在一個作品的全部分的禁止的場合是由檢查所發表到全德國的各地方的「警察新聞」, 「高級電影檢查所」也有的. (完)

(『晨報·每日電影』, 中華民國二十三年十二月十八日 星期二, 金光洲 譯.)

看「桃李劫」以後

事實上, 中國的電影文化運動, 雖然, 在時間或經濟與其他各種特殊的社會情勢上落後于歐美各國. 但, 近來各方面都呈顯着相當的進步, 這是値得慶賀

的一件事, 尤其是到這一年的末了, 中國的電影文化運動是進一步的呈顯了一種新人的活躍, 併且製就了使我們值得鑑賞的幾篇優秀的作品, 這的確是中國電影文化運動的一種新的進展時期。

　　不管自己的兒子的美或醜, 父母總比任何人更愛着自己的孩子, 這是人生的一種常情 ; 同樣, 好幾百篇的優秀的外國作品的出現, 是比不上拿我們自己的力量所製出的一個片子, 能使我們感覺得一種特別的興奮和期望。這是誰都不會否認的吧。在這樣的意義之下,「桃李劫」這個影片的尤其值得使我們注意是當然的事。何況, 這影片不僅是「電影公司」與「應雲衛」先生經過了長久的奮鬥而成就的重要的處女作品, 而主要演員與其他的從業員也大部分都是在戲劇方面已經有了相當的成就的人們, 對於這一點我們的確已經把握着更多的期望了。

　　　　*　　　　　　　　　*　　　　　　　　　*

　　知識份子的生活不安定問題與失職的問題, 不僅是中國的社會現象, 併且是現階段的全世界的一種苦悶, 從這裏面所發生的人生的悲劇也可以說是現實社會的人類生活裏面的一個赤裸裸的生活斷面, 這影片的故事方面取汲了這樣一個嶄新的問題, 使我們感覺到一種新的興趣。即從故事的組織說, 這影片較之不自然地強作波瀾而給觀衆們以厭倦感的從前所汜濫着的那種虛構的故事, 有着「故事單純化」的一種新的意義。

　　但是, 所可惜的, 在這作品裏面, 表現着一個失了職業的知識份子, 因着生活的壓迫和困難的環境, 偷了工錢, 終於一失手而搶殺了一個公務人員之後被判決了徒刑的事件, 我們不容易找的出 : 暗示着知識份子的運命的一條光明或在生活與環境的壓迫之下, 苦悶和掙扎着的有實際情感的心理描寫。因之不能給與觀衆沈重的印象却陷入了勉強的狀態。(我以爲, 對於這種題材的表現, 最要緊的地方就是刺戟[16]觀衆們的情緒的一種實際情感的奔流和不能不到那種結果去的明確的原因和動機的把握了, 而這是「桃李劫」所沒有做到的。)至於主人公「建平」和「麗琳」與貿易公司和輪船公司的經理的對立裏面, 也缺乏了他

---

16) 각주 중의 '刺戟'는 '刺激'과 같은 의미임.

們兩種不同的階級的明確的表現力, 這也是一種遺憾。

*   *   *

自己編劇自己來導演, 可說是比導演別人所編的劇本有着一種便宜性, 併且在中國的影壇上, 不多純粹的Scenario-writer, 導演兼任編劇無妨說是中國影壇的一個特徵。「桃李劫」也是出於「應雲衛」先生一個人的編劇與導演。因爲自編的作品的演出, 我們對於這篇作品的導演可以期望一種更自由而嶄新的手法, 然而嚴格地說, 却脫不出電影藝術的失敗, 是很遺憾的。

在電影藝術的演出, 比戲劇更重要的事件是作品全體的統一性與畫面的美的連接。假使僅僅指揮每一個場面的演員們的演技, 那是不能製作出一個完美的電影藝術作品的。「用怎樣的手段和方法去連接個別的畫面去形成作品全體的一個根本rhythm呢?」我以爲這是不論那一個導演都要深遠的去考慮的地方。在這作品裏面, 一部分的畫面構成, 我們不能完全否認導演的努力, 但第一使我們容易發見到的是同樣的手法的重複使用; 例如在場面的轉換, 數次重複的使用了主人公的擁抱或辨公處的內景等, 不能不說是平凡的方法。還有一件是Fade-in, Fade-out, Overlaps等的濫用, 這種手法雖然是在場面轉換上最順利的方法, 但濫用了它却反而失去了效果的。

總括的說, 這篇作品的導演是失掉了作品全體的統一性, 併且幾個場面的extra的使用裏面, 也有不少的未成熟的地方。但這難怪應先生因爲這是他的初次的作品。

至於演技方面, 我們要注目的是袁牧之, 因爲這篇作品取汲的人物不多, 主人公的一舉一動是支配着作品的全體, 袁牧之演技雖很努力, 不過在有的畫面裏面尚不能完全蛻脫了舞台的習氣。例如到旅館去找[麗琳]而彷徨的那樣場面, 這個場面可以說不僅是這篇作品的一個要緊的Climax, 併且是能夠給與觀衆一種緊張性的重要的部份而且可以充分的發揮自己的演技的地方。但事實是相反了。因爲他是初上鏡頭的, 不自然的表現, 終是獲不到勝利的效果了。這是值得惋惜的。

其次, 女主人公陳波兒與唐槐秋的演出, 也尚稱職。在攝影方面, 雖然有幾個不完美的Camera Position但大體尚稱滿意。至於錄音方面, 我們是不能淹沒

司徒慧敏對於這一篇的努力的。

＊　　　　　＊　　　　　＊

　　然而, 我們不能不以極大的誠意推薦這一作品于本報的讀者之前。無論如何, 影壇上的新人之躍現, 新作品之水平線上的收穫, 總是值得稱幸的。

(『晨報·每日電影』, 中華民國二十三年十二月十七日 星期一)

一個朦朧的悲劇[17]
觀「飛花村」後

　　這部作品的第一個字幕已經告訴我們這是一部以一個鄉村背景的民國十五年時代的悲劇, 可是我們看了之後留怎樣的印象呢? 說它是一部農村生活的描寫, 就缺乏農村情部與生活的芬圍氣, 說它是一個緒暴露都市的罪惡與暗黑的作品, 那麼就又太浮淺了。

　　編劇者的根本意圖, 恐怕要描寫一個純真的鄉村婦女的由物質生活的誘惑所起的心理的變化, 與不能不降服於物質的柔弱的女性心理, 而把它與都市生活對照去表現, 使一個純真的女性墮落到罪惡的都市裏吧。但我們所受的印象却不是這樣, 我們看到的是不過一個火夫與站長及火夫之妻的三角的生活葛藤, 與以死爲解決自己的過失的一個平凡的女性的結局。

　　這故事的悲劇的出發, 是由女主人公陷入了站長的誘惑, 離開家庭而跟他到上海去的事件而起。但編劇者沒有清楚的表示一個純真的農村婦女離開了和平的家庭的明確的原因或動機, 所以使我們不能同情她的墮落的經過。這樣的事件當然在現實生活裏很容易發生的一件事, 然而我們不能容易首肯一個有和平的家庭, 丈夫與可愛的女兒的鄉村主婦, 這樣輕率的陷入人家的誘惑。或許可以說這是一失足, 也可以說漠然的女性的虛榮心或物質生活的痛苦所致。但編劇者是太觀念化的去處理故事的進展了, 所以不能充分的表現出能夠

---

17) 최세훈 교수 제공.

使觀衆把握着一種悲劇的感銘的沈重性, 却使作品的前半部分陷入了近似於一種滑稽, 併且喪失了所要表現的焦點, 使觀衆們感覺到一種朦朧的印象, 這可說是第一個遺憾。

在劇的末部, 編劇者是重複的用了兩次相同的裁判場面把主人公的懺悔的心理一再明確的指示於觀衆之前, 但我以爲這種手法太平凡而不能說是完美的處理方法。若是這劇的女主人公因着物質生活的痛苦而一失足陷入了誘惑墮落之境後真正的覺悟了自己所犯的罪惡, 而爲了搭救自己的丈夫站在監獄的鐵門前懺悔, 在這裏觀衆是已經明白了她的懺悔的心理, 用不到使用那樣公式的結構, 併且爲什麼使這樣的女性走着毀滅的路呢? 這可說是編劇者的太主觀了, 我這樣的懷疑着。

簡單的幾句, 作品的故事的構成是相當複雜, 可是給與觀衆的印象都很簡單, 尤其是許多地方與作品構成上不發生關係的小曲折反太多受偶然性的支配。

*　　　　　*　　　　　*

至於演出, 這是鄭應時先生的第二次作品, 在這作品裏面我們雖然找不出偉大的成功但可以窺見到他經過了, 春潮以後的努力, 不過幾個重要的場面的演出, 例如「阿華」回到家裏發見「蕙孃」的失蹤而失望苦悶的場面, 與「蕙孃」醉酒而受貞操蹂躪的那樣場面, 不能給與觀衆深刻的印象, 却帶了一種滑稽, 這不能不說導演要負責的地方, 併且以歌詞與畫面的對照爲作品的Prolfue這種手法是不一定必要的; 我唐突的說, 導演對於每一個新的作品的發表不能不去努力一個新的手法的嘗試。

*　　　　　*　　　　　*

關於演技方面, 扮「阿華」的高占非在前半部因受了劇本的拘束, 不能盡量的發揮他的演技, 在後半部他是很成功的至於扮「蕙孃」的胡萍女士因爲與她的個性不相合所以在表現鄉村主婦的場合沒有深刻的演出, 但在墮落的時候與懺悔的時候都很自然而且很勝任。其餘的演員扮站長的「王乃東」也相當不錯。

最後的一句話, 這作品尚能強差人意。

(『晨報·每日電影』, 中華民國二十三年十二月二十七日 星期四)

「送舊迎新」

「送舊迎新」!

這是在我們的生活裏很有意義的一個名詞, 但它是只在清算過去及有着進步的意義裏, 才可以發見到這個名詞的價值。至於一個人, 尤其是一個藝術家, 陳腐與過失的清算和不斷的自我批判是不可缺的。不曉得自我批判的人, 卻可說是不幸福的人們中的一個。

＊ ＊ ＊

社會的某一部份的人們, 到了現在還是抱着以電影爲娛樂的陳腐的觀念, 對於這種陳腐的觀念。我們是應該舉揚一個叛旗。電影藝術是在它的本質上比其他的藝術多少有着通俗性與甜蜜性是我們所不會否認的。但電影藝術絕不是有閑階級的避免無聊的工具, 也不是某一部份姨太太或是小姐們的玩賞品。

＊ ＊ ＊

離開物質上的諸條件, 世界的一切的事物是不能存在的, 自己投身在一種文化事業的電影製作的人, 除了(生意眼)以外, 至少也要了解藝術在人類生活上的價值與使命。我們當然不能完全忘掉民衆的現實生活與他們對於電影的鑑賞程度。但一個電影製作者, 僅僅爲了營利而製作着迎合低級趣味的作品, 他是已經一個商人, 不是一個文化事業家了。

＊ ＊ ＊

拿着一種漠然的幢憬與陶醉, 只讚美着外國的文化的人們是很可憐的。同時對於自己所產生的作品, 不管它的優劣, 無條件的去隱蔽它的缺點, 這也可說很可憐的。

一九三五年!

我們應該清算偏派傾黨的一切成見, 併且努力發見能夠比得上世界水準的作品和最真實的反映着中國的社會現實的優秀的作品, 拿着慎重的態度使它有正確的批評。

＊ ＊ ＊

「送舊迎新」!

新的希望不是正在繞圍中國的電影圈而發出燦爛的曙光嗎?

(『晨報·每日電影』, 中華民國二十四年一月一日 星期二)

一九三五年欧洲影坛展望
(一) 德國

　　如一般所周知, 自從「希特勒」掌握了政權以後, 德國的電影界比從前呈顯了不大活潑的狀態。因為在製片工作上受到了許多限制, 使有國際性的優秀的電影的出現漸漸的減少着。這是德國電影界的一種不可避免的特徵吧。可是在現在輸到中國來的德國電影, 大部份都還沒有受到Nazis的統制的時代的作品, 所以就這一點上是不會使我們對於德國電影抱着過分失望的。總之我們不能否認德國電影界在歐洲影壇上的優越的地位。

　　自從「Elic challer」導演了篇歌舞電影以後, 德國電影界是繼續的出現了許多富有operetta性的作品, 併且現在的德國的電影作品是勿論多少都有着這種傾向。尤其是「里里安.哈威」與「哥德.普恩.奈基」所主演的作品, 都有這個operetta傾向。

　　可是話又要說回來, 鑒於很久以前發表的「Metropolis」使我們注意到「F.PJ. Antwortet Nicht」的出現。這篇的導演者是最近應了「福斯公司」聘請而已到美國去的「埃利希·鮑馬」。這作品勿論在名實兩方面, 都可說是一篇優秀的作品。這篇電影所取汲的題材是在一個大洋的中間建設了一個人工小島叫做「F·P·一號」, 說是連絡歐美兩大陸的航空線的一種AirPort, 併且在軍事上當着重大的任務。以這個小島為出發點引起了多方面的陰謀, 於是這個小島陷入了極度危險的命運裏。在這樣的Sensational的過程中很輕鬆的完成了全劇的使命。雖然從前的德國電影界已有了許多像這種超特的題材的作品, 但以前的那些作品都比不上這篇。這篇的主人公的是一個飛行家「戚斯·阿爾巴士」扮演, 「雪維爾·雪美特」扮演他的愛人, 「巴烏爾·哈爾特」扮演主人公的朋友。

　　在德國影壇, 現在最容易看得出的傾向就是Operetta化的電影作品的製作,

我已在上面述過了，可是在這裏又有一件使我們值得注意的一種特徵是與Operetta化的電影並駕齊驅着的音樂電影的盛行。尤其是在最近，以「叔伯德」或「利斯德」等歌聖的一生爲題材，把他們的音樂很自由的搬到銀幕上來的作品是特別的多，以「法朗士.叔伯德」(Franz Schubert)的一生的episode爲主題而製作的「未完成交響樂」(Leise Flehen Meine Leiden－英譯名「Unfinished Symphony」)也是許多同種類的作品當中，在一九三五年使我們值得注意的最優秀的一篇傑作。這篇是已在「巴黎」繼續的公映了一個多年，我們只看這樣的事實，能夠充分的推想到這篇在歐洲影壇上的價值了。

在這篇作品裏面，我們該要注意的第一個是導演「威廉福斯特」(WilliForst)的演出手段吧。他在發表這篇作品的以前是一個具有着特異的風格的演員。他由一個演員成爲一個導演的第一次作品就是這篇「未完成交響樂」，併且這篇是最近的德國影壇的最大的一個收穫。

如題名所表示，這篇作品的材料就是「叔伯德」的畢生的代表作「未完成交響樂」併且依着富有情緒的手法描寫出了適合於這個名曲的他的戀愛事。從一個演員轉到導演的初步，就發揮了這樣的優秀的電影上的手法，我們不妨說「福斯特」是我們的理想中的最有力量的一個有聲電影時代的導演。加之這作品更有一點特色就是「匈牙利」的名女優「媽爾雅.愛特開爾特」的擔任了主角。

除了上面所述的幾篇以外，在一九三五年使我們值得鑒賞的德國電影，還有「黎那第.美拉」與「烏伊利·普利特朵」所主演的「Saisonin Kairo」(「卡伊路的結婚」)，「勒依斯·特令加」所主演的「Der Verlorene Solm」等幾篇。

〔二〕法國

法國的電影界是已在一九三四年發表了「紅蘿葡須」與「Le Paqyebot Tenacity」，「Lia Matcrnelle」等幾篇優秀的作品，併且一九三四年的法國電影界不妨說它是「Juline Duvivier」的黃金時代，他實在是在一九三四年的法國電影界運氣最好的一個導演，在另一方面與「Duvivier」站在對立的地位而代表着法個電影界的「羅勒.克雷爾」在一九三四年却沒有特別的活躍，這不能不說是很遺憾的。可

是到了一九三五年, 我們雖是不能預知的確的公映時期, 但恐怕在不久的將來就可以鑑賞「克雷爾」的新名作「Le Dernier Millar daire」吧。這篇也是在一九三五年使我們值得注目的一部法國電影, 如作品的題名已經告訴我們這篇是充滿着「克雷爾」的一種獨特的諷刺與Humour的一部喜劇作品了。

有一個假想的國家稱做「加基那利粵」, 當它陷入了財政困難的狀態的時候, 出現了一個億萬富翁「范克高」。該國的皇后想使她的女兒「伊沙貝爾」同這個富豪結婚, 企劃國家的再造但「伊沙貝爾」公主卻和一個音樂指揮員打得火熱而秘密的去結婚了, 在無可奈何的時候, 這個皇后便下着決心自己去同那個富豪結婚, 可是在舉行結婚儀式的那一天, 富豪是很巧妙的陷入了破產的悲運裏去了, 就到了這樣的故事的展開時這篇喜劇是告終了。全篇裏面充滿着一種獨裁政治的諷刺。

「羅勒‧克雷爾」在「百萬金」一篇中, 我們已看到那樣的諷刺的Operetta電影的手法, 可是這篇裏面是更露骨的表現出來了, 扮演富豪「范克高」的「馬克斯‧第亞利」, 演出「伊沙貝爾」的「羅勒‧山西爾」, 扮了音樂指導員的「哈沙‧諾哥路」等主要演員們的演技也是使我們引起着相當的趣味和期望。據說這篇作品是除了最後的一部份以外, 其他的全部份都是使人發樂的。僅僅是使人笑的喜據是已經在美國的作品裏面也不知其數的, 但「羅勒‧克雷爾」的喜劇作品的特色是在廣汎的意義上說的, 他的獨特的想像力就在這裏了。恐怕這篇作品是經過了「Le Milliion」與「A Nous la Liberte」的製作以後的「羅勒‧克雷爾」的最優秀的導演手法的表現吧。

其次, 在一九三五年使我們值得期望的法國電影還有「Duvivier」的「紅蘿蔔須」以前的傑作「David Golder」與他的最近的作品「媽利亞‧莎普特蘭」等幾篇, 但在這裏更使我們感覺到非常的興趣的作品是「莫泊桑」的短篇小說「從來」的電影化。這篇的題名爲「Lord nannce」(遺書)。導演是「V Tourjansky」, 主演者是「瑪律雪爾‧山大爾」「加恩.烏爾摩斯」,「普華爾那思台爾」等。這篇可說是在某種程度上充分的表現出「莫泊桑」的原作精神的一部很有興趣的作品,「Tourjansky」畢竟制就了這樣的一部文藝電影是我們所想不到的, 尤其是他在這篇的演出上的手法, 使我們把握着極大的期望與興趣的。

描寫了一個對於兵卒受了恥辱的軍官的老婆不可不去自殺的過程，就是這篇「遺書」的故事，不用說「瑪律雪爾・山大爾」的演技的優秀，尤其是我們還要注意在各方面很有趣味的演員「普華爾那思台爾」是在現在的法國電影界比任何人更有着Sensation的一個明星。

(三) 英國

在最近的歐洲影壇，最活躍着的是英國的電影界吧。最近的英國電影界的第一個特徵是因着Nazis的彈壓而從自國受了放逐的德國影藝人們的來歸，併且美國的有才能的導演和演員之中已經到英國來的也已不少。據說美國的各電影公司，在不久的將來，預備將他們的分公司從巴黎與柏林移到倫敦，這也併不是一種沒有根據的消息吧。

已在一九三四年「British and Dominion」公司與「高蒙不列顛」公司是製作了「Waltzs from Venna」(「亞爾普萊特・喜崔高克」)導演，「濟西・馬西烏斯」，「普韋・高姆頓」，「愛特蒙特・克烏圍」，「愛士蒙特・那依特」，「法蘭克・普烏斯發」等主演)與「I Was a Spy」(「維克多・土維爾」導演，「康拉特・範特」，「馬第萊因・克雷爾」主演)等幾篇優秀的作品，併且「倫敦影片公司」的最近的作品「唐璜之私生活」(The Private Life of Don Jua)也是在一九三五年使我們值得鑒賞的一部英國電影，這一篇「範朋克」扮演的「亞力山大・科大」的作品，比「倫敦影片公司」的處女作的「英宮豔史」(Henry the 8th)恐怕不會有一點遜色的吧。我們只有這篇的原作者「拉雪・比秘」與「普萊第利克・蘭斯地爾」，也能夠知道這篇電影不是一部平凡的作品了。

「高蒙不列顛」公司是代表着最近的英國電影界的最重要的一個公司，不論質或量那一方面，比其他的各公司佔領了優越的地位是鐵一般的事實。這公司的作品中，在一九三五年使我們值得注目的是「朱金昭」(Chu Chin Chow)與「亞蘭人」(Man of Aran)兩篇。「朱金昭」是在世界大戰時拿同樣的題名在英國引起了非常的Sensation的一部著名的Musical Comedy的電影化。據說這篇的導演「華特・福特」(Walter Forde)是從十幾年以前已經企劃了這作品的電影化，

由此我們能夠充分的窺見這篇作品的導演的努力和它在電影藝術上的價值吧。

　　如一般所周知, 這作品是以「天方夜譚」中之一部份就是「亞利·巴巴」與盜賊「亞普.哈山」爲它的故事的重心。前者由英國影壇的名女優「喬治·伊羅比」扮演, 後者由德國的明星「普利此·高爾特那」扮演, 此外尚有「黃柳霜」與「巴爾·亞加伊爾」等的出演也使我們感覺到一種特別的興趣, 尤其是在這篇裏面充滿着的東亞固有的情緒和美麗的音樂是使我們抱着極大的期待。

　　比「朱金昭」有着反對的傾向的作品就是「魯巴特.普拉第」(Robert Fraherly)的作品「亞蘭人」, 「普拉第」爲了這篇作品的製作, 在「愛蘭」的西部「Aran」小島, 住過了長久的時間。「普拉第」在這種類的作品的表現手法及導演手段是已在他的從前作品裏面, 一般所公認的, 可是在「亞蘭」裏面所表現的手法是從來沒有看見的他的特殊的地方。那就是人類生活的一種赤裸裸的描寫, 史料電影的物件在很多的場合就是人類的生活, 可是這種物件的本身的生活只有很貧乏的生活條件的時候, 也是給我們不少的暗示, 例句這篇作品裏面的「亞蘭」島的住民的生活恐怕可說是在人類的生活程度中非常低級的吧, 但在這樣的場合, 我們看到他們的對於鄉土的一種熱烈的戀念和爲了糧料的激烈的鬥爭的時候, 能夠感覺到與熱帶地方生活的肉欲的豐富性完全兩樣的一種富有緊張性的感銘。

　　雖然這種感銘在電影上的表現的可否問題是在這篇幅裏面不能討論的, 但我以爲若是我們看到這篇電影的時候, 沒有一個人不感覺到一種人類生活的感銘吧, 這個人類生活的一種感銘就是這篇作品的焦點, 併且勿論攝影的技術或劇本的編成, 都是以這一點爲它的出發, 併且導演「普拉第」也是以這一點爲作品的骨子而製作了這一篇。無論如何這篇無疑的是描寫了「Aran」島的住民生活的一部優秀的電影作品。(完)

(『晨報·每日電影』, 中華民國二十四年一月一日　星期二)

孫瑜先生的「大路」

評一

　　從導演, 演員以及其他各方面來說, 「大路」在二十四年新春的中國影壇上是使我們值得注目的一部作品。

　　在勞動者的生活裏面, 發見了一種明朗性的編劇者的情熱與憧憬鼓吹着反帝精神的熱烈的吶喊, 至少, 在這兩點上, 「大路」是使我們獲得了深切的同情的。

　　可是, 在「大路」中, 編劇者以輕鬆的情調和致細的構成去表現了勞動者的實際生活, 這, 在我們拿冷靜的態度去想到中國現階段的勞動者的實際生活的時候, 我們却又不能隱蔽這作品所包含着的非現實性, 我們在作品的前半部份看到的勞動者的生活, 使我們覺得這不過是一種詩人的憧憬和情熱, 而決不是現階段的勞動者的實際生活的描寫。給與勞動者的生活以一種明朗性, 這原不一定是一般的空想, 在某種意義上我們可以說編劇者是表現了由支配階級的橫暴行動所引起的勞動者的失業與苦境, 然而在現實的勞動者的生活裏面我們是不是能夠找到像在這作品的前半部份看到的那樣的明朗性呢? 那是當然不容易的。現階段的勞動者裏面能夠了解文字的到底有幾個人呢? 他們又那有唱歌尋樂的餘暇呢? 雖然編劇者的主旨並不是想發揚甜密的戀愛, 但他們那裏有能夠接近美麗的小姐們的方澤的可能? 所以這部作品裏所表現的勞動者的生活可說是編劇者的理想化的社會的幻覺, 正因此, 它就不是一個醜惡複雜的現實社會生活的正規。

　　編劇者使「丁香」與「莉莉」兩個女性始終和工人們合流, 援助他們, 可是這類的女性也是屬於擦粉燙髮的階級的女性, 是一種編劇者的理想中之新女性型, 而不是現實的勞動階級的婦女們。當然這幾種理由絕不是決定作品的全體意識問題, 併且我們在這作品裏到處所看到的團結, 力的鼓吹及對於帝國主義的咀呪和反抗精神是能夠給與觀眾一種不小的影響, 但簡單說一句, 這部作品是充滿着情熱和感情的年青的詩人的一篇羅曼蒂克的詩, 而不能說它是對於現實生活有着冷情的解剖或理智的批判了。

　　我想編劇者也已經清楚的感覺着吧, 但我在這裏敢說下面幾句:「中國的

民衆은 어느 部分의 壓迫 아래서 呻吟하고 있는 것인가?』『勞動者는 어떠한 方法으로, 무엇을 目標로, 同一한 陣線에 서서「大家努力」과「一齊作戰」을 할 것인가?』

그러나 編劇의 手法과 演出의 技術에서, 우리는 孫瑜先生의 聰明하고 老練하며 健全함을 쉽게 볼 수 있다. 이야기의 構成 方面에서도 억지로 꿰맞춘 穿插이 많지 않고, 또 많은 重要 人物을 適當히 取捨하여 觀衆들이 厭倦感을 느끼지 않게 하니, 이는 確實히 優秀한 점이다. 다만「小六子」(韓爾根)과「章大」(章志直)에게서 생겨나는 이 作品의 humour性은, 作品의 全體에 對해서 一種의 損害라고 하지 않을 수 없다. 우리가 알기로는, 어떤 種類의 藝術 作品이든 모두 某種의 humour性을 包含할 수 있으며, 또 우리도 韓과 章 두 사람이 表演에서 차지하는 獨特한 個性과 戱劇性 및 觀衆 方面의 興味 問題와 作品의 盛行 價値 등을 充分히 認定한다. 그러나 또 다른 意味에서, 우리는 作品의 重要한 部分이 輕薄함 속에 빠지는 憂慮를 無視할 수 없다. 단지 低級한 觀衆들을 웃기는 것, 이는 絶對로 喜劇의 本意가 아니며, humour의 根本 精神도 아니다.

作品의 climax에 이르러서는,「丁香」과「茉莉」의 救援 活動이 觀衆에게 充分히 緊張性을 주었다. 이야기의 構成 上으로 보아도, 크게 억지스럽거나 딱딱하게 지어낸 矛盾이 없다. 그러나 이러한 手法은 우리가 外國 映畵 속에서 흔히 보던 climax의 强調法으로, 무슨 斬新한 手法이라고 할 수 없다. 또 作品의 前半 部分에서 導演이 演員의 작은 動作을 너무 重視하여 表現의 核心을 忽略한 것은 아쉬운 점이다. 그러나 全體의 演出 效果로 말하자면 相當한 成功을 거두었으니, 특히 많은 人物을 融合 統一하여 매우 順調롭게 이야기를 進展시킨 것은, 豐富한 經驗과 敏活한 手段 및 明晰한 頭腦를 가진 導演이 아니면 얻을 수 없는 效果일 것이다.

이 外에 演員들의 演技로 말하자면, 全體 演員의 演技의 統一性과 健實性을 찾아낼 수 있다. 그러나 個人 方面에서, 내 個人的인 意見을 사양 않고 말한다면, 金焰의 動作은 비록 매우 自然스럽지만 劇中 人物의 個性을 充分히 表現할 수 있는 깊이 있는 表情을 찾아볼 수 없는 것이 매우 遺憾이며, 또 나는 金焰의 이런 作品 出演이 그의 性格과 體格 및 演技 方面에서 적지 않은 考慮할 점이 있다고 생각한다.(이 말은 다른 演員인 鄭君裏, 羅明 등에게도 할 수 있다)陳燕燕 女士와 黎莉莉 女士의 表演은 도리어 우리에게 一種의 浮淺한 느낌을 주었으나, 大體로 보아 모두 그런대로 稱職하다.

어쨌든, 나는 躊躇 없이 말한다,「大路」는 一九三五年 中國 影壇에서 우리가 鑑賞할 만한 첫 번째 大膽하고 優秀한 收穫이었다고. 나는 이런 作品이 源源不絶하게 우리 앞에 發見되기를 希望한다.

(『晨報·每日電影』, 中華民國二十四年一月六日 星期日, 光洲)

一九三五年歐洲的影壇

一, 德國

如一般所知, 自從「希特勒」掌握了政權後, 德國的電影界比前呈顯了不大活潑的狀態. 因爲在製片工作上受到許多限制, 使有國際性優秀的電影的出現, 漸漸的減少. 這是德國電影界的一種不可避免的特徵. 可是在現在輸到中國來的德國電影, 大部份都還沒受到Nazis的統制的時代作品, 所以就這一點上不會使我們對於德國電影抱過分失望的. 總之我們不能否認德國電影界在歐洲影壇上的優秀地位.

自從「Elic challer」導演了歌舞電影后, 德國電影界是繼續的出現許多富有operetta性的作品, 并且現在德國的電影作品是勿論多少都有這種傾向. 尤其是「里里安·哈維」與「哥德普恩奈基」所主演的作品, 都有這個operetta傾向.

可是在這裏又有件使我們值得注意特徵是與operetta寫□驅着的音樂電影的盛行. 尤其是在最近, 以「叔伯德」或「利斯德」等歌聖的一生爲體材, 把他們的音樂搬到銀幕上來的作品是特別的多, 以「法郎士·叔伯德」(Franz Schnbert)的一生的Jegisode[18]爲主題而製作的《未完成交響樂》(Leise F.ehen Meine Leidea一也是許多同種類的作品當中, 在一九三五年使我們值得注意的最優秀的一篇傑作. 這篇是已在「巴黎」繼續的公映了一個多年, 我們只看這樣的事實, 能夠充分的推想到這篇在歐洲影壇上的價值了.

法國電影界是已在一九三四年發表「紅蘿蔔須」與「Le Pagyebot Ienacity」, 「Lia Matlrnelle」等幾篇優秀的作品, 併且一九三四年的法國電影界不妨說它是「Juline DuY·ivier」的黃金時代, 他實在是在一九三四年的法國電影界運氣最好的一個導演, 在另一方面與「Duvivrer」站在對立的地位而代表着法國電影界的「羅勒, 克萊爾」在一九三四年卻沒有特別的活躍, 這不能不說是很遺憾的. 可是到了一九三五年, 我們雖是不能預知的確的公映時期, 但恐怕在不久的將

---

18) 'episode'가 정확한 표기임.

來就可以鑑賞「克萊爾」的新名作「Le Dernier Millardair」吧。這篇也是在一九三五年使我們值得注目的一部法國電影, 如作品的題名已經告訴我們這篇是充滿着「克萊爾」的一種獨特的諷刺與Hummour的一部喜劇作品了。

有一個假想的國家叫做「加基那粵利」, 當它陷入了財政困難的狀態的時候, 出現了一個億萬富翁「范克高」。該國的皇后想使她的女兒「伊沙貝爾」同這個富翁結婚, 企圖國家的再造, 「伊沙貝爾」(公)主却和一個音樂指揮員打得火熱而秘密的去結婚了, 在無可奈何之時候, 這個皇后便下着決心自己去同那個富翁結婚, 可是在舉行結婚儀式的那一天, 富翁是很巧妙地陷入破產的悲運裏去了, 就到了這樣的故事的展開時, 這篇喜劇是告終了。全篇裏面充滿着一種獨裁政治的諷刺。

「運克‧克萊爾」的喜劇作品的特色是在廣汎的意義上說的, 他的獨特的想像力就在這裏了。恐怕這篇作品是經過了「Le Million」(百萬法郎)與「A Nous ls liberte」(給我們自由)的製作以的「羅勒‧克萊爾」的最優秀的導演手法的表現吧。

其次, 在一九三五年使我們值得期望的法國電影還有「David Golder」與他的最近的作品「媽利亞莎特蘭」等幾篇, 但這裏更使我們感覺到非常興趣的作品是「莫泊桑」的短篇小說「從卒」, 這篇的題名爲「Lordanannce」(遺書), 導演是「VBomjansky」, 主演者是「瑪爾雪爾山大爾」, 「加恩島爾摩斯」, 「普童爾那思台爾」等。這篇可說在某種程度上充分地表現出「莫泊桑」的原作精神的一部很有興趣的作品。

英國在最近歐洲影壇, 最活躍着的是英國的電影界吧。最近的英國電影界的第一個特徵是因着Nazis的經歷而從德國受了放逐的德國影藝人們的來歸, 並且美國的有才能的導演和演員之中已經到英國的也不少。據說美國各電影公司, 在不久的將來, 預備將他們的分公司從巴黎與柏林移到倫敦。這也並不是一種沒有根據的消息吧。

已在一九三四年「British and Dominion」公司與「高蒙不列顛」公司是製作了「waltzs from Venna」(『亞爾普萊特喜崔高克』導演, 「濟西‧馬西烏斯」, 「普韋‧高姆頓」, 「愛特蒙特‧克烏園」, 「愛士蒙特‧那伊特」。「法蘭克‧普烏斯發」等主演), 「I Was a Spy」(『維克多‧士維爾』導演, 『康拉特‧范特』, 『馬蒂萊因‧

克萊爾』主演)等幾篇優秀作品。併且『倫敦影片公司』的最近是作品「唐璜之私生活」(Theprvate Life of Don Jua)也是在一九三五年使我們值得鑒賞的一部英國電影。

　　『高蒙不列顛』公司是代表着最近的英國電影界的最重要的一個公司, 不論質或量哪一方面比其他各公司佔領了優越的地位是鐵一般事實。這公司的作品中在一九三五年使我們值得注目的是「朱金昭」(Chu Chin Chow)與《亞蘭人》(Man of Aran)兩篇。「朱金昭」是在世界大戰時拿同樣的題名在英國引起了非常的Sensation的一部著名的Muscal Comedy的影電。比「朱金昭」有着反對傾向的作品是「魯巴特·普拉第」(Robert Fraherty)的作品「亞蘭人」,「普拉第」寫了這篇作品的製作, 在「愛蘭」的西部「Aran」小島。住過了長久的時間。「普拉第」在這種類的作品的表現手法及導演手段是已在他的從前作品裏面, 一般所公認的, 可是在「亞蘭」裏面所表現的手法是特殊的, 它是人類生活的一種赤裸裸的描寫。

　　無論如何這篇無疑問的是描寫了「Aran」島的住民生活是一部優秀藝術作品。

　　　　　　(『時事旬報』 第二十期, 中華民國二十四年一月十一日 星期五)

卓別麟之新作「宇宙人」

　　自從卓別麟發表了「城市之光」以後, 已經有五個年頭。在這五個年頭中, 有聲電影是呈現了可驚奇的發展, 世界各國的電影界也都完全改變了它們的本來的面目。但, 卓別麟呢? 在這樣有聲電影的極盛時代, 卻仍然不想容忍有聲電影的存在, 而以孤獨超然的態度繼續着他的一貫的沉默, 所以性急的電影界畢竟說出了卓別麟已經完全拋棄了電影製作, 甚至於傳出了他的從電影界隱退的各種各樣的消息哩!

　　可是卓別麟並沒有從電影界隱退, 他在現在還是熱心的製作着一部新作品, 題名爲「Cosmopolitan」(宇宙人), (據說這個題名是一種臨時的假題名)這部作品是對於未來的社會的一種深刻的諷刺, 併且卓別麟的演出－就是這作品的主

角色是robot化的社會裏面的一個貧弱而無能力的人物, 就是描寫了在機械文明裏面敗慘了的一個悲情的人生的姿態。

據說最近的卓別麟在他的好萊塢郊外的邸宅裏, 專心研究着這部新作品的各方面的構成, 有時候為了幾幅畫面的研究和修改竟終夜不想睡覺, 可見他對於工作的情熱了。他對於這部新作品的希望就是要製作出能夠超越他的過去的一切水準的傑作品。所以他對於已經攝影的無聲的新作品的每一個部分, 都拼命的研究着怎樣才能夠最優秀而最普遍的表現出自己的藝術的方法。這樣五年有餘的不斷的思索與研討的結果, 他畢竟發見了能夠充分的表現出自己的非凡的才能的最適當的題目和材料。他在這部作品裏面企劃的第一個問題就是對於他自己所生活着的時代－現代要給與一種新的解釋, 所以他的故事的進展方法一定能夠給各方面的人以一種特別的興趣吧, 併且這作品也是像他的從前的許多作品一樣, 除了這種興趣以外更有着一種社會的意義。

那麼卓別麟的這部新作品是在怎樣的plot上構成的呢? 現代是被稱為機械化的時代, 人生的生活是一天比一天由大量產生與集團的規律而被組織, 不論勞動與運動或思想都不能不受社會的統制, 由此, 個人的力量是不得不陷入無可奈何的狀態裏。對於這樣可怕的機械化的社會, 我們無論何時都可以加以一種諷刺的解釋。可是卓別麟對於這一點是已經有着充分的握住, 併且以這一點為這部新作品的焦點而想提起於電影界他的獨特而銳利的批判。

如一般所周知卓別麟不僅是一個熱心於社會問題的研究者, 併且他是一個相當的學者, 但除了這種很普便的事實以外, 他是由他自己的銳利的觀察而構成深遠的見識同時使精通於國際情勢的專門家聚集于他的周圍。併且他參與研究着蘇聯的「五年計劃」的各方面的權威者及許多獻身於社會改良問題的社會事業家盛烈的交際着。

卓別麟在這部新作品裏所描寫的世界可說是被訓練的更理想的社會, 是被勞動統制的社會, 是受着集團拘束的社會。在這樣的社會之下, 人類不能不在同樣的時間開始他們的工作, 每一個人都由同樣的規律而去行動與生活, 併且這樣有規矩的生活一點也沒有散漫騷亂的憂慮。表現出這種大工廠的有規律的勞動者的生活的場面, 在這部作品裏面佔領着最重要的部份。

可是這裏有一種對於這樣的有規律的社會制度在他的先天的性格上不合致的人。卓別麟在這部作品裏面所演出的角色就是在這種有規律的社會裏面的所謂不「耐煩的人」。

這部作品的主人公忍不住這種大工廠裏面的嚴酷的規律生活, 畢竟是逃入一個大的便所裏面。便所的兩側面是有許多洗顏器這種洗顏器也是由機械的作用在一時有着規律化的行動, 他是以他的那樣獨特奇妙的八字式的步調走入長的回廊中, 這裏面是連一個人影也沒有。他感覺到一種快樂, 但另一方面感覺到一種恐怖。正在這個時候, 由Television的作用, 可怕的工廠管理員的顏面現出於對面的壁上, 泰然的抽着一支雪茄凝視着他, 可憐而無能力的他一看見管理員的殘酷的面孔與視線不能不再回到工廠裏面去作工。處在這樣的不耐煩的環境裏, 到底怎麽辦好呢? 最後他企劃了投入監獄的方法, 但假使一個人自己願意進入監獄, 監獄却是最難進的地方, 所以到了這作品的主人公的企劃發生出了種種滑稽的事件以後, 才達到了他的本來的目的, 進入監獄, 便得到了一種安定。

像他的從前的許多作品一樣, 這部作品裏面也添入了一種戀愛事件, 併且使他從困窮的環境裏面救出來的一個年青的姑娘是已決定了他的新的愛人「保黎特・高達」扮演。這作品當然不是有聲對白的作品, 但也不是完全的無聲片, 是一種配音的片子, 所以卓別麟是希望製作出在配音的片子方面劃一新時代的傑作。關於有聲電影與無聲電影的問題, 卓別麟在最近發表了如下面的意見。

「電影的機能與戲劇的機能是不相同的。電影藝術是一種的Pantomime(默劇)藝術。我不製作有聲電影, 這決不是對於聲音方面沒有自信的緣故。就在電影藝術的本質問題上我是不喜歡製作有聲電影, 電影裏面的Dialogue可說是能夠補遺作品的現實性, 但他能不能充分的發揮作品的藝術性還是一種疑問。在完全解決這個疑問以前, 我不想製作有聲電影。」

我們可以推想到卓別麟對於他的這部新作品, 如果有不滿足的地方, 他恐怕不管幾次都要修改它, 所以我們不能豫想這作品的一定的完成期日, 但假使他的藝術的情熱不斷的燃燒下去的話, 那麼這作品就在這一九三五年春間和我

們可以相見也說不定的吧。(完)

(『晨報·每日電影』, 中華民國二十四年一月十七日 星期四)

好莱坞的非常时期
電影清潔運動之回顧及其他(一)

一九三四年可說是好萊塢的空前未曾有過的非常時期, 併且這個非常時期在電影史上也是使我們值得注目的時期, 到了現在回顧它併不能說是完全沒有意義的吧。

自從「胡佛」提倡了國際moratrium以後一時恢復了好景氣, 但這個所謂「胡佛景氣」不久就崩壞, 於是美國的各方面的產業界再陷入了更近一層的不景氣裏, 同時電影界也是不能例外就被捲入這個不景氣的波濤中了。自一九三二年至三三年的一年間停業或廢業的美國影戲院是不勝枚舉的。這個非常時期的最高潮時期就在三三年的冬季, 像暴風般襲來的各銀行的Panic(恐慌), 在這個恐慌裏, 美國的民衆是經驗了國家所保證的通貨也不能自由地使用的那樣悲慘的生活。雖然電影企業在美國可算是國家五大產業中之一個, 但處在這樣的恐慌時期是不能不受非常的打擊。爲了打開這個非常時期的不景氣, 勿論大公司與賣£商或攝影場, 都一致實行了從業員的減薪方案。雖然美國是以物資爲第一主義的國家, 但好萊塢的人們可說是有點藝術家的風氣。對於這個減薪政策他們是不肯立刻就答應它。所以如一般所周知在三三年的春間, 好萊塢的各攝影場是罷了一個多月的工, 併且由着這個從業員的罷工不得不呈出了攝影停止的現象。

可是正在那個時候, 時局是改變了, 當美國成爲了「羅斯福」的天下以後, 提起了「NR, A, (產業復興)運動」, 在另一方面電影界也受了這個「inflation」(通貨膨脹)的影響, 各公司都在一九三四年的春間暫時恢復了他們的損害的大部份。然而這種好景氣也不能長久的繼續下去, 好萊塢的電影界僅僅過了幾個月就又來了想不到的可怕的大襲擊。這是好萊塢無法避免的空前未曾有過的非常

時期的出現。

＊　　　　　＊　　　　　＊

那就是由天主教的大主教「馬克尼高拉斯」的提倡而全美國的信徒被他附和的「電影淨化十字軍」(Legion of Decency)的大運動併且這位大主教對於這運動的宗旨就是「現在的美國電影太卑猥化, 太多輕視道德的傾向, 這種電影的不美的傾向的汎濫不妨說它是使國家滅亡的, 所以我們應該排擊這種傾向而且使電影從業員覺醒」云云。爲了這個運動的實行, 天主教徒的團體就組織了「電影淨化十字軍」併且命令信徒們對這種不道德電影昨排斥運動。

到了三四年的五六月, 這個運動是從新教團體與各婦女團體以及各方面獲得了支持與贊助, 像燎原之火一樣的勢力, 擴大與全美國的各地方。「電影淨化十字軍」是爲了保護宗教與國家及家庭一齊誓約了不看有不道德性的電影, 併且把他們的這個目的宣傳於他們的隣人知己, 除此之外雖然沒有任何大衆方面的直接行動, 可是這運動的影響所引起的各影戲院的打擊實在是使我們有意想不到的效果。許多影戲院在不利的環境上恢復着一部份的損害, 但由着這運動的影響, 無法避免了廢業或停業而陷進悲運裏的也不在少數哩。

於是好萊塢的電影界也不能袖手而旁觀了, 尤其是婦女團體加入這個清潔運動, 是決不可輕視的。雖然從它的主旨方面說, 也沒有可反對的地方, 但也不能不鎭壓這個運動。在這樣的形勢之下, 好萊塢的電影製作業者們從長計議的結果, 畢竟是聲明了如下面的一段話。

我們也併不喜歡製作出有不道德性的電影, 所以自古至今始終是以「威爾海斯」(全美國電影製作與支配協會總裁)所採擇的「電影典範」爲標準。對於電影的教化方面也留意着的, 但卻發生了這一次的運動, 這不能不說是很遺憾的一件事。我們在這裏聲明從此以後更嚴格的准據於這個「電影典範, 同時決不製作出有不道德性的電影。」

編劇部從原來故事的大綱和其他有牽連的意思綴合起來編成電影臺本。在令人發笑的意思, 劇情的發展, 背景和個性等產生了之後, 它們就被編成圖畫的形式, 這樣我們才能斷定其電影價值之多寡……多寡。這樣的, 故事才一點點地製造出來……很像一個神秘之迷。現在編劇部必須將電影合本交給那位要

導演這部戲的先生了。

　經過了數度的會議將故事反復地推敲使成爲一部訂正本以後, 導演與編劇部便成爲密切的朋友了。從此以後, 導演便掌起舵來。他的任務是包含光榮與悲哀。但導演假使是老練而聰明的話, 他將先與編劇部商量, 然後才敢大爲修改劇本。他將會變成慈悲而與編劇部平分責任, 所以在試映以後, 假使喜劇開始爆發時, 它一定是四處迸飛的。

　幾個星期以後, 導演就用一雙兔足做剃鬚子的毛刷。他便召集了他的「配置畫師」(Layout man)和音樂指導。一個Layout man是活動卡通業的藝術指導者和場面的設計者。一個「配置」就是以重要的畫來說明任何一個景子的主要動作和背景。配置是規定角色的地位與背景的關係, 這是指示「動作繪畫者」Animators必須在這範圍內使演員表演。「動作繪畫者」們都是使角色動作的藝術家, 導演者則指導「動作繪畫者」表演。導演都是自動的, 雖至神經紛亂還是繼續活動, 這種生活於他們是併不仁慈的。(未完)

(『晨報·每日電影』, 中華民國二十四年一月二十二日 星期二)

好莱坞的非常时期
電影清潔運動之回顧及其他(二)

　至於這個所謂「電影典範」, 它是由好幾百項的條目而成立的極其嚴格而廣汎的規律, 例如表示犯罪的方法的規定或女人脫衣服的場面的規定等, 對於每一個種類的場面都很具體的規定了不可攝影的微細的條目。但笑也沒有用處, 哭也沒有法子, 好萊塢的電影製作者是自從一九三四年七月一日以後, 不能不嚴守這個「電影典範」的規律了。而且, 在另外一方面, 這個「電影典範」的發表者「威爾·海斯」還派遣了他自己的部下到好萊塢去監督着這個「電影典範」的遵守與否, 不用說已經攝製的片子必要檢查而還沒有攝製的劇本也要受到檢查, 這是防止着不道德性的電影作品的再度的出現。

　這樣嚴格的電影檢查, 對於天主教的大主教及它的信徒們無疑的是一種最

妥當的方法, 但不能不去考慮除了教徒以外的一般觀眾方面的影響。像「梅蕙絲」那樣的明星佔領着最高度的sensation的一般觀眾方面與電影的盛行價值方面, 公映沒有色情的傾向的一種修身說教式的電影, 影戲院不能賺錢是當然的。說起「梅蕙絲」, 美國的觀眾以爲她是一個最富有於色情傾向的明星, 所以一起來這種清潔運動, 首先引起一般的注目的也是她, 併且在某種意義上, 我們可以說她所主演的作品－澈底的輕視着道德性的諸作品的盛行, 遂釀成了引起這個清潔運動的第一個原因, 由此她的主演作品, 完成了以後不久就受了極大的打擊是沒有什麼可怪的了。

電影清潔運動以後的「梅蕙絲」的第一部新作品, 原來是名爲「It ain't no sin」, 但由着「色情的傾向併不犯罪」這句不合于道德的理由, 在「紐約州」是受了公映禁止的命令, 畢竟改名爲「Belle of Ninties」這樣沒有趣味的題名。鑑於這樣的事實, 其他的各公司也都改名了有危險性的諸作品的題名。「MGM公司」的「Bow to be Kissed」與「華納公司」的「ALedy surrenders」等兩篇都被認爲是不適當的題名而改爲「the girl from missonri」與「Desirable」了。除這幾篇外, 其他的例子還有很多。

*   *   *

在這樣的騷亂與動搖中, 好萊塢出現了一個年方五歲的小女演員「秀蘭鄧波兒」, 僅僅半年的功夫就獲得了全美國的非常的sensation。這可說是在非常時期的好萊塢的一個意外的收穫。

「秀蘭‧鄧波兒」從前是已經在福斯公司出演過一部短篇作品, 並且不過是一個扮演小孩子的小女演員, 但到了這個「清潔運動」的最高潮時期就是去年五月, 她的最初的長篇作品「Little Miss Marker」(「派拉蒙公司」出品)公映於「紐約」的「派拉蒙戲院」, 獲得了續映三星期的好成績, 又到了七月她的第二次主演作品「Baby take a Bow」(「福斯公司」出品)在「魯基西」戲院獲得了續映四星期的更好的盛行成績, 在這裏好萊塢的一般人驚嘆不已於這部作品的意外的盛行價值。於是「派拉蒙公司」是再聘請她與Gary Cooper與Carole Lom bard共演了一部「Now and Forever」也獲得了非常的成功。在一方面畢竟說出了使她太過分的勞動卻相反於「N‧R‧A產業統制」的童年勞動規定, 但她是不管這種

與論, 在「福斯公司」繼續的製作着新作品。在這裏使我們覺得不少的興趣的一件事就是銀行家的她的父親一看他的女兒的非常的Sensation對於「福斯公司」要求她的薪水的增加而達到了這個目的。

「秀蘭」從前在「福斯公司」已經得到一百五十美金的週薪, 但「Little miss marker」與「Now and Forever」兩部作品獲得了非常的盛行價值以後, 她的父親對於公司再要求了她的週薪兩千五百美金。這樣的交涉結果, 公司方面決定了給她要求價額的一半就是一千二百五十美金的週薪, 但把這個薪水換算於中國現銀圓也實在達到四千元, 年薪二十萬左右的巨額了。

總結的說, 最近的好萊塢一方面是陷在二三年間的損害裏面, 一方面從「NRA產業業統制委員」受着對於從業員及其他各方面的干涉, 併且對於「電影清理運動」的彈壓, 不能不考慮一種方案, 這樣全身充滿着傷痕的現在的好萊塢的電影界, 只以三種的製作方法去打開這個非常時的困境。一種就是製作像「Littlewomen」那種迎合于清教徒的作品。另外一種就是利用着「秀蘭」那樣的少女演員製作出少年電影。而再有一種便是從歷史裏面求取故事的題材而製作史劇作品以避免檢查員的殘酷的剪刀了。(完)

(『晨報·每日電影』, 中華民國二十四年一月二十三日　星期三)

攝影師之話
談美德法國電影攝影師的代表人

無論那一種電影作品, 在它的製作上, 佔領着最重要的構成部份的是導演與演員, 所以公映了一部優秀的電影作品以後, 那部作品的導演便獲得了偉大的聲譽, 同時, 主演的演員們的不容易記憶的名字也就膾炙人口了。

可是關心于導演與明星的一般人們對於一部作品的製作上負着相當重要任務的攝影師, 却是不大重視的。一個攝影師的工作不僅對於一般觀衆的電影鑑賞上沒有重大的關係因爲攝影師的工作可以說不是表面的工作, 但這樣被一般人輕視, 這不是太淹沒了他們嗎? 事實上, 一個電影作品的藝術的構成, 一個

攝影師的工作，是與導演或明星有着同樣的重要性，併且在某一種意義上我們不妨說攝影師的工作是構成一部電影作品的根本要素。

譬如說幫助葛雷泰‧嘉寶的今日這樣成功的人不是美高梅公司的主人也不是她的導演却是一個年青的攝影師，許多人恐怕要驚奇不已吧，但是事實告訴我們，葛雷泰‧嘉寶自從加入好萊塢以來，他所主演的作品的大部分都由攝影師威廉‧但尼爾斯(William Daniels)一個人攝影。

這個事實很明確的證明着葛雷泰‧嘉寶是明明知道她自己的容貌上的缺點，所以要叫攝影師隱蔽着這種容貌上的缺點。老實不客氣的說，要從葛雷泰‧嘉寶的那樣血色不好的蒼白的臉面與有點愚鈍性的那個額角，拿一種不可思議的神秘性描寫出一個美麗的個性來，這就是年青攝影師「威廉‧但尼爾斯」的功績也並不過言吧。極端的說，「威廉‧但尼爾斯」就是創造出現在的「葛雷泰‧嘉寶」的聲譽與Sensation的「造物之神」。

至於曼麗‧壁克馥，我們很容易提出同樣的例子。爲了在電影中表現出一種年輕的風姿，壁克馥在從前是以却爾斯‧路沙(Charles Rosher)爲專屬於自己的攝影師了。

然而攝影師的任務決不僅僅是主演明星的臉面的美麗的描出。他同時更有着應該描刻出明星的心理與性格的任務。

若是一個攝影師的任務僅僅是明星的臉面的美麗的描出，那麼他與攝影着一幅很簡單的自然風景的照相師沒有一點差異或特殊性了。這樣程度的技術不過是攝影技術的第一課以前的初步技術，至多不過屬於Amateur的分野而已。

如在上面所說，攝影師威廉‧但尼爾斯把嘉寶的獨特的魅力映出於銀幕之上。同樣，「Julian Devivier」的一部作品，「紅蘿蔔須」(Poil de Carette)的成名也可以說是得了一個攝影師的助力，併且使「阿諾尔‧芳克」博士成爲「山岳電影」的權威者的人也是個攝影師，像這樣的實例是不勝枚舉的，在這裏當然是免不了掛一漏萬，但我們只拿常識也能夠大體的了解攝影師在電影製作上有着不可輕視的重要性。與決定攝影技術的巧拙的最普遍的基準了。

由此我們知道了攝影師在電影製作上的重要性。在下面從現在各國的負有盛名的攝影師當中試舉出，比較優秀而重要的人物來談談吧。

　　　　　*　　　　　　　*　　　　　　　*

　「好萊塢」ー我們當然可以說世界各國的電影界當中是攝影師最活躍着的
地方, 各方面的大小影片公司在一年之中所製作出的作品大約有五百多部, 倂且
在製片公司裏活躍着的每一個攝影師可以得到自最低五十美金乃至最高一千
美金的週薪。從這許多攝影師當中, 最優秀的一個人到底是誰呢? 這是在一時
不容易舉得出的在上面已經說過的嘉寶的攝影師威廉·但尼爾斯, 當然, 他可
以算是攝影師方面的第一流的人物, 但如果舉他爲好萊塢的第一個攝影師, 却
是有點使我們覺得不滿足的。除了他以外, 還有李·加姆司(Lee Garmes)但自他
從離開了馮史登堡以後就沒有任何偉大的進步的表現；倂且好萊塢的攝影師
界的元老勃脫·葛雷諾恩(Bert Glennon)也沒有新的進展。在現在的好萊塢使我
們值得期望於將來的新進攝影師, 可以舉得出却尔斯·蘭恩(Charles Lag)他已
在一九三四年的春間發表了「戰地情天」而獲得了美國的「Aeademy獎賞,」倂
且在同年又繼續發表了「Death takes a Holiday」與「Cradle Song」等兩部優秀的
作品。在美國像他那樣會攝製出美麗的畫面的攝影師是再也找不到第二人的。
這決不是一種的過言。他的「影像」的潤柔性和焦點與位置的正確性, 勿論從那
一方面說, 可以說他是一個美國的電影界的最卓越的攝影師。雖然在他的攝影
裏面我們很容易看得出有許多部份屬於舊風的攝影法, 但在最近他也獲得了富
有近代風的銳利的攝影方法, 倂且在美國攝影師方面恐怕沒有一個人能夠比得
上他所獲得攝影上的成功了。他的許多獨特的攝影技術當中, 使我們值得最注
目的是他的「暗調攝影」, 這的確是他的唯一無比的技術, 我們已在他所攝影的
「戰地情天」中充滿着「夜景」的攝影裏面所看過的那個「Gradation」(循序漸進
法)的整備與「Cradle Song」裏面看過的人物的美麗的描畫法, 這些, 到了現在
想起它還是使我們感嘆不已的了。不過, 我以爲, 像他這樣有着優秀的技術的
攝影師, 假使他有機會碰到像馮史登堡那樣有着充分的Camera方面的基礎的
導演, 那麼我們就能夠試一試他所有的獨特而圓熟的技術的全部了吧。

　至於德國, ー有一位年已五十歲的世界最老的攝影師卡尔·好普漫, 可說是
在世界的攝影師方面最富有經驗的老影匠, 聽說他所攝影的作品已達到二百五
十多部, 倂且他雖處在有着各方面的嚴酷的條件的德國電影界, 但他的作品裏

面却有着較好萊塢所製作的電影沒有遜色的許多佳作。然而在最近的電影界比他更有着獨特的技術的人就是攝影着「山岳電影」的漢斯‧叔乃貝爾俄, 我們不妨推舉他爲最近德國攝影師方面的代表人物。當然他所走着的路併不是本格的電影藝術的路, 而是屬於一種記錄電影的範疇, 但至於危險的山岳的攝影方面的人物是再沒有能夠比得上他的了。我們聽說他與芳克博士的共同作品「soslce-berd」有更進步的技術的表現。若是沒有他, 芳克博士獲不到現在的山岳電影方面的名聲是無疑的事實了。從地勢上的不良的條件或氣象上的不良的條件以及在高山上所須要的特殊的攝影術方面說, 好萊塢的最優秀的攝影師也不是拿一朝一夕的訓練可以學習得到像他那樣的優秀的山岳電影的攝影技術的。

*　　　　　*　　　　　*

至於法國－已經與導演羅勒‧克雷爾製作出了幾部優秀作品的喬治‧高爾那爾可以說是法國的最優秀的攝影師, 他是在一九三三年由亞力山大‧科大聘請到英國去了。他離開了祖國以後的法國的攝影師方面還有已經攝製「Poil de carette」與「Paquebot Tenacity」兩部作品的「第拉爾」和他的三位合作者。那麼, 在實際上, 這四位攝影師當中, 我們可以舉出現在的法國攝影師方面的代表人物是誰呢! 一時是不容易推舉出的。可是我們不妨說, 這四位攝影師所攝影的上面的兩部作品的出現, 使一般電影觀衆更一度明確的認識了法國電影的優秀而美麗的地方吧。

(『晨報‧每日電影』, 中華民國二十四年一月二十七日　星期日)

弗兰克包才琪之新作

「无限光荣」

介紹它的原作及其他

在一九三五年的美國影壇上許多作品中, 使我們最值得注目的可說是「弗蘭克‧包才琪」的新作的兒童電影「無限光榮」(No Creater Glory)了。在他的過去的作品「七重天」,「青空天國」「淒紅慘綠」裏面, 已經給我們看了他在導演技術上的一種獨特的健全的手法與最高度的電影藝術的成就。尤其是對於演員的

演技指導上, 他是更有着可信的把握, 這是一般人所周知的。所以, 在「無限光榮」裏面, 我們不能不對他有了更熱成的期待。

在這裏, 試綜合日本影壇對於這部作品的輿論與批判中之重要部份來看, 它的主要的目標就是「這部作品對於兒童有沒有益處」?「它是不是能夠給兒童們看」? 以及「這作品是鼓吹反戰思想呢, 抑是主戰思想」等等幾個問題。他們日本的影評人們, 已經對於這部電影開過四五次的座談會與評議會。倂且每一個座談會的討論都着重於上面的幾個問題。雖然聽說這部作品是在專給成年人們欣賞的意圖之下製作出來的兒童電影, 但我們對於這個問題還不能表示一定的成見。

對於弗蘭克包才琪的過去的許多作品裏面, 無論誰都很容易看得出的最普通的傾向就是導演的一種富有着Sentimentalism的傾向的流露。一般的觀衆們都承認這種傾向是「包才琪」的長處, 但我們不妨說這是他在導演上的一個短處。然而聽說包才琪在這一次的「無限光榮」的導演中已經相當的克服了他的從前的Sentimentalism的傾向。也許的新作品裏面最使我們值得注目的就是這個地方吧。

      *   *   *

這部作品的原作, 就是Frenc Molnar的一部優秀的小說「Paul street Boys」(巴爾街的童子們)。如一般人所周知, 原作者Molnar原來是長於拿一種獨特的諷刺去描寫出近代人生的delcate的心理的作家。尤其是短篇小說中的對話, 他能夠更美麗的表現出童年的心理。他的處女作就是一部短篇小說集「童子們」, 是一篇描寫常在街頭上玩的童子們的生活。他在一九二七年繼續了這篇處女作品而發表的第二部作品就是「無限光榮」的原作小說, 但發表了這部作品的那個時代的Molnar倂不是像今日那樣出名的作家。在一個作家倘沒有成名的處女作時代, 我們却已經能夠發現他對於藝術的真摯的態度與熱烈的努力。同樣在這部作品裏面也有一種真摯誠實的作風。他本來不喜歡描寫上層階級的生活, 有時候是專以最下層階級的人們的生活爲他的小說的題材。同樣這部作品也是兩隊玩童的純真的世界的描寫。至於作品的基本精神上是却有着像現實主義者的氣派。就在這一點, 我們不能很輕率的算他一個自然主義者, 他是有着一點

理想主義者的幻覺的傾向的。

　　至於他的戲曲作品, 在作品的構成上很多受了法國的喜劇作家喬雨裘·克雨特林的影響, 所以我們在他的小說裏面向以看得出他有着從這種影響所得到的一種獨特的諷刺性, 同時他的作風, 無論戲曲或小說都是很複雜而富有興趣的。

　　還有一點, 當我們看他的戲曲或小說的時候, 不能忘掉的就是他雖是一個猶太人但他還有匈牙利的國籍, 所以他具有着一種東方的情緒。我們要理解匈牙利是挾在中部歐洲諸國尤其是許多小國之間, 受着極度的環境壓迫的一個國度。所以, 在這部作品裏面所表現的童子們的愛國心也可說是原作者的這樣的民族的環境所致。對於這部作品裏面的愛國心的表現, 日本的影評人中有人指出那是一種近似於法西蒂主義的傾向, 也有人說那是太誇張空虛的思想表現。但這是對於富有着戰爭觀念的匈牙利的人們, 可說是應該有的愛國心。我以爲這是我們以後去看這個影片的時候可供參考的一點。

＊　　　　　　＊　　　　　　＊

　　這部作品雖是以頑童們的生活爲主題的兒童攝影, 但並不像Jackie Cocpes一類的兒童電影那樣把壯年的生活搬到童年上來而使他們模倣。這部作品裏面是充滿着童年的赤裸裸的情感與實際生活, 併且有幾個部份使觀衆們能夠受到了刺激而忍不住哭出來的。

　　演員有「George Breakston」, 「Jimmy Butler」, 「Jackie Searl」等幾個童星, 攝影是「青空天國」的攝影師「Joseph August」。

　　無論從原作或導演以及演員那一方面說, 這部作品在一九三五年的許多名作中, 的確使我們抱着一種特別的興起的了。(完)

(『晨報·每日電影』, 中華民國二十四年一月三十一日　星期四)

英国影坛之新巨片

「阿蘭之人」

勞勃德弗萊赫德與他的記錄電影

　　如一般人所周知, 勞勃德弗萊赫德(Robert Fraherty)在記錄電影的製作上是有着一種特殊的手法的電影人, 在過去, 他已經發表了「摩亞那」,「那美克」等幾部優秀的寫實電影, 在最近我們又聽到他的新作品「阿蘭之人」(Man of Aran)已由「國民電影協會」選爲一九三四年之優秀作品, 並且在美意等國電影界也獲得了榮褒的消息, 自然, 對於一個藝術上的作品, 我們在尚未看到實際的作品的時候, 是不能輕率的去決定它在藝術上的價值的；不過, 我在這裏, 試綜合日本各電影雜誌對於這部作品的批評和輿論的重要部份來, 向讀者簡單地介紹這部作品的Outline,以供參考。

　　　　　　　　　*　　　　　　　　*　　　　　　　　*

　　這是一部描寫「愛蘭島」的西部「阿蘭島」的住民的赤裸裸的生活的作品。作者勞勃德弗萊赫德爲了這部作品的完成, 十八個月間在「阿蘭島」實際的經驗及觀察了住民的生活的一切狀態與感情。這個小島是完全以岩石造成的, 連一點土地也找不到的荒茫的孤島。對於這個孤島的一般住民, 最大的威脅就是不能維持生命的自然的荒漠。狂風! 怒濤! 在荒漠的大海裏, 他們爲了自己的生命不能不與海中巨大的動物鬥爭。有時候是無法避免珍重的生命的犧牲。這樣難過的這個小島的生活! 那麼, 他們能不能拋棄它呢? 否! 他們決不會離開這個「阿蘭島」。他們是生於「阿蘭島」, 至死的那一天, 也固守着這個痛苦的生活。他們的生活雖是最低級的捕漁業, 但他們也有對於鄉土的熱烈的戀念與爲了糧料而起的激烈的鬥爭。作品的全幅裏面的表現的就是人生的本能的生活鬥爭的赤裸裸的感情。是一種對於自己的鄉土的原始的戀念。

　　　　　　　　　*　　　　　　　　*　　　　　　　　*

　　然而, 如果這部作品僅僅是攝取一個未知的地方的生活實景, 那麼除了寫實電影的一種好奇性以外, 將使我們不能感覺到何等電影藝術的特殊性。但聽說這部作品的描寫的焦點決不在一種像照片似的那種實景的表現。這部作品並

不告訴我們「阿蘭島」在地球的那一部份，也不告訴我們這個小島的住民是屬於那一種的民族，他們的教育與禮儀的程度是怎樣。等等的一般寫實電影所具有的普遍的條件。使我們值得注目的這部作品的優秀的地方就是沒有虛飾假構的自然與人生的美麗的交響樂的表現。作者勞勃脫萊赫德在作品的構成上除了極少部份以外差不多全幅裏面沒有插入任何特殊的Story，他只拿小島的住民的實際生活的狀態與感情，通過了自己的藝術的主觀，來完成了一部美麗的抒事詩。換句話說，這部作品不僅是一種的事實記錄的作品，併且是能夠刺戟着人生的心弦的一種藝術電影。不用說日本以至英美各國的影評家們已經一致推讚了這部作品的畫面的美妙。有許多人以爲說它是一部電影，不如說它是具有着電影藝術的形態的一種自然的美麗雄壯的詩。雖是說美麗，但我們在現在當然不能推想到這部作品的程度，可是綜合各方面的消息來說，我們無疑的相信這部作品至少也能夠證明記錄電影決不僅僅是像News片子似的那樣固定化的形式，併且作者是很精通Camera技術的電影人，我們在他對於藝術的情熱及真摯性上，可以推想到這部作品的藝術價值的程度了。

最後，又有一件使我們值得注意的是這部作品的階級意識問題。在英國的電影雜誌「Cinema Quarterly」上所發表的批評這部作品的文章裏面，有人發表了如下面的意見：

「我們不能不說這部作品的作者是想逃避慘酷而冷情的現實的一個浪漫蒂克的理想主義者。他已經住在這個小島十八個多月，應該明白地了解得這種生活鬥爭中的階級性，但他卻是隱蔽了這個階級鬥爭的存在」……云云。

這是一個很有興趣的問題，且待將來我們鑒賞這部作品的時候，大家再來詳細的談談吧。無論如何，我們不妨說這部作品不僅是最近的英國影壇的一部巨大的收穫，并且是能夠給我們看一般電影的特殊的攝影技術以及記錄電影接近着藝術作品的進展的表示吧！(完)

(『晨報·每日電影』，中華民國二十四年二月十一日 星期一，光洲。)

德国新名片介绍
「未完成之交響樂」
「歌聖·叔伯德」之戀愛故事

在最近的德國影壇, 很容易看得出的傾向就是音樂電影作品的製作。自從「Erik chirell」發表了幾部歌舞電影以後, 有一時就流行了富有Operetta性的作品, 麗琳哈蕙等所主演的作品都代表着這個傾向。但最近, 音樂電影的製作是比Operetta化的作品更盛行着了。這部「未完成之交響樂」(原名－Leise Flehen meine Leider, 英譯名－Unfinished Symphny)可說是一九三五年使我們最值得注意的許多德國音樂電影當中最優秀的一部名作。

*   *   *

如作品的題名已經告訴我們, 這是一部以歌聖「法朗士·叔伯德」的一生的episode爲主題而製作的電影。作品的全幅裏面聽說是充滿着戀慕「叔伯德」的一個當鋪的姑娘的浪曼蒂克的戀愛與憧憬着一個伯爵之令媛的「叔伯德」的傷心以及一個不出名藝術家的對於藝術的情熱和環境上的不幸與苦悶。

一個藝術家爲了不能完成的戀愛, 而苦悶, 傷心, 而且拋棄他的藝術的完成。這是人生心理的多麼delicate的感情! 然而我們不能算它是僅僅取披了甜蜜的戀愛故事的平凡的作品。雖然一個電影作品的盛行價值並不能決定這個作品的根本的藝術價值的全部, 但是這部作品已在柏林, 倫敦紐約等各地都打破了從來的公映記錄, 尤其是在巴黎, 續映了一個多年而賣座不衰。我們只看各國影壇對於這部作品的歡迎程度, 就能夠推測這部作品的非凡的價值。

*   *   *

在這部作品裏面, 該要注意的特徵說是導演威黎福斯特(Willi Forst)的音樂處理的優秀的手段, 他在發表這部作品的以前是一個演員。這是他由一個演員成爲一個導演的第一次作品。他在這部作品裏面除了「未完成之交響樂」以外, 插入了叔伯德的許多名曲, 例如「菩提樹」(Lindenbaum), 「荒野之薔薇」(Heidenroslien)等。如一般人所周知叔伯德的名曲是已經很普遍化的音樂。這種普遍化的音樂在電影上的處理, 看是容易, 但實際上卻比新作的歌曲更不容易處理

的。這部作品的音樂處理的卓越的地方說是就在普遍化的音樂的適當的處理上。聽說這部作品的音樂構成是以高度的複雜性及美妙性與畫面的構成充分的融合一致而使人陶醉於美妙的音樂的情緒裏。就只在音樂的價值上說，也是很成功的作品。但因爲電影並不是一種音樂，無論它怎樣優秀的發揮了音樂上的價值，當然不能忘掉電影藝術的本身上的價值。而這部作品，在畫面的構成與演員的取汲上也獲得了相當的成功。換句話說，它是一方面巧妙的應用了音樂的效果同時也不失掉電影藝術必須具備的本身上的價值而充分的發揮了音樂和電影兩方面的獨立性與特殊性的作品。

＊　　　　　　＊　　　　　　＊

其次，因爲威黎·福斯特從前是個歌舞電影的演員，所以德國影壇的一部份的人們，對於他這次新導演的作品，在故事的展開與作品的心理描寫方面，有了不少的疑問可是福斯特畢竟是能夠打破了一般人的疑問的。他對於十九世記初期的「維納」的街頭的風景以及那個時代的風俗與生活感情，都表現了相當詳細的描畫，而以高度的藝術的方法去刻劃了一個藝術家的傷心，情熱，希望，孤獨等等的深入的心理。

＊　　　　　　＊　　　　　　＊

至於這部作品的缺點，歐美與日本的影評家們已經一致指摘出了它的甜密性與浪漫蒂克的傾向，這可說是這類作品的故事構成上不容易避免的地方吧。

演員方面，扮演叔伯德的「漢斯·亞來」是充分的發揮了一個富有古典性的藝術家的風格與感情，女主角瑪爾泰·愛特開爾特也是富於獨特的個性的一位匈牙利的名女優。

無論根據那一方面的消息來說，我們可以推想「未完成之交響樂」是在一九三五年的許多名片中富有着非常的音樂價值的一部德國文藝電影。(完)

(『晨報·每日電影』，中華民國二十四年二月十三日　星期三)

兒童與電影
觀「兒童之光」以後

　　這是一部以「提倡教育」爲目標而據制的影片。它取汲了兒童們的生活, 在這一點上我們也許可以說有點中國電影藝術上的未開拓的題材的嘗試. 然而很遺憾的是它雖然以提倡教育爲旗幟, 且多描寫了些兒童們的生活, 但其結果, 卻不過是製成了一部使人厭倦的公式化的作品。

　　原作者用了一種窮人家的孩子們與富裕的家庭的孩子們的生活的對比方法, 去指出了窮人的教育的必要性。但這部作品所表現的對比方法太平凡而輕鬆, 所以作者所企圖的悲劇的場面的表現就免不了使人感覺到勉強硬作的不自然性。

　　這影片, 我們很容易看出一個很大的缺點, 恐怕是因爲作者同時想獲得一般大人的觀衆與兒童的觀衆的緣故, 所以在故事中, 非常沒有秩序地去混合了大人和兒童的生活。當然, 無論是「教育電影」或「兒童電影」都可以很自由的去各方面找材料, 當然可以插入大人的生活, 但這部作品假使說它是給大人們看的「教育電影」, 那麼就太缺乏它所須要具備的感銘性; 而如果算它是一部專以兒童們看的影片的話, 那麼也太輕視了兒童電影的本質和使命了。

　　自然我們的導演應該論及關於「電影的教育性」與「教育電影的根本問題以及純粹的「兒童電影」的表現形式與内容等的許多問題。而在這樣簡單的篇幅裏面是不能充分的討論的。不過, 我們至少也要了解電影童謠, 童話等。勿論那一種的藝術形式, 它既是一個爲了兒童們而制出的作品, 最要注意的第一個問題就是兒童們的生活感情的明確的把握。輕視兒童們的生活感情就不能企圖優秀的兒童藝術作品的制就, 而這就是「兒童之光」所以失敗的主因。

　　　　　　　*　　　　　　　　*　　　　　　　　*

　　雖然演戲的表現在各種藝術作品的創作上佔領着最重要的地位, 可是像這部作品所取的那樣修身教科書似的形式, 這不能不說是太公式化的概念。一部提倡教育的影片. 必須要清楚的提示教育的必要性以及「怎樣去教育兒童們?」等的根本問題, 但這部作品終是獲不到這方面的效果。雖然它用了許多像數學公式的「字幕」, 而鼓吹了不識字的人們的教育的重要性。然而這樣的作品的構成方

法並不是教育電影所適宜取用的形式。明顯的說，教育電影的効果決不能借字幕的力量去鼓吹空虛的口號。教育電影的製作者不能忘掉的第一個問題就是「用怎樣的方法與形式能夠完全離開像修身教員的那樣嚴格的公式化的教育方法而使兒童們不知不覺中，很自然地去了解學問的必要性呢?」。

*　　　　　*　　　　　*

如上面所說，這部作品的失敗的第一個原因就是兒童生活的感情的遺忘。我們知道，在電影藝術的強烈的影響力中，對於兒童們的影響力是比大人方面更大的。而且富於感受性與好奇心的兒童們的世界，在那裏支配着他們的心理的就是生活的感情。這部作品給兒童們的影響雖然並不怎麼壞，可是給兒童們見幾千幾萬個宣傳口號似的字幕，總是錯誤的方法吧!

兒童藝術中之根本要素的一個重要部份可說是作品的單純性，這部作品的劇作者所編出的悲劇的結構，因爲它的不自然性與散漫性，就不能給兒童們容易理解與深刻的感銘了。

簡單的一句，這部作品不僅在提倡教育的意義上不能充分的發揮它的根本意義。併且在兒童們的生活的描寫方面也是沒有什麼能夠激動兒童們的感情的表現的。

*　　　　　*　　　　　*

至於，在表現技術方面。第一，使我們最容易看得出的缺點，就是編劇作者的統一性的缺乏。這部作品的故事，在它的本身上說並不怎麼複雜的。然而編劇者在故事的展開上許多地方重複的使用了與劇的全體的展開沒有重要關係的場面，使簡單的故事陷入了散亂裏去了。併且畫面的連接上也有不少使人莫明其妙的地方。又許多劇情與字幕不大適合，更使作品的全體喪失了它的力量，這當然是編劇手續的未成熟所致。其次，演員方面，最可惜的是許多童年演員中沒有一個人能夠表示出兒童的真正的動作或心理，都喪失了天真爛漫的兒童心理的表現，尤其是扮演富人子弟的楊龍萃的表現，完全是大人的模仿，這是編導「魏巍」先生應該負責的地方。

(『晨報‧每日電影』，中華民國二十四年二月十六日　星期六)

德国山岳電影的巨片
「蒙不兰之霸王」
亞諾爾德·方克與他的新作

在山岳電影的攝製者方面, 佔領着世界最優越的地位的德國亞諾爾德·方克博士(Dr. Arnold Fanck)最近在Cine Alianz公司又制就了一部新片「蒙不蘭之霸王」(Der Konig des Mont Blanc)。他在過去, 發表了「白銀亂舞」, 「銀界征服」, 「蒙不蘭之狂風」, 「S·O·S 冰山」以後, 會暫時從事於以運動爲主題的所謂「Sport電影」的製作, 這部「蒙不蘭之霸王」是發表了「S·O·S 冰山」以後的他的新的技術的不斷的進步的表示, 在世界的山岳電影上這正是一個巨大的新的收穫。

＊　　　　　　＊　　　　　　＊

「蒙不蘭」是法國的東南部阿爾卑斯山系中的一個最高峰, 據說這部作品就是以這「蒙不蘭」峰之最初登山家「爵克·巴爾馬」的「登山記」與史實小說爲題材而描寫了關於這個高峰的傳說和一件在山中發生的悲劇。在上面所舉的他的過去的許多做作品當中, 比較充分的發揮了山岳電影藝術的特殊技術而被一般人歡迎的作品就是「S·O·S 冰山」。但這次的他的新作聽說是比「S.O.S 冰山」, 更有着故事的卓越的構成以及山岳的美麗雄壯性的表現。

＊　　　　　　＊　　　　　　＊

對於這部山岳電影, 首先使我們值得注目的地方說是「亞諾爾德·方克」與「路依斯·特連卡」的製作態度的差異。「路依斯·特連卡」也是在德國影壇上山岳電影方面的一個負有盛名的巨匠, 他所發表的作品, 已經有「火山」, 「ALps之煙雲」, 「回到銀嶺」(Der verlorene Sohn)等幾部。但他是富有商人氣的人, 換句話說, 他是除了以山岳爲舞台面制出電影的冒險性與藝術性的情熱以外, 還具有着在山岳電影裏面插了充分的商品假值, 以巧妙地獲取觀衆的一種商業手段。在這種製片的藝術的態度上這兩個人是相差很遠的, 實在, 「亞諾爾德·方克」是一個純粹的山岳電影藝術家。山岳仿佛是他的生命的一個貴重的部份, 對於山岳的戀念。對於峽谷雲溪的憧憬, 山岳是他永不變渝的一個熱情的戀

人。不論那一部，他的作品使人感激的地方就是他對於藝術的犧牲的精神與獻身的情熱。

＊　　　　　　＊　　　　　　＊

這部「蒙不蘭之霸王」在它的故事的構成上也並不怎麼卓越。只以電影故事構成的普通的目標上說，它是極其平凡而單純。作品所描寫的時代也是十八世紀末，它僅僅描寫了一個村人征服高峯的簡單的故事。然而這種簡單而平凡的故事卻使人感覺到一種特殊的魅力。這是因爲作者對於藝術創作的百折不屈的意志與富於情熱的藝術的風格所致。而這部作品的主人公「巴爾馬」的熱烈的心理就是「方克」的藝術的情熱的表現了。

＊　　　　　　＊　　　　　　＊

無論那一種藝術作品的創作，當作者的作風與作品的題材一致融合的時候，才可以獲得優秀的效果。在這樣的意義之下，這部作品所以夠得到空前的成功。

我們也許可以說在將來能看到把山岳的各方面的美妙性與雄壯性，在更進一步的充分的科學與物質上，表現出來的作品，然而，這部作品所描寫的山岳的美妙性與雄壯性卻是沒有虛飾的一個真實不僞的自然世界。

出演的主人公是「世普・利斯特」，攝影是德國攝影師界的名匠「裏亞爾德・安克斯特」「古爾特・諾依貝爾」兩個人。據說場面的構成與音樂效果也都有着很健實的手法的表現。(完)

(『晨報・每日電影』，中華民國二十四年二月二十二日 星期五，光洲。)

美國電影刊物

電影在美國佔領着國家產業中之一個重要的部門，所以電影刊物亦呈顯着比任何國更盛烈的出版狀況。除了各種報紙的電影專刊及許多雜誌的電影篇幅以外，專以電影文字爲材料的純粹的定期刊物也有十幾種之多。這十幾種的電影刊物，除了幾種特殊的雜誌以外，它們的內容都是大同小異的，以電影迷爲目標的趣味雜誌。但這許多電影刊物對於獲取讀者的強烈的競爭與持續不斷地

出版裏面, 我們能夠窺見美國的電影藝術的普遍化, 與電影刊物的讀者們的盛烈的支持。在下面試舉出月刊電影雜誌中之重要者十一種。

(一) Motion Piciure

(二) Movie Classic

(三) Photoplay

(四) Screen Romace

(五) Modern Screen

(六) Screen Play

(七) Screen Book

(八) Screen land

(九) Sivier Screen

(十) Film Fun

(十一) Motion Picture Herald

這許多電影雜誌的諸傾向中, 最值得我們注目的是它們不以一部雜誌爲某一個公司的宣傳機關專爲觀衆着想的編輯態度。在美國各影片公司的營業上的競爭的熾烈, 我們是可想而知的, 而這十幾種電影雜誌裏面亦有幾部是某種影片公司所主營出版的雜誌, 可是在編輯態度上, 却很少有以雜誌爲宣傳機關的傾向, 而專以廣汎的電影Fan與讀者爲中心去取關於電影一般的問題以及各種消息。

＊　　　　　＊　　　　　＊

在上面所舉的十一種雜誌之中, 在美國電影刊物的歷史上佔領着最長久之出版歷史的就是「Motion Picture」與「Photoplay」兩種, 都是二十餘年間繼續出版的電影刊物界的霸者。尤其「Photoply」無論從雜誌的外裝或頁數以及內容等那一方面說, 可以說是一部美國電影刊物中之最充實的雜誌, 其次就是「Motion Picture」。

不論那一種, 這幾部雜誌都爭先而求的編輯材料中之第一個可說是新影片的書幅與主要明星的新像片, 其次至於文字方面, 都取着導演與演員的私生活, 新製作中之影片的介紹以及各影片公司的製片消息等。不過美國的電影雜誌所

共有的缺點我們不妨說是關於電影學術的整個的理論與真摯的作品批評以及研究文字的缺乏。

＊　　　　＊　　　　＊

　　此外, 美國電影刊物之最近傾向中, 很明顯的看得出的就是關於美容與時裝方面的研究文字的流行, 例如在「Photoply」雜誌上, 我們每個月看到「雪維亞」的署名之下登載的關於演員在美容與時裝上的注意及研究文章。她是一個飲食修養, 按摩以及化妝方面的名人, 尤其是在各公司的女演員的化妝與美容方面會供着不少的指導。「Photoplay」的還有一種值得一提的特徵就是每年一次利用着紙面上的投票紙而舉行的優秀電影作品的推選會。它所推薦的影片之中較爲屬於新近的作品有「第七重天」, 「西部無戰事」以及「Little women」等幾部。

＊　　　　＊　　　　＊

　　「Movie Classic」是一部「Motion Picture」的姊妹雜誌, 完全由同一的經營者與編輯者而出版。對於電影文字方面登載着相當值得注目的銳利的文章, 例如在不久以前, 「華納」公司製作「Wonder Bar」的時候, 主演演員「亞爾‧喬思遜」與助演演員們發生不可相容的葛藤, 「Photoply」對於這個問題, 發表了非難亞爾‧喬思遜的相當苛酷的文字, 而「Movie Classic」則在翌日的紙面上, 站在擁護亞爾‧喬遜的立場上, 馬上與「Photoply」應戰, 很銳利的反駁起來了。

＊　　　　＊　　　　＊

　　其次「Screen Romance」是一部在雜誌的外裝與編輯形式上最美麗而明快的刊物, 專登着電影小說化的新影片的故事。「Film Fun」如它的題名已經告訴我們, 是一部以電影漫畫爲中心的雜誌, 尤其很喜歡登載當有色情性與低級趣味的像片, 很缺乏文字。

＊　　　　＊　　　　＊

　　最後, 除了上面所說的幾種以外, 在現在的美國電影刊物界最有權威的雜誌就是「Motion Picture Herald」, 是一部在電影事業的各方面, 唯一無二的星期刊物。它是取汲着電影界各方面的動靜, 發表着比較嚴格的影評, 製作工作的新消息, 各都市的賣座成績以及電影的政治乃至經濟的觀察與研究文字。尤其是在最近這部雜誌所取汲着的許多電影理論中, 最富於興趣的戲曲電影化的問題, 關於這個問題的許多撰稿人當中, 使我們值得注意的人有「班加民‧第卡特沙

斯」。他不僅是一個影評家，而是相當負有盛名的詩人兼文學評論家。他在最近繼續的發表着「戲曲的電影化的可能性」問題以及戲曲與電影的各方面的對比研究。

可是，如在上面所述至於電影藝術的整個的理論與批評方面，美國的許多電影刊物還是沒有何等能夠的使我們讚揚的卓越的地方，不過爲美國影評界的第一人者，我們可以舉出「羅爾斯・裏德」，他就是「Motion Picture」與「Moive Classic」的主筆者，然而他的影評的基準裏面亦像其他的許多美國影評家一樣，容易看得出電影學術的一種甜密的見解以及迎合觀衆心理的傾向。

＊　　　　　＊　　　　　＊

這幾種電影刊物的出路是非常廣大的，不用說在美國本土內獲得着各方面的讀者，在英國的到處亦有着廣汎的讀者。雖然英國在這兩三年以來，他們的電影事業非常活泛起來，但在電影雜誌方面僅有內容貧弱的「Picturegoer」一部，是比不上美國電影雜誌的勢力的。

(『晨報・每日電影』，中華民國二十四年三月十二日　星期二，光洲。)

法國之諷刺影片

「最後的百萬富豪」[19]

－羅勒・克雷爾與他的新作

代表着法國影壇的名導演「羅勒克萊爾」(Rene clair)自從發表了「巴黎祭」以後，又繼續了兩年的沈默。但最近，他又製就了一部諷刺影片「最後的百萬富豪」(原名-Le Dernier Milliardaire)了。

克萊爾的作品，除了「巴黎祭」以外，在過去也發表了「巴黎屋檐下」，「百萬金」，「給我們自由」(A Nous La Liberte)等幾部優秀的作品。他不像歐美各國的許多平凡的導演那樣常常製作出千篇一律的形式的作品。他每逢發表一個

---

19) 최세훈 교수 제공.

新的作品的時候, 都表現出嶄新而獨特的手法, 這是一般人所周知的克萊爾的長處。

　　克雷爾在發表每一個新的作品的時候, 所表演的導演手法上的變化, 我們或許可以說, 在電影藝術的普通的目標上或完成他自己的藝術的過程上是有點不妥當的地方吧。然而, 他的不滿足別人已經嘗試過的手法或形式而努力去打開一個電影藝術的新的境地的勇健的意志和情熱的確使我們值得尊敬與佩服。換句話說, 我們如果要了解像克雷爾這樣的影藝人的藝術作品。在指出他的作品的某一部份的優劣以前, 就該要注意他對於藝術創作上的意志以及他所意圖的新的表現形式的嘗試。

　　一般人們以爲「巴黎屋檐下」的表現形式是代表着許多克雷爾的作品的第一義的根本形式, 而「百萬金」,「給我們自由」及這次的作品「最後的百萬富豪」等諸作品則是他的第二義的作品。「巴黎屋檐下」比他的其他的作品含蓄着多分的sent-imentalism。這也許就是這一部作品所以被一般人們歡迎的緣故。但這樣的見解在實際上不能說十分妥當的。他的許多作品當中的正統的作品還應該說是「給我們自由」與新作「最後的百萬富豪」因爲克雷爾是個十九世紀後半期的法國負有盛名的vau-deville(諷刺喜劇)作家「烏建拉比叔」的唯一的崇拜者。而他在這部新作品裏面所表現的意識與形式方面, 不少是受了拉比叔的作風的影響。這是法國的許多影評家們一直指摘出的地方。

　　「拉比叔」是一個純粹的法蘭西式的劇作家。他的作風的特色是在創作出一個人物的性格之前先創作一個人物的模型。就是把一個人物機械化了。他以人物的台辭的situation化爲戲劇構成的根本要素。聽說在「最後的百萬富豪」裏面使我們值得注目的新作風就是這個被「拉比叔」影響的克雷爾的作品構成上的手法與諷刺性。

　　在這裏, 不妨簡單的來記述這部影片的故事的主要部份: 有一個假想的國家「加基那利奧」陷入了財政困難的狀態的時候, 出現了一個百萬富翁「范克高」。該國的皇后想使她的女兒「伊沙貝爾」同這個富翁結婚, 企劃國家的復興。但「伊沙貝爾」公主却和一個音樂指揮員打得火熱而秘密去結婚了。在無可奈何的時候, 這個皇后便下着決心自己去同那個富翁結婚。然而在舉行結婚儀式

的那一天, 富豪是陷入了破產的悲運裏去了。故事的展開就到這裏告終。

這部作品是比他從前的幾部作品多分的有着内容。就是他在這部作品裏面表現一個假想的國家來諷刺了獨裁政治。自然, 使我們值得注目的地方雖然是作者的政治觀與國家觀, 但如果只以作品對於政治與國家的觀念爲這部作品的根本意識問題的判斷却是極其危險的見解。假使我們要了解克雷爾的政治觀以及國家觀, 那麽只看他在最近所發表的理論文章「電影與國家」也能夠知道他對於這方面主張, 而大可不必在他的「最後的百萬富豪」裏去找求它的。因爲克雷爾爲了他的藝術作品的完成雖然也抱着一種見解, 可是不能說他一定是把那種意識表現於實際的作品上的。當然, 這部作品裏面也有一部分流露着他自己的意識。但比這種意識更要緊的部份是他對於人物與背景的細心的注意與喜劇的諷刺性的構成。如在上面所說, 這部影片的第一個特徵就是人物的機械化。自然, 這種機械化的人物的感情, 是很無味而乾燥的, 可是, 在克雷爾的手法之下, 這無味而乾燥的地方却一變成爲這部作品的一種獨特的魅力。

聽說, 克雷爾寫成了這部「最後的百萬富豪」的劇本以後拿到法國的各影片公司去商量它的電影化的時候, 到處都收了拒絕。最後由「Pathe-Natan」影片公司承允。這部劇本才終于電影化了。

向卓別麟一樣, 克雷爾常是取汲極其平凡的事件而表現出一種特殊的趣味性與諷刺性。這部作品所取汲的故事亦並不新奇, 也並不輕鬆。但他把這種簡單的故事很愉快而順利地展開下去而且充分的發揮了諷刺性的效用。實在, 克雷爾是具有着獨特的個性的導演。

歐美各國的許多名導演, 他們是以高尚的思想, 善良的人道主義。美妙的神秘主義及嚴格的寫實主義爲作品構成的重要骨子來製作出很有意義的作品。但克雷爾却祇拿通俗的喜劇材料來製作出單純平凡的諷刺喜劇。而在這樣喜劇裏面, 却表現了一種新鮮美麗的感覺。

至於演員方面, 據說扮演富翁的馬克斯第利(Max Dearly)扮演公主的連妮小西爾(Renee saintocyr)和扮演音樂指導員的喬司·諾哥路(Jose Neguero)等主要演員們的演技也都有着相當特殊的風格。

這部作品不僅是經過了「百萬金」與「給我們自由」的製作以後的克雷爾的卓

越的導演手法的表現, 並且可以說是一九三五年許多法國名片中, 最使我們特別期望着的作一部諷刺喜劇。(完)

(『晨報·每日電影』, 中華民國二十四年二月十七日 星期日)

「逃亡」評彙

評四

殘忍無比的榨取讀者的罪惡, 偽善的慈善家們的笑裏藏刀的行為, 這無疑是現社會一種明顯的禍根。

這部作品就是以這種榨取者與偽善家為題材而給予觀衆們以相當富有逼真的暴露的作品。從這部作品的暴露性上我們不能不說, 它已經獲得了某種程度的效果。

萬里長城! 北地的險山峻嶺! 廣漠的荒野! 牧馬, 駱駝! 我們在這部作品的開始就推想到了這是一部富有詩的情緒的一個荒漠的村莊的原始的生活感情的描寫, 但作者是完全違背我們這種推想, 而插入飛機的出現引起了作品的波瀾曲折。他們那原始的平和的生活由這個飛機的出現發生了種種的悲劇, 併且作者是告訴我們這是異族的飛機。但這種劇情變化的方法不能一定使我們滿意的。他本身上含着多分的虛空漠然性。又在後半部所表現的意義太觀念化的。貧者是這樣, 富者是這樣, 這是我們所看得厭倦的對照方法了。

至於表現手法上, 雖然我們不能找到何等特殊的銳敏的手法, 但是值得注目的是導演的沈重的情緒的表現。不過以主題歌與畫面的對照為作品的起端, 這是已經太用得濫而舊的平凡的方法了。然而在劇情的展開上, 是充分的發揮了能夠使一般人滿意的高潮的強調法。

演員方面, 袁美雲雖然有點動作的不自然但充分的發揮了他的沈重的性格, 其外王引, 袁叢美, 葉娟娟等都很稱職。在收音方面, 這部作品是除了一部份的配音以外差不多完全是默片, 所以歌曲的插入更影響於別劇情全體的效果上。在這部作品重複的用了「特利高」的Serenada, 但這種樂曲是不適當於悲劇場面的

情緒, 這可說是一種的音樂上的認識不足, 真使人莫明其妙的。

(『晨報·每日電影』, 中華民國二十四年三月二十五日 星期一)

電影与它的國民性

我們時常看到的電影, 以美國影片爲最多, 其次順序地說則是, 英國, 德國, 蘇聯和法國。無論如何, 電影最發達的國家當然是美國。電影企業在美國非但是一種重大的國家企業, 併且一般經濟界的景氣或不景氣都反映於電影企業上, 而電影在美國就占着與一般經濟界的情勢不可分離的密接的關係。

雖然我們不能根據精密的統計來決定地說, 但是誰都容易知道美國不僅是在電影企業上最發達的國家。併且是在電影藝術的本身上也佔領着最優越的地位的國家, 他們這樣的特殊的發達裏面, 當然有資本力的豐足的關係, 而且這是在電影企業上最重要的第一個問題, 可是我們在這裏, 除了他們的資本力之豐足以外, 很容易推想到的就是電影藝術最合致於美國人的生活及性格。廣大一點說, 就是他們的國民性與電影藝術的發展有着密接的適合性。

＊　　　　　＊　　　　　＊

電影藝術在它的本質上當然大部依據於資本力量與機械力量而不像一般文學作品那樣容易表現出某一個作家的斷片的個人的性格或者某一個個人的力量。如一般人所周知, 爲了一部電影作品的完成, 是不能不使許多個人的力量集合於一個目標上而且更需要豐富的資本力量與優秀的機械力量的。

所以, 當我們欣賞某一部電影作品的時候, 自然知道電影不像其他的藝術作品。例如小說繪畫以及音樂等那樣單純的。我們當翻讀文學作品的時候, 無論那一國的作品, 都依據它所表現着的生活或者人物以及內容等, 很容易接觸到它的國民性。但電影藝術是因着它的機械性與資本力, 某一個個人性或者一般的國民性很容易被單一化, 不像其他的藝術那樣容易接觸于某一個國民的內面的國民性。

然而, 世界各國的電影並非都有着相同的特色。當然美國的電影是具有美

國的特色, 德國的電影是有着德國的特徵, 併且他們都反映着某種程度不同的國民性。但我們在電影藝術中所接觸到的這種國民性的反映不能不說是比其他的藝術來的微弱吧。

為一種證據, 我們不妨提起德國的導演劉別謙與馮·史丹堡, 雖然他們到美國在好萊塢製作影片, 但無論那一部他們的作品裏面所充滿着的不是整個的德國色調, 而卻是很淳厚的美國色調。又如摩利斯·雪弗萊, 瑪琳·戴德寶, 等法國與德國的明星到好萊塢來所出演的許多作品裏面也都充滿着豐富的美國色調。換句話說, 在電影藝術某一個導演及主演名星的個人性與國民性是被它的資本力或機械力以及企業的要素所支配, 而變成及其微弱的表現, 所以我們可以說某一部電影作品的特色不在作者的國籍關係上, 卻由它被製作的國家而決定的。

無論那一個人, 假使他依據托爾斯泰或屠格涅夫的作品了解俄國文學而接觸過俄國的國民性的話, 那麼他, 對於俄國不能抱着反感或憎惡吧。同樣, 我們在現在借電影藝術的力量來了解美國人的生活與他們的國民性的時候, 美國人也決不是可憐的國民吧。這可說是藝術的一種偉大的國民性表現的力量。

不論是專以愛情問題為中心的戀愛片, 或暴露着經濟機構的影片與取及着政治與法律上的問題的作品以及當太平洋問題告着急迫的時候所製作的海軍的宣傳影片等, 美國的電影所共有的特徵可說是他們的明快的生活感情的實際的表現。有許多人以為美國電影都是所謂「沒有意思」的, 無聊虛構的作品。但在實際上, 我們依據美國的電影能夠了解美國人的國民性與民眾生活是很明朗而且像春風那樣和暢輕快的。雖然他們在電影的題材方面很喜歡取消着gang與殺人的暗街或者黃色新聞記者一種殘酷的活動等。但這種作品卻也並不使我們感覺到陰慘或殘忍性而給我們以一種他們的特殊的明朗性。併且美國電影的百分之九十九的出品差不多完全是以同樣的Happy End為作品的終局。這就是被一般人稱為美國電影的千篇一律的形式。但這也是一種美國人的國民性在電影藝術上的表現吧。簡單地說, 我們在電影藝術中看到的美國人的國民性是不受何等傳統的支配的一種明朗的殖民地的風氣以及新鮮的新興國民的風格。

　　　　＊　　　　　　　＊　　　　　　　＊

至於德國, 我們在他們的電影裏所窺見的國民性, 就以沈重為第一個特色。

同一類的歌舞影片也不像美國電影那樣明朗而輕快。有使我們不能隨便地笑的一種嚴格而重視着規則的特徵。現在的美國電影, 我們可以說完全離開了文學性的獨立性的, 但德國的電影是沒有完全脫離了文學的要素。不是純粹的形態的電影而是一種借着多分的文學的要素的電影。然而這決不單是電影的手法上的問題, 併且也可說是德國人的國民性在電影上的表現。

其次, 法國電影, 最明顯的表現着法國的特色的作品, 我們可以舉出羅勒克雷爾的「巴黎屋簷下」及「巴黎祭」等兩部。一般人認爲法國是藝術的國家, 巴黎是時尚的都市, 但據我們在電影藝術上所看過的特徵說, 法國人的衣裝或態度以及風俗等都比不上美國的明朗性與流行性。至於就生活形式言, 美國比法國更近代化而且豪奢。法國是有點古典的風格。我們只要看某一個都會的建築或汽車的外型以及某種宴會的場面就可以證明着。我們能看到的蘇聯電影是很稀少的, 所以在這裏不能說明確的話, 但大體的說, 蘇聯電影的最近傾向中最顯著的是寫實電影的流行。然而我們只看這種蘇聯的寫實電影也能夠了解某種程度的國民性與他們在電影製作上的真摯的態度, 我們會在俄國的許多文學作品裏看過他們的純重的國民性以及他們那純樸的原始性與堅強的忍耐性等, 在電影作品上也都能夠容易地找到的。實在, 在某種意義上, 我們不妨說, 蘇聯電影是拿優秀的方法來真實地表現着他們的一種傳統的沉重而嚴肅的國民性吧。(完)

(『晨報·每日電影』, 中華民國二十四年三月二十八日 星期四, 金光洲 譯。)

春宵散笔
影評的三型

每天在影評市場裏面氾濫着的許多批評的明論卓說, 我們拿精密一點的觀察去把它解剖的時候, 除了幾篇真摯的文字以外, 大部份都是像數學公式般徘徊於三種固定化的類型。

這三種典型的第一個就是不願接觸到那個作品的缺點的所謂漠然的讚美之文章。它很巧妙的隱蔽着作品的劣點。不管觀衆方面的影響或它在電影藝術的

本質上的價值，只羅列着最高度的讚詞。可是，事實上，不論一個人或者一個藝術作品都有長短。它假使在只要發現藝術作品的長處與美點的寬大的態度之下寫成的文章的話，我們或許可以說是一種淳樸的影評家的情熱之產品。但批評的時候，假若沒有受外部的種種條件的支配，在批評心裏的本質上，決不會只看到作品的長處與美點。影評是不是某公司或某知己的宣傳文章？漠然的電影讚美者就常常盡了廣告的作用而已。

其次，第二個典型，可說是所謂自由批評，就是站在不受外部的支配的立場上所寫的文字。在這一類的影評裏面最顯著地看得出的便是影評家的優越感。差不多都是完全由自己一個人的主觀與觀念以及偏缺的理論而只在找出作品的缺點，它說是甚麼都不對甚麼都不好，辯證法的唯物論怎樣，作品的意識怎樣，看似宏博，而實際則常常與作品的本身無關，這類的專以找缺點爲任務的影評，就是一種影評家的優越感的自我滿足。它很喜歡拿自己一個人的偏激的黨派觀念來虐待着製作者，而得到自我陶醉的快感。難道影評是滿足一個影評家的快感的工具嗎？

最後一種典型就是被一般人認爲最公正的所謂中庸之道，它一方面可以講美着作品的卓越的部份同時也不忘掉該作品的劣點的探求。這種態度的批評文章，不僅在影評界而在一般的華納的主義上以及讀者方面是最受歡迎的，它假使在眞摯的態度之下，明確的認識且解剖出該作品的長處與短處的話，那麼我們就不妨說它是比前兩者較見勝利的批評。可是在這種典型的文字裏面可怕的是它的固定化與形式化。當這種態度變成爲影評家的不可動搖的習慣的時候，他找不到作品的卓越的地方的時候也勉強的羅列幾種贊辭，找不到缺點的時候也不能不表示漠然的不滿與不平。我們平心地去考慮影評的時候很容易知道影評決不是某種賣出靈魂的贊辭的羅列，也不是無理由的罵倒或影評家的自我陶醉，也不是形式化的中庸之文字。一個影評家，在發見作品的優劣的部份的以前，至少要銳利而正確的認識該部作品給我們看的第一個目的物在那邊，它拿怎樣的態度來解釋人類全體的生活與感情。

自然，這僅僅是我一個人的無謂乾燥的愚見吧了。

文藝電影愚感

我們在風靡着歐美各國的文藝電影製作的流行傾向中, 可以看得出, 利用着小說或戲曲等在文學作品上所獲得的效果來獲得電影觀衆的各影片公司的企業上的態度。某一部分觀衆只陶醉于該部作品在原作上的價值, 不管它的種類而只是讚美着文藝電影這四個字, 可是決定電影藝術根本決不在小說或戲曲的價值上, 而在電影藝術的本質地的構成上, 不論它是怎樣優越的文藝名著的電影化, 它沒有電影藝術的本質的把握, 我們不能認爲它是優秀的作品。至於另外一部份的人們是, 在一部文藝電影裏想找到像讀文藝作品的時候一樣的感銘, 去看文藝作品就覺到失望而便說出「那部電影永不及小說」甚至說「傷害了原作小說的深刻的描寫」云云。這不是一種笑話嗎? 在一部電影裏面想找得出同文字一樣所給我們一樣的描寫或感銘, 這不能不說是一種徒勞的工作。文藝電影當然重視着原作所表現的思想以及情感等, 一切部份, 但決不是某小說或戲曲的複製宣傳版。簡單一句, 文藝電影的基準是在文藝作品上所取汲的素材的把握上。換句話說, 拿同一的素材來, 小說或戲曲是借文字而表現, 電影是由視覺的特殊的構成而表現。譬如說, 羅寶·麥穆林的「復活」是把握「托爾斯泰」所文字化以前的素材來, 構成電影的他的個性所產生的作品。而不是托爾斯泰的「復活」的宣傳片。我重複的說, 文藝電影決不是文藝作品的故事興描寫上的陳列。(未完)

(『晨報·每日電影』, 中華民國二十四年三月三十日 星期六, 光洲。)

春宵散笔(续)
影評家與文藝批評家

電影藝術在實際上常被一般人認爲一種迎合低級趣味的娛樂品而受輕視。同樣, 在評論方面, 不論東西古今, 文藝評論家都受着藝術家乃至思想家的待遇。但在藝術史上, 我們却找不到對於影評家的思想家的取汲或他的藝術的檢

討, 實際上, 評論家當中最被輕視的就是電影批評家。這樣的說法決不是要提高影評家的地位的野心的言辭。(併且我決不以影評家自任的。)不過上面的說法, 至少在關心於影評的人, 是一個容易想到的事實。

那麼我們那裏[20]去找這個原因呢? 雖然文學有文學的特殊性, 電影有電影的優越性, 併且現今的世界各國的影壇繼續不絕的製作出優秀的藝術電影, 但電影藝術在它的本質上却有着多分的商品性與市儈的趣味。因此電影所包含的心理或思想等都比文學的深刻性與古典性有不少的遜色。這種它本身上的問題也當然可以說電影與影評家被輕視的重要原因, 可是最重要的原因我們不能不指摘出影評家自身的力量不足與只抱一種Dilettantism來從事影評的似是而非影評家的氾濫, 以及影評的一種氾濫傾向, 也就是粗製濫造的傾向。

我們怎樣才能打破輕視影評的一般的觀念呢?

電影與戲劇

電影獲得了音樂以後, 呈現出有聲電影的黃金時代。併且到現在已經確立了有聲電影的特殊的表現形式。但它的根本表現形式中之一個, 我們不妨說是舞台劇表現形式的攝取。由此電影與戲劇發生出從來沒有的密切的關係。而在世界各國的影壇上, 不僅優秀的戲曲都搬到了銀幕之上, 而且是劇壇的人物也陸續的轉入了電影界。

可是我們在這裏不能不注意的是只拿戲曲的故事使舞台演員, 拉倒鏡頭前表演的作品是必然地失敗的。因爲電影與戲劇都有着各各特異的本質與特徵, 所以我們才不能簡單地比較兩者的優劣。但當着某種戲曲的電影化或者舞台演員在電影上的表演的時候, 除了電影比舞台劇有着背景的廣大性與特殊的變化性以及獨特的時間性的事實以外, 至少要明確的了解戲劇是以舞台上的演員的演技爲基準。但電影絕不是某種場面的演員的演技或對話爲基準, 這可說是戲劇與電影的最顯著的異點之一個。尤其對話, 雖然是默劇以外的各種戲劇的一

---

20) '哪裏'의 오기임.

種要緊的生命, 但對話在有聲電影上的濫用却會得使作品的感銘力薄弱, 我們在最近所看過的陷入這種對話濫用傾向的作品, 可以舉出天一公司「堅苦的奮鬥」。不客氣的說, 這部作品的導演是對於電影與戲劇的本質上的差異或者還沒有清楚的認識。看過這部作品的人誰也很容易看得出導演只使幾個主演的演員集于一個屋內的場面裏, 借他們的對話來說明故事的進展吧了。

有聲電影只靠演員的戲劇的對話和演技是不能構成的。最要緊的該是把戲劇上攝取的要素與畫面的諸條件, 用自然而美麗的手法融合起來。(完)

(『晨報·每日電影』, 中華民國二十四年三月三十一日 星期日, 光洲。)

法国新文艺電影
「莫斯科之一夜」

流行着輕快的諷刺喜劇的最近的法國影壇上, 有一部我們值得注目的新文藝電影「莫斯科之一夜」(One Night in MoscoW)這部作品的原作是在法國的大衆文學界, 負有盛名的小說家坡埃雨·符諾亞的特寫成的一部電影小說。它寫作上的第一個特徵是故事構成上的複雜性與把握讀者大衆的趣味的巧妙的筆致。同時, 他在這部電影小說裏, 也拿一種獨特的興趣來描寫了自一九一六年至一九一八年間的俄國帝政崩壞時期中的莫斯科的生活。這部作品所企劃的目標就是以革命前的俄國的混亂的社會狀態爲背景來表現出當代的俄國的特殊的社會現實以及生活情緒。原作者的這種意圖由這部作品的監製兼導演者亞曆西斯·高羅諾夫斯基的健實的表現手法而充分地把握了當時代的俄國社會相的真髓。開映後, 法國的許多影評家們便一致舉出了這部作品所表現的當代的俄國的詩一般靜閒的田園風景, 莫斯科宮廷的壯麗的跳舞會, 陶醉於GiPsy音樂的當代的酒店的情景以及嚴肅的軍法會議等的正確的描寫。

＊　　　　　　　　＊　　　　　　　　＊

亞曆西斯·高羅諾夫是俄國文學史上著名的導演家。他生於俄國在「Petrograd」畢業了「戲劇演出學院」之後, 曾在一九一九念年自己創設了一個「悲劇社」

而活躍於當地的舞臺劇界。後來到莫斯科又創設「猶太人戲劇社」，領率他們一派到巴黎去，在「馬爾團」戲院公演，獲得了非常的歡迎。於是，他乘着在法國劇壇上的這樣的成功的機會，就不想回到本國去，而制就了這部影片。他對於革命時代的俄國的生活狀態有着豐富的實際的經驗，這一點就使法國與俄國影壇的一般人們認爲他是在那個時代的生活感情的把握與描寫上最適當的人物，併且他在這部作品裏所描寫的情景無疑的是注意周到的一個時代的表現。過去他不僅在俄國的劇壇上有了相當的活躍，而在電影方面也有幾部佳作的發表。他的電影界的選人以一九二五年在俄國製作的處女作「不可實現的幸福」的發表爲開始，但使他得到一個電影導演的地位的作品，却是他在柏林發表的「人生謳歌」，其後他又繼續的發表了「O·F先生的皮包」與「鮑蘇雨王的戀愛故事」等兩部。我們或許可以說高羅諾夫斯基，他在蘇聯的影壇上並不是怎麼偉大的人物，尤其是他的過去的作品「O·F先生的皮包」等都在故事的構成方面或電影的趣味性上，不能使一般觀衆覺得興趣的，可是他這次的「莫斯科之一夜」，不論根據那一方面的輿論來說，與Julien Duvivier的「商船鐵拿西迭」及Jacqnss Ferdsr的「Le Grand Jeu」等，應該同樣算是值得推薦的最近法國影壇的三部文藝電影。

　　這部作品的主演明星中，「安娜貝拉」是曾經到好萊塢出演過「琴挑」(Caravan)的法語片的富於純情的表現的女優，據說她在這部作品的演技中第一值得注目的也是俄國的處女的純真而富於理性的表現的深刻與真摯。至於男演員方面有亞利·鮑爾，他是會在「紅蘿蔔須」得到非常的聲譽的演員，支配着這部作品的差不多完全是他一個人的健實的演技。出演了這部作品以後他更加堅固的築成了世界演員界的地位。最近的法國影壇的各方面的人們都一致認爲他是比却爾斯，勞頓與華雷斯皮萊等沒有一點遜色的名優。此外，還有富於舞臺經驗的演員坡埃雨·利雪爾·威廉，他是有着熱情的個性的法國新進演員當中最負有人望的一個。

　　最後，讓我簡單的介紹法國的影評家亞列特加沙蘭氏與路西德蓮女士對於這部影片的推薦文字中的一部份吧。

　　「……」莫斯科之一夜」是給法國的電影大衆看了一種重視着時代感情與情緒的作品。這部作品的確使我們忘掉。Oamera上的構成而只陶醉映像的魔

力裏去了。導演「高羅諾夫斯基」是表現了真正的俄國的生活感情。尤其是法國的演員們在這部作品裏完全改變了俄國人, 充分的把握了富於俄國情緒的表演。我們無躊躇的推薦這部作品爲描寫了俄國的神秘性的一部成功的表現 ……」(亞列特·加沙蘭氏)。

「……Oamera的運用的斬新! 獨特的Over-lap! 富於感受性的Close-up!「莫斯科之一夜」的確是一部非凡的作品。曠漠的田園! 勞動的神秘! 官邸跳舞會的壯麗的演出! 戰爭與賭博! 混亂的社會相! 是一部深刻的戲劇的迫真的力的表現。……」(路西德蓮女士)

(『晨報·每日電影』, 中華民國二十四年四月九日 星期二, 光洲。)

歐美名導演素描(一)

★亚历山大·科大

從新聞記者轉入電影界的最近英國影壇的一個巨匠。在法、德、美各國經過了影藝人的生活, 而於一九三三年到英國去, 創設了「倫敦影片公司」。實在, 他在「倫敦影片公司」所製作的「凱塞玲女皇」及「英國豔史」兩部作品的發表, 可說是給予寂寞的英國影壇以一種覺醒與新的刺戟的警鐘。他可以說是在英國電影的復活運動上, 不能忘掉的一個重要的人物。在過去給我們看的許多作品中他實在不僅是英國影壇的貴寶, 而且是世界影壇上的一個巨大的存在。

★裘利安·第維巴(Julien Duvivier)

「紅蘿葡須」的作者。如一般人所共知；與「羅勒·克雷爾」並稱爲最近的法國影壇的二大重要人物。他對於文藝電影的製作有着非凡的手法。尤其是他的高度的藝術的熏香, 把握大衆的特殊的手段以及小說戲曲等電影素材的優秀的處理, 遂使他的近作「商船鐵拿西迭」(prquebot tenacity)及「Maria Chapde Taine」等兩部文藝電影, 在「法國電影藝術企業獎勵協會」所發起舉行的優優電影推選會上, 被選爲一九三四年法國影壇的最優秀作品。在許多文藝作品的電影化上, 我們時常看到的導演最容易陷入的難處就是導演的文藝作品的材料的不消化

的漏露。第維巴所取汲的題材的範圍實在是廣汎的，無論宗教戲，探偵戲或社會戲，他總能拿獨特的手法來克服這種素材取汲上的缺點。他是一個法國影壇的健全的鬥士。但可惜的是我們在中國不容易鑑賞他的許多名作。

★羅勒·克雷爾(Rene Clair)

看過「巴黎屋簷下」的人，誰都還沒有忘掉他的名字吧。他是在文藝批評家，電影批評家，新聞記者等方面，有着豐富的經驗的一個法國影壇的巨人。被某一部份的人們，認爲克雷爾是個法國小布爾喬亞的代言者。或者空想主義者。可是這不能不說是一種輕率的看解。在他的作品思想的特質上，並不是完全沒有這種氣味的，但在另一面，我們推想自從一九二五年發表了「睡着的巴黎」以來他對於電影藝術的不斷的努力的時候，至少知道他是一個情熱的影藝人。他，實在是使電影從其他的藝術的隸屬中，解放出來的一個電影藝術的新的領域的開拓者。這決不是一種空虛漠然的讚辭。他對於電影資本家與電影的企業化及商品化抱着比任何人更強烈的憎惡。諷刺作家克萊爾的第一個特徵也就在這一點罷了。我們可以說他的作品傾向很近似於卓別麟，但他在諷刺性裏面所含蓄的銳利性比卓別麟更有獨特嶄新的地方。他在每一個作品的發表，都對於現代的社會機構挑戰着，這裏傾向最顯著的作品便是他的近作「最後的百萬富翁」(Le Derilier millardair)我們在某種意義上，不妨說世界各方面的電影藝術研究者的視覺最近都集在克萊爾的藝術上，克雷爾的電影奮鬥史，實在不僅是他一個人的歷史，而且是法國電影史的一部重要的頁了。

★威黎·福斯特

一個歌舞影片的演員，發表了一部音樂電影「未完成交響樂」以後一蹴而成爲了在最近的德國影壇比任何人更受着歡迎的導演。他在導演上的將來的成功在現在還是一個疑問，然而利出叔伯德的音樂上的地航與他的名曲而製作出文藝與音樂兩方面都有價值的作品，這可說是威黎·福斯特的大膽的地方，我們拿一種特別的興趣期待着這部德國新近導演的處女作和我們相見的日子吧。(未完)

(『晨報·每日電影』，中華民國二十四年四月十二日 星期五，光洲。)

歐美名導演素描(二)
續昨日本刊

★亞諾爾德方克(Dr Arnold Fanck)

修學自然科學中, 覺得電影的趣味與電影藝術的優秀的表現形式而遂從事於山岳電影的製作。對於山岳的他的熱烈的憧憬! 驚異與神秘的探求! 雄壯的登山意氣! 是德國電影製作家中之一個特殊的存在, 同時也是世界山岳電影製作上的權威。他的近作「蒙不蘭之霸王」(Der Konig des Mont Blanc)樹立了世界記錄電影尤其是山岳電影方面的一個新的記錄。

★券勃德·弗萊赫德(Robert Fraherty)

他與亞諾爾德·方克被一般人併稱爲世界記錄電影界的二巨人但在作品的傾向上, 這兩個人却大不相同的, 方克是雄壯的山岳的一種男性美的表現者, 但弗萊德的記錄藝術, 我們根據他的新作「阿蘭之人」(Man of Aran)的消息看, 他所構成的是像一篇抒情詩般美麗的書而與一種人生的淳樸的感情。如某一部分的人們所說, 他確是一個浪漫蒂克的影藝人, 同時是有着像詩人那樣素樸的描寫的一個寫實電影家。

★喬治·古卡(George Cukor)

他從前是一個著名的舞台演出家, 發表了「小婦人」以後, 才獲得了一個電影導演家的光榮的地位, 到了現在, 由塊肉餘生的發表而更加堅固的築成了巨匠的地位。我們會在他的「小婦人」裏看過的像童話般甜蜜且感傷的感情的巧妙的取汲, 這便是他的第一個特徵。但這種他的藝術上的溫柔的態度, 據說在攝影的實際工作上, 却變成爲好像患着「歇斯底里」的女人那樣嚴格而注意周到的態度, 如果他自己不滿意, 就不管演員怎樣而重重要攝。

然而, 不論一般的人們怎樣讚美着他的新作「塊肉餘生」在導演上的成功, 古卡還是一個迎合着Producer的心理的導演。這並非在無理由罵倒他的惡意之下來說的, 在實際上, 他在美高米公司是製作出該公司的典型的作品, 在派拉蒙

公司, 是製作能夠給該公司的Producer滿足的作品。可是, 他是一個很年青的影藝人, 我們期望着他的將來的更大的進步吧。

★馮·史登堡

唯美主義與eroticism的代表者。

支配着他的作品思想的根本機構就是對於現實的消極地的否定與一種朦朧的憤怨。他是反映着世界中流資本主義的知識階級的苦悶與意識。他的作品是排斥有運動性的表現與外景以及羣衆的取汲。拿一種極度的情熱來, 精緻的描刻出某一部份特殊的人們的個人的心理。我們不可以說他是由戀愛的幻想而要解決人類生活上的一切矛盾的一個戀愛至上主義者嗎?

(『晨報·每日電影』, 中華民國二十四年 四月十三日 星期六, 光洲。)

歐美名導演素描(三)
續昨日本刊

★金·維多(King Vidor)

拿複雜的劇情的構成來, 表現出人生的感情的導演, 不論歐美不知有多少, 但汲取設有曲折的平凡的生活而能夠描寫出人生的各種感情的交錯與高調的導演是很少的。至少在這一點上, 維多是一個有着特殊的個性的影藝人。當然, 許多歐美的導演們每一個人都有着在藝術上所表現的他自己的個性。但像維多那樣明瞭的個性的操持者是不容易找到的。有一部份的人們說他在最近的作品「Our daily Bread」裏面, 所提起了的失業者問題。不過是沒有何等解決的空想的問題, 併且他對於現實觀察的視覺與態度極其狹窄, 甚至說維多是不適當於現實描寫的影藝人云云。這種說法也可說是有一面性的不正確的觀察我們看他的作品的時候, 拿一種典型化的電影鑒賞眼來作出幾句簡單的結論是很危險的。他那非現實性裏的現實性! 平凡中之不凡! 人生描寫與社會批判的平而靜的感覺! 對於現在的電影製作機構的熱烈的反抗與不滿足!

他眞是僅僅一個人道主義的影藝人嗎?

★潘·赫克脫(Ben hocht)

他是在虛僞與眞實兩者的複雜的結合裏想找藝術的價值. 併且很喜歡以一種喜劇爲背景, 在背景的前面, 表現出對於社會的批判. 這也是一個他的作品製作上的特徵. 他不僅是一個導演, 而且是在人物把握上有着一種獨特手法的編劇家. 在他的筆下, 寫成的作品的人物, 大部分都是特異的性格的操作者. 例如「二十世記」中的演出者「犯罪都市」中的編輯等, 都是特殊的性格的人們, 同時他在這種現實的典型的人物的取汲中暗示着社會的一種冷酷的批判.

最近, 他對於既成的大公司的資本主義上的製作機構露骨的表示出反抗而與macarthur創設了一個獨立的攝影所, 他們的合同處女作品就是「Crime without passion」,這個獨立攝影場的設立不單是赫克脫一個人的進步的表示,同時我們不妨說是美國電影的一個新的進步的階段的表示,

★卓別麟

一個人生的孤獨者! 他的藝術是一個孤獨的人生的呼籲與諷刺, 同時他的電影製作上的態度與私生活也是孤獨的. 電影世界正是呈現着一個有聲電影的黃金時代. 只有他一個人主張着默片的藝術性的優越! 他那種獨特的步調! 一個孤獨的藝術家的影子! (完)

(『晨報』, 中華民國二十四年四月十四日 星期日, 光洲.)

五月隨感
影評·辱罵·英雄主義

不論專門家, 讀者及觀衆, 至少關心於電影的人, 誰都知道最近幾年間, 中國的電影藝術運動在理論或技術及內容等任何方面, 已踏進了一個新的進展階段裏. 同時, 在這個運動的背後, 促進着它的電影Journalism也呈現着極其活潑的狀況. 全中國的新聞紙的電影極其電影刊物的衆多, 只在它的量方面說, 也

許是世界無比的。這種電影文字的多量的發表，當然是一個好現象。可是這許多電影刊物裏面汎濫着的對於個人的攻擊與辱罵的文字的多量，亦是一種在中國才能看到的世界無比的特殊的現像吧。若果讀者們不信我的話，只要去翻一翻每天的專爲滿足低級趣味而發刊的許多電影刊物吧，你就很容易找得出很多的個人攻擊與辱罵的文字。好像沒有這種「罵倒」的文字就編不成篇幅的。

專爲探找人家的gossip與欽點來費了貴重的時間，寫着這種辱罵的文字的人或許以爲自己才是個最聰明而銳利的人，才是個文化運動線上的一個嚴重的是非判斷者吧。但這是多麼要笑不能笑的滑稽呢！我對這種自以爲高明的先生們試問：關於某一部的人們的辱罵文字及個人的私生活上的攻擊(有時還大多是造謠與誣衊)。對於電影藝術的本身到底有着何等的關係呢？難道影評家的任務就在這一點上嗎？

我們拿冷靜的頭腦來考慮這種專寫着辱罵文字的人們的心理，便容易知道一種英雄主義的露骨的表現。人家寫的文章是什麼都不對，除了自己所編的篇幅以外，其他都是拙劣，這樣的態度是小孩子們才有的幼稚的觀念。一個人，本來不容易認識自己的缺點的東西。但從事於批評工作的人們，怎麼可以抱着這種心理呢？至於想以寫創大家而出名的某一部份的人們爲了自派的篇幅的地位，專心以找別報的短處的人們的心理，在這裏更不必爲說了。若果承認一個藝術作品是作者的人格所產生的東西，我們就不能不說，不論它怎樣簡單的電影篇幅。這亦是編輯者的全人格的反映。拿低流的罵倒文字及以製造別人的不美的Gossip來補充紙面的空白而快意一時，誰說這不是使電影文字低級化的第一個原因呢？一個人無聊了就喜歡主管人家的閒事，我們假使有時間去寫這種低級文字，我看，還是去多讀一點先進國的理論罷！多注意點先進國的影藝運動的情勢罷！有優秀的影評家的嶄新的理論不斷的提起與鬥爭，才能有電影本身的向上與進展呢。

(『晨報·每日電影』，中華民國二十四年五月二十一日 星期二)

法國新音樂電影
「離別曲」

自從有聲電影佔領了電影藝術的優越的地位以後, 音樂藝術與電影藝術呈現着從來未會有的密接的關係. 最近的一般電影好像沒有音樂的效果的插入, 便不成爲電影作品似的. 於是, 世界各國的電影市場裏便汎濫着所謂音樂電影, 我們常常能看到所謂Musical Comedy, Revue電影以及opera電影等等以音樂效果爲中心的作品. 實在, 現在是一個Jazz音樂的最隆盛的時期了.(Jazz音樂裏面自然亦具有着優秀的音樂價値的作品, 同時它如果處理得很卓越, 就能够使我們覺得視聽上的快樂是不會否認的事實.) 但嚴格的說, 現在的電影市場裏面所汎濫的許多Jazz音樂, 却都不能給我們高尚的音樂的鑑賞. 實在, 我們已經聽厭了這類的流行歌曲. 在這樣的意義之下, 我們據各國影壇的消息與興論, 已經知道最近的德國新音樂電影「未完成交響樂」是打開了音樂電影的一個新的局面的. 而現在, 先輩導演鮑爾華麗(Geza de Bolvary)又製就了這部「離別曲」(La Chanson de L Adieue).(這部作品雖是德國Tohis公司的出品, 有德, 法兩語片, 但Tohis公司是一個德法合辦的公司, 併且在作品的實質上法語片亦較德語片爲成功, 所以我們不妨算它是一部法國影片.)

如一般人所周知, 茀列德力克・朔平(Frederic Chopin一八〇九年－一八四九年)是一個波蘭的音樂家; 他不僅是由着獨特的音樂的創意作成了許多名曲, 併且是把波蘭的通俗的民間舞蹈曲提高音樂的水準上的一個pianist. 他在一生中經驗了三次的戀愛. 像叔伯德一樣, 他的每一場戀愛亦因爲他的獨特的樂舞家的怯弱的性格或那個時代的嚴格的階級立場的不同等等的關係, 而終於失敗. 這部作品所取的主題與「未完成交響樂」很相同, 但, 前者是取了朔平的年青時代的戀愛故事爲材料而和諧地插入他的「練習曲」,「幻想曲」,「舞踊曲」等許多名曲, 換句話, 這部作品是省略了朔平的生涯的各部份而祗是取用了他的青年時代的Romonce, 但在電影構成上, 却充分表現出了當代的優雅的音樂的Atmosphere以及他的音樂裏所有的一種纖細的情緒. 可以說是一部最近的法國影壇的成功作品.

這部作品的導演鮑爾華麗是在最近的歐洲影壇上負有盛名的一個德國導演，他曾經發表的作品有「不結婚的女兒」(Made chen die man nicht hei ratet),「唱歌告終了」(Das Leid ist aus)摩娜黎沙的失蹤(Der Raub der Mona Lisa)「憧憬」(Ich Kenne dich nicht and hiebe dich)「維納之新婦」(Die Lustigen weiber von wien)等十幾部音樂電影，但這一次的「離別曲」說是這許多他的過去的作品當中勿論在內容或形式任何方面，都能打開了一種新局面的作品。被一般人稱爲他的最大的缺點的一種耽美的Sentimentallsm的傾向，他在這部新作裏完全清算了。同時他很眞摯的描刻出了富於感受性的藝術家朔平的纖細的神經質的性格以及巴黎在當代的時代的情緒。與風俗等等。這部作品的第一個特徵就是濃厚的時代色調的眞實的表現。

演員方面，值得我們注意的地方，就是出演的明星的大部份都是舞台出身的人們。主角Jean SerLvais和與Lusienne Le Marchand兩人是均爲巴黎「馬黎」戲院的舞台演員。他們不久以前在巴黎共演了「青春之罪惡」(Le Mal de le Jeunesse)一劇便引起了非常的Sensation的新人們。尤其是前者很能充分地表現了情熱的藝術家朔平的富於純情的性格。

(『晨報・每日電影』，中華民國二十四年六月十八日 星期二，光洲。)

電影批評的基準
影評的三種基本條件

電影批評的工作，是否有某一種方法，這雖是一個疑問，但在現在的影評界裏所氾濫着的批評文章中，實在還包含着許多錯誤，也是不可否認的事實，當然，我自己亦是無意識的寫着這種批評的人們中之一個。可是，到最近才漸漸地認識了這種錯誤而自己覺得這樣是不行，我已下決心，我將由於現在我所相信的對於影評所應取的信念去從事於實際的影評工作。在下面，我就一個人的意見來說明我對於影評的幾個基本問題的結論。

一、不應該以製作者爲影評的目標

我們當看了一部電影, 拿筆寫起批評的時候, 便容易說出「那一部分是不好」, 「那個地方應該是這樣做才對」等等的話, 這是站在製作者的立場上去批評它的。我以爲這樣的批評的態度即是錯誤中的第一個, 以我個人的意見來說, 電影批評不必一定站在製作者的立場上去寫, 以製作者爲本位的影評是認錯了電影批評本來的職責, 試問電影批評究竟爲誰而存在? 是僅僅爲了少數的製作者而存在呢, 還是爲了多數的電影觀衆而存在的?

無論任何種類的電影, 它有了觀衆, 然後才能發現它的存在意義。尤其是在商業電影, 更不能忽視這一點, 由此, 電影的本質的意義在製作者方面比在觀衆方面更重大。所謂電影批評家非對於這種有着重大意義的觀衆方面, 使自己的眼光很銳敏的活動着不可。不論它是有意識地的或是無意識地的, 一個電影批評家最好不要抱着想指導製作者去革新電影的那種野望。在同樣的意義之下, 製作者亦應該拋棄對於批評家要求一種有利的忠告那樣的貪婪的希求。批評家當看了某一部作品的時候, 須先要考慮該部作品對於觀衆方面究竟有着怎樣的意義? 然後, 應該拿自己的豐富的電影知識來明確的說明觀衆們所不容易發見的該部作品的重要的各點。

二、須要清楚的認識電影的藝術性

「電影藝術, 在今日已被一般人達到了輕視的極度」

這是魯安爾夫安海姆說過的話。不錯, 因於通俗精神的氾濫, 電影藝術的確是被一般人所輕視了。這樣的事實, 雖然是值得慨嘆的, 但是在其他的某種意義上, 我却以爲電影的藝術性不能不被輕視的。因爲現在的觀衆所鑑賞的電影與批評家所討論的電影, 差不多都是商業電影。而商業電影的Technic在藝術上的應用範圍是很狹隘的。(反之除了這個狹隘的領域以外的電影的未知的藝術性則是廣大無限的。)商業電影的發達, 自然地使電影陷入了陳腐而且膚淺的藝術性的狹隘的範圍裏去, 看形勢, 我可以很大膽的說電影的藝術性即使到了將來也還是不能從這狹隘的圈子裏脫離出來。它不過在這狹隘而黑暗的圈子裏面, 探索着尚未觸手的極少的藝術的嘗試而已。同時批評家們, 雖然說出了作品的優

劣與善惡, 但他們亦就不能不被困在這個無法動搖的小圈子裏了。

　　無論多少, 商業電影也有着某種的藝術性, 這是用不着多說的事實。當然「電影的藝術云云」的態度本不能說不對, 然而這却是一種徒勞, 現在氾濫着的影評似乎以唱高調爲滿足, 然而它在另一方面, 却完全忘掉了電影所具有的最大的特性的問題。

　　我已在上面說過了電影應該站在觀衆的立場上去考察, 在這裏我們關聯地想到的問題便是電影藝術的機能究竟是怎樣的東西? 雖說電影是一種娛樂, 給予觀衆以快樂的工具, 但另一方面它能給觀衆以某種影響面由於它所具有的特殊的形式去形成他們的文化。我們在某種意義上, 不妨說現代的文化是電影的文化, 電影在文化的存在上的意義上, 電影比小說, 或戲劇以及新聞, 無線電等更有着重大的意義, 然而很不幸, 從來的批評家對於電影常常祇是考慮它的藝術的存在上的意義, 而對於文化的存在上的意義却被批評家所疏忽了。所以將來的影評家應該先要考察了這一點, 然後再去詳細的檢討電影的形式以及內容。

三、應該改訂電影批評的固定化的型

　　現在的影評市場裏面所氾濫着的批評, 似乎無論多少都有着一種固定的型, 第一論編劇, 其次隨着順序論及導演, 演員, 攝影, 這種固定化的影評已常識化了, 但我想今後的影評一定要打破這種典型的桎梏。一個影評家對於某一種作品併不一定要論及它的編劇, 導演, 演員以及攝影等等的各方面, 一個影評家絕不要傳出該部作品的全體面目來。電影批評家須先清楚的認識出品全體的統一的意圖以及它對於觀衆方面的影響性而把它所包含的骨子的問題詳盡的討論。影評家的任務就在這裏, 至於接觸作品的每一個部份的影評家, 固然或許可以說是最親切的批評家, 其實, 這種親切在影評裏面是用不着的。

(『晨報·每日電影』, 中華民國二十四年七月二十五日 星期四, 上野一郎 作 光洲 譯。)

英國影評家羅吉溫女士談
羅勒克雷爾的作品

親愛的讀者們! 你們能不能相信一個幽靈? 能不能相信一個快活而且威武的幽靈? 現在, 這一個幽靈出現于羅勒克雷爾在英國攝製的新作品中了。它是這個作品的主要人物。最初, 克雷爾叫它「Sie Tristam」是一個在「尼斯比」地方的戰爭中戰死了一個英格蘭人的幽靈。但是到了最近又改變爲在「卡第倫」地方的戰爭中戰死了一個蘇格蘭人的幽靈了。

這個幽靈的角色, 原來決定了却爾斯·勞頓來擔任, 但在最近五六天之中, 又忽然改變爲勞巴特·頓拿特了。他是一個極富有着獨特的Personality的演員。他更有着一種像鷲一般銳利而且壯快的profile, 由此, 這個幽靈的性格, 也由最初決定了的一個很愛思索的憂鬱人。在戰爭中一面耽沉着詩的人, 而改變爲一個比較明朗的, 英勇的可愛的青年了。

是一個古怪的故事, 必定能夠給予觀衆們以一種新的驚異。然而比這個故事的古怪的趣味更使我們期望着的却是導演者羅勒·克雷爾在藝術表現上的卓越的成功, 以及編劇者勞巴特·雪亞奧德的優秀的收穫。如一般人所周知, 雖然這一次的作品是羅勒·克雷爾在英國攝製的最初的一部。但是, 證之於他在法國影壇上的成功的歷史, 我們不能不承認他是在歐洲的影響上已經堅固地築成了不可動搖的地位的一個優秀的影藝人。同時, 在藝術的機智方面說, 我以爲除了卓別麟以外, 在電影界裏是再也找不出能夠比得上他的人物來的。

老實說, 最近的克雷爾對於法國的電影事業以及電影公衆是抱着不少的不滿的。他自己亦一點沒有客氣的說過了, 在最近的法國電影界, 作品越拙劣越越能夠吸引多數的觀衆。因此, 他很喜歡在英國工作。據他自己說, 英國人不像法國那樣時常對於他們的大臣或政府機關抱着疑心而攻擊它, 英國人有一種不開心複雜的政治的悠然的態度。

然而, 克雷爾終是一個純粹的法國人。他雖然對於故國的電影事業表示着一種辛辣的批評, 而對於英國有着特別的好意, 但是他的心靈還是時常留戀着本國。無論從態度或精神任何方面說, 他實是一個眞正有着法國靈魂的人。

他當初是一個演員, 到了現在他還是維持着他那很像演員的獨特法國式的風度。他更有着美國式的儀容。特殊的魅力以及耽沈在思索裏的可愛的微笑與輪廓分明的Profile。他做一個導演實在是太年輕而且太親切, 太怕羞的對於感情敏銳的婦女們很危險的人物。我有一次問他, 他當演員的時候的情形怎樣? 他便答覆我這樣一句:「我在那個時候是一個世界第一的下流演員了。」據說他在兩年之間永遠在電影的浪漫蒂克的戀愛場面中做着角色。

後來, 他下決心做一個導演, 便寫了一部劇本就是「睡着的巴黎(Paris, Qui Dort)」這部他的處女作, 在劇本的編制電影藝術的價值上是獲得了相當的成功的。但克雷爾在這部作品的製作過程中, 卻實在是非常地痛苦掙扎。製作者的資本根本不充分, 演員們的生活自然亦隨它而窮乏。有攝影費用就拍幾天, 不夠費用, 就停止幾天, 每一個從業員各人想法子來再拍下去, 這樣過了八個多月才完畢了他的處女作。然而, 那個時代, 克雷爾卻至今還留戀着它, 他說那個時代的生活是最充滿希望和幸福的。

「睡着的巴黎」這部作品的公映在賣座方面才獲到何等偉大的成功。然而我們可以說這是克雷爾在藝術上第一次尊貴的嘗試。是一部描寫了巴黎街的生活的最初的純粹的長篇喜劇。在現在它年紀已經不小, 經驗和技術都已經有了豐富的修養, 但我們已在他的處女作中所看過了他的對於藝術的根本態度。卻永遠不會改變。他的過去的作品「義大利草帽」,「巴黎屋簷下」,「百萬金」,「巴黎祭」,「給我們的自由」, 以及近作「最後之百萬富豪」等都能表現着高度的藝術的熏香及克雷爾的一貫的態度和真摯的精神。

他的作品的形式, 我們可以說他正取着卓別麟和馬克斯四弟兄這兩者的中間的形式, 此外, 他更有着一種獨特的浪漫蒂克的teuch, 在克雷爾的獨特的世界裏, 能模仿出他的人, 我們僅能舉出劉別謙一個來, 但即使劉別謙, 也尚未到達了像克雷爾那樣的特殊的領域吧!

和克雷爾一致工作的人們都以為他是世界上最優秀的影藝人, 這決不是一種阿諛的贊詞。一個攝影場裏的人們總是頑強的。不容易聽人家的命令。可是他們卻很喜歡服從克雷爾的指導。一踏進攝影場, 羅勒克雷爾便變成為冰一般冷靜的人。他決不會發生錯誤, 或是混亂。他始終很泰然地把握着他所要求的目

標. 他爲了準備這一次的新脚本曾費了四個多月的工夫, 而完成了一篇由五個場面組成的詳細的脚本。雖說開機以後曾修改過一部分, 但頂多也不過修改了七八個場面了。因爲克雷爾主張着假如脚本編好開始攝影工作以後再修改七八個以上的場面的話, 該部作品就免不了失敗的。他不相信在攝影場裏忽視的所謂Inspriation[21]這類的東西。因爲他是當初已在紙上練習過實際的攝影工作, 他在開拍以前是從各方面的人們接受了各方面的意見以及忠告而攝取着對於自己的工作可供參考的有利的部份。但一完成脚本開始攝影, 出現於攝影場上的克雷爾是變成像金剛石一般的堅强的人, 無論任何人的意見, 他絕對不肯聽從, 一個場面也不肯疏忽或省略了(據說有一次, 某一個製片家在攝影時, 對克雷爾發表了自己的意見說, 我以爲這個地方是這樣作好, 克雷爾聽了這一句, 一面笑一面坐下來, 回答他說, 影片是你的, 不是我的, 好極了。隨便你好了。這樣像水一樣的他的態度。看似固執, 而其實是忠實於自己啊!)

(『晨報·每日電影』, 中華民國二十四年八月四日 星期日, 光洲 譯。)

色彩電影更進一步
Koda Chrome攝影法之偉大的成功

曾在一九一八年Estman George爲小型電影底色彩攝影法實現了所謂「Koda Color(柯達色)攝影法」。這個攝影法在實際的運用上有着種種麻煩而且不可避免的條件。例如除了鏡頭的直徑必須要用「Ｆ一·九」。不可使用iris等等的根本的缺點以外。因爲它的Color filter一定用一種濃厚特殊的三色filter, 使film感光度極鈍, 而且一錯了filter的裝備方法, 就不能表現出自然的色彩。由此, 光線不大充分的冬季中的攝影是根本不成功的, 同時, 在像夏天太陽的光量過多的場合, 是必須另外用帶着灰色的補助filter來遮斷光線等等許多不便利的地方。此外更不方便的假使在映出的時候映寫機不用一種特殊的attachment filter, 就

---

21) 'inspiration'이 정확한 표기임.

與普通的單色monogram電影一樣祇能映出黑白兩色來。

　　爲了發見更進一步的完全的色彩電影攝影法起見，曾在八年以前，etman公司懸賞百萬金的巨額而徵求了「用處理普通的影片一樣的簡單性來攝製色彩電影的新方法」。在最近所出現的所謂「Koda chrome攝影法」即是應募於這個徵求的新答案中的最完善的方法。尤其使我們覺得有興趣的這新法的發明者是攝影方面技術者而是叫做列奧・鮑爾德・滿尼斯和列奧・高德斯基的兩個音樂家。據說他們倆在Estman公司的研究室花了五個多年的工夫，終能發明了這色彩電影攝製的新方法。他們的努力我不能不說是對於色彩影片攝製的一個劃一時代的貢獻，同時是電影攝影界的一種驚異。

　　如在上面所述，從前的「Koda color」攝影法，未能令人滿意的最易失敗之點就是「霧光」(Exposure)的問題和三色filter的裝備法的問題。可是，在這一次的新法，這兩種問題都簡便化了。再詳細一點說，「Koda color」攝影法是因於「霧光」速度和Iris的嚴格的束縛，在主題的選擇上不能不感到非常的不便利，第一，對於目的物的焦點和深度的自由性不能不隨着Iris的自由的束縛以致失掉其太在接寫或特寫的場合。因爲「霧光」不充分，更特別會令人感到不滿意。例如，我們雖是想把人物的耳朵再明瞭一點地拍攝。但使用「Koda color」方法是不可能的。如果「霧光」度強烈，迴轉速度就不能不隨它而被放慢，當映寫的時候，速度是不能平均的。由於這種缺點，除了特別的場合以外，沒有人敢去嘗試這種有着危險性的方法，這可說是色彩電影不能呈現急速的發達的重要原因。

　　然而這一次的「Koda Chrome」方法的出現，能給予色彩電影以跟普通的電影相同的攝影上的簡單和便利了。恐怕我們在色彩電影的製作上，再也找不出能夠匹敵它的經濟的而且簡便的方法來吧。雖然在這樣簡單的篇幅裏，無論如何不能仔細地說明一個科學上的技術的全相，但在下面，我將很概念地的介紹它與從前的方法不同的諸要點。

　　這新方法的第一個特色，即是並不一定要用像[F一・九]那樣特定的高價的lens,亦不須要Colorfilter，而祇要用普通的Camera和lens,由於iris的擴大－即是普通光量之二倍－就能表現出天然的色彩來。它所用的film的感光膜是由五層而構成，向lens最接近的第一層膜面的性質，與普通的Authoromantic emeiltion

相似, 由於極其微細的粒子的構造減少了感光度一半, 同時它對於青色很敏感。第二層即是gelatine filter呈現着黃綠色。濾過了這種filter的色彩當中, 綠色是感光於第三膜的膜面, 其餘的光線是被送到第四層的gelatine filter。因爲第五層的感光膜面是祇感受紅色的關係, 我們很容易推想第四層的gelatine是綠色或是綠紫色, 這樣, 在某一圈的「露光」內, 能夠把握紅, 綠, 青等被分解的同樣的畫像, 這是我們想到現今所流行的multi-color方法或是technicolor方法的理論的時候所能够容易推想到的地方。然而給予在一個film的膜面上被把握的各異的感色畫像以各種的色彩的方法就是這「Koda chrome」方法的一種偉大的特色, 雖然除了這樣概念的說明以外, 發明者自己亦尚未發表着實際攝影上的詳細的說明, 但是Estman公司已無躊躇地宣言着, 在不久的將來, 「Koda chrome」的攝影法能用於普通公映用的電影以及小型電影或是各種普通Filmo, 假使他的宣言可以實現的話, 色彩電影的普遍化亦就在我們的目前了。

(『晨報·每日電影』, 中華民國二十四年八月九日 星期五, 光洲。)

法國名片介紹

「瑪麗·却潑德蓮」(Maria Chapdelaine)

　　這是一部獲得了「法國藝術企業獎勵協會」一九三四年度最優秀電影獎賞的法國著名導演「紅蘿蔔須」和「商船鐵拿西迭」的作者裘利安·第維佛爾(Julien Duvivier)的新作。

　　原作者魯伊·愛蒙(一八八〇-一九一三)是在三十六歲時便夭死的法國著名女作家「瑪麗·却潑德蓮」(以作品的主人的名爲題)這部小說非但是她的傑作, 而且是獲得了「Goncourt學士院」獎賞的一部法國文壇一九〇〇年代初期之名作小說。她在這部小說裏, 以一個加拿大地方的法國血統的女性爲主人公, 描寫了法國民族的偉大的傳統－農民們對於大地的熱烈的留戀, 加特力教的宗教的精神以及開拓自然的百折不撓的鬥爭心。

　　然而, 原作的卓越的小說的價值, 並不能決定一部電影作品的全部。對於這

部文藝作品的電影化, 第一使我們值得注目的據說是導演者裘利安‧第維佛爾處理着原作小說的根本精神的卓越的手法。他已經在十年以前計畫了這部小說的電影化, 而曾經到過加拿大地方詳細的調查過當地的人民生活和習慣以及風俗等, 但因爲不得已的事情, 暫時沒有實現。直到去年, 他才由製片家羅勒‧比尼爾, 列恩‧貝伊德爾兩人的激勵, 而再實際地到加拿大去完成了這部名片的攝製。

雖然原作是一部著名的小說, 但因寫它完全是單純地作心理描寫而沒有什麼複雜的故事, 所以在電影化上, 這種文藝作品不僅是不容易(而且是差不多不可能的)依着它的原來的形體而充分地表現出原作者的精神及意圖。可是裘利安‧第維佛爾的老練的手法竟能巧妙地維持着文藝作品和電影作品的統一的焦點, 而深刻地表現出了原作小說的沉着的氛圍氣以及農夫們的儉樸而且荒涼的生活感情。法國的影評家們已經一致推荐了這部作品是一部很難看到的本格的電影藝術作品。它保持了文學性, 同時, 也不使文學性未侵害了電影藝術上的價值。

其次, 在這部作品中, 又有兩件值得被我們注意的事。第一, 是對話的優秀的編制以及攝影的嶄新的手法, 擔任了對話的俄符利埃爾‧保亞西是現今法國文藝評論界的重要人物, 雖說這一次的工作是他在電影方面的最初的嘗試, 但由着巧妙的對話而充分地表現出了原作小說的簡潔的描寫和沉重的氛圍氣。那部作品的成功的一半應該說是保亞西的功績也並不是過言的, 攝影師裘爾‧葛爾琪是許多法國的攝影師當中, 有着最老練的技巧的人。雖說攝影的大部分亦是出於對於風景描寫有着一種獨特的天才的裘利安‧第維佛爾的指導, 但加拿大地方的自然風景攝影的美妙, 有一部份的人們認爲它是能够比得上勞勃德‧莉萊赫德的作品「阿蘭之人」的攝影技巧的。無論如何, 他是在過去已經攝製了亞貝爾‧甘斯的許多名著的法國影壇的代表的攝影師, 成績是可以想見的。

其他, 在音樂的效果上「商船鐵拿西迭」的音樂配製者加思‧威尼在這影片中又很眞摯的發揮了近代的Symphony的感覺以及古風的音樂趣味。

演員方面, 扮演主人公的瑪德蓮‧雷諾是「法國國立戲院」的台柱女優。他的演技的特徵原來是一種沈着的淳樸性, 但那在這部新作裏, 據說是轉換了她的原來作風。却表現出了一種青春潑刺的女性美, 其餘如扮演主人公的母親斯山

諾第符黎, 扮演父親的安妥列·巴開亦均爲最近法國影壇上最負名望的演員們。

(『晨報·每日電影』, 中華民國二十四年八月十日 星期六, 光洲。)

山岳電影之王到日本攝影片[22]

名聞世界的德國山岳電影的巨匠亞諾萠德·芳克博士赴日本攝製影片說, 巴貝具體化, 他現在已經從柏林的日本的東和商事會社的影片部中打電報接洽了許多具體的方策。據說他將費八十萬日金的製作費。以日本全國爲背景攝製一部東方的記錄電影云。(洲)

(『晨報·每日電影』, 中華民國二十四年十一月五日 星期二, 洲。)

Montage 论抄

愛生斯坦

Montage的本質的決定即是電影藝術所特有的一切問題的解決。

Montage不是由互相連續的斷片所攝成的idea, 而是由互相獨立的斷片的衝突所發生的idea。

Montage是電影構成的數學, 同時是統一着電影形態的力學的辯證法。

保羅·爾撒

Montage是自電影作家的精神上引起了一種idea的時候至由着構成的編輯以及剪接而集輯電影斷片的最後一切作用的過程中的包括的·創造的·構成的統一。

普特符金

電影藝術的基礎便是Montage, 換而言之, Montage是電影現實的創造力量。

---

22) 최세훈 교수 제공.

Montage是一種的論理學, 同時是一種的電影言語的構成法則。

魯稷夫·安海姆

所謂Montage, 不外是在不同的時間中, 在不同的地方所引起的各種Situation的結合。

第摩生克

Montage的十五法則一(一)場所的轉換。(二)Camera位置的轉換。(三)Camera angle的轉換。(四)Detail(詳細部份)的強調。(五)分析的Montage。(六)過去。(七)未來。(八)平行着的事件。(九)對照。(十)聯想(十一)集中。(十二)擴大。(十三)獨演劇的Montage。(十四)反覆。(十五)畫面內部的Montage.

(『晨報·每日電影』, 中華民國二十四年九月二十二日 星期日, 光洲。)

電影與音樂
關於聲片音樂的特殊領域(上)

在最近, 歐美各國的影壇的製片傾向中, 使我們最值得注目的便是音樂電影的流行。電影藝術獲得了音響以後, 爲它的自然的發展現象, 音樂似乎佔領了電影藝術所不可缺的重要的地位。雖說電影原是綜合藝術, 但是像現在的電影和音樂一般, 在它的本質上兩種完全不同的藝術表現形式造成了不可分離的密接的關係的時代是不曾有過的。這可說是在藝術史上, 劃一時代的事實了。在這樣的音樂電影的汎濫時代, 我們須要清楚的認識的是音樂在電影藝術上的效用和它的特殊的領域以及聲片音樂在廣汎的音樂藝術上的關係。

我們不是什麼音樂的專門家, 可是, 祇以常識的判斷, 也能夠知道聲片音樂有着和一般的音樂不同的特殊的領域。當然, 我們不能完全否認一般的音樂和聲片音樂兩者所共通的廣汎的音樂的本質的領域。然而這兩者間, 我們非作一個嚴格的區別不可。

第一, 我們應該去考慮電影藝術上的音響學的制限。我們的耳朵能夠聽得出來的音響的範圍, 在一秒間最低爲十六囘, 最高大約三萬囘左右。至於鋼琴

的音響, 我們能夠聽得出的最低爲二十七回, 最高則大約四千二百回左右, 而
人們的聲音呢, 我們在一秒間能够聽到的, 最低爲八十五回左右, 最高則爲口
萬回左右. 反之, 聲片Film在一秒間能够記錄的音響的振動數, 最低無限, 最高
亦不過是一萬三四千回. 雖然現代的濃淡式Film祇以這樣的音響振動數亦能錄
取我們所聽到的一切的高音以及高低所合成的各種各樣的音響. 但是在事實上,
因於錄音機械的種類不同, 有着許多長處和短處以及當攝影的時候免不了雜音
的妨害, 同時由着再錄機械的不完備和Film現像的程度, 這種音響記錄的可能
性尚未十二分地被實現. 雖說這是關於錄音機械的性質的問題, 可是聲片的錄
音振動數却沒有我們的耳朵那麼銳敏的.

其次, 我們的耳朵是有着能够感知音響所由來的方向, 然而有聲電影是缺乏
這點, 併且因於Microphone的方向和距離之差, 發生比原來音響的顯着的差異,
而且比與能聽到前後左右的任何方面來的一切的音響的我們的耳朵, 錄音是有
着的很大的差異. 我們須要清楚的認識聲片的耳朵與我們的耳朵不同的事實. 正
因爲這個緣故, 要是聲片音樂給觀衆以像普通音樂一樣的音響, 便必要許多特
殊的技術. 可是在另外一方面, 聲片音樂依據它的使用的方法如何, 在音響以及
合奏的均衡上有着一般音樂所不能企及的優秀的地方.

(『晨報·每日電影』, 中華民國二十四年十月八日 星期二)

電影與音樂
關於聲片音樂的特殊領域(中)

我們該要考慮的地方就是映像和音樂的關係. 一般的音樂是有「演奏者」和
「聽衆」. 在一種音樂的演奏上, 「演奏者」和「聽衆」的關係是不變化的. 換句話說,
一般音樂的「聽衆」是在某一特定的場所裏能够想像而且發見演奏者. 然而, 至
於有聲電影, 演奏者和聽衆的關係不能固定的. 聽衆是在畫面裏看見演奏者
的姿態, 同時在其次的刹那間, 在那個音樂的不變的演奏者中, 畫面給我們看
完全不同的場所. 有的場合是某一種的音樂不知不覺中和另外的音樂溶合而變

化的。有的場合音樂的高調映像, 有的場合映像高調音樂。音樂和映像的這種平行關係可以叫做「對位法」。音樂的「對位法」在一般音樂上是一定要明瞭的前部和後部的音樂形式上的統一, 可是在有聲電影是不一定要這樣明瞭的統一。在這樣的場合, 自然音樂不能把本來的音樂演奏的樣式搬入聲片裏的。聲片音樂是在演奏的樣式上, 有着和一般的音樂完全不同的特殊領域。聲片是爲了防止視覺的倦怠, 使用着很多的Cut。譬如說, 在某一特定的音樂的演奏會的場面, 也爲防止視覺的倦怠起見, 用各種各樣的Camerangle和插入特寫或是聽眾的狀態和外界的風景以及聽眾的幻想等等。在一般的音樂演奏, 我們的意識不態想像的許多地方, 在聲片裏是由於許多映像的不同能造成特殊的劇的分子。簡單說, 聲片音權的特殊的領域即是這個和映像的不可分離的密接的關係了。(未完)

(『晨報·每日電影』, 中華民國二十四年十月九日 星期三)

電影與音樂
關於聲片音樂的特殊領域(下)

第三, 我們須要爲聲片構成的重要部分, 考慮音樂的關係。這裏亦有聲片音樂的一種重大的意義。聲片音樂雖然是爲劇的進行份子而出現於我們的面前。但是在音樂本身上已經有着某種程度的獨立的意義。因爲觀眾一面要求劇而另外一面要求音樂的緣故, 在一種的聲片中要求兩種不同的藝術的享受, 這或許可以說我們的過分的慾望。可是, 我們的這樣的慾望已在往昔產生了所謂Opera的形式。例如, 莎士比亞, 歌德, 易比生等在他們的許多名作戲曲裏都插入了歌曲的事實, 能够證明着這種要求, 雖然我們嚴格一點說, 這種要求不是十分妥當的, 但是聲片的表現形式很巧妙的處理了我們的這種慾望。聲片不給予音樂以完全的獨立, 但却能很巧妙的發揮着音樂的價值, 這可以說是電影和音樂的合理化。這種合理化裏面, 當然有着彼此的犧牲。

音樂是犧牲了它的獨立的形式, 劇是犧牲了它的自由的進展速度。這是不可避免的缺點。甚至於有時候是爲了音樂劇的進展而不能不滋生很不自然的障礙

來。然而, 在另一反面, 若是音樂的處理卓越, 祇依言語和動作不能表現出來的地方也許借着音樂的幫助來表現的, 這就是聲片在藝術形式上的優越的地方。

最後, 總括的說一句, 聲片所處理的音樂是必須具有着「音樂演奏」和「劇的要素」兩種重要的任務。和一般的音樂或是Opera以及戲劇音樂不同的地方即是以「劇的要素」爲第一義。聲片音樂的作曲家不能不努力的地方也就是這點了。純粹的「音樂演奏」是在於聲片的圈外的存在。決不是以音樂爲本位的戲劇, 也不是音樂和戲劇的混合物。一面重視着映像和劇的進行, 一面不失掉音樂本來的耳目, 這便是電影音樂的根本領域了。(完)

(『晨報·每日電影』, 中華民國二十四年十月十二日 星期六)

莎士比亞戲曲的電影化

「仲夏夜之夢」雷音哈德·其他

盛行着戲曲的電影化的最近的歐美電影中, 使我們抱着最大的期待和興趣的作品就是將在上海和我們相見的莎士比亞的詩劇「仲夏夜之夢」(Midsnmmer Night Dream)吧。這部影片的導演者馬克斯·雷音哈德在電影上的成功與否, 我們在未見實際作品以前, 不易下決定的判斷, 可是我們只想起「仲夏夜之夢」曾使三十餘年以前的雷音哈德獲得了世界的舞臺演出家的最高的榮譽的事實, 在某種程度內, 就能夠推測這部戲曲在電影化上的不凡的成就了。自從雷音哈德在一九〇四年演出了這部戲曲以後, 直到一九一九年的十五年間, 他每年至少有一次重演, 在仲夏夜的森林中, 以夢一般浪漫蒂克的幻想爲背景的這部大規模的詩劇, 莎士比亞的偉大傑作, 就依着雷音哈德的舞臺上的優秀的演出而更加發揮了它在戲劇藝術上的不朽的光輝。換句話說, 莎士比亞的這部詩劇仿佛是與雷音哈德的舞臺演出有着不可分離的密接的關係的。於是, 雷音哈德的把這部戲曲從舞臺上移到銀幕上來, 的確是更使我們感到非常的興奮了。

然而, 在另外一種的意義上, 我們或許可以說, 這次的「仲夏夜之夢」不過是演出者雷音哈德在電影上重現它在舞臺上的成功的計畫吧。同時, 他一個人, 出

現於美國影壇，在銀幕上能不能獲得他在舞臺上那樣偉大的成功呢? 這在現在也是一個疑問。他已經是六十多歲的老人，在與舞臺不同的新的電影世界裏，他能否充分地發揮他那戲劇演出上的自由自在的手法? 然而，幫助他導演這部影片的幾位副導演中，有曾在雷音哈德的門下九年間不斷的研究了演員的技術及導演術，同時在美國電影界從事於製片工作的威廉·第德爾。有着這樣電影方面的實際技術者的輔佐，自然不至於失敗；併且，我們已經看見過的關於這部影片的幾張照片，雖說是一種廣告，但也能夠窺見了這舞臺巨人在場面構成及演員的化妝上的不凡的表演。此外，我們不妨嘗識地的預測「仲夏夜之夢」這部影片的成功的第二個理由，就是這部戲曲有着電影化的適當性，同時演出者雷音哈德由於多年間的舞臺演出比任何人更明瞭的消化着這部詩劇在戲劇上的本質的焦點。

最後，我們應該說到的一點，是這一次的雷音哈德的「仲夏夜之夢」的電影化，開拓了電影化莎士比亞戲曲的先鋒的功跡。據最近的消息來說，除了美高梅公司將企劃「Romeo and juliet」的電影化(導演爲喬治·開又卡，主演是瑙瑪希拉)以外，尚有「As you like it」，「The Twelfth Night」，「The Comedy of Error」以及「The Merchant of Venice」等亦在企劃中，尤其是Broadway的許多劇場，自從去年十二月中，由現的美國舞臺上最負有盛名的女優卡沙玲·高尼蘭主演，公演了「Romeo and juliet」以後，便引起了莎士比亞戲劇的復興情勢，例如，令馮坦和亞爾普列特·蘭特的「Taming the shrew」的上演，「Antonio and Cleopatya」的上演企劃，列斯黎·哈巴特的「Hamlet」的上演計畫(却爾斯·勞頓主要國王)，以及普伊利符·梅利巴爾的「Othello」和「Macbeth」的上演計畫，都能給我們證明以英國的劇壇對於莎士比亞戲劇的新的關心。

這種Broadway的各劇場的成功與否對於好萊塢的製片上的影響是很大的。由這種莎士比亞戲劇在Broadway劇場的流行傾向來看，我們無躊躇的可以推想到不久的將來。Broadway電影化的莎士比亞的許多名劇一定能和我們一一在銀幕上相見，同時，這一次的雷音哈德在銀幕上的成功與否，可以說即左右着莎士比亞戲劇在銀幕上的復興的最初的導火線了。

(『晨報·每日電影』，中華民國二十四年十一月二十日 星期二，光洲。)

一九三五年
歐美電影之回顧

重要文藝電影

我們回顧一九三五年度之外國電影的時候, 便容易感到文藝電影和音樂電影的流行傾向。在有聲電影的發展過程中, 電影對於文學作品的處理, 的確已踏進了一個新的階段。雖不能說每一部作品都使我們滿意, 但在通俗低調的美國影片當中, 在這一年中, 却使我們看見了幾部值得鑒賞的優秀的影片。第一, 我們在這一年的重要文藝電影方面, 可以舉出下面的八部。

(一) 「復活」(We Live Again)－這是一篇太普遍化了的名著小說。它的電影化雖然看似容易, 但其實却不能輕率。因爲原作小說的普便化, 若祇充實的原作的故事, 就免不了使觀衆們厭倦, 若把它輕率的構成, 那末就不能合於原作者的精神。在這樣的意義上, 這部影片, 在一九三五年度的許多文藝電影當中, 便成爲最值得注目的一部, 我們不可以在所謂世界名著作品的電影化這種「先入觀念」之下, 漠然的讚美這部影片, 但在事實上, 導演麥穆林是用了一種美國式的獨特的故事解釋方法和他那比衆不同的tonch來, 把握了這部作品的明確的輪廓。雖然有一部份的人們說他的手法太簡潔。但是他的那種速度的均衡, 必要的場面的選用以及甜蜜的戀愛性的拋棄等, 却可說是這部影片的一種特殊的魅力吧。

(二) 「塊肉餘生」(Dayid Copperfield)－這不妨說一部本格地的典型的文藝電影。不僅是却爾司狄更司的署名文藝作品, 在許多美國文藝影片當中, 它的規模之大可以說是空前的 ; 而且, 這影片實爲使導演者喬治‧古卡更加堅固地築成了他在美國影壇上的地位的作品, 除了導演的把握作品焦點的卓越的手法以外, 童年演員蘇列德力克‧巴蘇羅美雨的摩玲‧奧沙利文等的演技以及攝影師奧利巴‧馬叔, 美術指導者世德利克‧基文斯等的優秀的技術都使這部作品失不掉美高梅公司在一九三五年度的代表作品的地位。

(三) 「小牧師」(The Little Minister)－這部由Sir James M.Barrie的小說和戲曲編成的影片，雖說並不是怎麼偉大文藝電影，但在主演女優Katharine Hepburn的演技上說，却可算是她出演了「Little Women」以後，最充分地發揮了她的長處的作品。同時導演者Riehard Wallace對於原作小說所具有的那種清鮮而且溫柔的情緒和Atmosphere的表現，以及Sarah Y.Mason女士的女性心理描寫和編劇的卓越的生活，均爲這部影片的特色。

(四) 「野性的呼聲」(Call of the Wild)－傑克‧倫敦(Jaek London[23])的這部小說已在十年以前由普列特‧傑克滿搬到銀幕上了。可是這一次的沙拿克的電影化，却使我們覺得另外一種的魅力。第一，作品的舞台的改變和演員選用的各方面。沙拿克在這部作品裏給我們看見了他的producer上的不凡的頭腦，使William Wellman擔任導演，這已能够證明producer沙拿克的特殊的見識。老實說，Wellman的過去的導演作品，在美國並不能博得一般的歡迎。實在，這部新作，使現在美國的西部派的代表導演Wellman博得了一般的激讚的第一部名片。

(五) 「無上光榮」(No Greater Glory)－感傷主義的影藝人萠蘭克‧鮑才琪。在這年的新作裏，却相當的克服了他的從前的缺點和不好的傾向。對於兒童們的生活的眞實性以及反帝思想的嚴肅的諷刺，到了現在還在使我們想起這部影片中的深刻的印象。我們無躊躇地舉這部影片爲哥倫比亞公司在一九三五年度之優秀作品。(未完)

(『晨報‧每日電影』，中華民國二十四年十二月三十日 星期一)

一九三五年
歐美電影之回顧(续)

(六) 「烏鴉劫」(Traven)－這部影片雖然是美國唯美主義派詩人埃特卡‧亞倫坡(Edgar Allan Poe)的一篇詩的電影化，但在它的結果上，電影上的

---

23) 영문표기의 오류임. 정확한 표기는 'Jack London'임.

表現與原作詩是毫無關聯的。不過是爲了迎合觀衆的獵奇心, 利用了著名作家的文名和作品改編的作品。文藝作品被電影利用到這樣的地步, 不能說是可慶賀的現象。這部影片, 就不妨算是一部在這一年的文藝作品當中, 最失敗的代表作品。

(七) 「孤星淚」(Les Miserables) － 無論從原作或是電影化的結果等任何方面說, 這部影片與「復活」可推薦爲我們在一九三五年中看見過的許多文藝電影當中, 最值得注目的兩部作品, 對於我個人的這種說法或者沒有人異議的吧。雖然有一部份人們認爲雨果的「悲慘世界」不過是屬於三、四流的文藝作品, 但是從它的規模以及在文學史上的價值方面說, 我們亦不妨承認它是第一流的文藝作品。而且, 我們在原則上說, 當鑑賞或批評某一部文藝電影的時候, 不能祇依該部作品在文藝作品上的價值或評價去規定。同時, 文藝電影往往陷於失敗者, 不少是因爲原作的未消化以及藝術的感銘比不上原作的地方。實在, 我們很常識地的了解, 幾千頁的小說不容易搬到兩三小時間的銀幕上。在這樣的意義之下, 李却德・鮑萊斯拉夫士基的這部影片不能不說是成功的一部。雖然有不少的甜蜜性, 但終失不掉了電影地的趣味和Suspense的作品。尤其是却爾斯・勞頓的那種表現着堅強的意志的演技, 到現在尚刻在我們印象裏。

(八) 「仲夏夜之夢」(Midsummer Night's Dream) 結束了一九三五年的文藝電影的最後一部作品便是「仲夏夜之夢」。雖然我們不應該漠然地醉在電影化某一個過去的世界文豪的作品的極其外面的概念上而去決定一部影片的優越價值, 但這部影片不僅在對於影片的取材上引起了古典文學作品的重要價值和關心, 就是莎士比亞戲曲整個的搬到銀幕來的第一部, 同時也是值得鑒賞的雷音哈德的偉構。在一九三六年, 這世界導演界的巨匠雷音哈德, 究竟將用怎樣的態度和手法來繼續地給我們看莎士比亞的戲曲的新的解釋和電影化的價值? 這確是使我們引起着特別的關心的一件事。(完)

(『晨報・每日電影』, 中華民國二十四年十二月三十一日 星期二)

電影與戲劇

電影獲得了音響以後, 呈現出有聲電影的黃金時代. 併且與現在已經確立了有聲電影的特殊表現形式. 但他的根本表現形式中之一個我們不妨說是舞臺劇的表現形式的攝取, 由此電影與戲劇發生出從來沒有的密切的關係而在世界各國的影壇上不僅優秀的戲曲都搬到舞臺之上而且是劇壇的人物陸續的轉入了電影界.

可是我們在這裏不能不注重的是只拿戲劇的故事使舞臺演員拉到鏡頭前表演的作品是必然地失敗的. 因爲電影與戲劇都有着各各特異的本質與特點, 所以我們不能簡單比較兩者的優劣. 但, 當着某種戲劇的電影化或者舞臺演員在電影上的表演的時候, 除了電影比舞臺劇, 有着背景的廣大性與特殊的變化性以及獨特的時間性的事實以外, 至少要明確的了解戲劇是以舞臺上的演員的演技爲基準. 但是電影絕不是只以某種場面的演員的演技或對話爲基準, 這可說是戲劇與電影的最顯着的異點之一個. 尤其對話, 雖然是默劇以外的各種戲劇的一種要緊的生命, 但對話在有聲電影上的運用却會得使作品的. 感銘力薄弱電[24]我們在最近所看過的陷入這種對話濫用傾向的作品, 可以舉出天一公司「聖苦的素門」. 不客氣的說, 這部作品導演是對於電影與戲劇的本質上的差異或者還沒有清楚的認識. 看過這部作品的人誰也很容易看得出導演只使幾個主演的演員集於一個屋內的場面裏, 借他們的對話來說明故事的進展吧了!

有聲電影只靠演員的戲劇的對話和演技是不能構成的最要緊的該是把戲劇上的攝取的要素與畫面的諸條件, 用自然而美麗的手法融合起來.

(『揚春小報』第三版, 中華民國二十五年十月九日 星期五, 光洲.)

---

24) '電'은 '点'의 오기임.

電影本質論(一)

一、基鮑德的話

在不久的以前逝世了的法國著名文藝批評家亞爾培爾。基鮑德(Albert Guibote), 很少發表有關電影方面的文字。可是, 他在一九三六年二月號的「法國新評論」(Nouvelle Revue Francaise)雜誌上却發表了他的論文「電影和文學」, 這是值得我們注目的。我們想到他在逝世的直前, 能夠寫了這樣有價值的文章, 就不能不惋惜他的死了。若他不死, 恐怕能夠更加明確地認識電影, 而且也能夠發表更多的優秀著述了吧。

他在這篇評論中, 論及了自從電影藝術變成了有聲電影以後, 更能獲得了文學性的事實。有聲電影已具有着言語, 同時把它決定爲對白而使用的現代, 這種說法是很自然的。(不過, 關於這一點, 我將在後面再把它仔細地說明, 恕我在這裏省略了)。

我對於基鮑德的電影態度, 很感興趣。因爲他的主張, 同時是我的意見了。

他關於電影這樣地說着:「下個結論, 便是等於使電影的進步停滯的」。同時, 他在這篇評論中, 引用了山德;符維(Louis Claude De Saint Benve———八·四——一八六四。在十九世記的文藝批評界, 代表着浪漫主義派的著名評論家-譯音注)曾經作爲全言的斯拿克·美安(Snact De Meyant)的一句話-「我們是不斷的動着的, 同時我們是判斷動着的人們的」。

關於電影, 我們下個斷言, 這是非常危險的一件事。因爲在現在還不能知道在將來電影能發見出怎樣的革命地的技術, 而依據這種技術的發明, 電影將怎樣變動下去。

我們把造成電影的內容的一部分的思想來, 論及它的是非, 這是很容易的。關於它, 也許可以下的斷言! 那是甚麼緣故呢? 因爲這種判斷是能夠依據一個人的考慮來整理。可是, 電影, 假如我們離開它的技術的部門, 就不能把住它的本身, 而且這種技術的方法, 是不會由物質的條件而變動的。

雖然在我們的頭腦中是能夠成爲一部電影, 但是作爲實際上的電影是不能

構成的東西, 是沒有何等的意義了。這一類的東西, 作爲一種的文學作品, 是可以存在的, 但把它作爲電影, 是不能下判斷的。純粹主義者的苦惱, 也就在這裏了。同時, 也不妨說電影的未來, 就在這一點上了。

二、電影與文學

自從一九二七年「Jazz Singer」發表了出來了以後, 僅僅經過一兩年的日子, 電影就完全聲片化了。尤其是, 在其後數年間, 聲片的技術, 我們可以說, 它作爲一種電影的藝術的方法, 幾乎是已達到了差不多完成的一個階段了。在這裏, 我一面調查這一時期中的各種聲片, 另外一面, 把聲片的特殊性, 站在一般電影的立場上再修改, 同時, 也想發見那作爲現代藝術形式的電影的新的位置。對於這種考察, 當然有各種各樣的調查的方法吧。是調查聲片本身上的性質, 而究明它的特性同時由這種特性的究明, 而更進一步地對於所謂電影這個藝術形式, 加以明瞭的解釋的方法也有的。而且, 作爲一種思想的傳達物而提起電影, 站在它的可能的一點上, 想決定電影的效用的人也有的吧。

在這裏, 我是想起了另外一種的方法。電影是得到了音響。同時、電影是在它的本身上以觀衆的存在爲必須的條件。由這兩點, 我把電影對此戲劇來調查它。由這兩種不同的藝術的對比, 電影的本質却是得到更加明瞭的解釋。我是這樣地相信着。

我們時常聽到很多的人說電影比戲劇更來得接近文學, 可是我決不如此想。那是輕視了藝術的部門和範圍的說法。電影的最重大的要素中的劇本, 便是一種的文學。這是我們當然承認的。但是, 依靠這種劇本而攝製出來的電影, 決不是一種的文學, 反之, 它的重要部份是被文學以外的各種要素所支配的。好像比較戲劇和文學的場合一般, 戲曲是文學的一種, 但是「搬上了舞台的戲曲」的演劇是和文學不同, 而且我們根本不容易說: 它接近文學或者不接近文學之類的話。

在現在, 把戲曲作爲文學的一種, 是沒有人會起疑意的。可是, 對於電影劇本的文學性, 還是很多的人抱着疑問的。既然如此, 我們不應該說電影是接近文學。假如容許這樣的說法, 那就不如說演劇比電影更加來得接近文學了。

(『民報·影譚』, 中華民國念五年十二月十二日 星期六, 飯島正原 著 金光洲 譯述)

電影本質論(二)

三、電影與戲劇

我要比較電影和戲劇, 並不是因爲這兩種藝術形式在藝術的範圍之中有着互相近似的地方的緣故, 而是因爲想發見出這兩種藝術形式站在相同的條件之上, 却有着不同的地方, 所以來把它比較的。

相同的條件, 便是這兩種藝術形式均有着所謂觀衆－更進一步, 一般的說就是大衆－這重大的對象的事實。沒有這個對象, 戲劇和電影都不能存在的。作爲一種藝術的方法論, 是有着非常不同的一種對比地的條件的, 相反, 電影和戲劇在它的材料上, 是有着相當共通的地方。

這兩者的精神地的部分是由於相差得很遠的表現手段而成立的。然而, 從物質的手段一方面來說, 這種藝術, 是時常使用着彼此相同的事物。正因爲這個緣故, 從鑑賞着這兩種藝術的觀衆方面來說, 他們是拿用在同一事物上的眼光來看它, 同時, 識者們就是痛嘆着這一點。不過, 我以爲觀衆們的誤認是極其自然的事, 同時我們不應該非難他們的話而把它敬遠, 相反, 我們是非考察電影被觀衆們所誤解的原因, 去改正他們觀察電影的方法不可。

那是爲什麼呢? 因爲這種電影的基本的地盤不能改變的。同時, 電影就在這種地盤上, 才能夠建設的。所以, 我們考察已在很久的以前建設在和電影相同的地盤上的戲劇, 是容易關鎖地的去考察電影的問題, 而更是能夠明白兩者間的表現手段的差異。同時, 也能夠了解電影在本質上的特性了。於是我便找到了一部很好的參考書。那就是最近在美國出版的yale大學教授亞拉大伊斯·尼高爾(Aladais Nychel)的著書「電影和戲劇」。不過, 我還沒有把它讀完了, 剛剛讀畢第一章的「莎士比亞和電影」。我已經說過了把尼高爾的書來當作參考書用, 可是我本不想把它作爲教科書而說明他的主張。因爲我還沒有讀前面, 把它當作金科玉律似地態度是太可笑的了。因爲這本書我所購得的最近的一部書, 而且我以爲演劇史的教授尼高爾所著述的戲劇的事實是可以置信, 同時, 這本書剛巧調查着我所考慮的「電影和戲劇」的問題, 所以不過是作爲一種參考書而

採用而已。我想一方面讀尼高爾的書, 同時引用可以參考的地方來敷衍下去吧了。讀者要是知道尼高爾的純粹的意見, 我以爲還是看他的原書的好。

(『民報·影譚』, 中華民國念五年十二月十三日 星期日, 飯島正原 著 金光洲 譯述。)

電影本質論(三)[25]

四、時代的所產

亞拉大伊斯·尼高爾在「莎士比亞和電影」一節的開頭, 舉一個一般的代表的意見來說, 電影是一種大衆方面的產物, 而不能夠把藝術的表現擴大而且深侵。同時, 對於這種事實, 也說明了戲劇在已往的時代還是處在像電影一樣的狀態中的事實。

「到了現今, 電影才可算是一種的藝術」, 我們隨處隨地時常聽到這一類的話。在這樣的場合, 他們把握電影的那一個部份來說電影是藝術? 這是莫明其妙的。我很想反問他們。有的時候, 他們的這種說法大概是以電影爲一種機緣的, 他們自己對於另外的藝術的回想吧。有的時候他們看文藝作品的電影化, 無論那一種的電影, 說都是不好。但, 有時候他們看了無甚可取的幾張文藝電影后, 却又捧它, 讚美它。這種態度, 我們若解剖它的根底, 那不過是他們當於看電影的時候, 重複地感到了在文藝作品上所感覺的感銘而已。原來, 勿論是誰, 一個人當看一部影片的時候, 不容易把他的已往的印像的蓄積完全清算。可是, 只是依據這種已往的蓄積在腦海裏的某種印像來看電影, 這是等於電影的藝術性的輕視。因此, 對於電影不見得有什麼特別的考察似的人們, 說某一部影片是富於藝術性。這種說法根本沒有一點兒用處, 對於電影更沒有何等益處。反之, 我們可以說電影是從被人稱爲非藝術的事實中, 却獲得了藝術的要素了。

如上面所介紹的, 尼高爾說着戲劇也有了和電影一樣地在藝術方面被迫害了

---

25) 원문에 표기된 '二'는 잘못된 표기이므로 '三'으로 하고 아래는 여기에 맞추어 차례로 수정했음.

的時代的事實. 他更進一步說着：到了現在, 戲劇還是依靠大衆而存在的. 除了劇作者本身以外, 其他的人們的立場多半是屬於功利觀念的. 自從莎士比亞的時代一直到現代, 商業主義和娛樂主義, 作爲一種戲劇的公道而不斷的繼續下來了.

然而, 在這長久的時期中, 許多的劇作者們, 一面被難受的條件所束縛, 另一面留下來了幾部的傑作. 被人以爲最商業主義的Broadway 的戲劇, 也能夠產生出了像「Wine-Sat」一般的作品了.

在這裏, 我們回顧戲劇的歷史, 它的生命則是已有了二千五百年之久. 在這時間中, 已有了好名的退縮和伸長. 也有了被其他藝術的隆盛所在縮, 受蒙了社會情勢的影響而極其衰落了的時代. 然而, 大衆的欲望, 雖說那是以娛樂爲生命, 但它決不能使戲劇完全滅亡了.

(『民報·影譚』, 中華民國念五年十二月十四日 星期一, 飯島正原 著 金光洲 譯述.)

電影本質論(四)

戲劇爲了獲得像今日一般的發展, 已費了二千五百年的長久的日子. 雖然在這長久的時日中, 觀衆是對於戲劇不斷地追求着它的娛樂性, 企業者是不斷地求利益而阿諂於觀衆了, 但是它終能獲得了像今日一般的戲劇在藝術上的地位. 這樣看來, 我們不能忽視觀衆的了. 觀衆們在這長久的日子中, 總不會把戲劇的焰火消滅了這個功績. 我們是不可輕視的. 不滿於觀衆們的這種藝術的行動和功績的人們, 是到別的藝術上去求滿足就好了. 若沒有觀衆的贊成, 戲劇和電影, 均爲不得存在, 同時, 若沒有觀衆的支持, 戲劇和電影也都不得發展的了.

比較已有了二千五百年歷史的戲劇, 電影僅僅有了四十年的歷史. 想把二千五百年中的長久的成果, 僅以四十年要收穫, 這勿論如何是無理的事. 大衆的步調雖是很慢的, 但是他們一天比一天地理解着電影. 不然的話, 他們絕不會默默的看下去跟隨着電影的技術的發達而發生的各種新的技巧和表現方法. 或許可以說, 觀衆們對於急進地的技巧和表現方法的變遷, 取着完全拒否

的態度吧。但是他們隨着日子的經過，看慣了它，養育了它。這種事實，照從已往到現在的實例來看，也是很明顯的事實。輕視這種隱然的大勢力，是有的場合，也等於電影的自殺的意思吧了。

莎士比亞是以無智的，亂暴的，而且沒有了解的觀衆爲對象，寫了許多的戲曲。可是，後來，他的戲曲，成爲了博得了觀衆的最大賞讚的戲曲的基礎了。

電影也是非等待它的時機不可。我們在現在所須要的，便是，務必把觀衆對於電影的理解力迅速地增加起來。非但是觀衆一方面，而且識者在某一種藝術的形成的初期，也是同樣地表示沒理解的。尼高爾是舉一個莎士比亞時代的無理解的例子來，說明了它和現代的對於電影的一般人的批評所共通的地方了。

(『民報‧影譚』，中華民國念五年十二月十五日 星期二，飯島正原 著 金光洲 譯述。)

電影本質論(五)

五、電影的進步(上)

電影的進步，依賴着從事電影創作的人們的。這是用不着多說的事實。可是，在這電影的進步的另外一個裏面，幫助電影的發展，而使電影的進步不僅僅是終滯的一種簡單的試驗上，倂且把它的進步更加促進着的，却是觀衆。更進一步地說，這種說法，也許不如說觀衆先欲求着電影，而發明電影，同時，從無聲電影的時代，他們把電影，搬到聲片時代，又搬到色彩電影和立體電影的完成時代上來了的吧。

從十九世記到現代，所謂「新興中產階級」，在大體的意義上說，我們不妨以爲他們就是形成了電影觀衆的最主要的勢力事。這一個階級的人們，相信着「科學萬能」，同時堅固地抱持着所謂「進步」這個觀念。他們對於電影的進步所抱持着的這種確信性，便完成了電影的物質的要素。更完成了電影的技術的要素。

電影，原先是一種的像片。後來，發生了把這種像片，映寫到一個幕布上去的觀念。不動的畫片的映出，不外是這種觀念的結果。其次，人們又想起了把這

種畫片中的人物或者動物動搖了。這種三個欲望的結果，便在一八八五年，使法國的「劉美埃爾」兄弟(August Louis Lumiere)發明了膠片。

電影，原先不過是富於新奇性(Novelty)的一種「演物」Show)。可是，這種「演物」若喪失它的新奇性，則它的生命也隨之而被消失了。在這種電影誕生的初創時期，給予這種將要喪失它的生命的所謂「演物」以一種新的生命的，便是一九〇三年的法國藝術影片公司(Le Film d'Art)的新運動。(在那時他們所發表了的作品，片名叫做「基伊斯公的暗殺」(L'Assassinat du duc Guise)，導演者是安特列·卡路美時(Andr'e Calmetts)。這部作品，可算是用了一種正確的電影劇本來嘗試了演劇的手法和演技在電影上的表現的一部世界最初的電影作品。所謂「電影作品」(Oeuvre Cinegraphigue)，這就是電影藝術化運動的嚆矢，但是，他們所攝製出來的作品，不過是缺乏統一的演劇的模倣品，更是脫不了演劇實寫的程度，所以，後來，由於義大利的史劇電影和德國的武俠影片的出現，電影便踏上了它的初期進步的第二步上了。史劇電影，有着背景的美妙的變化，而且武俠影片是有着迅速的動作的變化和一種獨特的「機構和裝置」兩種都是能代表了當時的「演物」的新奇性的。

(『民報·影譚』，中華民國念五年十二月十六日 星期三，飯島正原 著 金光洲 譯述。)

電影本質論(六)

五、電影的進步(下)

可是，能夠作爲現代電影的基礎的眞正優秀的技術的發見，是依據着自從一九一四年起抬頭起來的美國電影而發展的。D.W.克萊菲斯(Griffith)的「國民創生」一片，即是電影技術發展的第一個出發了。雖說，克萊菲斯是後期的電影技術的根本！這是Close-up成者Cut-back等等的，蒙太奇論的基礎的創造者，但是這種技術的發見，我們在某種意義上，也不妨說，那是大衆欲望的正直的實現了。

願意接近一個人的面前而清楚的看到他的面貌. 也願意在同一的時間中能夠看到某一個事件的兩個側面. 因爲, 克萊菲斯也像一般人一樣, 他的頭腦中有了這種願望, 所以很自然地發見了出來了這種技術. 原先, 他決不是計劃電影的藝技化而發見這些技術的. 克萊菲斯的這種方法雖平凡, 比法國藝術影片公司的電影藝術化運動, 却給予了將來的電影以更大的影嚮. 同時, 後來終能變成了亞貝爾·甘斯(Abel Gance)的「Fresh-back」等新技術和蘇聯電影人們的蒙太奇理論的根本原理了.

這樣, 像「Close-up」或者「Cut-back」等等的技術一樣, 要說明聲片的進步過程, 也是很容易的事. 那不過是人們想起了, 將叫默默地動着的銀幕上的人物, 來談話而已. 這樣看來, 色彩電影和立體電影以及, Television Talkie等等, 也都不外是一種的大衆的欲望的實現吧了. 我們是在可能的程度內, 非在眞摯的態度之下, 歡迎電影的新的發見, 同時, 在一面感覺上容納它, 另一面在知識上把它分拆不可. 這種對於電影的新的技術的, 眞摯的容納和在知識上的嚴格分析, 正像一個車子的兩個輪子一般, 先有了這種分析和容納, 然後, 才能夠直接的參加這種電影發展上的許多問題中去了.

(『民報·影譚』, 中華民國念五年十二月十七 星期四, 飯島正原 著 金光洲 譯述.)

電影本質論(七)

六、電影的敵仇

對於電影的進步, 一般的觀衆是並不像普通的人們所說的那樣, 把電影作爲一種消閒的娛樂品的. 相反, 他們却在長久的沈默中經過了鑑賞的時代, 而成爲把電影作爲一個新時代中最優越的藝術而努力着的一種協力者, 一電影作家是時常被他的觀衆所引導着的.

傷害着電影的眞正的劊子手, 是在另一個地方, 那便是想拿關於別的藝術的某種知識來規定電影的所謂「知識份子」他們：他們是時常利用他們在社

會上的某種地位來, 好像自己的規定才可算是眞正的批評似的, 這麼地那麼地吐出來處在發展過程中的電影藝術的極其部分地的缺點和過失。同時, 勉強地主張着他們的意思和見解的貫澈, 不過, 電影的這種部分地的過失和缺點, 老實說, 那也是極其有着誠實的意義的一種重要的冒險吧了。電影進展的阻礙者, 並不僅是這一個階層的人們。在電影的直接的領域中說, 也有那種不知道觀衆們所動着的方向和情勢, 而祇依着自己一個人的有着偏見的見解來, 想規定電影的電影商業者們和製片公司的幹部等等。這一類的人們, 實在對於電影本身是有害無益的存在了, 無論一個人有着怎樣高明的意見或者對於電影抱着怎樣卓越的計劃, 不能明確地評價觀衆們的正當的欲望和動向的人們, 支配着電影製作的實際工作, 這是對於電影的進步, 是一個很大的障害。

　　然而, 電影在這樣的不利的情勢之下, 却是不斷地進步着的。觀衆們是在一部影片的盛行價值上, 最明顯地表現出他們自己的意見和動向, 而下着一種具體地的判斷。這種取着中庸的態度的批判, 我們一看見, 好像它沒有進步性似的, 但它是有意想不到的期劃着一種富有力量的進步。要是一個人, 看過往昔的電影, 後來的幾年間沒有看過影片, 忽然到了最近重又看起電影來, 或許可以說這種人。因爲電影和從前的變得太懸殊, 所以不能充分地理解了吧。可是, 在另外一方面, 對於電影熱心的觀衆們是把握住了解新時代的藝術品的理解力的。這樣說來, 我們不妨說電影的仇敵, 是在它自己本身的進步過程中, 所難爲避免的一種應該受到的限制吧。依據另外一種的見解來說, 那是對於電影, 已成爲了在發展過程中的極其重要的鍛鍊和經驗的礎石了。這種電影的仇敵, 不是也有點可愛的地方嗎!

(『民報・影譚』, 中華民國念五年十二月十九日 星期六, 飯島正原 著 金光洲 譯述。)

電影本質論(八)

七、純粹主義

電影藝術雖然兼抱着它的長處和短處, 以及許多妨害條件; 但它有着不斷地進步着的事實, 也是不能抹煞的, 這已在前面說過了的。不過, 前面所寫的多半是關於電影發達的一種消極方面, 在下面我將說的便可算是一種走到積極的地步上去的電影運動。那即是所謂「亞範加爾特」(Avant Garde)一派的運動, (這一派就是標榜着非商業主義的法國電影藝術界的一羣。他們制作品, 稱爲「前衛作品」－譯者注)。他們是尊重着電影的純粹性, 而且要排斥電影的商業主義化, 同時嘗試了一種電影的實驗地的研究和製作。換句話說, 要排斥由於太具體地的方法而造出來的影像的所謂「絕對電影」的主張者, 以及那些有着太淺薄的意義的影像的所謂「純粹派」的電影的代表者們, 而把電影藝術從現代的商業主義和娛樂主義裏救出來。

可是像現代這樣電影祇依靠大衆而成立的聲片時代, 這種的見解和意思, 祇從實驗地的意義來說, 是有着某種的存在理由, 但是我們不能把這種態度和見解當作電影藝術所該走的最正當的一條路, 而去想信它, 實行它的。我們是應該清楚的認識電影藝術在現代社會上的時代性和它的本質的意義, 以及使命, 同時, 以這種明確的認識作爲我們的理論和批判的根據點。不然, 那種沒有清楚的根據的理論和批判, 無論如何是不能避免「空中樓閣」之嫌吧。

八、戲劇與電影

關於電影有一種很有趣味的見解, 那便是把一種沒有何等意義的笑劇或者是武俠影片來代表着現代電影作品似的評論它。這不外是除了電影的娛樂價值以外, 便看不到其餘的部分的人們的態度, 也可以說看不起電影的藝術性的人們的態度。我們絕不可忘記戲劇方面亦有卑猥的作品, 小說方面亦很多以挑撥色情爲本位的無價值的所謂戀愛小說一類的東西。恐怕沒有一個人祇看見或者讀到這種無價值的東西。而根據它去批評戲劇和文學的吧。反之, 在另外一方面, 有人把藝術的各種形式和表現祇在電影中是完全看到的。這種說法, 也不

是妥當的。他們能發見出來一種新的藝術形式的特殊的可能性和充分的機能，這是可慶賀的一件事，但是，提倡「電影萬能」，是又太焦急的態度了。陷耽在藝術的一種固定的範圍之中，這是我們應該加以警戒一件事。但是我們更不可輕視一個藝術形式所具有着的它的本質地的範圍和分野。

正因爲這種緣故，我們要是把電影正確的鑑賞而且想加以未來的豫測，那就非用一種集中地的攷察方法來研究那些算是優秀部作品不可了。在這樣的場合，我所說的所謂「優秀的作品」決不是祇被某一方面的兩三個人所捧過的作品，而是在一般上意義和立場上可以算代表作品的那種影片。所以，無緣無故地讚美着現代電影的成果，這是我們該要大大的考慮的問題。對於我們提起問題的就是這作品所具有着的藝術的技能和可能性，而且我們不能說某一部電影作品的本身就是完璧的了。

在這樣的場合，我們是往往會被人家所誤解的。調查某一部優秀的作品的性質，而在各方面的意義上仔細的寫出它的優秀的部分。這是我們從事於影評的人們的一種任務。可是，無論怎樣詳寫地寫出來，那種影評決不是專捧着該部作品爲最完璧的作品。例如：法國裘利安·賓維莦(Julien Duviviev)作品「坎地賞春」，爵克·飛德(Jacques Feyber)的「美摩沙館」，以及美國弗蘭克·卡弗拉(Frank Capra)與勞巴特·利斯金(Robert Riskin)合作的Opera Hat等幾部作品，均有每一部所不同的特殊的推荐價值和調查價值。這種三部電影決不是均以某一種相同的理想的實現爲目的而存在的。從這類有着卓越性的許多影片當中，便自然會看得出電影的可能性和特殊的機能以及光明的未來。

(『民報·影譚』, 中華民國廿五年十二月廿日 星期日, 飯島正原 著 金光洲 譯述。)

電影本質論(九)

正如電影作品當中有性質不同的東西一樣，有的場合，電影和戲劇兩者之間，亦會有性質相同的東西。對於幾部電影作品之間的性質的差異是不理它，而祇去找出電影和戲劇兩者間所各相反的地方，這種態度，對於電影不能算是應

有的態度。祇拿一種已被規定了的尺度和採準來鑑賞電影的人, 是很可惜的, 他們總不會認識電影藝術在藝術上的本質地的位置。你們把電影和戲劇比較地來考慮, 這種考慮的方法, 決不是因爲要接近這兩種藝術形式所起的, 而是因爲要把這兩者分開, 所以用着這個對此方法的。

在同一時, 兼論電影和戲劇的人們, 有的時候也說出這樣的話:『電影恐怕在將來成爲戲劇的代替藝術而存在的吧。……或者電影恐怕殺傷戲劇的吧?』這就是他們陷在「電影萬能」的誤謬中的緣故。不錯! 表演舞臺劇的戲院, 一天比一天地變成爲影戲院;但這是戲劇在它的本質上衰落着呀! 勿論社會的任事一件事, 都有盛衰和變遷。由於「電影萬能」思想的一時的風靡, 趁着這時代的變遷時期, 戲院變成電影院, 這是極其平凡而且當然的現象?

當於一種錯誤了的見解或思想, 被人想信着的時候, 我們不可以馬上就把它作爲一種的眞理而想信它。那是何等可笑的一件事呵! 我們若果承認電影藝術已經過了被人作爲一種只富有新奇性的「演物」而受了輕視的受難時代, 終能獲得了像今日一般的偉大的進展的事實, 那末, 現在的幾個劇院變成影戲院的事實, 也就沒有何等值得驚異的地方了。當然悲觀或者特地來慶賀這種現象, 兩者都是可笑的。

法國的著名劇作家兼電影作家－馬爾雪爾·巴紐爾曾經說過:『戲劇是已經已死去的了一句話而引起了各方面的注目。但是他的所以說這話, 並不是痛嘆戲劇的滅亡, 他在另外一面又這樣地辯明過他主張的眞意義,『因爲現在的戲劇太平凡而且拙劣, 所以我們須要破壞它, 而且做起更……新而且優秀的戲劇的基礎工作來了』這一句話, 不用說是劇作家「巴紐爾」的率直的告白。這樣, 假如那種「電影萬能」, 對於戲劇的淨化運動有所利益的作用, 那又是值得慶賀的一件事了。

(『民報·影譚』, 中華民國廿五年十二月廿一日 星期一, 飯島正原 著 金光洲 譯述。)

電影本質論(十)

可是, 若是電影隆盛起來, 則戲劇隨之而自然會滅亡的。這種說法也有着某種我們可肯定的地方, 那又是什麼緣故呢? 那就是因爲電影和戲劇有着很多共通點的關係了。不過, 我們也可以抱着一種反對的見解。這種悲觀論的反面, 假如, 戲劇跟隨着電影的進步和發展, 反而得到了某種新的進展的話, 那是有意想不到的收穫了。因爲互相有着共通點的兩種藝術, 假如它的一種發達了起來的時候, 另外一種也總跟它而被發達, 同時彼此發生不可分離的密接的交流和閉鎖性的緣故。

比譬說, 戲劇在它的近代的發展過程中, 和文學發生了密接的關係。把戲劇中最重要的要素「戲曲」來當作一個契機。而自然主義戲劇, 跟追了文學的背後, 終能在超越了程度的範圍上把文學作爲了自己的東西。但是, 到了現在, 戲劇在某種程度上卻拋棄了它的文學性, 而復歸於它的本質上來了。關於電影和戲劇的差異, 一般的人們善通發表着的意見當中, 有意見者非常可笑的。一他們說：在舞臺上是動着眞正的演員(一就是眞正的人)。反之, 在電影上動着的祇是演員的影子。這種說法雖然說是對的, 也是不可否認的事實。但是這種事實, 根本不成何等重大的問題了。比這種本質的差異更來得要緊的差異, 就是電影好像斷刻或者繪畫一樣, 一個具體地的被決定了的創造物。反之, 戲劇的形式是沒有被規定的一定的形式。它在本質上具有着生下來, 同時, 不久就不可避免死去的一種命運。這一點便是戲劇所獨特的特徵。在戲劇, 是不能有兩種完全相同的演技了。依據每一天的演出和演技, 它是時常變化着的。從這一點看, 戲劇和電影是在根本的性質上完全不同的兩種藝術領域了。

戲劇是動着的, 觀衆們的存在, 是直接地反映於舞上。但是電影是已被決定了的, 觀象[26]們只依靠間接約[27]方法來和它發生影響的。我們, 須要先清楚的究明這些差異, 然後, 應該去發見這兩種像似是而非的藝術形式的各其特殊

---

26) '象'은 '衆'의 오기임.
27) '約'은 '的'의 오기임.

的美學。

(『民報·影譚』, 中華民國廿五年十二月廿二日 星期二, 飯島正原 著 金光洲 譯述。)

電影本質論(十一)

九、電影劇本與電影的永續性

舞臺戲劇的演出, 一天比一天地不同, 這事實, 是大家都共認的。除了相當的傑作戲以外, 我們就不容易看到某一部戲劇的重演。在這樣的戲劇的急速的變遷之下, 演劇的劇本的永續化與否, 便是成一個重要問題的了。我們第一次看到某一部著名戲劇在舞臺上的表現, 這便是最後的鑑賞了。能夠重複地看到同一個戲劇的舞臺, 是很少的。那末, 我們用怎樣的方法來能夠把這種轉變無限的演劇的印像, 記住在我們的腦海裏呢? 那就除了印刷劇本的方法以外, 再沒有好的法子的了。某一個舞台面的相片或者它的印像等, 也可以說是一種把戲劇永久繼續下去的很有效果的方法, 但是這種方法總不過是動着的舞台在某一個簡單的時間中的固定化, 而不能使我們不能把舞台的轉變, 再現在我們的腦海中的。假如印刷某一部劇本, 同時把它作爲勿論任何人都能購得到的普遍的東西, 那末, 每一個人都能夠讀得的那個劇本, 而且也能夠把某一個舞台的印像再表現或重現在自己的腦海裏。換句話說, 依據這種方法, 每一個人能夠看到某一個舞台現在時間性上的連絡和閉鎖性。印刷的劇本是能夠使讀者在讀書的時候, 去任意地想像到從前所沒有看過的新的舞台。我們在現代, 還可以談到希臘的往昔的悲劇或莎士比亞的戲劇, 都是依靠這種劇本才能的。依靠這劇本, 也可以去建設這種往昔的戲劇在現代的重演和新的表現了。

(『民報·影譚』, 中華民國廿五年十二月廿三日 星期三, 飯島正原 著 金光洲 譯述。)

電影本質論(十二)

戲劇在舞台上的演出, 它的演出的印像雖然一次看完了該部戲劇以後便隨它而消滅, 但是劇本是具有着把該部戲劇的本質傳達到永久的後代的責任. 某一種的短命的藝術, 依據這種劇本, 而能夠保持着永久的價值的, 也能夠使後代的人們了解該藝術的價值, 更能夠使人討論那藝術的價值.

和這種戲劇的劇本的永久性完全不同, 電影是它的本身已經具有着固定地的而且永久地特殊性質. 勿論演員或導演者, 均可把他們的最優秀的藝術表現永遠地留存於膠片中. 可是, 我們雖說電影是具有着永久不變的特殊性質, 但是我們却不能隨時隨地看到它. 在許多的場合, 一部影片, 在一個都市裏, 公映了一兩次以後, 就不容易重複地看到它. 至於非常卓越的影片, 是有重映又複映的可能性, 但是一般的平凡的電影是永久不會有這種機會的. 我們對於電影藝術, 時常覺得不滿意, 也不外是這一點吧了. 實在, 我們對於電影的價值, 除了我們的記憶力以外, 是沒有可靠的根據了. 某種純粹的作爲「演物」的要素, 假如它沒有實際的行動上的表現, 那就沒有何等的意義了. 這一點是和戲劇的場合相同的. 可是至少已作爲一種劇本而被表現出來了的電影的文學的都分[28], 或者行動的指示, 是和戲劇的劇本一樣, 電影的劇本也可以作爲一種特殊的劇本形式而把它留存的.

(『民報‧影譚』, 中華民國廿五年十二月廿四日 星期四, 飯島正原 著 金光洲 譯述.)

電影本質論(十三)

我們也不妨說電影在它的根本的性質上, 已具有着作爲一種的固定物體的表現方法, 所以用這種方法來表現出自體就已經很夠了, 而且它的劇本不過是一種的骨格和外皮的存在物. 正因爲我們的這種觀念, 我們迄今還不大看見了電影

---

28) '都分'에서 '都'는 '部'의 오기임.

劇本被印刷了的事實。

　　然而在電影藝術已開拓了聲片的新的藝術領域的現今, 它的劇本是另具着一種新的對白。這種對白, 勿論在戲劇劇本或在電影任何一種之中, 總不可改變它的在文學上的價值。這樣看來, 和存在戲劇的劇本的事實一樣, 把電影的劇本印刷而流布於一般民間, 是一種必然的事實, 也是一種我們的極其重要的工作。在無聲電影時代, 電影劇本超不了好像設計圖在建築上一般的價值和程度, 可是有聲電影的劇本是能夠把電影的永續的性質的重要部分活字化, 而更一進步地把它作爲一種普遍的讀物。

　　電影劇本在文學上的價值, 由於他的對白的藝術價值而被承認, 同時, 和某篇劇本在戲劇的場合一樣, 應該具有着它的本身上的獨立的文學價值。這種說法, 決不是祇因於不能達到願意看某一部電影的重映的目的而說出來的話, 我們要是除了它在本身上的文學的價值以外, 更進一步地瞭解還沒有看過的新電影的價值, 同時要相信未來的電影的可能性, 那末, 這種電影劇本的活字就是有很大的幫助的了。蕭伯納是把戲劇的劇本做成了和小說相同的讀物。在電影劇本上再出現一個新的蕭伯納, 也沒有什麼希奇的事。H·G·威爾斯是把「未來世界」和「奇跡男兒」等的電影腳本做成了一本冊子。這兩種的劇本說它是有聲電影的劇本, 不如說它是專爲讀者而編成的富於讀物性的劇本, 或者編者的意思, 使讀者離開實際的電影表現而獨立地的劇本, 或者編者的意思, 使讀者離開實際的電影表現而獨立地的讀它, 這也說不定的。至於馬爾雪爾·巴紐爾因爲他原來是一個劇作家, 自己的電影劇本例如:「美露流特斯」和「西俄倫」一類的作品, 專用了像戲劇劇本一樣的形式來編成單行本。對白是用比較大的活字來印刷。場面的轉換和行動的指示等, 是像戲劇的戲本完全一樣, 作爲劇情的進展的說明文而寫成的。這無疑是很重視了有聲電影的文學價值(至少可以說聲片劇本的文學價值)的結果吧。

(『民報·影譚』, 中華民國廿五年十二月廿六日 星期六, 飯島正原 著 金光洲 譯述。)

電影本質論(十四)

十、電影的作者

在舞台上, 是以演員爲當面的責任者。而且演出者是隱匿於演員的後面, 演員在每天晚上的舞台上, 可以很自由地表現出自己的演技, 而且把自己本身當做一種的藝術的創造者, 這是已在上面說過的了。可是在電影演員雖是對於自己的演技有着任意地選擇的可能性, 但是在把它已經固定於膠片上以後, 是不能再來任意改變它的。電影的演員不過是祗在某一個Cut中有着被限定了的自由而已。

在戲劇中演員是能夠統率舞台的。反之, 在電影中, 演員除了被任命了的自己的担任以外, 是不能關心到另外的部門。在某一個Cut中的神妙的演技, 由於場面轉換的方法而變成一種沒有價值的東西, 這種場合也是往往會有的。電影的導演者是電影的綜合體的負責者, 電影的價值是由於被被固定化了的場面的組織所產生出來的。這種組織的方法是導演的自由。演員在電影, 非但他的地位和戲劇演員不同, 並且他的根本的性質不同的了。

十一、動性

我們若是想起電影自從誕生的初期終能發展到現在的事實, 就容易了解「動性」在電影中所占的重要性。在往昔, 叫做「劉美埃爾工廠的門口」的影片, 作爲一種「動的像片」而發表了出來。後來, 再進一步發展到「美利埃斯」的作品。「月世界旅行」的程度。至於一九〇三年的「法國藝術影片公司」(Le Film d'Art)發表了「基伊斯公的暗殺」, 這種「動的像片」方能變成一鍾「舞台的實寫」。可是這種「舞臺的實寫」, 在另一方面, 却造成了的電影的墮落。經過了義大利的歷史劇的影片和德國的武俠影片以及美國的西部冒險劇等等的許多的階段, 電影才能從「舞台模倣」的迷夢裏醒了出來了。美國人, 因爲沒有了何等的電影藝術上的背景和根據, 却是容易而且迅速地獲得了「動的像片」的真髓。

在戲劇方面, 被認爲像今日一般的偉大的名氣, 那也不過是較爲屬於近代的事實。在今日, 好像一個劇作家造成着戲劇的全部分, 可是老實說, 在戲劇上沒有劇作家的那樣的時代, 也無疑是有過的了。並沒有何等的文學的要素的戲劇,

作爲所謂「劇場」這一個統一體。給予民衆以很大的娛樂, 而且能夠留下了相當的感銘了。這個事實在戲劇史上, 是不合否認的明顯的事實了。有劇場, 有觀衆, 有某一特定的表演時間, 更有舞臺, 這在這一點上看, 今日的電影比舞臺戲劇, 也沒有什麼很大的相差。在戲劇中的演員是活着的在時間性上有着實際的生命的人。電影和戲劇的差異也不過是這一點吧了。可是, 我們決不可只依靠着這種事實, 去比較戲劇和電影的優劣問題。那種事實, 我們不能把它當做某種的尺度而去測量兩種藝術的優劣了。不過是兩者的根本性質不同的。

(『民報·影譚』, 中華民國廿五年十二月二十九日 星期二, 飯島正原 著 金光洲 譯述。)

電影本質論(十五)

十二、電影與它的影像

電影是由於許多的影像的收集和它的有機地的連續而造成一個綜合體的藝術形式。而且它的每一個影像在反面成爲這藝術表現的基礎。這是不必多說的事實, 這種許多的影像, 在電影當中, 不能作爲某種作品的全體的意義, 而且在它本身上僅有着一種分明的表現價值。由此, 每一個影像在電影作品的全體的意義上, 不過是一種有點朦朧性的存在。這在電影藝術的本質的意義上, 是一種必然的事實。假如, 每一個影像都是很強烈地主張自己的本身的價值和個成, 那末, 我們就得不到電影藝術的統一和均整的了。

誰也容易知道在太偏重了意識, 或強調了某一個明星的面孔的影片當中却找不到優秀作品的事實。還有特別地強調了某種特殊場面的影片, 例如：歌舞影片或者運動影片, 在這類的影片之中, 祇有歌舞和運動的場面能夠集中我們的注意。而且, 在它具有着一種的「演物價值」的限度內, 是使我們感到某種趣味, 但這種場面看的太多了, 就喪失了它的價值, 同時使我們感不到何等的意思, 這不外是在電影表現當中, 某一個特定的影像, 被太重視了的結果吧了。

然而, 電影原是由於每一個影像而成立的, 而且以這種每一個影像的連續

爲本體。自然, 更不能等閒地取汲它的每一個影像了。電影的製作者們, 須要加以特別注意的一點, 也大概是這一點吧了。電影, 當然在每一個影像的意義和性質上, 不能不注意周到地製作出來, 可是也不可以容許祇側重於每一個影像的表現的制度製作態度。因爲無論在任何場合, 我們須要認識電影表現的全體的, 而且統一的意義, 同時把每一個影像當做統一體的一個部分而去完成它的緣故了。

在戲劇, 場面和場面, 幕和幕, 等都是作爲綜合體的每一個部分而互相聯絡着的。同時, 由於「幕間」或者「休憩時間」等的一種必然地條件, 而常有每一個部分在某種程度的獨立地的意義和性質上被演出的。可是, 至於電影, 沒有從一個影像轉移到另一個影像去的時間上的空隙。每一個影像是繼續不斷地連結下去的。那也和跳舞中的一煞那29)頗爲相似的。跳舞家的肉體是不斷地動着, 可是他是非拿自己的動態的每一個部分來造成某種完成的形式不可的。他的動態的每一個部分, 非不斷地移動下去美麗的「線」和「節奏」不可。不然的話, 「線」是被散亂的, 「節奏」是被切斷的。電影也是和這種跳舞的原理一樣的。

(『民報·影譚』, 中華民國廿五年十二月三十日 星期三, 飯島正原 著 金光洲 譯述。)

電影本質論(十六)

我們須要把每一個影像造成優秀的表現的事實, 祇看下面的實力也能夠容易了解的。某一個優秀的跳舞家的舞台像片或者一個卓越的明星的舞台照像等, 那雖是一種的「Steal Picture」, 但是能夠使我們無論多少窺見到實際舞台的某一部分。看這種照片當然不如看眞實的舞台, 可是, 勿論任何一個瞬間的極其簡單的動態的照片它若是真正卓越的跳舞或者演技的場合, 那就具有能夠使我們豫想到和它連續的另外的許多場面的優雅性和美的價值了。「安德萊·列文遜」, 曾經高級地評價過一張相片所具有着的除了「相片性」以外的很重要的「再生

---

29) '一煞那'는 '一刹那'의 오기임.

能力」。他的意思就是一張相片有着被誇張了的固定性」，但把它插入書架中，再掛在壁上，便能夠使人感到超越了現實的意義的特殊的情感。

電影的每一個影像決不可被等閒地取沒。我們若知道它的表現力量的重大性，就隨它而自然會了解這一點了。因爲電影，先有了每一個「個體」或影像，然後才能有了「全體」的。(完)

(『民報·影譚』，中華民國廿六年一月一日 星期五，飯島正原 著 金光洲 譯述。)

漫談歐美電影的特質

當於回顧一年來的歐美的電影之前，先把在上海或在中國內所公映的各國影片來做個概括地的統計，然後再進一步地論及它的製作背景，和傾向，以及從事於製作的人物等等。這是一種最妥當的方法。可是我們在這種被限制了的篇幅上非但無法去試那種煩長的統計，而且也不須要那種表面地的普通方法，同時，當於論及歐美影壇的動態的時候，比這種平凡的條件更來得重要的，便是各國電影所各不相同的特性的考察，好像在其他的藝術形式，例如文學或戲劇運動的動態和傾向的轉變，假如離開該國民的民族性乃至在藝術表現上的特質就不容易規定某一國家的藝術傾向一般電影藝術的動態也是由於它所處於的國家的特性的究明，而才能得到某種的推理和結論的。換句話說，非但是一九三六年一年並且是勿論那一個時期中，電影藝術的動向，第一是依據一個國家的藝術表現上的特性而受着根本的支配的。

說起歐美各國在電影藝術上的特殊性，我們就得根據最近幾年中的他們在電影藝術上的表現方法或轉變動向來很容易規定它的。再具體一點地說，美國的電影是輕鬆而且華麗；法國的電影是富於充分的藝術精神；德國的電影是有 dynamic 的特性，又含有着陰慘性和浪漫性的奇妙的交義；蘇聯的電影是充滿于一拜樸素的「野性」。因於對於自由的過分的憧憬而拋棄了貴重的藝術傳統，同時以明朗和獵奇性爲命生30)的美國電影，富於構成電影這個新的藝術形式的概念的時候，只把握了最單純的電影的本質。反之，像生命一般重視着貴重的藝

術傳統的法國, 是把電影當作一種不可忽視的藝術形式而神聖化了。至於社會主義國家蘇聯, 把電影作爲一種政治和思想的表現以及宣傳的工具的。美國和法國以及蘇聯的三個國家, 在電影藝術上的這種特異的傾向, 我們也不妨說這三種傾向即是代表着世界各國在電影藝術上的最濃重的三個典型的。其他的國家, 可以說大概都是屬於這三種中的任何一種, 或者是兼有着這三種傾向的某一部分, 譬如說, 德國是由於國家在政治上的方策, 他們的那種比法國也沒有任何遜色的藝術的傳統和情熱以及遺產, 已無法避免地和政治或思想上的問題呈現了密接的接近了, 換句話說, 德國的電影是呈現着法國和蘇聯的中間傾向, 至於英國, 他們的電影藝術是因于在歐洲文化上的特殊的傳統性和對於新大陸的血液的牽引, 取着美國和法國的中間的位置, 當然, 在這種概括地的特殊傾向之中, 雖然有着程度的差異, 但是一九三六年中的歐美各國的電影也脫不了這種特性的范圍而被動搖的。

(『民報·影譚』, 中華民國念六年一月一日 星期五)

世界戲劇協會-將舉辦「世界各界戲劇競演會」
併進行調查各國劇運進展現狀

在法國的大總統「亞爾培爾·魯勃蘭」的後援和外物首相和文部大臣以及「安利·貝蘭裘」,「喬爾裘·又伊斯滿」等著名人士的名譽司會之下, 以「裘爾·羅漫」爲會長的「世界演劇協會」(La Societe Universelle du Theatre), 最近在澳大利「維也納」和「莎爾此堡」兩個地方, 分別地舉行了他們的第九次總會。參加了十八個國家的代表人物。他們在這次的總會中, 所決議的關於世界戲劇運動的許多問題當中, 是我們最值得注目的一件事項, 便是他們決定將要嚴格而且詳細地調查世界各國的戲劇運動的最近進展狀態以及戲劇早世界各國影響於社會情勢的種種傾向。技術部的名譽委員中, 有「羅漫羅浪」,「鮑爾·華萊利」,「爵克·

---

30) '命生'은 '生命'의 오기임.

魯雪」,「愛彌爾·法弗爾」,「雪爾·美列」,「埃特蒙·瑪律特乃利」等等的聞名於
世界文壇的著名小說家和劇作家。他們又在不久的將來, 在「維也納」開「世界
各國戲劇競演會」。法國的著名舞臺導演家「魯伊·裘維」現已選定將在這競演
會中所演的劇本爲「摩利愛」的名劇「女人學校」。

(『大晚報·剪影』第六版, 中華民國念六年三月一日 星期一, 光洲。)

一九三四影壇倾向之一

電影与文艺的交響

　　我們概括的觀察這一年間的各國的影壇傾向的時候, 最容易看出的徵象, 就是文藝電影製作的流行, 至於法國的電影界, 在從前已有着的幾次的文藝電影製作的盛行時期, 所以這一年間的法國影壇的文藝電影製作的流行, 一看是好像沒有什麼特別的我們覺得顯著的傾向, 但美國的電影界, 他們的文藝電影製作的盛行的程度實在是我們所未能預料的了。

　　在以英語爲國語的美國, 流行着英國文學作品的電影化, 那是了不得的。最近在美國已經電影化的英國的文學作品之中, 使我們值得注意的就是關於很久以前的文學作品有卻爾司迭更司的「塊肉餘生述」及「二城故事」, 在米高梅公司電影化了。導演是在以前發表「小婦女」的Georgs Cukor, 主演者是「里昂巴里摩亞」與「伊利莎白·亞哈」。

　　除了這一篇以外, 最近在英國本地内電影化的文學作品裏面也有一篇迭更司的小說「Guriost Shop」(「B.I.P.公司」作品)。米高梅公司是比其他的各公司, 頂喜歡製作出文藝電影作品, 他們在這樣的文藝電影製作的流行時期裏, 不僅是電影化了迭更司一個人的作品。還有史蒂文孫, 蕭伯納, 華波爾等諸作家的作品也正在電影化。

　　已經製作過「小婦人」的「R·K·O」公司是依着這一篇所帶給的成功而繼續進行着。他們早已預備了, 茄依母斯·勃來的「A Little Shepherd」(Richard Wallaee導演, Katherine Hapburn主演)與高爾斯華綏的「A Tale of portsaid」這篇的主演者也是Hapburn等文藝作品的電影化。「環球公司」也是電影化了高爾斯華綏的作品, 那就是他的最後的名作小說「One More River」。

　　歐美各國的文學作品的電影化, 又有一件特徵就是很多富有古典性的作品, 這種作品的第一個我們可以舉出「聯美公司」的「娜娜」與「基度山恩仇記」來。

除此之外, 法國的「百代公司」也已經決定了托爾司泰[31]的作品「Anna Karenina」的電影化。又「R·K·O」公司也要將仲馬的作品「三劍客」重攝聲片了。

在各方面的意義上, 使我們覺的興趣的文藝電影作品, 還有米高梅要的「修第澄恩·特巴依克」的作品「瑪利·河恩特亞比脫」；派拉蒙公司攝製的「卡萊爾·加比依克」的作品「人造人間」；沃寫公司制的「辛克萊劉易士」的「藝術作品」等幾篇。

在這一年, 文藝電影的製作爲什麼這樣激烈的流行着的呢? 那決不一時的偶然的現象, 當然有它的理由和原因。對於這個問題, 假使我們站在電影的立場去考慮的時候, 可說是因着有聲電影藝術的技術的發達, 故事方面是不用說, 尤其是至於有聲電影裏面的題材方面最便利的是小說。雖然在無聲電影的黃金時代也已有了文藝電影製作的流行時期, 但那個時期的流行理由與現在的流行理由還在電影藝術的發展情勢上不同了。

在有聲電影藝術發達的最初階段, 最普遍的題材方面的現像是戲劇的電影化, 但到了現在一般的有聲電影製作者是知道了比戲劇上的時間上更有着優越性與發展性的小說是含有些甚大的有聲電影藝術的素材, 併且我們可以說拿小說來用戲劇上的方法去整理它之後再依着Montage而構成的就是在這一年間最流行着的文藝電影。

今年的文藝電影製作的隆盛我們可說是「小婦人」的結果所致, 但, 這不過是外在的理由, 沒有內在的理由是決不能夠呈現出這樣的流行的。換句話說, 今年的文藝電影製作的流行的第一個原因就是戲劇小說與有聲電影藝術形式的合致, 所以他的一個特殊的傾向是□Romance的要素。至于有着近代心理描寫的作品是很稀少的。

(『晨報·每日電影』, 中華民國二十三年十二月二十四日 星期一, 波君 譯。)

---

31) 정확한 표기로는 '托爾斯泰'임.

一九三四年美國影壇預測

一九三五年的美國影壇, 我們不妨設它是拿着有聲電影產生以後的發展狀態同樣的步調而進行下去吧。它在電影的技術方面可說是多少有進步與發展, 但在電影藝術的内在的各種創作方面是不能使我們期望特別的活躍和發展, 又除了極其簡單的娛樂價值之外, 關於社會的各種要素方面也使我們不能感覺到何等特別意義吧。雖然最近的美國電影界也醒悟了電影是比任何種的藝術一例如文學或戲劇, 對於民衆更有着廣泛的親和力量和指導力量, 併且有一部分的智識分子們在提倡着不可以電影作爲一種簡單的娛樂的商品。但我們想到美國的電影企業的組織的時候, 不能不說這種某一部分的少數智識分子的提倡不過是獲得了電影製作者的空虛的贊成與不容易實現的一種空想而已。

雖然美國的電影企業家們說着電影事業是負有着社會教化的責任的最有意義的文化事業, 但這種說法不過是他們的一種門面話, 併且在事實上他們是除了營利以外沒有一點目的, 也沒有感覺到什麼責任的, 所以電影企業家他們對於少數的智識分子的提倡和要求, 僅僅是給與一種空虛漠然的答覆, 在另一個反對方面, 電影企業家對於多數的民衆的要求却是虛懷地承受的。因爲這關係商品的出路, 所以民衆有什麼要求, 就馬上答應了他們, 假使要把這種事實舉一個最明顯的證例, 我們可以舉得出對於在一九三四年四月裏所發生的「電影清潔運動」的電影企業家的無條件的降服這一事實來。

因着以營利爲第一主義的電影企業家們太重視着電影的娛樂價值而使電影陷入濃厚的卑猥與煽情的色彩裏面去了, 所以從以前由影戲院被奪取了信徒而抱藏着私憤的教會是以這個機會爲最好的攻擊的武器。畢竟所謂善男信女們引起了全美國的"不淨電影"的boycott運動, 這就是一般所周知的"電影淨化十字軍"(legon of Decency), 不是只有由美國方能看到的一種特別的現象嗎?

爲了這種現象的對抗方策, 呈現了電影的自我淨化運動, 這就是電影製作者與電影支配者的協會的出現, 但這不過是電影製作家們爲了自己防衛的一種camouflage(僞裝)而設立的機關, 併且這個機關的設立是歲爾海斯, 率直的說,

「海斯」是大製片公司方面的人們所應用的一個不帶兇器的僞裝者。

在上面所說的電影製作者與電影支配者的協會是由着海斯的命令而使海斯所派遣的私設電影檢查來詳細的檢查着各公司所製作的電影, 併且在另外一個方面, 規定了依據沒有修改的很久以前的所謂「電影製作典範」而去製作電影, 這樣才真應了教會與對於教會附和雷同着的一般人們的Boycott, 這樣的事實能夠很清楚的證明着美國的電影企業家的大部分都是除了自私自利以外對於電影藝術完全沒有過當的見解或理想, 因之在一九三五年美國的電影界恐怖還是跳不出電影算做一種娛樂的商品的圈子, 而只焦躁着新奇的題材的素求的那樣傾向吧了, 這也併不是過言。

雖然有聲電影已經把握了一種新形式的藝術的表現力, 但美國的電影界對於這種表現力的利用卻很客情, 尤其是在某種意義上可以說他們是怕着這樣新的表現力的嘗試了。因此美國的電影是仍然固守着有聲電影的戲劇的舊態度, 併且不論在內容或形式兩方面, 在一九三五年也恐怕找不出何等偉大的進展吧。我也在上面述過, 美國電影是只在現在的戲劇的有聲電影上才能夠保守着它的商品價值, 所以使我們不能期望着特別的發展是當然的。

這樣, 我們對於一九三五年的美國電影決不能希望着電影藝術的第一個意義上的價值的獲得, 那麼, 他們將製作着那一種的作品呢? 而比較優秀的影藝人們是有怎樣的工作呢? 我在下面只關於這一點試着簡單的介紹。

一九三五的美國各電影公司的重要製作程序之中, 最多的是小說和戲曲的電影化。因爲出路大的書與被一般受歡迎的小說及已獲得過好評的戲曲的搬到銀幕上來是有着獲得大眾的歡迎的可能性。所以盛行着小說與戲曲的電影化可說是一種當然的現象。換言之, 也因爲在投機事業的意義上含着多分的安全性的緣故。試看在自一九三三年一月至一九三四年六月末的一年半間, 各公司買收電影化的權利的戲曲以外的純粹的小說數, "M·G·M"公司有四十三篇, 「福斯」公司有二十九篇, 「R·K·O」公司有二十八篇, 「萃納」公司有二十四篇, 「派拉蒙」公司有二十篇, 「哥倫比亞」公司有十四篇, 「環球」公司有七篇, 總數達於一百九十篇之多數。此外還有登載雜誌上的許多小說與戲曲, 所以爲

了純粹的電影製作的目的而寫的Original Storry[32]是很稀少的。尤其是小說的電影化在「M・G・M」公司佔領着製片總數的大半是使我們值得注目的地方，因爲「M・G・M」公司就是在最近數年間的美國影片公司中最賺錢的公司。

其次, 在電影劇本的原作方面, 文藝作品比較少的「派拉蒙」公司是在經濟方面最蒙損失的公司。但從一九三四年的下半年起依據嚴格的製片工作的合理化, 脫出損害狀態而漸漸的恢復着好的成績, 併且以逃避文藝作品的電影化爲他們的製作態度而繼續下去着的, 小說的電影化專利權的價值的提高當然是使製作片增大的第一個原因, 「派拉蒙」公司的製作態度的原因也就在這一點了。

在實際上, 過去一兩年間的「派拉蒙」公司在經濟方面沒有餘裕去買高價的文藝作品的。努力着文藝作品的電影化的「M・G・M」公司與站在反對的態度上的「派拉蒙」公司, 這兩者之中那個公司能夠獲得一九三五年的美國電影界的霸權呢? 這是個很有興趣的問題。當然「M・G・M」公司要比「派拉蒙」公司獲得更多的利益, 假使我們在利益的比率上說。

不管他們是怎樣, 我們在上面所述的事實, 能夠預測使我們值得注意的一九三五年的美國電影的大部分都是文藝作品的電影化併且這種文藝電影恐怕是史劇作品比現代劇作品更佔領優勢吧。爲了這個理由我們可以舉出美國的觀衆們對於氾濫着的平凡的愛欲與血鬥的刺戟早已感覺到厭倦的事實, 併且能夠釀成一種時代氛圍氣的有聲電影的表現形式之中史劇作品是比現代作品更容易給于觀衆們一種明瞭而且有實際感情的理解, 這也可以說文藝史劇作品的電影化的盛行理由之一, 又有一個重要的理由就是由着在上面所述的 "電影淨化運動"的結果所引起的「愛欲的描寫與表現」的束縛在作品製作上不能不受極大的限制的現在, 製作者以古時代的衣裳與風習成爲一種camouflage是比較容易一點的, 因此不僅是文藝作品而且是其他的普通的作品的製作程式也改變着它的本來的意義而且轉換于史劇電影方面。

在一九三五年的美國的各影片公司, 除了文藝作品的電影化以外, 還有其他重要的作品可以說是歌舞電影, 音樂是已經成爲了與有聲電影不能離開的一

---

32) 'story'가 정확한 표기임.

個重要的因子, 尤其是至於在戲劇的有聲電影裏面的音樂的煽情的任務和伴奏曲或伴唱的歌曲的效果上, 更有着不可分離的密切的關係。所以只說歌舞電影雖然有一點不明了的憂慮。但我在這裏所述的是talkie musical就是musical Comedy的電影化與operetta電影等。這種傾向可說是由「四十二號街」與德國"脫飛斯"公司的作品"Das Lied einernacht"(「亞那脫爾・利脫亞克」導演)的影響而引起的傾向, 但對於歌舞電影的一般民衆的要求是到了現在還不衰退的, 所以美國的各影片公司都是事先追求着音樂家, 跳舞家, 作曲家及跳舞指揮家等。

其次, 因爲國際的關係更複雜起來的緣故, 以這種一九三五年――一九三六年的國際上的危機爲好材料的軍事電影作品的製作, 也是無疑的使我們能夠預測到的一種傾向。這種電影作品「M・G・M」, 「華納」, 「福斯」, 「哥倫比亞」等各公司在一九三五年中恐怕一定要製作出的吧。

最後, 在一九三五年的美國影壇, 更使得我們注目的是「馬克思・雷音哈特」的電影界的進人, 在他到「好萊塢」的時候已經引起了美國影壇的Sensation, 而且在最近和「華納」公司已經締結了製片工作的合同。這次的他的電影界進人興在「福斯」公司的德國導演「Elie Challer」的活動是使我們值得特別的期待着的。

此外, 已在一九三四年發表了一篇「藝海春光」的「劉別謙」是已經從「M・G・M」公司回到「派拉蒙」公司, 預備擔任着歌劇「Garmen」及其他幾篇作品的導演。馮史敦堡是現在在「派拉蒙」公司以「瑪琳黛德麗」爲主角製作着「西班牙狂想曲」, 他是已經在「束關英雄」一篇裏發揮了他的特殊的導演手法, 倂且他在這篇「西班牙狂想曲」裏面, 恐怕更能夠給我們一種嶄新的成績吧。

已經發表的「璿宮恨史」的「麥穆林」是與「安娜史壇」和「弗特列克・馬區」在『聯美』公司的繼續的寫作了托爾斯泰的名作小說「復活」。他的今後的工作也值得非常的期待, 而且據說是『路依馬・瑪律斯頓』也在一九三五年預備擔任「亞力山大・科大」的作品的導演。正在公映着的他的最近的作品「The Captain Hales the sea」是「哥倫比亞」公司的一九三五年度超特作品, 這篇也是在一九三五年使我們值得期待的優秀的作品中之一篇。(完)

(『晨報・每日電影』, 中華民國二十四年一月一日 星期二, 波君。)

影評與影評人

「佐佐木・能理男」是日本電影理論的權威者。這篇新作在最近的「映畫藝術研究」上發表着。(原題：「電影批評的效用與Journalism) 對於影評有着露骨的啟示, 有很多地方值得我們注意。茲特譯出以供影評界的參考。(譯者附志)

不論電影, 文學, 美術或音樂, 每逢一個新的作品發表出來的時候。在報紙或雜誌上, 當常先登出對於那個作品的所謂專門家的批評, 而這種批評卻是比作品的數量來得更多的。假使有人對於批評抱着一種嚴格而潔癖的觀察, 當然是不滿意於這樣濫作的批評。即使他在表面上是不能露骨的表現出他對這種影評的不滿意, 但至少在他的內心裏是不很信賴這些濫作的影評吧。為什麼呢? 因為這種影評的汎濫現象可說是批評的一種Inflation。雖然在這種濫作的影評當中也許有幾篇是拿真摯的不失掉良心的態度而寫作的本格的批評, 但不論它在怎樣的形態之下寫出來, 這種影評的汎濫現象, 它自身已經具有着對於一般批評的信用的墮落性。

現今的Journalism上的批評大部分都不過是戴着所謂「批評」這個大膽的假面的極其貧弱的印象上的雜文, 不是贏取了他人的感受性的偽作的感想文, 就是多分包含着一種野心的巧妙的廣告文章。假使有人真實的認為這種文章是正當的批評的話那麼他就是被這種濫作的批評使自己的鑒賞眼蒙蔽了的人, 他們不能率直的鑒賞一個作品, 併且這種批評到了一般人的嚴格的批判之下, 被暴露的它的不良性的時候。不能不招來一般人的不信用是無疑的吧。現今, 被一般人喊出對於影評的不信用, 這個原因, 併不是在實際上沒有存在使人可信用的批評的緣故, 卻是因着這種批評的氾濫現象所致。

可是, 現在被一般實行的Journalism上的批評嚴格的說, 那不是批評, 而祇是一種「介紹」。是專為讀者與觀衆而寫出來的介紹文。就是對於沒有「介紹」不知有作品的存在的人, 指摘出能夠給他們最大的滿意的作品來, 介紹於他們的面前, 這就是現在汎濫着的批評唯一的目標。在像今日這樣的作品的狂瀾時代, 這種介紹也有着一種重大的意義。雖然這種作品的介紹現象, 的確不能算它是批評的使命的全部, 但在上面的意義之下, 我們不能說這種「介紹」是完全沒有意義。

尤其, 如果忠實於真正的目標的話, 這種「介紹」是能夠驅逐惡劣的作品, 能夠抹殺拙劣的批評家, 併且能夠使時間或經濟上沒有餘裕的讀者及觀眾從貴重的時間與經濟的浪費裏得救出來吧。實在, 在這樣的意義之下, 作品的介紹現象是被一般人比本格的批評更受歡迎的。又在另外一方面有開心於作品而在實際上沒有功夫去鑒賞的人, 也有因着失了鑒賞的機會可以讀批評而得到像鑒賞同樣的效果的 ; 實際上, 不看作品僅僅讀了批評或介紹, 那當然不能夠得到那作品的直接的享樂, 但在某種程度上, 讀了這種批評與介紹的文章, 可以減少一般有文藝欲的人能夠體驗到不能不知道的卓越的作品或有Sensation的作品的內容的這種不安性。

　雖然批評的這樣的被利用着, 在批評的本身上是不大名譽的事。但批評被一般人所歡迎的主要原因中之一個也無疑是這個利用性, 併且正因爲這個理由, Journalism是對於本身上沒有獨立的娛樂性的內容的批評比有真實性的技術批評更被優待而利用着。由此, 批評就發生了交換價值, 併且批評家就由着這樣的批評才能夠得到他們的生活的基礎條件。但正在這個時候, 純粹的形態的批評, 開始了它的混濁與墮落的第一步了。

　即Journalism是爲了讀者要利用批評, 併且站在重視着讀者的立場上, 對於批評要求着適應於他們的這個目的的一種固定的形式。在Journalism上, 在那裏是除了作品的批評以外, 還要介紹作品的簡單的故事, 併且對於被一般人認爲重要的可能性的地方, 是不可遺漏而不論及它的。報紙或雜誌的大部分都是取着這樣的形式, 那當然是由於上面所說的他們的目標的成就所引起的形式。這樣形式併不是一個純粹的批評應該要具備的, 而由於這種形式「介紹的批評」是比純粹的批評有着不須要的部分與不純真性, 但如果「介紹的批評」的本來的唯一的動機只在卓越的新的作品的介紹上的話, 那麼, 「介紹的批評」也一點沒有失掉了批評的原來的嚴肅性。在這樣的意義之下, 我們不妨說「介紹的批評」是最有良心的批評家應該要作的重要工作中的一個。

　然而, 這種專爲了讀者或觀眾寫作的所謂「介紹的批評」, 不論它被怎樣有良心的批評家的嚴肅的態度寫出來或批評家自己很清楚的認識着批評本來的使命和義務, 那是在它的本身上爲一種廣告品而作用着的。引用T.S Eliot的話來

說，「介紹的批評就是適應着觀衆的心理狀態之下作出來的一種廣告。」

不僅是在Journalism上，就是在商人的立場上，也利用着批評雖然是很貧弱的但是無論多少，批評家是由着這種利用得到他們的生活基礎。這就是批評的廣告性所致。可是，在這裏，批評家受報紙或雜誌的要求而勉強或被强制的出賣着他的批評。商人是只利用批評的廣告的作用吸引着觀衆或讀者。由此使批評人强制的要求着那種作用的露骨的表現。因爲這個理由，批評本身當然是失掉它的原來的純粹性，但商人是不管這種批評的墮落與失掉信仰。批評家的重複的悲劇，就在這裏發生起來的了。

無論怎樣的良心的批評家如果他以批評爲生活的手段，那麼他就在原則上是不能攻擊作品的。併且在碰到拙劣的作品的時候，他所採擇的最聰明的方法就是把應該攻擊的地方隱沒。但這是他處在能夠隱沒的場合才可以這樣做，當然在這樣的場合他也並不拿拙劣的作品推讀它，但至少他不能率直的表示出他所想的那作品的拙劣的部分。不說虛言的批評家實在幸福的人啊了。

又，抹殺着拙劣的作品的批評家或不說虛言的批評家，他既是以批評爲他的生活的基礎條件，但每逢優秀的作品的時候，他不是在無意義中不得不誇張着自己的感銘的程度嗎？ 這種誇張並不是拙劣而專鄙的吹噓，但這無疑地依然是一種虛言。這樣批評家就有了習慣性的悲劇。

若果讀者讀了充滿着最高度的讚辭與感激的評文之後，他以爲這種批評就是表示着那個批評家的銳敏的感受性與純粹的心理以及對於藝術的理解的深刻性的話那就是要笑不能笑的那一種喜劇了。併且假使有相信這種批評而去看作品的人，看完了才發覺被批評家欺騙而罵批評家的不識實的時候，那不是像要哭無淚的悲劇的喜劇嗎？ 這種人應該要了解這種批評家的虛言與誇張

批評的墮落決不僅是批評家的自身的惡意或無能力所致，而是在結局不過是Journalism的根本上的病態的一個形式。「介紹的批評」是文筆勞動者爲了取得最低的報酬的生活手段而作出的許多工作中最陳腐而墮落的一件事。就在這一點上，批評家的精神是痛苦的。許多知識份子們不能不以這種批評家生活的手段，不得不拼命的固守這個生活手段，就這樣，知識份子的靈魂被出賣了。(完)

(『晨報·每日電影』，中華民國二十四年二月十二日星期二，波君 譯。)

蘇聯影壇

在最近的蘇聯影壇，有一部公映不到十天而獲得了十五萬八千五百余觀衆，打破了在一九三一年「人生案內」所獲得的公映記錄的名片。那就是「Lenin Kino」的有聲電影「卻派夫」(Chapayev)。「卻派夫」是在蘇聯的內亂時代，戰勝了內外各方面的敵軍而對於蘇聯政權的基礎的建立上供獻了重要的功績的一個軍官。這影片就是以蘇聯的軍事上的一個名將的歷史爲作品的主題的一部優秀的「國防電影」。雖然他完全是基於事實的一個攝製，但是有着富於高度的藝術性的描寫。蘇聯的各方面的新聞與雜誌，都一致推贊着這部作品的卓越性。蘇聯政府已經對於這部作品的製作者給了獎賞，併且印製了六十四部的Print送到各外國去開映，都引起了非常的sensation。

在過去已經發表了「不回來的靈魂」的名導演「亞·魯母」，在「某夏夜之故事」的製作上失敗了以後，受了蘇聯影壇的開除命令。這也是使我們值得注意的事實。但他在最近得了「泰夫金克」等幾個電影人們的斡旋再加入「烏克蘭」影片公司，併且已經決定了與「粵莉加·基斯尼華」，「叔特羅夫」，「康蘇夫斯基」等諸明星製作一部名爲「強壯的青年時代」。聽說他已預備在一九三五年的七月以前預備把它完成。

在蘇聯負有聲譽的老作曲家「伊鮑利綏夫·伊萃諾夫」已經完成了他的處女作品的電影樂譜而獲得了各方面的熱烈的歡迎。電影是「俄斯德克」新片公司的作品「卡羅·普加斯」。這部作品的原作者是「巴烏斯特·普伊斯基」，導演是「飢渴着的大地」的作者「郁·拉伊斯滿」。

蘇聯記錄電影的老匠「支加·維爾綏夫」在最近打破了他的長久的沉默，再制就了一部劃時代的名片。那就是「列甯三歌曲」。這部作品的特徵就是作品裏面沒有任何種的Story，也沒有人物的出演，但它卻能夠給與觀衆一種特殊的感動。它的主題是蘇聯的東方諸國的讚美的「列甯」的三個民謠。作者是以一種獨特的詩的描刻法，對於自國的古土與命運表現了一種新的解釋。就是它雖然取汲了古時代的民謠，但卻富有着現實性的作品，這部作品的作者「維爾諾夫」曾經在某雜誌上說過：「我們只描寫事實就夠了，把這種事實的描寫通過銀幕，給

與大家一種事實的新的認識, 實際世界的明確的說明, 這就是我們的第一個根本問題」云云。同時, 在一九三四年的末期, 意大利的某報紙所發表的這部作品的評文中有這樣的幾句:「通過了導演的巧妙的手法, 一個歷史的記錄給我們極大的重要性與新的生命性, 併且這作品所取汲的歌曲熱烈地刺戟了我們的耳朵, 這可說是一種永久不滅的Symphony」。這部作品已經在紐約獲得了一星期二八〇〇〇人的觀眾, 併且由Venice的「世界電影博覽會」選爲蘇聯最優秀的三部名片之一。

正在公映着的「俄斯德克」影片公司的名片, 又有一部「幸福之歌」。這是讚美了青春的生活的一部富於明朗性的音樂電影。故事以一個音樂家與一個女教員的幸福的家庭生活爲主題。作者拿一種獨特美麗的表現手法來解決了現代社會的許多青春生活的問題。它並沒有勉強硬作的生活意識的插入, 能夠使觀眾們很自然地去接受幸福的生活感銘。導演是「埃摩·西撒高雅」, 主演演員有「維愛·加爾亭」, 「椰·支愛摩」等名女優及「坡第·甯」與「埃普·尼基金」等。

最後, 除了上面所舉的幾部作品以外, 在一九三五年新春的蘇聯影壇, 在各大都市一致引起了特別的Sensation的電影有「Moskva Kine」的作品「快活的人們」。這可說是蘇聯影壇未曾有過的一部Jazz Comedy, 勿論它的Story或主人公的生活以及音樂等各方面, 都富有着Nonsense性, 就是以觀眾的娛樂性爲本位的一部蘇聯影壇的新傾向的作品, 併且在Jazz音樂的電影的構成上是發揮了可觀的新功績, 但蘇聯的電影界對於這種Nonsense化的作品的製作, 當然引起各方面的輿論, 據說「蘇聯的電影產業局」的局長「叔密亞特基」是對於這作品已經表示了相當贊成的意見, 但蘇聯的一般影評家們, 很注目着這部作品公映以後的觀眾方面的反響力。導演是「亞力山特拉夫」。這是他離開了「愛生斯坦」以後的第一次作品, 演員方面有「蘇聯jazz音樂界的嬌子「黎奧尼德·烏鐵蘇夫」與「愛爾·奧爾魯萃」, 「伊愛·却夫基娜」等女明星。(完)

(『晨報·每日電影』, 中華民國二十四年二月十四日 星期四, 波君。)

電影與國家

在現代不論社會組織的那一部份或事業的那一種類, 裏面都有着一種缺陷。同樣的, 電影事業的組織上, 也不能例外地有着許多的缺陷。現代的電影, 在某種意義上可以說是一種尚未完全被統制的機械。一般人們對於這個沒有統制的機械, 從各方面感覺到一種焦燥憂慮之感是無疑的。觀衆們非難着電影製作者們的無能力, 而電影製作者他却也以爲他們的事業的不活潑的原因在於一般的觀衆的不了解。

這在實際上說, 無論電影製作者或一般的觀衆, 讀者, 都有着彼此攻擊與非難的理由, 我們不能說他們完全是不對的。另一方面, 我們不妨說現代的一般的觀衆有着適當于他們的電影, 同時, 現在的電影亦擁有着適當於它的本身上的狀態的觀衆。

　　　　　　＊　　　　　　　＊　　　　　　　＊

爲了電影事業的繁榮, 爲了獲得一般觀衆對於電影的滿足, 我們所必要注意的, 就是優秀的電影電影的製作。至於優秀的電影到底是怎樣的東西呢? 許多難解的問題就在這一點發生出來的。

一部電影, 無論在那一個國家, 那一種影戲院, 那一方面的觀衆, 都受同樣的歡迎是不能有的事, 就在這一點我們不妨說電影事業的組織是意外的輕視着一般人們所共通的趣味或美的意識方面。因爲在現在的電影界, 一部作品的優劣是以它的賣座方面的收入金額爲標準而去決定着作品的一切價值的。原則上, 這可說是正當的解釋；併且, 在事實上, 除了「優秀的電影就是能賺錢的電影」這樣的公式化的普遍的標準以外, 在今日這樣混亂的狀態之下, 要決定電影作品的根本的優劣問題是很不容易的。對於電影作品的優劣, 如根據上面所說的那樣公式化的正確的定義, 這當然是非難着現在的電影藝術的商品化的說法。但在另一方面的意義上, 這又很充分的說明着現在的電影事業的半身不遂的畸形的狀態。

　　　　　　＊　　　　　　　＊　　　　　　　＊

只要賺錢。這件事並不一定須要複雜的企業的方法, 只在這個賺錢的意圖之

下制出來的作品, 如果能夠獲得到商業上的成功而且可以賺錢的話, 那也是不錯的事. 但在現在的狀態之下一部電影作品是只依據一般的觀衆而決定着它的命運. 所以最大的問題就是在這樣的「生意眼」之下製作電影, 對於一般的觀衆與電影藝術的本身, 有沒有毒害?

＊ ＊ ＊

事實上, 一部電影作品的構成是比戲劇所影響於一般觀衆的力量是更爲堅強的. 一個國家的檢查制度, 對於戲劇是取着比較寬容的態度但對於電影作品的檢查, 却總是極其嚴格地注意. 這可以很明白的證明着, 國家在所謂檢查的標準上已經認識着一部電影作品影響於一般觀衆的顯著的力量了. 電影既有着這樣的偉大的影響與力量, 那麼我們那裏[33]能夠容許它的勢力沒有適當的統制? 我們那裏能夠爲了一種物質上的利益而忘掉一般觀衆在精神方面所受到的影響呢?

＊ ＊ ＊

上面所說的問題, 並不僅僅限於電影, 除了電影以外, 例如無線電。Television等以及給我們一種表現形式的一切的技術都有着同樣的問題. 試問：這種有着強力的影響性的藝術上的表現形式能不能由某一部分具有物質力量的人們所獨佔? 他們能不能獨佔這種表現形式而且在他們的自由的意圖之下去支配它? 回答是决不能這樣, 他們雖是拿物質上的力量專制地使用着有權威的表現形式, 併且由他們自由去製作出品, 但這不過是在「生意眼」之下作出來的一種Caricature而已。這種電影藝術在它的企業上專制的組織, 的確是不合於我們的時代的要求, 我們應該要把它改變的。

＊ ＊ ＊

但是在事實上, 假使一般社會的經濟的諸條件以及政治的諸形態沒有進化的話, 電影事業的組織與作品本身上的內容也不容易改變的. 我們不能說現在的電影藝術的諸問題與企業上的缺點到了以後也永久不能改善的, 我們確信着將來有很多改善的可能性. 尤其是法國的電影, 我以爲在現在採用其他的國家所適用的標準是有點益處, 這種標準雖是不大充分, 可是有許多地方的確是

---

33) '哪里'의 오기임. 이하 같음.

可供參考的。

＊　　　　　　　　＊　　　　　　　　＊

　　第一，一個國家對於在教育或藝術及社會的秩序上有着特別的供獻的電影
作品，應該有給一定的獎賞金的原則。爲了獎賞金的規定，我以爲最好是從電
影界與政府方面選擇出相當的代表人物，他們再組織委員會，而這個委員會去
推薦有價值的電影作品。在現在極其粗劣的滑稽片子或無價值的諷刺片子，有
時候是比本格的電影藝術作品更容易獲得賣座價值上的成功，而且電影界的一
般人就是以這種通俗的賣座價值爲決定全體作品的標準，所以我想這種不公平
的危險的傾向是應該改善的。

＊　　　　　　　　＊　　　　　　　　＊

　　其次，電影道德的清潔化也是一種極其重要的問題，我們不能不掃清不正當
的電影企業者，電影企業或片子的賣買事業很容易爲所有冒險心與投機心的人
們所歡迎，在這樣的沒有秩序的經濟與企業的機構上，拿着真摯的態度的製片
家就不斷的蒙受着威脅。那麼有怎樣的救濟方策呢? 那就是在適當的基礎上組
織的電影會議所的建設與那個會議所規定的一切規律的嚴格的實行。處在今日
這樣的經濟上的不安的狀態裏，真摯的電影企業家是爲周圍的許多不正當的投
機者所威脅的。所以如果在實際上很堅固的組織這樣的會議所，對於違背了這
會議所的規律的人規定禁止他的製作的權利，那麼各方面的不諧協的現象自然
可以被淘汰了。

＊　　　　　　　　＊　　　　　　　　＊

　　至於所謂「檢查」這個陳腐的問題，也不必採用像今日那樣愚劣的方法。可
以取比較寬大一點的態度，至少要適用與戲劇和一般出版物同樣的檢查的態度。
併且電影作品的種類也應該分爲兩種。就是童年電影與成年電影，這兩者在根
本的性質上非有明確的區別不可。

＊　　　　　　　　＊　　　　　　　　＊

　　我在上面所提起的須要改正的兩種問題，可以說一個是內裏的，一個是表
面的，但無論那一種，這兩者都得借助於國家與政府的干涉力量。我們在這裏，
不能忘掉的是須要清楚的了解一個是國家對於藝術的觀念程度。至於一種藝術
事業的向上和發展，國家與政府當然有着很大的力量，例如在法國，政府方面

所設的「音樂學校」或「美術學校」等, 它們都能夠給我們優秀的藝術的觀念及情操, 但在另一方面, 我們電影製作家却不能把電影藝術的向上和發展的諸問題全部委任於國家或政府的力量上。總括的說, 這許多問題並不是什麼新奇的問題, 不過我們要明白的了解一個國家的統制力量與電影藝術的進步向上問題的不可分離的關係就夠了。

(『晨報·每日電影』, 中華民國二十四年二月十五日 星期五, 羅勒·克雷爾 著 波君 譯。)

意大利國際電影展覽會

推薦作品與它的作者

在去年――一九三四年八月, 意大利在威尼斯舉行了一個「國際電影展覽會」。如一般人所周知, 這是一種各國電影技術的賽台。因爲現在的意大利, 他們自國的電影藝術運動是處在極其貧弱的程度裏, 所以他們企劃了這樣一個空前未有的各國電影藝術的國際的統制運動。這不能不說是最近意大利影壇的壯擧。

這個展覽會的主辦者就是羅馬的「國際教育電影協會」(The International Insitute of Educational Cinematography)。所創這個「教育電影協會」亦是在去年關於羅馬, 由四十五個國家的政府代表的會集而成立。雖然它的組織的歷史不久, 併且它在世界的文化運動上能夠貢獻的力量在現在還是一個疑問, 可是我們假使想起歐洲大戰以前的意大利在世界影壇上所占的優越的地位的時候, 意大利也許能夠再引起以威尼斯爲中心的一個新的電影藝術的復興運動的吧!

根據各方面的消息來說, 在這個展覽會中, 首先值得注目的事實, 就是除了所謂最高獎賞「墨索利尼賞」以外, 對於音樂, 取材, 攝影, 娛樂價值以及山岳電影等的各部門, 都選出了優秀的代表作品。第一, 獲得了以質爲標準的「最優秀國家獎賞」的就是蘇聯。代表作品是V.Petrov的「狂風暴雨」, 此外還有一部「冬季運動祭」。其次, 以出品數即作品的數量爲標準的「電影工業獎賞」是給興美國。「電影指導最優秀獎賞」是給與捷克國。在這裏我們可以窺見到這個小國家對於電影藝術運動的新興勢力和真摯性以及努力性。聽說在最近的捷克影壇

最值得我們注目的影片有一部「耀雪夫·魯旁斯基」的作品「奔流」Junge Liebe「音樂電影獎賞」是給興匈牙利。代表作品名爲「春裝」。這部音樂電影的導演「哥治·普恩·保雨巴厘」是已經在過去發表了一部「摩那利沙的失蹤」而巧妙地發揮了電影音樂的效果的匈牙利的優秀電影人。德國的明星「威黎·福斯特」(willi-Forst)是出品了一部自己所導演的「Australia」影片「MesKarade」獲得了「最優秀電影題材獎賞」。這亦是一個非常有興趣的事實。又有一部獲得了「伊·法電影委員會」的金獎牌的影片「商船鐵拿西迭」(LePaquebotTenacity)。這是在一九三四年發表了「紅蘿葡須」等的名作而佔領了歐洲影壇上的優秀的地位的Julien Duvivier氏的近作。是一部在最近的法國影片當中值得注目的巨片。

在流行着娛樂電影的美國影壇。有着一種特殊的魅力的「佛藍克·卡潑拉」的作品「一夜風流」也被選爲最富於趣味性的佳作。這可說是代表着美國電影的趣味性娛樂性的一部名片。

＊　　　　　　　＊　　　　　　　＊

最後，由這個展覽會被推選爲最優秀的作品，有如下麵的三部寫實電影。

Suisse作品－「白帝」(「安頓·卡克脫作」－領受「最優秀山嶽電影獎賞」)

Denmark 作品－「巴魯之結婚」(Palos Brautfahrt)(「克諾詩·拉斯先」與「普伊利特·利比」之合作－領受「最優秀旅行資料電影獎賞」)。

英國作品－「阿蘭之人」(Man of Aran)(「勞勃德·弗萊德」作－領受「最優秀電影賞」)。

在這三部紀錄電影當中，最優秀的作品當然是「阿蘭之人」。關於這部影片，已經在本刊上有人介紹過。在這裏不必重複的介紹。其次，「白帝」是一部打破了從前的山岳電影的水準而得到最高地位的名片。在山岳電影藝術上，無論是從技術或材料那一方面說，從前只有德國的山岳電影巨匠「亞諾而德·方克」(Dr. ArnoldFanck)一個人。但在這個展覽會，一個小國家Suisse的作品意外的能夠打破了這個水準，可以說是一種出人意料的事。「巴魯之結婚」也是一部努力的紀錄電影，這部作品的作者「克諾詩·拉斯先」是個Greenland的負有盛名的探險家，可惜的是他已經死了，這部作品實在是一個丹麥的山岳電影的槽威者所留下的一部珍貴的遺作。

又有一件使我們覺得興趣的是出品於這個展覽會的日本影片。那就是日本「活動寫真協會」與「松竹影片公司」所合作的所謂「日本」(Nippon)。(雖然我們未知這部影片的內容或作者，但這無疑是一部代表着日本影壇的作品)。獲不到任何獎賞，這個事實明顯的證明着日本的電影藝術尚未達到世界的水準。

(『晨報·每日電影』, 中華民國二十四年二月十八日 星期一, 波君。)

德國影壇

德國的「聯邦教育電影局」(Reiclisgtelle fur den Unterrichtsfilm)是在「德國教育宣傳者」的支配之下。企劃着電影在教育上的利用的機遇。據說, 這個「教育局」在最近又提倡了一種新的電影利用方策, 就是使國內的六萬個學校, 都一致設備了放映機械, 而使他們澈底地實行着電影教育的實際工作。由此, 就至少有一百二十余萬學生們能夠在學校裏看電影, 同時可以得到富於藝術性的有趣味的知識與文化了。

*   *   *

在德國影壇上, 負有盛名的「繪畫電影」製作之世界的權威者「魯特·拉伊尼開爾」女士, 最近又發表了她的新作「被盜了的心臟」(GestohlenesHerz), 而獲得了一般的熱烈的歡迎。

*   *   *

在一九三四年底, 舉行了「國家演員」(Staatsschauspjeler)的推選會。獲得了這個名譽的演員是「與依建·克列特巴」。他原來是一個舞台喜劇的演員, 但在電影方面, 也已經發表了「街頭」, 「除夜之悲劇」等兩部優秀的作品。此外, 他最近所主演的作品有「古斯脫夫·威基」導演的「脫走者」(Ruchtlinge)

*   *   *

好久聽不到消息的「伊密爾·占甯斯」最近已經決定了主演一部「古王與新王」(Der alle und der jnnge Kong), 是一部充分表現了他特殊性格的佳片。女主角爲「列奧鮑爾第尼·剛斯丹丁」女士。

在過去, 發表了「突擊隊一九一七」的名導演「漢斯·雪巴拉因」最近又制就了一部富於愛國主義色調的作品「爲了人權」(Uin das Menschenrecht)。這是一部以歐洲大戰以後的德國的混亂的社會狀態爲背景而描寫了從戰地回來的兩個兵士們的悲慘的生活以及鼓吹愛國心的作品。德國的一般影評家們都一致推贊了這部作品是能夠比得上蘇聯的革命時期的諸作品而是富於原始時代的質樸性, 以及情熱的作品。

「烏髮公司」, 最近發表了自一九三三年至一九三四年一年間的他們的製片成績。他們的製片數, 德語長篇有聲電影有十九片, 外國語電影有十二片, 至於文化電影作品方面, 德語片有二十九部, 外國語片有八部, 德語短篇有聲電影有十七篇, 新聞片有一百五十六部。

除了在上面所說的「爲了人權」一片以外, 在一九三四年的耶誕節前後開映的德國新片還有下面的五部。

「兩個海豹」(Dtebeidenseehunde)－在南部德國負有盛名的喜劇明星華依斯·貝爾德爾主演的作品。雖然不能說高級的藝術喜劇, 但在一般觀衆方面獲得了相當的歡迎。是一部戲曲的電影化, 導演是「普列特·沙華」。

「我憧憬着你」(Ich Sehnemichnach)－約哈乃斯·利滿導演的作品。聽說在電影的構成上獲不到任何成功。但在音樂效果上, 却被一般人歡迎的作品。這部作品的主演明星路依·古羅普爾, 是一個在德國音樂界負有人望的音樂家。

「戀愛·死·惡魔」(Liebe Tod und Teusel)這是烏髮公司一九三四年度之最後作品。以史蒂文遜的短篇小說「瓶中之惡魔」爲主題, 描寫了南部海洋中之一個孤島裏的romance。極其缺乏現實性的作品, 但因爲他的浪漫蒂克性的豐富, 受了非常的歡迎。導演是在德國劇壇很有盛名的舞台導演哈因斯·喜爾巴特。演員方面, 除了女明星「哥德·普恩·娜基」以外還有從舞台轉入電影界來的新人阿爾賽·斯科大等都發揮了優秀的演技。

「沒有住址的紳士」(Der Herr Ohnewohnung)－戲曲的電影化, 一部富有明朗性的喜劇作品。聽說導演埃·維·埃摩在演出時的手法上是有點失敗的地方, 但在音樂效果上發揮了相當的技術。

「它的最大的成功」(IhrGroizterEfolg)－這是一部以一八三0年時代的「維納」爲背景而製作的影片。據說是打破了最近的德國影壇的娛樂電影水準的佳作。導演「約哈乃斯·馬依亞」。

德國「Bohemia」報，最近舉行了一九三四年度之最優秀德國影片推廣會。被選爲首位的作品就是威黎·福斯特(wolliForst)的「Maskerarde」，其次是烏髮公司的漢斯·阿爾巴士的作品「金」(Gold)，第三位也是「威黎·福斯特」的作品「未完成交響樂」。

(『晨報·每日電影』，中華民國二十四年二月十九日 星期二，波君。)

法國影壇

據說羅勒·克雷爾在最近停止了「脫比斯」(Tobis)公司的新作品的攝影工作，已決定赴英國與亞力山大科大的倫敦影片公司訂立了一部作品的導演的合同。題名爲「Sir Tnistam goes west」，主演是却爾·斯勞頓。

發表了「紅蘿蔔須」，「商船鐵拿西迭」(Paruebot Tenacity)等優秀的文藝電影的法國著名導演「久利安·第維巴」(Julien Davivier)最近又開始了法國現代作家「比埃爾·馬克·奧爾藍」之小說「La Bandera」的攝影工作。據說這是一部以西班牙的軍隊生活爲主題與背景的作品。像他的過去的許多作品一樣，法國影壇的各方面的人們，都預測着他的獨特的風景描寫的優秀的表現。

在法國劇壇上，負有盛名的劇作家「倫克·脫巴爾」。據說將把他的戲曲搬到銀幕上來。由這部作品在戲曲上的優秀的價值，它的電影化也引起了各方面的注目。

(『晨報·每日電影』，中華民國二十四年二月二十七日 星期三，波君。)

法國影壇(二)

在法國的歌舞界, 被一般人稱爲所謂「歌舞女王」的美斯坦·潔特女士, 最近由「維加」影片公司的聘請, 決定出演一歌舞影片。

專以軍隊生活爲作品的主題而製作着所謂「軍隊諷刺喜劇」的摩利斯·卡馬區, 又開始了一部新作品的攝製。題名爲「狂風中之陣營」(LoCaserne enFolie)在最近的法國影壇上, 這類的影片可說是一種特殊的存在。

名導演阿貝爾·甘斯(Abel Gance), 現已決定把他的舊作「拿破倫」攝爲有聲電影。據說不久就開始工作。演員方面劉維爾·蘇高羅夫·卡比·特利却女士等以外, 還有從舞台轉入電影界的新進演員喬司·斯甘克爾。此外阿貝爾氏將要導演的作品, 還有一部值得注目的有聲電影「車輪」(La Roue)演員尚未決定。

著名電影編劇家安利貝倫斯坦, 最近又編了一部新劇本「希望」公演於巴黎金納斯劇院, 博得了非常的好評。他的編劇手法上的特徵就是拿極其平凡的社會事實來巧妙地構成一種高級的藝術價值。「希望」所描寫的題材, 前半部是年青的男女們的戀愛故事, 後半部是一個老母親的複雜的心理描寫。

(『晨報·每日電影』, 中華民國二十四年二月二十八日 星期四, 波君。)

最近法國影壇

在最近的法國影壇上, 我們最容易看得出的傾向, 可說是戲曲的電影化, 尤其是諷刺喜劇的製作佔領着新作品數的大部分。這許多作品中, 當然也有像羅勒·克雷爾那樣的優秀的, 具有着充分的藝術價值的。但另一方面, 我們不妨說這種諷刺喜劇的汎濫就是製片公司因迎合着觀衆心理的一種「生意眼」的傾向。雖然這種傾向在電影藝術的本格的進展上是一種反進步的現象。可是我們也不能完全忘掉那追求着明朗與輕快的法國民族性在電影藝術上的反映。在今年新春, 已公映的較爲一般人歡迎的這一類的作品, 可以舉出如下的四部。

(一)「亞列特與他的父親」(Arlette et ses papas)－這是一部百代·拿丹(Pate

Natan)公司所攝製的法國劇作家路依‧維爾紐的戲曲的電影化, 據說這部影片的故事是以一個父親和他的女兒結婚的事件爲他的重要部份。是一部極其富於好奇性的部品。除了導演安里‧路世爾的優秀的手法以外, 演員方面馬克思‧第亞黎, 羅勒‧山西爾等都發揮了相當洗練的演技。

(二)「水兵們」(Les Bleus dc la Marina)－劇作家晢‧滿斯所編的一部富有明朗性的優秀娛樂影片。

(三)「烏弄却夫之秘密」(Le secret des woronzefi)－這是德國「烏髮」公司的法語影片。劇作家馬爾高‧普恩‧心遜原作的一部以南部法國爲背景的浪漫蒂克的戲曲的電影化。據說不論在導演亞爾特爾‧魯寶遜的劇的處理的手法上或故事的構成方面。都不能說是成功的作品, 但在演員方面, 約翰‧美又拉, 符黎基特‧海魯木等都發揮了使觀衆能夠滿意的美妙的演技。

(四)「剛雪之愛人」(Cheri dc saConcirze)－古阿里諾‧果巴利導演的一部通俗的諷刺的電影化。是在上面所舉的許多同類的影片當中, 獲得了最好的賣座成績的作品, 在作品的本身上說, 是一部極其輕鬆的喜劇。

除了在上面所舉的四部諷刺喜劇以外, 在最近的法國影壇上, 還有兩部值得推薦的作品。第一部就是負有人望的新進導演魯伊斯‧伏阿爾萊與他的夫人所合作的(Eacale)。(安娜‧伏阿爾萊在法國劇壇上亦爲頗負人望的女劇作家。她的過去的作品有「媽莉伯母」, 曾在一九三三年公演於「法國國立大劇院」博得了非常的盛響)。這部作品可說是汎濫着戲曲與諷刺喜劇的電影聲中的一部值得注目的Origjnal[34] Story 的電影化。它是以地中海裏一個秘密輸入團爲背景而描寫着團員的男女們與一個海軍士官的三角關係。主演明星中有高列特‧達爾比, 山遜‧凡西爾貝, 貝爾‧乃依等三個優秀演員。

另外一部就是爵克‧特‧巴倫雪利導演的「巴黎之城門」(Aux Portes de Paris), 由法國的現代大衆作家安利‧第比又編劇, 以巴黎郊外一個失業者之生活爲背

---

34) ‘original’이 정확한 표기임.

景而描寫了歐洲大戰時代的混亂的社會狀態的故事。據說, 除了許多演員的優
秀的表現以外, 更值得注目的是聲樂家僑爾久·第爾在這部影片中所發揮的卓
越的音樂價值。(完)

(『晨報·每日電影』, 中華民國二十四年三月二日 星期六, 波君。)

世界影壇
美國

美國電影作家聯盟, 最近舉行了一九三四年度一年間之最優秀的影片的原
作的推選, 被選爲最優秀的作品者爲下面的五部「一夜風流」,「大富之家」,「歇
後情癡」,「楊柳榮風」,「孽債」。

*　　　　　*　　　　　*

會在法國百代拿丹影片公司發表了「最後之百萬富豪」的羅勒·克雷爾, 由聯
美公司的聘請, 現已決定赴好萊塢導演一部影片。據說聯美公司對於作品的題
材的選擇問題以及其他演員選定的選定等許多製作上的條件, 一切委於羅勒·
克雷爾的自由意志而使他攝製自己所願望的作品。但羅勒·克雷爾是在與聯美
公司結成契約之前, 早已於倫敦影片公司的亞力山大·科達也早訂立了一部作品
的導演合同, 所以克雷爾把倫敦影片公司的作品完成以後才能赴好萊塢。

*　　　　　*　　　　　*

正在製作着新作品「宇宙人」(cosmopolitan)(臨時提名)的卓別麟, 據說在此
片完成以後, 就將以他的新愛人寶萊高黛女士爲主角, 預備再發表一部新作「Per-
sonal Reasons」。現已愛完成劇本的原作, 而由編劇家們再分幕着。

*　　　　　*　　　　　*

美高梅公司最近決定了一部著名文藝作品的電影化。那就是託爾斯泰的原
作小說「安娜卡黎尼娜」。主角爲嘉寶與弗列特利克·馬區。導演是喬治柯谷。

*　　　　　*　　　　　*

派拉蒙公司, 在最近發現了一個年方十歲的少女演員魯依斯·開恩, 而訂立
了合同。據說她對於鋼琴與歌舞等方面都有着非常的天才。

德國

　烏髮公司, 最近發表了一九三五年的製片計劃, 將要攝製的許多作品中, 最值得我們注目的影片除了傑爾哈爾特·蘭普列比的導演作品「漕船曲」(Rarcarole)以外還有伊密爾·古甯斯所主演的無聲影片「Variete」的有聲改作版出演爲漢斯·亞爾巴士與亞娜·貝拉。

　　　*　　　　　*　　　　　*

　由德國宣傳部長卡特維爾斯博士與蘇聯會議長沙亞滿博士的提倡, 最近設立了「聯邦電影文庫」(Reichsfilmarchiv)這個機關的目的不僅是關於電影藝術的一切文獻的保管, 而是自從電影發生以來的各國的優秀的作品與有着歷史價值的作品的搜集。爲了這個目的的實行, 首先決定了從此以後德國影片無論那一種都必須貯藏於這個機關。

　　　*　　　　　*　　　　　*

　在最近的德國影壇, 又有一件值得注意的是電影journalism的振興運動。就是以幾種電影雜誌爲先鋒, 熱烈的引起了電影在journalism上的待遇改革運動, 實在, 在德國, 除了幾種電影專門雜誌與報紙以外, 在一般的journalism上, 電影是受着非常殘酷的待遇。據說全國的三千幾百種的日刊新聞當中, 設有電影欄的僅僅有五十五種。雖然這一次的振興運動的進展程度在現在還是測不定的, 但使我們覺得不少的興趣,

英國

　倍爾其的著名偵探小說家斯脫尼羅斯·安絲列·斯特滿之名作「六個死人」(Six Dead Men)。正在由英國著名導演亞爾巴特·巴卡的導演而電影化。是一部在最近的英國影壇值得推薦的偵探影片。

　裴斯開登現已開攝了他的第一次的英國影片「The Inrruder」。導演爲埃特利安·普爾乃爾。助演女優是魯比脫·特華。

　　　*　　　　　*　　　　　*

高蒙・不列顛影片公司的最近的重要作品有如下面的三部。

(一)「Oh Listen to the Band」－音樂電影。

(二)「The thirty mine steps」－著名劇作家耀翰・普卡恩的戲曲的電影化。

(三)「Me and marlborough」－維克探沙維爾(Victor Saville)的導演作品。

＊　　　　　＊　　　　　＊

德國女明星梨琳・哈蕙在英國主演的第一次作品, 已決定題名「跳舞之誘惑」(Invitation to the Dance)

意大利

據說意, 法兩國之合作影片「結婚曲」(Marcia nuziale), 現已開攝。導演爲在意大利負有盛名的馬里奧・鮑恩奈爾。

＊　　　　　＊　　　　　＊

意大利的著名劇作家喬巴特基諾・福爾刺諾與黑索裏尼所合作的名劇「百日間」(Campo di Mapgio), 正在電影化。這是一部以拿破倫爲主人公而描寫他的軍事生活的戲曲。作者福爾刺諾兼任導演, 預備設置德語與意語兩國語片。

(『晨報・每日電影』, 中華民國二十四年三月四日 星期一, 波君。)

－「復活」在滬獻映前, 略談－

羅賓・麥穆林與他底作品

「羅賓・麥穆林」(RoubenMamoulian)拿一種健實的手法, 來巧妙的表現出電影的獨特的真實性的導演。脫離了「生意眼」的他的製作態度與熱烈的藝術的情熱。

這決不是一種漠然的贊辭吧, 看過他的過去的許多作品的人, 假使他有著電影藝術的一般的鑒賞力, 那麼就至少也看得出羅賓・麥穆林對於作品的真實性(Realism)有着非凡的表現手段的罷。

他在紐約發表了他的處女座「喝朵」(Applause)以後, 不久就被認爲一個在將來富於非常發展性的導演。後來, 他在好萊塢制就了他的第二部作品「Citg Street」, (曾被選爲那個年的美國Best Picture之一部)「麥穆林」就更加堅固地建成了一個導演的不可動搖的地位。實在, 這部作品不僅是使麥穆林一個人博得聲響, 而給予主演女演員雪爾維亞·薛耐以一個重要的成就了。在這部作品裏麥穆林所表現的手法中, 最值得注意的是在上面所說的真實性的把握與對於作品的零碎部份的周到以及女性心理的銳敏的把握。這些可說是麥穆林在導演手法上的主要的特徵。而現在的好萊塢的許多女明星之都要希望着使麥穆林擔任自己的作品的導演的第一個原因亦就因爲這一點。

*　　　　*　　　　*

　　然而使麥穆林博得更偉大的聲響的却是他的第三次作品「化身博士」(Dr Je-kylle and MrHgde), 如一般人所周知, 由這部作品的發表, 主演明星弗列特立克·馬區獲得了美國電影藝術科學學院的演技的首獎。「化身博士」實在是麥穆林在影藝術的技術上最費時間與努力的作品。獲得藝術科學學院的獎賞正是當然的酬報。以後, 當他發表了「Love me tonight」的時候, 電影界的一般的人們更驚歎不已于他的大膽的新嘗試, 甚至有一部分的人們說出了「一個年輕的新進導演很大膽的與大導演馮·史登堡排戰起來了」的話。「Love me tonight」這部影片, 在我們或許可以說是並不怎樣值得讚美的作品。但就麥穆林的作品的製作過程上說, 這是一部最明確的表示了他對於電影藝術的非凡豐富的材能的作品。

*　　　　*　　　　*

　　發表了這部作品以後, 不久就由派拉蒙公司給與麥穆林以一個他們所最愛重的寶玉。那就是瑪琳·黛德麗, 可是黛德麗在那個時候尚未相信麥穆林在導演上的優秀的才能。起初是很頑强的主張了不能離開「馮·史登堡而與別的導演合作, 甚至在那個時候, 她的周圍的人們時常聽到黛德麗那樣不滿意地說：「麥穆林! 我不高興! 我不喜歡和他合作!」

　　但, 「戀歌」完成了以後, 黛德麗才驚歎於意想不到的麥穆林的才能而她就心悅誠服地獻給了麥穆林以她的一個貴重的手錶, 而從此, 遂成爲很親近的朋友。這或許可以說一種nonsense。但我們由此可以窺見麥穆林在過去所經的途徑之一部。與他的不斷的努力, 實在能夠使「戀歌」沒有障礙而完成的第一個原因就是「麥穆林」富有魅力的才能與對於演員的個性的深遠的理解吧。

據說在「戀歌」試映時, 嘉賓也就因此決定了她的「瓊宮艷史」的導演必須爲麥穆林。而完成了嘉賓的作品之後, 聘請麥穆林的人就是薩繆爾·高爾溫。由此, 麥穆林遂得導演安娜史丹的第二次的美國影片「復活」。

＊　　　　＊　　　　＊

麥穆林今年才三十七歲－他的前途是還很遙遠的。他產於俄國國境Caucasus之一個小市, 父親是當地的一個著名的軍官, 母親當過「Almenia戲院」的支配人, 因之他在年幼時期就有了欣賞各方面的戲劇的機會。後來他到巴黎去, 過了童年時代。再回到故鄉投入莫斯科大學學法律。正當那個時候, 在莫斯科大學附近新設了一個以研究爲中心的小戲院。由此麥穆林的從少年時候已經釀成的戲劇的趣味再熱烈的燃燒起來了。他無法制止戲劇方面的憧憬與希望, 便進入了那個戲院而終於得到了演員兼監督的地位, 直到他畢業於大學以後還是不想離開戲院, 他得到了父親的許可而轉入了母親的Almenia戲院。一方面擔任演出與監督等要職, 另一方面自己寫了許多劇評與戲劇理論的文章, 投刊各種報紙和雜誌。在一九二〇年, 他到了倫敦。他雖然沒有學過英語, 但在倫敦過了兩年以後, 他卻就能夠很流暢地導演了英國的舞台劇「敲門」「the Beating on the Door」而成爲倫敦劇壇的一般人們的驚奇與讚響的目標了。這時候, 他是繼續不斷地把俄國的演員介紹於倫敦的劇壇上, 到處都發揮了他的深湛的認識與卓越的個性與文才。

＊　　　　＊　　　　＊

後來, 他又由伊斯特曼·柯達膠片公司的喬治, 伊斯特的聘請赴紐約加入了「American Opera Ccmpany[35]」, 而一方面他就在伊斯特曼劇院不斷地導演了許多戲劇和歌劇。同時, 又更深入的研究着戲劇的理論以及技術的實際。實在, 麥斯林在這個戲院任職的三年之間所得到的戲劇上的實際經驗, 就成爲後日他在電影藝術上所表現的才能與技術的基礎了。他所演出的戲曲中最博得聲響的是「Porgy」, 在公演這個戲劇的時候, 麥穆林的聲響是震動了紐約的劇壇。而此後他的電影作品都可說是他在舞台上鍛鍊的實際技巧的健實的表現。因爲, 在

---

35) 'company'가 정확한 표기임.

戲劇的基礎的經驗上說, 麥穆林是比任何名導演更富於實際經驗的影藝人。他在這一點上, 顯然獲得了更好的把握。(完)

(『晨報·每日電影』, 中華民國二十四年三月五日 星期二, 波君。)

音樂電影底三傾向

我們會在不久以前看過「歌后情癡」,「琴挑」及德國威廉福斯特的新作「未完成交響樂」等三部影片。都可以說是同一類的音樂電影, 但我們再詳細一點的去研究這同類的三部音樂電影的時候, 很容易的看得出它們所表示着的不同的形式與特徵。我們不妨說, 這三部影片是最明顯地代表着正在迅汛濫着的音樂電影的三個傾向吧。

      *   *   *

第一,「歌后情癡」這部影片如一般人所共知, 是一部紐約「metro Politan歌劇社」的台柱Grace moore所主演的作品, 它是以一個音樂家的出世的故事爲內容, 而描寫了她的努力與成功以及她的生活。這種構成的意圖可說是最近流行着的音樂影片的最普通的方法。自從有聲電影發生以後, 我們所看過的這一類的音樂電影已經不知多少了。例如Dick Powell「20 milions weetnearts」與珍妮麥唐納「仙侶情歌」等, 大體上都是屬於這類的音樂電影。換句話說, 這總是以音樂家爲主演, 很合理地去利用了音樂的效果的。然而在這一類的許多音樂電影當中我們終找不出卓越的電影藝術作品。這個原因, 第一可說是因爲製作者太重視音樂效果的發揮, 而不知不覺之中忘掉了畫面的電影地的構成。第二便是插入電影裏面的歌曲沒有能夠與電影充分融合的力量以及缺乏能夠使觀衆引起優秀的音樂的感興的魅力。這樣看來,「歌后情迷」是一部在許多的同類音樂電影當中遇到了最高的水準的作品。這部片子的第一個魅力, 那就是主演者Grace moore的soprano之嘹亮, 但把她的聲樂那樣很巧妙地取汲的手段, 這當然是導演victor schertzinger的靈活的montage運用的結果。且對於這部作品的成功, 我們所要知道的一點就是schertzinger不僅是導演而同時這是一個很優秀

的作曲家。

*　　　　　*　　　　　*

　其次, 福斯公司之「琴挑」就是Erik Char ell所導演的音樂電影, 作曲者是威爾乃滿‧哈依滿出演的演員或作品構成的意圖以及音樂電影上的表現形式等等, 無論從那一方面說, 是與露琳‧哈惠的「龍翔鳳舞」同一類的作品。這類的音樂電影的形式的根本目標就是借音樂的力量來強調作品全體的Atmosphere,換句話說這種表現形式是借音樂的陶醉性來取汲了我們的實際生活裏面能表現的事件, 而使觀眾陷入這種音樂的陶醉與包含裏去了, 在這樣的意義上, 這一類的作品的目標是極其近似於普通的歌舞劇。併且以離開現實生活的題材爲作品的骨子, 借着音樂的效果來獲得觀眾, 這也決不是容易的事。我們由此可知, 在「龍翔鳳舞」裏面, 一輛馬車漸進到別墅的場面或在酒館中唱Waltz Song的那種場面都是相當成功的。同樣我們在「琴挑」裏面也容易找得出這種歌舞處理的卓越的手法。

*　　　　　*　　　　　*

　比在上面所舉的音樂電影的兩種傾向更進一步的有着特殊性與純粹性的就是「未完成交響樂」所取汲的表現形式。因爲這部作品的主人公是一個音樂家兼作曲家的叔伯德, 所以這作品的內容不能不以主人公的史實爲作品的中心而進展下去。這一類的作品曾經在有聲電影的萌芽時代, 有過以歌聖叔伯德與波斯德的音樂爲中心的短篇影片, 但不久就因着爵士音樂的隆盛, 而不能再進展了。而這部「未完成交響樂」則可說是在音樂電影的古典性與純粹的表現形式上劃一時代的作品。據說, 這部作品的成功不僅僅在於作品裏面所插入的叔伯德的名曲「菩提樹(Lindenbaum)「荒野之薔薇」)(Heidenrosilne)」以及「未完成交響樂」等的音樂的價值上, 而在電影藝術本身上的感情描寫的卓越性上。屬於這種傾向的作品, 我們可以舉出另外一部傑克‧貝因的「say it with music」, 但它比「未完成交響樂」總是相差的很遠的。

*　　　　　*　　　　　*

　除了在上面所說的音樂電影三大傾向以外, 在音樂電影的表現形式上說, 還有像法國影片「紅蘿葡須」那樣只以作品中的幾個主題歌而利用音樂的作品。不

過並不像上面所舉的三部作品那樣有着顯明的傾向。我想, 從今以後的音樂電影還將分別向這三條路線而進行着吧。

(『晨報・每日電影』, 中華民國二十四年三月十二日 星期二, 波君。)

英國新音樂電影
「朱金昭」(Chu Chin Chow)
英國影壇中之一個新傾向

自從亞力山大・科大(AlexenderKorda)在倫敦影片公司發表了「英宮體史」以後, 英規影壇在世界電影界所佔的地位便突然強大起來了。從此, 她們是更近一步地盛烈的離開了她們無聲電影時代的不活潑的狀況而進入了一個前所未有的活躍時期。在這個英國影壇的新的復興時期, 值得我們注目的第一部作品便是華德福特(walter Forde),在高蒙・不列顛公司所製作的音樂電影「朱金昭」(Chu Chin Chow).

「朱金昭」原來是在世界大戰時, 由英國製作家「奧斯卡・拉叔」的原作及音樂家弗德立・諾頓的名曲而改編的一部富有古典性與東方風趣的Musical Comedy。這部作品在舞台上, 在初演以後的五年間曾繼續公演了二千二百多次, 實在是一部有着英國舞台公演的最高紀錄的作品。由此我們能夠窺見這部作品被觀衆歡迎的程度了吧。

在「朱金昭」初演的一九一六年頃, 英國的Opera或Musical Comedy當中最佔着優勢的作品, 大部分都是以東方爲背景的。例如「丁安玲公主」(Princess ting an Ling), 「西西」(See see), 「山土伊」(san toy)等富有中國風趣的作品以及其他以亞拉比亞, 波斯, 日本等民俗爲背景的作品。「朱金昭」就是代表着這個傾向的第一部作品。它的故事的中心就是「天方夜譚」中之「亞利・巴巴」與盜賊「亞普・哈山」這一節。在這裏我們可以推想這部作品的離開現實的Fantasy性以及浪漫性。我們在某種意義上, 或許可以說它不過是一部與現實生活離得很遠的空想的產品, 但我們並不能完全否認Fantasy在電影藝術的表現形式上的效用

與價值。而這部作品的第一個魅力就是這個Fantasty的巧妙的運用。換句話說，這部作品的原作不過是以一篇假想的童話來改作的歌劇，但它的電影化由着導演華德‧福特的巧妙的Fantasy之運用，却不脫原作者之大體的意圖而能夠充分地發揮了音樂電影的各方面的效果。

＊　　　　　＊　　　　　＊

說起這部作品的導演華德‧福特，他曾在他的過去的作品「Rome Express」裏面，給我們看了相當洗練的手法。如一般人所周知，他曾經在美國西席地密爾之門下做過剪片師。而因此遂蓄成了寶貴的實際的經驗，尤其是這次的他的作品，是十幾年來他的電影工作中最真摯。

在上面所述的Fantasy的巧妙的運用以外，據說他在這部作品裏更使用了及其豪華的佈景而拿優秀的音樂處理手法以及獨特的Climax的強調法來製就了一部富有東方風趣的音樂電影。

雖然我們在現在不能確定這部作品所表現的東方風趣的優秀程度，可是至少也可以窺見它所具有的一種國際性。這種題材方面的國際性，我們曾在亞力山大‧科大的幾部作品裏面看過了。除了英國本地以外，向各方面去找題材而要製作出無論哪一國的人都歡迎的作品，這種傾向不僅是亞力山大‧科大或者倫敦影片公司，製片上的一種傾向併且可以說是英國影壇的最近傾向中之最顯著的一個。最近的英國影壇之所以呈現着未曾有的盛況者，第一個原因或許可以說是因爲美國或歐洲等各國來的優秀的導演及演員們的活躍，然而在題材方面的國際性之把握，亦是不可淹沒的一個重要原因吧。

＊　　　　　＊　　　　　＊

至於演員方面據說曾經出演于「唐吉訶德」英語片的英國著名的歌劇演員喬治‧山楚與被本國放逐的德國名優‧普利特。高特拿及黃柳霜等都充分地發揮了一種特殊的exoticism。此外還有一九一六年這部歌劇在舞台上初演時扮演老人的名優，弗萊克‧卡克列及有聲電影發生以來未曾有過的最低音「Bass」的聲樂家契特薩等也都有着良好的表現。

(『晨報‧每日電影』，中華民國二十四年三月十三日　星期三，波君。)

好萊塢閒話

「風流寡婦」意外的獲得了各方面的熱烈的歡迎。這可說是在最近的生活中一個極大的喜悅。劉別謙氏之導演手法的超羣不凡，真使我感佩之極了。我以為這部作品不僅使我一個人相當有自信的表演，而且在原作及編劇方面也比從前的作品有了不少的卓越的地方。尤其原作者法朗士‧來哈爾是捷克喜歌劇界的權威。無論原作者或編劇者，導演以及我們演員，在這部作品裏一致所企劃的第一個目的便是濃厚的法蘭西色調的表現，而這由劉別謙氏的卓越的手法，的確獲得了某種程度的成功。

*　　　　　*　　　　　*

我在「風流寡婦」中嘗試了一種順利而平淡的演技，我的這種嘗試並不獲得怎麼樣大的成功，併且在某一部分你們還可以窺見勉強硬作的不自然的地方，但至少我在這部作品裏面企劃了一種不曾有過的新的演技的表現。我以為一個演員的本質與使命就在於他的演技的變化上，沒有變化的演員怎麼能有進步呢。

*　　　　　*　　　　　*

在攝影的餘暇，有時候回想到我的過去便禁不住感慨無量。我剛到十七八歲在巴黎的「美尼爾門坦」小歌劇院當一個臨時演員的時候，做夢想不到了今日這樣。後來到了歐洲大戰以後，決然的離開了這種喜歌劇院的臨時演員之職，鍛煉了聲樂方面的技術，出演於一次「巴黎歌劇院」的公演之後不知不覺中遂轉入了電影界。到現在想起來，真禁不住今昔之感慨了。

*　　　　　*　　　　　*

有許多人以為我近來完全改變了從來的演技，並且我自己也明明知道自己的演技比從前有點變化，可是我決不轉變於諷刺喜劇或喜歌劇及悲劇中一個固定變化的方面的演技了。因為近來想到自己的千篇一律的演技，感覺到不滿意，所以在「風流寡婦」裏只嘗試了一種新的表演而已。就我的這部作品裏嘗試了性格相異的兩個人物的表演，一個是街頭的青年，另外一個是社交界的人物。一個人來擔任兩種不同的人物，這一看是很有興趣的，然而在實際上卻很不容易得到結果。

*　　　　　　　　*　　　　　　　　*

恐怕讀者們也已經知道吧, 我們正在準備着下一次的作品, 像「風流寡婦」一樣, 大概導演仍是劉別謙氏, 編劇亦仍由「Vajda」氏來擔任, 他近來正奔忙於新作品的編輯工作。題名在現在還是不能明確的說, 不過我們總要製作一部能夠使觀衆滿意的新作品。

*　　　　　　　　*　　　　　　　　*

所謂「好萊塢」這個地方, 像其他的世界的熾烈的生存競爭一樣, 簡直就是一個戰地, 是一個激烈無比的戰地, 是一個肉彈亂飛的生存鬥爭場, 一點兒也沒有客氣的鬥爭場。一個演員, 他有着怎樣特殊的國籍關係, 這是不成問題的, 一個演員的出世的機會决不因於他的國籍關係而獲得的特殊的國籍, 非凡的美貌在「好萊塢」是沒有用處的。「好萊塢」是一個澈底地Cosmopolitan的都市。由此, 許多的演員們, 都到各方面拼命地找事, 同時迎合着各影片公司的監製人或導演的心理, 而且盡力的去宣傳着自己, 這不是一個戰地嗎? 要是在這樣激烈的生存競爭裏面想獲得聲譽, 第一個條件就是別人沒有的獨特的演技以及特殊的個性與魅力的把握。我到了好萊塢以來, 曾經看過的所謂世界一流的演員們的轉入好萊塢者, 實在不知多少了。可是不能說他們的每一個人都得到成功的。他們的從前的聲譽, 在好萊塢是一點兒也不成問題的。美國的觀衆他們已經看慣了優秀的影片, 可以不容易隨便地接近他們, 銳敏地把握他們所欲望的地方, 這便是好萊塢的許多演員所感覺到的第一個難關吧。

*　　　　　　　　*　　　　　　　　*

然而我對於演員的這種空虛的名譽, 並不抱着怎樣偉大的野心。在現在還是懇切的留念着巴黎的我的少年時代。不知道宣傳, 不知道名譽的那個時候的我是多麼純真的呢! 我在將來, 只希望在這樣生存競爭激烈的地方最好不斷的表現出能夠代表法國人的特殊的風格的真實而慎重的演技。這就是我在好萊塢所抱着的希望與目的的一切了。(完)

(『晨報·每日電影』, 中華民國二十四年三月十九日 星期二, 摩利斯·希佛萊, 波君 譯。)

蘇聯的影戲院與公映制度

說起蘇聯的電影, 第一值得我們注目的地方就是他們的電影不是爲一種商品而製作, 是在一種教育的必要之下, 爲了社會主義國家建設的目的的遠成而製作出的一種文化上的援助者, 我們可以說蘇聯的電影比其他的國家, 在根本上差異的地方也就在這一點。所以, 我們當觀察蘇聯電影的大體上的種類的時候, 却能夠窺見在現在蘇聯所須要的一般社會上的各種問題以及他們須要解決的當面問題的一部份。

舉一個例來說, 蘇聯在他們的革命之後, 是取汲了革命的意義和使命的電影或者取題於革命以後的制度改善與民衆的幸福的進步的電影! 就是以革命後的狀況的報告爲重要內容的影片佔領了全國製片數的大部份。後來, 隨着社會的安定, 便出現了以殘存於新制度中的陳腐思想的排除爲目標的電影-例如, 鼓吹婦人解放, 反宗教, 個人主義思想的撲滅以文化革命的等電影。到了最近, 由着他們與資本主義國家的交涉的複雜性, 發生了赤衛軍的必要, 而「赤衛電影」的製作佔領了電影運動的最重要的部門。最後, 隨着五年計劃的進行, 增加着關於工業與農業經營以及經濟地理方面的影片。這是我們在蘇聯的電影運動史或社會運動史上, 可以很明顯的找得出的傾向。爲參考起見, 我在下面是試舉出他們在一九三一年以前製作的作品種類的分類統計:

--取汲革命的影片:八三;

--關於工業生產及它的技術方面的影片:一三九;

--關於農業的改良及經營問題的影片:一三九;

--關於商業與財政的影片:四;

--汲取生產的合理化與發明介紹的影片:二〇;

--關於文化上的諸革命運動的影片:九六;

--關於經濟與地理以及人種問題的影片:一一八;

--關於自然科學的影片:八五;

--關於大衆醫學的影片:三三。

在這裏, 我們不能不了解的是在上面所舉的各種的電影由怎樣的支配而被

公映。這可以說在蘇聯電影的社會主義性質的考察上是一個要緊的地方吧。

＊　　　　　＊　　　　　＊

蘇聯電影的公映支配權, 在首都以及重要都市是「蘇維基諾」的獨佔。在烏克蘭地方是「烏克蘭基諾」的獨佔。同時這兩個「基諾」也獨佔着外國影片的公映支配權。「蘇維琪諾」的本部是在莫斯科, 他們在本部內不僅是檢查着在自己的電影工廠裏所製作的影片而且是實行着在各地方以及各國場所製作的影片的檢查, 貯藏, 公映支配等工作, 同時也時常開着關於電影的各種會議。由「蘇維琪諾」的本部的管轄, 各地方設置十二個電影支配所。每一個電影支配所在分爲六十個經理所而分佈於各小都市。蘇聯的電影就是經由這個電影支配所與電影經理所而在各地方公映。試大體地分列蘇聯電影公映場所的地點如下。
(未完)

(『晨報·每日電影』, 中華民國二十四年四月四日 星期四, 波君 譯。)

蘇聯的影戲院與公映制度(續)

蘇聯電影的公映支配權, 在首都以及重要都市是「蘇維基諾」的獨佔。在烏克蘭地方是「烏克蘭基諾」的獨佔。同時這兩個「基諾」也獨佔着外國影片的公映支配權。「蘇維基諾」的本部是在莫斯科, 他們在本部內不僅是檢查着在自己的電影工場裏所製作的影片, 而且是實行着在各地方以及各團體所製作的影片的檢查, 貯藏, 公映支配等工作, 同時也時常開着關於電影的各種會議。由「蘇維基諾」的本部的管轄, 各地方設置十二個電影支配所。每一個電影支配所再分爲六十個經理所而分佈於各小都市。蘇聯的電影就是經由這個電影支配所與電影經理所而在各地方公映。試大體地分列蘇聯電影的公映場所的如下:

以管理爲目標的普遍影戲院－這就是屬於個人的所有的影戲院。專以營利爲目的的。不過這一類的影戲院在蘇聯是很少見到的。在一九二七年才只有五處。

關於國體的影戲院－就是屬於產業組合與消費組合及其他各種團體的影戲院。

勞動者俱樂部。在這三種場所當中，最重要的當然是勞動者俱樂部。當影片在關於團體的影視院公映時，它的利益的二五%乃至三五%需要獻給「蘇維基諾」，可是在勞動者俱樂部公映時，「蘇維基諾」所收的利益普通只以十七%爲標準，併且電影支配所選根據一個勞動俱樂的財政狀態，而只收一些影片的運搬費及製作實費而已。(未完)

（『晨報·每日電影』，中華民國二十四年四月五日 星期五，波君 譯。）

蘇聯的影戲院與公映制度(續)

其次，蘇聯影劇院的特徵中最使我們值得注目的地方，就是他們在構成與建築上，能排除只爲娛樂而看電影的思想與只探求着電影的好奇性的觀念。在蘇聯，影劇院與一般的Music-hall兩者之間是有着嚴格的區別，兩者是不能隨便混用的。他們以爲影戲院是一種重要的教育機關，所以每一個影戲院都附設着圖書室或者休息室。許多影戲院中設備最充實的就是「莫斯科」的「先特拉路跋斯」影戲院，它裏面具有着完備的圖書館，能夠使觀衆很自由地閱讀自己所要求的書籍，而且休息室還有着照片與統計表的展覽，能夠使觀衆容易理解世界各國的情勢以及他們本國內的建設的進展狀況。此外，「奧篇特利亞」影戲院(附屬於蘇聯革命博物館)， 也是一個完備的影戲院。(上面不過是兩三個例子，在蘇聯，普通的影視院附設圖書室或者樂堂與雜誌店以及展覽會場實在是一種普通的事實。)

換句話說，在蘇聯進入影視院的人們，並不想找電影的好奇性而却要去找一種與實際生活有關係的目的物。

（『晨報·每日電影』，中華民國二十四年四月六日 星期六，波君 譯。）

蘇聯的影視院與公映制度(續)

　　至於電影的公映方法，他們對於一種電影的公映期限不以一星期爲原則，而由着影片的公映能力。不加制裁它的公映期限的長短。譬如說，在一九二七年有着二〇〇〇坐席的大戲院「高露斯」影戲院所公映的「普羅達斯諾夫」的作品「酒樓的茶房」是有着八星期繼續公映的記錄。每一個影戲院都是根據「蘇維基諾」所分配的樣子與新聞的時評而編輯他們的公映的順序。此外另外又有一種特別委員會，他們也可以指導各地方影戲院的影片選擇。「蘇維基諾」一方面發刊着「蘇聯電影新聞」，同時使宣傳影片配布於各地方。影片的一場公映的尺數，普通以二〇〇〇密達爲標準而與休憩時間合算也一場的公映超不了兩個鐘點。尤其是在重要都市各影戲院都有一天四場的公映。

　　勞動者們是在影戲院中附設的展覽會場裏，能夠知道蘇聯五個年計劃的大體的情勢，在展覽會場的兩側的壁上，由着統計表，他們容易知道在這一年生產品需要達到的數量。假使願意休息的話，在吃烟室吃烟也可以，在食堂喝咖啡也好。圖書室裏面是各種的新聞與雜誌陳列在大書架和桌子上。在白天的勞動裏覺得疲倦的他們勞動者，一方面在樹蔭下，能夠靜閑地聽着音樂同時可以等待着開映的鈴了。他們爲着電影所費的時間最多也兩個鐘點。所以，我們可以說蘇聯的電影短篇比長篇更多的原因的一個就在這個關係上吧。

*　　　　　*　　　　　*

　　最後，在最近的蘇聯影壇，電影公映上的第一個問題就是，「使公映的支配權專歸於「蘇維基諾的獨佔呢？者是歸於蘇聯公民教育會」的獨佔呢？這個問題在社會政策上的詳細的意義，在這篇幅裏是不能論及的。不過我們由上面可以知道蘇聯的電影公映支配制度是漸漸地取着接近於中央集權的方向而使電影公映的融通力擴大且均一進一步計劃着公民教育的利益的擴張吧。

　　其次，最近的蘇聯影壇是對於電影保存的問題也持着特別的注意。尤其最近在「莫斯科」完成了電影博物館的設備。電影當然可以說一種富有商品性的藝術，但像蘇聯那樣尊重着历史，科學以及藝術的國家，這種博物館的出現也有着相當重要的意義，由這個博物館的設立，他們是很系統地的搜集而保存了自

從電影發生以後的各種材料及表示着電影發展上的階段的諸作品。

　　蘇聯的電影, 不論那一種, 都公映了五個年以後必須被這個博物館搜集而且由公民教育委員會的選定委員決定出要永久保存的影片。(完)

(『晨報·每日電影』, 中華民國二十四年四月七日 星期日, 波君 譯。)

世界影壇
蘇聯

　　這幾年間的蘇聯影片的重要傾向, 我們很容易知道電影在國家政策上的利用, 就是除了幾部特殊的作品以外, 多半是宣傳他們的國家情勢的寫實電影及赤色主義的宣傳片。但到了最近, 蘇聯的影壇呈現着要使電影藝術從這宣傳傳性的桎梏裏面解放出來, 而且打開純粹的電影藝術的新的方向的傾向。屬於這種新的傾向的作品, 可以舉出「快活的人們」, 「幸福之歌」, 「捷流斯金號之最後」, 「彼得斯堡之一夜」等四部。前兩者是在蘇聯影壇上不多見到的充滿着明朗性的音樂電影。「捷流斯金號之最後」是一部記錄了一九三四年北極探險的遭難事實的寫實電影, 馬克·特魯耶諾斯基與鮑雪利斯等兩人擔任指導及編輯。最後一部「彼得斯堡之一夜」是文豪屠斯退夫司基之著名小說的電影化。「莫斯科基諾」出品, 契·維·亞歷山屠拉夫任導演。

美國

　　據說卓別麟的新作「宇宙人」現已完成, 正在編輯與整理中。題名改寫「Production No.5」(第五作品), 是以一個工場爲背景, 描寫了失了職業的人們與他們的戀愛的一部配音片。豫定在今年秋季公映。

　　派拉蒙公司最近又開攝了一部大規模的音樂電影「一九三五年之大播音」(Big Broadcast of 1935)。導演爲諾曼·脫魯, 主演明星有Jack Oakie, Lyda Roberti等。

　　二十世紀公司, 現已決定法國大革命史上的重要人物「黎雪流神夫」(Cardinal

Richelien)的生活史的電影化。這可說是美國的著名Producer沙拿克繼續了「大富之家」而製作的第二部新片。因爲飾演主人公丈夫的便是「大富之家」中發揮了獨特的演技的喬治·亞現斯，當然引起了各方面的非常的期待。

最近在「R.K.O」公司出演於「The Fauotain」而表現充實的演技的安哈婷與派拉蒙公司訂立爲「peter Ibetson」，導演是「The Lives of Bengal Langer」的導演，Henry Hathaway Gary Coopor任男主角。

長久在華納公司的「李卻德·芭莎爾美斯」最近轉入派拉蒙公司，訂立了一部作品的合同制作，題名爲「Small Miracle」。Mitchell leisen擔任導演。

在金維多的「生活」中，表現了優秀的成績的Karen morley這次由福斯公司的聘請而訂立了一部新作品「$10 Raise」的出演。導演是George marshall。

西席·地密爾的新作「The crusades」現在已開始了攝影工作。主演演員有Henry Wilcox與Loretta young等。

英國

「高蒙不列顚」公司，最近發表了他們的一九三五年的製片計畫，其中較爲重要的作品有如下面的六部

Thirty nine steps(耀翰·普卡能原作，亞爾普列特，比區高克導演)

Redemptyn(貝爾特爾·飛亞第爾導演，瑪第玲·卡路主演)

Te Tunnel(勞脫·蒙第斯導演，剛拉特·華依德主演)

Barcarolle(維克脫·沙維爾導演，吉西·馬西烏斯主演)

King of the Damned(華德·福特導演，剛拉特·華依的主演)

Soldiers three(開依普令原作，華德·福特導演)

法國

法國著名的閨秀作家，克列特夫人，最近寫作了一篇電影小說「Devine」，現已決定由馬克斯·奧飛爾之導演而電影化。

新進導演馬克斯·維飛曼, 完成了「哥德」之原作「L Apprenti Sorcier」之後, 又繼續的電影化「雪沙比亞」的戲劇「meaure aur mesure」。(完)

(『晨報·每日電影』, 中華民國二十四年四月二十日 星期六, 波君 譯)

雷音哈德的功績[36]

德國劇壇巨人萊克斯·雷音哈德(Max Reinhardt)到好萊塢的華納公司兼職並導演了莎翁的名劇【夏夜之夢】以後, 各方面的視覺幾乎都集中在這個巨人的新的創作上了。當這個時候, 我們來簡單地記敍他在戲劇上的過去的活動以及他對於德國的戲劇運動的偉大的功績, 也許不能說是沒有意義的事吧。

*　　　　　*　　　　　*

說起德國的新劇運動, 我們便不能不首先提起十九世紀的著名演出家奧特·符雷木。他是在德國新劇運動的創始時期, 創設了一個自由戲院, 拿自然主義的戲劇藝術來築成了德國新劇運動的根源。就對抗着從前的以某一部份的演員爲中心的戲院組織的集權制度, 而創立了一種以戲院的全體演員爲中心的所謂公演劇本中心主義, 進一步打破了古典戲劇的無爲乾燥戲的劇藝術, 樹立了以個性爲基本的富於自然性的演出, 去完成了自然主義的戲劇藝術。但在另一方面, 因爲他只專心於微細的心理描寫方面, 他所樹立的演出上的長處也就成爲了他的短處, 正在十九世紀自然主義的戲劇運動不能打開新的局面, 而使觀衆覺到枯渴的時候, 對抗這個運動而引起一個新的戲劇運動的人就是萊克斯·雷音哈德, 他最初指摘的自然主義戲劇運動的缺點是戲劇的興趣性與審美的感覺的缺失。就在這裏, 雷音哈德提倡了採取新浪漫主義或象徵主義以及新古典主義的新形式的戲劇藝術的樹立。(未完)

(『晨報·每日電影』, 中華民國二十四年五月七日 星期二)

---

36) 최세훈 교수 제공.

雷音哈德的功績(續)

　　麥克斯·雷音哈德是在一八七三年生於離維納不遠的巴亞夫市。他的民族血統是屬於猶太系的奧太利人。從年少時早已受了適於舞台演員的教育。以後，又進了維納的「藝術學院」，在著名教授伊密爾·符爾第的指導之下，習得了各種演技法的理論。到了一八九三年，在Charloteen burg市的第維黎戲院裏，當一個主要演員而得到了理論的實踐經驗。一八九五年，他又轉入奧特·符雷木所主宰的「德國劇院」當一個演員。那時，他最喜歡的就是扮演老人，在易卜生的「幽靈」，高爾基的「夜棧」等劇本裏他都要扮演老人，發揮了他的天才的獨特的演技。可是，他的銳利的感覺力和豐富的創造力以及富於近代性的宇宙觀等，不能使他長久的滿足於一個演員的生活了，在一九〇一年，他畢竟離開了他所崇拜的奧特·符雷木，而自己來了創設了有一個小劇院，演出「沙樂美」與高爾基的「夜棧」等名劇，使已厭倦與奧特·符雷木的寫實的戲劇的一般人，對他非常的讚賞。後來他專心於新的戲曲的創作，到了一九〇三年再設了一個比從前的小劇院規模更大的新劇院。他在這個新劇院裏，演出了梅特林克的許多戲劇與莎翁的「夏夜夢」及瑞典的作家Strindberg的古典劇以後，他的嶄新的演出便給予全世界以一種極大行動了。

　　　　　＊　　　　　　　　＊　　　　　　　　＊

　　至於他在演出上的第一個條件，像一般的許多演出家一樣，也是最重視着劇本的內容與形式，但在舞台的構成方面，他完全打破了從前自然主義戲劇運動時代的那種用四壁來構成的固定化的形式，而樹立了獨特的構成上的統一性及珍奇的色調的美而引導觀衆，到一種變化無盡的戲劇藝術的世界裏去了。

　　　　　＊　　　　　　　　＊　　　　　　　　＊

　　在一九〇五年，他在進入「德國劇院」承擔了奧特符雷木的戲劇運動，自己擔任了這劇院的經理。同時專爲知識分子而建設了「屋內小戲劇」。其次，在使柏林作爲能代表着世界戲劇藝術的一個首都的企圖之下，再把德國最大的一個馬戲院政策爲所謂「五千人劇院」的民衆劇院。就在這裏德國劇壇奧特·符雷木的活躍時代是已經過去了。這裏已經呈現了雷音哈德的活躍時代。這個「五千

人劇院」從一九一〇年起不斷的公演了從來沒有見過的大規模的戲劇, 它的規模之宏偉, 理想之偉大, 眞是三千年以前的「希臘劇院」的近代化了。這個劇院實在不單是那個時代的, 德國劇壇的偉大的民衆劇院, 倂且在世界戲劇運動史上也是一個佔[37]有偉大的存在。雷音哈德在這個劇院, 嘗試了許多跳舞劇與中國、日本、印度等東方的戲劇的演出, 這也是在他的過去的演出工作上的一個重要的部分。

＊　　　　　　＊　　　　　　＊

除了在上面所述的 簡單的歷史以外, 他對於德國劇壇所貢獻的努力在這裏是不勝枚舉的。尤其是在歐洲大戰時期中, 他在犧牲的精神之下, 盡力鼓吹着同胞的人類愛的戲劇上的活動與一九一九年的「大劇院」建設, 一九二八年的「戲劇院」建設等, 都是他的功績中之重要部分。可是他也是無法避免着藝術世界裏常常發生的迫害及許多不利的社會情勢的變遷。到了一九三〇年, 因着經濟界的不景氣, 「德國劇院」以外許多劇院都陷入關門的悲境裏以後, 他是因爲猶太人而被Nazis放逐, 不得不離開了柏林。不久之後, 我們又可以在銀幕上看莎士比亞的名劇「夏夜之夢」了, 對於這德國劇壇的巨人的第一次電影的嘗試, 我們該有怎樣熱誠的期待啊! (完)

(『晨報·每日電影』, 中華民國二十四年五月八日 星期三)

世界影壇

英國

一時流行着音樂電影製作的英國影壇, 到近都黯着呈現出文藝電影製作的流行傾向, 許多著名小說與戲曲的電影化裏面値得注目的有如下六部。

一. Scroge以卻爾斯·逊更斯的小說爲主要題材的作品。導演是Henry Edward

二. Doaehon the set 維克多·馬克羅的小說的電影化。導演是「黎斯利·比斯

---

37) '占'의 이체자.

高特」。

三. Three witnesses 發烏拉羅依特的小說。「黎斯利·比斯高特」擔任導演

四. Vintage Wine 亞雪利·仲克斯與西摩亞·比克斯兩人合作的戲曲。導演
爲 Henry Edward

五. Inside the Room 馬丁·卡木巴蘭特的戲曲。黎斯利·比斯高特導演

六. White Lilae Hungary 的著名劇作家羅第斯魯斯·福德爾的作品。亞爾巴
特·巴卡任導演。

＊　　　　　＊　　　　　＊

「阿蘭之人」的作者勞勃德·弗萊赫德最近又在倫敦影片公司攝製新作，題
名爲「Elephant Boy」羅約叔·比魯擔任編劇。

＊　　　　　＊　　　　　＊

羅勒·克雷爾在倫敦影片公司的第一次作品「Sir Tristram Goes West」現已
決定由卻爾斯勞頓主演。除此以外，倫敦影片公司最近製就了一部歷史電影，名
爲「空中征服」(Conquest of their a)。是一部以飛機的發達史爲內容的作品。

法國

在 abel Gance 的指揮之下，小仲馬的著名小說「茶花女」又搬到銀幕上來了。
據說主演演員。依梵，普蘭丹女士與比埃爾。普黎尼的獨特的演技和當時代的
時代情相的巧妙的描寫以及美妙的音樂的插入等，都是非常成功的。該片導演
是飛爾南·利維爾。

＊　　　　　＊　　　　　＊

新進導演爵克·巴倫雪品最近製就有一部文藝電影「卡馬古之王」(Koi de Ca-
margue)。是一部著名小說家約翰·埃卡的小說的電影化。這是以南部法國的風
物與情景爲背景而描寫了三角戀愛內極其 Romantle 的作品。

＊　　　　　＊　　　　　＊

馬雪爾·巴尼爾導演的近作有「Angele」。這是約翰·基奧諾的小說的電影化。
故事不過是只描寫了一個生出了私生兒的不幸的女性的運命，但在劇的構成與
表演的優秀的手法上，法國影壇的各方面的人都推薦一部富於詩的情緒的文藝

電影。

*   *   *

除了在上面所舉的幾部作品以外, 在法國的許多新片中值得注意的尚有寫實電影「聖馬利亞」(Ave Maria)與喜劇「假使我一個主人」(Si J etais le patron)兩部。前者是描寫了法國的著名的None Dame寺院的加特力教的電影, 導演是D露山斯基, 有着優秀的音樂效果, 後者是新進導演, 雪利‧鮑第的處女作。是一部以工廠爲背景的喜劇。

美國

劉別謙現已決定使金維多進入派拉蒙公司兼任Probueer與導演的兩職, 第一次導演作品爲在一九三四年美國電影界最歡迎的小說So Red the Rose雲。

*   *   *

華雷斯‧皮萊最近決定在甘世紀公司任開拍的「Professional Soldier」的主角。

*   *   *

弗蘭克‧開不拉最近在哥倫比亞公司開拍了勞巴脫‧利斯金的原作Lost Horizon。

(『晨報‧每日電影』, 中華民國二十四年五月十二日 星期日, 波君。)

金‧維多新作
「結婚之夜」

說起金‧維多, 許多人以爲他不過是個人道主義者, 也有人說他是非現實的電影藝術家。但他在許多過去的作品裏面給我們看過的一種特殊的風格却不能不使我們對於他的「生活」以後的新作「結婚之夜」(The wedding night)抱着極大的期望了。尤其是這一次的新作是安娜‧史丹和Gary eooper的初次合同出演, 自然更加引起人們的注意了。

監製家Samuel Goldwyn, 在一九三三年早已預定安娜史丹的第二次主演

作品爲Berbary coast, 而且企劇使Gary cooper合同出演。但那個時候正是處在美國電影清潔運動的最高潮時期, 所以, Goldwyn不能不停止了這個新嘗試。可是直到了一九三五年, 還是不忍拋棄了使他們兩個人合同出演一部作品的新嘗試。在這裏他等「復活」完成後, 便去各方面而找尋適當於他們的原作的素材, 費了長久的時日, 才決定電影化的就是這部「結婚之夜」。

這部小說的原作者Edwin Knopf是個在最近的美國文壇上很負有盛名的短篇小說家, 這部「結婚之夜」的原名爲「Broken Soil」, 像金‧維多的上一次的作品一樣, 也是一篇以農村生活爲題材而描寫淳樸的田園風景及人物的作品。簡單地說這部原作小說的結構, 它不過是描寫了一個農村的純真的處女與農夫的兒子以及從紐約來的一個小說家的三角戀愛, 而以這個天真的處女的死爲作品的解決, 但據說作品的全幅裏所充滿着的廣漠而荒廢的自然與田園風景以及農村人物的性格描寫是特別值得注目的, 尤其是金‧維多寫了企圖這部作品的完善及田園風景的真實的描寫, 除了拍攝許多外景以外, 還在攝影場內佈設一個大的農場, 而曾以一個多月的時間專調練了雞豚等家畜類的戲劇的活動, 至少在這點上, 我們能夠預測金‧維多將要給我們看的田園風景描寫的嶄新的手法吧。

*   *   *

至於演員方面, 除了Gary Coppes與安娜史丹兩個人以外, 還有扮演農夫的兒子的羅魯夫‧備拉美。(他是曾在從前的Broadway的舞台上, 獲得了相當成功的一個戲劇演員, 轉大電影界後, 他曾與海倫海斯出演「Coruette」)。

(『晨報‧每日電影』, 中華民國二十四年五月十二日 星期日, 波君。)

法國新片志

「幸福」(Lo Bonheur)

這是法國著名劇作家安利‧貝蘭斯泰因的一個名戲曲的電影化。被法國影壇的各方面已經推薦爲一九三五年的法國影片中之第一部巨作。作品的故事構成並不怎麼複雜, 規模也不怎麼偉大, 但在這部作品裏最值得注目的地方却是

雪爾·鮑華依埃與加特比伊·摩爾黎伊及美雪爾·西門, 耀翰·脫烏爾, 爵克·卡
特蘭等許多法國名優們的合同出演以及導演瑪律雪爾·列路北的優秀的手法。
列路北在有聲電影發達以來, 雖沒有什麼偉大的作品發表, 但他在無聲電影時
代是一個法國影壇的優秀的導演家。這一次的他的作品, 實是他製作了有聲片
子以後的最初的成功。

　　許多演員當中, 雪爾·鮑萃依埃是曾在他們的過去的無聲片子「Big House」
裏面表現了銳利的個性的獨特的演技者。

　　　　　　　(『晨報·每日電影』, 中華民國二十四年五月三十一日　星期五, 波君。)

派拉蒙公司製作部長　劉別謙氏最近意見
需要認識自己的影藝人
不應該做公式化的作品
導演應與編劇家相共作
攝影的炫奇時代過去了[38]

　　最近的美國電影界, 頗以一個特別的興趣來, 注意着劉別謙氏的新的舉動,
他的繼承了派拉蒙公司的製作部長的地位, 可以說是美國電影界的一個大瞻的
冒驗。在某種意義上, 我們不妨說現在的好萊塢的年青影藝人們, 無論多少, 無
意識的地或[39]意識的地都在開心着鑒別認的製片態度與計劃。因爲在美國的電
影製作的歷史上, 電影製作家與電影監製家之間, 總有着不易超越的一組墻壁。
雖然從前的許多監製家都有着豐富的對電影的企業的經驗。但對於電影製作的
實際工作, 他們却不能隨便地擔負着導演或技術家的職責。而這一次的新的監
製家劉別謙則是一個電影創作家, 他不僅精通電影藝術的各方面的技術, 而且
他是抱着要打破好萊塢的監製家與電影創作家間之獲來的一切傳統的宏願。

---

38) 최세훈 교수 제공.
39) '域'자의 오기임.

所以對於他的今後的工作的方針, 應該是值得注意的吧！

在最近, 他對於Newyork Time的記者明白地表示了他的景來的企劃與抱負。特摘要譯出以資參考。

*   *   *

「無論電影製作上的那一種工作, 假使想叫我一個人來管理它, 那麼我一定得失敗。對於一年六十部的派拉蒙公司的作品, 我或者不能給予它們以怎麼偉大的讚歌, 但無疑地我將不論多少地給它們以一種幫助。第一, 我預備集中有着豐富的才能與經驗的人才。我需要那些清楚地認識着他自己該走的一條路的影藝人。我更需要那些知道他自己的主張和權利而為了自己正當的地位與權利?門的影藝人。」

*   *   *

「若果每一個導演都製作出同一類的作品, 那麼這個世界的銀幕都不能不變成一種極其沒趣的公式的反覆場。每一個導演, 都有着各人各樣的個性與格調。他們在藝術作品上的type亦有千態萬象。每一個導演都拿着他自己的獨特的手法與藝術, 佔領着各不相同的地位。所以, 我決不想叫他們製作出迎合我個人的趣味的作品。我毫無使他們模倣我的所謂Lubitsch touch的意向。」

*   *   *

「導演, 我可以分為兩種類型。第一種就是劇本的導演, 另外一種就是創作的導演。可是, 在製作的實際工作上, 如果只有後者決不能成為完美的作品, 而只有前者更獲不到美滿的效果。兩者非一致地互相幫助彼此的缺陷不可。一個導演, 最好自己能夠為優秀的劇本, 能夠把它很效果的展開與銀幕上。自己不寫劇本的導演, 不可忘掉的第一個條件就是與編劇家的充分的認識。不過, 派拉蒙公司有着許多優秀的編劇家, 所以導演們在將來的最大的問題, 就在他們自己的趣味與能力之如何寄託上。」

*   *   *

「在攝影場主任的身份上, 我最近, 的確認識了作品的成功上絕對必要的兩種因素：那就是能夠使觀眾們誘引到劇院裏去的作品的獨特的魅力和能夠使觀眾們滿意的作品內容的優秀性。無論任何階級的觀眾們, 他們都受着演員的獨特的個性, 所以, 一個導演須要巧妙的表現演員的美點與長處。無論怎樣偉大

的演員, 他發表拙劣的作品, 當然失敗的. 同樣怎樣偉大的傑作, 假使它沒有優秀的演員的出演, 便不能招引觀衆. 這是一種不必多講的平凡的事實.」

*　　　　*　　　　*

「我們時常看到以一種富有新奇性的Camera Angle或不自然的Deslve的濫用認爲自己才是個有着天才的手法的許多高明的導演們. 但這類的錶現態度是已經過去了的. 在事實上, 這一類的導演們却不知道用怎樣的方法來把故事很明瞭的展開下去. 而僅僅重複的使用着藝術的粉飾地地表現手法. 譬如說, 爲了故事的正當的說明, 應該從一個桌子的上面攝影的場面. 他們是故意地的把Camera向桌子的下面而攝影. 這種錯誤是一般的導演們容易犯的地方, 一半的觀衆們暫時的迷惑了這種巧妙的手法, 可是那樣幼稚的時代已經過去了. 不能拿真摯的態度來使觀衆們滿意而且了解作品的根本意圖的導演, 我不能承認他是天才的影藝人.」 (完)

(『晨報·每日電影』, 中華民國二十四年六月十三日 星期四)

「一夜風流」等片劇作家

勞伯脫利斯金論

「一夜風流」(It Hap Pened One Night)的編劇者勞勃脫·利斯金(Robert Riskin)在去年獲得了[美國電影藝術科學學院]的一九三四年度最優秀編劇獎賞以後, 便成爲美國電影界的一個驕子, 而在世界的影壇上, 博得了一個極可尊榮的編劇家的地位了. 雖然他的作品, 在量的方面是比不上歐美各國的其他的許多編劇家們的發表作品的多數. 他的重要作品不過「Arizona」, 「Platinum Blonde」, 「Lady For a Day」, 「Madness of America」, 「It happened One Night」, 「Broadway Bill」等幾篇, 可是, 他在許多歐美的編劇家中, 却以非凡的才能與獨特的編劇手法, 築成了一個最優越的地位, 他的編劇到底爲什麼被一般的大衆們那樣歡迎的呢? 這也使我們覺得非常有興趣的地方吧.

*　　　　*　　　　*

當我們看利斯金所編劇的電影的時候, 第一感覺到的特徵就是使觀眾沈在一種娛樂性的快感裏, 同時不知不覺中就被誘引到故事的Lust裏去的他的編劇手法, 這個原因, 我們不能不說是他的故事的單純性所造成的效果。「一個電影劇作家寫起作品的時候, 必須不忘掉故事的單純性」這一個簡單的句子可以說是任何編劇家都要注意的地方, 利斯金的編劇是最明顯地證明了這一句話的不可淹沒的重要性。他所取的素材在編劇上好像有一條強而粗的線貫着作品的始終, 而這一條線, 就是沒有灣曲的極其明鮮的作品的生命線。

然而, 利斯金的編劇上的長處, 不僅僅這個故事的單純化上。而使我們值得注目的重要的特徵, 就是他的「劇的境遇」(situation)的巧妙的轉換手法。他的每一個作品差不多都是有着這種命運或境遇的轉換, 例如「太夫人」的意想不到的結果, 「一夜風流」裏面的主角人物的心理轉換與末後的結婚式的轉覆以及Brodway Bill的最後的結束等等, 都是屬於這種轉換方法的手法。

可是, 這種命運轉變的構成手法, 或許可以說並不是利斯金一個人的獨特的手法, 也不是他在編劇上的一種魅力吧。因爲這種手法在某種意義上, 我們不妨說是編劇上的一種公式化的手法, 或是極其平凡的當識。併且在他以外的許多歐美的編劇家們也爲了引起觀眾們的興趣, 都很喜歡用着這種situation的轉變手法。甚至於許多過去或現在的優秀的通俗小說裏面亦可以找得出作家們的這種方法的運用。例如：在不久以前我們所看過的「大富之家」(The House Of Rothsehild裏面, 編劇者Nunnally Johnson)三次重複地用了這種手法, 至於小說方面, 在仲馬的名著「The Count Of Monte Cristo」裏面也可以找得出這種手法在小說的效果上的利用。然而, 利斯金的卓越的地方決不是這種通俗的手法的平凡的插入, 他是比任何編劇家, 把這種命運轉換的方法, 更有效地構成。併且達到一種Situation的過程裏面不插入勉強硬作的複雜的展開而像一條強力的線般的一種他的獨特的Fhythm奔流着作品的根底。同時他是一個極其富有着機智的人, 展開故事的每一個過程裏面, 他常用一種閃光般的他的機智來很自然地構成出作品的Climax。換句話說, 他的命運轉換方法的特異的處理手法及以作品的根本的一條線爲中心。到處所插入的機智與Cpisode就可以說是他所有的最獨特的地方。在他的編劇作品當中, 「一夜風流」與「Rrohway Bill」等兩部可

以說是這種手法的最成功的作品。一個原因發生一個結果, 這個結果再生出一個新的原因, 這樣他的編劇是由着一種因果關係而很順利很緻密的構成下去的。我們初看似乎沒有重大的意義的他的許多場面, 再詳細的觀察, 便容易知道每一部份對於Situation的構成上都有着不可分離的密接的關係。

＊　　　　　　　＊　　　　　　　＊

最後, 我們不妨來一研究利斯金的作品思想的傾向, 誰都容易承認他是一個樂觀主義者。雖然我們在他的作品裏時常看得出一種輕快的感傷性與Pathos, 但他的作品的根底裏流露着的還是一種Optimism。然而他的所謂樂觀主義的傾向並不像我們所看倦的許多美國影片共有的那種低級而通俗的頹廢傾向。他的作品是富有着一種可愛的現代人的明朗性, 在編劇的傾向上, 與利斯金站在對立的傾向的人, 我們可以舉出彭赫克脫。(一般人以爲彭赫克脫是暴露作品的作家, 但這不能不說是一種很概念地的規定, 我們再進一步詳細的觀察他的作品的傾向, 便可以直到他卻是一個悲觀主義者。)利斯金與赫克脫兩個人的在編劇上的這種對立的傾向, 還不妨說是最近美國編劇家的兩種代表的傾向吧。

無論如何, 勞勃脫·利斯金是像建築家那樣, 兼有着緻密的數學的頭腦與才能的美國編劇界的一個巨大的存在。

(『晨報·每日電影』, 中華民國二十四年六月十七日 星期一, 波君。)

羅勤·克萊爾, 却爾斯·勞頓, C·A羅吉溫 倫敦座談

幽靈·好萊塢·蓋勃爾

英國影評家C·A羅吉溫(記)[40]

羅勤·克萊爾, 却爾斯·勞頓和我三個人, 現在在倫敦的勞頓的家中, 包圍着一個圓桌, 大家談着勞頓將化身爲一個幽靈的話, 我們到這裏來以前踏上了好幾個樓梯。實在, 樓梯是多得數也數不清。正像上「七重天」那樣的心神。登了又登,

---

40) 최세훈 교수 제공.

轉了又轉, 才踏到了我們的目的地的房間的門口。這一家是倫敦全市中被人企望的窗前眺望最好的一家。却爾斯·勞頓就住在这家的頂上屋。在這裏, 許多房間都很廣闊, 而且在每一房間的前面與後面都能夠眺望着爽快的天空和茂盛的林木。美妙的書架子, 散列着的許多花鉢, 新的家具。一切都明朗地充滿着新鮮的感覺與色調。却爾斯·勞頓伴他的新妻愛利沙·蘭却斯說, 搬到這斯個新屋來還沒有幾天。他們是好像小學生一樣的陶醉在愉快與興奮裏。

　　　　　　＊　　　　　　　＊　　　　　　　＊

　不管他們的生活怎樣, 我在這裏要說的是「幽靈」的話。恐怕記者們也已經知道了吧。羅勤·克萊爾在今年夏天將在倫敦亞歷山大, 科大的公司中製作一部却爾斯·勞頓主演的幽靈電影, 題名爲「Sir Tristam goes West」。這部作品是寫古代蘇格蘭的一個長城被某一個美國的富豪收買後搬到美國去。在這個城裏有一個幽靈, 這個幽靈在運搬城的船中忽然醒起來了。在這裏這部作品引起許多喜劇與諷刺。——這就是羅勤·克萊爾所取用的古怪的故事。而却爾斯·勞頓則是爲了與克萊爾和科大商量這部作品的服裝及劇本, 還利用了好萊塢的業餘時間忽忽地回到英國來的。

　　　　　　＊　　　　　　　＊　　　　　　　＊

　以「幽靈」爲題材的時候, 最困難的地方就是……克萊爾用了不多流利的英語說出了他的意見：

　「我們要把這種幽靈, 表現出像人的面孔一樣的輪廓, 這到底用怎樣的方法才好呢?」

　「那沒有甚41)麼大的問題。作一個Mask就好了。」勞頓一面說一面從他的書架裏拿出來了一本古書。

　「你看! 這裏有樣本。用洋蠟貼上去就好了。」他翻開的書上是有一個騎士的蒼白的面孔。黑髮長鬍, 充滿着憂鬱的他的眼睛, 看也古怪得很。

　「密斯脫克萊爾! 你看! 這個幽靈的面孔你覺得怎樣? 我看有一種可愛的地方。柔弱, 深切, 悲壯, 各種表情他都有着。你利用這樣的幽靈的面孔而在他的背

---

41) ‘什’의 이체자임.

後使他演出你所喜歡的表情就行了」。

「是一個使人覺得親密性的很可愛的幽靈」我這樣的說。勞頓便一面大笑一面說着：

「那是這個騎士的性格所致。他恐怕是一個富有着獨特的魅力的人。不過他是一個卑怯漢，不喜歡戰爭。這就是我們所不易處理的地方」。

「他怎樣死了？被人殺死的嗎？」我又這樣繼續地問他。

「否！不是被人殺死的，在戰線死的」。

「那麼一個平凡的戰死嗎？」

「是極其平凡的戰死。但是他的特徵就是不願意打仗的。所以他在戰爭中，坐在一個樹蔭之下，讀着文藝復興期的意大利作家勃卡基奧(Boecaeeio Giovanni)的小說，由此他化身爲一個幽靈而不能爲了他的贖罪而再活於這個世界上來作一個勇敢的行動」。

「那麼，他後來有了怎樣勇敢的行動呢？」

「就是……」勞頓闔上了書，同時又說着，「所以這個騎士的幽靈拿出這個城中所藏的一切的書來打了美國的Gang的面孔。他這樣才可以昇進天堂裏去。而這就是我們的新作品的故事的最末部。你也許知道吧。電影劇本的結束從來沒有一部拿事實來處理過。

＊　　　　　＊　　　　　＊

我們又彼此問答了幽靈的生活。在這個時候「倫敦影片公司」送了一輛車子請勞頓到公司裏來量一量他將在這部新作品裏所用的Mask的大小。因爲車夫太急促，他只好召開了這個座談會，餘下我和克萊爾，又談起了法國影壇的諸股情勢和克萊爾的近作等。我們兩個人彼此一致承認了克萊爾發表了「給我們自由吧」以後確是陷在一種倦怠時期裏。克萊爾自己說。

「我現在陷進了一個狹窄的小圈子裏。所以我務必早一點從這個小圈子裏跑出來。我到英國來與亞歷山大，科大合作的最大的原因亦就是我要製作出新形式的作品，要一個我藝術的新的出發」。

說到這一句他就微笑着。我每一次看他的這種包含着複雜的魅力的微笑的時候，我時常想克萊爾作一個導演有點可惜的地方，他若果當一個演員，他的

富有魅力的面孔必定使他成爲一個優秀的演員吧。實在，頭一次看見克萊爾勞頓的人，恐怕沒有一個人不要幻想到克萊爾是演員而勞頓是導演的吧。我同克萊爾已經交際了好幾年他一點沒有老。他實在是一個富於明朗性及深刻性的極其漂亮的法國青年。雖然表面上看起來是很Romantic的人，其實，他是一個有着豐富的理智與高尚的趣味的影藝人。同時却爾斯勞頓亦是一個很奇妙的演員他是很正直而且不多講話。比他在銀幕中，他的麵孔是很年青的。這一個英國影壇的名優跑着倫敦的街上，恐怕沒有人能看得出是勞頓吧。他將要離開這個座談會的時候對我這樣說：

「這一次我在好萊塢演出了一部新作，可是我並不是叫你推荐我的這部新作。不過我自己相信這次在好萊塢所出演的我的作品是最有意義的工作，我在這部作品裏盡力的表現了我對於美國的各種感想。你知道，我很喜歡美國，尤其我離開紐約的時候常禁不住要流淚。我這個人，說起來很Sent-imental的」

「你在美國演出的新作是不是一部喜劇？你到底表現了怎樣的感傷？

「不錯！一步卓別麟的新作喜劇。它富有着Path-os。同時亦有着充分的H-umour。否！我不可以說尚未公映的作品怎樣，因爲先給你一種偏見是不行的。實在，在寫影評的人的面前，談談自己的作品怎樣，我覺得這是最難爲情的事了」

「哈！請你放心吧，你說什麼話！我一點讀不討厭，併且我決不會抱着偏見呢！」

「請你不要說！你爲什麼說這樣的話。你說對於任何一種作品不會抱着偏見，那麼你不是一個人了」

我一是有口無言了，我不能不對他這樣的說？

「是不錯，我亦的確有偏見，那就是關於演員的個性的問題，我有時碰判某一個演員，便覺得討厭，然而對他的作品，我的親察是完全相反的，我却又常常推讚他的作品。」

「那我也可以承認，那麼到底是誰呢？你最討厭那一個演員？」

我不能不說出了我所討厭的演員的名字。勞頓亦同一了我的話，他又說：

「那是實在的話！我亦是不喜歡他。可是你看克拉克。蕭勃爾怎樣？」

「我很喜歡蕭勃爾，雖然我並不承認他爲一個偉大的演員。」

「哈！你親察蕭勃爾不大對罷，我認爲蕭勃爾是一個不平凡的演員。恐怕在

好萊塢再也找不到像他那樣的演員罷。雖然萃納·裴士說在「一夜風流」中裏現了相當優秀的成績, 但還比不上克拉克蕭勃爾的。克拉黛.考白亦是同樣的, 他的演技是實在不錯, 可是他還是彷徨在他自己的演技的小圈子裏面反覆着千篇一律的演技。蓋勃爾是不像他們那樣平凡的。他是一個偉大的演員。由於他的演技的卓越而得到成功的影片不知多少了。所以, 我下一次到好萊塢決定和他合作出演一部作品, 我覺得非常的興奮與期望。」

在這裏羅勒·克萊爾突然說出了一句

「無論如何, 我是不能了解你的心境。想也奇怪, 你怎麼在好萊塢很愉快地工作呢? 假使卓別林有着勢力的那個時代的好萊塢, 那麼或許使我們還可以工作, 但現在的好萊塢差不多沒有一個人能夠獨立而從事於電影製作的。電影在那裏是成爲了一個巨大的企業, 戲劇還好, 我想一個藝術家是不能永久的住在好萊塢的吧!」

勞頓馬上這樣的回答他。

「那是你看錯了。克萊爾! 好萊塢那裏是有着任何現代的戲劇界的任何卓越的份子都比不上的許多天才的影藝人與各方面的人材[42]。我決不願意再回到舞台上去。我是很喜歡在好萊塢工作, 我喜歡那裏的Condition以及攝影場。那裏的一切都使我抱着一種特別的興趣。至於我對於美國的感想是你們亦已經知道了吧。」

*   *   *

在過了一小時以後, 我們就離開了勞頓的家。到街上, 克萊爾便對我說:

「却爾斯, 勞頓是一個奇怪的人, 我幾無論如何不能了解他的「好萊塢論」。在昨天晚上, 科大對我所說的種種, 確是一種眞理。他說: 一個演員, 不論在怎樣的地方, 他總能夠作事的。因爲演員只與導演好好的商量就行了。可是一個導演是不能不與各方面的許多人說話, 所以一個導演在自己沒有適合性的國度裏就不能充分的發揮他的力量。」

「我亦曾經聽過科大對於勞頓的很有趣味的意見了。科大說勞頓對於每一

---

42) '才'의 잘못된 표기임.

個場面的表現方法, 有着八條理論。但這八條理論與他的實際表現上沒有一次符合過, 這八條理論都是不對的。可是他所演出的每一場面的戲是都很對的。」

最後, 羅勒·克萊爾又說一句「一言以蔽之, 勞頓是一個聰明的演員!」

(『晨報·每日電影』, 中華民國二十四年六月三十日 星期日, 波君 譯。)

歐洲新星展望(上)

在中國, 能夠看到的歐洲影片, 以英國出品爲最多, 其餘的如德國, 法國等的片子, 就等於鳳毛麟角的了。所以, 離開了實際的作品, 而去談歐洲的明星怎樣, 這或許可以, 說是一種空費時間的徒勞吧。可是, 最近的歐洲影壇隨着他們的優秀的作品的發表。也產生了許多值得期望的新進明星。這裏, 綜合各方面的電影刊物來作簡單的介紹。

說起歐洲影壇的新進明星, 我們便容易知道他們裏面, 有許多已經在Music-al Camedy或是opera方面博得了相當的榮譽的舞台的名優, 所以叫他們新進明星, 實在有些不妥的地方, 然而, 我們在銀幕圈裏還不妨算他們是新人。除此之外, 在歐洲的許多新進明星裏面, 便找不出像好萊塢的許多普通的新進明星那樣的Chorus girl出身或由臨時演員一鳴出世的演員來了。併且在他們裏面也沒有專依賴美貌而進出銀幕的那種輕挑, 而且通俗的時髦姑娘, 這決不是一種過分的讚辭。在實際上, 他們是個個都有着獨特的personality與優秀的藝術的風格。他們是每一個人都具有着相當的特點。在這樣的前提之下, 我們試舉出德國新片「春季行進」(Ernhiahr sparae)中的菲蘭西斯卡·娥爾。「Fver green」中的琪賽麥蘇絲, 「Even song」中的伊伯玲·萊依, 「Blossom time」中的金·巴克斯脫, 法國最近的名片Jacque Ferder的作品「大遊戲」(Le Grand Jeu)中的瑪麗·貝爾, 以及「茶花女」(La Dame aux Camelias)中的伊本·普蘭丹等幾個重要的新人來作個簡單的介紹。

第一, 「春季行進」中的菲蘭西斯卡·娥爾, 據說她是與最近德國影壇的音樂名片「未完成交響樂」中之瑪爾脫·埃開爾特, 同樣的代表着匈牙利的Opera界的

著名女優, 併且她在銀幕上的進入並不是以這部作品爲開始, 但是她在這部新作裏說是更充分的發揮了她曾在Opera方面所築成的教養和極其新鮮而獨特的個性。德國的著名新進導演鮑爾華黎(Geza de Bolvary)與作曲家羅貝爾特·叔脫爾斯在這部作品所獲得的成功, 一半是不能不歸於茀蘭西斯卡·娥爾的卓越演技以及獨特的個性表現。簡單的說一句, 她是在最近的德國影壇上最負盛名的有着特殊性格的女優。

*　　　　*　　　　*

琪賽·麥蘇絲, 雖然她在過去已經出演了許多作品, 但她能夠發揮了她的真面目的作品可說是最近的Evergreen。實在她由於這部作品的發表, 在歐洲影壇上已堅固的佔領了一個女優的地位, 她那值得的驚歎的舞藝和使人誘起一種不可思議的魅力的個性, 的卻是一個英國歌舞界的明星。她能獲得今日的地位, 當然不少的受了導演Vlctor Saville的幫助, 尤其「Evergreen」的成功的一半應該歸功於導演對於musical Comedy的優秀的Situation的處理上, 然而, 琪賽.麥蘇絲在這部作品尚未搬到銀幕上的時候, 已在舞台上演過這部歌劇而引起了非常的Sensation。實在除她之外, Victor Saville也找不出適他脾胃的主角女優了。她不僅對於舞台方面有相當的經驗, 而且尚未踏進舞台的年少的時候, 已經扮演過好幾次的童年演員, 在一九二六年, 她在歌舞界名聲已不單在倫敦一個地方, 就是在紐約也引起了不少的注目。據說她最近在「高蒙」公司victor Saville又導演了她的一部新作, 這不能不使我們抱着一種特別的期望和興奮了。

(『晨報·每日電影』, 中華民國二十四年七月七日 星期日, 波君。)

歐洲新星展望(下)

此外, 在最近的英國影壇上值得注目的新進明星就是已在上面所舉的金·巴克斯脫與伊伯玲·萊依爾兩個人。一個演員不論他有怎樣偉大的演技, 但沒有作品所應該具備的諸種條件的適合, 是當然不能單獨地表現出是優秀的演技來的。(即使能表現出來也不過是一種脫離了作品的浮動的表演而已)在這樣的意

義之下,「Blossom Time」的作品構成上的諸種條件就給與主人公金·巴克斯脫以很有利的成就。這部作品的音樂的情緒能夠使她圓滿的表現出了她的清楚的性格與極其自然的演技, 她從十五歲的那年已在倫敦的舞台當過戲劇演員。除了「Blossom time以外, 在安娜史坦的「復活」裏面, 我們也可以看出使人能夠期望將來的她的忠實的演技。至於伊柏玲·萊依, 無論一般人怎樣的不喜歡她, 但她也無疑的是英國影壇的一個有着特殊的性格的新進女星, 她亦有着舞台上不少的經驗, 但她博得了一個女演員的地位, 還是在到美國以後起開始的。「Eveu Song」我們不妨說伊伯玲·萊伊在高爾溫的公司發表「天國一夜」而失敗之後的第一部成功作品吧。

最後, 談到法國影壇, 較爲傾得注目的新進明星除了己在上面舉出的瑪麗和伊本·普蘭丹以外還有一位元法國新音樂電影「離別曲」(La Chanson De Ladieu托比斯公司出品, 以歌聖弗列德利克·朔平爲主題的影片)中扮演了, 主角朔平的Jean Searvais。據說他是一個優秀的所謂法國式現代型的男優。他在這部「離別曲」中也充分地表現了熱情的作曲家朔平的純情而纖弱的性格, 而獲得了法國影壇的非常的歡迎。此外他所主演的近作還有一部Victor Hugo原作黎蒙·貝爾那爾導演的文藝電影「Le Miserable」。

瑪麗·貝爾和伊本·普蘭丹, 兩人均爲法國國立第一戲院的舞台演員, 尤其是伊本普蘭丹已在紐約的舞台與諾爾·卡華德合演了好幾次的戲, 在紐約的劇壇上是有着相當的名望的, 同時他是能夠使聽衆魅惑優秀的聲樂家。他的聲樂方面的特長更使他在法國影壇受着極大的期待了。

(『晨報·每日電影』, 中華民國二十四年七月八日 星期一, 波君。)

世界影壇情報
美國

在最近的好萊塢的製片業者之間流行着一種值得我們注意的標語, 就是「爲了好萊塢的健全的發展, 我們要救出Broadway」這句標語不外是明顯地說明着

戲劇與電影的互相接近在將來的電影製作上有不可缺的必要性，同時戲劇對於電影的素材與演員或導演編劇家以及其他任何方面的技術者，都有着自然而且有效的基礎訓練上的利益。這種提倡不但是某一個公司的偏見，事實上，如米高梅·派拉蒙·華納，廿世紀哥倫比亞等重要公司均以長久的經驗爲根據而從事於提倡。雖然好萊塢的素材的採擇在現在Oriqinal[43] Story和小說各佔着全部作品的百分之四十，而戲曲的採用卻僅僅是其餘的百分之二。然而提倡戲劇的重要性的他們的態度，至少能夠證明着電影藝術在它的將來的發展上與戲劇有着不可分離的密切關係。

在最近，對於戲曲的收買，最熱心的公司便是華納，但其餘若米高梅，派拉蒙等諸公司亦都是在努力的探求着優秀的戲曲。

＊　　　　　＊　　　　　＊

好久隱退於銀幕世界的瑪麗·華克馥，最近發表了她對於自己的將來的意見。據說，她將以自己的個人的資力來創辦一個影片公司，自己擔任導演，同時熱心地探索着能夠充分發揮她的從前的面目的所謂「瑪麗華克馥二世」。

＊　　　　　＊　　　　　＊

音樂電影「未完成交響樂」的作者德國新進導演Willy Forst的近作，「化裝跳舞會」(Masguerade)的原作，最近決定搬到美國由米高梅公司電影化。主角爲威廉，鮑慧爾與瑪娜洛埃。由勞巴特Z·黎奧拿德擔任導演云。(未完)

(『晨報·每日電影』，中華民國二十四年七月十日 星期三，波君。)

世界影壇情報(續)

却爾斯·勞頓，在米高梅公司，已決定與克拉克·藍勃爾，和勞巴特·蒙高茂萊合作出演一新作。題名爲「Muitny on the Bounty」。弗蘭克·勞依德擔任導演云。

＊　　　　　＊　　　　　＊

瑪琳·黛維斯進入華納公司以後的第一次主演作品「Page Miss Glory」現已

---

43) 'original'이 정확한 표기임.

由Mervyn le roy導演開攝。

                   *   *   *

除了上面所舉的幾部新作以外，米高梅公司將要發表的新作中，又有兩部值得注目的便是卻爾斯迭更斯的名著「A tale of Two Cities」的電影化與一千八百年代的獵奇小說作家Edgar Allan Poe的名著「The Raven」的電影化。前者的主角爲Ronald Colman後者除了貝拉·魯高西等擅長於探偵電影的名星任主角以外，卻爾斯·勞頓的夫人愛爾沙·蘭却斯達亦擔任一角色。

                   *   *   *

克勞黛·考白，在哥倫比亞公司的新作「She Marrid Her Boss」。

                   *   *   *

Katharine Hepaurn的雷電公司新作「Alice Adams」亦自七月起由喬治·斯特文士的導演開攝。

                   *   *   *

米高梅公司的一九三六年度，特大作品的製作計劃，就是莎士比亞的名著戲曲「Romeo and Juliet」的電影化，主角爲瑙瑪·希拉與克拉克·藍勃爾，喬治柯谷擔任導演。

法國

無論從電影企業或是製作以及公映成績等任何方面說，最近的法國影壇是陷在極度的沈滯狀態裏。不單是到了現在，還沒有一九三六年的新片計劃，而且，觀察製片界的近況，亦找不出何等大規模的工作。製作活動被停止，同時影戲院方面亦陷在極度的不景氣裏，雖然各公司的主要人物，辯護着這種現像是暫時的情勢，但我們亦找不出能夠打開這個不景氣的新的現象。這第一個原因，不外是國產片，與外國片的勢力不均的關係。於是法國政府爲打開這種不景氣起見，以電影的公映稅的輕重爲根據而提起了外國影片的排斥法案。由此引起美國影片經理者們的激烈的反對，而法國影壇則更陷在未曾有的混亂狀態中。他們究竟怎樣打開這個沈滯狀態？這是值得注意的地方。

蘇俄

「在小說裏, 有短篇小說, 同樣在電影藝術亦應該有短篇電影的形式…」這是蘇聯的著名詩人亞·貝治蒙斯密與導演家叔表夫斯基的最近的新提倡。他們爲了這個新的形式的實現, 就在「莫斯科基諾」發表了一部短篇電影「決鬥」獲得了相當的成功。像他們的主張一樣, 這是一部只以一件三角戀愛關係爲題材的作品, 但據說它卻能夠表現了蘇聯現代青年的戀愛心理與行動之一面。尤其是他們在這一部簡單的作品裏插入了音樂的抒情的效果。這新的電影形式說是被各方面的人們注目的。

*　　　　　*　　　　　*

隨着愛生斯坦發表了新作品的攝製計劃, 普特符金在最近亦決定發表一部新作。雖然題名尚未決定, 但是他已經發表了他的新作計劃之一部分。劇本是曾經獲得了「蘇聯劇作家功績藝術獎賞」愛因·沙爾喜氏所作。預備以蘇聯的航空界的劃一時代的事件爲材料而攝製出一部寫實主義的藝術電影云。

*　　　　　*　　　　　*

此外, 在最近的蘇聯影壇所公映的新作當中, 較爲值得舉出的又有「火焰中之莫斯科」和「幸福」兩片。前者爲一部描寫了蘇聯革命史的作品, 就是描寫了莫斯科的最初革命－一九〇五年的十二月反亂作品。後者是一部極其明朗的通俗的社會諷刺喜劇。以俄國帝政時代爲背景而描寫了農民生活的作品, (該片爲蘇聯的新進導演亞·美德威特金的第一次作品)。

德國

在五月一日的國民勞動節, 「德國聯邦文化會」舉行了「德國電影國民獎賞」的給與儀式, 列尼·和平薛脫爾女士的一九三四年「Nazis大會」的實況電影「意志之勝利」(Triumph des Wlllens)獲得了這次的獎賞。此外, 在當日的會議中, 值得一提的是「德國宣傳省」首相戈培爾博士的講演。他爲了電影政策的指導理論提起了七個條件, 雖然有些空虛的地方, 但也能夠說明着德國電影政策的

一部分。(完)

(『晨報·每日電影』, 中華民國二十四年七月十一日 星期四, 波君。)

英國的影評

「Closel[44] up」及其他

我們回顧最近三四年以前的英國電影, 在它的實質上是頗爲貧劣的；但在另一方面, 電影批評界却呈現了極大的活躍。這種現象與其說它是, 他們對於批評及理論的努力, 實在不如說它是表現着他們把電影當做藝術的一種情熱。

「供獻於電影藝術的唯一的雜誌」。在這樣的標語之下「Close up」。這部雜誌在實際上是否真的「供獻於電影藝術的唯一的雜誌」還是一個疑問。但是這部雜誌在用英文寫的許多電影藝術研究雜誌當中實是最初的一部。同時在當時代也的確是唯一的刊物。這部雜誌初在瑞士出版, 經過了一年之後才傳到英國來。自從創刊的一九二七年七月一直到一九三零年十月是月刊, 其後從一九三一年起改變爲季刊。出了一九三三年的十二號以後, 不知何故就停辦了。可憶念的是, 在這七年間, 這部雜誌對於英國以至世界各國的電影批評界所留下的功跡, 是相地偉大的。

初期的「Close up」一派的批評家的特徵, 我們可以用「主觀批評」或是「印象批評」這名辭來說明, 他們一派的這樣的特徵, 卽到了後期亦相當永久的繼續下去。(可是, 在後期, 出現了像波坦姆金那樣有着特色的影評家, 還不斷地登出了愛生斯坦和普特符金等所謂「Montoge[45]」學派的論文以及波蘭的著名電影研究者治克蒙特·脫乃基的論文, 而初期的那種主觀批評的傾向就稍爲減少了些。)尤其值得注目的是, 從事於這部雜誌的寫作者似乎都是文學圈裏的人們, 雖然主編者卡尼斯·馬克發遜與副編者符拉伊亞女士是不怎樣知名的人, 但是始

---

44) 'close'가 정확한 표기임.
45) 'montaga'가 정확한 표기임.

終如一的熱心的支持者奧斯威爾·符力斯頓和勞巴特·海玲兩人卻均爲英國著名的詩人。其餘如特羅西·李卻德遜，是與華治尼亞·奧爾普並稱爲英國的文壇的所謂「意識文學派」的優秀女流作家。又在這部雜誌的初期的寄稿家裏面，我們亦可以找出，娥脫爾特斯坦和H, D, 等代表着新文學的美國女流作家以及詩人的名字。當然，由這些文學圈裏的人們而寫成的電影批評帶着濃厚的文學的色調，他們雖然是論電影卻又常常併不論及電影本身的。由此，在這部雜誌裏面所看到的影評實在不能說是嚴格的電影批評，而不如說是一種屬於Essay的文章。我們讀了這種文章確是感到一種興趣，同時亦不能不感覺到凝視電影本身的觀察性的缺少。

我們不妨說，在這部「Close-up」裏面的許多文章當中，在真實的意義之下，使我們值得一讀的文章僅有波坦姆金一個人的理論。可是他原是美國的批評家，除他以外，在這部雜誌的寄稿家中較爲優秀的英國自己的影評家，我們可以舉出勞巴特·海玲一個人，其餘，例如符力斯頓，符拉伊亞，馬克發遜幾個人，他們的影評差不多都是不十分完善的影評。後來，波坦姆金逝去了以後，再過半年，這部雜誌亦就停刊了。隨之，這些批評家們亦都從影評活動的實際戰線上隱退了。只有海玲一個人，一直到去年還在「London Mercury」雜誌上每月發表着電影的批評，但到了最近，他也抛棄了這個工作。

由此觀之，「Close-up」一派的影評家們，在事實上是並不怎樣卓越的評論家，然而這部雜誌在電影刊物上發揮了的意義中，我們不可淹沒的便是從各國寄稿家寄來的優秀的理論的發表以及刊物者們的戰績不斷的努力。同時這部雜誌的電影批評最明顯的代表了英國影評的一種基本的典型是無疑的。然而這部雜誌的批評活動還不能說給予英國的電影製作界以一種偉大的貢獻，雖然它時常擔心着英國電影的不振狀況以及各方面的缺點，而在實際上對於電影製作界卻似乎沒有何等值得注目的影響了。(未完)

（『晨報·每日電影』，中華民國二十四年七月二十日 星期六，波君。）

英國的影評

「Close[46] up」及其他(二)

　　然而, 如已在上面所說, 這部雜誌確是給予了英國影評界以非常的活力。在英國, 電影書籍出版最盛烈的時候即在這部雜誌的刊行時期。試看這一時期中所刊行的重要書籍, 一九二七年, 如黎斯運淪·福世特的「電影之現狀與聯想」, 一九二八年有埃利克埃利奧特的「電影藝術之解剖」, 海玲的「一九二八年之電影」, 亞乃斯特·貝特的「電影之未來」, 一九二九年有普特符金的譯本和符力斯頓的「通透了黃色玻璃」以及符拉伊亞的「蘇俄電影問題」, 一九三〇年有鮑爾老沙的「過去之電影」, 一九三一年有老沙的Celluloid CA羅吉溫的「Cinema」, 一九三二年有福世特的「電影劇本作法」, 符加能的「Film」, 一九三三年有威廉·漢達的「電影之審查」; 此外, 在一九三三年又有「Cinema Quarterly」與「Film Art」等兩部新的電影雜誌的出現。(後者僅出版了一年停刊了。)

　　在這許多影評家中, 能夠代表着英國的人物, 以我個人的意見來說, 不過是埃利奧特·羅吉溫, 老沙以及約翰·克利亞遜等幾人。說到克利亞遜, 他雖然沒有什麼值得注目的著書, 但他是現在英國僅有的一部電影藝術研究雜誌「Cinema Quarterly」的實質上的柱石。埃利克埃利奧特的「電影藝術之解剖」是很緻密的考察了無聲電影的技術的一部難得的書籍。他雖然是並不怎麼強烈的發表着關於電影的論文, 但是在注意周到的分析與正確的觀察之下寫成的他的電影技巧論, 在英國電影批評界自亦佔領着一種獨特的地位了。

　　克利亞遜和老沙兩人, 我們不妨說就是代表着所謂英國的「Montage學派」的批評家, 「Close up」雜誌上, 雖然, 常常登載愛生斯坦和普特符金的電影理論, 然而, 我們不能斷言這部雜誌的撰稿家們個個都是受了「Montage論」的影響。而克利亞遜和老沙兩人以及其餘的「Cinema Quarterly」的批評家們, 雖是沒有「Montage論」的漠然的接受和不消化的宣傳, 但事實上他們還是不少的受了這個「Montage論」的影響的。其實在「Cinema Quarterly」, 這部雜誌中, 只有克利亞

---

46) 'close'가 정확한 표기임.

遜一個人的文章是有着一讀的價值。他的評論還有些Academic(這種academic
的傾向可以說英國的影評家, 尤其是「Close up」一派的人們的共通的地方。)而
超越了「montage」論的地方, 實在他是不斷地在建設着他自己的電影理論。我
們試翻他的近著「交響樂的電音」, 便容易明白時常拿新的理想來處理電影的
表現問題的他的特殊的態度了。

(『晨報 · 每日電影』, 中華民國二十四年七月二十一日 星期日, 波君。)

英國的影評
「Close up」及其他(三)

　　把老沙來比克利亞遜, 在批評家的素質和資格上是有些遜色的。因爲他們
缺少着獨創性, 可是老沙在英國影評的地位似乎還是屬於第一流的。從他的著
書「過去之電影」和「Cellnloid」來看; 前在個人寫成的電影史上的確是值得讚
賞的努力的結晶品, 雖然在它的反面亦有各種的不完備的地方。(這部書裏面, 批
評家老沙的個性表現是比較稀薄的, 他是折衷了從前的批評家們的考察和意見
而寫成了這一本書。他在這本書裏所寫的理論不少的攫取了波坦姆金曾在「Close
up」雜誌上發表過的「英國電影論」和「法國電影論」以及「德國電影論」等等)。
而後者「Celluloid」却沒有什麼可取的地方了。

　　克利亞遜是「英國中央郵政局」和「英國播音協會」的「Film art」的製片家, 同
時是一個著名的英國的記錄電影製作者。「Cinema Quarterly」一派的許多寄稿
家大都是在他的筆下從事於記錄電影的製作, 由此, 我們可以說這些批評家們
比一般的電影更注重着記錄電影方面是一種當然的歸結。「Cinema Quarterly」只
有一部分是一般的電影的批評, 反之, 對於記錄電影方面却發表了不少真摯的
論文。在各方面的藝術上, 都勃興着記錄精神的現時代, 電影的紀錄性恐怕比
任何藝術更有着最偉大的力量罷。至於電影批評對於這種紀錄性的重視亦有着
不可缺的必要性, 可是他們的現在的紀錄性的處理並不能說正當的實行。同時
這沒有達到能夠完全發揮它的機能的程度。然而, 無論如何, 「Cinema Quar-

terly」一派的人們開拓了一種紀錄性的先鋒，這應該說是英國的電影批評活動中值得注目的一件事。

老沙，到了今年又出版了一本書名稱爲「記錄電影」，它的詳細的內容在現在還不能做定論。這部雜誌上常常登載着「益金巴拉」大學的美術系教授，英國著名的文藝評論家兼詩人哈巴特.利德的電影論，他的文章是因於有着他對於電影的獨特的見解，使讀者覺得特別的興趣的。

（『晨報·每日電影』，中華民國二十四年七月二十三日 星期二，波君。）

英國的影評
羅吉溫的态度

最後，我們該要論及的就是羅吉溫。她是英國影評界的一個特異的存在。因爲她不像「Close-up」派的影評家那樣從文學圈轉來的影評家，她是純粹地在電影圈裏躍現的影評家，同時也不像「Cinema Quarterly」派的影評家那樣有着重視記錄電影的偏向的態度，她具有着能夠容納各方面的，電影的對於藝術的真誠。一般地說，英國的影評家們大部分都多少有着一種Academic的傾向。而在羅吉溫，却是一點也找不出這樣的傾向的。這個原因也許可以說因爲這是一個Journalist的緣故吧。

我以爲羅吉溫對於電影的態度，明顯地表現在她的著書"電影鑒賞"中。這部書裏面她對於電影批評亦有簡單明瞭的敘述。據她說，批評家的第一個義務便須要寫使人容易讀的文章。第二，就是忠實於自己。一個批評家不能隨便什麼時候都使讀者們覺得喜悅。因爲不能知道讀者對於電影所想的究竟是什麼？所以，一個批評家除了依賴自己的判斷以外，再沒有妥當的法子了。一個批評家越明瞭地敘述自己，越能夠成爲在大眾和電影本身上有益的存在。這就是她的電影批評論的骨髓。當貝格娜主演的作品「Ariane」去年在英國公映的時候，羅吉溫是加以推薦的。於是，另一派的某一個影評家便起而反對她說像「Ariane」這樣的一個有着特色的作品，我們應該極力支持它以鼓舞着製作家。我們繼續

地製作這樣的作品，這是影評家的義務。可是，羅吉溫則反駁他說：

「……一個影評家的義務是在大衆方面而不是在製作者方面，影評家決不應該賞贊拙劣的作品，電影的觀衆都是爲了娛樂而化錢，他們都需要值得的報酬，他們對於拙劣的藝術品是不能出錢的」，這樣，可知羅吉溫所爲的影評家的對像是電影的觀衆，她是專爲電影觀衆而寫着影評的。她向電影觀衆明確的告訴那一部電影是有興趣或是那一部電影是沒有興趣。這樣的批評態度，當然招起 Academic 的影評家的反感「Cinema Quarterly」雜誌中差不多每期都有幾句對於羅吉溫女士的反對的意見。

事實上，雖然羅吉溫女士的影評有着一部分的矛盾，但她的自由自在的影評比「Cinema Quarterly」一派的公式化的影評對於一般人則的確更有着一種特別的興趣。在豐富的電影知識和廣大的理解力的根據之下，她的影評實在是非常多彩的。至於她的缺點，就是有時候在影評裏面發現的感傷性。不過，如果我們想到她是一個女性，那麼，她的感傷性卻又是一種可愛的地方了。電影批評家須要忠實于自己。我想信他的這兩條誓約的確是有着使我們參考的地方。

在英國出版的電影書籍當中，我覺得最有興趣的便是羅吉溫的「Cinema」和亞李斯·巴厘的「我們去看電影吧」這兩本書。這兩個人均爲女流影評家，亦是一種特異的地方吧!

如一般人所共知，最近的英國電影製作界忽然顯出了活潑。然而，影評卻呈現着沉滯的狀態，現在的英國的電影批評界比三四年前是非常遜色的。這裏，我重提起了舊事來，說不無今昔之感了。

(『晨報·每日電影』，中華民國二十四年七月二十五日 星期四，波君。)

美國電影的編劇傾向

在現在的美國影片當中，能代表着美國電影的一種傾向同時能發揮着物質文明的真面目的作品，我們可以舉出屬於與「The Lives of a Bengal Lancer」，「Broad Way Bill」，「Manhattan Melodrama」，「The Thin Man」等片同一系統的

娛樂電影。這種娛樂電影我們不妨說是他國影壇所不能及的美國電影的一個特殊傾向吧。這篇文章便是以這類娛樂電影為物件，而去研究他的編劇傾向，並不是討論它的是非問題。

＊　　　＊　　　＊

首先，我們說起最近美國娛樂電影的最顯著的特徵，便容易知道那些娛樂電影大部分都是以能夠引起某種好奇性的故事和離開了現實的fiction(虛構)，dynamic的故事等作為作品的骨子。(就是採取着gangsters，殺人，火災，冒險，以及其他突發的奇事等等材料)。由此，美國電影編劇家們的第一個重要的手法亦就自然在於這類的素材的Smart而且痛快的處理以及不使觀衆們感到厭倦的目的上。換言之，美國的編劇家們盡心的努力着把非現實的故事在能夠使觀衆們肯定的程度上合理化，我們不妨說這所謂「故事的合理化」就是最近美國電影的編劇技術上最被重視的巧妙的焦點。我們拿「Manhattan Melodrama」來作一個具體的例吧。在該部作品中，有作品的主人公Jim在深夜送愛黎娜到飯店裏去的一個場面。當他回去的時候，遺忘了他的大衣在沙發上，後來這個大衣便成為與殺人事件有着重大關係的小道具。可是，我們在正當的理由上說，便不能相信一個自己所遺忘在別人家的大衣，過了一個多禮拜竟還會不去拿回來。(而且那還是冬天的事呢)。更可笑的是主人公Jim竟完全分不清自己的大衣與別人的大衣。雖說那是在同一的成衣鋪裏製造成的。這樣的勉強的故事組織太使人難以相信吧。然而，他們這些很聰明的編劇家，卻深知觀衆們對於這種事件會感到不自然甚而厭惡。他們不給觀衆以感到這種不自然性的餘裕。他們把事件很迅速而適當地處理，使觀衆們就沒有功夫去想到這些勉強的構成，因為作品的事件已經很快地展開到其他的事件上去了。

因為如此，各種故事構成的合理化，自然每一次都要一種「偶然性」是不得已的。可是他們編劇家是很爽利地使用了它而獲得百分之百的效果。

除了上述，這部作品又有很多種被「偶然性」所支配的構成，例如－在拳鬥場前的Jim與符拉基的邂逅，在夜會中的Jim與愛黎娜的再會，在跑馬場的符拉基與愛黎娜的再會等等。實在，我們在最近的美國影片裏，能夠時常發見很多的在劇情的本質的構成十實近了不可能的這種「偶然性」來。然而，這些被「偶

然性」所支配的構成卻能使我們依然覺得一種Realistic的感想，這真是不可思議的地方了。

其次像Eittle Miss Marker一類的作品，在作品的故事發展上，必須要使桃露西黛爾與亞道爾夫‧孟郁以秀蘭鄧波兒為媒介而互相交接。就在這裏，編劇家便使被某一個好色的紳士追蹤着的桃露西黛爾逃到亞道爾‧孟鬱的飯店裏去，而使亞道爾夫‧孟郁逐出那個紳士。這樣，只用一個cut，時間上算起來頂多三十秒左右的事件，就很簡捷順利的處理了劇情的展開。同樣，在鄧波兒的另一部影片「Baby Take a Bow」裏面，有一個頸飾輾轉移動，終於被遺棄在飯店的垃圾桶裏。到這裏，觀眾們是感到了極度的失望。但在另一面無論任何人都抱着非常的興趣去思索編劇家究竟將用怎樣的方法使那個頸飾返還原來的手中來？對於這些事件的處理，編劇家是不感覺到任何困難的他們就使鄧波兒逐追着一個貓從門口跑出來，看了那個頸飾便大驚失色的說出「那是我的」。同時奪還那頸飾再跑進飯店裏去－也僅備用了一個cut。

上面所舉的兩個例子，我以為是最近我所看過的許多同一類的構成當中，最巧妙的合理化。(其他不勝枚舉)。可是，同時，我們或者也不會忘掉這種構成的極其愚笨的使用吧。例如，派拉蒙公司的出品「Melody in Spring」的最初場面，有一個已訂婚的男子在鋪子裏賣東西，女人是在汽車上等着他，當這個時候，拉尼‧羅斯一面唱歌一面走向女人的面前。他和她暫時互相凝視着。他還是一面唱歌一面走近汽車而很靜靜的將要和女人接吻。女人則是很茫然的一點沒有拒絕他的樣子。這是在白晝的路上發生的事。那是多麼大膽的編劇家呀！我看到這個地方便禁不住的發出了苦笑，但許多觀眾們卻沒有一個人發笑。他們卻一點不感到這不自然的可笑的地方。至於他們為什麼不感到不自然的原因不外是因為他們已經看慣了男女性一見傾心的千篇一律的電影故事的緣故。所以他們對於這類的場面和這種triangle(三角關係)亦不覺得何等不合理的感想了。電影編劇家是很清楚的瞭解這一點，他們太看不起觀眾了，這實在是編劇家們的不誠懇的態度啊！

在科學上說，火車或飛機以及汽車都漸次的減少了空氣的抵抗力，同樣，美國娛樂電影的劇本亦在這樣減少着各方面的不必要和複雜的企圖之下以很快

的速度盡可能的隨故事的進展而簡括的敘述着，心理的追求或者心理的解剖以及複雜的感情的明暗交叉等都被忘掉是當然的。就在這點上說，美國的娛樂電影就與其他的許多歐洲的電影呈現着完全對立的現象了。

由此美國電影的編劇技術中，最洗練的就只是精緻的construction和「對話技術」的新形勢了。勞巴特利斯金就是這方面最適當的例。

(『晨報·每日電影』，中華民國二十四年八月八日 星期四，波君 譯。)

美國電影的編劇傾向(下)

「The Lives of Bengal Langer」是幾位優秀的編劇家們的合作品，全篇裏充滿着豐富的機智和卓越的Construction，雖然亦有一部分人們輕視着這類作品，但是，我們以爲這類作品的確不是隨便什麼人都能寫得出來的，如這個作品跟取汲了小市民的貧弱的生活感情的作品就顯然有着不同的特殊的地方的。其次，我們在「Manhattan Melodrama」裏面也能夠找得出最Exquisite的「對話技術」來。在最初部分的遊覽船中主人公的少年時代的性格描寫和符拉基歡喜圖書，賭博的習性，Jim的正義感以及友情等等，編劇者都拿具體的事件來表現了極其簡要的說明，又如「Baby Take a Bow」中的小道具的優秀的採用方法，尤其是因於一個頸飾所引起的種種Suspense的連鎖甚至使我們感到編劇者似乎已經陶醉在自己的機智裏而陷于智性的遊戲中去了。

*   *   *

這樣，美國的編劇家，他們在作爲一個藝術家而存在以前，先要把他們的頭腦和神經更機械地的養成着。雖然這種態度不是他們的永遠安住之地，可是，因美國一般觀衆們的要求，這也是不可避免的現象了。刺激的事件，Dynamism離開了日常生活很遠的Romance，英雄主義，以及一種微弱的moral，美國的觀衆到影戲裏去所要求的重要目的不外是上面幾種。我們在某種程度上也能夠了解美國的小市民對於電影的觀念以及看電影的態度。實在，他們完畢了一天的辛苦的勞動，男子們攜着妻子的手或者拉着戀人的手是爲了追求一種慰安和刺激

而到影戲院去的。他們看電影的態度或許是完全看出追求生活的娛樂吧。

對於這類的觀衆, 如果把他們看在所謂藝術的賞心之下制出的日常生活的平凡的描寫或是冗長散漫的故事, 是他們所不願的。老實說, 美國的觀衆不喜歡純粹的影片, 而喜歡看富於刺激性的News影片, 據一實例, 則不久以前羅馬尼皇帝被狙擊後, 它的News影片在美國放映時的觀衆們的空前盛況, 就可以證明了。

由此, 電影企業者們命令着編劇家們去寫比News影片更富有着興味緊張性以及刺激性的腳本, 就這樣, 乃發生出如上述的效果來。最近美國影壇製作着像「The Bride of Frankenstein」(聊美公司出品), 類的作品亦可說是因爲這樣的關係。

那末47), 美國的編劇家在寫作這類娛樂電影的腳本的時候是否在極度的苦悶和勉強之下去從事於工作的呢? 他們是藝術家, 應該不免有種種的苦悶吧? 但, 事實上, 他們對於自己的這種工作卻並不感到任何苦悶的。因爲替代了他們的藝術的良心的, 滿足他們卻滿足着他們的智性遊戲的滿足。他們有着一種聰明的技術者的誇張, 也有着一種商人的快樂性。一般的人們時常喜歡說「成人電影」和「童年電影」這兩句。而我們在某種意義上, 則不妨說最近的美國娛樂電影不論它是怎樣的傑作總免不了「童年電影」的程度吧。可是編劇家卻不是一個小孩而都是成年人呢。好像一個建築家製作新的建築物的設計一樣, 美國的編劇家們是在盡着他們的一切的智力拼命的使用他們的頭腦去從事於娛樂電影的編劇工作。因爲如上述, 美國電影劇本家的優劣即分別在頭腦的mechanism和機智的競爭力之強弱上。最近的美國娛樂電影都在這一方面去發展, 其原因亦就在這個地方吧。(完)

(『晨報·每日電影』, 中華民國二十四年八月九日 星期五, 波君 譯)

---

47) '末'은 표준 중국어 '么'에 해당함. 번체자로 '麽'임.

크倫威爾底[48]作品

對於約翰·克倫威爾(John Cromwell)的近作「of Human Bondage」和「The Fountain」兩部影片, 我們感覺得一些興趣的便是兩部作品均為蘇馬塞特·摩木與卻爾斯·摩根的自敘傳式的小說的電影化——這一類自敘傳式的小說, 由克倫威爾電影化而且在最近的文藝影片當中, 受了相當高度的評價的事實, 不僅使我們感到一種興趣, 併且有着值得注目的地方在事實上, 雖然克倫威爾已經在派拉蒙公司發表了「Unfaithful」「Rich Man's Folly」等幾部佳作, 但我以為他充分的發揮了為一個有聲電影作家的才幹與手段的作品, 畢竟還是這兩部。實在, 派拉蒙時代的克倫威爾的諸作品所包含着的暴露的傾向和一種機械的冷情性。不能使我們十二分的滿意。可是, 他的第二期的發展.就是在「R·K·O」公司發表的上面所舉的兩部作品是完全除去了從前的他的種種缺點而充分消化了的。雖然還是不論多少的留存着他的那種甜蜜性, 然而我們不妨說他已經達到了某個程度的高度的藝術水準。

*　　　　　*　　　　　*

他的近作「Of Human Bondage」如我們所共知, 不過是一部通俗小說的電影化, 但是有着相當深刻的心理描寫, 而為富於一種理智性的作品。這部作品的原作的重要題材, 不外是醫學生比利普和娼婦美露德黎特爾者的愛欲葛藤的描寫.從這冗長的長篇小說.克倫威爾只選出對於兩個主人公有着關係的部分來作為影片描寫的重要物件, 其餘的一半都省略掉。這難說是列斯達·克亨的功績, 然而與導演者克倫威爾當然不能說沒有關係吧! 同樣的話, 我們對於「The Fountain」的編劇的場合, 亦可以這樣說的。要而言之, 他的文藝作品的電影化, 雖然有一半部分被省略, 但他却能以他所獨有的巧妙的移動攝影法或是富有效果的Over-lap以及畫面轉換方法等來明瞭地表現出主題和原作小說所包含的Atmosphere的確是難能可貴的。

原來, 電影這個藝術形式一般人以為是很卓越的人生性格的外面的描寫, 而

---

48) '底'는 표준 중국어 '之'에 해당함.

不過於內面的心理描寫。可是, 有聲電影得了音樂以後, 在藝術的心理描寫的世界裏面, 也就能佔領了最優越的地位。現在的有聲電影不像無聲電影時代的文藝電影, 它終能獲得了把文學作品所包含着的語句都能譯爲電影的言語的能力。實在, 現在的電影比從前增加了的第一個魅力我們可以說是這言語的特殊的美了。自然言語在有聲電影的文藝作品中佔着重要的位置。簡單說一句, 電影的動性的世界和, 被選擇的言語的美妙－這就是開拓着一種新的未來的電影藝術的魅力。在這樣的意義上, 克倫威爾的近作「The Fountain」是一部充滿着幽默文雅的言語的作品。這部作品的原作小說, 作者摩根用了他那獨特的沉着的語調來很深刻的描寫出了豐富有哲學氣味的靈和肉的鬥爭, 而克倫威爾的這部作品的電影化的第一個特效便是這言語方面的處理的卓越和適當於主題的描寫方法。

＊　　　　　　＊　　　　　　＊

總之, 約翰·克倫威爾, 我們不妨承認他是有着與許多文藝電影的作家不同的特殊的Type的導演。不過他的那種濃厚的Sentimentalism和甜蜜性的流露我們不能不說是他的作品的最大的缺點。雖說他的這種甜蜜性並不像金·維多那樣純粹, 但無論如何總是要不得的地方吧, 在將來如果他能夠完全地消化了這種缺點的時候, 他就能成爲一個美國影壇的等一流的作家是無疑的了。(完)

(『晨報·每日電影』, 中華民國二十四年九月十日 星期二, 波君。)

文化電影簡論

說起文化電影來, 定論是非常淡然的.假使只依着它的表面上的字義解釋爲有着從文化上的意義的電影, 未免太簡單了吧? 可不是? 在藝術的意義上優秀的一般的作品亦具有着某種文化上的意義的呢! 所以, 在這裏, 這「文化電影」的定義便有些模糊了。事實上, 我們不如規定着以那些表現着電影的文化的精神而專以科學上的教化爲目的的電影來稱爲文化電影, 是比較妥當的。換句話說, 文化電影或者可以說是除了一般的所謂藝術電影以外的一切的影片的總稱。

自然, 這一個名詞裏面, 很廣汎的包含着各種各樣的影片。例如, 所謂科學電影, 教育電影, 紀錄電影, 資料電影以及新聞影片等等, 都可以總括在這個範圍中, 就是說這一類的影片, 每一種都在某種文化精神中被統一而構成着所謂廣汎的文化電影的範疇的。

我們試想概括的觀察德國的文化電影事業, 他們從無聲電影時代到現在, 已經發表的這類的影片以爲烏髮公司爲最多。可是德國的文化電影在無聲影片時代亦局限於專爲實寫着學術上的事實的影片或是一種通俗的科學電影。後來, 有聲電影發生以後的他們的重要的文化電影, 例如「動物百態」,「木材的誕生」以及「鐵流」等三部作品是每一部都由於獨特的編輯方法而攝製出來的。據說第一部「動物百態」是拿各種獸類和鳥類的姿態來象形的地與人們的姿態和面孔作比較而來研究動物和人們的特徵。其次「木材的誕生」, 如它的題名已經告訴我們, 是一部描寫了對於某一個探訪山中的伐木的旅行者, 說明從伐木到完全的木材的過程的事實。這就是關於在上面所述的所謂的通俗的科學趣味的影片。可是我們所更加注目的並不在取材方面, 而是在它們像一般藝術電影一樣的適當的tempo的運用以及詳細的說明和富有rhythm的編輯方法上。最後的一部「鐵流」的編輯方法是這三部影片當中的最優秀的。然而, 反過來說, 德國的文化電影的這種技術的進步, 如它的「hythmica」的構成與編輯。固然有獨特的長處, 但也不能說沒有短處, 因爲文化電影的所以與一般影片不同, 不能不說是在它的物件的科學地的剖視上。如果陷入了形式偏重主旨, 那就不免容易有喧賓奪主之弊了.

*　　　　　　*　　　　　　*

其次, 我們談到文化電影, 就自然的想起了「阿蘭之人」的作者勞勃特·弗蘭赫德。他的過去的作品已有「北極之拿奧克」與「摩亞那」等兩部優秀的記錄電影。前者所取的愛斯基摩族的資料和後者的關於Polynesia土人的材料, 均在文化意義上有着相當的價值。可是他發表了「阿蘭之人」以後卻變成了一個電影詩人了。「阿蘭之人」當然是一部優秀的紀錄電影。但這部作品在文化電影和一般電影的藝術價值上卻是有着不可一概而論的問題。因爲站在嚴格的紀錄電影的立場上說, 作者是太重視了作品的藝術性, 他忘記了一般藝術電影和文化電

影的區別, 我們知道, 文化電影所具有的文化價值和藝術電影的藝術性是根本就是屬於兩種完全不同的領域而不能混亂的.「阿蘭之人」就不免有些缺憾了.

*   *   *

在現在的所謂文化電影當中, 最盛行而且最有效果的就是新聞片吧? 這類的影片因爲很迅速地報告在社會裏而所發生的種種事實, 它對於發生事實和一般觀衆的影響以及效果實在比普通的新聞紙來得更激烈, 爲什麽呢? 解答是很簡單的. 因爲它不像新聞紙那樣借了活字的力量來記錄在紙幅上面, 而是能夠把本來的眞實的姿態記錄在Film上給我們看.但新聞片如果一拍錯就不能再拍, 它在攝影上的雖關也就是這個地方.

我們很常識地的瞭解這種新聞片是短命的東西. 然而在另一方面亦不能完全否認它所含有的歷史的重要性. 新聞片的生命是在它的編輯和意義的, 如何. 雖然很平凡的時事的事實亦能由於它的處理和構成的巧妙而成爲優秀的歷史影片的一部分. 在這類新聞影片的製作者方面, 爲世界的權威者, 我們可以舉出蘇聯的愛斯比黎・叔普女士. 據說她常常遊覽了歐洲各國的攝影場而探求着她所必要的材料, 她實在成功於不是電影不能表現的許多歷史的事實的記錄的第一人.

*   *   *

文化電影亦有它的本質的純粹性. 與一般的廣告影片非有嚴格的區別不可. －因爲文化電影是一種最冷靜的客觀的報告者, 它的不應輸入商品的宣傳或廣告是不必多說的了. (完)

(『晨報・毎日電影』, 中華民國二十四年九月十六日 星期一, 波君.)

李却德・鮑萊斯拉夫士基談

演技之基本教育

最近完成了Victor Hugo的名著小說「Les miserables」的有聲電影化的李却德・鮑萊斯拉夫士基(Richard Boleslawaki)是個演技指導的權威者. 下面的文章

是他的近著「劇場藝術論文集」中之一節，翻譯出以供讀者一覽。——譯者附志。

演技之基本教育可以說由三個部門而成立的。第一則是身體的訓練。一切的筋肉以及一切的健全的肉體機關的訓練。我在一個指導者的身分上，有自信能把演技者造成完全發達的身體的所有者。無論任何人，他假使兩年間嚴格地實行每天一點半鐘的體操和發聲訓練以及台詞訓練與化妝訓練等的話，至少外觀上就能成爲一個演員。第二則是演技者的知識的文化的訓練。有着教養的演技者，才能談談莎士比亞和歌德，而且能夠批判這和偉人們對於世界戲劇藝術所供獻的業跡。我所要求的演技者是能夠了解世界的文學的人，能夠判斷出德國與法國的浪漫主義藝術的人。能夠了解繪畫，音樂，雕刻等的歷史而且在大體的常識上認識着時代的樣式和偉大的作家的特徵等的人。

其次，一個演技者對於動作的心理學和精神分析學和情緒表現以及感情的論理等，必須要有明瞭的概念。我希望能夠看得出雕刻的傑作品，同時就人體的解剖學也要某種程度的深遠的知識的演員。這種知識非但是對於演技者的演技表現上有着不可分離的密接的關係，而且與舞台表現也有極大的關係。知的訓練實在是爲了使一個演技者演出各種不同的性格，最必要的基本教育。這便是劇的行動的最重要的要素，換句話說就是精神上的教育訓練。演技者須要使他們的精神非常發達，進一步應該依着他們自己的意志的命令，演出各種行動和性格上的變化。演技者決不可缺乏在作者所要求的狀態上能夠生活的精神。我們已經看過的世界上的許多名演員大部份都是精神訓練優秀的人物。當然，這種精神訓練，經過了非常的努力和苦心以及豐富的經驗以後，才能獲得。再具體地說，他們對於視覺，聽覺，觸覺以及味覺非有着優秀的想像的狀態不可。同時更要把他們的感情的記憶力和靈感以及想像的記憶力的發達。這樣才能得到演技者所必要的根本能力。

最後，對於一個演技者，最不可缺乏而又最不容易依着訓練或是教育而發達的，便是他所具有的才幹。我併不須要所謂天才的演技者，可是一個人對於藝術上的素質和才能，無論如何是不能由於隨便的訓練而獲得到的呢！

（『晨報・每日電影』，中華民國二十四年九月三十日 星期一，波君。）

苏联電影的新傾向

喜劇·諷刺·冒險電影之流行·波君

蘇聯的電影藝術運動自從去年經過了十五周年紀念的國際影展以後, 可以說已經踏進了又一個新的進展時期。尤其是到了最近, 在他們的製作傾向中, 很可以看出他們是已經脫離了從前的「社會主義的公式化」的桎梏而打開了電影藝術的多方面的自由了。這個事實, 在某種程度內, 最明顯的給我們證明着: 任何一種藝術運動是不可從屬於某一特定的政治上的主義的圈子裏, 更不可作爲某一種政治運動的宣傳工具的事實。換句話說, 最近的蘇聯電影已經經過了宣傳公式的社會主義的第一期, 而獲得了第二期的新的進展。喜劇電影和諷刺電影以及冒險電影等的流行不外是代表着這一時期的重要傾向。我將在下面舉出的幾部作品來說說, 而這些作品可以說是代表着最近的蘇聯電影製作傾向的。

＊　　　　　＊　　　　　＊

稱爲「新人電影」的「航空家」

這部影片也是爲了宣傳社會主義建設目標, 而攝製的作品, 可是他所取的題材和形式, 有着比從前的資本主義作品不同的新的嘗試。蘇聯的文化運動界自從經過了「蘇聯作家會議」以來, 各方面都是的確的認識了以社會主義建設的表現爲目的所謂「新人」生活的作品的必要, 這種需要在電影上的表現即是這部作品的攝製。他們的所謂「新人」不外是站在蘇聯的現實主義生活上的新人。如作品的提名已告訴我們, 這部影片所表現的中心內容是兩個航空家和一個女性的三角的戀愛生活, 可是對於三角的複雜的戀愛生活的取汲, 却不代替某種感傷他的或是浪漫蒂克地的表現態度, 而站在他們的社會主義的立場上下了一種新的解釋。這部影片, 據說, 除了上面的中心內容以外, 也有着關於航空學校的學生們的生活和以及航空在社會建設上的重要性等等的寫實的宣傳。不過這部作品還可以說, 不用何等的虛稱的英雄或是可驚異的事實而只取了平凡的人們的日常生活的蘇聯現實生活的表現。(編劇者是「工作與人生」的作者馬基哈

列特。導演爲「大地飢渴」的作者黎斯滿。)

　　　　　　＊　　　　　　　　　＊　　　　　　　　　＊

諷刺電影「俄利巴的故事」

　　這是一部喬那遜・叔夫特的著名童話「俄利巴旅行記」的電影化。可是這篇原作的童話，不像普通的童話一般地是想像和虛構的，它乃是用童話的表現手法來描寫了一七〇〇年代的英國政界情勢的富於辛辣的諷刺性的文學。換句話說，他給予童話以一種社會主義的批判的作品。借了童年們的生活來諷刺成年人們的生活，這在蘇聯電影製作傾向中是可以算一種新的嘗試吧。

喜劇電影「維諾克羅妥夫的私生活」

　　這部影片可算是描寫了蘇聯現代青年的另一個生活風格的第一部本格的喜劇。以技術發明家和音樂家以及運動家等三個不同的方面的代表的青年寫作品的主人公。反映了小都市的青年生活。如他的題材已經告訴我們，作品的本身上有着不少的輕鬆和甜蜜性，不過，這一部簡單的作品，却能給我們說明着，站在集中主義的立場上不願到個人的私生活的蘇聯電影到了最近終不能不關心于現代青年的私生活的事實。

　　雖然上面的介紹不能算是充分的，不過這三部不同的傾向的作品極其簡單的外貌，可是，在我們這裏還可以知道蘇聯的電影製作的目標展開了與從前不同的新的階段。換句話說，他們脫離了從前的公式化的千篇一律的公式主義的作品而追求着喜劇諷刺和冒險等方面的題材。然而在另外一個意義上，也許有人說蘇聯的這種諷刺電影和喜劇以及Jaxx電影製作的流行表示着對於美國資本主義電影的模仿吧。對於這個，我們在現在不能下決定的判斷，且等待着他的將來的事實再來討論吧。

　　（『晨報・每日電影』，中華民國二十四年十一月十三日　星期三，波君。）

欧洲電影小感

我們應努力提高電影鑑賞的水準

雖然我們不能祇依據被運到中國來的幾部歐洲電影去下決定的判斷, 可是綜合各方面的電影刊物的消息來看, 這一年的歐洲電影的確是表示了在世界電影市場上的更進一步的優越的勢力。就實際的作品說, 自從一九三四年, 以「龍翔鳳舞」和「紅蘿蔔須」等兩部作品抬頭於世界電影市場以來, 直到一九三五年德國發表的「未完成交響樂」, 不僅打開了音樂電影的新局面, 就在歐洲影片的發展史上亦留下了一個偉大的進展的跡象。

美國電影在最近的世界影片市場中, 它依然佔領着第一個優越的地位, 因之, 我們或許可以說, 歐洲各國的電影製作家們對於自國的影片中, 亦有不少模仿着美國影片的形式和內容的。例如蘇聯的最初的jazz影片「齊天樂」, 在某種意義上, 不防說是最明顯的證明着這個事實。然而, 在這樣的美國影片的世界的勢力中, 歐洲的純粹的藝術電影非但沒有失掉它的特殊的勢力, 而且還侵略了美國影片在世界電影市場中的堅固的地盤。那末, 歐洲的藝術電影在這一年之中究竟怎樣能夠風靡了世界各國的電影市場的呢?(中國不能不算是一個例外)這也有着值得考慮的地方。

在電影藝術的本質上說, 它的存在價值是被大眾決定的, 若離開大眾, 便自然失掉了它的存在性, 爲了把握這種電影藝術的基礎的的大眾性, 它決不能給觀眾們以需要某種考慮, 或者需要費腦力的東西, 而應該給予他們以某種的快樂性以及娛樂的要素。這可說是電影藝術的第一個必需條件。在這樣那個的見解底下來看, 歐洲的純粹的藝術電影確是比美國影片缺乏於獲得大眾的廣汎[49]性。

可是, 美國的影片, 除了一部分的特殊作品以外, 大部分都是取得着在我們實際生活上沒有何等意義的淺薄的內容, 無論它所表現的外觀上的形式怎樣美妙, 內容常是空虛, 反之, 歐洲的電影總是有着一種深刻性和一種獨特的藝術的風格。就在這樣的常識地的觀察裏, 我們已經能夠承認美國的電影在世界市

---

49) '泛'자의 오기임.

場中, 不能不退却的原因了。

　　然而, 任何一種的電影, 它在電影市場裏的勢力, 不能只依據一部分的專門家和少數的批評家而決定。(不用說過去的作品僅以最近的「坎地春光」在上海的公映來看, 已經給予我們以最明確的鐵證了。)它在電影市場中的勢力的優劣, 實在依靠着觀衆們的差異, 和他們對於電影欣賞的態度來分判。如上面所說, 歐洲的電影在這一年, 的確佔領了世界各國電影市場中的優越的勢力, 可是, 在中國的電影市場裏却不幸而呈顯了完全相反的現象。各國的電影界和一般知識階級的人們都在熱狂的討論着裘利安·賓維佛的「商船鐵拿西迭」「紅蘿蔔須」, 「坎地春光」, 以及羅勒·克雷爾的諸作品。可是, 上海的觀衆們却始終只是追求着美國的低級電影的通俗的慰安和娛樂。這種現象的基礎的原因, 一半應該說是上海電影商人的對於好萊塢影片的重視, 但又一半, 却總不得不承認觀衆的鑑賞水準的過於低下了。在像上海這樣追求着獨奇的都市里, 歐洲的藝術電影, 無論它有着怎樣優秀的藝術的風格和價值, 終不能合于觀衆們的口味。這現象真是值得惋惜的。我希望電影批評家們來努力于一般觀衆們電影鑑賞眼的水準的提高。否則, 連我們自己的電影也不能有較好的出路呢!

　　　　　(『晨報·每日電影』, 中華民國二十四年十二月十日 星期二, 波君。)

一九三六年始:

世界影壇與影藝人展望

　　首先, 在美國, 這一年中我們可以期望發展的影藝人梗是彭赫克脫和却而斯·馬克亞塞兩人。他們倆自從合同制作了(Grime without passion)和(The Scoundrel)以後, 的確是已經促成了美國影壇上的特殊的地位, 對於近代人的生活和性格, 繼續不斷地嘗試着獨特的解剖的他們的製作態度；在一九三六年將給我們以怎樣的新的魅力呢? 這在現在雖然還是一種疑問, 但是, 據說他們完成了薩繆爾, 高爾溫的(Babary Coast)的編劇以後, 現在又在企劃着由比亚得利斯, 麗麗來主演的一個新的barlesgue。當新年的開始, 我們希望他們在一九三六年

中能使美國的混亂而無秩序的電影界向上的發展到新的境界中去吧! 實在, 美國的電影界, 若沒有彭赫克脫和却爾斯, 馬克亞塞以及魯伊斯·邁爾斯頓, 我們就不妨說美國的電影將更多庸俗的市儈氣了。可是, 魯依斯·邁爾斯頓, 到了最近, 却使我們覺到不少的失望。譬如說, 他的近作「Paris in Spring」或是「The Captain Hates the Sea」等。不用說內容都是無甚可取, 連他的以前的那種富於音樂電影的獨特性的魅力也漸漸地找不到的了。這樣的他, 將在一九三六年豫備發表一部以乎, 克露斯貝爲主角的新片, 雖然在未見實際作品的以前, 我們不能決定的說, 但從任何方面觀察, 這種企劃不能說是聰明的。雖然這是劉別謙就任producer以後的一種新的嘗試, 但我們在一九三六年却希望先給我們看雪爾·鮑華埃和黛德麗主演的邁爾斯頓的作品也許他在一九三六年能夠開拓一個新的境地吧? 我們熱望着。

除了他們以外, 一九三六年度的美國導演界實在太感到寂寞了。雖然尚有像金維多和馮史丹堡一般的巨人, 可是他們的藝術到了最近, 也使我們感到已經過了黃金時代的印象。如史丹堡導演Grace Moore的音樂電影一般的事實, 即是這種現象的明確的證明。他們在一九三六年, 怎樣恢復他們的從前的那樣開拓新領域的製作上的精神和態度? 這也是在這一年中使我們覺得有興味的一件事。

至於弗蘭克·卡潑拉, 這一年可以說是他的藝術達到了最高潮的時期。然而, 在發表着平凡的作品的時候每一年至少製作四五部作品的他, 自然發表了「The Ladp fov a Dap」給我們相當的驚奇以後。他在一年中祇製了一部作品。這不能不說是很遺憾的事。

在這樣的美國電影界, 在一九三六年; 最使我們抱着期待的便是John Ford的新的計畫。據說, 他將在「R.K.O公司」豫備電影化愛爾蘭劇作家「奧開西」的農民劇。這無疑是一九三六年美國影壇的異形了。

那末, 英國的影壇怎麼樣? 倫敦影片公司的羅勒·克雷爾的新片製作的消息, 雖然已在去年喧嚷了一時, 但這還是在一九三六年使我們抱着最大的期待的作品, 如已經很多人介紹過, 他的新作「Sir Tristam Goes West」是取用了古代蘇格蘭的古怪的事實, 用了幽靈那樣非現實的事物, 而嘗試了獨特的諷刺的作品。這

部作品使我們感到興趣的地方據說不僅僅是羅勒·克雷爾的那種獨特的漫畫化的作品結構, 而是他在這部作品裏所企劃的中世紀的騎士精神和美國物質文明的正面衝突的作品思想上的特殊性。無論如何, 我們若是想到羅勒·克雷爾在自己的國度裏所受到的冷待的時侯, 便不能不推贊Producer亞力山大·科大的寬容的態度了。

除他一個人以外, 却爾斯·勞頓的特殊的演技在這一年中也一定可以期待着新的發展的。他的那種富於騎士精神的演技, 確是最近英國影壇的特殊的存在了。

其次, 至於德國, 在一九三六年能使我們期待的影藝人, 可以舉出威利·福斯特(Willi Forst)和古斯達維·威基(Gustav Ucicky)兩人來。發了「未完成交響樂」和「Maskerade」而在音樂電影上劃了一個新時期的他在一九三六年又將給我們怎樣的貢獻呢? 正在攝製着的以波拉·妮克夢爲主角的他的一九三六年的新作「馬四爾卡」中, 他究竟拿怎樣的新手法來, 表現出近代精神的一面和現代的社會相呢? 這一位新進導演的前途是很光明而且很遙遠的了。純粹的德國精神的表現者克斯達夫·維琪, 我們可以說是代表着新興德國影壇巨人。他那清楚的認識這個人和集團的力量的製作態度和對抗着困難而要建設新的藝術的精神, 確是值得佩服的, 換句話說, 他的特徵不在德國所流行着的以維也納爲背景的音樂電影, 也不在某種通俗的歌舞影片, 而在純粹的德國式的影片的製作上。威利福斯特和古斯達維·威基! 這兩人便是一九三六年度德國影壇上的最大的希望和曙光了。

最後, 在法國, 引起着我們的注目的影藝人便是爵克佛德(Jacques Ferder)和裘利安·賓維佛(Julien Duvivier)以及柏勃斯特(G.W Pabst)等三人。爵克·佛德在去年發表了「笑部隊」(Le Grand Jeu)以後, 在他的近作「米莫薩館」(Pension Mimossas)裏是爲了文學的心理世界的表現, 拋棄了從前的手法而又嘗試了一種新的舞台表現的手法, 雖然這部「米莫薩館」也是一九三六年中來滬的法國影片中的值得鑑賞的作品, 但我們在一九三六年對於他的期待不僅僅在這一片, 而在他的今年的新作「英雄祭典」上。據說, 他在這一片的製作又改變了他的從前的製作態度, 而取材於文藝復興時代的社會相。製作了充滿着藝術的

野心的一部諷刺電影。

　裘利安·賓維佛的三部新作「男頭」和「潘特拉」以及「西方的人們」等可以
說是一九三六年度法國影壇的新的光明。他發表每一部作品的時候, 都能開拓
着新的境地和手法的。在這一點上, 他實爲我們在這一年所期待的歐洲導演中
的第一個人物了。此外, 除了製作「由上至下」(Du Hant en Bas)而開拓了諷刺電
影的新局面的柏勃斯特以外, 又有一個值得注目的新進導演坡埃爾叔那爾, 他由
一九三五年中發表的「罪與罰」而獲得了法國導演界的優越的的地位以後, 將在
一九三六年預備電影化着傑克倫敦的名著「海之吶喊」富有於特殊的感覺的
這位新進導演在一九三六年的活動, 在法國影壇上一定是很受着注意的了。

　　　　　　　　　(『晨報·每日電影』, 中華民國二十五年一月一日 星期三, 波君.)

世界影壇
法國

在汎濫着諷刺喜劇與Musical Comedy最近的法國影壇上, 有兩部值得注目的小說的電影化。第一部就是屠斯退夫司基的「罪與罰」(Crime et Chatimem)。另外一部是左拉的「獸人」(La Bete humaine), 據說前者由法國的著名新進導演比埃爾·叔拿爾導演, 演員有比埃爾·普蘭得爾、亞利·鮑爾、瑪德琳·奧黎等, 已於二月十五日起撰影, 後者, 導演爲馬克·亞列克黎, 比埃爾·普列斯尼任主角。

*　　　　　*　　　　　*

赴美國完成了「現代男性」的G. W. Pabst。最近又回到法國, 決定製作一部新影片。題名爲「巴黎生活」是一部歌舞影片。美拉克·亞黎維原作, 奧特淶巴特哈作曲。

*　　　　　*　　　　　*

「法國藝術企業獎勵協會」最近發起舉行了一年一度之最優秀電影的推選會。獲得了第一次的榮譽的作品就是「maria chapdelaine」, 這是「紅蘿葡須」的作者裘利安·第維巴「Julien Duvivier」的近作中之一部。據說它是以加拿大爲背景而描寫了像抒情般的詳細的感情的一部極富於明朗性的文藝電影。

*　　　　　*　　　　　*

在法國劇壇上, 負有盛名的青年劇作家范利克斯·甘第拉最近創設了一個新的production, 百代·拿丹公司的援助, 開始了雨金, 斯奧的著名小說「巴黎之秘密」(Les Mysteres de Paris)之攝影工作。

德國

德國的老女優波拉·尼格麗最近從美國回來了。在「Cine Alianz」公司出演一部新作Mazurka。導演爲歐洲導演界的巨匠威利 福特斯(willi forst)據說威利

在這部作品裏在題材的推選與導演的手法上都有着從未有過的嶄新的表現。德國影壇的各方面, 對它都抱着極大的期望。

出演于「龍翔鳳舞」以後, 得到了非常的聲響的聲樂家「波粵爾‧海爾比加」最近在柏林的南部地方創設了一個新影片。公司兼任監製與導演之兩職。處女座爲「終點」(Die Erdstallon), 自己擔任主角。第二部作品爲「開爾西皮爾德之牧師」(Der Pharrer aus kirshfeeld)

美國

劉別謙最近在派拉蒙公司將又製作一部新片, 現已決定題名爲「牧場之薔薇」(Rose of the Rancho), 主演爲「瑪琳‧黛德麗」

*　　　　　*　　　　　*

「路易史‧瑪律史東」(hewis Mile stone)正在派拉蒙公司導演着音樂電影「two on A Tower」, 據說完成這片後, 又預備繼續導演Gary Cooper與Claudette Colbert之共演作品「One Woman」。

*　　　　　*　　　　　*

潘‧赫格脫與「却爾斯‧馬克阿薩」最近在派拉蒙公司將要合作一部「四十九號街奇跡」(The Miracle in 49 St.)。因爲這部作品是新入電影界的諾爾‧考華德之第一次出演, 所以引起非常的Sensation。

*　　　　　*　　　　　*

金維多在最近決定與隆繆爾, 高爾溫合同制作着一部新片, 名爲「結婚之夜」, 「Wedding Night」, 主角爲安娜史丹與Gary Cooper。

*　　　　　*　　　　　*

「歌後情癡」之作者Victor Schertzinger最近在哥倫比亞公司製作了梨琳‧哈惠之主演作品「Once a Gentleman」之後, 又繼續的導演着Grace Moore之哥倫比亞, 第二次主演作品「On the wings of the song」。

*　　　　　*　　　　　*

最近開播的許多好萊塢的影片當中引起着各方面的注目的作品有除了秀蘭‧鄧波兒的「The Little Colonel」(福斯公司出品, 但維特‧巴特拉導演。)與「梅惠絲」

的「Now I am a lady」(派拉蒙公司出品, 壓力山大·哈爾導演)及好久沒有消息的Dolores Del Rio的新作「Cnliente」(華納公司出品)等三部。以外還有馮, 史登堡之新作「Caprice Espagnole」也很使人注意。(完)

(『晨報·每日電影』, 中華民國二十四年三月十六日 星期六, 淡如。)

德國電影刊物

最近的德國電影壇, 無論在作品的質或量哪一方面, 都站在歐洲影壇的第一流的地位, 但我們說到德國影壇的電影刊物的時候, 却容易看得出完全相反的奇異的現狀。換句話說, 德國的電影事業界是呈顯着相當的進步, 然而在這個事業的宣傳與促進上有着重大的任務的電影刊物方面是及其貧弱的, 像美國一樣, 電影在德國亦佔領着國家產業中一個重要的部門, 但在一般Journalism上是却受着不少的輕視, 這可說是德國電影刊物不能發展的第一個原因。

由此, 最近的德國電影壇的一部分的人們以幾種電影雜誌爲先鋒烈熱的引起了電影Journalism的振與運動, 他們的第一個目標當然在於電影在一般Journalism上的地位之高揚及電影Journalism本身的發展上。這是最近的德國電影壇值得注意的一個運動, 同時我們在這裏可以窺見德國電影刊物界的現狀之一部分。

＊　　　　　＊　　　　　＊

我們研究德國的電影刊物的時候, 第一顯著地看得出的地方就是站在純粹的電影學術的立場上, 專爲理論的研究而出版的純粹刊物的缺乏。美國的電影刊物界雖然泛濫着只爲電影迷而發行的通俗雜誌, 但我們還可以找得出一兩部比較有健實的內容的刊物。而在現在德國的電影刊物中是找不到一部對於電影學術有着真摯的態度的雜誌, 同時以一般電影界與導演或演員的消息爲中心的Fan-magazine也很少的。在這樣的情勢之下, 最流行着的電影刊物自然只爲製片業者而編輯的幾種專爲報告各國電影企業狀況的刊物。這種刊物大部分都是有着相當的頁數而且取着像普通的日刊報紙一樣的外裝與形式, 這一類的刊物之中代表者我們可以舉出電影園「Lichtbildbuhne」與電影專刊「Filmkurier」兩部。

前者的長處是記事與材料取汲的正確, 有時候是發表着能夠指導電影企業者的較爲充實的論說及意見。後者的編輯上的特徵是大衆化的編輯方法, 就是對於一般電影迷的注意周到的考慮以及趣味記事與像片的豐富。它還時常出版着副刊「電影書刊」(Illustrierter Filmkurier)不斷的介紹着國內外各方面的新片。(這兩部雜誌除了電影以外, 對於戲劇與歌舞也提供着不少的篇幅)。此外, 屬於這一類的日刊電影刊物還有「Kinemarograph」與「Der Film」兩種。但都是及其通俗的刊物。

＊　　　　　　　＊　　　　　　　＊

在這裏我們不能不想起Nazis以前的德國電影刊物界的活泛的狀況。Nazis的政權之掌握不僅在政治一方面的改革。它所波及與德國文化運動的一切部門的影片。實在呈現了空前未有之一個變動時期。電影刊物界也當然不能例外的。德國變成爲Nazis的天下以後被發刊的電影刊物不知多少了。其中最可惜的刊物可說是「電影藝術」(Filmtechnik)。這部刊物不僅是從前的「德國電影技術家協會」的一部貴重的機雜誌, 而是與美國的電影刊物「Motion Picture Herald」,「Motion Picture」等並峙爲世界電影刊物界的三霸者。然而「德國電影技術家協會」由希特勒之彈壓而解消了以後, 這部雜誌也不幸隨他消失了。

＊　　　　　　　＊　　　　　　　＊

此外, 專以電影迷爲中心的所謂「Fan Magazine」類有「電影週刊」(Filmwcche),「反射鏡」(Filmspiege),「電影世界」(Eilmwelt)等三部, 但它們的內容或編輯態度, 都沒有什麼可取的地方。

(『晨報·每日電影』, 中華民國二十四年三月二十一日 星期四, 淡如。)

電影之藝術性與資本性

今日, 不論哪一種的藝術作品的製作, 都不能不考慮到它的盛行價值的資本主義形式之下, 開始電影的藝術性的考察, 的確使我們堂得極大的興趣, 因爲電影藝術在現社會不能對於大衆方面有着特殊的魅力, 而且比任何藝術都有

着盛行價值的重要性, 同時也隱藏着一種深遠的藝術的秘密性。

然而, 我以爲許多年青的電影藝術的理想主義者, 在討論電影的藝術性之前, 最要緊的地方就是對於電影藝術的本身與資本性以及大衆性等三種關係在現社會上的實際狀況該有清楚的把握。電影藝術已深切的浸透於社會大衆的各層各級, 這個事實給我們很明確的證明着電影藝術與大衆不妥協或不提倡是不能成立的事實與電影在資本性上的一種重大的問題。由此, 我們可以說, 默認着現代的資本主義組成的統制的人們對於電影與大衆的妥協性或背離性, 無論誰都抱着某種的了解吧。

在實際上, 現代的電影藝術是成了一種偉大的投資事業是比任何藝術作品的製作更要考慮經濟上的利益的一種企業。併且在它的本身上具有着多分的娛樂性與趣味性, 所以不能不由這個娛樂性與趣味性的優秀的發展使觀衆們滿意。在二十世紀上生存的大衆們在根本上人人都有着能享樂電影的一種權利, 不論民族之別, 階級之別, 他們每一個人都可以享樂電影。在軍事上, 我們或許可以說現代的大衆對於電影早已享受着十二分的滿足了。

電影的這樣的現狀是我們不能否定, 也不可否定的。因爲電影有着多分的娛樂的價值, 併且在盛烈地探求着娛樂的興趣的多數觀衆之前, 電影也不妨算它是一種娛樂的機關。電影藝術既有着企業性與娛樂機關性, 那麼, 今日之電影向電影資本主義而專慕進於盛行價值的昂揚上是當然的事實。這樣的傾向我們不可輕率然地非難的。

由此, 我們在如今日這樣牢固的資本主義社會上, 不能不認識且肯定電影驀進於盛行價值上的實際的狀況。今日的電影－向時代的尖端而走的電影是今日的時代的產物。今日的電影不是明日的電影而是已在廣泛的經濟機構中立下牢固的根基的電影。所以, 在意想的見解上不能肯定在現在陸續的製作出的電影的人們是在否定電影本身以前, 應該對於使這種電影發展的背後的潛在勢力提起異議的吧。我以爲不考慮這種事實, 而非離着一切的電影, 這不能不說是好像向暗夜中之怒濤怒吼着一條狗似的沒有一點效果的事。

*　　　　　　*　　　　　　*

假使熱烈的愛着電影的續者諸君有機會碰到隨便那一個公司的導演同他談

話的時候, 我們恐怕很容易知道他們電影人們的結論都是在資本性上有着極其激烈的競爭而與電影在藝術上的完成的觀念隔離的很遠吧。這在一方面的意義上或許可以說他們電影人對於自己的作品的一種必然的迴護的言辭, 可是他們所說的也是一種鐵一般的事實啊。現在各國的電影公司, 給我們怎樣高尚的宣傳, 而結果他們所製作的作品還是一種商品。誰喜歡製作被蒙損害的作品呢? 誰喜歡雇用專作賺不到錢的影片的導演呢? 他們製片公司的製作機構上的第一個目標只在作品的盛行價值上。所以現在的製片公司裏, 雖然是有怎樣讚美着電影藝術的美名的高明的導演, 但是假使他完全不考慮電影在盛行價值上的利害的話, 那麼他將不能維持他自己的生活了。

在這樣的現狀之下, 我們怎樣汲取今日的電影藝術呢? 以我個人的意見來說, 我們在如今日這樣的電影製作的經濟機構上, 是除了默認或抹殺之外再沒有好法子的。像今日這樣製片公司都專爲作品的盛行價值而輕視差作品的藝術性的時候。我們雖是很嚴格而銳利的非離他們亦免不了一種的徒勞, 我們只有冷笑和默認及抹殺的態度。此外在目前實找不到妥當的方法。

我在上面說的話或許有人以爲完全忘掉了電影藝術的意志與理想的說法吧。然而我們也不是不認識電影在藝術上開拓着一個獨特的境地而接近於完成的地域的。它那個雄壯的光線與陰影的交錯, 急速的peed, 音樂的巧妙支配着空間與時間的偉大力量。電影實在是一個驚異, 是一個二十世紀的人工的交響樂這樣偉大的電影藝術爲什麼不能不向非藝術的歧路走去呢? 電影不是最適合於現代的新的藝術形式嗎? 我們是比讀者更一層熱烈地要提到電影的藝術性。尤其我們也像許多讀者諸君中之理想主義者一樣, 在電影藝術裏面, 想要發見出現代美學的優秀的對象的。而且, 假使可能的話, 我們還希望, 使電影走着它能够達到的最高度的藝術水準上。(未完)

(『晨報·每日電影』, 中華民國二十四年四月九日 星期二, 淡如 譯。)

電影之藝術性與資本性

續前日本刊

　　然而, 我們的這樣希望在現在的電影製作機構上是差不多全部都不能不由電影的資本性所消滅的。尤其是我們除了電影所在資本主義的企業形態之下的事實以外該要清楚的認識的地方就是電影與文學或音樂及其他的各種藝術不同, 不能容納想在後世還要獨得知己或理解者的那樣個人主義的態度。在將來或許可以延長電影的生命, 但在現在我們不會否認電影藝術在它的表現素材的本質上, 比之文學或音樂其他的藝術處是短命得多了。換句話說, 影片是由所謂Celluloid這個在化學。沒有長久的壽命的素材而被構成的, 就這一點電影藝術與文學及其他藝術相異的根本特徵, 而且這種電影素材上的短命性, 很容易消沈了製作者的心裏中所起的渴求着電影之永遠的生命性的意志及企圖。

　　這樣的事實, 我們可以說, 和電影的企業性同樣, 一天比一天的使現在的電影的生命短縮着。譬如說, 電影製作的態度在它的根本上, 不像與寫稿子的小說家或者作樂譜的作曲家那樣的心理電影所相對的是幾千幾萬的大衆而影片是不能保存幾千年的, 影片的影像是在一個瞬間明滅的。想到這個地方難道有豫想着千載之知己而從事於製片工作的影藝人嗎? 一個影藝人, 他的比未來更大的目標就是現在。這樣, 電影在它的製作態度的本質上已經有一種藝術上的危機, 這的確是一種極大的遺憾吧。然而這樣的事實, 決不能成爲電影本身上的藝術性的否定理由。我們還是不能不相信電影在它身上埋藏着充分而特殊的藝術性。

　　　　　　　　　　　*　　　　　　　　　*　　　　　　　　　*

　　那麼, 爲了電影的健全的藝術的向上與發展, 我們到底怎麼辦好呢! 對於這個問題, 賢明的讀者們, 已經不必要煩長的解答吧。那就是只有使電影從盈利組織的拘束裏脫却出來的一條路。不論以電影當作國家事業或個人的企業, 我們該要從電影裏面努力的去發現出它的高度的藝術價值而使它向上到它能夠遠到的地方。這樣才可以給予電影以一種藝術上的安全的地位。到了這個時候我們才能夠期望具有着小量的完美的作品。這不過一般人所共知的極其平凡

的結論而已。

＊　　　　　　＊　　　　　　＊

最後, 我們自然碰到「現在的電影評論家們, 在這樣的情勢之下, 應該取着怎樣的態度好呢?」的問題。雖然這個問題的結論各人各樣而不能說是每一個人都一致於一點上, 但是一個影評家, 他既是認定了電影的現代資本主義的存在, 他應該在這個範疇內批判現在的電影藝術, 而努力去高揚作品所含着的長處, 同時把電影藝術領導于我們所理想的目標上。這可說是較爲現代的影評家的妥當的態度。然而, 假若一個影評家嚴格的主張電影的純粹的藝術的使命與價值的話, 最好不要接觸凡庸的作品。最好的理想, 就是電影批評家們不要接觸一切的凡庸的作品而在一年當中收集幾部最優秀的作品來貢獻各方面的電影篇幅, 嚴格且詳細的批評與檢討着。這不是影評的一個偉大的使命嗎?

無論如何, 專以娛樂爲目的的低級電影, 以後還是泛濫不停的, 這是無可奈何的事實而一般的低級大衆却已認定它的存在了, 可是, 今日的電影批評家假使有着一步一步地提高電影的藝術的水準的使命的話, 那麼他就應該只接觸少數的傑作而抹殺其他的一切的低級作品。同時也盡力的研究且發表對於電影藝術的理想和嚴格的理論。(完)

(『晨報·每日電影』, 中華民國二十四年四月十一日 星期四, 淡如 譯。)

戲院主與制片者的筆戰
美國製片家Ben Hecht被噬爲市儈戲院主

在電影作品的發行價之上, 製片商與製片家常惹起了彼此意見的衝突, 這尤其是在電影實力佔領着國家企業的重要部分的美國, 這種衝突所起的攻擊文字市場充滿在各種電影雜誌上, 而給予電影界以各種可以考慮的重要問題。

在最近的美國影壇上, 值得我們注意的這種衝突的第一個便是Ben Hecht的新作「crime without passion」所引起的買片業方面的與輪。作者對這種與論的反擊。如一般人所共知的Ben Hecht所說, 最近與charles Macarth爲反擊着電

影公司的資本之一電影製作機構，而自己創設了一個獨立的攝影所，這部crime without passion就是他們獨立以後的處女作品，同時不妨說是Ben Hecht在要打開美國電影界的一個新局面的企圖之下所制出來的作品。

可是，Ben Hecht的這部新作公映不到幾天，美國北部，密歇根州的美聯社院的主人，魯伊‧亞淡斯就在motion picture herald上，發表了如下面可酷的批評：這部赫爾脫的新作，無論從那一方面來說，可以說是在本市所公映過的最獨劣的一部。開映的第一天，許多觀眾都鄙視不滿意，第二天就減少了觀眾的十分之八九，差不多沒有幾個人來看了。作品的題名也沒有吸引觀眾的力量，內容更惡劣云云。

Motion Picture Herald在美國的許多店亭刊物中，可說是最有權威的一部雜誌。併且它的每一期都設有發行價值欄，而對於公映着的新的作品發表着較爲嚴格的報告和批評。它不但是詳細的報告着作品的發行價值，併且是支配着作品價值的某部分的貴重的篇幅。所以，它一刊載了如上面的可酷的批評後，馬上就引起了Hecht與Macrthur的激烈反攻與辯護，而局外的人們也很都參加了這個論戰，而使成爲一個很有趣的影壇的輿論之潮了。(未完)

(『晨報‧每日電影』，中華民國二十四年五月九日 星期四，淡如。)

戲院主與製片者的筆戰(続)

在許多甲論乙駁的混亂文字中，最是我們覺得風趣的是Ben Hecht寄給影戲院的主人，魯依‧亞淡斯的機封抗議的信。那信裏說：「在Herald」雜誌上，拜讀了先生對於我的新作的高明的批評以後，我們便的確的知道了先生是沒有資格當影戲院的主人的人，這是很遺憾的一回事。但不能了解偉大的藝術，也不能把這種藝術傳達於觀賞的先生，當一個影戲院的主人，這就是根本的錯誤了。

讀了這封信，魯依‧亞淡斯即刻這樣的回答他：「……你這樣的批評影戲院方面的人，我以爲這實在是太不安當了。因爲我只能找許多觀眾們到劇院裏來，但對於作品的本身上是決不能給他們滿足的。先生所寄給我們的那封信，現已

陳列在我們戲院的休息室裏, 而這封信是此先生的作品, 更受着一般觀衆的好評哩」。

過在「Motion Picture Herald」雜誌上。以後該雜誌又繼續的發表過, 各方面的影評家及觀衆對於這論戰的是非的討論。遭許多客觀者方面的意見當中, 值得注目的有Chicago 的亞德爾比戲院的經理斯沙滿的意見, 他說:「這部作品在最近的美國影壇上, 可算是一部有着特異的風格的作品。我對於Ben Hecht氏表示極大的敬意, 同時還拿着一種特別的興趣期待着他的第二次作品, 這是一部能被知識階級歡迎的特殊的作品, 如果忘掉還一點, 在普通的遺傳之下, 是當然不能吸引一般的觀衆的。魯依·亞淡斯氏的失敗的第一個原因也就在這個地方能。因爲他從來沒有取汲過這種特殊的傾向的作品……」

(『晨報·每日電影』, 中華民國二十四年五月十一日 星期六, 淡如。)

好萊塢

哥倫比亞公司在最近決定了杜思退益夫斯基的名着小說「卡羅馬蘇夫兄弟」的電影化。導演爲弗蘭克·開弗拉。

福斯公司已預定在無聲影片時代李却德·巴率爾美斯與麗琳月煦所主演的名片「賴婚」的有聲化。Henry King任導演, 女主角爲珍妮·藍諾云。

會在雷電公司的作品「of Human Bondage」裏面, 給我們看了當相洗練的演技的Bette Davis。最近在華納公司出演着她的新作品, 題名「Men on Her Mind」。導演是亞爾弗列特·古今。好萊塢的各方面的人們對於這新進明星的新作, 都抱着特別期望云。

(『晨報·每日電影』, 中華民國二十四年五月二十七日 星期一, 淡如。)

好萊塢

好久沒有消息的李却·亞倫最近在聯美公司出演於斯姆·鳥特的新導演作品「let Em Have It」。

「No Greater Glory」的作者弗蘭克·鮑才琪，最近在華納公司又攝製着一部新作品，題名爲「Stranded」。開·弗蘭西斯擔任主角。

黛德麗在派拉蒙公司的新作「By Any Other Name」已由羅蘭·勃朗開始編劇工作云。

(『晨報·每日電影』，中華民國二十四年五月三十日 星期四，淡如。)

好萊塢

會在「唐瓊之和生活」裏，給我們看了一種獨特的魅力的英國著名女優夢兒·奧白龍，將在二十世紀公司主演一部新作，題名決定爲「摩希康民族之最後」。

Katharine Hepbuan的新作品，現已決定題名爲「Break of Hearts」。

(『晨報·每日電影』，中華民國二十四年五月三十一日 星期五，淡如。)

好萊塢

美高梅公司的著名文藝電影，喜寶與弗列特利克·馬區的合同出演作品「安娜卡黎尼娜」現已開始了攝影工作。取消了喬治柯谷的導演，克羅連斯·勃朗新任導演云。

獲得了一九三四年之諾貝爾文學獎金的意大利著名劇作家「路依治·比荷台諾」決定寫一部美高梅公司的劇本，現已從倫敦到好萊塢。

(『晨報·每日電影』，中華民國二十四年六月一日 星期六，淡如。)

好萊塢

會在華納公司, 出演於「Lives of a Benga」「anger」而發揮了優秀的演技的 Franchot Tone, 最近又在美高梅公司擔任了威廉·K·哈華德的新作「Far Off Hills」中之一主角。同時與瓊克勞福合演另外一部新作「No more ladies」是一部Edward H Griffith的新導演作品。

除了上面以外, 在許多好萊塢的新片裏面值得我們注意的還有福斯公司之「In Old Kentucky」(威爾·羅吉斯主演)和「Farmer Takes a Wife」(珍妮·蓋諾主演)及派拉蒙公司的「Accent on youth」(Silvia Sydeny主演)等幾部。

(『晨報·每日電影』, 中華民國二十四年六月二日 星期日, 淡如。)

世界影壇
德國

最近, 在德國已實現了Telerision[50]的映出, 這可說是德國影壇的一種新的歷史的事件。在三月二十二日「柏林送映局」舉行第一次試映會而得到了相當的好成績。在現在還不能十分映得出完全緻密的畫面, 但在將來確有完成的可能性, 「德國聯邦通信省」亦從五月一日起決定映出於德國全土云。

「德國電影事業資金融通銀行」(Film Kreditbank)在最近發表了一九三四年度的決算報告。依據他們的報告, 他們在去年一年中, 對於四十九部長篇電影, 十九部短篇電影以及三十七部文化電影, 給與八百萬馬克的財政的援助。而且能夠克服了起初的投資上的危險性, 獲收了相當的利益。上面所舉的他們的投資作品數實在佔領着一九三四年度德國影片數的一半。

*   *   *

正在攝影着的烏髮公司的許多新片當中較爲值得注目的作品有「使我幸福」

---

50) 'television'이 정확한 표기임.

(Mach michglu：cklich)與「結婚罷工」(Der Ehestreik)等兩部，前者是阿爾脫爾，魯比遜的導演作品，後者爲契奧爾克·耶高比的導演作品。

＊　　　　　＊　　　　　＊

自三月下旬至四月初旬間，在德國公映的新片中的重要作品又有下面的四部。

「同胞」(Blutsbru：der)－這是一部以歐洲Bosnia地方的原始的民族性與明媚的自然風景爲主題而描寫一種原始的三角關係與一個淳樸的女性的爲愛而犧牲的作品。喜爾弗拉·卡拉導演。

「喜馬拉雅山文鬼」(Der Damon Des Hlmalaya)－這是在最近的許多德國新片當中最值得注目的一部寫實山岳電影。如題名已經告訴我們，描寫世界的高峯喜馬拉雅山中之一個探險家的生活的作品。據說在音樂效果上亦獲得了非常的成功。

「百日天下」(Hundert Tage)－墨索利尼與劇作家喬巴基諾·福爾沙諾合作的名劇的電影化。是一部描寫拿破倫之一生的歷史的作品。弗蘭斯·維特拉導演。

「意志之勝利」(Triumphbes Willeus)－Nazis費了四十萬馬克的巨金攝製的一九三四年度「Nazis大會」的實況電影，當然是擁護希特拉的一部宣傳電影。

法國

在法國負有聲望的青年劇作家兼演員魯依·維爾紐最近決定出演於羅勒·基特沙爾的導演作品「Dora Nelson」，引起着非常的Sensation。

＊　　　　　＊　　　　　＊

「法國高蒙」公司(G·F·F·A公司)最近開始了著名歌劇「Ha Mascotte」的電影化。新進導演列恩·馬脫任導演云。

(『晨報·每日電影』，中華民國二十四年六月十五日 星期六，淡如。)

世界影壇(續)
英國

倫敦影片公司, 最近整頓着他們的陣營, 開始了非常的話躍. 除了攝製英國的著名著作家H‧G Wells의 原作「未來之世界」以外, 從七月起「亞蘭之人」의 作者弗萊哈德決定開始印度의 愛國詩人Rad yard Kipling의 文藝作品「象小年」之電影化而且羅勒‧克萊亦不久就與却爾斯勞頓攝製他赴到英國의 第一次作品.

*　　　　　*　　　　　*

高蒙不列顛影片公司의 著名導演Victor Saville最近又準備着他의 新作品. 題名爲「Victor and Victoria」. 仍由「春色無涯」의 女主角瑪雲司主演.

*　　　　　*　　　　　*

Clive Brook最近在「B‧F‧D」影片公司除了擔任英澳合作作品「Australia‑a Nation」中之主角以外, 又出演於亞爾弗列特‧比區高克의 導演作品「倫敦交響樂」(London Symphony)

蘇聯

由美國歸來後還沒有發表過新作品의 著名導演愛生斯坦最近突然開始了一部新作品의 攝製. 引起着蘇聯影壇各方面의 注目. 該片題名爲「貝盡草原」. 是以蘇聯中部의 田園生活爲內容의 富有着悲壯性의 作品.

*　　　　　*　　　　　*

亞力克‧世托斯泰의 著名長篇小說「表脫爾一世」已決定搬到銀幕上. 製作從業員是以「雷雨」의 導演V‧PetroA, 與他們의 一派爲重要人物. 這是一部描寫帝政時代의 俄國社會情勢의 作品.

*　　　　　*　　　　　*

蘇聯記錄電影女作家愛斯比利‧叔普女士, 最近又製作着兩年以後의 十月革命二十週年紀念의 新記錄電影.

「莫斯科基諾」의 新片中, 除了取汲青年男女們의 日常生活의 喜劇「人生喜劇」以外, 還有一部重要作品「航空家」. 以兩個飛機師爲中心人物, 描寫兩種眞

摯的人生與輕薄的英雄主義的傾向的作品。導演者是「饑渴的大地」的作者雨·拉依斯滿。

美國

雲爾維亞·薛耐在派拉蒙公司決定出演於威斯利·拉克高爾斯的導演作品「Accent on youth」。據說這是一部藤遜·拉法爾遜的著名戲曲的電影化。

*　　　　　*　　　　　*

雷電華公司最近開始了巴華利, 利頓的著名文藝作品「The Last Days of pompeii」的電影化。Ernest Schoedsack任導演。

*　　　　　*　　　　　*

姚樂絲·德里奧在華納公司最近出演於新作品「Not On Your Life」導演爲Robert Florey但任。

*　　　　　*　　　　　*

瑪娜, 洛埃與威廉鮑惠爾在米高梅公司現已決定合演「After The Thin Man the Blake Chamber」等兩部新作。

*　　　　　*　　　　　*

洛墨泰·楊在派拉蒙公司的新作品現已決定題名爲「上海」(Shanghai)由Jamas Flood擔任導演。(完)

(『晨報·每日電影』, 中華民國二十四年六月十六日 星期日, 淡如。)

德國國際影展的焦點

自四月二十五日至五月一日,「德國電影協會」(Reichs Film Kammer)在柏林舉行了國際電影展覽會。參加的國家有波蘭, 澳大利亞, 捷克斯拉夫, 丹麥, 比利時, 芬蘭, 土耳其, 法國, 英國, 希臘, 荷蘭, 意大利, 匈牙利, 挪威, 瑞典, 瑞士, 西班牙, 巨哥斯拉夫等十幾個國家。網羅了歐洲各國的電影製作業者的代表人物以及電影分配業者們而彼此交換。關於電影製作各方面的利害關係的沒有忌

憚的意見。

　雖然說這次的柏林影展是一個國際影展, 但事實上, 不過是歐洲的尤其是大陸諸國間的一個電影會議。由此, 我們可以知道他們舉行這次影展的重要的焦點不外是爲了對抗着美國電影的像洪水般的勢力, 而企圖以德國爲先鋒來從事于歐洲各國的一種共同戰線的築成。(而且, 在某種意義上, 我們不妨說, 這次的德國影展是會在政治與經濟方面嘗試過而獲不到成功的所謂「歐洲同盟業」在銀幕世界上的變態的出現吧。)同時, 很容易推想得在上面所舉的許多國家當中, 能由這個會議的舉行而得到最大的利益與成果的國家亦無疑的是德國。

＊　　　　　　＊　　　　　　＊

　這次的德國國際影展的重要目標中的第一個, 便是使參加了這會議的歐洲各國認識優秀的電影的適當的利用不僅在德國一國爲必要而且在其他的全歐洲的國家亦有着極重大的意義。現在的德國, 他們在一年中公映的電影中有八十部乃至一百部乃是外國片子。以國產新片來防止這個外國影片的輸入, 雖然並不是不可能, 但在經濟上, 這是一種沒有什麼意義的浪費的努力。因爲許多德國電影的對象國家每一年輸入德國的影片有一百部乃至一百四十部, 然而, 最近的德國電影界却是陷在國外輸出的極不活潑的狀態中。這種輸出的不活潑的現象並不限於德國一國, 而歐洲各國也都是陷在同樣的不景氣裏。尤其是許多小國, 因爲他們的電影市場的範圍的狹小, 這種輸出事業的不振更給他們以一種巨大影響。可是, 美國呢, 他們在一年中開映的娛樂電影的六六七部中, 外國影片僅佔領着一一五部。如下所示, 我們可以看出美國片在歐洲各國的盛勢了。(依據自一九三三年至一九三四年的實際統計)

　德國一國產片一二二部, 美國片五九部, 法國片九部, 法國片九部, 英國片六部, 其他歐洲影片二三部, 合計二一九部。

　英國一國產片一九六部, 美國片四五六部, 法國片八部, 德國片一四部, 其他歐洲影片一一部, 合計六八五部。

　法國一國產片一四九部, 美國片二四〇部, 英國片三四部, 德國片一一三部, 其他歐洲影片四六部, 合計五七二部。

　義大利一國產片三〇部, 美國片一六三部, 英國片一一部, 德國片五三部,

法國片四一部, 合計三〇一部。

捷克斯拉夫一國產片三五部, 美國片二〇部, 英國片九部, 德國片八〇部, 法國片二六部, 合計二〇〇部。

西班牙一國產片二〇部, 美國片二四〇部, 英國片二五部, 德國片八〇部, 法國國片七〇部, 合計四四〇部。

*　　　　　*　　　　　*

依據上面的統計, 我們知道美國影片在外國所佔的比率, 在德國佔百分之二七, 在英國佔百分之六六, 在法國佔百分之四一, 在義大利佔百分之五四, 在捷克斯拉夫佔百分之十, 在西班牙佔百分之五四。所以, 爲了阻止美國電影的這樣巨大的勢力, 最須要的是這許多國家的電影事業者們的密接的互相協力。這就是德國的最重要的主張, 同時這次的影展的焦點亦就在這個地方了, 德國的某一個電影機關雜誌, 對於歐洲的電影事業問題最近發表着熱烈的主張, 就說過:「在美國電影裏面所氾濫着的趣味性與嗜好性以及審美的觀念等, 越離開歐洲越容易獲得到歐洲電影在世界電影市場上的地位吧。爲了這個地位的獲得, 最重要的先決問題就是歐洲各國的電影界的一致團結」這樣的話。

*　　　　　*　　　　　*

那麼, 這次德國的國際影展爲了他們的團結與協力的基礎之築成。果然供獻了怎樣的力量呢! 雖然對於他們會議的全般的詳細的決議內容, 因爲材料蒐集到的不容易, 在現在還不能下確切地斷言, 但是依據從各方面傳出來的消息與輿論來看, 他們在這次的影展所得到的成果不能不說是有着相當的意義。但在這裏, 不能不使我們抱着疑義的一個重要問題就是他們的種種決議與許多計劃能不能很有有效地而且急速地在實際工作上具體化? 因爲我們知道, 國際會議的決議內容以及表面上的計劃, 固然大都是盡善盡美, 而在具體的地實行方面, 我們却已經感覺到好幾次的失望了。

*　　　　　*　　　　　*

其次, 在這次的國際影展所產生的成果中, 值得我們注目的就是「國際電影會議所」的發起案的通過, 這是代表着德國宣傳部長戈培爾氏而出席於這個會議的主席列台爾氏的提案。他是主張着:「因爲電影在各國國民間的理解和親睦

的助成上比任何事業有着偉大的力量, 所以我們要企圖它的發展與向上, 不能不在像「國際商業會議所」一樣的組織之下設立「國際電影會議所」…這個提案已經得到了參加國家的一致贊成, 並且決定許多參加國家必須共同爲了曾在一九二八年在柏林設立的「國際電影導演設會」(Federation interoationa le deg a ssocoations des direceyrs de cinemas)的復活而一致協力, 同時, 德國就被選定爲事業進行的執行委員國。

*　　　　　*　　　　　*

最後, 這個電影會議的「特別委員會」所討議的電影新聞及電影批評的國際的統一問題, 亦爲這次國際影展的重要的決議案之一。雖然表面上的形式比較差一點, 但在根本上說, 它的目標亦尚在歐洲各國的團結強調與電影的互相融通的便利以及歐洲各國的電影地的協調等等的計劃上。在下面試舉出他們的決議案中的較爲重要者三件:

我們須要特別考慮:「電影沒有國境」的這一點。

對於招起國際間的疑惑或威脅世界平和的電影, 我們須要澈底的批判以及企圖它的絕對的消滅。

我們設立一個中樞機關稱爲「電影新聞情報局」。由它將實行電影新聞與各種電影刊物的記事, 書報, 批評等的蒐集以及它的交換的連絡與統制。

(『晨報·每日電影』, 中華民國二十四年六月二十四日 星期一, 淡如。)

影人動態

克拉克·蓋勃爾讚
勞勃脫蒙高茂萊作

用不着我個人來讚美, 克拉克·蓋勃爾。一般觀眾們對於他的歡迎, 已經明顯地證明着他是一個好萊塢的最優秀的演員。實在, 他具有着能够被各階層的人們所歡迎的性格。

我們在工作上決不是競爭者。他是我所企美的一個。記得我在紐約的攝影廠,

頭一次見他的時候, 他正扮演着一個年青的技師。他那輪廓鮮明的男性的魅力, 不僅使我到了現在還時常想起, 而且在好萊塢當時還引起了一種從來沒有的好的評判。後來, 我看到瑙瑪希拉合演的「自由魂」, 更明確的看出了他的演技的不凡的地方了。

　　蓋勃爾, 一般電影界的人們以爲他是一個很順利地, 獲得現在的地位的明星, 但我決不這樣想。如他自己的告白, 他不是由於某種特殊的機會而成功的明星。他的今日之偉大的成功, 不能不完全歸之於他的繼續不斷的努力上。我們對於他須先要知道的地方就是對於功利上的小名譽沒有野心的他的眞摯的態度。這個地方就是許多電影明星最容易陷入的缺陷, 蓋博爾, 無論是他的個人的思想或是行動以及私生活的態度, 都有着一種男性的威儀, 他不像好萊塢的許多凡庸的明星們, 他沒有像女人一樣的那種纖弱的地方。

　　　　　　＊　　　　　　＊　　　　　　＊

　　不客氣的說, 許多明星們, 大部分都是時常對於女性問題作出不名譽的事件, 但蓋勃爾與對於女性們那樣誠愨的態度, 亦是不容易看到的地方吧。一個人對於自己的行動負着明確的責任, 這是很容易說而不容易實行的。蓋博爾, 他對於無論那一種的事, 却不在一個演員的身分上處理它, 而在一個男性的立場上去處理它的, 或許讀者們也已經知道的吧。好萊塢是各式各樣的人都有的。有的生活極其豐富而豪奢, 有的却不能獲得幸運而陷在很痛苦貧弱的生活裏。蓋勃爾是已經經驗了好萊塢的各方面的生活的演員, 他的演技, 我們不妨說是以這樣的各方面生活的實際經驗爲基礎而築成的。

　　我很輕視着祇知道一種特殊的演技而千篇一律的固定化的演員, 但蓋勃爾是由於他的生活經驗的豐富, 什麼戲都會演得好。許多好萊塢的明星們, 一得到某種名聲, 他們便建築別墅, 買土地而圖謀生活的安逸。祇有蓋勃爾, 他還沒有買土地, 亦沒有建築華奢的屋子, 因爲他不算自己是一個特殊的明星, 而自在一個男性的廣汎的觀點上生活着的, 無論如何, 蓋勃爾應該是今日的好萊塢明星當中的一個巨大的存在吧。

　　　　　　　(『晨報‧每日電影』, 中華民國二十四年七月六日 星期六, 淡如 譯。)

業餘隨筆

演員·角色……琪思·哈羅

　　有許多人們時常訊問我「攝影場裏面的工作的情形怎樣? 你的生活怎樣?」或是「你的影片怎樣攝製出來的?」這種訊問的確是表示着他們對於電影的關心一天比一天地向上着的事實。我實在感謝不已的了。說起攝影場中之工作來, 話雖簡單, 但實際上它的範圍是極其廣大的, 現在, 就以我個人的意見爲中心, 簡單地談幾句吧。

　　讀者們也許很容易推想的吧。電影製作的基本工作當然是劇本的編成。劇本編好, 我們演員便被召集於企劃室, 在這裏我們才可以知道下一次的電影的內容以及被決定的自己的角色。我對於被決定的角色從來沒有表示着不滿足的態度, 因爲企劃部的人們比我更聰明地了解着一般大衆對我所希望的角色是那一種。

　　在許多演員當中, 亦有熱心地讀文藝作品中之名作而要找出自己所最適當的角色的。可是無論名作小說或是編成的劇本。自己所歡喜作的角色却很不容易找得到的, 所以, 我以爲在企劃部裏爲了我而編成的劇本的角色就是最容易扮演的角色。因爲他們比任何着名小說作家更充分而且明確的理解着我的個性以及其他一切的情形。

　　無論任何演員, 他們個個都有着一種共通的希望。就是演出比被企劃部的人們決定的角色更偉大的戲以及能够十二分的發揮自己的一切特長的角色。這種演員的個人的希望和主張演得成功的話, 那就一點不成問題, 可是一錯了的時候他自己的演技的全部不能不陷入再也無法救藥的悲運裏去, 同時, 作品全體的失敗亦不言可知的了。所以, 我想一個演員, 無論誰都該要注意到這一點。

　　(『晨報·每日電影』, 中華民國二十四年七月十四日 星期日, 淡如 譯)

諷刺電影的基本問題
羅勒克萊爾的笑與劉別謙的笑的研究

　　現代的諷刺電影與資本主義機構下之喜劇――沒有社會的內容的喜劇對立着, 同時與無聲電影的喜劇亦對立着；然而, 在另一方面, 我們不妨算它是一種資本主義喜劇電影的發展形態, 亦可以說是在喜劇從無聲電影轉變到有聲電影的過程中的不能不採取的新的形態了。羅勒‧克雷爾的最近作品「最後之百萬富豪」, 最明顯地證明着現代的諷刺電影與資本主義喜劇電影對立着的事實。因爲諷刺電影是與「否定舊社會秩序的態度的意識性」有着不可分離的最密接的關係。因爲諷刺電影是由於所謂「笑」這個手段而表現出來的一種憎惡感, 是對於混亂而且錯誤的事物的一種否定態度的間接的表現, 所以在諷刺電影中這個「笑」是與「對於某一特定的事物的強度而且普遍的批判」有着關聯, 同時這種批判的精神, 越高便越增加「笑」的效果。

＊　　　　　　　　　＊　　　　　　　　　＊

　　然而, 資本主義喜劇表面的「笑」是完全相反的。它祇是借了最無批判的而且最無意義的「笑」來使大衆們陷入很不清楚的現實肯定的方向裏去的。好像演員的馬克思四兄弟完全對立于思想家馬克思一樣, 資本主義的喜劇與諷刺喜劇是完全對立着的。前者的「笑」是在流露着作品的根底裏面的意識變成爲一種曖昧的態度的時候, 便獲得到更大的效果, 但諷刺電影的笑是它的意識的根據越明確越普遍, 就越能夠得到更偉大的效果。

＊　　　　　　　　　＊　　　　　　　　　＊

　　我們在不久的以前所看過的劉別謙的「風流寡婦」, 在作品的素材上, 與羅勒克萊爾的「最後的百萬富豪」比較起來, 這兩部作品互相有着一種對立的「笑」。這兩部作品, 均以極其狹隘的一個小國爲作品的主題。同時兩部都是採取着這個小國的破產以及一個國家的破產所引起的暗黑面的陰謀和詐欺的問題。然而, 劉別謙和克萊爾, 雖然所取的題材是大同小異, 而在作品的結果上, 他們所表現的「笑」與「諷刺」呈現着完全相對的效果。克萊爾的喜劇裏面的「笑」是以提起在作品裏面的某種形象的內面意義的理解爲根據而發現的。換句話說, 他所

暴露的種種政治上的醜態以及對於社會方面的諷刺的形象，像漫畫一般的表現在銀幕上，同時這種形象各各都是與社會的事實有着極大的關係，於是觀眾們了解這種與事實有着密接的關係的形象，便禁不住地發笑起來的。可是，這種「笑」我們假使不能了解隱藏在那個漫畫的背後的事實，就不能發出來的，所以這種「笑」是使我們引起某一特定的想像力與考應力。反之，「風流寡婦」裏面的「笑」是完全不須要對於某種事物的理解。「笑」在這部作品不是從畫面形象的內面的意義裏發生的。僅僅說話和動作等等的表面的條件成爲「笑」的根源。可笑的希佛萊的表情，可笑的「大尼魯」與「蘇尼亞」的對話，這些可笑的表情和對話單單由于很偶然的個人的矛盾而使人發笑的。譬如說：希佛萊當戀慕着「蘇尼亞」的時候，他好像一個旁不相干的第三者一般，作一種神妙的表情，自己的一封信交給「蘇尼亞」。這部喜劇亦就在這個事件的發生上開始。同時他們倆的對話亦大部份都是互相的錯誤。就是我們申着他們的那樣偶然造成的對話的矛盾而便發笑的。可是「最後的百萬富豪」的「笑」的根據是一種已被人理解的社會的矛盾。克萊爾的作品含蓄着的「笑」的基礎是蘊藏着現代社會的一種巨大的實際的矛盾－例如生產過剩，金融，政治，獨裁等等的事實。

＊　　　　　＊　　　　　＊

「風流寡婦」這部作品，如果消滅了主人公的互相的錯誤，作品全體的「笑」亦將隨它而削減了。同樣，開登和羅克的喜劇，在他們的對於環境的個人的矛盾解除的時候，作品全般的「笑」亦便會跟它失去。例如，在「風流寡婦」中，在酒館裏，希佛萊與本國的大使互相交換名片而解決了錯誤，同時由這個錯誤的解決，作品的「笑」亦就告終了。這可說是這類喜劇的一種典型的例子。換句話說，資本主義的喜劇是基因於隨便造出來的錯誤以及被偶然性所支配的個人的矛盾的發展，而創造出「笑」來。

＊　　　　　＊　　　　　＊

然而，在嚴格的意義上所說的諷刺劇是由於社會的實際矛盾的發展而創造出「笑」的。由此，前者的「笑」是使我們離開社會的事實，反之後者的「笑」是使我們接近到社會的事實裏去，在這樣的意義之下，我們不能不說，諷刺電影不是屬於資本主義喜劇的範圍裏，而是與它對立着的了。假如，在某一個社會中，

存在着一種被統制的計畫地的生產關係. 那麼, 在那個社會裏的一般大眾亦有着某一特定的而且共通的論理, 同時以這個論理爲根據而行動是很明顯的事實. 反之, 假使在某一個社會中, 存在着像無政府狀態裏的生產關係, 大眾亦沒有某種特定的論理, 個人各樣的行動而發生出衝突和混亂的話, 那麼他們所有的思維都是非論理的東西. 由此, 新時代的諷刺喜劇必然地不可表現出這種非論理地的「笑」的作用, 而它就不能不創造出能够使人引起一種明確的理解和觀察以及批判的「笑」, 無論任何種的喜劇, 若果它沒有那個社會的大眾的普遍的論理, 便免不了或爲一種非論理的而且極其空虛的表面上的「笑」了.

*　　　　*　　　　*

這樣看來, 我們不能不說羅勒・克萊爾對於諷刺電影的功績的偉大. 雖然他的最近的作品「最後的百萬富豪」, 因於尖銳利的對話的缺少, 使我們覺得作者理解社會的矛盾的淺薄性. 但是無論如何他是一個解決了諷刺電影的第一個課題的人. 他是由着「否定舊社會的秩序的意識性」與「笑」的密接的結合, 反抗了種種不公平的現實的社會機構, 實在我們應該重大一點評價這個影藝人材了. (完)

(『晨報・每日電影』, 中華民國二十四年七月十五日 星期一, 今村大平 作 淡如 譯。)

音樂電影簡論
電影價值與音樂價值

雖然在我們時常看到的音樂電影當中, 亦可以舉出若干部優秀的作品來, 但總括來說, 那無甚可取的凡庸的作品總是比較更多些. 我以爲作品裏面包含着音樂的所謂「音樂電影」, 因爲它不能僅以「音樂上的完全性」或「電影上的完全性」作爲作品全部的重要目標, 所以結果就不能不製作出把電影與音樂在某種程度上妥協了的拆裏式的作品來. 明白一點說, 無論任何種的音樂電影, 假如在音樂的演奏中, 劇情受到了頓挫; 或在劇情的進展中疏忽了音樂, 這就不能說是十分發揮了音樂效果的作品. 換句話說, 作品中祇有卓越的音樂效果, 劇

情自然將隨它而失掉電影構成上的面目。反之，音樂的效果如果很拙劣，那就又根本不成爲音樂電影。—現在所汎濫着的這類音樂電影的本質的問題也就在這個地方吧。「音樂上的完全性」與「電影性的完全性」，這兩者的圓滿的融合一致，說起來固然很容易，而在實際上則是很不容易得到效果的。

*   *   *

譬如說像Opera那樣有一種特定的傳統的約束的藝術形式，在那個傳統的範圍中是能够給與觀衆以一種快樂性的。可是音樂電影却沒有它本身的傳統，所以假使它有着電影構成上的勉強的硬作性，便難免要發生作品的全體的破綻。我們看過馮史敦堡的「Morocco」，和羅勒‧克萊爾的「巴黎屋簷下」，這兩個影片的音樂的處理對於電影的本質地的構成上，是沒有勉強性的作品。這類的音樂電影，當畫面中演奏音樂的時候，同時也就都有「劇情的合理性」在畫面上的說明，這不妨說是音樂電影的一種安全的方法吧。

另外，祇以「音樂的陶醉性」或是「音樂的快樂性」爲本位而製作的音樂電影却不能使音樂在電影構成上合理地融洽起來。但，在形式上，如「風流寡婦」和「龍翔鳳舞」一般很明朗的以音樂及主題歌作爲一部分材料的作品，我們也總得承認它是音樂電影的又一型。

*   *   *

這樣看來，對於音樂電影已經明顯地有了兩種不同的見解。第一個是「電影地的見解」，其他即是「音樂中心」的見解。當然，影藝人們是抱着以電影爲本位的見解，而音樂家們則喜歡拿「音樂中心」的見解來欣賞電影，那末，這兩種完全相異的見解在電影藝術的本質上，究竟那一種比較妥當呢? 在我們這方面，當然會覺得前者的見解比後者是有着多分的安全性，而後者的見解却有着相當的冒險性。同時，以實際的來說，則以音樂爲中心的音樂電影不是已經有很多失敗了的麼?

*   *   *

電影與音樂的關係，無疑地，從有聲電影發生以後，是更加密接起來了。可是，在無聲電影時代，電影與音樂也就已經有了不可分離的關係。無聲電影時代的伴奏音樂便能够證明着這個事實。當電影發生的初期，美國亦用鋼琴伴奏看歌

舞曲。並到後來葛莉菲士的作品「重見光明」出映的時候, 才進一步地特別作出了與畫面合致的伴奏音樂而發揮了音樂在電影上的相當的效果。經過了這一期創始時代以後, 便流行了所謂「Prologue」(前奏曲)的演奏。很巧妙地演奏出了同電影的內容與關聯的歌舞以及音樂。這種事實雖然不過是很簡單而且常識化了的事實, 但多少也就可以指示着最初的電影與音樂的密接的關聯了吧。到後來, 電影與音樂就更進一步的融合起來, 這是有聲電影的發生, 於是, 大家對於畫面中的對話和現實中的音樂效果都覺得比從前的伴奏來得更自然。從以前的伴奏改變成功的配音片以及Part talkie等終於漸次地消滅, 而All talkie的黃金時代終於到臨了。－這說明着伴奏音樂是釀成了有聲電影出現的契機, 同時在另一方面却又產生了否定自己的結果。我們試再想想今後的音樂電影, 或者更合理的進步是可以預卜的吧!

＊　　　　　＊　　　　　＊

然而, 在這裏又發生了一個新的問題。即是「電影音樂的問題。爲伴奏音樂的結果而出現的對話或音樂效果, 都不能算做它是純粹的音樂。觀眾們, 很久地聽慣了電影所附帶的所謂－電影音樂」而且他們都認識了所謂「電影音樂」是不能僅僅逃蔽着無聲電影的不完全的地方而必須要有效能夠使觀眾們滿意的音樂的原來的價值。由此畫面中的對白便點露出了它的缺陷, 同時音樂電影的「音樂要素」問題, 便招起來了一種新的考慮。那就是認爲伴奏音樂與主題歌的獨唱不過是一種無聲電影時代的遺產物, 而不是在有聲電影的本質上的適當的手段。有聲電影的音樂須要充分地考慮着對白與音樂效果而使兩者同時並進的。

(『晨報·每日電影』, 中華民國二十四年七月二十八日 星期日, 淡如。)

麥穆林談色彩電影(一)

「R·K·O公司」由「La Cucaracha」的發表得到了相當的自信以後, 爲色彩電影作品的第一次貢獻, 最近已經完成的了新作「Becky sharp」(以作品的主人公之名爲題名)的攝製。這部作品是麥穆林所導演, 自然影壇的各方面的人們對於

這次的新的嘗試是更加抱着特別的期待了。下文所述，是記者訪問麥穆林時的他所發表的談話。由此，我們可以知道他對於色彩電影的相當的自信和抱負。

第一、看了色彩電影的攝影場和佈景。已經使我們感到與普通的攝影場完全不同的氛圍氣。配光比普通的黑白電影有着三倍的強度，Camera亦比普通的大二倍。而且廣大的攝影場裏祇有對於色彩電影有着特殊的技術的攝影師兩人。他們和錄音師，似乎是這個攝影場裏的獨裁者。於是，我聽着麥穆林帶了些微笑形便說出了他的意見。

「我在以前沒有作過這樣難的影片。因爲，無論如何，我們是不能詳細的了解色彩方面的事。這部作品所計劃的東西無論那一種都是新的經驗。老實說，剛開始工作的四五天，我不能清楚的認識自己所從事的工作究竟是什麼?」

「那末，你對於色彩電影是否抱着滿足?」

「我覺得十二分的滿足。我以爲色彩電影再過一兩年以後恐怕能够完全佔領銀幕世界吧。或許亦有人反對我這樣的意見吧。因爲，人總不喜歡改掉他的習慣。當出現了有聲電影不久的時候，亦有了同樣的反對。可是在另一方面，人總是進步着的。比方說，在黑白兩色電影裏，一個貓被映出灰色，但是在我們的以三色爲基礎的色彩電影裏是能够映出被寫體的實際的色彩即是自然的色彩來。給與電影以對白，這是好像給與聾啞的世界以言語似的，同樣，色彩的出現正像給帶了黑眼鏡去看電影的人們以一種健全的看力。現在的電影，不過能够看一種Silhouette(影論)，但是我們在將來是能够看宇宙的實際的美。的確，我們不能不經過一個長久的過渡時期。我的說法，不論導演或觀衆們任何方面都可以說的，但先祇在導演的立場上說，第一個問題便是我們須要完全改變從前的所謂Technic。從前的電影祇有由畫面的交錯而發生的rhythm和形態的動狀。但是在將來，我們該要加算色彩地的構圖和光線以及這兩者間的色彩上的要素了。因爲單單依靠着描寫繪畫的技術和方法去構成作品意圖是不充分的，同時必須依着色彩的綜合和交錯以及色彩地的畫面的連續而表現某一種事物的緣故。每一個色彩，都給與每一個人各不相同的感動和情感。就是一個場面的感情不僅由於它的動態並且因色彩受了更大的影響，在這部影片裏面，我爲了使觀衆們更親近色彩起見，嘗試了如下的色彩運用。第一，壁的色彩爲灰色而且被寫

體的色彩都用了淡色, 這樣, 我意圖着須先使觀衆們的眼光徐徐地親近於色彩而後使他們能够接受劇的場面的強烈的色彩。色彩是一定與動作的意味相結合的。色彩電影的第一個秘訣亦就在這點。在最初的場面, 色彩不必太明確, 須用淡柔的色調, 跟隨着動作活潑起來, 色彩也必須要有變化。

「我們用白色來代表純潔, 黑色表現悲哀, 紅色表現情熱, 綠色象徵希望或是嫉妬, 黃色表示狂亂等等, 決不是偶然引起的。因爲這些色彩都有着傳統上的科學的根據, 這種色彩在人們的肉體上的作用, 的確是喚起了這樣的感動。當然在實際的運用上亦有相差的地方, 但是這就是色彩電影的基本觀念。比方說, 在這部影片裏, 有一個戰爭前夜的在某一個公爵邸舉行的跳舞會場面。就是英國的軍官們伴着貴婦人們跳舞的場面。在這場面, 軍官們的軍服我用了紅色, 婦人們的衣裳是極其濃種的色彩。場面全體的調子充滿着變化。他們忽然聽到了像雷聲似的音樂, 立刻覺得那是拿破崙軍的炮聲, 他們便丢失了常態, 引起了非常混亂的狀態, 強烈的風打着窗戶, 燈火的大部分都被消滅。這樣表現了險慘的劇變前的靜肅與混亂的交叉。第一, 他們戰戰兢兢的狂亂着的時候, 他們的衣裳的色彩, 我先用了白, 黑, 栗色等有着沉着性的色調, 不久就改變了青色和綠色, 漸次地再變了黃色, 最後變成了強烈的紅色。隨着動作強烈起來, 色彩所喚起的感動亦要強烈起來的。爲了人物的色彩的適當的調和, 配光要特殊的活躍, 風把燈火吹滅的時候, 光線是從白色變成像枯木一樣的色彩, 後來再度變爲琥珀色, 最後到了能看得出戰場的光焰的時候, 全體的場面才成爲紅色。」

(『晨報·每日電影』, 中華民國二十四年八月五日 星期一, 淡如 譯。)

麥穆林談色彩電影(二)

Becky Sharp的勝利

到了工作時間, 麥穆林氏開始了攝影。開拍的正是扮演主人公「Becky Sharp」的曼琳·霍金絲與某一個侯爵(雪特利克·哈德威克扮演)繞圍着一個桌子的場面。桌子上有NapKin[51]和水果等。壁和窗戶等的裝置, 都跟普通的攝影是兩樣

的。可是演員的化裝部沒有一般人豫想的那樣強烈。普通人們以爲色彩電影的化裝一定要強烈，映出於銀幕時才能現出適當的色調。然而麥氏却發見「不論人物或小道具，在佈景裏能夠有着自然的性的，映在銀幕上才也能呈現出自然的色彩。攝影工作的一部份完畢了的時候，我向主演女優曼琳·霍金絲詢問了她的意見。

「密斯霍金絲! 你覺得色彩電影怎樣?」

「我以爲色彩電影眞是一種可怕的進步。麥穆林先生，他是什麼奇跡都能做出來的人物。然而隨着色彩電影的攝影，我們演員的工作自然也複雜起來了。比方說，一個演員在色彩電影裏是須要自由自在的演出怕羞的神情而讓煩上漸漸發細。但是無論如何自己覺得總不能演得十分自然。不久以前攝着弗蘭西斯·黛的怕羞的場面的時候。我很注意她演出的表情，因爲她也對我說過好幾次色彩電影的攝影的可怕的地方了。可是Camera一動，她却很自然地演出了，那時我實在佩服極了。」

曼琳·霍金絲說到這裏忽然到衣裳室裏去換衣服。麥氏又繼續着這樣地說：

「那是一點不成問題的，實際上是極其簡單的一回事。我在那時不過是加用了紅的光線投射在弗蘭西斯的頰上而已。可是霍金絲總不相信我的話。不久以後，霍金絲就將演着爲了要隨從富豪侯爵而離開了年青的軍官的這個場面，我豫備到了那個時候，使她穿一件紅的軍服站在黑色軍服的軍官們的面前。這是因爲要表現對照的強調和憎惡與嫉妬的感情的緣故。自然，因爲初次的關係，一般的演員們都很怕着色彩。而提起色彩電影來他們的素來的態度便會得完全被改變。但，我以爲這是大可不必的。衹在光線上說色彩電影的光線是比普通攝影更能夠表現各方面的美麗，顏面的美麗，眼睛的美麗在色彩電影裏都能表現出很自然的姿態來。

「要而言之，由於這個新的方法，我們在銀幕上畢竟能表現出自然的色彩。假如這個世界上沒有色彩。那麼就變成什麼樣子呢? 爲什麼衹有電影滿足於黑白兩種的單色的世界? 我以爲那是因爲從前不能表現完全的色彩的關係。簡單一

---

51) 'Napkin'이 정확한 표기임.

句, 我們在現在拿黑白電影比較起色彩電影來, 那就好像是拿有聲電影比較着無聲電影一般孰勝孰敗是不成問題的了。」(完)

(『晨報·每日電影』, 中華民國二十四年八月七日 星期三, 淡如 譯。)

電影音樂的特殊性

(一)

我們知道電影的音樂是一種新的音樂是一種完全獨立的藝術形式。在音樂藝術的本質上說, 它祇以「聽覺」爲第一個重要目的。「視覺」在音樂藝術的本質的要素上是沒有關係的。除了音樂以外的諸藝術, 不用說電影, 雕刻, 戲劇, 以及跳舞等等, (連小說和詩歌等)全都不能輕視「視覺」, 它們要描寫某一種事實, 就得與「視覺」發生密接的關係。只有音樂這個特殊的藝術形式是完全脫離「視覺」而存在的。

*　　　*　　　*

可是, 我們在這裏爲須要研究「視覺」的特殊的音樂形式, 便不能不舉出「歌劇」來做說明。它是與「視覺」有着直接的關係的音樂形式。雖說歌劇, 而它的重要本質是在戲劇的要素上, 但我們也不能否認它所包含着的音樂的要素的重要性。在某種意義上, 我們却不妨說歌劇的第一個中心要素是在音樂上, 而歌劇的戲劇性不過是一種附帶的存在物。所以, 從歌劇裏面可以除去戲劇的要素, 但假若除去音樂的要素便不能成爲「歌劇」而存在了。(留聲機中的歌劇片便可以證明着這個事實)。

*　　　*　　　*

無聲電影的伴奏音樂和戲劇的伴奏音樂以及跳舞的伴奏音樂等等, 在與「視覺」有着密接的關係的一點上, 似乎與電影音樂有着多分的共通的地方。然而再嚴格一點說, 這類伴奏音樂是使完全獨立的音樂藝術與其他的藝術形式並進着的。而在電影音樂, 則音樂不能獨立地存在。不能不被電影的構成合在一致。雖說某一部影片具有着獨立的音樂形式, 但它不是音樂本身所主張的音樂形式,

而是電影藝術所主張的音樂形式。所謂「伴奏音樂」這類的音樂形式的有無並不與無聲電影有着重大的關係。同時跳舞音樂亦不過是規定着跳舞的rhythm的進行和感情的内容的指導的存在物。可是電影音樂是爲一種特殊的藝術形式被綜合一致的一種有機體的一部分。所以我們不可以拿從前的音樂的見解規定電影音樂的。

*　　　　　　*　　　　　　*

可是, 電影音樂並非採取與從前的音樂, 完全不同的表現方法。觀察的方法和處理的目的是不同的, 但在表現的方法上, 是採取着和從前的音樂相同的表現方法。有聲電影中的歌曲或奏樂等, 無論任何種都使用着與從前的音樂形式相同的方法。不過, 它的目的是兩樣的。換句話說, 電影中的歌曲和奏樂的目的不在使人聽歌曲或是獨立地的鑑賞音樂演奏, 而是爲了劇的構成上的一個分子而被使用的, 這一點便是電影音樂的第一個特色。(未完)

(『晨報·每日電影』, 中華民國二十四年八月三十日 星期五, 淡如。)

電影音樂的特殊性
(二)

在影片裏被採用的許多名曲, 無論怎樣滿足觀衆們的聽覺, 但總不能脱離了劇的進展要素中之一部份而獨立地存在。它應該是一種幫助着劇的進行要素的演奏。由此, 近來的許多音樂電影因爲不祇以音樂爲興趣的中心, 有些勉強的音樂插入的傾向是不可避免的地方。可是如果該部電影能够給我們以劇的構成和進展的自然性, 那就不成問題了。

有聲電影初期, 曾流行以歌劇一般的音樂處理方法來處理有聲電影的錯誤的傾向。勉强地使觀衆們聽着與作品似乎完全分立的許多歌曲, 可是這種音樂的處理法在它的本質上終於不能不没落了。有許多音樂我們會經常想着在看有聲電影時一面能够聽得Opera, 但這種豫想終不能實現了, 因爲有的場合電影裏也插入着Opera的一部份(例如,「一夜之戀」一類的影片)可是無論如何, 那一

點不改變的Opera的原來的形式是不能搬銀幕上來了。即使搬了來，也可以說這並不是嚴格的意義上的電影而不過是一種Opera。在有聲電影初期，也有不少專以獨唱或獨奏爲內容的影片，但不久就陷入了不能不消滅的命運裏去了。這樣的事實，無疑地給我們證明了有聲電影的音樂不能不爲影片構成的一部份而存在，同時，它是和從前的一般的音樂在它的本質上是完全兩樣的。

*　　　　　*　　　　　*

那末，我們在這裏應該再進一步具體地考慮着一般音樂與聲片音樂不同的特殊性。我們已經在舞台上看慣了專以音樂爲中心的Opera以及無聲電影的伴奏音樂，可是有聲電影終不能打破了我們的這種習慣。這是因於有聲電影所具有着的Relism[52]的關係。電影是描寫出眞實，在可能的範圍中，無論任何種電影所表現的都須要眞實的姿態，比方說，馬是須要眞正的馬，火車是須要實物的火車，演員們的顏貌或是年紀以及動作衣裳等等亦都須要多分的眞切性，在無聲電影的時代，因爲沒有音樂，在某種程度，脫離些眞實，還不感到何等重大的不自然性，可是在有聲電影裏，脫離了眞實姿態的虛構的假物是不行的，一切的一切都必須要眞實。當然，觀眾們誰都能夠區別出「寫實影片」和「劇的影片」來。同時他們都知道「劇的影片」是被人作成功的東西。然而，無論映像或是音樂都被構成爲與現實的眞實姿態差不多完全相同的有聲電影裏面，如果還有着許多虛構和不眞實的話，觀眾們自然是不能滿意的。

像Opera一類的藝術形式，在它的根本上，映在我們的眼前的一切，並不是每一個都被現實地造成。譬如說在Opera中，我們看有一個很肥大的老婦人扮演一個年青的姑娘而獨唱的場面，也不感到何等不自然性。女人扮着男人Soprano獨唱，亦能使觀眾們滿足。因爲舞臺是包容着觀眾們的想像力，不妨演出這樣離開了眞實姿態的場面。可是，有聲電影不能不一切都拿眞實的形態來描寫，舉一個最初步的例子說，在舞台上是發出「很熱!」一句話就能使觀眾們了解天氣的熱，但在有聲電影，在背景的後面要用許多不大必要的人物來，使他們脫衣服。出汗而走。

---

52) 'realism'이 정확한 표기임.

　　這種電影的Realism和音樂是很多互相衝突的危險性。音樂表現的重大的難關亦就在這裏了。音樂是表現感情, 美觀的, 悲壯的, 有着愛情的, 滑稽的, 個個都在音樂中能够表現出來。然而這是祇限於有着所謂「音樂演奏」的特殊條件的時候。在愛人的窗戶下唱出來的Serenade是一種的演奏形態。這種演奏形態, 無論任何一種都有着一種附帶的條件。就是不能隨時隨地唱出來的。恐怕沒有人在他的日常生活中, 用帶着Orchestra的獨唱來表現出自己的感情吧。雖然在月夜, 握着愛人的手, 但並不一定要使他們倆合唱出戀歌來的。我們認爲Opera是一種的演奏形態。然而有聲電影是一種我們的日常生活的寫實的表現。所以在日常生活中使人感到不自然的音樂, 我們可以承認它是一種演奏形態, 但不能承認它是有聲電影的本格的表現形式。有聲電影是須要構成出引起演奏形態的過程的眞實的姿態, 這就是聲片音樂的一種重要的負擔了。(完)

(『晨報·每日電影』, 中華民國二十四年八月三十一日 星期六, 淡如。)

論色彩電影
勞勃脫·E·瓊斯的意見

　　在好萊塢最近引起的一件嶄新而且不可思議的事實便是色彩在銀幕上的出現。這個事實並不是某一短時期的現象。它將要風靡全世界的影壇而征服從前的電影藝術的表現手法。演員們的眞正的姿態, 例如黃金色的頭髮, 紅桃色的皮膚以及眼睛和臀的自然的姿態等, 由於New Procass[53] Technicolor的攝影法都能表現出來。這個新方法的攝影機是以一種不可思議的忠實性來攝出放在前面的包羅萬象的原來的自然姿態。它的能力範圍是無限的。因爲色彩像音樂一樣沒有範圍。簡單地說, 電影獲得了色彩這個事實無疑地將打開電影史上的一個新的紀元了。

---

53) 'process'가 정확한 표기임.

*　　　　　　　*　　　　　　　*

對於這New Process Technicolor的影片, 我們第一個感到的是它的自然的感覺的表現. 普通的黑白二色的影片, 使我們覺得有一種不自然性. 這個理由是很單純的. 因爲像我們的耳朵喜歡聽音樂一樣, 眼睛是喜歡看色彩的, 我們不是住在沒有音樂的世界裏, 同樣不是單單地住在黑與白兩色的世界裏, 而是從小孩子的時候在有着色彩的房屋裏拿有着色彩的玩具, 長大起來了的. 除了銀幕以外, 這個世界裏面的一切的事物差不多都是帶着色彩的啊!

*　　　　　　　*　　　　　　　*

色彩能使人們的感情湧現. 有愉快的色彩, 有憂慮的色彩, 有像戰鬥的叫喚那樣強烈的紅色和靜肅的青色, 或是浪漫蒂克的淡紅色. 美麗的色彩是像美麗的聲音給予耳朵以快感一般給我們以極大的快樂. 再具體一點地說, 色彩好像音樂, 從音樂流轉另一個樂章時一樣, 在銀幕上適當地被配置的場合是能够打動我們的心情和情緒. 銀幕上的色彩－流動着的色彩可說一種視覺地的音樂, 更不妨說是一種還沒有決定名稱的嶄新的藝術形式. 這一點即是從前的黑白單色電影和New Technicolor影片在根本上不同的地方. 色彩電影決不是對於黑白的單色電影祇加上去某種色彩地那樣簡單的東西. 色彩是爲了劇情和動作的提高而加插的, 換句話說, 從前的單色電影和這新的色彩電影的差異, 可說是像Operh[54]和戲劇那樣根本不同的.

*　　　　　　　*　　　　　　　*

不論任何人, 一個人總有着對於色彩的Rhythm和harmony的很深刻而且無意識地的反應. 這很像對於音樂的Rhythm和harmony的感應似的事實. 這並不是理性而是一種本能地的反應. 不知道色彩的法則的人們亦很容易了解這種事實. 也能感到單色電影的不協和. 我重複的說, 這完全是本能地的要求.

新的色彩電影的攝影法可說是打開了一個空前的力和魅力的世界. 這實在對於電影藝術家是一個未曾有過的特殊的機會. 是一種對於其他的藝術的空前的挑戰. 由着電影藝術樣式的這種進步, 我以爲電影藝術的各方面的問題, 恐怕亦不久就引起一種極大的革命來吧. 對於銀幕開拓了一種新的生命的這色

---

54) 'Opera'가 정확한 표기임.

彩電影的發明, 使電影從黑與白兩色的監獄裏救出來而解放到太陽輝煌的一個新的境地裏去了。在這新的境地的開拓, 第一必要的並不是技術的問題, 而是藝術的能力。樂器應該被音樂家使用, 而同樣從此以後的電影是需要優秀的畫家了。

對於色彩的感覺力是一種天賦的東西。對於戲劇的本能和對於色彩的本能一致合流的時候, 在這裏必然的引起一種奇跡是無疑的。我們在從前是大不注意關於色彩的問題。對於色彩所給我們的特殊的效果, 我們似乎取了盲目的態度。然而, 我們已獲得了一種特殊的媒介物, 若果我們再進一步地, 對於美麗的劇的色彩蓄積豐富經驗, 就能表現出自然和人生的美麗的色彩來了。(完)

(『晨報 · 每日電影』, 中華民國二十四年九月四日 星期三, 淡如。)

再論色彩電影
麥穆林氏的最近意見

在一切的娛樂當中, 最大的娛樂便是「藝術」, 說起藝術的理論和實際的關係, 理論是非從豐富的智識和經驗裏出發不可的。這樣的理論才能說對於藝術製作的實際有着效果。

*　　　　　*　　　　　*

我們在現在尚不能明確地決定有聲電影在將來該要踏進的新路, 一因爲我們尚未產生出絕對完全無缺的電影藝術, 又因爲科學的進步已經發達而超越了獨創力的範圍。一個人的獨創力, 無論如何及不上科學上的技術。我敢相信着能說優秀的有聲電影的作品, 不能不給聾人看也能覺得興趣的作品。

*　　　　　*　　　　　*

一切的事物該以動作與繪畫地的構成來傳達觀衆以它所具有的意義。在這種場合, 電影藝術的本質上說, 當不必說話的時候, 憑藉着有聲電影勉強地插入對話, 這是絕對不可容許的地方。因爲在有聲電影的構成上, 對話越簡單就越需要高度的表現技術而增加表現效果。

＊ ＊ ＊

在這樣的意義上，電影藝術獲得了色彩的事實，有着極大的意義。即在我們當着物體的時候，第一映進眼光來的就是色彩和形態。可是在從前的電影表現上，這種物體一搬到銀幕上去，色彩就削減而變爲黑白兩色的形態。所以從前的電影告訴我們視覺的第一義的東西祇是它的形態。但電影獲得了色彩以後，映進我們的眼光裏來的除了形態以外却多加一個色彩了。

色彩在它的本質上，有着給與視覺以一種balance的任務，同時當音樂强烈的刺戟着聽覺的時候，更有着緩和這種刺戟的特殊作用。由此，假使色彩被我們在銀幕上正當的使用的話，那麽我就無躊躇的說，在不久的將來能够打開一個電影的新領域，而且能够更强烈地表現出劇情的展開和演員們的感情和表情來。電影藝術，實在達到了再也不能發達的一種完璧的領域了。

在錄音影片的初期，對話給予電影藝術以一種極大的幫助，在同樣的意味之下，比從前的電影更激烈地刺戟。我們的視覺的色彩電影的出現，使有聲電影更進一步發展了。

可是，我們在這裏不可忘掉的，是很容易迷惑於色彩的特異的能力而無秩序地插入亂雜的色彩的事實。手中拿着亂雜的Palletet[55](調色板)去從事色彩電影的攝製，這不是色彩電影的自殺麽。

＊ ＊ ＊

如果我們沒有某種Style化，藝術就不能存在的。勿論任何種的藝術製作，由於一個藝術家的加工而才能產生出來的。電影藝術絕不是人生生活的一種模擬而應該是人生生活的一種改造。它當然是在審美學上被研究的創造形態，而且它的形態應該是一種被Style化的東西。正因於這個緣故，無論任何一個導演，他所具有的Style絕不能被人家侵犯或是胡亂使用。可是，自古以來的許多影片，因爲導演的Style被外部侵犯，就忘却了作家的個性，破壞了藝術的倒是多得不勝枚舉的。同時，太重視着感動的基礎的電影製作，也是很危險的態度。爲什麽呢？ 因爲電影決不是某一部份的幾個人所感到喜悅的那樣intellectual的東西，

---

55) 'pallet'가 정확한 표기임.

而電影藝術的根本是大衆。

(『晨報・每日電影』, 中華民國二十四年九月五日 星期四, 淡如 譯。)

美國電影製作之實際

電影事業在美國被算爲五大產業中之一, 同時投入於這個事業的資本總額也達到二十億元的巨額. 因於電影專業在國家產業中所占的重要性, 他們的經營的大規模和製作的科學的發達, 他國是無可匹敵的. 即在攝影場的外觀上說, 有像「M·G·M·」, 「華納」, 「福斯」, 等那樣大規模的所謂Major studio, 還有更多的小規模的攝影場, 而這些攝影場的內部的科學的組織上是更可注意的. 雖然影片製作的過程和組織, 各公司都採用着特殊的system, 但下面的組織還可算是代表着美國電影製作的實際組織的一個. 茲特爲我國人作一介紹.

Studio Manager－就是攝影所的所長, 美國製片公司的大部份, 本社都置於紐約.「好萊塢」即是他們的攝影場的根本陣營, 主宰着這個根本陣營的一切機構. 例如財政, 人事以及負着製作的各國責任的人就稱作Studio Manager.

Producer－某一部特定的電影製作的支配者. 他是在Studio Manager 的管理底下, 指導導演和一切的技術者以及管理製片的各國實際工作, 由攝影場的組織, 這Producer的人數亦沒有一定, 有地方只有一個人, 也有地方有五六個人。

Story Department－就是編劇部, 這可說是在美國的電影製作組織上, 最重要的部門. 一個製片公司, 勿論它的組織的規模怎樣小, 至少有五六個人, 至於大公司由於幾十個人的腳本部員而成這個部門. 一部影片的原作的選定以及Original story的製作均由這個部門負責的. 被這個部員選定的許多腳本, 首先由於Studio Manager Producer Production Manager以及腳本部部長審議, 才能決定它的採用與否. 這樣被決定的腳本, 再在腳本部由導演和專門的Continuity Writer而作它的細密的編劇以及Continuity這個Continuity再經過了五六次的改訂以後, 才能編成一部完全的腳本. 此外他們一面製作一目瞭然的構成圖去確定該部影片的最後的製作機構和商品價值等. 這個Continuity的精密的取汲

方法, 便是我們在美國的電影製作的實際機構中, 最值得注目的地方。

Production Manager－即是製作部長, 他是拿已被決定了的腳本, 和Producer與導演妥協, 選定實際製作的各部門的責任以及演員以後便開始攝影工作。

Rush Print－由這個Rush Print開始了攝影以後, 到了第二天已經攝成的底片(Negative)在攝影所所長‧Producer, 導演攝影師等的參席之下被試映。而且在這個試映, 許爲同樣的Cut當中, 決定出採用的部份來。規定一般演員們決不能出席於這個試映會也使我們值得注目的地方。

special Effect Department－自開始了攝影的那一天起, 這一部門的從業員, 受着製作部長的命令去從事於腳本中的特殊技術例如Overlap Trick等的攝影工作, 這可說是電影製作的一個獨立的部門。

(『晨報‧每日電影』, 中華民國二十四年十月十七日 星期四, 淡如。)

色彩電影之再認識

有聲電影的發達, 僅僅在數年的時間中, 完全征服了無聲電影的舊勢力, 這個偉大的世界電影藝術史上的革命, 實在非但是電影藝術一個領域的革命, 而可以說是對於其他的一切的藝術的一個無敵的挑戰。在這個有聲電影的發展過程中, 最近又引起了電影史上的第二次革命的烽火了。那便是色彩電影的出現。那麼, 這個色彩電影能不能像電影獲得了音樂的事實那樣快速的征服銀幕世界呢? 這可以說是關心於電影藝術的人們的一個嶄新的重要的問題, 同時是我們不能隨便輕率的下判斷的問題。

在科學發達的十九世紀的末期中產生出來的電影藝術, 它比較其他的各種藝術, 最大的悲運即是電影因於不能離開映像而存在的本質的命運, 總脫不了完全的科學世界的事實, 人們的要求是無窮的。人智和科學的可驚的發達能使這種欲求滿足。出現了像片以後, 他們要求它的動態, 得到了能動的像片以後, 要求音樂, 而音樂以後即是色彩。這種要求可以說是任何人都抱着的很自然的好奇心。沒有何等可怪異的地方了。

當然, 電影製作家亦是一個人。像一般的人們一樣也有着這樣的好奇心。可是, 這種好奇心, 無論如何, 不過是一種很平凡的人們的追求新奇的心理。那麼, 現在的影藝人們在一個藝術家的身分上, 不妨迎合於這種一般人們的好奇心麼。這依我個人的意見來說, 是一種極大的疑問。一個藝術家他的唯一無二的表現手段, 因於想不到的素因被不斷的動搖而且陷入不能保證安定的危險的狀態裏。這不能不說是對於一個藝術一種最大的悲劇了。

　　我們也承認電影藝術從無聲電影時代經過了有聲電影而進展到色彩電影的過程中, 至少在科學上, 它能通過了一種發展的階段而且保持了一貫不變的電影在藝術上的形式。然而, 電影藝術比較着爲文字一般的表現手段呈現了多麼可驚的變遷過程呵! 當然, 所謂文字決不是爲了藝術的表現手段而被創造出來的。可是, 自從在藝術的表演上用了文字以後, 文學者們却能使文筆發展爲一種藝術的表現形式。(未完)

　　　　　　(『晨報·每日電影』, 中華民國二十四年十月二十日 星期日, 淡如。)

色彩電影之再認識(續)
科學的威脅與藝術的損失

　　無論音樂或繪畫等任何一種藝術形式。我們不妨說同樣的話。然而, 祇有電影藝術是決不像那樣的。在其他的各種藝術的隆盛時期中產生出來的電影藝術, 產生了不久後被採用爲一種重要的藝術形式。同時得了所謂「第八藝術」的榮譽的名稱, 更進一步地, 跟隨着能够充分的容納電影的先天性的近代資本主義的隆盛而呈現了其他任何藝術而不能匹敵的發展。可是這種急速度的發展, 在科學者方面看, 不過是極其初步的階段。在科學的眼光裏, 音樂的附加是電影藝術應該踏的第二個階段, 而且多彩的附加亦不過是繼承了音樂自然發生的第三個階段。要而言之, 使電影藝術的本身發展的人們不是電影藝術家而是科學者。我們不妨說, 電影在藝術街上的最大的悲劇就蘊藏在這個二元性理吧。苦心研究的結果所獲得的無聲電影的藝術的表現形式是由於有聲電影的出現被喪失

了它的幾部份, 而且爲了補充這個喪失的幾部份的彷徨性, 漸漸地造成着有聲電影的藝術的表現形式。正在這個過程中, 色彩電影又引起了第二次的革命示威而君臨於這個銀幕世界上了。在某種意義上, 我們不能不說, 色彩電影的出現, 不外是由科學者的頭腦中產生出來的一個暴君。

被稱爲最初的「藝術的色彩電影」的麥穆林的作品「浮華世界」。我們暫時不去說論它在作品構成上的優劣而祇就色彩在藝術上以及電影上的意義來說, 就不能不使我們感到極大的失望。這一點, 至少, 開心於電影藝術的人們誰都不會否認的吧。在他的過去的許多作品, 例如「喝采」,「市街」,「化身博士」以及最近的「復活」中, 我們所看過的他那清新的(atmosphere), 在這部色彩電影裏, 却是找不到的。連要開拓一個新的境地的麥穆林的特殊的陰影豐富性都不容易找得出的。他的作品的特殊的魅力都被喪失了。無論任何一個, 他若是比原色版的(postCard)的色彩尤愛着藝術作品的(Nuance), (色彩的明暗)那麼對於「浮華世界」裏面所充浴着的色彩的混衆就不能不歎息吧。舉一個具體的實例來說, 在從前的電影中, 給我們以高度的美感, 跳舞會的場面, 在這部作品裏, 因於強烈的色彩的濫用, 竟喪失了藝術的感興的效果。愛着像「風流寡婦」或是「龍翔鳳舞」那一類影片中的從黑色移轉到白色的一種階調之美的, 誰敢說這樣是簡單的懷古的趣味呢?

對於電影藝術色彩不過是一種不必要的蛇足而已。電影只在現在的表現形式上企求它的更大的發展和向上。也就很充分的了。在我們現在的習慣上。從以前的沒有色彩的影片中能够發現比色彩更美麗的藝術的感覺來, 同時亦不感到沒有色彩的不滿足。可是, 我們自然也不會否認一般大衆們熱烈的歡迎着色彩的實現的事實。在將來科學者們必更拼命地努力于這個新的技術的完備吧。對於電影藝術, 大衆和科學者是能把它改革的兩種絕對的權力, 不管電影藝術家的意思怎樣, 電影藝術可以依着科學的力量移進能去迎合一般大衆的方向去的。同時, 科學者們的發見是以高價當代價交換被掌握在電影企業家的手中, 在這樣的時候, 電影藝術家對它便沒有何等可抗議的手段了。實在, 因於色彩電影的出現, 藝術家的主張已經不能不受着太可憐的輕視了。

那麼, 色彩電影到底能不能像有聲電影的發達一樣迅速地征服銀幕世界呢?

自然, 色彩在銀幕上的運氣比較音樂是有着不少的困難。然而, 這也不過是時間的問題。在資本主義繼續的限度內, 我們可以無躊躇地斷言在我們眼前便是能够出現色彩電影的時代了。人的智力眞可怕的。甚至於立體電影在這個世紀中能够出現也未可知呢! 對科學者們的這樣的態度, 電影藝術家除了拱手旁觀以外, 再沒有好的法子。在這樣的狀態之下, 我們那裏[56]能够發見電影藝術可以主張藝術的價值的根據呢? 這樣看來, 現代的電影, 無論他怎樣主張着它的權利和能力, 不過是到藝術的領域去的一個過程。而不能說是在廣泛的意義上的本格的藝術。處在這樣的科學的威脅一代, 一個電影藝術家不可不清楚的認識藝術和科學的關係, 同時進一步須要涵養順應於這個時代而能够創作優秀的藝術作品的能力和準備呵。(完)

(『晨報・每日電影』, 中華民國二十四年十月二十一 星期一, 淡如。)

「坎地春光」的作者, 法國電影詩人
裘利安・賓維佛與他的作品

　　「坎地春光」的作者裘利安・賓維佛(Julien Duvivier)在最近的法國影壇上, 是與勒耐・克萊爾、並稱的卓越的人物。其實, 在更眞切的意義上說, 法國的許多導演中, 除了勒耐・克萊爾以外, 我們就舉不出能够匹敵他的第二個人物來了。—這決不是我個人的一種浮誇的贊辭, 也不是因爲他這一次的作品獲得了「法國藝術企業獎勵協會」的一九三四年度最優秀獎賞, 而這樣來說的。事實上, 當他發表每一部新作品的時候, 表現的嶄新的內容和獨特的形式是爲世界各國影壇所一致推許的, 探求嶄新的題材的優秀的手段和爲了給題材以獨特的表現形式的努力, 這便是裘利安・賓維佛的與衆不同的特徵了, 像勒耐・克萊爾一般, 他發表的作品不能算多, 尤其因爲他常常爲了題材的最後的解決, 固執於題材的焦點爾費了長久的時間。可是這決不是應該受非難的地方；實在, 他已經征

---

56) '哪里'의 오기임.

服了電影藝術的各方面的題材，爾築成了他的獨特的藝術的薰香和新的領域了。

＊　　　　　　＊　　　　　　＊

在一九三一年，勒耐·克萊爾製作了「巴黎屋簷下」的時候，他却以又一種不同的特殊的內容和形式來發表了「資本家科大」(Darjb Golder)而同樣震動了法國的影壇，後來他繼續地發表了「五位紳士」和德法合作出品「巴黎·柏林」以後，因「紅蘿葡鬚」一片的優越的成就而獲得了在法國影壇上乃至世界影壇上的不可動搖的導演的地位，雖然這次的「坎地春光」被一般人稱爲他的代表作品，但在他過去的作品中，除了上面幾部以外，還有一部更優秀的「商船鐵會西迭」(Reouerbot Tenacrty)這是維爾特拉克的著名文藝作品的電影化。他不僅是賓維佛一個人的優秀的作品，而且是提示了歐洲影壇以關於文藝和電影的許多問題的一部劃時代的作品，在最近，據各方面的消息說，他除了已決定製作一部新片(Bandela)以外，還在企劃着以拿破倫歷史爲主題的「拿破倫的私生活」。

＊　　　　　　＊　　　　　　＊

我們這樣推想到他的過去的作品的時候，也許有人說他對於題材內容的選擇沒有一貫的信念和傾向吧。這樣的說法亦是相當有理由的，因爲他不像勒耐·克萊爾或是寶克·弗埃第那般用着自己所編成的劇本。可是，他這種態度，其實也可以說是不同於許多通俗的導演們的一種特殊的魅力呵！

＊　　　　　　＊　　　　　　＊

他的許多作品所共有着的特殊的風格便是作品的主人公的性格上，他很喜歡取用着孤獨的人們，他們的多半是因於孤獨而成爲Egoist的。或者因爲Egoist所以感到孤獨的不幸福的人物，他所取材的人生並不能說個個都是感傷者，而且是有着相當冷靜的感情，但概括的說，他們多半是帶着不少的悲涼和寂寞的心，在清涼的天空之下，他們的心理像當是充滿着某種的寂寞和孤獨，爲了強調這種人物的心理，他時常在人物的前面用着風景，這個自然風景和人物心理的巧妙的調和，亦可算是他的作品的另外一種特殊的風格了。

＊　　　　　　＊　　　　　　＊

裘利安·賓維佛-這一個淳樸的電影詩人！在將來的更大的成功是可以預料的，我們不能漠視他的作品呵！

（『晨報·每日電影』，中華民國二十四年十月三十一日 星期四，淡如。）

柏勃斯德新作介紹
「由上至下」
一篇新的諷刺喜劇

由於Nazis德國不可避免的情勢, 離開了自國的影壇逃亡到法國來的柏勃斯德(G.w. Padst), 在赴到好萊塢以前所發表的作品除了「唐吉訶德」以外, 又有一部即是「由上至下」(Du Hant en Bas)。 這部新片非但是流浪的德國影藝人柏斯德留給予法國影壇的最後作品, 就在將近來滬的最近的法國新片當中, 也是值得鑑賞的一部。

*　　　　　　*　　　　　　*

這部影片是由Hungary的劇作家勃叔・普赫克特的戲曲, 和安拿・古馬依那的編劇而電影化的。 如它的題名, 已經告訴我們, 它是以某一個「維也納」的apartment爲作品的中心舞台, 去描寫了集中於這裏的上下各階級的不同的人物的生活及性格。 自然, 這部影片是沒有何等特別的主人公。 各種各樣的人物的處理方面, 導演者柏勃斯德表現了他那獨特的辛辣的冷笑和痛快的諷刺。

*　　　　　　*　　　　　　*

然而, 我從另一方面說, 柏勃斯德的過去的幾部作品, 例如「西部戰線一九一八年」和「互助」以及不久以前的「唐吉訶德」等, 在它的表現手法和劇情構成上, 均有着某種漠然的觀念性的支配以及富於曖昧的神秘性的描寫。 他雖然對於畫面構戰的省略和插入上, 有着一種特殊的大膽, 但是這種觀念化的而且神秘化的朦朧性, 未免使我們感到某種的不滿意了。 這樣的他, 在這一次的新作裏面却是改變了他的從前的表現手法及製作態度, 而嘗試了一種新的諷刺喜劇的法國式的輕快的而且富有humour的手法。 他在這部作品中, 確是開拓了一種新的局面。 換句話說, 他在從前的那種所謂「立體派」乃至「構成派」式的畫面構成的手法, 在這部作品裏幾乎是被改掉了的。

*　　　　　　*　　　　　　*

某次, 在這部新片中, 另外一種值得我們注目的特徵, 說是它的痛快而且辛辣的對話的自由自在的運用以及背景「維也納」地方的獨特的風景描寫。 以「維

也納」為背景的過去的歐洲的影片已不勝枚舉，其中重要者例如：威利·福斯特的「未完成的交響樂」，「Maskerade」，「龍翔鳳舞」等。可是這一次的柏勃斯德，却在從前的許多影片中未嘗試過的新的角度上，去描寫了「維也納」，就在一種獨特的Atmosphere裏表現了「維也納」在背景上的特徵。

＊　　　　　＊　　　　　＊

最後，這部新片的演員方面，柏勃斯德採用了他所喜歡的富於某種特殊的personality的人，例如他的德國時代的演員蘇魯高夫和摩利世以及約翰·基亞藩等，尤其是基亞藩，在最近的法國影壇上，是最負人望的演員，他的演技的卓越以及風貌的俊秀，我們已在最近的「坎地春光」裏明確的看見過了，在這裏是不必多介紹的。

被本國放逐了的這位影藝人，他的這一次的新作以及他在將來的發展使我們不能不抱着非常的興味和期待吧。(據最近的消息來說，柏勃斯德，由於和蘭的聘請，將赴該地攝製一部新片，可是我們現在尚不能決定那消息是否事實?)

(『晨報·每日電影』, 中華民國二十四年十一月二十四日 星期日, 淡如。)

世界影壇
法國

◇傑克·倫敦小說的電影化

法國影壇的青年導演家比埃爾·叔那爾，最近決定電影化的傑克，倫敦的名著小說「愛爾西諾亞號之暴動」(Les Mutines deol Elseneur)。自任編劇。女主角尚未決定云。

◇裘利安·賓維佛的新作。

「坎地春光」的作者裘利安·賓維佛最近又發表了一部新作「Golgotha」。據說，雖然它的內容取材于基督的苦惱和復活，有着某種的宗教的氣味，但導演者不把基督寫做一個神，而把他在一個人生的觀點上表現着新的見解。而作品

영화「電影」: 筆名淡如資料　419

的規模的雄大以及導演手法的美妙，依然不愧爲優秀的作品。

◇ **其他的兩部新作。**

除了上面所擧的兩部影片以外，在法國的新作電影當中較爲値得介紹的又有亞貝爾甘斯的近作「Napoleon Bonaparte」和托斯妥益夫基的小說「罪與罰」(Crimeet Chatiment)的電影化。前者是由於甘斯自己的編劇，描寫了英雄拿破倫之生涯和業跡的作品，後者卽是使法國的新進導演比埃爾·叔那爾獲得了不可動搖的堅固的地位的出世作品。

德國

◇ **莎士比亞名著的電影化。**

德國「Cine Allanz」公司最近決定電影化莎士比亞的名作中之一部「維斯西的快活的女人們」(Die Lustigen Weider Windsor)導演爲卡爾·哈普滿，新進女優瑪克她·叔娜伊達但任主角云。

◇ **威利·福斯特的新作**

發表「未完成的交響樂」開名一時的威利·福斯特最近在烏發公司主演於一部娛樂電影，題名爲「皇帝歌舞曲」(Konigswalzey)。據說雖然是一部娛樂電影，但在音樂價値以及攝製技術任何方面都有相當的成就。導演是哈巴特·馬叔。

(『晨報·每日電影』，中華民國二十四年十二月二十一日 星期六，淡如。)

新春歐洲名片素描
法國

「男頭」(La Tete d'un Homme)－「坎地春光」的作者裘利安·賓維佛打開了一個新局面的另一部名作。當發表一部新的作品的時候，題材方面的新的嘗試便是裘利安·賓維佛比衆不同的特殊風格。例如他的過去的作品「商船鐵拿西

迭」和「紅蘿蔔鬢」以及我們在不久的以前看過的「坎地春光」等, 都有着各不相同的題材上的特殊性, 這部影片的原作者Georges Simenon在現代的法國文壇上是一個負有盛名的探偵小說家。據說, 他的作品在都會風景的描寫和港市的Atmosphere的表現上, 法國文壇中無人能匹敵他的。而這個作品, 則以巴黎爲背景, 而描寫了一個變態犯罪者的心理的作品。法國影壇的巨匠裘利安‧賓維佛, 究竟用怎樣的手法來給我們看這一部新的犯罪心理電影? 這是一九三六年使我們感到特別的興味的一件事。

「遺書」(L'ordonance)-這是一部莫泊桑的著名短篇小說的電影化。同時, 被逐放到法國來的蘇聯的影藝人V Tourjansky將給我們以一種文藝電影的新的興味的作品。他雖然被一般人稱爲蘇聯的一個大衆作家, 但在這部影片中, 却據說是拿了獨特的時代感情的表現手法來證明了他的不凡的藝術上風格的。

德國

「桃源境」(Prinzessin Turaudot)-德國烏髮公司自從拋棄了帶着政治性的影片的製作以後, 最近又轉向於從前的浪漫主義影片的製作傾向。這部影片即是代表着這個傾向的最初的歌舞片。雖然原作的故事不過是以義大利人眼光中的東洋風物和童話爲中心的極其夢想的事實, 可是在主演女優契沙‧普思‧娜基的演技和德國新進聲樂家弗蘭士‧德萊等的出演等各方面, 這片子或作是有着一種特殊的魅力的作品。導演者是現在的烏髮公司重鎮Gerhard Lamprecht。

「幻夢曲」(ICh Kenn Dich nicht und hibe Dich)－這是在一九三五年度, 發表了「未完成交響樂」而開拓了音樂電影的另一新方向的威利‧福斯特和在一九三五年發表了「離別曲」而獲得了德國影壇的重要導演地位的匈牙利影藝人鮑爾華魘(Geza Von Bolvary)等兩人第一部合作的影片。如題名所明示我們, 是一部以音樂爲中心的短片喜劇音樂電影。至於發表了像「離別曲」一般的巨作的鮑爾華魘擔任這類作品的演出, 或許有人以爲是可考慮的事, 但據說這部短篇影片富有着機智的描寫和輕快的明朗性, 雖然發表了「未完成交響樂」以後, 威利‧福斯特在演員上的地位幾乎完全被忘掉, 而祇被各國電影界討論着

他在導演上的卓越性, 可是他還是一個健實的演員。在這部作品中, 說是他再歸到銀幕中發揮了他那淳樸的演技。

「威廉·泰爾」(Wilhelra Teil)－這是雪爾賴爾(Schiller)的著名文藝作品的電影化。由哈因斯·約士特的編劇, 哈因斯·鮑爾擔任導演。如稍爲涉獵過世界名着的人們所自知, 這部原作是富於敘事詩的古典小說。在現代被忘掉了的雪爾賴爾的這部小說, 再搬上銀幕。這確是有趣味的嘗試。在演員方面, 剛拉特·華依特和漢斯·馬爾以外, 又有許多德國現劇壇之名優們的出演, 勿論從原作或演員等任何方面來說, 這是德國影壇將在一九三六年開拓新的領域的文藝電影。

英國

「三十九夜」(The 39 Steps)－這是一部比較美國的許多獵奇影片並不遜色的高蒙公司的巨作偵探影片。在最近的英國文壇上, 很有名望的冒險小說作家John Buchan的著名小說的電影化。據說是作品的全篇裏充滿着英國式的特殊的thrill和Suspense。導演是亞兩佛列德·比區高克。主演爲勞巴特·唐納特和曼德玲·卡洛爾兩人。

(『晨報·每日電影』, 中華民國二十五年一月八日 星期三, 淡如。)

지식인문학 자료 총서 1

일제 강점기 한·중 지식 교류의 실천적 사례

김광주(金光洲) 문예평론집 (중문편)

초판 인쇄 | 2020년 9월 21일
초판 발행 | 2020년 9월 28일

기   획 단국대학교 일본연구소 HK+ 사업단
지 은 이 김광주
엮 은 이 김 철 장경도 김교령
발 행 인 한정희
발 행 처 경인문화사
편   집 한주연 김지선 박지현 유지혜
마 케 팅 전병관 하재일 유인순
출판번호 406-1973-000003호
주   소 경기도 파주시 회동길 445-1 경인빌딩 B동 4층
전   화 031-955-9300 팩 스 031-955-9310
홈페이지 www.kyunginp.co.kr
이 메 일 kyungin@kyunginp.co.kr

ISBN 978-89-499-4902-4 (93810)

값 30,000원